Elisabeth Büchle

Im Herzen die Freiheit

Roman

Über die Autorin

Elisabeth Büchle ist Mutter von fünf Kindern im Alter zwischen 1 und 12 Jahren. Die gelernte Bürokauffrau und examinierte Altenpflegerin ist seit ihrer Kindheit ein Bücherwurm und hat schon früh angefangen, selbst zu schreiben. Sie lebt mit ihrem Mann und ihren Kindern im süddeutschen Raum. „Im Herzen die Freiheit“ ist ihr erster veröffentlichter Roman.

Elisabeth Büchle

Im Herzen die Freiheit

Roman

Gerth Medien

Best.-Nr. 816 072
ISBN 3-86591-072-6
1. Auflage 2006
Umschlaggestaltung: Michael Wenserit
Coverfoto: Getty Images
Satz: Mirjam Kocherscheidt, Gerth Medien GmbH
Druck und Verarbeitung: Ebner & Spiegel, Ulm
Printed in Germany

Für Christoph

Vorwort

Es ist nicht einfach, mit den Begriffen, Regularien und Besonderheiten des alten, amerikanischen Südens umzugehen, ohne in der heutigen Zeit Verwirrung zu stiften oder gar diskriminierend zu wirken.

Fast im gesamten 19. Jahrhundert wurden in New Orleans die Nachkommen der in die Vereinigten Staaten verschleppten Afrikaner streng nach Farbigen (Mulatten, Griffe, Quadroon, Octoroon usw.) und Schwarzen getrennt, ebenso wie die Kreolen (spanische und französische Nachfahren der Kolonialherren) ihre eigene weiße Aristokratenschicht streng in eine Hierarchie pressten (soziale Stellung, Ansässigkeitsdauer in New Orleans usw.). Heute wird der Begriff „farbig“ als diskriminierend angesehen.

Um das Flair und den unterschiedlichen Umgang der Weißen mit den versklavten oder auch freien Afroamerikanern nicht zu verwässern, habe ich in diesem Roman auf eben diese Unterteilung in Farbige und Schwarze zurückgegriffen, ohne jemanden damit verletzen zu wollen.

Der Schauplatz:

New Orleans – eine Stadt, deren Geschichte sich nachzulesen lohnt – liegt an dem „Vater der Gewässer“, wie die Indianer den Mississippi nannten. Der gewaltige Strom, der sich von der kanadischen Grenze durch 31 Staaten der USA wälzt und sein Süßwasser schließlich in das Salzwasser des Golfs von Mexiko fließen lässt, war für viele flüchtige Sklaven ein Wegweiser in die sichere Freiheit.

Der große Strom, der immer wieder sein Flussbett veränderte, schuf vor allem um New Orleans und in der Küstennähe ein unüberschaubares, riesiges Sumpf- und Schwemmland mit unzähligen schönen Bayous*. Umgeben wurden diese Sümpfe von wilden, urwüchsigen Wäldern, denen im Laufe der Jahrhunderte immer mehr Nutzland, Land für Siedlungen, Plantagen und kleinere wie größere Städte abgerungen wurde. Vor allem in diesen Wäldern, auf den

* sumpfiger Flussarm

herrschaftlichen Plantagen und in dem alten, französischen Viertel New Orleans spielt dieser Roman.

Die Zeit:

1849: Die Revolutionen in Deutschland, Frankreich und anderen benachbarten Ländern gehen dem Ende entgegen. Eine neue Einwanderungswelle trifft daraufhin die Vereinigten Staaten.

1855: Das Leben im amerikanischen Süden ist – zumindest für die weiße, gehobenere Schicht – einfach, leicht und voller Vergnügungen und Feste, während die Sklaven – auch in den humaner geführten Häusern und Plantagen – mehr und mehr unter Druck geraten. Die Vorboten eines heftigen, zerstörerischen Sturmes – dem Bürgerkrieg – erreichen mit zunehmender Vehemenz New Orleans.

1859: Ein Jahr vor den Präsidentschaftswahlen stehen die Zeichen – vor allem auf den von der Sklaverei profitierenden Plantagen – auf Sturm. Dennoch lassen sich die stolzen Kreolen in New Orleans ihre Freude am Leben und am Feiern nicht nehmen.

1862: Der Krieg, der bereits seit einem Jahr im Gang ist und noch weitere drei Jahre andauern wird, findet im Frühjahr 1862 zumindest in New Orleans ein Ende. Die Stadt wird durch die Truppen der Nordarmee besetzt.

In allen Epochen gab es immer wieder einzelne Personen und Gruppen, die sich durch ihre selbstlose Liebe, die beinahe an Selbstaufgabe grenzte, für andere Menschen einsetzten, ohne Rücksicht auf ihr Leben, ihre Sicherheit, ihre Bequemlichkeit oder ihr Ansehen zu nehmen.

Ich bewundere diese Menschen – die Hebammen, die entgegen des Befehles des Pharaos nicht alle Israelitenjungen nach der Geburt töteten (2. Mose 1,15–22), die Menschen in den Vereinigten Staaten, die es sich zur Aufgabe gemacht haben, den unterdrückten und geknechteten Sklaven einen Weg in die Freiheit zu ermöglichen, die Männer und Frauen, die während des Zweiten Weltkrieges in Deutschland jüdische Mitbürger versteckten oder ihnen zur Flucht verhalfen, und die Missionare, die mit ihren Familien das doch recht sichere Leben in Deutschland hinter sich lassen, um den Menschen in anderen Ländern – teilweise von Verfolgung, Inhaftierung und Tod bedroht – das Evangelium unseres Herrn zu bringen.

Aus dieser Bewunderung heraus entstand die Idee für diesen Roman.

Personenregister

Angelique de la Rivière	verstorbene Mutter von Antoinette
Audrey Leroux	jüngste Tochter der Leroux'
Brigitte Leroux	Ehefrau von Henry Leroux
Carl Schurz*	alter Freund von Antoinettes Eltern
Claire Portune	Gouvernante von Antoinette
Claude	Sklave, Kutscher der Familie Leroux, verheiratet mit Caro
Clothilde Macine	Freundin von Chantal und Isabelle Charmande
Dominique Leroux (Poirier)	Tochter der Leroux'
Chantal Charmande	Freundin von Clothilde
Eulalie Leroux (Rivette)	älteste Tochter der Leroux'
François Villeneuve	Mietstallbesitzer
Florence	Sophies Mädchen
Heinrich Eichenheim	verstorbener Vater von Antoinette
Henry Leroux	ältester Sohn der Leroux'
Isabelle Charmande (Breillat)	ältere Schwester von Chantal und Freundin von Clothilde, verheiratet mit Jacques Breillat
Jacques Breillat	Plantagenbesitzer, verheiratet mit Isabelle
Jean-Luc Ardant	Klavierlehrer von Antoinette, ein freier Farbiger
Jules Leroux	Sohn der Leroux'
Louis Poirier	Ehemann von Dominique
Maximilian Wiese	Kindheitsfreund von Antoinette
Mirabelle Leroux	Antoinettes Pflegemutter
Gustave Deux	Mann aus dem Hafen
Pierre Leroux	Sohn der Leroux'

Raphael Leroux	Antoinettes Patenonkel, Geschäftsmann und Plantagenbesitzer
Rose Nolot	die jüngere Schwester von Mirabelle Leroux
Sylvain Merlin................	Privatlehrer der Leroux', Ehemann von Marie
Yolande Macine	Schwester von Clothilde

* **Carl Schurz** (2. März 1829–14. Mai 1906) war während der Märzrevolution in Baden ein Verfechter demokratischer Ideen. 1852 wanderte er in die USA aus, wo er sich für die Sklavenbefreiung einsetzte. Als prominentes Mitglied der republikanischen Partei trat er seit 1858 so wirksam für Abraham Lincoln ein, dass dieser 1860 ins Weiße Haus gewählt wurde. Während des Sezessionskrieges war Schurz Generalmajor und kämpfte unter anderem in den Schlachten Second Bull Run, Chancellorsville, Gettysburg und Chattanooga. Nach dem Krieg wurde er unter Präsident Hayes Innenminister der USA (1877–1881).

Teil 1

1849

Der Herr ist meine Stärke und mein Schild;
auf ihn hofft mein Herz und mir ist geholfen.

Psalm 28,7

Kapitel 1

Die Zweimastbrigg stob scheinbar wütend durch die aufgewühlte See. Die stolz geblähten Segel fingen den heftigen Wind ein und trieben das Schiff voran, der neuen Welt entgegen. Die Wanten surrten unter der hohen Belastung, und die Holzverstrebungen knackten empört über die rüde Gewalt des Windes, der sie ausgesetzt waren, während die Flagge der Vereinigten Staaten von Amerika fröhlich vor sich hin knatterte. Auf dem gischtbespritzten Oberdeck stand ein zehnjähriges Mädchen gefährlich weit über die Reling hinausgelehnt und ließ sich den Wind in das gerötete Gesicht wehen, während seine Zunge immer wieder über die Lippen leckte, um den salzigen Geschmack zu kosten, den das Meereswasser darauf hinterließ. Die braunen, runden Kinderaugen blickten fasziniert auf das Spiel der schnell dahinziehenden, weißgrauen Wolken und der gleißend hellen Sonne, die sich dazwischen immer wieder zeigte.

Dieses Spiel von Licht und Schatten schien sich im Herzen des Kindes widerzuspiegeln, welches zwischen freudiger Aufgeregtheit und verwirrendem Kummer hin und her gerissen war. Das Mädchen war gemeinsam mit einer ihm fremden Gouvernante und einer französischen Zofe auf dem Weg in sein neues, ihm vollkommen unbekanntes Zuhause. Le Havre lag bereits weit hinter ihnen, und nun pflügte der hölzerne Rumpf des Segelschiffes unbarmherzig voran und brachte das Kind fort von seinem bisherigen Leben, seinen Kameradinnen, der gewohnten Umgebung und – was noch viel schlimmer war – von seinen toten Eltern.

Die Kleine presste die Lippen aufeinander und wischte sich mit dem Ärmel ihrer Bluse die Tränen ab. Ihre Eltern waren jetzt seit einigen Wochen tot, und noch immer verstand sie nicht, wie diese beide auf einmal hatten ums Leben kommen können. Niemand hatte ihr eine Antwort auf diese Frage gegeben, und so hatte sie schließlich aufgehört, diese zu stellen. Bereits einen Tag nach dem Tod ihrer Eltern war sie aus ihrer Heimat Baden nach Paris zu ihren Großeltern mütterlicherseits gebracht worden. Ihre Mutter hatte ihr zwar die französische Sprache beigebracht, doch nun tat sie sich ein wenig schwer, diese tagtäglich zu gebrauchen.

Das Mädchen verdrängte alle schmerzlichen Erinnerungen und beugte sich noch ein wenig weiter nach vorne. Hatte sie sich getäuscht, oder war dort gerade ein schlanker, silberner Körper im Wasser gewesen, der sich einen Spaß daraus machte, in der Bugwelle des schnell vorankommenden Schiffes zu schwimmen? Neugierig stellte sie beide Füße auf die unterste Querverstrebung der Reling und blickte am Rumpf entlang nach vorne. Tatsächlich tauchten dort mehrere schmale, vom Licht der Sonne silbern beschienene Rückenflossen auf, und mit einem begeisterten Ausruf begrüßte sie vier Delfine, die das Schiff wie Wächter zu begleiten schienen.

„Antoinette!"

Der entsetzte Ruf entging ihr. Sie war es nicht gewohnt, mit ihrem richtigen Namen angesprochen zu werden, da sie zu Hause von allen immer nur Toni gerufen worden war. Erst als sich zwei Hände um ihre Oberarme legten und sie energisch von der Reling heruntergezogen wurde, zuckte sie zusammen und sah in das wütende Gesicht der älteren französischen Dame, die ihre Großeltern ihr als Gouvernante zur Seite gestellt hatten.

„Wollen Sie sich umbringen?", stieß die Frau hervor und zog sie einige Meter weit hinter sich her in den Windschatten einer der Aufbauten. „Es ist gefährlich, auf die Reling zu klettern, und Sie haben nicht einmal ein Cape übergezogen, Antoinette!", schimpfte die Frau auf das Kind ein, welches betreten, aber auch verwirrt zu ihr hinaufblickte.

„Haben Sie die Delfine gesehen, Mademoiselle Claire? Sie sind wunderschön und so schnell!"

„Delfine? Ich habe nur gesehen, dass das mir anvertraute Kind beinahe über Bord gefallen wäre! Was tun Sie alleine hier draußen auf der Reling – ohne Cape?" Die Frau seufzte hörbar auf und blickte böse auf das Mädchen hinunter, das hilflos die schmalen Schultern nach oben zog.

„Sie sind sehr anstrengend, Antoinette!"

Toni senkte betrübt den Kopf. Allmählich begann sie, diesen Worten Glauben zu schenken, denn sie hatte diese Klage in den vergangenen Tagen immer wieder zu hören bekommen. Früher hatte es immer nur geheißen, dass sie ein wissbegieriges Kind sei und dass man sie liebe. Offenbar war sie ohne die Eltern, ohne die Freundinnen und ohne ihren besten Freund – ihr kleines Pony – sehr anstrengend für ihr Umfeld geworden.

„Entschuldigen Sie bitte, Mademoiselle Claire. Ich möchte Sie nicht anstrengen.“ Das Kind blickte betroffen auf seine Schuhspitzen hinunter, wusste es doch, dass sich sowohl die Gouvernante als auch die Zofe, die sie begleiteten, auf dem schwankenden Segelschiff sehr unwohl fühlten.

„Kommen Sie mit hinunter, Antoinette.“

Toni nickte gehorsam, warf einen letzten Blick auf die langsam im unruhigen Meer versinkende Sonne und folgte der Frau in das Innere des Oberdecks.

Eine Stunde später lag sie warm eingepackt in ihrer gemütlichen Koje und blickte über die dicke Steppdecke hinweg auf das warm schimmernde, polierte Messing an der Tür, in dem sich das Licht der Lampe aus der Nebenkabine spiegelte. Sie konnte die beiden Frauen, deren Obhut sie anvertraut worden war, nicht sehen, doch ihrer Unterhaltung konnte sie folgen, obwohl sie sehr leise sprachen.

„Wie bin ich nur dazu gekommen, diesen Auftrag der de la Rivières anzunehmen? Dich, Marie, kann ich verstehen. Immerhin bist du noch jung und hast in diesem Land gute Aussichten auf eine weitere Anstellung. Doch ich? Wie konnte ich mich nur dazu überreden lassen, auf dieses permanent schwankende Schiff zu gehen und mich mit einem Kind auseinander zu setzen, das nicht in der Lage zu sein scheint, die einfachsten Regeln zu akzeptieren? Na, immerhin werde ich ja wieder nach Frankreich zurückkehren.“

„Gehen Sie mit dem kleinen Mädchen nicht ein wenig zu hart ins Gericht, Mademoiselle Claire? Immerhin hat es erst vor wenigen Wochen seine Eltern verloren. Das Kind wurde praktisch über Nacht zu seinen Großeltern gebracht, die es in seinem Leben erst wenige Male gesehen hat. Die wiederum schickten es dann innerhalb kürzester Zeit auf dieses Schiff, das es zu einem fremden Kontinent bringt, wo es dann bei einer Familie leben soll, die ihm vollkommen fremd ist.“

„Es ist ihr Patenonkel, und der hat sich erfreulicherweise bereit erklärt, das verwaiste Mädchen bei sich und seiner Familie aufzunehmen. Monsieur und Madame de la Rivière sind einfach nicht mehr in der Lage, diesen ungehobelten Wirbelwind bei sich aufzunehmen.“

„Ungehobelt, Mademoiselle Claire? Das Kind ist nun einmal auf einem Landgut aufgewachsen, nicht in einer großen, kulturell lebendigen Stadt wie Paris.“

„Ein wenig Erziehung, wie sie die jungen Damen in Paris erhalten, hätte dem Kind nicht geschadet."

„Nun, ich denke, das, was sie zu lernen hat, wird sie auch im französischen Viertel von New Orleans beigebracht bekommen. Meinen Sie nicht auch, Mademoiselle Claire?"

„Hoffen wir es, Marie, hoffen wir es."

Toni blinzelte müde. Ihre Mutter hatte sie immer wieder gerügt, weil sie ein wenig wild sei, doch ihr Vater hatte ihr dann nur lachend über den Kopf gestrichen und gemeint, sein Mädchen sei so, wie es sei, ganz richtig. Stimmte das denn nicht? War sie so viel anders als die zehnjährigen Mädchen in Paris oder in dieser fremden Stadt New Orleans, die ihre neue Heimat werden sollte? War New Orleans wie Paris? Voller Häuser, voller Menschen, Kutschen, Regeln und ernst blickender Menschen?

Beunruhigt drehte sie sich in ihrer Koje um und weinte leise in ihr weiches Federkissen. Sie trauerte um ihre Eltern und um das verlorene Leben zu Hause, und noch ehe die Angst vor dem Neuen und Unbekannten in ihr übermächtig werden konnte, schlief sie ein.

Toni drückte sich gegen die Holzwand und ließ ihren Blick über das dunkel schimmernde Unterdeck schweifen. Eine große Menschenmenge bewegte sich langsam über die feuchten Holzbohlen an ihrem Versteck vorbei. Der Wind war schwächer geworden, nachdem es mehrere Tage lang heftig gestürmt hatte, aber noch immer blies er kühl über das Schiff hinweg, sodass sich die Frauen, Männer und Kinder aus dem Unterdeck fröstelnd in ihre teilweise sehr fadenscheinigen Mäntel und Umhänge hüllten, um sich zumindest notdürftig warm halten zu können. Doch keiner von ihnen würde auf Grund des kalten Wetters den täglichen Rundgang auf dem Schiff ausfallen lassen. Durch ihn entkamen sie wenigstens für kurze Zeit der drückenden Enge, der schlechten Luft und den unzähligen Krankheiten in ihren kleinen, überbelegten Kabinen.

Es dauerte nicht lange, bis der elfjährige Maximilian mit seiner Familie auf Deck erschien. Der Junge blinzelte mehrmals gegen das ungewohnte Sonnenlicht an, entdeckte jedoch sofort die schmale Gestalt am Aufgang zum Oberdeck. Sein mit Sommersprossen übersätes Gesicht wurde von einem fröhlichen Grinsen erhellt, und als die Matrosen sich nach einem heftig schreienden Säugling umdrehten, huschte er schnell aus der Reihe und drückte sich neben seine neu gewonnene Freundin unter den Treppenaufgang.

„Hallo, Max. Wie geht es deiner kleinen Schwester?"

„Besser, Toni! Viel besser. Die Medizin, die du besorgt hast, hat ihr gut geholfen."

„Prima. Hier, das ist für euch." Toni drückte dem Jungen ein Bündel in die Arme, das dieser mit leuchtenden Augen und einem Grinsen entgegennahm.

„Was ist da drin?"

„Äpfel und Pflaumen, ein wenig Brot und vier Stücke Kuchen."

„Hast du das irgendwo geklaut?"

„Wo denkst du hin? Im Salon auf dem Oberdeck stehen viele Schalen mit Obst, das teilweise vor sich hin fault, da wir ohnehin genug zu essen bekommen. Das Brot war gestern Abend an unserem Tisch übrig, und ich habe es eingesteckt, bevor der Stewart es wegnehmen und als Fischköder oder als Zusatzfutter für die lebenden Tiere unter Deck verwenden konnte. Den Kuchen gab es heute zum Frühstück. Die Frauen an unserem Tisch fanden ihn ein wenig zu süß, aber ich fand ihn lecker und habe die übrig gebliebenen Stücke mit in unsere Kabine genommen."

„Mama wird mich wieder fragen, wie ich an das Essen gekommen bin."

„Dann erzähle es ihr eben. Sie wird dir den Umgang mit mir sicherlich nicht verbieten. Mademoiselle Claire hingegen …"

„Ist sie immer noch seekrank?"

„Sie erbricht nicht mehr so häufig, aber sie fühlt sich auch nicht wohl. Zumindest geht es Marie besser, seit der Wind sich etwas gelegt hat."

„Das heißt, sie passt jetzt besser auf dich auf?"

„Ja, aber ich konnte ihr trotzdem entwischen. Eigentlich ist sie ganz nett. Vermutlich würde sie unsere kurzen Treffen nicht verbieten."

„Sei dir da nicht so sicher. Die da oben nehmen doch an, dass wir alle krank sind und Läuse haben und so."

„Viele von euch sind doch auch krank."

Max nickte bekümmert und hob das Bündel mit dem Essen an seine Nase. Genießerisch nahm er den Duft des Kuchens in sich auf und erneut legte sich ein breites Grinsen über sein Gesicht. „Vielen Dank, Toni. Ich werde mich jetzt auch noch ein wenig bewegen, bevor wir wieder da unten eingesperrt werden."

„Mach das."

Toni beobachtete, wie Max sich wieder in die Schlange der langsam Vorbeimarschierenden einreihte, ohne von den Matrosen gesehen zu werden, und verlor ihn wenig später aus den Augen. Sie kauerte sich unter dem Aufgang zusammen und beobachtete die Menschen, die nicht die siebzig Dollar für das Oberdeck hatten aufbringen können. Viele von ihnen – vor allem die Frauen und Kinder – sahen ausgesprochen blass und dünn aus. Waren die Menschen vor der Abreise noch voller Erwartungen auf ihr neues Leben in dem verheißenen Land jenseits des Ozeans gewesen, so wirkten viele von ihnen nun krank, verhärmt und niedergeschlagen. Einige der Kinder waren ungewaschen und ungepflegt und von der mangelnden Ernährung, der Dunkelheit und der leidvollen Enge unter Deck gezeichnet.

Toni, die noch nie in ihrem Leben hatte Hunger leiden oder auf so herrliche Dinge wie frisches Obst oder frisch zubereitete Getränke verzichten müssen, runzelte bei dem Anblick von so viel Leid ihre Stirn.

Max' Familie zog bei ihrem Rundgang ein weiteres Mal an ihrem Versteck vorbei. Ihr Freund hatte sich inzwischen bis zu seinen Eltern und Geschwistern vorgearbeitet. Unter seinem weiten, verschlissenen und an einer Stelle zerrissenen Hemd trug er ihren für Toni nun jämmerlich klein wirkenden Packen Lebensmittel. Er blickte nicht zu ihr hinüber, obwohl er wusste, dass sie in ihrem Versteck ausharren würde, bis das Deck wieder leer war, um ungesehen zum Oberdeck hinaufhuschen zu können.

Nach dem Essen wurde Toni von Marie zu einem Mittagsschlaf in ihre Koje gebracht. Noch immer aufgewühlt von den Erlebnissen des Morgens, wartete sie, bis Marie die vordere Kabine wieder verlassen hatte. Dann stieg sie leise aus dem Bett, zog sich eilig ihr Kleid über den Kopf, knöpfte ungeduldig die vielen kleinen Knöpfe zu und schlüpfte in ihre hohen Schnürstiefel, die sie hastig zuband. Der Holzboden knarrte unter ihren Schritten, als sie sich der vorderen Kabine näherte. Erschrocken blieb sie stehen und hielt die Luft an. Doch die gleichmäßigen Atemzüge, die bis zu ihr hinüberdrangen, verrieten ihr, dass Mademoiselle Claire noch immer fest schlief, und so wagte sie es, sich an ihr vorbei- und zur Tür hinauszuschleichen.

Toni blickte sich prüfend um und huschte dann einige Meter den schmalen Gang entlang, ehe sie sich aufrichtete und, als habe sie jegliches Recht, zu dieser Zeit hier spazieren zu gehen, davonschlenderte. Unbeeindruckt von diversen Verbotsschildern, die sie ohnehin nicht lesen konnte, da sie der englischen Sprache nicht mächtig war, betrat sie den Teil des Schiffes, der eigentlich nur der Mannschaft zugänglich war. Neugierig sah sie sich um und marschierte den dunklen, von vielen, derb gearbeiteten Türen gesäumten Flur entlang, bis sie das Klappern von Schüsseln vernahm und ihr der Geruch von Waschlauge in die Nase stieg. Hier irgendwo mussten die hauswirtschaftlichen Räume sein.

Toni blieb stehen und blickte sich erneut prüfend um. Hinter welcher dieser Türen mochte sich wohl die Kombüse befinden? Direkt neben dem Mädchen öffnete sich eine Tür, und warmer, weißer Dampf quoll aus dem dahinter liegenden Raum in den Flur, in dem sich eine dunkle, nicht gerade große Gestalt abzeichnete. Als sich der feuchtwarme Dunst verzogen hatte, erblickte Toni einen Jungen, der kaum älter als sie selbst sein konnte.

Verwunderung machte sich in ihr breit. Noch nie hatte sie einen so dunkelhäutigen Menschen mit fast schwarzen Augen und einem wilden, schwarzen Lockenkopf gesehen wie diesen Jungen.

„Bist du ein Afrikaner?“, fragte sie ihn in der für sie gewohnten deutschen Sprache.

Der Junge senkte wortlos seinen Kopf, blieb aber stehen.

Toni presste die Lippen aufeinander und wiederholte dann ihre Frage in perfektem, jedoch etwas zögerlichem Französisch, doch der Blick des Jungen blieb weiterhin auf den Boden gerichtet, und nur seine Schultern hoben sich, um anzuzeigen, dass er sie noch immer nicht verstanden hatte.

„Wahrscheinlich sprichst du nur Afrikanisch oder Englisch und Englisch kann ich noch nicht. Das werde ich in New Orleans erst noch lernen, obwohl Mademoiselle Claire meint, Französisch würde dort vollkommen ausreichen“, erklärte Toni der bewegungslosen Gestalt. Noch immer konnte sie ihre Augen nicht von der für sie außergewöhnlich interessanten und ungewöhnlichen Erscheinung abwenden.

Der Junge zog ein weiteres Mal entschuldigend die Schultern nach oben und schob sich dann an der Wand entlang an ihr vorbei, um zwei Türen weiter in einem Raum zu verschwinden.

Toni zuckte nun ebenfalls mit den Achseln und griff nach dem Knauf der Tür, durch die der Junge zuvor gekommen war, denn der Dampf, der daraus hervorgequollen war, ließ sie darauf schließen, dass sie ihr Ziel – die Bordküche – gefunden hatte. Sich der Tatsache, dass sie hier nicht erwünscht war und gewaltigen Ärger bekommen konnte, vollkommen bewusst, atmete sie mehrmals tief ein und aus, ehe sie vorsichtig die Tür öffnete.

Der Geruch von kalten Speisen und Waschlauge lag in der dampfenden, heißen Luft und die durcheinander rufenden Männerstimmen, vermischt mit dem Klappern des Geschirrs, erzeugten einen gewaltigen Lärm.

Unter Deck schien das Schiff noch wesentlich mehr zu schlingern als oben, und mit den ungewohnten, nicht gerade angenehmen Gerüchen in der Nase, spürte auch Toni zum ersten Mal seit sie an Bord gegangen war einen Anflug von Übelkeit.

Energisch straffte sie die Schultern und stapfte zu den arbeitenden Männern hinüber, die sie bisher nicht beachtet hatten. Vermutlich nahmen sie an, ihr schwarzer Helfer sei zurückgekehrt.

„Könnten Sie mir bitte einen Gefallen tun?“, rief sie, um den Lärm um sich herum zu übertönen.

Drei Köpfe fuhren in die Höhe und sie wurde verwundert gemustert. „Was ist das denn?“, murmelte einer der Köche und zeigte ein schiefes Grinsen auf seinem geröteten Gesicht.

Toni neigte den Kopf leicht zur Seite. Scheinbar sprachen auch diese Männer nur Englisch, und dies würde ihr Vorhaben ein wenig schwierig gestalten. „Ich wollte Sie um die restlichen Lebensmittel der Mittagsmahlzeit bitten – die, die auf den Platten und in den Schüsseln liegen geblieben sind“, versuchte sie dennoch zu erklären.

„Was ist das für eine Sprache? Deutsch?“

„Vermutlich.“

„Jag sie raus. Sie hat hier nichts zu suchen.“

„Sie kommt vom Oberdeck. Siehst du ihre neuen Schuhe und das gute Kleid? Keinesfalls ist sie eines der Kinder von unten.“

„Dennoch hat sie hier nichts zu suchen“, knurrte der Älteste von ihnen und wandte sich wieder seinen gewaltigen Kochtöpfen zu.

Da keiner der Männer reagierte, versuchte Toni ihr Glück mit Französisch und deutete dabei auf die noch nicht weggeräumten, halb vollen Schüsseln, die sich unordentlich auf einer langen Ablagefläche stapelten.

„Hat sie Hunger? Sie kommt doch von oben. Ob sie das Essen verschlafen hat?“, fragte der jüngste der Männer, zog seine geröteten Hände aus dem heißen Wasser und trocknete sie an seiner langen weißen Schürze ab.

„Vielleicht sollte man jemanden holen, der ihre Sprache spricht und ihr erklären kann, dass die Stewarts oben für sie sorgen“, knurrte der älteste wieder und begann, heftig mit einem Drahtgeflecht in seinem Kochtopf zu kratzen.

Unbeeindruckt von dessen mürrischen Worten, zog der jüngere einen frisch gespülten Teller hervor und legte ein paar nicht mehr sehr warme Kartoffeln darauf.

Toni sah ihn an und schüttelte dann entschieden den Kopf. Offenbar hatte der freundliche Mann verstanden, um was es ihr ging, doch die Menge, die er fertig machte, würde höchstens für Max, jedoch nicht für seine Familie reichen.

Mit großen Schritten ging sie auf den Mann zu, nahm ihm den Teller aus der Hand und schüttete die Kartoffeln in eine der großen Schüsseln. Dann nahm sie eine weitere Platte und leerte die darauf verbliebenen Kartoffeln hinzu, ehe sie, noch immer ungehindert, nach einer dritten Platte griff und auch deren Inhalt in die Schüssel kippte.

„Hat einen gewaltigen Hunger, deine neue, deutsche Freundin!“, lachte der dritte Mann, der sich bisher aus der Diskussion herausgehalten hatte, und wandte sich wieder seinem Abwasch zu.

„Ich hab keine Ahnung, was sie will“, murmelte der jüngere und beobachtete, wie das dünne Mädchen mit den langen, geflochtenen Zöpfen nach einer weiteren Schüssel griff, in die es übrig gebliebenes Obst füllte.

„Wo steckt Tom? Der Junge soll einen der Stewarts holen“, murrte nun der Älteste ungehalten. Im selben Moment wurde die Tür geöffnet und der schwarze Junge trat ein. Er warf einen kurzen verwirrten Blick auf das Mädchen und senkte dann, wie es von ihm erwartet wurde, schnell wieder den Kopf. Toni beobachtete, wie der ältere Mann ihm einen harschen Befehl zuraunte, woraufhin der Junge sofort wieder davonstob.

Sie kümmerte sich nicht weiter um ihn, nahm die Schüssel mit den Kartoffeln und stellte die mit dem Obst darauf. Dann bedankte sie sich mit einem freundlichen Lächeln bei dem jungen Mann, der sie noch immer beobachtete, um sich mit der schweren Last umzudrehen und in Richtung Tür zu gehen, die in diesem Moment von außen geöffnet wurde.

Dankbar für diese unvorhergesehene Hilfe, wollte das Mädchen schnell zur Tür hinaus, wurde jedoch von einer entrüstet klingenden Stimme aufgehalten. „Mademoiselle Antoinette! Was machen Sie hier unten?“

Toni blickte an den Schüsseln vorbei und sah in die grünen Augen des Stewarts, der sie bei Tisch immer bediente. Sie wusste nicht, ob sie erleichtert darüber sein sollte, dass endlich jemand gekommen war, der sie verstand, oder vielmehr enttäuscht, da sie nun ihr Tun würde erklären müssen, und das, wo sie doch mit ihrer Beute beinahe schon auf dem Weg zum Unterdeck gewesen war.

„Ich habe nur ein paar Reste besorgt, Jean. Ich gehe schon wieder", erklärte sie knapp und wollte sich an dem Stewart in seiner vornehmen Livree vorbeidrücken, doch dieser stellte sich ihr in den Weg.

Über ihren Kopf hinweg sprach er mit den drei Köchen, während Toni ungeduldig warten musste. Schließlich schüttelte er entschieden den Kopf. „Sie können hier nicht einfach Lebensmittel mitnehmen, Mademoiselle Antoinette. Was haben Sie damit überhaupt vor?"

„Die werden doch ohnehin an die Schweine verfüttert oder über Bord geworfen. Sie werden niemandem fehlen, Jean", erwiderte Toni leise.

„Und wohin wollten Sie mit den Lebensmitteln, Mademoiselle Antoinette?"

Toni kniff die Augen zusammen und warf einen Hilfe suchenden Blick zu dem jüngsten der Köche, doch dieser hob, da er ihre Unterhaltung nicht verstehen konnte, nur die Schultern an. Unwillig erklärte sie dem Stewart ihr Ziel, worauf dieser die Augenbrauen zusammenzog und ihr die beiden Schüsseln abnahm. „Das ist nicht für die Leute im Unterdeck gedacht, Mademoiselle Antoinette."

„Das weiß ich, aber dort unten sind viele Kinder, die Hunger haben, während dieses ganze Essen hier an die Schweine verfüttert wird."

„Die Schweine brauchen auch etwas, bis sie in der Pfanne landen."

„Aber doch nicht so gute Lebensmittel."

„Darüber haben wir nicht zu entscheiden, Mademoiselle Antoinette."

Hilflos sah Toni zu, wie der Stewart ihre beiden Schüsseln zurück auf die Ablagefläche stellte und sie mit einer zwar freundlichen, aber deutlichen Handbewegung aufforderte, den Küchenbereich zu verlassen.

Traurig und auch ein bisschen wütend, ging sie durch die Tür hinaus in den dunklen Flur und warf dem dort wartenden dunkelhäutigen Jungen einen bösen Blick zu. „Warum hast du dich so beeilt?", brummte sie, erhielt jedoch keine Reaktion. Sie drehte sich noch einmal um und schaute durch die noch offene Kombüsentür, dann ging sie, gefolgt von dem Stewart, langsam den Gang entlang, den sie zuvor heruntergekommen war. „Wer ist der Afrikanerjunge?“, fragte sie schließlich.

„Afrikaner? Tom ist ein Sklave aus den Staaten.“

„Ein Sklave?“ Toni blieb stehen und wandte sich erneut um, doch der Junge war bereits verschwunden. „Ein Sklave, wie die Israeliten in Ägypten Sklaven waren?“

„Wie die Israeliten in der Bibel, genau“, bestätigte Jean.

„Aber das ist nicht schön“, murmelte Toni in Erinnerung an die traurigen, erschütternden Gedanken, die sie gehegt hatte, als ihre Mutter ihr das erste Mal die Geschichte aus der Bibel vorgelesen hatte.

„So ist das nun mal in den Vereinigten Staaten.“

„Dort gibt es Sklaven?“ Toni schüttelte den Kopf und blickte noch einmal in Richtung Kombüse, vor welcher kurz zuvor noch der Junge gestanden hatte. „Wo sind seine Eltern? Sind sie auch Sklaven hier auf dem Schiff?“

„Ich weiß nicht, wo seine Eltern sind. Wahrscheinlich weiß er es selbst nicht.“

„Warum?“, hakte Toni nach, während sie weiterging.

Der Stewart zuckte mit den Schultern und entgegnete: „Sie sind vermutlich getrennt voneinander verkauft worden.“

„Er wurde von seinen Eltern getrennt?“

„Das ist nun einmal so, Mademoiselle Antoinette.“

Unverständnis und Wut machten sich in Toni breit. Wie konnte dieser Mann mit einem Achselzucken sagen, dass dies nun einmal so sei, und nicht die Tragik hinter dieser Tatsache sehen? „Das ist nicht einfach nun mal so, Jean. Das ist traurig und gemein! Meine Eltern sind vor einigen Wochen gestorben und es ist schrecklich. Seine Eltern leben noch, und er könnte bei ihnen sein, wie es sich für ein Kind gehört, und andere Menschen haben ihm das genommen.“ Tränen schossen dem Mädchen in die Augen, und mit beiden Händen den Rock raffend, begann es zu laufen.

„Warten Sie doch, Mademoiselle Antoinette. Ich begleite Sie nach oben.“

„Ich finde selbst hinauf!“, rief sie zurück. „Und ich will nicht in dieses Amerika!“

Toni hatte eine Stunde auf dem Deck zugebracht, sich die immer wärmer werdende Sonne auf ihr tränenüberströmtes Gesicht scheinen lassen und schließlich eine Entscheidung getroffen. Eigentlich sollte sie zurück in ihre Koje, damit Marie nicht bemerkte, dass sie heimlich aufgestanden war, doch ihr junges, empfindliches Herz wollte noch immer Max und seiner Familie helfen, und sie sah nicht ein, dass ihr dies nicht gelingen sollte. So schlug sie ein weiteres Mal den ihr nun bekannten Weg in Richtung Kombüse ein.

Vorsichtig öffnete sie die Tür zur Bordküche und sah sich um. Niemand war zu sehen, obwohl die Spuren des Kochens noch nicht vollständig beseitigt waren, und sie trat erneut in den noch immer in weißen Dunst gehüllten Raum. Eilig ging sie zu der Ablage hinüber, die bei weitem nicht mehr so überfüllt war wie noch eine Stunde zuvor, und stellte erfreut, aber auch ein wenig erstaunt fest, dass ihre beiden Schüsseln noch immer dort standen, wo der Stewart sie abgestellt hatte. Sogar das Obst und die Kartoffeln befanden sich noch in diesen. Begeistert ergriff Toni die schweren Gefäße.

Gerade in dem Moment, als sie sich umdrehen und gehen wollte, trat jemand in die Kombüse. Toni fuhr zusammen und blickte verzweifelt auf die große Gestalt. Es war der jüngste der Köche. Dieser musterte sie einen Augenblick lang, dann huschte ein Lächeln über sein Gesicht und er murmelte: „Eines muss man ihr lassen – hartnäckig ist sie.“ Damit wandte er sich ab und hievte einen großen, verschmutzten Topf auf den Spülstein.

Toni beobachtete den Mann, und als sie feststellte, dass er sie nicht weiter beachtete, tat sie dasselbe und beeilte sich, die Kombüse mit den beiden Schüsseln im Arm schnell wieder zu verlassen.

Zufrieden lächelnd ging sie den Flur entlang zu einem der Abstiege, die hinunter zu der zweiten Klasse führten. Es war sehr schwierig für das Mädchen, die steilen und schmalen Stufen hinabzusteigen, ohne die Hände frei zu haben, zumal ihr langer, von Tüll und Taft aufgebauschter Rock sie in ihrer Bewegungsfreiheit hinderte. Doch es gelang ihr und sie drang zum ersten Mal in die Räumlichkeiten unterhalb des Oberdeckes ein.

Von einer Seite vernahm sie das leise Singen einer Frau, von der anderen drang ihr heftiges Husten entgegen und irgendwo schrie ein Baby. Toni ging mit unsicheren Schritten den Flur entlang, dennoch stolperte sie in der Dunkelheit über irgendetwas. Sie konnte sich nur mit Mühe auf den Beinen halten und dabei glitten ihr beinahe die Schüsseln aus der Hand. Hitze schoss durch ihren Körper, denn sie musste das wertvolle Porzellangeschirr auf jeden Fall unversehrt zurück in die Küche bringen.

Ängstlich sah sie sich um und ging zügig weiter, immer den dunklen, engen Gang entlang, von dem aus links und rechts türlose

Räume abgingen. Wann immer ihr jemand in dem engen Gang entgegenkam, drückte sie sich gegen die Holzwand, wobei sie jedes Mal versuchte, die immer schwerer werdenden Schüsseln zwischen ihrem Körper und der Bretterwand zu verstecken.

In den kleinen, mit vielen Kojen ausgestatteten Räumen war es nicht heller als in dem engen Gang, und so konnte das Mädchen die Personen, die sich darin aufhielten, nur schemenhaft erkennen. Wie sollte sie hier nur ihren Freund finden?

„Max?“, fragte sie leise in die Dunkelheit hinein, doch sie erhielt keine Antwort. Während sie sich weiter durch den Schiffsbauch bewegte, wiederholte sie immer wieder den Namen ihres Freundes, bis sie schließlich eine Reaktion auf ihr leises Rufen erhielt. Eine heisere Frauenstimme rief ihr ein wenig ungehalten zu, dass der freche Lümmel zwei Kammern weiter zu finden sei.

Toni eilte weiter, ohne sich für die Auskunft zu bedanken, blieb schließlich zögernd bei dem genannten Durchgang stehen und versuchte, im Inneren der Kammer etwas erkennen zu können. Der bellende Husten eines sehr kleinen Kindes drang aus dem Raum. Hatte Max ihr nicht gesagt, dass es seiner kleinen Schwester besser ging? „Max? Bist du da?“, fragte sie leise.

„Toni? Bist du das?“

Toni hörte das Knarren von Holz, ehe zwei nackte Füße auf die Bodenbretter patschten und sich ihr ein dunkler, schmaler Schatten näherte. „Endlich habe ich dich gefunden. Ich habe dir und deiner Familie etwas zu essen mitgebracht.“

„Psst. Still. Oder willst du hier einen Aufstand haben, Toni?“, zischte er ihr zu und zog sie in den dunklen, übel riechenden Raum hinein.

„Was ist denn, Maximilian?“, fragte eine weiche weibliche, erschreckend schwach klingende Stimme.

„Toni ist hier, Mama.“

„Das Mädchen, das dir immer die Lebensmittel gibt?“

„Ja, genau.“

„Sie sollte nicht hier sein“, murmelte die Frau atemlos und begann heftig zu husten.

Auch das kleine Kind hustete wieder und Toni verzog gequält das Gesicht. Sie hörte förmlich heraus, welche Schmerzen dieser Husten verursachen musste.

„Warum bist du hier?“, fragte Max.

„Ich habe Kartoffeln und Obst für dich und deine Familie.“

„Wir bekommen auch unsere Mahlzeiten, Kind“, wandte Max’ Mutter ein. „Du solltest nicht hier herunterkommen.“

„Aber Sie bekommen nur wenig und nicht viel Frisches. Sie brauchen Obst und auch einmal ein wenig Fleisch oder Kartoffeln“, verteidigte sich Toni.

„Es ist aber nicht deine Aufgabe, für andere Zustände zu sorgen“, mischte sich plötzlich eine andere, männliche Stimme mit ein. Toni vermutete, dass sie Max' Vater gehörte.

Eine große Gestalt bewegte sich in die Mitte des Zimmers und kurz darauf wurde eine heftig schwankende Deckenlampe entzündet. Toni blinzelte gegen das Flackern der unruhigen Flamme an und stellte erleichtert fest, dass sie zum ersten Mal ein wenig mehr als nur dunkle Schatten erkennen konnte.

In dem kleinen Raum waren an jeder Wand jeweils drei Pritschen übereinander angebracht worden, sodass sich insgesamt neun Liegestätten darin befanden, die jedoch, wie sie mit einem Blick feststellte, teilweise doppelt belegt waren.

Wieder hustete das Kind, und jetzt konnte Toni einen etwa zweijährigen Jungen erkennen, der sich heftig wand und dann, als der Anfall nachließ, erschreckend bewegungslos liegen blieb. Der Junge hatte dieselben strohblonden Haare wie Max, und wie bei seinem großen Bruder war sein Gesicht von unzähligen Sommersprossen übersät, die allerdings seltsam blass wirkten.

Erleichtert, sich endlich der schweren Last entledigen zu können, stellte Toni die beiden Schüsseln auf einen nicht sehr stabil aussehenden Stuhl in der Mitte des Raumes. Dann trat sie an die Pritsche des kranken Jungen. Langsam hob sie die Hand und legte sie ihm auf die fieberheiße Stirn. „Max, deinem Bruder geht es sehr schlecht.“

„Ich weiß“, kam die einfache, leise Antwort.

„Warum hast du mir das nicht gesagt?“

„Wir wollten es nicht. Du solltest nichts mit uns zu tun haben“, entgegnete Max' Mutter.

„Aber Max ist mein Freund.“

„Es ist aber nicht richtig, Toni. Du bist von oben.“

„Warum sollte es nicht richtig sein?“

„Das ist nun einmal so“, brummte der Vater und Toni verzog ärgerlich das Gesicht. Wie oft sollte sie diesen Satz denn heute noch zu hören bekommen?

„Ich hole den Arzt“, beschloss Toni.

Gerade wollte sie sich dem Ausgang zuwenden, als Max' Mutter zweifelnd fragte: „Wird er denn herunterkommen?“

Toni drehte sich langsam zu der schmalen, ebenfalls sehr krank wirkenden Frau um. „Warum denn nicht? Er ist doch für alle Menschen auf dem Schiff da."

Max' Vater brummte etwas Unverständliches und widmete seine Aufmerksamkeit dann den beiden Schüsseln. Er schien Hunger zu haben, doch Toni vermutete, dass er einen großen Teil seiner Portion ebenfalls seinen Kindern geben würde.

Max trat nahe an seine Freundin heran. „Es ist prima, dass du uns versorgst, Toni, aber du musst aufpassen. Wenn die anderen bemerken, dass wir bevorzugt werden, können wir Ärger bekommen – und du auch."

Toni nickte Max zu und blickte traurig in den nun noch dunkler wirkenden Gang hinaus. „Ich könnte versuchen, noch mehr Essen zu besorgen. Es war noch so viel übrig in der Küche."

„Wie willst du das machen, Toni? Du wirst gewaltigen Ärger bekommen, wenn du heimlich Essen wegnimmst."

„Ich habe es nicht heimlich genommen, Max!", entrüstete sich Toni etwas zu laut.

Schnell drückte Max ihr seine schmutzige Hand auf den Mund. „Leise!", zischte er und warf ihr einen drohenden Blick zu, der so gar nicht zu seinem sonst so frechen Grinsen passen mochte.

„Entschuldige", flüsterte Toni erschrocken und beobachtete, wie Max' Vater das Obst und die Kartoffeln unter den Kindern verteilte. Dabei versuchte er vergeblich, den kranken Jungen zum Essen zu bewegen.

„Kannst du den Arzt fragen, ob er herunterkommt?", flüsterte Max leise in Tonis Ohr, woraufhin diese heftig nickte.

Sie nahm die leeren Schüsseln, verabschiedete sich kurz angebunden, huschte aus der Kammer in den langen Gang hinaus und lief diesen eilig entlang, bis sie die steile Treppe erreichte, die aus dem Bauch des Schiffes führte. Mit den leeren Schüsseln in der einen Hand konnte sie nun die andere zu Hilfe nehmen, um ihre Röcke beim Treppensteigen anzuheben.

In Windeseile hatte sie die Schüsseln in die nun verwaiste, ordentlich aufgeräumte Küche zurückgebracht und hastete weiter, um schließlich in das obere Deck hinaufzugehen. Dort ordnete sie ihr Kleid und eilte in einen der vielen Salons, um einen Stewart zu finden, der für sie den Schiffsarzt ausfindig machen konnte.

Unruhig saß das Mädchen auf einem der gepolsterten Stühle und wartete, bis sich die Tür öffnete und der Stewart mit dem älteren Arzt eintrat. Dieser stellte sich vor sie und strich sich fragend über den grauen Bart.

„Kleine Mademoiselle, sehr krank siehst du aber nicht aus", bemerkte er freundlich und zog sich einen Stuhl heran, um sich ihr gegenüberzusetzen.

„Mir geht es auch gut. Ich bekomme hier oben ja auch genug frische Luft und zu essen. Aber den Leuten da unten, denen geht es überhaupt nicht gut. Viele husten und der kleine Bruder von Max scheint sehr krank zu sein. Er hat hohes Fieber."

„Der kleine Bruder von Max also." Der Arzt erhob sich wieder, griff nach seiner unförmigen Tasche, die er neben dem Stuhl auf den Boden gestellt hatte, und bot Toni seine große Hand an. „Kannst du mir zeigen, wo ich den Bruder von diesem Max finde?"

„Dann gehen Sie tatsächlich mit zum Unterdeck?"

„Selbstverständlich, Mademoiselle", entgegnete der Arzt und Toni lächelte ihn strahlend an.

Sie selbst hatte dies nicht für selbstverständlich gehalten – nicht mehr, nachdem sie die Zustände dort unten kennen gelernt hatte.

Toni führte den Mann zum nächsten Abgang und ging ihm bis zu den Unterkünften voraus. Er folgte ihr schweigend, und erst als sie mit der Hand in den Raum deutete, in dem Max' Familie lebte, wandte er sich wieder an seine kleine Begleiterin. „Du scheinst dich hier erstaunlich gut auszukennen."

„Ich habe Lebensmittel heruntergebracht, Herr Doktor. Reste von uns oben, die sonst einfach weggekippt werden, und das, wo die Menschen hier unten nur trockenes Brot, etwas Brei, und Dörrfleisch zu essen bekommen."

„Das Schiff kann nicht mit unendlich vielen Lebensmitteln beladen werden. Die Menschen hier unten haben weniger bezahlt als ihr oben, deshalb bekommen sie auch nicht das gleiche Essen, kleine Mademoiselle."

„Aber warum sollte man gute Lebensmittel wegwerfen, wenn sie hier unten doch dringend benötigt werden, Herr Doktor?"

Der Schiffsarzt zog die Augenbrauen hoch und bedachte das Mädchen vor sich mit einem nachsichtigen Lächeln. „Auf diesem Schiff sind die Regeln klar festgelegt, und die Menschen hier unten wussten, worauf sie sich einließen, kleine Mademoiselle. Sie wollen in das neue Land und nehmen die Strapazen der Reise freiwillig in Kauf. Ich habe bereits durchgesetzt, dass sie pro Tag drei geregelte

Mahlzeiten und eine Stunde Bewegung an Deck bekommen. Damit geht es diesen Menschen hier wesentlich besser, als es auf anderen Schiffen der Fall wäre. Dort wären sie während der dreimonatigen Überfahrt die ganze Zeit unter Deck eingesperrt, bekämen nur eine Ration Essen und Wasser pro Tag und hätten keinerlei medizinische Betreuung. Also beruhige dich wieder, kleine Mademoiselle."

„Ich heiße Toni, Herr Doktor, und ich kann immer noch nicht verstehen, warum diese Lebensmittel an die Schweine verfüttert oder über Bord geworfen werden sollen, wenn sie hier unten gut gebraucht werden können."

Der Arzt gab ihr keine Antwort. Er sah sie nur traurig an, drehte sich um und betrat den kleinen Raum. Toni lehnte sich mit dem Rücken gegen das derbe Holz der Wand und lauschte den diversen Geräuschen des Schiffes und der darin befindlichen Menschen. Noch immer schrie irgendwo ein Säugling und nach wie vor war von allen Seiten vielstimmiges Husten zu hören, das sich mit dem Knacken und Knarren des Gebälkes vermischte.

Es dauerte sehr lange, bis der Arzt, gefolgt von Max, wieder in den Gang hinaustrat. „Du gehst mit mir nach oben, junger Mann, und nimmst die Medizin mit. Ich komme morgen wieder", wies er Maximilian an und wandte sich dann Toni zu. „Und dann werde ich mir auch die anderen kranken Menschen hier unten ansehen. Zufrieden?"

„Sehr", freute sich Toni und schenkte dem Mann ihr fröhliches, kindliches Lächeln.

„Es war gut, dass du mich geholt hast, Toni. Dem kleinen Jungen geht es tatsächlich schlecht, und ich weiß nicht, ob ich ihm noch helfen kann, doch zumindest seine Mutter und die Schwester kann ich retten."

Toni blickte erschrocken zu Max hinüber, doch dieser hatte den Kopf abgewandt. Toni ahnte, weshalb. Er wollte seine Tränen vor ihr verstecken.

Als er sich an ihr vorbeidrückte, um dem Arzt, der bereits in Richtung Aufstieg ging, zu folgen, traten auch ihr Tränen in die Augen.

„Warum können Sie dem Bruder von Max nicht mehr helfen?", fragte Toni den Schiffsarzt, nachdem Max sich mit der Medizin wieder auf den Weg ins Unterdeck gemacht hatte.

„Er hat eine Lungenentzündung, Toni. Was soll ich da tun?"

Hilflos zog das Mädchen die schmalen Schultern nach oben. „Sie hätten ihm aber doch gerne geholfen, nicht wahr, Herr Doktor?"

„Selbstverständlich, Toni. Ich hätte dem armen, kleinen Burschen gerne geholfen."

„Dann helfen Sie jetzt den anderen Menschen dort unten?", bohrte sie vorsichtig weiter. Ein aufgeregtes Flattern breitete sich in ihrem Bauch aus. Konnte sie tatsächlich etwas für die bemitleidenswerten Menschen dort unten tun? Würde der freundliche Arzt ihr helfen? Immerhin hatte er auf dem Schiff bereits für einige wichtige, grundlegende Veränderungen gesorgt.

Der Mann lächelte sie amüsiert an. „Du gibst nicht so schnell auf, wenn dir etwas wichtig ist, nicht wahr, kleine Mademoiselle?"

„Toni", murmelte sie und der Arzt nickte ihr freundlich zu.

„Ich mache dir einen Vorschlag, Toni. Nach dem Abendessen werden wir beide hinunter in die Kombüse gehen und uns ansehen, was übrig geblieben ist. Dann spreche ich mit dem Kapitän, und wir versuchen, eine Regelung zu finden. Einverstanden?"

Mademoiselle Claire war sehr ungehalten über die Eskapaden ihrer Schutzbefohlenen und gehörig böse auf Marie, die in ihren Augen nicht ausreichend auf das Mädchen Acht gegeben hatte. Marie hörte sich die Vorwürfe an, entschuldigte sich und versprach, in Zukunft aufmerksamer zu sein. Dann brachte sie Toni in ihre Kabine, drückte sie herzlich an sich und schenkte ihr ein liebevolles Lächeln, was Toni zutiefst erstaunte.

Einige Tage später hatte sich der Kapitän schließlich dazu durchgerungen, dem Drängen seines Schiffsarztes und den Vorschlägen eines kleinen Mädchens nachzukommen und die noch brauchbaren Essensreste vom Oberdeck den Rationen der Menschen aus dem Unterdeck hinzufügen zu lassen.

An diesem Tag starb Max' zweijähriger Bruder und wurde im weiten, endlos erscheinenden Ozean bestattet.

Kapitel 2

Wochen später durchpflügte die Brigg den Golf von Mexiko und näherte sich unaufhaltsam dem gewaltigen Strom Mississippi, der sich in einem breiten Band durch das Land Louisiana zog und seine braunen Wassermassen in den Ozean ergoss.

Seit sie den großen Kontinent erreicht hatten, waren viele der Passagiere von Bord gegangen, unter ihnen auch Maximilian und seine Familie.

An diesem Morgen stand nicht nur die kleine Toni aufgeregt an der Reling des Segelschiffes. Ihre beiden erwachsenen Begleiterinnen hatten sich zu ihr gesellt und betrachteten nun mit ihr den üppigen, beinahe wilden Uferbewuchs, der sich ihnen in farbenfrohen, exotischen Bildern eröffnete.

Die Sonne stand bereits warm am Himmel und unzählige Möwen, Kormorane und Pelikane zogen an diesem entlang oder ließen sich in den silber glitzernden Wellen auf und ab schaukeln.

Toni schüttelte mit einer bedächtigen Bewegung den Kopf, sodass ihre beiden geflochtenen Zöpfe langsam über ihre Schultern nach hinten auf den Rücken rutschten. Sie konnte nicht erfassen, wohin sie gebracht worden war. Für sie schien dieser neue Kontinent so unermesslich groß zu sein, dass sich ihrem Staunen ein wenig Angst beimischte. Zum ersten Mal seit Antritt ihrer Reise war sie erleichtert über die Begleitung der beiden Frauen neben ihr.

Sie blickte zu ihnen hinüber. Mademoiselle Claire stand mit weit aufgerissenen Augen da und umklammerte die Reling mit ihren Fingern. Sie wirkte noch immer sehr bleich und abgemagert, während Marie den Eindruck eines aufgeregten jungen Mädchens vermittelte. Toni musterte sie verwundert. Ihr war noch nie aufgefallen, wie jung Marie sein musste. Vermutlich war sie gerade einmal sechs oder sieben Jahre älter als sie selbst. Die Begeisterung im Blick der jüngeren Frau beruhigte Toni ein wenig und sie wandte sich wieder neugierig der vorbeigleitenden Landschaft entlang des großen Stromes zu.

Unendlich viele kleine Nebenflüsse schlängelten sich in das Hinterland, um dort zwischen den wild wachsenden Sträuchern zu verschwinden. Größere, vom Fluss gespeiste Seenplatten und Seitenarme schimmerten zwischen den teilweise überfluteten Wäldern zu dem stolzen Segelschiff herüber.

Über den stehenden Gewässern lag ein grünlicher Dunst und eine düstere, unheimliche Stille. Die dort wachsenden Sumpfzypressen mit ihren Moosbehängen überragten wie drohende Schatten die entwurzelten Baumstämme, die langsam im Wasser vor sich hin moderten.

Vor der Brigg weitete sich die Wasserfläche. Marie trat neben Toni und lächelte diese freundlich an.

„Das ist der Barataria-Sund“, erklärte sie leise.

Das Kind blickte interessiert zu seiner jungen Zofe hinauf. Woher wissen Sie denn das, Marie? Sie waren doch auch noch nie in New Orleans, oder?“

„Nein, aber ich habe in der Bibliothek an Bord ein Buch gefunden, in dem einiges Interessantes über diese Gegend steht.“

„Und das haben Sie gelesen?“

„Ja. Ich lese sehr gerne, und ich war neugierig, wohin unsere Reise geht.“

„Meine Mama hat immer gesagt, ich sei zu neugierig. Das sei nicht gut für mich.“

„Eine gesunde Neugier ist wichtig, finde ich, Mademoiselle Antoinette. Ich möchte doch wissen, was auf mich zukommt und wo ich leben werde.“

Toni blickte zu den überfluteten Zypressenwäldern hinüber, beobachtete ein Reiherpärchen beim Fischen und nickte schließlich zustimmend. War sie nicht auch neugierig und zudem beunruhigt, weil sie sich ihr neues Zuhause überhaupt nicht vorstellen konnte? Schon jetzt, nachdem sie erst kurze Zeit in diesem großen, braunen, brodelnden Fluss unterwegs waren, schien alles so ganz anders zu sein, als sie es kannte oder sich jemals auszumalen gewagt hatte. „Erzählen Sie mir ein wenig von dem, was Sie in diesem Buch gelesen haben?“, bat sie.

„Gerne, Mademoiselle Antoinette.“ Marie lächelte fröhlich auf sie hinunter und deutete dann mit der Hand auf eine Insel. „Das ist *Grande Terre*. Und dort weiter hinten muss es eine kleine, schöne Bucht geben, in der eine Stadt liegt, die früher eine Piratenstadt war.“

„Eine Piratenstadt?“ Tonis Augen begannen erwartungsvoll zu glänzen.

„Marie, was erzählst du dem armen Mädchen für schauderhafte Geschichten? Es wird in der Nacht kein Auge zumachen können.“ Mademoiselle Claire ging an ihnen vorbei und verschwand in einem der Salons.

„Bitte, Marie! Bitte erzählen Sie mir, was Sie von den Piraten wissen. Gibt es die heute noch?“

„Das weiß ich nicht, Mademoiselle Antoinette. Aber ihr Anführer hieß Jean Lafitte und trieb im Golf von Mexiko und vor Westindien sein Unwesen. Er soll in der Stadt dort hinten ein wunderbares Haus gehabt haben, das mit allen Schätzen gefüllt war, die er erbeuten konnte."

„Das würde ich gerne einmal sehen", flüsterte Toni ehrfurchtsvoll und sichtlich aufgeregt. Die Abenteuerlust hatte sie gepackt.

„Ich denke nicht, dass es das Haus noch gibt. Aber eine großartige Geschichte rankt sich um diesen Jean Lafitte. Stellen Sie sich vor, als 1815 Krieg zwischen den Vereinigten Staaten und England herrschte, boten die Engländer Lafitte sehr viel Geld, damit er ihre Truppen nach New Orleans führen würde."

Toni warf einen Blick auf das undurchdringlich erscheinende Land entlang des Stromes und nickte.

Es war bestimmt ausgesprochen schwierig, sich in dieser bewaldeten und sumpfigen Landschaft zurechtzufinden.

„Aber das hat er doch nicht tatsächlich getan, oder Marie?"

„Nein. Das hat er nicht. Er nahm das Angebot an und führte stattdessen die Amerikaner bis an das Lager der britischen Soldaten, sodass diese überrascht werden konnten."

„Dafür waren die Menschen aus New Orleans dem Piraten sicher sehr dankbar", überlegte Toni leise und wieder blickte sie mit blitzenden Augen zu der langsam entschwindenden Insel.

„Nicht nur die Menschen in New Orleans, Mademoiselle Antoinette. In dem Buch stand, dass der Präsident der Vereinigten Staaten höchstpersönlich dem Piraten alle seine Schurkereien vergeben und ihn von sämtlichen Strafen, die ihm eigentlich zustanden, befreit hat."

Toni blickte verträumt zu den langsam vorbeiziehenden Bäumen mit ihren dunklen Moosbehängen am Ufer hinüber. Sie schloss für einen Moment die Augen und versuchte, sich den wilden Piraten vorzustellen, und eine angenehme Aufgeregtheit durchflutete sie. Für das Kind schien es im Moment nichts Erstrebenswerteres zu geben, als wie ein Pirat zu leben, dessen Freiheiten auszukosten und dennoch Gutes tun zu können.

Dann öffnete sie schnell ihre Augen wieder. Keinen Augenblick wollte sie von der Schifffahrt versäumen, die plötzlich so aufregend geworden war.

Toni zwang sich, während der Mahlzeit still zu sitzen, doch kaum war die Tafel aufgehoben, zog es sie – in Begleitung der ebenso aufgeregten Marie – wieder an Deck.

Die im Wasser stehenden Wälder waren zurückgewichen und auf dem frei gerodeten Land links und rechts des Stromes zeigten sich die unzähligen Blüten der Baumwolle und bildeten ein leuchtendes Meer aus weißen, schaumgekrönten Wellen.

„Wie eine schneebedeckte Wiese“, flüsterte Toni und bei der Erinnerung an ihre Heimat zog ein tiefer Schmerz in ihr auf.

Marie legte schweigend eine Hand auf die rechte Schulter des Mädchens, das ihr den Kopf zuwandte und sie dankbar anlächelte. „Anfangs, bis wir uns in dieser neuen Welt eingelebt haben, wird es schwer werden, doch ich denke, es wird Ihnen gefallen. Sie werden Schwestern und Brüder haben, eine Tante und einen Patenonkel, die für Sie irgendwann wie Mutter und Vater sein werden. Und denken Sie einfach immer daran, dass unser Vater im Himmel Ihnen der beste Vater sein will, wenn Sie nur auf ihn vertrauen.“

Toni nickte wortlos. Ihre Großeltern in Paris hatten sich in ähnlicher Weise geäußert, jedoch nicht den Schmerz über den Verlust ihrer Eltern und die Panik vor dem Neuen und Unbekannten in ihr vertreiben können. Vielleicht würde sie eines Tages ebenso empfinden können, doch im Moment wollte das Mädchen niemanden an die Stelle seiner geliebten Eltern treten lassen. Es vermisste sie einfach zu sehr. Toni kämpfte ein weiteres Mal erfolglos gegen ihre Tränen an. „Aber Sie werden mich nicht allein lassen, oder?“, flüsterte sie gegen den Fahrtwind an.

„Ich werde für Sie da sein, bis Sie mich nicht mehr brauchen.“

„Das ist gut. Dann bin ich unter diesen fremden Menschen nicht ganz allein.“ Toni sah Marie lächelnd nicken und blickte wieder zu den endlos scheinenden, blühenden Baumwollfeldern hinüber.

Die Brigg glitt zwischen unzähligen anderen Schiffen flussaufwärts auf die Stadt zu, und Toni stellte sich auf die Zehenspitzen, um die ersten vorbeiziehenden Häuser und Straßenzüge sehen zu können. Fasziniert beobachtete sie die vielen Seemänner und Hafenarbeiter bei der Arbeit. „Sehen Sie nur, Marie. All diese vielen Anlegestellen und Handelsschiffe.“ Toni deutete auf das wirre Durcheinander von Frachtkarren, Kisten, Rollwagen, Schubkarren, Arbeitern, Zugpferden, herumstreunenden Hunden und Kindern.

Marie musste ihre Stimme anheben, um das Läuten, Schlagen, Klirren, die Rufe und die Geräusche der Fuhrwerke übertönen zu können: „Allein New York hat einen größeren Hafen und schlägt mehr Waren um als New Orleans. Hier wird neben Baumwolle und Zucker auch Whiskey, Tabak, Hanf und unendlich mehr ein- und ausgeladen, ge- und verkauft."

„New Orleans ist aufregend und fantastisch, nicht wahr?"

„Bestimmt, Mademoiselle Antoinette. Sie werden hier viel Neues kennen lernen."

„Denken Sie, es wird mir hier gefallen?"

„Ich hoffe es, Mademoiselle."

Das Schiff schrammte leicht an einer der Kaimauern entlang, und Seeleute sprangen von Bord, um es mit schweren Seilen zu vertäuen. Befehle wurden gebrüllt, und Toni spürte, wie ihre Aufgeregtheit und die Faszination dem Neuen gegenüber einer fast panischen Angst wichen. Sie fühlte sich fremd, klein und allein gelassen. Ihre schmale Hand tastete nach der von Marie, die diese nahm und fest drückte.

„Wir sollten in unsere Kabine gehen und uns darauf vorbereiten, von Bord zu gehen, Mademoiselle Antoinette."

Zwei Stunden später standen Mademoiselle Claire, Marie und Toni inmitten des geräuschvollen, verwirrenden Durcheinanders am Kai und blickten sich ein wenig hilflos um. Mademoiselle Claire hielt einen auffälligen roten, mit goldenen Fransen besetzten Sonnenschirm in der Hand, der für den Kutscher, der sie in das Stadthaus zu fahren hatte, als Erkennungszeichen dienen sollte. Nun standen sie bereits eine halbe Stunde auf der Kaianlage, doch niemand hatte sie angesprochen, ob sie die zu Erwartenden seien.

Toni war darüber nicht unglücklich. Jede Minute, die verstrich, schob sich zwischen diesen aufregenden Moment und den Zeitpunkt, an welchem sie ihre neue Familie kennen lernen würde, und somit auch zwischen das Jetzt und den voller Angst erwarteten Augenblick der ersten Begegnung.

Aufmerksam beobachtete sie die Verladearbeiten entlang der Kaimauern. Als sie sah, wie ein älterer, schwarzer Mann von einem weißen Seemann einen Tritt bekam, da er die schweren Fässer mit Zucker angeblich zu langsam den wackeligen Steg zu einem der Schiffe hinauftrug, zogen sich die Brauen über ihren großen, dunklen Augen zusammen. Es dauerte keine Minute, da erhielt ein junger, schwarzer Bursche mit kahl geschorenem Schädel von demselben Mann einen derben Schlag in den Nacken.

Toni brummte missmutig auf, was ihr einen ermahnenden Blick von Mademoiselle Claire einbrachte, auch wenn sich dieser der Grund ihrer undamenhaften Reaktion entzog, da sie in die entgegengesetzte Richtung zu den an- und abfahrenden Kutschen blickte.

Toni zog Marie an der Hand und wartete, bis sie ihre Aufmerksamkeit erlangt hatte. „Warum darf dieser Mann die schwarzen Arbeiter ungestraft schlagen, Marie?"

„Das sind Sklaven, Mademoiselle Antoinette. Davon gibt es hier sehr viele, und ihre Besitzer dürfen mit ihnen machen, was sie wollen."

„Das ist nicht richtig, Marie", flüsterte das Mädchen.

Toni glaubte, ein schwaches, zustimmendes Nicken bei ihrer Zofe erkennen zu können. Dennoch erklärte die junge Frau: „Dieses Land hat seine eigenen Gesetze und Regeln, Mademoiselle Antoinette. Wir werden sie erst einmal erlernen müssen, um die Menschen hier zu verstehen."

„Ich habe keine Lust, irgendwelche Regeln zu lernen, die erlauben, dass ein Mensch einem anderen wehtun darf", erwiderte Toni.

„Wenn man in ein anderes Land einreist und dort leben möchte, muss man sich den dortigen Gepflogenheiten anpassen, Mademoiselle Antoinette. Sonst wird man nicht glücklich werden, immer ein Außenseiter sein und vielleicht sogar immer als Fremder und Feind betrachtet werden."

„Ich werde lernen und mich anpassen, Marie. Aber das Benehmen dieses Mannes gefällt mir nicht. Sehen Sie hin, jetzt hat er den alten Mann schon wieder getreten. Beinahe wäre er gestürzt."

Marie seufzte und wandte sich wieder Mademoiselle Claire zu, die immer ungeduldiger wurde.

Toni beobachtete mitfühlend den älteren, schwarzen Mann mit den grauen, dicht an dicht liegenden Locken. Ihm wurde von einem hölzernen Lastenkarren herab ein weiteres Fass auf den Rücken gepackt, und mit unsicheren Schritten ging er auf den schmalen Steg zu, der den Kai vom Laderaum des Frachtschiffes trennte.

Plötzlich traten zwei junge Männer hinter einem Stapel Kisten hervor. Einer von ihnen stieß gegen den Schwarzen, der ins Taumeln geriet und mitsamt seiner schweren Last stürzte. Der Aufprall des Fasses ging in dem lauten Umfeld der Hafenanlagen unter und Marie und Mademoiselle Claire waren so sehr in ihr aufgeregtes Gespräch vertieft, dass ihnen das Geschehen entging. Vorsichtig zog Toni ihre Hand aus der Maries.

Der Aufseher kam mit großen Schritten herangelaufen und trat dem Schwarzen, der noch immer am Boden lag, mit dem Stiefel in die Seite. Es folgte ein kurzer Wortwechsel zwischen den Weißen, während der Träger sich mühsam erhob und das Fass auf seinen Zustand prüfte. Plötzlich sauste die behandschuhte Hand des Aufsehers mehrere Male in das Gesicht, auf die Schultern und die Brust des alten Mannes.

Mit einem kurzen, entsetzten Aufschrei raffte Toni ihren Rock in die Höhe und lief auf die vier Männer zu. „Aufhören, sofort aufhören!“, rief sie erst in Deutsch, dann besann sie sich und wiederholte ihre Aufforderung in Französisch. Drei Augenpaare starrten sie verwundert an, während der schwarze Mann geduckt und gedemütigt stehen blieb.

„Wie können Sie sich erdreisten, diesen Mann für etwas zu bestrafen, wofür er nicht einmal etwas kann?“ Toni blickte den Aufseher wütend an. „Er wurde angerempelt. Ihn trifft keine Schuld“, stieß sie aus, und als sie die wütend zusammengezogenen Augenbrauen ihres Gegenübers entdeckte, fügte sie schnell noch ein etwas höflicheres, „Monsieur“ hinzu.

„Aber er war es, der das Fass hat fallen lassen, Mademoiselle“, kam die scheinbar logische, nicht eben freundliche Antwort.

„Wenn er aber doch nichts dafür konnte, Monsieur. Diesen Mann hier schlagen Sie doch auch nicht, dabei hat er ihn angerempelt.“

„Monsieur Deux schlagen?“ Der Mann lachte, drehte sich um und sah zu, wie dem Sklaven das unbeschädigte Fass erneut aufgeladen wurde.

Toni wandte sich dem jungen Mann zu, den der Aufseher Monsieur Deux genannt hatte. „Warum haben Sie dem armen Mann nicht geholfen? Warum haben Sie nicht gesagt, dass es Ihre und nicht seine Schuld war?“

Monsieur Deux lächelte seinen Begleiter an und wandte sich wieder dem aufgeregten Mädchen vor sich zu. „Es würde keinen Unterschied machen, kleine Mademoiselle. Dieser Schwarze ist und bleibt der Schuldige.“

„Weshalb?“

„Weil das in New Orleans nun einmal so ist.“

Toni bekam große Augen. Genau diese Worte hatte sie sich auf dem Schiff so viele Male anhören müssen, wenn sie sich nach den Sklaven oder den Menschen aus dem Unterdeck erkundigt hatte. Verwirrt schüttelte sie den Kopf und wandte sich ab, um zu ihren Begleiterinnen zurückzukehren, die sie inzwischen vermissten und riefen, da ihre Kutsche endlich angekommen war.

„Sie dürfen sich nicht einfach entfernen, Mademoiselle Antoinette", rügte Mademoiselle Claire sie sichtlich ungehalten.

Marie nahm die Stoffmassen ihres Kleides ein wenig beiseite und ging vor dem Mädchen in die Hocke. „Was haben Sie dort getan?"

„Der schwarze Mann wurde ungerecht behandelt, und die anderen Männer sagen, sie dürften das, weil das hier so üblich sei. Dabei hat mich meine Mama gelehrt, dass in Gottes Augen alle Menschen gleich viel wert sind."

„In Gottes Augen wohl, Mademoiselle Antoinette. Doch die Menschen machen da Unterschiede."

„Aber ist es denn nicht unsere Aufgabe, die Menschen mit Gottes Augen zu sehen?"

„Das ist es, Mademoiselle Antoinette. Und das sollten Sie nie vergessen." Marie erhob sich, nahm das Mädchen an der Hand und führte es zu dem Fahrzeug. Der Chauffeur öffnete ihnen die Kutschentür.

Als Toni sich in das weiche, blaue Polster fallen ließ, hörte sie zum ersten Mal die Turmglocken der Kathedrale von St. Louis schlagen. Sie war in New Orleans angekommen.

Der Wind peitschte den Regen unbarmherzig durch die Häuserschluchten. Die Wassermassen fielen so dicht, dass der Montmartre nicht mehr zu erkennen war. Die Straßen von Paris waren ungewohnt leer.

Der bärtige Mann zog sich seinen Hut noch ein wenig tiefer ins Gesicht und versuchte erfolglos, sich unter einem der Bäume vor dem schräg herniederprasselnden Regen zu schützen. Fluchend schob er die Hände in die Tasche seines Jacketts, und er fragte sich, wo sein Informant nur steckte. Immerhin waren sie vor mehr als einer Viertelstunde hier verabredet gewesen. Ungehalten und frierend stampfte er mit den Füßen auf und wagte einen weiteren Blick an dem Stamm vorbei in Richtung der Treppen.

Tatsächlich näherte sich dort nun eine dunkle Gestalt, die die Schultern weit nach oben gezogen hatte und den Kopf notdürftig mit dem hochgeklappten Mantelkragen zu schützen versuchte. Unschlüssig blieb der schmächtige Mann stehen und sah sich um. Schließlich zuckte er mit den Schultern und wollte sich wieder den Treppen zuwenden, sodass dem Bärtigen nichts anderes übrig blieb, als aus dem relativen Schutz des Baumes hervorzutreten.

Der jüngere Mann zuckte zusammen, erkannte ihn schließlich und eilte herbei. „Ich habe Sie erst gar nicht gesehen, Monsieur."

„Du bist verdammt spät."

„Ich dachte, ich würde noch etwas mehr erfahren, doch der Mann war ein Wichtigtuer und wusste im Grunde nichts."

„Was hast du also erfahren?"

„Sie hatten Recht. Das Mädchen wurde vor dreieinhalb Monaten von Deutschland hierher zu seinen Großeltern gebracht."

Der Ältere schüttelte verwundert den Kopf. „Dann müssen sie das Kind sofort nach dem Tod der Eltern fortgeschafft haben."

Sein Gesprächspartner zog unwissend die Schultern nach oben.

„Sie ist also bei den de la Rivières?"

„Tut mir Leid, Monsieur. Das weiß ich nicht sicher. Man munkelt, sie sei schon wieder abgereist, aber offensichtlich weiß niemand etwas Genaues."

„Abgereist? Wohin? Warum?"

„Wie gesagt, es ist nur ein Gerücht. Auf jeden Fall hat niemand der Bediensteten im Bekanntenkreis der de la Rivières dieses Mädchen je zu Gesicht bekommen. Das muss jedoch nichts heißen. Immerhin gehen die beiden Alten nicht mehr viel aus und möglicherweise ist das Kind krank oder sehr verstört und wird nicht unter die Leute gebracht."

Unzufrieden schüttelte der ältere Mann seinen Kopf, wobei das Wasser von seinem Hut in das Gesicht seines jungen Informanten spritzte. Dieser wagte jedoch nicht, sich zu beschweren, da er sich vor dem grimmigen, sichtlich wütenden Mann fürchtete und ohnehin bereits völlig durchnässt war.

„Du musst das herausbekommen. Unbedingt. Ich muss wissen, ob das Kind noch bei den de la Rivières ist, und falls nicht, muss ich schnell erfahren, wohin es gebracht wurde."

„Was ist an dem Kind denn so wichtig?" Der junge Mann schnappte nach Luft, als sein Auftraggeber ihn grob am Hals packte und mit einer Hand so fest zudrückte, dass er kaum mehr atmen konnte. Wild zappelnd versuchte er, sich aus dem unbarmherzigen Griff zu befreien.

Endlich wurde er losgelassen. Tief Atem holend taumelte er einige Schritte nach hinten, froh, ein wenig mehr Abstand zwischen sich und den wütenden Mann bringen zu können.

„Das geht dich nichts an, Bursche", zischte der Ältere mit deutschem Akzent. „Dein Auftrag ist es, dieses Mädchen zu finden und mir davon zu berichten. Hast du mich verstanden?"

Der Jüngere nickte nur, da er sich seiner Stimme nicht ganz sicher war. Schnell nahm er die ihm angebotenen Francs entgegen, stopfte sie in seine Hosentasche und wich einen weiteren Schritt zurück, als er in die wild funkelnden, düster blickenden Augen seines Gegenübers schaute.

„Wenn du etwas erfährst, verständigst du mich auf demselben Weg wie heute. Und du sprichst mit niemandem über diese Angelegenheit. Sollte mir irgendwelcher Tratsch zu Ohren kommen, werde ich annehmen, dass du deinen Mund nicht halten konntest, und dann sieh dich vor, dass ich dich nicht finde. Hast du mich verstanden?"

Der junge Mann nickte, drehte sich um und flüchtete die vielen Stufen hinunter, um in den engen Gassen zu verschwinden.

Die Kutsche durchfuhr ein schmiedeeisernes, hohes Tor, das in einer ebenso hohen Mauer eingelassen worden war, und rollte die mit Steinplatten ausgelegte Auffahrt hinauf.

Marie spürte eine freudige Aufgeregtheit in sich. Sie hatte in Paris so viel über New Orleans gehört und gelesen und war, nachdem sie erfahren hatte, dass die de la Rivières eine Zofe für ihre Enkelin in New Orleans suchten, begierig darauf gewesen, diese Anstellung zu erhalten. Marie war in einer angesehenen Familie aufgewachsen und hatte eine ausgezeichnete Schulbildung genossen, aber der frühe Tod ihres Vaters hatte sie gezwungen, sich nach einer Stelle umzusehen. Allerdings fragte sie sich, ob ihr Zofenstatus über die Schifffahrt hinaus Bestand haben würde. Hier in Amerika gab es unzählige Sklaven und einige der weiblichen Haussklaven waren für die Kinder zuständig. Das war dem greisen Ehepaar, das die Enkeltochter gut versorgt wissen wollte, offenbar nicht bewusst gewesen. Doch selbst wenn sie als Zofe nicht gebraucht würde, so war es den Bekannten der de la Rivières wohl kaum möglich, sie ohne eine angemessene Entlohnung oder sogar eine anderweitige Anstellung – vielleicht auch in einem anderen Haushalt – entlassen zu können. Sie jedenfalls war in dieser atemberaubenden Stadt angekommen, und das war im Moment das Wichtigste. Alles Weitere würde sich zeigen.

Die siebzehnjährige junge Frau blickte zu dem kleinen Mädchen hinüber, das sittsam und ungewohnt still neben seiner Gouvernante saß. Doch die dunklen Augen bewegten sich unruhig hin und her, und ununterbrochen berührte es mit seinen Fingern die Lippen – eine

Geste, die Marie schon während der langen Überfahrt aufgefallen war. Sie zeigte Tonis Angst und Nervosität.

Die junge Frau seufzte innerlich. Sie bemitleidete Toni, denn während sie selbst in diesem Land ihren Traum in Erfüllung gehen sah und gewissen Freiheiten entgegenfieberte, hatte das Kind keine Wahl gehabt. Es musste bei dieser Familie leben, gleichgültig, ob es sich dort wohl fühlen würde.

Das Fahrzeug stoppte, nachdem es in einem kleinen Halbkreis direkt vor die Treppe gefahren war, und schaukelte unruhig, als der Kutscher und die beiden Burschen hinter der Equipage ihre Plätze verließen.

„Wir sind endlich angekommen", seufzte Mademoiselle Claire und lächelte zaghaft in die Runde.

Marie lächelte zurück, und als der Kutscher die Tür öffnete und seine dunkle Hand zur Hilfe anbot, stieg sie als Erste aus. Nachdem sie festen Boden unter den Füßen hatte, glitt ihr Blick zuerst zu dem großen, ansehnlichen weißen Haus hinüber. Es machte einen freundlichen Eindruck, und doch konnte Marie die Furcht in den Augen ihres kleinen Schützlings gut verstehen, als Toni, die inzwischen auch aus der Kutsche gestiegen war, zwischen Haus und Straße hin- und herblickte.

Antoinette war auf einem Landgut in der Nähe einer kleinen, deutschen Stadt aufgewachsen und hatte dort vermutlich unendlich viele Felder, Wiesen und Wälder um sich gehabt. Hier hingegen schien es – bis auf einige Bäume entlang der schmalen Grünfläche – nur die belebte Straße, große, herrschaftliche Häuser sowie Mauern, Zäune und Tore zu geben. Ob sich das Mädchen nicht zu eingeengt fühlen würde?

Antoinette kam zu ihr und blickte sie mit flehenden Augen an. „Marie, hier gibt es ja nicht einmal eine Wiese oder einen Wald", klagte sie leise und der jungen Zofe zog es schmerzhaft das Herz zusammen.

Erneut kniete sie sich vor das Kind und legte ihre Hände auf dessen schmale Schultern. „Das Grundstück scheint mir sehr groß zu sein, Mademoiselle Antoinette. Vielleicht befindet sich hinter dem Haus ja ein Garten."

Ungläubige Augen musterten sie, und die Tränen, die darin schimmerten, ließen Marie schwer schlucken.

Bevor sie etwas sagen konnte, wurde die große, schwere Eingangstür geöffnet und ein dunkelblau livrierter Schwarzer trat auf die oberste Stufe. Hinter ihm tauchte ein nicht sehr groß gewachsener, jedoch kräftiger Mann auf, der die kleine Gesellschaft am Fuße der hell in der Sonne leuchtenden Treppe abschätzend musterte. Er fuhr sich mit der Hand über seinen schmalen Schnurrbart und stieg dann die Stufen zu ihnen hinunter. „Herzlich willkommen in New Orleans, meine Damen", sagte er. „Antoinette, ich bin Raphael Leroux, dein *Parrain**. Herzlich willkommen in deinem neuen Zuhause, meine Liebe. Du wirst dich sicherlich nicht an mich erinnern. Du warst erst zwei Jahre alt, als ich dich das letzte Mal gesehen habe."

Marie war erleichtert. Der Mann machte einen sehr freundlichen Eindruck auf sie. Antoinette jedoch stand steif neben ihr und blickte mit großen Augen zu ihrem Patenonkel hinauf. Beinahe schien es, als habe sie ihn nicht verstanden. Der Hausherr hatte wohl denselben Eindruck gewonnen, denn er wandte sich nun mit einem Stirnrunzeln an die Gouvernante. „Mademoiselle Claire Portune, nicht wahr?"

„Das ist richtig, Monsieur Leroux."

„Ist das Kind denn nicht in der Muttersprache ihrer *Maman* unterrichtet worden?"

„Doch, gewiss, Monsieur Leroux. Aber Sie müssen ein wenig Nachsehen mit ihr haben. Sie hat eine monatelange Reise hinter sich und alles ist neu für das Kind. Zudem – der schreckliche Tod ihrer Eltern …"

Marie sah, wie Antoinette die Tränen in die Augen schossen, und schnell ergriff sie ihre Hand. Obwohl es drückend heiß und schwül war, waren die Finger des Mädchens eiskalt.

„Natürlich", sagte Monsieur Leroux verständnisvoll. „Kommen Sie erst einmal alle herein. Im Haus ist es kühler und Sie werden hungrig und durstig sein." Er wandte sich um und ging mit großen Schritten die wenigen Stufen hinauf und verschwand durch den geöffneten Türflügel im Inneren des Hauses.

Mademoiselle Claire folgte ihm, und nachdem Marie festgestellt hatte, dass ihr gesamtes Gepäck inzwischen fortgeschafft worden war, ging auch sie mit Toni an der Hand in das große, freundliche Foyer des Hauses.

Fasziniert sah sie sich um. Zu ihrer Linken und zu ihrer Rechten führte je eine Treppe in den oberen Stock hinauf. Die Geländer waren kunstvoll geschnitzt und die Stufen mit einem blauen Teppich ausgelegt. An den Wänden hingen Lampen, deren kristallene Prismen schillerten, obwohl die Kerzen darin zu dieser Tageszeit noch nicht angesteckt worden waren. Von der Decke, die reich mit Stuckornamenten

* Patenonkel

verziert war, hing ein gewaltiger Leuchter herab, der ebenfalls mit unzähligen Prismen versehen war, und die Wände waren mit einer vornehmen, in Blau und Gold gehaltenen Tapete verziert.

Eine große, weit offen stehende und mit einem Moskitogitter versehene Tür führte in einen Park hinaus. Erleichtert lächelte Marie zu Antoinette hinunter. Zumindest ein wenig Grün schien dem Kind hier zuzustehen.

„Kommen Sie bitte mit in den Salon. Dort hat sich meine Familie versammelt, um Sie begrüßen zu können." Der Mann ging mit großen Schritten auf eine Tür zu, die Marie zuvor gar nicht aufgefallen war, da sie von der links nach oben führenden Treppe verdeckt wurde.

Marie blieb im Türrahmen stehen und nahm mit Staunen das Bild in sich auf, das sich ihr bot, denn die Einrichtung des Salons spiegelte noch deutlicher den Wohlstand dieser Familie wider, als das Foyer dies bereits getan hatte. Antoinette hatte jedoch nur Augen für das mitten im Raum stehende Pleyel-Piano.

Die Zofe erinnerte sich daran, dass die Großeltern des Kindes davon gesprochen hatten, wie außergewöhnlich schön die Zehnjährige bereits Klavier spielen könne. Doch schnell wurde ihre Aufmerksamkeit von der wartenden Familie in Anspruch genommen.

Die Frau des Hauses, eine dunkelhaarige Schönheit, thronte in einem violetten, um ihre Beine weit aufgebauschten Kleid auf einem Sessel mit hoher Lehne und wedelte sich mit einem Pfauenfederfächer kühle Luft zu. Ihre Augen blickten einen kurzen Augenblick lang zunächst sie und dann Mademoiselle Claire an, ehe sie sich dem Mädchen zuwandte, das sich noch immer an die Hand der Zofe klammerte. „So, du bist also Angelique de la Rivières Tochter", sagte sie. „Komm bitte etwas näher."

Marie löste ihre Hand aus der des Mädchens, und als dieses nicht reagierte, schob sie das Kind mit beiden Händen ein wenig nach vorne.

Endlich schien Antoinette aus ihrer Erstarrung zu erwachen. Sie hob den Kopf, straffte, wie sie es oft tat, ihre Schultern und ging bis auf wenige Schritte auf die Frau zu.

„Guten Tag, Madame Leroux", flüsterte sie und brachte sogar einen kleinen Knicks zustande.

„Nun, zumindest wohlerzogen. Mehr, als man von einem Kind, das auf einem Bauernhof aufgewachsen ist, erwarten kann", lautete der wenig freundliche Kommentar der Frau, deren Augen das einfache Reisekleid des Mädchens abschätzend musterten.

„Angelique und ihre Familie lebten auf einem Gutshof, meine Liebe. Mit der Landwirtschaft selbst hatten sie nichts zu tun. Dafür hatten sie ihr Gesinde und einige Pächter", stellte Raphael Leroux richtig und erntete ein ungeduldig wirkendes Nicken von Seiten seiner Frau.

„Wie heißt du denn, Mädchen? Ich habe mir leider deinen Namen nicht gemerkt."

Marie zog die Augenbrauen zusammen. Diese Frau schien wenig Feingefühl für die Situation des Kindes zu besitzen.

„Antoinette Therese Eichenheim, Madame." Marie sah, wie das Mädchen einen weiteren Satz hinunterschluckte. Vermutlich hatte sie hinzufügen wollen, dass sie immer Toni gerufen worden war. Allerdings war es weise von dem Mädchen, diesen Hinweis für sich zu behalten, denn die Hausherrin wirkte ohnehin schockiert, als sie den deutsch ausgesprochenen Nachnamen genannt bekam.

„Meine Güte, Raphael. Dieser Name! Wie konnte Angelique dem Kind einen so wunderbaren Vornamen geben und es dann mit diesem Nachnamen belasten?"

„Du wirst bestimmt eine angebrachte Lösung für dieses Problem finden", entgegnete ihr Mann schnell, und Marie glaubte, eine Spur von Belustigung in seiner Stimme zu vernehmen.

„Selbstverständlich. Ich werde mir etwas einfallen lassen."

Marie bemerkte den überraschten Blick Antoinettes und runzelte die Stirn. Doch da das Mädchen schwieg, blieb auch sie ruhig, zumal ihre Stellung es ihr kaum gestatten würde, sich in diese Angelegenheit einzumischen.

„Ich bin Mirabelle Leroux, mein Kind, doch du wirst mich *Marraine** nennen, damit nach außen hin eine gewisse klarstellende Ordnung erhalten bleibt. Henry, unser ältester Sohn, befindet sich in West Point. Dies hier ist unsere älteste Tochter Eulalie. Sie wird in ein paar Wochen heiraten."

Marie blickte zu der Chaiselongue hinüber, auf der sich Eulalie niedergelassen hatte. Sie konnte höchstens sechzehn Jahre alt sein.

„Dies sind Jules, Pierre und Dominique. Dominique ist elf, also etwa in deinem Alter. Audrey, unsere Jüngste, hält zurzeit noch ihre Mittagsruhe. Du wirst sie später kennen lernen, ebenso wie Rose, meine Schwester, die ebenfalls zu diesem Haushalt gehört."

Antoinette hatte höflich jedem zugenickt, doch einzig Jules, ein etwa vierzehnjähriger Bursche, hatte ihr ein Lächeln geschenkt.

* Patentante

„Dies sind also deine neuen Geschwister, Antoinette, und ich denke, du wirst sie dankbar als solche annehmen. Schließlich war der armen Angelique ein weiteres Kind versagt und du musstest allein aufwachsen."

Antoinette drehte sich nach Marie um. Ihre dunklen Augen schrien förmlich um Hilfe.

Nun wurden auch Marie und Mademoiselle Claire begrüßt, und obwohl der jungen Frau die Frage nach ihrer Anstellung und ihren Aufgaben auf der Zunge brannte, behielt sie diese noch für sich. Darüber konnte wohl später noch gesprochen werden. Im Moment würde sie nur froh sein, aus dieser etwas steifen, unpersönlichen Vorstellungsrunde entlassen zu werden. Sie fühlte sich unbeschreiblich erschöpft und sehnte sich nach einem Bett und ein wenig Ruhe.

Madame Leroux zog an einem geflochtenen blauen Seil, worauf ein tiefer Glockenklang durch das Haus hallte. Kurze Zeit später erschien eine schwarze Frau, die die Anweisungen der Hausherrin entgegennahm, und die drei Ankömmlinge waren entlassen.

Eine halbe Stunde später gellte ein wütender Schrei durch den Flur des oberen Stockwerks. Marie, die sich gerade erst hingelegt hatte, sprang von der Chaiselongue in ihrem Zimmer und stürmte in den Flur hinaus.

Aus Antoinettes Zimmer hörte sie Weinen und die deutlich ungehaltene Stimme der Zehnjährigen. Marie klopfte kurz an und öffnete die Tür. Mit in die Seite gestemmten Händen stand Antoinette vor ihrem Bett und funkelte ein junges Sklavenmädchen an, das einige Bücher in den Händen hielt und heftig zitterte.

„Was ist hier los?", dröhnte Raphael Leroux' Stimme hinter Marie, die dem Hausherren schnell Platz machte.

„Das sind meine Bücher!", rief Antoinette aufgebracht.

Einen Sekundenbruchteil später landete die große, kräftige Hand des Mannes im Gesicht des schwarzen Mädchens.

Marie zuckte zusammen und Antoinette blickte fassungslos in die Runde, während sich das geschlagene Mädchen zur Seite wegduckte.

„Das ... das wollte ich nicht. Sie hat doch nicht ..." Hilflos hob Antoinette beide Hände und machte einen Schritt auf das Mädchen zu, doch dieses drückte sich furchtsam noch ein wenig fester gegen die Wand.

„Warum hast du das getan?“, wandte sich Antoinette deutlich verwirrt an ihren Patenonkel.

„Du warst unzufrieden mit ihr. Warum?“

„Sie wollte meine Bücher einräumen. Aber das ist mein Zimmer und es sind meine Bücher. Ich kann sie selbst einräumen. Ich habe die Bücher von meinem Vater geschenkt bekommen, und ich möchte nicht, dass jemand sie anfasst, und ich möchte auch nicht ...“ Antoinette schossen Tränen in die Augen und sie riss dem Mädchen die für sie so wertvollen Bücher aus der Hand.

„Sie hatte den Auftrag, Ihnen zu helfen, Mademoiselle Antoinette“, wagte Marie richtig zu stellen.

Das Mädchen schien zu verstehen und biss sich erschrocken auf die Unterlippe. „Hast du ihr gesagt, dass sie mir helfen soll?“, fragte sie ihren Patenonkel.

„Selbstverständlich. Sie ist dafür da, dir zu helfen, Antoinette.“

„Aber warum hast du sie geschlagen? Ich wusste das doch nicht. Ich habe sie zu Unrecht angeschrien, und es tut mir Leid. Aber du wusstest doch ... Warum hast du ...?“ Das Mädchen wurde immer unsicherer, zumal ihr Patenonkel das schwarze Mädchen nun sehr unsanft aus der Tür schob.

„Sie hat dich verärgert, und dafür muss sie bestraft werden“, lautete die einfache Antwort.

„Aber sie hat *mich* verärgert und nicht *dich*. Und du wusstest, dass sie diese Arbeit tun sollte. Sie hat doch nur getan, was du ihr gesagt hast.“

„Das tut nichts zur Sache, Antoinette. Das Mädchen muss lernen, mit dir auszukommen und deine Wünsche zu erkennen und zu respektieren, ohne ständig nachfragen zu müssen. Das wird es nicht lernen, wenn es nicht dementsprechend erzogen wird.“

Antoinette baute sich widerspenstig vor dem Mann auf, den sie eine Stunde zuvor noch nicht einmal gekannt hatte. „Aber es war trotzdem ungerecht, was du getan hast. Du hast ihr wehgetan, obwohl sie nichts dafür konnte und ... und ...“ Antoinette schüttelte den Kopf und stampfte wütend mit dem Fuß auf.

„Du musst lernen, mit den Gepflogenheiten in diesem Haus zurechtzukommen, Antoinette. Ich will dir diesen kleinen Aufstand heute verzeihen, denn du bist noch fremd hier und außerdem müde von der langen Reise. Weitere zornige Widerworte dieser Art werde ich aber bestrafen müssen. Ich habe dieses Mädchen für dich gekauft, damit es dich bedient, und dementsprechend wird es behandelt.“

„Aber ich habe doch Marie, meine Zofe.“

„Ist Mademoiselle Marie dir wichtig?“

Marie hob den Kopf. Würde sich ihre Ahnung erfüllen und sie in diesem Haus als überflüssig angesehen werden? Sollte sie das nach dem, was soeben mit dem Sklavenmädchen geschehen war, nicht sogar hoffen? War es nicht besser, dieses Haus schnellstmöglich zu verlassen, um derartigen Ungerechtigkeiten zu entkommen?

„Ich möchte nicht ohne Marie sein“, sagte Antoinette mit fester Stimme.

„Dann wird sie deine Begleiterin und deine Erzieherin sein. Doch bedienen wird dich die Kleine.“

Antoinette war im Begriff, erneut zu widersprechen, doch sie besann sich schnell eines Besseren. Stattdessen fragte sie: „Wie heißt sie?“

„Die Kleine? Das weiß ich nicht. Du kannst sie selbst fragen, und wenn dir der Name nicht gefällt, kannst du ihr einen anderen geben.“

„Und sie gehört mir?“

Marie runzelte die Stirn. Gefiel Antoinette dieser Gedanke nun doch? War sie nicht furchtbar erschocken und entsetzt über die Sklaverei an sich und über die Behandlung der Sklaven gewesen?

„Ja, ich habe die Kleine für dich gekauft. Sie gehört von heute an dir.“

„Dann will ich, dass sie nie wieder geschlagen wird, *Parrain*, bitte. Niemand darf Hand an sie legen. Ich möchte das nicht“, erklärte sie bestimmt, wobei sie energisch den Kopf reckte und auf die ihr eigene Art die Schultern straffte.

Wieder lachte der Hausherr, dann nickte er und verließ das Zimmer. Doch er kam noch einmal in Begleitung seiner Frau zurück. Diese sah sich prüfend um, als sei sie jahrelang nicht mehr in diesem Raum gewesen, und erklärte dann: „Ich habe eine passable Lösung für dieses unleidige Namensproblem gefunden, Raphael. Antoinette wird den Familienamen ihrer Mutter tragen.“ Mit diesen Worten nickte sie Antoinette zu und verließ, gefolgt von ihrem Mann, den Raum. So wurde aus Toni Antoinette Therese de la Rivière.

Teil 2

1855

Herr, du erforschest mich und kennest mich.
Psalm 139,1

Kapitel 3

Fröhliche Tanzmusik drang vom Park ins Foyer und lockte die neu eintreffenden Gäste hinaus. Das Klirren des Geschirrs und das glockenhelle Lachen einiger junger Frauen war bereits zu hören und die fröhlich tanzenden Lichter der im Park aufgehängten bunten Papierlampions, die bis in die Eingangshalle hineinschienen, taten ihr Übriges, um den beiden jungen Männern zu zeigen, wo sie erwartet wurden.

Der etwas Schmächtigere der beiden hängte seinen Hut an einen der dafür vorgesehenen Haken und fuhr sich mit beiden Händen durch die blonden Locken – ein vergeblicher Versuch, diese ein wenig zu bändigen. Sein Begleiter grinste ob dieser Bemühungen.

„André! Wunderbar, dass du es doch noch einrichten konntest, zur Hochzeit meiner Tochter zu kommen." Raphael Leroux kam auf die beiden zu. „Herzlich willkommen im Hause Leroux. Ich weiß, Dominique wäre sehr enttäuscht gewesen, wenn du ihrer Einladung nicht hättest nachkommen können."

„Dominique sicherlich, Raphael. Doch wie sieht es mit ihrem Ehemann aus?"

„Wir müssen ihm ja nicht verraten, dass seine Frau jahrelang für dich geschwärmt hat, nicht wahr, André?"

„Lieber nicht. Ich möchte nicht, dass sich der glückliche Bräutigam gezwungen sieht, an seinem Hochzeitstag ein Duell auszufechten", lachte André und wandte sich seinem Begleiter zu, der das kurze Gespräch aufmerksam verfolgt hatte. „Du erinnerst dich sicher an Mathieu Bouchardon, Raphael?"

„Aber sicher! Madame Bouchardons Enkel. Herzlich willkommen in New Orleans und im Hause Leroux, Monsieur Bouchardon. Sie waren lange fort."

„Das stimmt, Monsieur Leroux. Ich war beinahe noch ein Kind, als ich zu meiner Schwester und deren Familie nach New York gezogen bin."

„Aber New Orleans lockt immer wieder, nicht wahr?"

„Die Stadt und natürlich auch meine Großmutter, die nicht mehr die Jüngste ist – wobei sie mir diese Bemerkung sicherlich nicht verzeihen würde, Monsieur."

Raphael lachte und nickte. Mathieu Bouchardons Großmutter war im *Vieux Carré** als sehr energische Frau bekannt.

„Bitte, gehen Sie doch schon in den Garten. Ich muss noch kurz nach oben und nach meiner Frau sehen." Der Hausherr deutete einladend auf die offen stehende Terrassentür und verschwand dann über die Stufen in den oberen Stock.

„Den Berichten meiner Großmutter zufolge haben alle im *Vieux Carré* lange Zeit angenommen, dass aus dir und Dominique eines Tages ein Paar wird", führte Mathieu das Gespräch fort, während die beiden jungen Männer in die laue Herbstnacht hinaustraten und von einer jungen Sklavin je ein Glas Champagner gereicht bekamen.

„Wäre es nach Dominique gegangen, hättet ihr alle Recht behalten."

„Du wolltest nicht?"

André schüttelte schweigend den Kopf, während seine Augen die umhergehenden und tanzenden Menschen auf der Wiesenfläche nach dem Brautpaar absuchten. Obwohl er aus einer der angesehensten Familien Louisianas stammte, hatte André den aufopferungsvollen Beruf eines Arztes gewählt und war zum Studium nach Frankreich gegangen. Die alten Gerüchte um André und Dominique ließen Mathieu nun vermuten, dass seinem Freund dieser Auslandsaufenthalt eine willkommene Fluchtmöglichkeit vor seiner Familie und der Familie Leroux gewesen sein könnte.

Es dauerte nicht lange, da entdeckte Dominique André. Sie löste sich von ihrem Tanzpartner – vermutlich ihrem Ehemann –, um in ihrem weißen Kleid auf ihn und seinen Freund zuzueilen. „André! Du bist doch noch gekommen! Wie wunderbar!", rief sie überschwänglich.

„Ich gratuliere, Dominique. Du siehst aus wie das blühende Leben. Ich freue mich, dich so glücklich zu sehen", erwiderte André und küsste der jüngeren Frau galant die Hand.

„Danke. Du kennst meinen Mann, Louis Poirier?" Sie deutete mit einer knappen Handbewegung zu ihrem stehen gelassenen Tanzpartner hinüber.

„Ja, wir waren einige Zeit lang bei demselben Fechtlehrer. Ich werde ihn gleich begrüßen."

* französisches Viertel von New Orleans

„Du hast einen weiteren Gast mitgebracht?“ Dominique wandte sich um und musterte Mathieu. Zögernd streckte sie ihm ihre schmale, weiße Hand entgegen, und der junge Mann hauchte den obligatorischen Kuss darauf, ohne jedoch mit den Lippen die seltsam kalt wirkende Haut zu berühren. „Mathieu Bouchardon? Sind Sie das wirklich?“

„Es ehrt mich, dass Sie mich wieder erkennen, Madame Poirier“, entgegnete Mathieu und lächelte höflich.

„Sie waren lange fort. Niemand hier konnte so recht verstehen, warum Ihre Schwester diesen Amerikaner geheiratet hat und auch noch so weit in den Norden gezogen ist. Dass es Sie allerdings von Ihrer doch recht eigenwilligen Großmutter fort zu Ihrer Schwester gezogen hat, konnten wir viel besser nachvollziehen. Doch jetzt freue ich mich, dass Sie zurück in unsere wunderbare Stadt gefunden haben, Monsieur Bouchardon.“

Mathieu lächelte höflich und nickte der aufgeregten Frau zu. Seine Schwester hatte den Mann geheiratet, den sie liebte, und sich wenig darum geschert, dass ein Amerikaner in der aristokratischen, kreolischen Welt von New Orleans nicht gerne gesehen war. Doch man hatte dem jungen Paar das Leben nicht leicht gemacht, und so waren sie in die Heimat ihres Ehemannes gezogen. Mathieu liebte seine Großmutter, die ihn und seine Schwester nach dem Tod des Vaters aufgezogen hatte, innig, doch er war dem Angebot seiner Schwester, bei ihnen zu wohnen, um in New York eine Universität besuchen zu können, gefolgt. Sowohl seine Schwester als auch er waren, nachdem sie das *Vieux Carré* verlassen hatten, in eine völlig andere Welt eingetaucht. Bereits an diesem ersten Tag zurück in der Heimat blieb ihm nicht verborgen, dass die Zeit hier offenbar stehen geblieben war – zumindest was die allgemeine Einstellung den Amerikanern gegenüber betraf. In ihm machte sich bereits wieder das seltsame einengende Gefühl bemerkbar, das er damals kennen gelernt hatte, als er miterleben musste, wie seine Schwester litt, nachdem sie sich für den Amerikaner entschieden hatte.

Inzwischen würde er sich mehr als einen Kaintuk – einen Hinterwäldler, wie die Kreolen die Amerikaner wenig respektvoll nannten – denn als einen Kreolen bezeichnen, doch das würde er hier nicht sagen dürfen. Er hatte die großen, prächtigen, jedoch verspielt und fröhlich wirkenden Bauten entlang der *Nyades Street* gesehen und ahnte, dass die Amerikaner sich seit seinem Weggang mehr und mehr ausgebreitet hatten, vermutlich sehr zum Leidwesen der alteingesessenen Familien in New Orleans.

Mathieu ließ seinen Blick über den Park schweifen. Viele der älteren Gäste konnte er sofort einordnen, doch es gab einige junge Männer und Frauen, deren Namen ihm nicht sofort einfielen. Doch zumindest bei den meisten konnte er die familiären Zusammenhänge auf einen Blick erkennen.

Dann blieben seine Augen an einer jungen Frau hängen. Sie stand im Kreis dreier weiterer Damen und erzählte etwas, wobei sie jedes Wort mit einer schnellen Bewegung ihrer Hände unterstrich. Ihre schwarzen, glatten Haare waren kunstvoll nach oben gesteckt, und selbst die Puffärmel und der weit fallende Krinolinenrock des weinroten Organdykleides konnten ihre zierliche Gestalt nicht verstecken.

Mathieu runzelte die Stirn und versuchte, diese Person einer der alten kreolischen Familien von New Orleans zuzuordnen, was ihm jedoch nicht gelang. Die fein geschnittenen, freundlichen Gesichtszüge ließen keinen Hinweis auf eine bestimmte Familie zu, und so musste er annehmen, dass er diese junge Frau tatsächlich noch nie zuvor gesehen hatte. Neugierig geworden wandte er sich an Dominique: „Wer ist denn diese interessante kleine Erscheinung dort vor dem Springbrunnen?“

Die Angesprochene drehte sich um und folgte seinem Blick. „Da ich annehme, dass Sie die Charmande-Schwestern wieder erkennen, vermute ich, Sie sprechen von Antoinette de la Rivière?“

„Das ist die kleine Antoinette?“, mischte sich nun auch André ein und warf einen langen, intensiven Blick auf die junge Frau. Diese lachte soeben fröhlich auf.

Mathieu musste unwillkürlich mitlächeln. „Antoinette de la Rivière?“ Mathieu sprach den Namen nachdenklich aus. Er wusste, er hatte den Namen bereits gehört.

„Sie kam vor etwa sechs Jahren aus Paris hierher“, erklärte André seinem Freund. „Sie hatte damals ihre Eltern verloren, und ihre Großeltern ließen sie hierher zu Raphael, ihrem Patenonkel bringen. Seitdem lebt sie im Haushalt der Leroux’.“ Er wandte sich an die junge Braut. „Sie ist dir in dieser Zeit sicher wie eine Schwester geworden, nicht wahr, Dominique?“

Die junge Ehefrau nickte und lächelte unverbindlich. „Sie hat ihren eigenen Kopf – vermutlich irgendwelche Überbleibsel ihrer früheren deutschen, ländlichen Erziehung. Aber sie ist ein höfliches, freundliches und liebenswertes Ding.“

„Sie dürfte nur ein Jahr jünger sein als du und ist folglich dieses Frühjahr in die Gesellschaft eingeführt worden. Vermutlich wird dein Vater sie bald gut verheiraten, Dominique?“

„Höre ich Interesse in deiner Stimme, André?“, fragte Dominique, und Mathieu wusste nicht recht zu sagen, ob die junge Frau André aufziehen wollte oder ob unterschwellig ein wenig Ärger in ihrem Tonfall mitschwang. „Nun, das ist ein bisschen seltsam“, erklärte Dominique schließlich. „Sie ist ja recht hübsch, und wie ich schon sagte, sehr liebenswert. Im Grunde hat sie sich wunderbar in unsere kreolische Gesellschaft eingefunden, zumal sie bei ihrer Ankunft schon Französisch sprach. Natürlich haben sich an ihrem großen Tag einige jüngere und auch gediegenere Männer bei meinem Vater eingefunden, um ihre Aufwartung zu machen. Doch nur zwei, drei Tage nach ihrem Ball tauchten in der Stadt Gerüchte auf, als habe der Fluss diese mit sich herangetragen, und die potenziellen Verehrer zogen sich zurück.“

„Gerüchte, die eine Horde Verehrer vertreiben?“ André schüttelte verwirrt den Kopf. Er blickte zu Antoinette de la Rivière hinüber, die sich inzwischen vom Springbrunnen entfernt hatte und nun mit einer älteren Dame sprach, diese freundlich anlächelte und von ihr mit einem ebenso freundlichen, beinahe liebevollen Lächeln bedacht wurde. Wie auch immer diese so plötzlich aufgetauchten Gerüchte lauten mochten, die jungen wie auch die älteren Frauen schienen das Mündel von Raphael Leroux in ihr Herz geschlossen zu haben.

„Nun, man munkelt irgendetwas von einer Erbkrankheit“, fuhr Dominique fort. „Niemand weiß etwas Genaues. Aber die Reaktionen der Verehrer auf diese Gerüchte sind natürlich zu verstehen. Wer möchte schon eine Frau mit einer Krankheit heiraten, die diese eventuell weitervererbt, nicht wahr?“

„Wie sollte ein solches Gerücht von Deutschland oder Paris bis hierher nach New Orleans gelangen?“, überlegte André laut. „Und welche Erbkrankheit sollte eine Frau, die so gesund aussieht wie sie, schon in sich tragen können?“ Der Arzt hob interessiert die Augenbrauen und musterte seine Gesprächspartnerin.

„Du weißt doch, wie das mit den Gerüchten hier in der Stadt ist. Oftmals entbehren sie jeglicher Grundlage, und dennoch sagt man, dass in jedem Gerücht ein Quäntchen Wahrheit stecken muss. Eulalie sprach neulich sogar davon, dass Antoinette das Gerücht unter Umständen selbst gestreut hat! Als Eulalie sie auf ihren Debütantinnenball vorbereitet hat, war Antoinette so vermessen, ihr zu sagen, dass sie nicht verstehe, warum sie sich so vollkommen ihrem Mann unterordne. Sie gewinne mehr und mehr den Eindruck, als sei Eulalie nicht freier als die Sklaven ihres Mannes!“

Mathieu unterdrückte ein Lächeln und wandte sich dem ganz in der Nähe aufgebauten Büfett zu. André, der vermutlich nicht alleine mit Dominique stehen gelassen werden wollte, schloss sich ihm an und auch die junge Braut folgte ihnen. „Na ja, jedenfalls hat Eulalie nun den Verdacht, Antoinette könnte das Gerücht selbst verbreitet haben, um sich noch nicht binden zu müssen."

„Rind oder Hühnchen?", fragte Mathieu seinen Freund.

Dieser wandte sich, ein wenig verwirrt, aber auch dankbar den Köstlichkeiten auf dem großen, mit buntem Krepp und gigantischen Blumenschalen geschmückten Tisch zu.

Dominiques Ehemann, der gut zwanzig Jahre älter sein musste als sie, wagte sich heran, grüßte die beiden Männer kurz und zog dann seine frisch angetraute Frau mit sich auf die Tanzfläche.

Die beiden Freunde füllten ihre Teller und setzten sich an einen der weißen, zierlichen Gartentische, um von dort aus die Tanzenden zu beobachten. Neben der Braut und dem Bräutigam tanzten die Brauteltern und Mathieu entdeckte zudem den ältesten Bruder von Dominique und dessen Frau Brigitte. In den Armen eines überaus frech grinsenden jungen Mannes wirbelte auch diese lebhafte, schwarzhaarige Frau zwischen den Paaren hindurch.

André riss ihn aus seinen Beobachtungen. „Du konntest dich an die kleine de la Rivière nicht mehr erinnern?"

„Müsste ich das denn?"

„Sie hat einmal auf einer dieser Wohltätigkeitsveranstaltungen, die deine Großmutter immer organisiert hat, Klavier gespielt. Damals war sie zwölf oder dreizehn."

Mathieu schüttelte den Kopf. Ihm war wohl der Name, nicht aber die Person in Erinnerung geblieben.

Die beiden Männer widmeten sich schweigend ihrer Mahlzeit und ließen dabei die Tanzfläche nicht aus den Augen. Mathieu ahnte, dass sein Freund dieselben Gedanken hegte wie auch er: Sie hatten sich nun lange genug über diese junge Frau unterhalten, um zu wissen, dass sie sie beide ausgesprochen interessant fanden.

Nachdem sie ihre Mahlzeit beendet hatten, erhoben sie sich und schlenderten durch den schön angelegten, großen Garten.

„Was denkst du?" André deutete mit dem Kopf auf eine kleine Gruppe aufgeregter junger Frauen, bei welcher sich auch Antoinette befand.

„Gern", grinste Mathieu.

„Sie wird sich aber kaum an uns erinnern."

„Lass mich nur machen", murmelte Mathieu und erntete einen belustigten Blick von Seiten seines Freundes.

Die beiden Männer schoben sich an einigen hohen Stauden vorbei und gingen auf die Frauen zu.

„Einen wunderbaren guten Abend, die Damen!“, rief André fröhlich in die Runde.

„André Fourier, wie schön, Sie einmal wieder zu sehen.“ Eine blonde, etwas füllige junge Frau schenkte dem Arzt ein freundliches Lächeln.

Während André sich mit ihr unterhielt, wandte Mathieu sich an Antoinette. „Guten Abend, Mademoiselle de la Rivière. Sie sehen zauberhaft aus.“

Mathieu wurde aus zwei dunkelbraunen Augen neugierig gemustert. Der jungen Frau war anzusehen, dass sie sich darum bemühte, ihn einzuordnen. Schließlich schlich sich ein zauberhaftes Lächeln auf ihr Gesicht, wobei sich die Augen zu schmalen Schlitzen zusammenzogen. „Vielen Dank, Monsieur. Offenbar scheinen Sie mich zu kennen, doch ich muss leider gestehen, dass ich mich nicht an Sie erinnern kann.“

Der junge Mann blickte fasziniert auf das noch immer lächelnde Gesicht hinunter. „Das sei Ihnen verziehen, Mademoiselle de la Rivière. Ich habe lange Zeit im kalten New York gelebt.“

„Danke, dass Sie mir meine Unwissenheit verzeihen, doch leider weiß ich jetzt noch immer nicht Ihren Namen, Monsieur.“

„Entschuldigen Sie bitte“, murmelte Mathieu, trat einen Schritt zurück und legte seine Hände hinter seinem Rücken ineinander. Es war nicht einfach, sich auf ein Gespräch mit diesem Mädchen zu konzentrieren, wenn es einen immerfort aus diesen kirschgleichen Augen anblitzte und mit einem Lächeln bedachte, das wohl einen Eisberg zum Schmelzen bringen würde.

Er erinnerte sich an seine geplante Vorgehensweise und erwiderte: „Sie können sich sicherlich an meine Großmutter, Madame Bouchardon, erinnern?“

„Selbstverständlich. Eine wunderbare Person mit einem großen Herzen für Not leidende Menschen. Ich bewundere Ihre Großmutter sehr. Allerdings kann ich Sie schwerlich mit dem Namen Ihrer Großmutter ansprechen, Monsieur …“

Mathieu schloss für einen kurzen Augenblick die Augen. Was war nur mit ihm los? Er hatte es sich so einfach vorgestellt, mit Antoinette de la Rivière ins Gespräch zu kommen, indem er so tat, als seien sie sich in der Vergangenheit des Öfteren bei seiner Großmutter begegnet, doch irgendwie brachte es die junge Frau fertig, ihn fortwährend aus dem Konzept zu bringen.

„Mathieu Bouchardon, sind Sie das tatsächlich?“ Eine blonde Schönheit schob sich zwischen ihn und Antoinette und legte für einen kurzen Moment ihre schlanke, weiße Hand auf seinen Oberarm.

Mathieu wandte sich der jungen Frau zu und nahm die dargebotene Hand, um diese symbolisch zu küssen. „Mademoiselle Macine. Ich fühle mich geehrt, dass Sie sich an mich erinnern.“

„Sie waren lange Zeit fort, Monsieur Bouchardon. Sie haben uns sträflich vernachlässigt.“

„Ich bitte Sie demütig, diese Tatsache zu entschuldigen, Mademoiselle Macine. Immerhin bin ich reumütig zurückgekehrt.“ Mathieu verschwieg lieber, dass er nicht allzu lange in New Orleans bleiben würde, ehe er nach New York zurückmusste, um seinen Abschluss an der Universität zu erlangen.

„Vergeben, Monsieur Bouchardon. Allerdings nur, wenn Sie mir den nächsten Tanz schenken“, hauchte sie, wobei sie ihren Kopf ein wenig zur Seite neigte, sodass ihre langen Ohrringe auffordernd klirrten.

Mathieu warf einen kurzen Seitenblick dorthin, wo Antoinette noch kurz zuvor gestanden hatte, doch sie war verschwunden. Als er sich mit Clothilde Macine der Tanzfläche zuwandte, konnte er sie jedoch am Arm Andrés ebenfalls in Richtung der anderen Paare schlendernd entdecken.

Mathieu fügte sich mit seiner ausgesprochen schönen Partnerin in die soeben begonnene Quadrille ein und schenkte seinem Freund ein schiefes Grinsen.

Nach dem Tanz bedankte er sich höflich bei Mademoiselle Macine und gesellte sich wieder zu André, der sich langsam in Richtung Getränkebüffet schob.

„Die kleine Clothilde mochte dich schon als Kind“, lachte André und ließ sich ein Glas Beerenbowle reichen.

„Nicht so offensichtlich wie Dominique dich.“

André hob seine freie Hand und lachte erneut leise vor sich hin.

„Keine Sorge, ich werde nicht versuchen, dich zu verkuppeln.“

„Dafür bin ich dir ausgesprochen dankbar“, grinste Mathieu und griff ebenfalls nach einem Bowleglas. Die beiden schlenderten durch den wenig erleuchteten Teil des Gartens und setzten sich auf den Rand eines Brunnens, um von dort aus die fröhliche Feier beobachten zu können. Inzwischen war es ganz dunkel geworden, und die bunten Lampions schaukelten im leichten, warmen Wind, der den Duft der Blüten, aber auch eine Nuance des herben Geruches vom Fluss mit sich trug. Mathieu betrachtete die fliegenden, bunten Röcke und blank gewienerten Stiefel, die über die mit Steinplatten ausgelegte Tanzfläche wirbelten. Die ausnahmslos schwarzen Musiker spielten ein Tanzlied nach dem anderen, doch in diesem abseits gelegenen Teil der Parkanlage konnte der junge Mann trotz der Musik und des Lachens der Gäste das unermüdliche Zirpen der Grillen und sogar den Schrei eines Kauzes vernehmen.

Die beiden Freunde nippten an ihren bauchigen Gläsern und schwiegen, sich ihren eigenen Gedanken hingebend. Schließlich durchbrach Mathieu das Schweigen. „Du wirst also hier in New Orleans eine Praxis eröffnen?"

André nickte, nahm einen weiteren Schluck und wandte sich seinem Gesprächspartner zu. „Ich habe mir bereits ein paar Räumlichkeiten angesehen, mich jedoch noch nicht entschieden. Meine Eltern wollen, dass ich hier im *Vieux Carré* bleibe, doch die Stadt wächst außerhalb des *Carrés* sehr schnell und wir haben hier bereits einige gute Ärzte."

„Deinen Eltern gefällt die Aussicht, dass du deine Praxis eventuell bei den Amerikanern eröffnen wirst, nicht?"

„Es gibt nicht nur Amerikaner außerhalb dieses Viertels, Matt", lachte sein Freund, die amerikanische Kurzform seines Namens gebrauchend.

„Sie sind nicht so schlecht, die Amerikaner. Wobei ich zugeben muss, dass viele von ihnen ihre Sklaven wesentlich schlechter behandeln als die Menschen hier im *Vieux Carré*."

„Was rätst du mir?"

„Du bist ein Kind dieser Stadt. Es könnte schwierig für dich werden, dich in dieser Gesellschaft zu bewegen, wenn du in einem der neuen, amerikanischen Viertel lebst und arbeitest."

„Würde mich das stören?"

„Diese Frage musst du schon für dich selbst beantworten, André."

André nickte langsam und leerte sein Glas, um es anschließend nachdenklich in den Händen hin und her zu drehen. Schließlich zog er die Schultern leicht nach oben und reichte einer vorbeigehenden Sklavin das Glas.

Die Musiker stellten ihre Instrumente beiseite und gönnten sich eine Pause. Kurz darauf drangen von der Terrasse leise Klaviertöne zu den Freunden hinüber. Jemand spielte Bach, und dies in einer Weise, die Mathieu interessiert den Kopf heben ließ. Scheinbar spielerisch und leicht schienen die Töne durch den Park zu schweben, und er stellte fest, dass nicht nur er auf das Klavierspiel aufmerksam geworden war. Viele der anderen Gespräche waren verstummt und die Gäste widmeten ihre Aufmerksamkeit dem Musikstück.

André schob sich zwischen Mathieu und einem Rosenbeet vorbei und blickte zu dem kleinen Podest auf der Terrasse hinüber. „Antoinette de la Rivière", flüsterte er seinem Freund leise zu.

Raphael Leroux gesellte sich zu den beiden Zuhörern. „Sie haben mein Patenkind bereits kennen gelernt, Monsieur Bouchardon?"

Mathieu nickte, wenig begeistert, eine Unterhaltung beginnen zu müssen, da sie ihn daran hindern würde, diesen wundervollen Klängen zu lauschen.

„Beabsichtigen Sie wie André, sich wieder in New Orleans niederzulassen? Ihre Großmutter würde dies sicherlich sehr begrüßen. Und ihr Haus ist groß genug, um Sie – eventuell auch mit einer Frau – aufnehmen zu können."

„Zuerst muss ich mein Jura-Studium beenden, Monsieur Leroux. Was ich nach meinem Abschluss tun werde, ist noch ungewiss."

„Wir hoffen alle sehr, dass Sie sich entschließen können, ins *Vieux Carré* zurückzukehren."

Raphael wurde von einem Diener ins Haus gebeten und entschuldigte sich, einen erleichterten Mathieu und einen breit grinsenden André zurücklassend.

„Diverse Väter und junge Damen möchten dich gerne hier in New Orleans haben."

„Ich merke schon, ich bin wieder in der Stadt!", lachte Mathieu.

„Ich würde mich auch freuen, Matt, wenn du dich entscheiden könntest, hierher zurückzukehren. Ich könnte einen Freund an meiner Seite gut gebrauchen."

„Ich bin ein unruhiger Freund mit nicht immer einfachen Ansichten, das weißt du doch. Zudem war ich einige Jahre im Norden. Dieser Aufenthalt hat mich geprägt."

„Ich weiß. Und dennoch denke ich, wir könnten weiterhin Freunde sein."

Mathieu nickte und schenkte dem Mann an seiner Seite ein schiefes Grinsen.

Antoinette de la Rivière hatte das Stück beendet und erntete begeisterten Beifall. Kurz darauf nahm die Kapelle wieder von ihren Instrumenten Besitz. Die beiden Freunde erhoben sich und gingen langsam zur Tanzfläche hinüber. Gerade als sie die Tanzenden passiert hatten, zerbrach irgendwo ein Glas, und obwohl die Musiker wieder spielten, war das Klirren deutlich zu vernehmen. Eine Frau schrie erschrocken auf und eine Männerstimme stieß einen ungehaltenen Fluch aus.

„Natürlich Antoinettes ungeschicktes Mädchen“, murmelte einer der Leroux-Söhne.

Eine junge Sklavin war, ebenso wie ein Gäste-Ehepaar, das direkt neben ihr stand, von oben bis unten mit roter Bowle benetzt, die sich noch wenige Sekunden zuvor in einer großen Glasschale befunden hatte. Das Mädchen rang verzweifelt die Hände und murmelte eine leise Entschuldigung. Dennoch wurde es von dem besudelten Mann derb an beiden Oberarmen gepackt und geschüttelt.

Ganz plötzlich befand sich Antoinette inmitten der aufgeregten Schar und bemühte sich, den wütenden Mann zu besänftigen, der schließlich nickte und das schwarze Mädchen losließ. Die junge Frau wirkte aufgebracht, redete leise auf das Mädchen ein und schob es fast grob auf eine der Türen zu, die ins Haus führten. Wenige Minuten später kam sie zurück und nahm sich der empörten Madame Nolot an, die ob ihres ruinierten Kleides den Tränen nahe war. Besänftigend und entschuldigend sprach Antoinette auf sie ein. Mathieu wandte sich ab. Ob das Mädchen von Antoinette de la Rivière heute noch mehr Unannehmlichkeiten würde aushalten müssen als die grobe Behandlung des Mannes und die harschen Worte ihrer Herrin?

Kapitel 4

Landauer und Transportwagen rollten vorbei und die Hufschläge der Zugpferde hallten vernehmlich zwischen den Häusern wider. Kinderlachen und das Gurren von Tauben mischten sich den Geräuschen der *Gallatin Street* bei, in welcher Paare sowie kleine Gruppen junger Frauen flanierten. Antoinette de la Rivière grüßte in eine offene Chase hinein, aus der ihr würdevoll zugenickt wurde, während ihre Begleiterin, Marie Merlin, keine Beachtung fand.

„Hat Caro Schwierigkeiten mit Raphael Leroux oder mit Henry bekommen?“, erkundigte sich Tonis ehemalige Zofe und hängte sich bei der jüngeren Frau ein.

„Ich habe sie sofort auf mein Zimmer verbannt. Henry war sehr böse und für Madame und Monsieur Nolot tat es mir natürlich sehr Leid. Sie haben die Hochzeit sofort verlassen. Ich konnte die arme Frau kaum beruhigen.“

„Sie ist aber auch einfach ungeschickt, deine Caro“, lachte Marie, ihren aufgespannten Sonnenschirm über ihrem Kopf drehend.

Toni fiel in das Lachen mit ein.

„Wann wird die Familie Leroux die Stadt verlassen?"

„In den nächsten Tagen, Marie. Du weißt, dass ich mich immer auf die Zeit im Strandhaus oder auf der Plantage freue. Ich liebe es, kilometerweit am Strand spazieren zu gehen oder weite Ausritte unternehmen zu können." Antoinette schenkte Marie ein fröhliches Lächeln. „Natürlich vermisse ich in dieser Zeit immer den hervorragenden Unterricht meines Lehrers."

Marie lächelte zurück und drückte Tonis Arm. Sie hatte den Privatlehrer der Leroux', Sylvain Merlin, geheiratet und freute sich über das Lob ihrer Freundin.

„Sylvain geht es ebenso, und auch Jean-Luc Ardant beklagt immer die Wochen, in denen er nicht zu euch kommen und dir Klavierunterricht geben kann", erklärte Marie.

Ein belustigtes Lächeln zeigte sich auf Antoinettes Gesicht. „Er wird vor allem das Geld der Familie Leroux vermissen."

„Richtig, da alle aus dieser feuchtheißen Stadt fliehen, wird er fast den ganzen Sommer über keine seiner wohlhabenden Schülerinnen unterrichten können. Abgesehen davon kann er dir eigentlich auch nichts mehr beibringen."

„Er tut mir Leid, Marie. Wusstest du, dass seine Finger nicht mehr so recht wollen?"

„Er ist doch noch gar nicht so alt."

„Nein, das nicht. Vielleicht sind seine Finger überbeansprucht. Aber da ist noch mehr. Er scheint große Sorgen zu haben. Manchmal habe ich das Gefühl, er ist nicht ganz gesund. Er wirkt oft so übermüdet, als sei er nächtelang unterwegs."

„Wie kommst du darauf, Toni?" Marie war stehen geblieben und blickte nun prüfend zu ihrem früheren Schützling hinüber.

Toni löste sich von ihrem Arm und fuhr sich nachdenklich mit dem Zeigefinger über ihre geschwungenen Lippen. Maries nahezu erschrockene Reaktion machte sie misstrauisch. Prüfend musterte sie die ältere Freundin. Sah nicht auch ihr Ehemann im Unterricht gelegentlich furchtbar übernächtigt aus? Und das, obwohl er nicht zu der Gesellschaftsschicht gehörte, in der die Männer nächtelang spielten, Pferderennen veranstalteten, sich die Zeit mit Hahnenkämpfen vertrieben, heimliche Duelle austrugen oder gar bei irgendwelchen hellhäutigen *Plaçées** ein und aus gingen?

Toni zog ihre schmalen Schultern nach oben. „Ich weiß nicht viel

* farbige Geliebte

über Monsieur Ardant. Eigentlich nur, dass er ein freier Farbiger ist. Er hat mir einmal erzählt, dass er zwei Schwestern hat, und wie ich von Eulalie erfahren habe, sind beide *Plaçées* und wohnen in wundervollen Häusern in der *Rue de Ursulines*. Ich denke nicht, dass er sich Sorgen um seinen Lebensunterhalt machen muss. Seine Schwestern werden doch für ihn aufkommen, sollte er wirklich einmal seinen Beruf nicht mehr ausüben können. Doch er wirkt oftmals sehr abwesend und bedrückt und, wie ich bereits sagte, übernächtigt und erschöpft."

Toni wartete auf eine Reaktion von Seiten Maries, doch deren Blick ging nur nachdenklich über die Straße hinweg. Schließlich wandte die junge Frau sich um, hängte sich wieder bei Toni ein und gemeinsam schlenderten sie weiter über den Gehweg.

Toni beschloss, das Thema nicht weiter zu verfolgen. Sie ahnte, dass Marie und ihr Mann ein Geheimnis hüteten und dass ihr Klavierlehrer etwas damit zu tun hatte, doch obwohl die beiden jungen Frauen inzwischen Freundinnen geworden waren, sprach Marie nicht darüber, und Toni wollte diese, obwohl sie neugierig war, nicht dazu drängen.

Während sie an einer beleibten schwarzen Händlerin vorbeigingen, die lauthals ihre *Beignets** anbot, beobachtete Toni interessiert, wie auf der anderen Straßenseite vor einem Möbelgeschäft ein Transportkarren mit wertvollen Mahagonimöbeln beladen wurde.

Ein schmaler, hochgewachsener Mann mit kurzen, hellblonden Haaren überwachte zwei Sklaven, die die sorgfältig eingepackten Möbel auf den Karren hievten und mit Tauen zu befestigen versuchten. Der Mann gab lauthals Anweisungen und schimpfte ununterbrochen auf die beiden ein.

Unwillkürlich blieb Toni stehen und beobachtete mit zusammengezogenen Augenbrauen das Geschehen auf der gegenüberliegenden Straßenseite. Sie wusste nicht einmal zu sagen, warum der Mann sie interessierte, doch als dieser sich auf die andere Seite des Wagens begab und sie somit sein Gesicht sehen konnte, hielt sie für einen kurzen Augenblick den Atem an. „Marie! Ist das dort drüben nicht Max?"

„Max? Ich kenne keinen Max, Toni."

„Natürlich kennst du ihn, Marie! Maximilian – der Junge aus Deutschland, der mit uns auf der Brigg hierher gesegelt ist."

Marie blickte zu dem Mann neben dem Karren hinüber und drehte

* eine Art Kartoffelpuffer

abwägend und unsicher ihren Kopf hin und her. „Er scheint diesem Jungen von damals ein wenig ähnlich zu sehen, aber ob er es tatsächlich ist? Immerhin hat seine Familie damals das Schiff in Charleston verlassen."

„Ach, Marie! Hast du kein bisschen Fantasie? Von Charleston nach New Orleans fahren sicher unzählige Schaufelraddampfer und mit einem Pferd wird man auch nicht länger als eine Woche benötigen."

„Mit Fantasie hat unser Vater im Himmel dich deutlich mehr gesegnet als mich, Toni. Aber wir sollten weitergehen, bevor wir unangenehm auffallen."

„Ich werde jetzt dort hinübergehen und –"

„Toni! Du kannst diesen Mann doch nicht einfach ansprechen. Wenn es nun nicht Max ist …"

Toni lachte, raffte ihren Rock ein wenig nach oben und überquerte mit großen Schritten die Straße, wobei sie beinahe in eine vorbeidonnernde Equipage lief. Der schwarze Kutscher konnte die beiden Zugpferde gerade noch herumreißen, woraufhin aus dem Inneren der Kutsche ein Aufschrei drang. Toni fuhr sich mit der Hand erschrocken an den Mund. Doch die Kutsche fand schnell in ruhige Bahnen zurück, und so überquerte die junge Frau erleichtert die Straße, wobei sie von den hellen Augen des aufmerksam gewordenen Mannes beobachtet wurde. Höflich reichte er ihr seine Hand, um ihr über den Wassergraben hinwegzuhelfen.

Toni nahm das Angebot mit einem strahlenden Lächeln an. „Vielen Dank, Max", sagte sie auf Englisch und lachte ihn an.

Der junge Mann zog die buschigen Augenbrauen in die Höhe und fuhr sich mit seiner gebräunten Hand nachdenklich über die Stirn. „Wie ich feststelle, kennen Sie mich, doch ich muss leider zugeben, dass ich nicht weiß, wer diese bezaubernde junge Dame vor mir ist."

„Du erkennst mich nicht wieder? Das enttäuscht mich tatsächlich zutiefst." Toni zeigte ihr strahlendes, fröhliches Lächeln.

Ihr Gegenüber verbeugte sich leicht und hob entschuldigend beide Hände in die Höhe. „Sie beschämen mich, Miss. Wären Sie bitte so gnädig und würden mir Ihren Namen nennen?", fragte er, wobei seine Augen belustigt glänzten.

Toni runzelte leicht die Stirn und versuchte sich in der lange nicht mehr gesprochenen deutschen Sprache: „Ich bin's – Toni! Wir sind zusammen von Le Havre bis nach Charleston gesegelt, wo deine Familie das Schiff verlassen hat. Wie geht es deinen Eltern und deinen Geschwistern?"

„Toni!“, jubelte Maximilian laut und presste sich dann, wie der junge, freche Bursche von damals, beide Hände auf den Mund. „Das kann doch nicht sein! Was ist nur aus dem dünnen, kleinen Mädchen mit den traurigen Augen geworden? Eine überaus reizende, wunderschöne junge Frau!“ Maximilian trat einen Schritt näher und dann wieder einen zurück, als sei ihm gerade noch rechtzeitig eingefallen, dass eine Umarmung wohl unangebracht sei.

Toni dankte es ihm mit einem knappen Nicken. Man kannte sie hier in den Straßen von New Orleans, und man würde bereits genug Tratsch verbreiten können, allein deshalb, weil sie mit einem Fremden – dazu einem Kaintuk – sprach. Toni lächelte noch immer und streckte dem Freund aus früheren Tagen ihre behandschuhte Hand entgegen, die dieser nahm, fest drückte und küsste. „Aus dir scheint tatsächlich jemand einen Gentleman gemacht zu haben“, lachte die junge Frau.

Maximilian konnte ein Grinsen nicht unterdrücken. „Das war sicherlich einfacher, als aus der kleinen, wilden Toni eine gesittete Dame hervorzuzaubern. Geht es dir gut? Bist du verheiratet?“

„Mir geht es gut, Max, danke der Nachfrage. Und nein, ich bin nicht verheiratet. Aber ich habe meine Fragen zuerst gestellt und ich warte noch immer auf eine Antwort.“

„Entschuldige bitte, Toni. Ich war einfach so perplex, dich zu treffen. Meinem Vater geht es gut. Er hat schwer für einen sehr reichen Plantagenherrn am *Ashley River* gearbeitet – als Aufseher und später als Verwalter der Plantage, da der Mann sich mehr dem Stadtleben in Charleston und seinen politischen Ämtern widmen wollte. Mein Vater bekam als Dankeschön einen großen Teil der Ländereien übereignet, sodass wir inzwischen selbst Plantagenbesitzer sind. Wir bauen Tabak an. Meine Mutter – nun, sie hat sich leider nie mehr richtig von der schweren Erkrankung an Bord erholt. Sie starb etwa ein Jahr, nachdem wir in Charleston angekommen waren. Vermutlich hat sie auch das Klima nicht besonders gut vertragen. Meinen Geschwistern hingegen geht es gut. Zwei der Mädchen sind bereits verheiratet.“

„Ihr habt es weit gebracht“, erwiderte Toni bewundernd und mit einer Spur von Neid. Nicht dass sie etwas entbehren musste, doch sie hatte niemals in ihrem Leben irgendetwas selbst in die Hand nehmen und sich erarbeiten dürfen. Nach Maximilians begeisterten Worten und im Angesicht seiner stolz glänzenden Augen überkam sie das Gefühl, in ihrem behüteten Leben um etwas betrogen worden zu sein.

Marie trat endlich neben sie und Maximilian schenkte Tonis ehemaliger Zofe seine Aufmerksamkeit. „Sie erkenne ich sofort wieder, Mademoiselle Marie!“, lachte er und reichte ihr seine Hand.

„Keine Mademoiselle mehr. Dennoch werte ich Ihre Worte als Kompliment!“

Toni forderte sofort wieder die Aufmerksamkeit des jungen Mannes ein. „Der Tod deiner Mutter tut mir Leid, Max.“

„Danke für deine Anteilnahme. Mein Vater hat inzwischen wieder geheiratet und ich bekomme tatsächlich nochmals ein Geschwisterchen. Meine Stiefmutter wünschte sich die Saloneinrichtung, die wir hier gerade verladen, und da ich ohnehin einmal ein wenig umherreisen wollte, habe ich angeboten, persönlich für den Transport der Möbel zu sorgen.“

„Erzählst du mir ein wenig von eurer Plantage und von dir? Kannst du diese Zeit erübrigen?“

„Gerne, sobald diese langsamen, nichtsnutzigen Kerle hier mit dem Verladen fertig sind. Wir könnten in eines dieser wunderbaren Cafés gehen, die es hier gibt, was denkst du?“

Toni nickte und beobachtete, wie der junge Mann auf die beiden Schwarzen zuging, die nun ein wenig langsamer gearbeitet hatten als wenige Minuten zuvor, wohl weil sie neugierig geworden waren, mit welcher jungen Dame ihr Herr sich in der fremden Stadt so freundschaftlich unterhielt.

Sie sah das ängstliche Aufblitzen in ihren Augen, als Maximilian sich ihnen mit festen, weit ausholenden Schritten näherte. Harsche, unfreundliche Befehle hagelten auf die beiden nieder, und sie beeilten sich, in dem Verkaufsraum zu verschwinden und eine weitere rotbraun glänzende Kommode herauszutragen, die sie sorgfältig in schwere Tücher packten und auf die wippende Ladefläche hievten.

Maximilian trat wieder zu den beiden Frauen heran.

„Gehören die beiden zu eurer Plantage?“, fragte Toni leise.

„Sicher. Wir haben fast dreißig Leute. Morgen werde ich zum St.-Louis-Hotel gehen und sehen, ob ich noch ein paar weitere brauchbare Sklaven ersteigern kann. Zudem brauchen wir dringend eine Amme für mein kleines Geschwisterchen.“

Toni warf Marie einen traurigen Blick zu. Sie fand es schrecklich, dass in dem Hotel inmitten von New Orleans noch immer Sklaven versteigert wurden.

Fast selbstgefällig fuhr Maximilian fort: „Du glaubst nicht, wie viel wir in diese Leute investieren. Ständig muss man aufpassen, dass sie nicht faul herumstehen und sich auf unsere Kosten ein bequemes Leben machen.“

Toni musterte den jungen Mann vor sich. Sie hatte sich all die Jahre immer wieder gefragt, was wohl aus dem Jungen vom Segelschiff geworden war, und dafür gebetet, dass es ihm gut gehen möge. Doch im Moment fragte sie sich, ob es ihm nicht zu gut ging. Was war aus dem netten, einfachen Jungen von damals geworden? Ein Mann, der zusammen mit seiner Familie einen nicht leichten Lebensweg durchschritten hatte und dabei erfolgreich gewesen war. Er war zu einem gut aussehenden, charmanten jungen Mann herangewachsen, doch gleichzeitig schien er gegenüber den Menschen, die ein schwereres Los zu tragen hatten als er selbst, die auf seine Nachsicht oder gar auf seine Hilfe angewiesen waren, gleichgültig geworden zu sein.

Maximilian entschuldigte sich für einen Moment und verschwand in dem Geschäft. Toni drehte sich um, blickte die Straße entlang und tippte nachdenklich mit dem Zeigefinger an ihre Unterlippe. Sie erinnerte sich an die Schifffahrt vor sechs Jahren. Damals waren sie beide noch Kinder gewesen und sowohl die Zeit als auch die Umstände hatten sie verändert. Toni wusste, dass sie als Frau in diesen Kreisen wenig Chancen auf ein anderes Leben gehabt hatte und haben würde. Aber Maximilian? Er war doch jetzt ein junger Mann, der sich frei bewegen und versuchen konnte, seine Ziele und Vorstellungen zu erreichen. Und er kannte doch den Zustand von Abhängigkeit und Armut.

Sie dachte noch einmal über ihre eigene Situation nach. War sie selbst wirklich eine Gefangene der Gesellschaft oder hatte nicht auch sie die Möglichkeit, Dinge zu verändern?

Sie war schon erleichtert, um eine von ihrem Patenonkel arrangierte, frühe Vermählung herumgekommen zu sein, wenngleich ihr das Gerücht, das über sie verbreitet worden war, nicht gefiel. Dennoch hatte genau dieses ihr die Möglichkeit gegeben, einer solchen Ehe wie der von Eulalie und anderer ihrer Altersgenossinnen zu entkommen. Es behagte ihr nicht, wie eingeengt, in immer gleichen Bahnen und durch die Ehemänner fremdbeherrscht das Leben der Ehefrauen in dieser Gesellschaft verlief.

Toni hatte sehr früh beschlossen, dass sie so ein Leben nicht führen wollte, und ihre ganze Energie darein investiert, eine solche Zukunft irgendwie von sich abzuwenden. Sie hatte immer gerne und gut Klavier gespielt, doch eines Tages war sie dazu übergegangen, beinahe verbissen zu üben. Sie würde diese von Gott geschenkte Gabe vielleicht einmal benötigen, um Geld verdienen zu können. Auch hatte sie, obwohl sie bereits sechzehn Jahre alt war, noch immer nicht ihren Schulunterricht aufgegeben. Toni wollte gewappnet sein, sollte sie jemals das Haus der Leroux' verlassen müssen, um einer ungewollten Verbindung zu entkommen. Doch nun war ihr dieses seltsame Gerücht zu Hilfe gekommen. Und in diesen Minuten, als sie über ihr Leben und über das von Maximilian nachdachte, fragte sie sich, worauf sie ihre plötzlich frei gewordenen Ressourcen und Energien verwenden konnte.

„Gehen wir, meine Damen?", fragte Maximilian, der nun wieder aus dem exquisiten Geschäft heraustrat, und Toni wandte sich ihm zu. Er lächelte sie an und bot beiden Damen je einen Arm. „Ich bin allerdings auf Ihre Führung angewiesen. Welches Café können die Damen mir denn empfehlen?"

Marie deutete mit dem Kopf die Straße hinunter und die drei setzten sich langsam in Bewegung.

„Was ist mit deinen Männern?", erkundigte sich Toni und warf einen fragenden Blick zurück. Die beiden Sklaven saßen vor dem beladenen Karren auf der Straße und starrten teilnahmslos vor sich hin.

„Was soll mit ihnen sein, Toni? Sie bleiben selbstverständlich beim Wagen."

„Sie mussten schwer arbeiten und haben sicherlich Hunger und Durst."

Max blickte sie einen Augenblick lang nachdenklich an. Dann lachte er schallend auf und löste sich von den beiden Frauen. „Du hast noch immer dasselbe wunderbare, naive, mitfühlende Herz wie vor Jahren? Das ist bezaubernd!"

Toni presste ihre Lippen aufeinander und taxierte den erheiterten Mann vor sich, der sich bereits wieder zum Gehen umdrehte. Traurig folgte sie Marie und Max, die sich angeregt miteinander unterhielten.

Schließlich wandte Max sich wieder an sie: „Du bist so still, Toni."

„Warum lässt du diese beiden Männer ohne Verpflegung zurück? Sie haben schwer für dich gearbeitet und du behandelst sie einfach wie Luft."

„Wenn ich geahnt hätte, dass dir das so zu schaffen macht, liebe Toni, hätte ich mich sicherlich augenblicklich um ihr Wohlergehen bemüht."

„Es geht nicht um mich, Max. Sie dürfen sich nicht von der Stelle bewegen oder aber jemanden ansprechen und um etwas Wasser bitten. Sie sind auf dein Wohlwollen angewiesen und du ignorierst das einfach", wandte Toni leise ein und warf einen prüfenden Blick in die Augen des jungen Mannes.

Dieser blinzelte ein paar Mal und verlangsamte seinen Schritt. „Es sind meine Leute, Toni. Sie werden ausreichend von mir versorgt."

„So wie du und deine Familie auf der Brigg von Frankreich hierher ausreichend versorgt wurden?", empörte sich Toni und presste gleich darauf erschrocken die Lippen aufeinander.

Maximilian seufzte leise auf und blieb stehen. „Was willst du, Toni? Du bist in dieser Stadt und in diesem Land aufgewachsen. Du kennst die Institution der Sklaverei und lebst damit sicherlich sehr bequem und ausgesprochen gut, oder nicht?"

Toni senkte langsam den Kopf. Maximilian hatte Recht. Im Hause Leroux wurden die Bediensteten gut behandelt, solange sie sich unauffällig benahmen und keine Fehler begingen. Sie konnte sich nicht beschweren, genoss sie doch auch die Hilfe dieser dienstbaren Geister, die für ihre Mahlzeiten, ihre Wäsche und unendlich viele andere Kleinigkeiten sorgten, über die sie sich niemals groß Gedanken gemacht hatte. „Ich widerspreche dir nicht, Maximilian. Dennoch halte ich es nicht für richtig, die beiden Männer über einen längeren Zeitraum hinweg einfach unversorgt zurückzulassen."

„Vielleicht solltest du diese Entscheidung einfach Maximilian überlassen?", mischte sich plötzlich Marie ein.

Toni hob erstaunt die Augenbrauen. Marie sah sie warnend an, und beunruhigt bemerkte Toni nun auch die Blicke zweier sichtlich neugierig lauschender Frauen, die nur wenige Schritte entfernt standen.

Maximilian lächelte, und ihr blieb nichts anderes übrig, als dieses Lächeln zu erwidern, doch das fröhliche Strahlen, das sonst darin zu finden war, fehlte.

Sie gingen einige Schritte schweigend nebeneinander her, dann wandte sich Maximilian wieder an die junge Frau: „Mir gefällt es, dass du dir dein kleines, kämpferisches Herz bewahrt hast, Toni." Er nahm ihre Hand in seine und drückte sie.

Toni fühlte sich unbehaglich. Noch immer verstand sie nicht, wie der semmelblonde Junge von vor sechs Jahren zu einem solch stattlichen, aber auch selbstzufriedenen jungen Mann werden konnte, der offenbar seine Herkunft vergessen hatte. Sie fühlte sich in seiner Gegenwart nicht wohl, und es tat ihr Leid, feststellen zu müssen, dass sie von dem Gedanken, an seiner Seite den Nachmittag zu verbringen, nun gar nicht mehr so begeistert war.

„Bist du jetzt böse auf mich?", fragte er, nachdem sie wieder ein paar Schritte schweigend nebeneinander hergegangen waren.

„Böse?" Toni blieb stehen und ignorierte den warnenden Blick Maries. „Ich bin nicht böse, Max. Ich verstehe dich nur nicht. Ich kenne dich als den Max vom Unterdeck, der wusste, was Armut, Unfreiheit und Hunger bedeuten. Jetzt hast du es zu etwas gebracht und siehst nicht mehr die Menschen um dich herum, denen es genauso, wenn nicht sogar noch schlechter ergeht als dir damals."

Maximilian runzelte die Stirn und die Augenbrauen zogen sich deutlich sichtbar zusammen. „Was willst du, Toni vom Oberdeck? Passt es dir nicht, dass meine Familie und ich nicht mehr von deinen Almosen abhängig sind?", gab er wenig freundlich zurück und musterte sie eindringlich.

Toni trat erschrocken einen Schritt zurück. „Nein, Max. Es tut mir Leid. Ich wollte nicht unhöflich sein und keinesfalls den Eindruck erwecken, dass ich ... ich ..." Toni streckte dem jungen Mann entschuldigend beide Hände entgegen.

Obwohl dies vielmehr eine Geste ihrer Hilflosigkeit war, betrachtete Maximilian sie als eine Einladung, ihre beiden Hände in die seinen zu nehmen. „Gegen dein Herz und vor allem gegen dein Lächeln komme ich nicht an." Er sah über Tonis Schultern hinweg. „Wie ich sehe, haben wir das Café erreicht. Was halten die Damen davon, wenn sie sich einen Platz im Schatten suchen? Ich laufe dann eilig zurück und versorge meine Leute, ehe ich wieder zu euch stoße."

„Ein guter Gedanke, Max", erwiderte Marie und wandte sich den vor dem Café aufgestellten Stühlen und Tischen zu.

Max ließ Toni nicht los und blickte sie erneut eindringlich an. „Wie ich bereits sagte, ich bewundere deine Fürsorge. Aber ein klein wenig sticht doch der Stachel deiner Worte in meinem Herzen. Hast du dir eigentlich noch niemals Gedanken darüber gemacht, warum deine Eltern in dieser von Revolutionen geschüttelten Zeit damals in Deutschland ums Leben kamen? Waren sie Aufwiegler, Revolutionäre, oder entstammten sie nicht vielmehr der Schicht, die damals vom Volk bekämpft wurde? Du warst ein Kind von zehn Jahren. Weißt du, wie euer Gutshof geführt wurde? Denk einmal darüber nach." Maximilian drückte fest ihre beiden Hände, ehe er sie losließ, sich mit einer abrupten Bewegung umdrehte und davoneilte.

Die junge Frau blickte ihm erschrocken nach, unfähig sich zu bewegen. Ihre Gedanken wanderten in eine andere Zeit und an einen anderen Ort zurück. Wieder hörte sie das Weinen der weiblichen Angestellten in dem großen Gutshaus, vernahm die eiligen Schritte der Personen, die ihre Habseligkeiten zusammensuchten, und die hastig ausgesprochenen, leisen und dennoch deutlich panischen Worte der Bediensteten.

Sie hatte niemals eine befriedigende Antwort auf ihre kindlichen

Fragen zum Tod ihrer Eltern erhalten und diese irgendwann auch nicht mehr gestellt. Doch die leicht vorwurfsvollen Worte Maximilians hatten die längst vergessenen Fragen und Unsicherheiten wieder in ihr aufgewühlt. Wer waren ihre Eltern gewesen? Waren Maximilians Andeutungen berechtigt? Hatte ihr Vater die unzähligen Bediensteten und Pächter, die unter ihm gearbeitet hatten, nicht immer mit der nötigen Rücksichtsnahme behandelt? Hatte das Volk auch gegen ihre Eltern und deren Art, mit ihnen umzugehen, rebelliert und sie deshalb getötet? Sollte auch sie, das damals zehnjährige Mädchen, ein Opfer dieser politischen Umtriebe werden und war deshalb so schnell außer Landes geschafft worden? Jahrelang hatte sie angenommen, ihre Eltern seien das Opfer eines Unfalls gewesen. Hilflos stand die junge Frau in der gleißenden Sonne, umgeben von flanierenden Paaren und Familien, und starrte auf den in vielen Facetten schimmernden Stoff ihres Rockes. Sie schüttelte leicht den Kopf. Wem konnte sie ihre drängenden Fragen stellen? Mademoiselle Claire war nicht mehr in New Orleans und ihre Großeltern in Paris waren bereits verstorben. Woher sollte sie Antworten bekommen? Ihr Patenonkel hatte sich früher schon immer einer Antwort entzogen, wenn sie ihn nach ihren Eltern befragt hatte. Von ihm bekam sie nichts als vage Andeutungen.

Sie hob ihren Blick und schaute zu ihrer einzigen Vertrauten hinüber, die wenige Meter von ihr entfernt auf einem der gepolsterten Caféstühle saß. Ihre Hände lagen gefaltet in ihrem Schoß und ihr Kopf war leicht geneigt. Toni stellte fest, dass ihre Freundin betete.

Ahnte Marie, welche aufwühlenden, verwirrenden und zutiefst schmerzenden Fragen Max' deutliche Worte in ihr wachgerufen hatten? Hatte Marie all die Jahre damit gerechnet, dass eben diese Fragen sie eines Tages wie ein eiskalter Regenschauer überraschen würden?

Toni hatte von ihrer Mutter und vor allem auch von Marie genug gelernt, um zu wissen, dass ihre frühere Zofe gerade das einzig richtige tat. Also senkte auch sie, von dem Lachen der Menschen und dem Rollen der Fahrzeuge umgeben, den Kopf und betete.

Kopfschüttelnd verließ er das Gebäude und wandte sich in Richtung Stadtmitte. Er würde versuchen, eine Mietdroschke zu finden, doch in dieser vornehmen Gegend war dies nicht einfach, da die Familien, die hier lebten, alle über eigene Equipagen und persönliche Kutscher verfügten.

Erneut schüttelte er den Kopf und im Licht der schräg durch die Baumwipfel fallenden Sonne war deutlich die Narbe über dem rechten Auge zu erkennen.

Sechs Jahre hatte er benötigt, um in diese verschwiegene aristokratische Gesellschaft eindringen zu können und herauszufinden, dass Antoinette Eichenheim bereits wenige Tage nach ihrer Ankunft in Paris mit einem Segelschiff über Le Havre diesen Kontinent verlassen hatte und in die Neue Welt gereist war.

Er stieß einen ungehaltenen Fluch aus. Wenn er allein hier in Paris so lange gebraucht hatte, um einen kleinen, dezenten Hinweis auf den Verbleib des Mädchens zu finden, wie lange würde er dann wohl brauchen, bis er die inzwischen junge Frau in dem ihm unbekannten, endlos weiten Amerika ausfindig gemacht hatte? Er spuckte auf die gepflasterte Straße und lief ein wenig schneller, als müsse er noch heute das nächste Schiff in Richtung Amerika nehmen.

Endlich entdeckte er eine Mietdroschke und eilte auf diese zu, dabei mit fahrigen Bewegungen in seiner Jackentasche kramend. Schließlich fand er den kleinen Zettel, auf dem er die Adresse von Mademoiselle Claire Portune notiert hatte. Er nannte sie dem Kutscher und stieg in das unter seinem Gewicht leicht schwankende Gefährt.

Ob die ehemalige Gouvernante des Mädchens ebenso verschwiegen war wie die Aristokraten in dieser Stadt und deren Bedienstete? Vielleicht konnte er sie mit einer Hand voll Francs dazu verleiten, ihm den genaueren Aufenthaltsort der de la Rivière-Enkelin zu nennen.

Während die Hufe über das Kopfsteinpflaster klackerten und das Rollen der Räder dieses Geräusch mit einem dauerhaften Schaben untermalte, überlegte der Mann, ob er nicht doch aufgeben sollte. Doch es hing zu viel davon ab, dass er Antoinette fand – und zwar schnell fand, so ironisch dieser Anspruch nach scheinbar erfolglos verbrachten sechs Jahren nun noch klingen mochte.

Nein, er würde nicht aufgeben. Nicht bevor er mit Claire Portune gesprochen hatte.

Mit grimmigem Gesichtsausdruck stieß er mit der Stiefelspitze gegen das Holz der gegenüberliegenden Sitzbank und mehrmals schlug er mit der Faust neben sich auf das dünne Polster. „Ich werde sie finden!“, zischte er halblaut zwischen zusammengebissenen Zähnen hervor, ehe er seine Finger ineinander legte und deren Gelenke laut knacken ließ.

Kapitel 5

Prüfend drehte Toni sich vor dem Spiegel hin und her. Der Wind, der durch das offene Fenster hereinwehte, brachte den fließenden Stoff ihres Kleides zum Rascheln und trug den leicht fauligen und vom Ruß der Dampfschiffe angereicherten Geruch des Mississippi mit sich. Zufrieden mit ihrer Erscheinung nickte sie Caro lächelnd zu.

„Sie sehen wunderschön aus, Mamselle“, flüsterte Caro und begann, die Haarbürste und die nicht gebrauchten Haarspangen und Klammern beiseite zu räumen.

„Danke, Caro. Das liegt aber vor allem daran, dass du so geschickte Hände hast, die aus den Kleidern und vor allem aus meinen Haaren wahre Kunstwerke zaubern können.“

„In dieser Hinsicht bin ich vielleicht geschickt. Ansonsten bin ich sehr tollpatschig“, entgegnete das Mädchen, wobei es eine Grimasse zog.

Toni lachte kurz auf und strich der jungen Frau liebevoll über den Rücken. „Mach dir darüber keine Gedanken, Caro. Gott hat dich zu einem wunderbaren Menschen gemacht. Irgendwelche Fehler haben wir alle.“

„Wenn ich in einem anderen Haushalt gelandet wäre, hätten mir meine Fehler sicherlich schon unzählige Narben auf dem Rücken eingebracht. Ich habe es nur Ihnen zu verdanken, dass ich noch unversehrt bin, Mamselle.“

Toni stimmte Caro in Gedanken zu. Seit die etwas tollpatschige Caro das erste Mal vor ihren Augen von Raphael Leroux geschlagen worden war, hatte sie es immer verstanden, sie vor weiteren Bestrafungen zu beschützen. Das war jedoch allein dadurch möglich, dass sie sich ihr gegenüber immer wieder sehr grob verhielt und sie scheinbar derb aus der Gegenwart der Familie oder anwesender Gäste entfernte – allerdings nicht, um Caro zu bestrafen, sondern um sie vor den Schlägen der Leroux-Männer in Sicherheit zu bringen.

Toni griff nach ihrem Seidenschal. „Ich werde den Nachmittag über fort sein, Caro. Tu mir bitte den Gefallen und bleib möglichst hier in den oberen Räumen. Monsieur Leroux hat ein paar wichtige Gäste, und ich möchte nicht, dass du ihnen begegnest.“

„Sie meinen, ich solle nicht in sie hineinlaufen, vor ihnen Gläser fallen lassen oder sie womöglich gegen irgendein Möbelstück stoßen?“

„Das in etwa versuche ich zu verhindern.“

„Ich habe gelernt, vorsichtig zu sein, wenn Sie nicht im Haus sind, Mamselle. Wer könnte mich sonst vor Strafen beschützen?"

Toni lächelte das Mädchen an. „Bitte, Caro, sei vorsichtig. Ich möchte nicht, dass dir irgendetwas zustößt."

„Danke, Mamselle", flüsterte Caro und senkte beschämt den Kopf.

„Ich danke Ihnen dafür, dass Sie so viel Geduld mit mir haben, und ich danke Gott jeden Tag dafür, dass ich bei Ihnen als Mädchen arbeiten darf."

Toni nickte dem Mädchen lächelnd zu und verließ das Zimmer.

Der weit aufgebauschte Rock fegte über den mit Teppichen ausgelegten Flur und tanzte fröhlich um ihre Beine, als sie die Stufen in die Eingangshalle hinunterstieg. Aus dem Arbeitszimmer Raphael Leroux' drangen aufgeregte Stimmen, und Toni vermutete, dass wieder einmal die Politik die Gemüter der Gäste erhitzt hatte. Der Süden wehrte sich immer mehr gegen die hohen Zölle, die Washington auf alle Waren erhob, und gerade eine Stadt wie New Orleans lebte beinahe ausschließlich vom In- und Export verschiedener Güter. Doch Louisiana war nicht der einzige Staat, der sich immer vehementer gegen die bundesstaatlichen Entscheidungen erhob. Vor allem in South Carolina wurden die Stimmen immer lauter, die nach einer Loslösung des Staates aus dem Bündnis der USA riefen, und die dort entfachte Lunte steckte auch weitere Staaten südlich der Maison-Dixon-Linie an. Am meisten überwog aber wohl die Angst, dass der Norden seine immer häufiger ausgesprochene Drohung umsetzen würde, nach welcher der Süden seiner Millionen Sklaven beraubt werden sollte.

Toni blieb einen Augenblick lang lauschend stehen und seufzte dann leise auf. Sie hatte sich niemals besonders für Politik interessiert, zumal es den Frauen nicht anstand, sich in die politischen oder auch geschäftlichen Angelegenheiten der Männer einzumischen.

Henrys Frau Brigitte und Audrey, die Jüngste der Leroux-Töchter, traten durch eine der offenen Terrassentüren ins Foyer. Brigitte musterte Toni einen Moment lang und fragte dann mit einem wenig freundlichen Lächeln: „Du folgst also tatsächlich dieser Einladung?"

Toni nickte und machte ein paar Schritte auf die Eingangstür zu. „Warum sollte ich der Einladung von Sophie Nanty nicht nachkommen, Brigitte?"

„Weil sie so ... Sie wirkt so einfach, um nicht *primitiv* zu sagen."

„Einfach?" Toni schüttelte über diese Beschreibung der freundlichen, etwas zurückhaltenden Sophie den Kopf. „Sophie ist ein wenig still, vielleicht auch schüchtern, aber keinesfalls einfach. Ich habe mich schon des Öfteren mit ihr unterhalten und sie macht auf mich einen ausgesprochen intelligenten Eindruck."

„Bei dir müssen die Freundinnen natürlich Intelligenz aufweisen", sagte die neunjährige Audrey abfällig. „Dir ist so was ja wichtig – Wissen und Bildung. Dabei solltest du inzwischen eigentlich verlobt sein und nicht noch den Unterricht des alten Sylvain Merlin besuchen. Außerdem hat Sophie allen Grund, still und schüchtern zu sein. Wer so aussieht wie sie, darf sich keinesfalls in den Vordergrund stellen." Audrey warf ihre langen Locken in den Nacken und blickte Toni mit ihren großen, runden, grün blitzenden Augen herausfordernd an.

Toni seufzte. Das Mädchen bekam viel zu oft zu hören, was für eine Schönheit es sei. Sie wollte einwenden, dass Sophie zwar ein wenig rundlich war, jedoch ein ausgesprochen hübsches Gesicht, wunderbare Haut und ein strahlendes Lächeln besaß, doch sie unterließ es. Sie war bereits spät dran und hegte kaum die Hoffnung, dass sie Audrey oder auch Brigitte von ihrer Meinung über die arme Sophie würde abbringen können.

„Jedenfalls wünsche ich dir einen schönen Nachmittag", murmelte Brigitte abwesend, da aus dem Garten das Weinen ihrer Tochter hereindrang.

Toni war schon fast an der geöffneten Tür, als sie Audrey lachen hörte: „Einen schönen, langweiligen Nachmittag bei der anderen alten Jungfer. Vielleicht veranstaltet Sophie ja ein Treffen aller Unverheirateten. Wir sollten Tante Rose auch hinschicken."

Energisch zog Toni die Tür hinter sich zu. Die Empörung, die sie über Audreys respektlose Worte empfand, ließ sie heftig ein- und ausatmen. Sophie war ein Jahr älter als sie und hatte nach ihrem Debütantinnenball keinen Verehrer gefunden. Vielleicht litt sie darunter, so wie auch Rose Nolot, Mirabelle Leroux' jüngere Schwester, unter ihrem Status als Unverheiratete litt. Doch Audreys giftige Worte hatten auch Toni getroffen. Zum ersten Mal musste sich die junge Frau eingestehen, dass in ihr eine kleine Spur von Angst saß. Sie wollte nicht immer allein bleiben, zumal sie von den Leroux' zwar aufgenommen worden war, sie diese jedoch noch immer nicht als ihre Familie betrachten konnte.

Toni blickte zu den sich heftig hin und her bewegenden Zweigen eines Magnolienbaumes hinüber, dessen große Blüten wie weiße Krönchen auf den Ästen saßen.

Der Wunsch, einmal eine eigene Familie zu haben, erwachte in ihr mit so vehementer Macht, dass sich ihr Herz schmerzlich zusammenzog.

Wie groß ihre Erleichterung auch sein mochte, vorerst einer frühen Vermählung entgangen zu sein, so schmerzlich wurde ihr bewusst, dass sie vielleicht niemals von einem Mann in einer Weise geliebt werden würde, wie sie es sich ersehnte, und dass sie womöglich niemals eigene Kinder in den Armen halten würde.

Auf der Straße fuhr die Equipage der Leroux' vor. Toni straffte ihre Schultern, hob den Kopf und schritt auf diese zu, um sich von Claude, dem jungen schwarzen Kutscher, hineinhelfen zu lassen.

Toni war bereits mehrmals im Hause Nanty gewesen, und so wunderte sie sich, als sie nicht in einen der wunderschönen Salons, sondern hinauf zu den Privaträumen der Familie geleitet wurde. Die junge Sklavin klopfte an eine der Türen, murmelte etwas, als diese einen Spalt breit geöffnet wurde, und huschte dann wieselflink und leise davon.

„Lass Mademoiselle de la Rivière doch bitte eintreten", war Sophies freundliche, volle Stimme zu hören. Die Tür öffnete sich weiter und Sophies Mädchen huschte beiseite, um den Gast einzulassen.

Toni trat ein und blickte verwundert auf die beinahe spartanisch anmutende Einrichtung des Raumes. Zwar waren die Wände mit sichtlich teuren Tapeten überzogen und der Boden mit einer weichen Lage wertvoller Teppiche ausgelegt, doch außer einer Kommode, einem großen Standspiegel, einem Sekretär und einem von Moskitonetzen eingehüllten, breiten Bett befand sich nur noch eine kleine Sitzgruppe in dem doch recht großen Raum.

„Mademoiselle de la Rivière, wie schön, dass Sie meiner Einladung nachkommen konnten", freute sich Sophie Nanty und ging Toni entgegen, beide Hände nach ihr ausstreckend.

Toni zeigte ihr fröhliches, liebevolles Lächeln und erwiderte die kurze Umarmung. „Vielen Dank, Mademoiselle Nanty. Ich freue mich, mich einmal ein wenig ausführlicher mit Ihnen unterhalten zu können als sonst. Allerdings frage ich mich, ob ich zu früh bin?"

„Keinesfalls", erwiderte Sophie und neigte ihren runden Kopf ein wenig zur Seite. „Sie haben angenommen, ich würde eine kleine Gesellschaft geben, Mademoiselle de la Rivière? Entschuldigen Sie bitte, wenn ich mich in meiner Einladung nicht deutlich ausgedrückt habe. Es werden keine weiteren Gäste eintreffen."

Toni nickte, wenn auch ein wenig verwundert. Für gewöhnlich trafen sich immer mehrere Töchter der befreundeten Familien, um untereinander den neuesten Klatsch austauschen zu können und sich auf anstehende Bälle, Theaterbesuche oder Hochzeiten zu freuen. „Dann habe ich tatsächlich die Möglichkeit, mich einmal sehr intensiv mit Ihnen zu unterhalten, Mademoiselle Nanty." Toni zeigte deutlich ihre Begeisterung darüber, die freundliche, wenn auch sehr zurückhaltende junge Frau näher kennen lernen zu können, was ihr ein Lächeln ihrer Gastgeberin einbrachte.

„Setzen Sie sich doch bitte", forderte Sophie sie auf. „Mein Mädchen wird sofort mit dem Kaffee und dem Gebäck erscheinen."

Toni nahm auf dem angebotenen Sessel Platz und sank in die weichen, bequemen Kissen. Die Zimmertür wurde leise geöffnet, und eine junge schwarze Frau trug auf einem Silbertablett Kaffee und feines Vanillegebäck heran, um gleich darauf wieder lautlos zu verschwinden.

Toni legte ein in blaues Papier eingewickeltes Päckchen auf den Tisch. „Ich habe Ihnen ein kleines Präsent mitgebracht", sagte sie. „Es ist ein Gedichtband. Ich hoffe, er gefällt Ihnen."

Sophies Augen leuchteten begeistert auf. „Vielen Dank, Mademoiselle de la Rivière. Ich liebe Gedichte. Ich weiß, dass Sie sehr viel Wert auf Ihre Schulbildung legen, und ich kenne außer Ihnen keine junge Frau, die nach ihrem Debütantinnenball weiterhin Unterricht nimmt."

„Ich bin schon immer sehr neugierig gewesen, Mademoiselle Nanty. Ich möchte so viel wie möglich lernen und im Moment kann ich das am besten bei Sylvain Merlin."

„Monsieur Merlin hat Ihre frühere Zofe geheiratet, nicht wahr? Man erzählt sich, Sie und Madame Merlin seien trotz Ihres Altersunterschiedes Freundinnen?"

„Das sind wir. Vermutlich verbindet uns die gemeinsame Erfahrung, in recht jungen Jahren nach New Orleans gekommen zu sein, ohne eine Menschenseele zu kennen."

Sophie schenkte Toni dampfenden, schwarzen Kaffee in die zierliche Porzellantasse. „Haben Sie noch Erinnerungen an Ihre frühere Heimat?"

„Ich war zehn Jahre alt, als ich Deutschland verließ. Selbstverständlich schlummern noch einige Erinnerungen in mir, obwohl ich zugeben muss, dass vieles langsam verblasst."

„Wenn es Sie nicht zu sehr schmerzt, Mademoiselle de la Rivière, erzählen Sie mir doch ein wenig aus Ihrer Kindheit in diesem Land."

Toni kam dieser Einladung nach, und so ließ sie in ihrer Erinnerung ihre Eltern und die Erlebnisse der damaligen Zeit wieder aufleben. Nachdem sie geendet hatte, schwieg sie eine lange Zeit, und Sophie war fasziniert, aber auch rücksichtsvoll genug, um ihr diese schmerzlichen Augenblicke zu lassen, in denen sie erneut Abschied von ihren Eltern und ihrem früheren Leben nahm.

Schließlich sah Toni auf. „Was ist mit Ihnen, Mademoiselle Nanty? Möchten Sie mich auch einmal in Ihre Kindheit mitnehmen?"

„Da gibt es nicht viel zu berichten, Mademoiselle de la Rivière. Ich bin in New Orleans geboren und bis auf die Sommer, die wir immer auf unserer Plantage im kühleren Landesinneren verbringen, nie woanders gewesen. Und ich war schon immer ein wenig rundlich und wenig ansehnlich."

„Sagen Sie doch nicht so etwas, Mademoiselle Nanty!", begehrte Toni entrüstet auf und griff nach der weichen, warmen Hand ihrer Gesprächspartnerin.

Diese lächelte und schüttelte sanft den Kopf. „Es ist schon gut, Mademoiselle de la Rivière. Ich weiß, dass ich gelegentlich der Spott der Nachmittagskaffees bin, und dies umso mehr, seit sich nach meinem Debütantinnenball im letzten Jahr nicht ein Verehrer für mich einfand. Ich bin keine dieser atemberaubenden Südstaatenschönheiten und im Vergleich zu Ihnen wirke ich wie ein tollpatschiger Tanzbär." Sophies Stimme war ruhig, und doch war ihren Worten unterschwellig eine Spur von Trauer, aber auch Bitterkeit zu entnehmen.

„Warum sagen Sie so etwas, Mademoiselle Nanty? Jede von uns jungen Frauen ist gelegentlich Ziel des Spottes bei den diversen Nachmittagskaffees in der Stadt. Meine Verehrer sind alle fluchtartig auseinander gestoben, als sie von meiner angeblichen Erbkrankheit hörten. Und es hat durchaus auch seine Nachteile, wenn man so klein und dünn ist wie ich. Zudem bin ich überzeugt, dass der Mann, der Sie einmal heiratet, ein ausgesprochen glücklicher Mann sein wird."

„Es ist sehr nett von Ihnen, so etwas zu sagen, aber –"

„Bitte, Mademoiselle Nanty. Quälen Sie sich nicht selbst. Sie haben das schönste Lächeln, das ich jemals gesehen habe, und Sie sind so ein liebenswerter Mensch."

„Eben das ist doch mein Problem, Mademoiselle de la Rivière. Ich bin ein liebenswerter Mensch, das sagen mir die Leute immer wieder. Doch offenbar gibt es keinen Mann, der dies tatsächlich so sieht. Ich habe Angst, allein zu bleiben, und wenn ich mir die alten Jungfern in der Stadt ansehe, wie zum Beispiel die Schwester von Mirabelle Leroux, die so furchtbar verbittert ist, bekomme ich haltlose Panik, eines Tages auch so zu enden. Sie sind ebenfalls noch nicht verheiratet und dennoch sehe ich Sie fröhlich lachen. Sie ziehen sich nicht aus der Gesellschaft zurück, leben Ihr Leben und vermitteln den Eindruck, als seien Sie rundum glücklich, obwohl noch kein Mann um Ihre Hand angehalten hat."

Tränen glitzerten in Sophie Nantys Augen.

Toni schwieg und betrachtete das erhitzte Gesicht ihrer Gastgeberin. War es nicht erst etwas mehr als eine Stunde her, dass sie eben dieselben Befürchtungen gehegt hatte? Was nur sollte sie Sophie sagen? Sie wollte der verwirrten, ängstlichen Frau doch so gerne helfen. Toni schloss für einen Augenblick hilflos die Augen.

„Ich möchte nur wissen, wie Sie es zuwege bringen, dass Sie sich Ihre Fröhlichkeit bewahren, Mademoiselle de la Rivière, obwohl die Aussichten auf eine Heirat bei Ihnen nicht besser sind als bei mir – und bitte, betrachten Sie das nicht als eine Beleidigung. Nichts würde mir ferner liegen, als Sie demütigen zu wollen. Sie sind eine reizende, hübsche junge Frau und haben es nicht verdient, dass dieses Gerücht – ob es nun der Wahrheit entspricht oder nicht – all ihre Möglichkeiten zunichte macht." Sophie sah sie traurig an und nun löste sich tatsächlich eine der aufgestauten Tränen und rollte langsam die rundliche Wange hinunter.

Toni stand mit der für sie gewohnt hastigen Bewegung auf, kniete sich vor Sophies Sessel und schloss die verzweifelte Frau in die Arme. Diese versteifte sich zuerst ein wenig, doch dann erwiderte sie die Umarmung und ließ ihren Tränen freien Lauf.

„Ich tue nichts besonderes, Sophie", murmelte Toni und strich der jungen Frau beruhigend über den Rücken. „Ich habe einfach noch nicht das Bedürfnis, verheiratet zu werden. Außerdem ist mir noch niemand begegnet, mit dem ich mir ein gemeinsames Leben vorstellen könnte. Ich möchte meinen zukünftigen Ehemann lieben und mich von ihm geliebt wissen, dann erst kann ich mir eine Heirat vorstellen", flüsterte sie.

Sophie nickte und löste sich schließlich aus der Umarmung. „Du bist also vielmehr erleichtert darüber?"

Toni nickte und fühlte eine beschämende Unsicherheit in sich. Gerne hätte sie der verzweifelten, jungen Frau einen besseren Trost geboten.

„Dann verstehe ich natürlich ...", murmelte Sophie.

Toni erhob sich und setzte sich wieder in ihren Sessel, nachdem sie notdürftig einige Falten aus ihrem weit aufgebauschten Rock gestrichen hatte.

Die beiden jungen Frauen schwiegen eine Weile, bevor sich ein schüchtern anmutendes Lächeln auf Sophies Gesicht legte. „Wenn ich über deine Worte nachdenke, muss ich dir sogar Recht geben. Ich möchte auch lieben und geliebt werden, und wenn ich daran denke, wer sich bei Monsieur Leroux deinetwegen so alles eingefunden …"

„Du weißt, wer bei meinem Patenonkel meinetwegen vorgesprochen hat?" Verwundert, aber ausgesprochen neugierig beugte sich Toni ein wenig nach vorne.

„Du nicht? Zum Beispiel war dieser schreckliche Monsieur Deux darunter."

„Deux?" Toni blickte an Sophie vorbei und schüttelte schließlich den Kopf. Sie glaubte, diesen Namen zu kennen, konnte ihn jedoch nicht sofort einordnen.

„Monsieur Deux hat einen etwas zweifelhaften Ruf und verkehrt nur selten in unseren Kreisen. Aber vor einem Jahr muss er dich bei irgendeiner Veranstaltung gesehen haben und er war hingerissen von dir."

Toni holte erschrocken Luft, denn ihr war eingefallen, woher sie den Namen Deux kannte. Es handelte sich um den Mann aus dem Hafen, der bei ihrer Ankunft in New Orleans einen schwarzen Arbeiter so ungeschickt angerempelt hatte, dass dieser mitsamt seinem Fass auf den Pier gestürzt war. Sie hatte ihn negativ in Erinnerung behalten, da Deux damals nicht verhindert hatte, dass der Sklave zu Unrecht bestraft wurde. Sofort erzählte sie Sophie von dieser Begebenheit. „Und Monsieur Deux hat bei meinem Patenonkel um meine Hand angehalten?", fragte sie schließlich.

Sophie bestätigte ihre Frage mit einem leichten Nicken.

„Woher weißt du das? Ich habe nie erfahren, wer nach dem Ball meinen Patenonkel aufgesucht hat."

„Es hat sich herumgesprochen. Vermutlich waren Mirabelle oder Dominique so indiskret, die Namen deiner Verehrer weiterzusagen."

Toni fuhr sich mit einer schnellen Handbewegung über die Lippen. Leise murmelte sie: „Dann bin ich doppelt froh, dass dieses Gerücht aufgekommen ist. Wie könnte ich einen solchen Mann heiraten? Ich kenne ihn doch überhaupt nicht, und ich fand ihn damals bedrohend, unsympathisch und ungerecht."

„Wenn ich dich so höre, möchte ich fast zustimmen und froh darüber sein, nicht jetzt schon unter die Haube gebracht zu werden. Allerdings gibt es da jemanden …" Sophie war immer leiser geworden und senkte nun den Kopf. Als sie wieder aufblickte, hatte sich eine feine Röte auf ihrem schönen, klaren Teint gebildet. „Ich kann doch mit deiner Verschwiegenheit rechnen, Antoinette? Ich möchte nicht wieder Ziel des Tratsches auf den Nachmittagskaffees sein."

„Es wird unser beider Geheimnis sein." Toni lächelte Sophie beruhigend an. „Und hoffentlich wird sich bald eine dritte Person in unseren Bund mit einfügen."

Sophie kicherte leise und blickte Toni dann strahlend an. „Du hast auf Dominiques Hochzeit mit ihm getanzt. Er heißt André Fourier."

„Monsieur Fourier also. Ein netter junger Mann. Er hat in Frankreich Medizin studiert, nicht wahr?"

Sophies Augen begannen zu leuchten und erneut zeigte sich diese bezaubernde Röte auf ihren Wangen.

„Ja, er ist Arzt und wird sich hier in New Orleans niederlassen. Ich würde ihm so gerne bei seiner Arbeit zur Seite stehen, Antoinette!", seufzte die junge Frau und senkte erneut den Kopf.

Toni nickte und sah sich nachdenklich in dem wenig verspielt eingerichteten Raum um. Ein Arzt konnte eine praktisch veranlagte, ruhige Frau, die ihm ein friedliches, schönes Zuhause bieten würde, sicherlich besser gebrauchen als eine unruhige Schönheit, die von einem Ball zum anderen tanzen wollte.

„Bevor er nach Frankreich ging, schwirrte ständig Dominique um André herum", fuhr Sophie fort. „Damals nahm jeder an, dass aus den beiden ein Paar werden würde, und wenn Dominique es mit dem Heiraten nicht so eilig gehabt hätte, wäre er auch noch für sie frei gewesen."

„Wieso hat Monsieur Fourier eigentlich in Frankreich studiert? Ist dir noch nie der Gedanke gekommen, dass er vielleicht Dominiques Aufmerksamkeit und dem Gerede der Leute entkommen wollte? Wie ich gehört habe, war Monsieur Fourier nach Beendigung seines Studiums noch in England und einige Wochen bei Monsieur Bouchardon und dessen Schwester in New York. Er hätte, wäre es sein Bestreben gewesen, viel früher nach New Orleans zurückkehren können."

Sophie blickte Toni aus weit aufgerissenen Augen an und nickte schließlich. Es war ihr anzusehen, dass sie eine solche Möglichkeit nicht in Betracht gezogen hatte und dass sie ein wenig erstaunt darüber war, dass ihr Angebeteter eine gute Partie wie Dominique Leroux absichtlich verschmäht haben könnte.

„Hast du gelegentlich die Möglichkeit, Monsieur Fourier zu sehen, Sophie?"

„Bei gewissen Anlässen sicherlich. Doch er beachtet mich nicht weiter. Wer sollte es ihm verdenken? Schließlich umschwirren ihn zwei der Charmande-Töchter und Clothilde Macine."

„Clothilde? Clothilde kann sich seit ihrer Einführung in die Gesellschaft doch vor Verehrern nicht retten. Zudem hat sie bei Dominiques Hochzeit diesen seltsamen Mathieu Bouchardon, den Freund von Monsieur Fourier, umgarnt."

Sophie machte eine abweisende Handbewegung und schüttelte amüsiert den Kopf. „Eigentlich brauche ich mir wegen Clothilde keine Gedanken zu machen. Sie ist keine Konkurrenz für mich. Ihr Vater würde sie niemals einem Arzt zur Frau geben, dazu noch einem so jungen Arzt, der noch nicht die Gelegenheit hatte, sich einen Namen zu machen."

„Und vorhin warst du noch enttäuscht, dass dein Vater nicht schon mindestens drei potenzielle Ehemänner für dich aussuchen konnte", wagte Toni zu spotten.

Sophie lachte belustigt auf. „Du hast Recht. Aber wie kann ich Andrés Aufmerksamkeit gewinnen, Antoinette? Ich bin nun einmal, wie ich bin." Sie fuhr sich mit ihren Händen über die rundlichen Hüften. „Meine kleine Schwester wollte mich schon mit tief ausgeschnittenen Kleidern ausstatten, damit ich die Aufmerksamkeit der Männer auf mich lenke. Sie meinte, meine Rundungen würden auf Männer doch einladend wirken, wenn man sie nur richtig zur Geltung brächte, doch ich habe mich in diesen Kleidern nicht wohl gefühlt. Zudem wollte sie mir beibringen, mich anders zu bewegen, und hatte diverse Aufsehen erregende Auftritte für mich ausgearbeitet, doch dafür bin ich zu schüchtern."

„Bitte, Sophie, lass dir nichts aufzwingen, was nicht deinem Wesen entspricht. Du bist, so wie du bist, richtig, sonst hätte dich unser Vater im Himmel anders geschaffen. Zudem willst du André doch nichts vorspielen. Das könnte sich später bitter rächen."

Sophie blickte Toni lange nachdenklich an. Ihr war deutlich anzusehen, dass sie gerne etwas gesagt hätte, doch sie unterließ es. Schließlich fragte sie: „Gibt es denn wirklich niemanden, den du gerne ein wenig beeindrucken würdest, Antoinette?"

Toni lachte fröhlich auf. „Nein, Sophie. Ich habe noch keinen Mann getroffen, der mich näher interessieren würde."

„Schade. Aber du versprichst mir doch, mich unverzüglich einzuweihen, wenn sich daran etwas geändert hat?"

„Natürlich!" Toni lächelte. Sie fühlte sich wohl in Sophies Gegenwart und freute sich, nach den langen Jahren, die sie nun schon in New Orleans lebte, endlich noch eine Freundin gefunden zu haben.

Die beiden unterhielten sich noch lange über weniger brisante Themen, und schließlich kamen sie auf den bevorstehenden Sommer und damit auf die Zeit zu sprechen, welche die besser gestellten Familien des *Vieux Carré* außerhalb von New Orleans verbringen würden, um der alljährlichen Gelbfiebergefahr zu entrinnen.

„Wir werden in diesem Jahr nicht zur Plantage, sondern endlich einmal wieder in das Strandhaus am Meer fahren", freute sich Toni. Sie liebte das einfach und luftig eingerichtete weiße Holzhaus am Strand.

„Du Glückliche. Ich bange dem Sommer jetzt schon entgegen. Wir haben kein Strandhaus, und dabei weiß ich, dass André mit seiner Familie ans Meer fahren wird – und leider auch die Familie Charmande."

Toni verstand Sophies Sorge. Die Fouriers und Charmandes hatten wunderbare Strandhäuser ganz in der Nähe des Hauses der Leroux' und nicht selten waren in dieser lockeren Zeit am Meer Verbindungen zwischen den Kindern befreundeter Familien zustande gekommen.

Sie verschwieg lieber, dass Isabelle Charmande bei einem Nachmittagskaffee vor zwei Tagen deutlich ihre Freude darüber kundgetan hatte, dass auch die Fouriers den Sommer am Golf von Mexiko verbringen würden. Nachdenklich blickte Toni auf die unruhigen Hände Sophies, die mit einem kleinen silbernen Kaffeelöffel spielten, und straffte dann ihre Schultern. „Ich möchte dich einladen, Sophie."

„Einladen?"

„Ja. Ich möchte dich über den Sommer in das Strandhaus meines Patenonkels einladen. Was hältst du davon?"

Sophies Augen wurden groß und begannen zu glänzen. „Wird das denn gehen, Antoinette?"

„Warum nicht? Eulalie und Dominique hatten ebenfalls einmal ihre Freundinnen eingeladen und Jules hat letztes Jahr vier seiner West-Point-Kameraden mit auf die Plantage gebracht. Ich werde meinen Patenonkel heute noch um Erlaubnis bitten und dir sofort einen Boten mit der Antwort schicken, die – da bin ich mir sicher – positiv ausfallen wird."

„Oh, Antoinette. Das wäre wunderbar!"

Sophie hielt es nicht mehr auf ihrem Platz. Sie sprang auf, wobei die Krinoline mit dem Rock heftig um ihre Beine schwankte. Dann ließ sie sich wenig damenhaft zurück in ihren Sessel fallen und streckte Toni beide Hände entgegen. „Ich danke dir, Antoinette. Doch ich möchte, dass du eines weißt: Ich freue mich natürlich, dass ich den Sommer in Andrés Nähe verbringen darf, ebenso freue ich mich aber auf die Aussicht, einen wunderschönen Sommer mit *dir* verbringen zu dürfen. Ich habe noch niemals einen Nachmittagskaffee so sehr genossen wie den heutigen und ich möchte noch viele weitere schöne Stunden mit dir gemeinsam erleben. Glaubst du mir das?"

Toni ergriff die ausgestreckten Hände ihrer Gesprächspartnerin und drückte diese fest. „Ich freue mich ebenfalls auf ein paar schöne, fröhliche und vielleicht auch aufregende Wochen mit dir am Meer."

Voll begeisterter Vorfreude blickte Toni Sophie an. Sie ahnte, dass ihr eine wunderschöne Zeit in dem von ihr so sehr geliebten Strandhaus bevorstand. Sie würde sich nicht mehr allein oder gar ausgegrenzt fühlen und hoffte, dass die soeben beginnende Freundschaft zwischen ihr und Sophie sich dort wunderbar entfalten würde.

Dieser Sommer würde für Antoinette ein ganz besonderer werden.

Kapitel 6

Das leise Donnern der anrollenden Wellen mischte sich mit dem steten Zirpen der Grillen und den heiseren Schreien der Möwen. Die Luft roch nach feuchtem Sand und salziger Gischt und selbst der leicht herbe Geruch der am Strand in der Sonne vermodernden Algen konnte diesen besonderen Duft von Lebensfreude, Freiheit und Unbekümmertheit nicht stören.

Antoinette lag mit geschlossenen Augen in ihrem Bett und lauschte auf die Geräusche des Meeres. Mit tiefen Atemzügen sog sie den Geruch des Strandes in sich auf, der gemischt mit dem des nahen, wilden Waldes durch das offene Fenster hereindrang. Sie genoss den ersten Morgen in ihrer geliebten kleinen Welt außerhalb des unruhigen, von starren Regeln beherrschten New Orleans. Langsam öffnete sie die Augen, streckte sich genießerisch und setzte sich dann auf. Von ihrem Bett aus konnte sie durch das geöffnete Fenster über den weißen, endlos weiten Strand blicken.

Entschlossen, die Wochen am Meer zu genießen, schlug sie eilig die leichte Sommerdecke zurück. Dabei fiel ihr Blick auf das zweite Bett, das in dem kleinen Zimmer aufgebaut worden war, und lächelnd betrachtete sie den langen, blonden Zopf ihrer Zimmernachbarin, der über die Bettkante bis auf den Boden hinunterhing. Da Dominique und ihr frisch angetrauter Ehemann ihre Hochzeitsreise auf den Winter verlegt hatten, waren sie der Einladung der Leroux' gefolgt und mit ins Strandhaus gekommen, weshalb Sophie Nanty bei Toni einquartiert worden war, was den beiden Mädchen durchaus recht war.

Leise stand Toni auf, wusch sich, zog sich an und verließ das Zimmer. Sie versuchte, möglichst wenige Geräusche zu verursachen, da bis auf die Sklaven noch alle schliefen. Vorsichtig stieg sie die ausgetretenen, knarrenden Holzstufen hinunter und verließ das Haus durch die kleine Küche. Sie ging über die Veranda, stieg zwei Stufen hinunter, trat in den tiefen, weichen, warmen Sand und schritt auf das Meer zu.

Vorsichtig setzte Toni einen Fuß vor den anderen. Eine große Welle näherte sich rollend und brach sich kurz vor dem Strand. Die weiß schäumenden Ausläufer zischten schnell über den Sand hinweg und legten sich sanft um Tonis Füße. Als das Wasser wieder zurücklief, klackerten die mitgeschwemmten Muscheln, Muschelteilchen und kleinen Steine fröhlich aneinander. Die junge Frau lauschte mit leicht schief gelegtem Kopf und beobachtete dabei lächelnd das abziehende Wasser. „Danke", flüsterte sie ihrem Gott zu.

Lange Zeit stand Toni in dem flachen Wasser und beobachtete den Flug der Möwen und Kormorane, das stete Auf und Ab der Wellen, den schnellen Lauf einiger munterer Strandläufer-Vögel und ein weit entfernt vorbeiziehendes Segelschiff.

Schließlich vernahm sie eilige Schritte hinter sich. Sie warf einen Blick über die Schulter und sah Sophie auf sich zukommen. Ihre Freundin hatte wohl ebenfalls ihr Mädchen nicht geweckt, um sich kämmen zu lassen, denn ihre Haare waren noch immer zu einem Zopf zusammengeflochten. In der Nacht hatten sich unzählige Strähnen aus diesem gelöst, die munter im Wind um die Wette wehten.

„Guten Morgen, Antoinette. Ich weiß nicht, wann ich zuletzt zu so früher Stunde aufgestanden bin."

„Guten Morgen, Sophie. Das Aufstehen hier lohnt sich. Hier am Meer gibt es keine schönere Zeit als den frühen, unberührten Morgen."

Sophie gesellte sich neben sie, um gleich darauf erschrocken und mit einem empörten Aufruf zurückzuspringen. „Meine Schuhe! Sie sind durch und durch nass. Du stehst ja mitten im Wasser!" Aufgeregt hob sie ihren Rock in die Höhe, dessen Saum ebenfalls beträchtlich nass geworden war.

Ihr verzweifelter Blick ließ Toni fröhlich auflachen. Diese hob ihren Rock nun ebenfalls in die Höhe und zeigte ihre strumpf- und schuhlosen Füße.

„Du meine Güte, Antoinette. Du gehst ohne Schuhe am Strand spazieren? Wenn dich jemand sieht …"

„Es ist doch noch niemand unterwegs, Sophie", beruhigte Toni ihre Freundin, die sich unsicher umsah.

„Du kommst vielleicht auf verrückte Ideen, Antoinette. So etwas macht man doch nicht!" Sophie sah sich ein weiteres Mal um und schüttelte schließlich den Kopf, wobei sie Toni vorwurfsvoll ansah.

Diese lachte übermütig auf und trat aus dem Wasser heraus neben Sophie. „Du solltest es auch einmal versuchen, Sophie. Der Sand ist wunderbar weich und bereits jetzt von der Sonne herrlich gewärmt."

Sophie blickte Toni entrüstet an. Dann legte sich ein verschmitztes Lächeln auf ihre Lippen, und mit einem weiteren prüfenden Blick über den Strand und zu den entfernt stehenden Häusern bückte sie sich und begann, ihre Stiefel aufzuschnüren, auszuziehen und die langen Strümpfe von den Beinen zu ziehen.

Mit hochrotem Kopf versteckte sie ihr Schuhwerk hinter ihrem Rücken in den Falten ihres Kleides und wippte mehrmals auf und ab.

Toni beobachtete sie mit einem amüsierten Lächeln und entdeckte schließlich das begeisterte Glitzern in ihren Augen.

„Du hast Recht, Antoinette. Es ist ein seltsames, aber durchaus schönes Gefühl. Wir sollten den ganzen Sommer über unsere Schuhe in unsere Koffer verbannen."

„Nun übertreibe nicht, Sophie. Ich möchte mich ungern von einem der männlichen Sommergäste barfuß erwischen lassen."

„Das erleichtert mich, Antoinette. Ich dachte schon, ich müsste dich davon abhalten, in dieser doch ungewöhnlichen Art und Weise einen Spaziergang zu unternehmen", lachte Sophie ausgelassen, legte ihre Schuhe in den Sand, hob ihren Rock an und ging auf die sachte anrollenden Wellen zu, um sich nun ebenfalls die Füße umspülen zu lassen.

Toni blieb hinter ihr und hörte sie wie ein kleines Kind fröhlich und ausgelassen vor sich hin lachen.

„Das ist großartig, Antoinette! Unbeschreiblich! Am liebsten würde ich noch weiter hinausgehen."

„Lass das lieber sein, Sophie. Die Kleider würden dich in die Tiefe ziehen."

„Ich kann ohnehin nicht schwimmen", lachte die übermütig gewordene Sophie und hob ihre Röcke noch ein wenig weiter an. Mit ihrem weißen Fuß wirbelte sie spielerisch das Wasser auf und beobachtete, wie die Wassertropfen, von der goldenen Sonne angestrahlt, durch die Luft flogen.

Lachend wandte sie sich um, doch augenblicklich verblasste ihr Lächeln und Entsetzen breitete sich in ihren Gesichtszügen aus. Toni drehte sich ebenfalls den Strandhäusern zu und folgte dem Blick ihrer Freundin. Nur etwa einhundert Meter von ihnen entfernt entdeckte sie zwei Reiter, die sich in ihre Richtung bewegten. Trotz der breitrandigen Hüte konnte Toni sofort André Fourier und dessen Freund Mathieu Bouchardon erkennen.

Ein heißer Schrecken überkam sie, und während Sophie eilig aus dem Wasser herauskam, ließ auch sie schnell ihre aufgerafften Röcke los, um ihre bloßen Füße zu verdecken. Dann fiel ihr Blick auf Sophies Stiefel, die einige Schritte von ihr entfernt im Sand lagen. Schnell ging sie zu der Stelle hinüber und stellte sich direkt neben die Stiefel, um auch diese unter ihrem weiten Rock zu verstecken. Gerade als die Reiter sie erreichten, trat Sophie neben Toni, wobei auch sie sich bemühte, ihre nackten Füße und den nassen Saum ihres Kleides zu verbergen.

„Guten Morgen, Mademoiselle de la Rivière. Mademoiselle Nanty." André zog seinen Hut und bedachte die beiden jungen Frauen mit einem grüßenden Kopfnicken und einem Lächeln.

Während der junge Arzt das nasse und sandige Kleid Sophies großzügig übersah und abstieg, damit die Damen nicht zu ihm aufsehen mussten, zog Mathieu verwundert die Augenbrauen in die Höhe, ehe auch er seinen Hut abnahm und die beiden begrüßte. „Guten Morgen, die Damen. Sie scheinen ausgesprochene Frühaufsteherinnen zu sein."

„Der Morgen am Meer ist durch nichts auf der Welt zu ersetzen", erklärte Sophie, und Toni senkte den Kopf, um ein belustigtes Lächeln zu verstecken.

„Da muss ich Ihnen durchaus Recht geben, Mademoiselle Nanty", stimmte André zu. „Wo ich Sie gerade treffe …", André wandte sich Toni zu und lächelte sie freundlich an. „Meine Familie plant für heute Abend eine Strandparty und ich möchte Sie und die Familie Leroux herzlich dazu einladen."

„Wunderbar!", freute sich Toni, und ihr Gesicht strahlte in der gewohnt fröhlichen Art auf, während ihre beiden Hände eine begeisterte, hastige Geste vollführten.

„Selbstverständlich sind auch Sie herzlich willkommen, Mademoiselle Nanty", wandte sich der junge Mann mit dem wilden Lockenschopf nun auch an Tonis Freundin, die sich leise und mit einem scheuen Lächeln bedankte. André hievte sich wieder in den Sattel. „Dann sehen wir uns heute Abend." Grüßend nickte er den beiden seltsam bewegungslos dastehenden jungen Damen zu und ritt davon.

Mathieu, der gar nicht erst abgestiegen war, lenkte sein Pferd um die beiden Frauen herum und blieb neben Toni stehen. Sie blickte irritiert zu ihm hinauf und bemerkte das überaus belustigte Funkeln in seinen blauen Augen, als er sich zu ihr herunterlehnte und flüsterte: „Lassen Sie sich nicht von einem Krebs in die Zehen zwicken, Mademoiselle de la Rivière." Noch ehe Toni reagieren konnte, stob der weiche Sand in die Höhe und das Pferd stürmte mit seinem Reiter davon, dem anderen Tier nach.

Mit hochrotem Kopf wirbelte Toni um ihre eigene Achse, dass der Rock nur so um ihre Beine flog, und mit entrüstet zusammengekniffenen Augen blickte sie den beiden jungen Männern nach. „Erst bleibt er auf seinem hohen Ross sitzen, und dann ist er noch nicht einmal Gentleman genug, seine Beobachtungen stillschweigend für sich zu behalten", murmelte sie leise vor sich hin.

Sophies Augen folgten ebenfalls den beiden Freunden, dann sah sie in Tonis aufgebrachtes Gesicht und prustete los.

Toni fiel in das Lachen mit ein und die beiden umarmten sich, wobei ihnen entging, dass die beiden Davonreitenden innehielten und zu ihnen zurückblickten, um dann, verwundert mit den Achseln zuckend, ihren Weg fortzusetzen.

„Ich wäre beinahe gestorben, Antoinette! Was für eine Aufregung. Aber sie haben nichts bemerkt. Ich würde mich in Grund und Boden schämen, wenn André gesehen hätte, dass ich keine Schuhe anhatte, während ich mit ihm gesprochen habe."

Toni wandte den Kopf und blickte den beiden Reitern nach, dann ließ sie sich einfach in den Sand fallen. Sophie musterte sie einen Augenblick, lachte dann erneut ausgelassen los und folgte ihrem Beispiel. Nebeneinander sitzend beobachteten sie den Flug der Meeresvögel, die Sonne, die sich über dem Horizont immer weiter in die Höhe schob, und das Auf und Ab der heranrollenden Wellen, die von unzähligen weißen Schaumkronen geschmückt waren.

Sophie begann, mit den Füßen im Sand zu scharren, und schließlich nahm sie auch ihre Hände zu Hilfe und häufte kleine Sandberge um sich auf. „Es macht Spaß, mit dir zusammen zu sein, Antoinette. Machst du öfter solche unkonventionellen Unternehmungen?"

„Wenn wir über die Sommermonate auf der Plantage oder hier am Strand sind, reite ich gerne sehr früh am Morgen oder sehr spät am Abend aus, wenn alle anderen schlafen, denn ich reite in einem Herrensattel und ich –"

„Du reistest *wie*?"

„Ich habe auch schon den Schwarzen bei der Gartenarbeit geholfen. Einmal hat mich Dominique dabei erwischt und mich gehörig geschimpft. Außerdem putze ich mein Zimmer selbst, da Caro meist mehr Unordnung als Ordnung schafft."

Sophie kicherte leise vor sich hin.

„Wir fragen uns schon lange, warum diese Caro noch immer in deinen Diensten steht."

„Ich mag Caro." Toni zuckte mit den Achseln, was Sophie jedoch nicht sehen konnte, da diese sich noch immer intensiv mit dem weißen Sand und einigen kleinen Muscheln beschäftigte.

„Macht Gartenarbeit Spaß?"

„Sehr. Es ist großartig, ein kleines Samenkorn in den Boden zu setzen und dann zusehen zu können, wie daraus eine kleine, zarte Pflanze und schließlich eine große Blume, ein richtiger Strauch oder Gemüse wird."

„Wir haben bei unserem Stadthaus keinen Garten. Vielleicht sollte ich nächstes Frühjahr öfter mal einen Besuch bei euch machen, dann können wir zusammen heimlich im Garten mithelfen."

Toni hob die Augenbrauen und warf ihrer Freundin einen zweifelnden Seitenblick zu, doch diese beachtete sie nicht weiter, als sei das Thema für sie abschließend behandelt worden.

„Ich fühle mich unendlich wohl, Antoinette."

„Das freut mich. Dennoch muss ich dich jetzt darauf aufmerksam machen, dass, auch wenn Monsieur Fourier unseren Zustand vielleicht nicht bemerkt oder zumindest großzügig übersehen hat, er diesem ungehobelten Mathieu Bouchardon jedoch nicht entgangen ist, und das hat er mich auch wissen lassen. Zudem sind wir beide noch ungekämmt."

Sophie sprang auf und blickte Toni entsetzt an. „Meine Güte! Warum hast du mir das nicht früher gesagt?"

„Wann? Als du im Wasser standst und wir bemerkt haben, dass die beiden sich uns näherten? Was hättest du dann getan? Wärst du untergetaucht, damit dich niemand so sieht?" Antoinette blickte Sophie herausfordernd an.

Die beiden Mädchen musterten sich, und schließlich lächelte Toni, während Sophie auf ihre ansteckende Weise zu kichern und schließlich zu lachen begann. Die beiden hakten sich beieinander ein und gingen in Richtung Haus zurück, Sophie mit ihren Schuhen in der freien Hand. Schließlich wirbelte Sophie aufgeregt herum und stellte sich Toni in den Weg. „Ich kann es kaum glauben: Heute Abend sind wir bei einer Strandparty bei den Fouriers eingeladen! Meine allererste Strandparty und André wird da sein. Ist das nicht aufregend und unendlich romantisch?“

„Aber natürlich!“, freute sich Toni für die Freundin mit.

Pläne schmiedend und ausgelassen lachend näherten sie sich dem Haus, in dem noch immer alle zu schlafen schienen.

Bunte Lampions waren an der Hausfassade, entlang der Verandaüberdachung und an den wenigen Palmen um das Strandhaus herum aufgehängt worden und die kleinen Kerzen darin erleuchteten das Areal in schemenhaftem gelbem, rotem und orangefarbenem Licht. Auf der Veranda standen einige mit dunklen Tüchern und Muscheln dekorierten Tische, auf denen sich Schüsseln mit Beerenbowle befanden, die durch kleine, im Licht glänzende Eisstückchen gekühlt wurden. Toni und Sophie lehnten, mit einer großartigen Abendgarderobe angetan, nebeneinander an der Verandabrüstung und beobachteten die Gäste.

„Siehst du, wie sehr Clothilde Macine sich um André bemüht?“, flüsterte Sophie.

Toni konnte ihren leicht verärgerten Tonfall deutlich heraushören. Sie griff nach der unruhigen Hand ihrer Freundin und drückte sie fest. „Ich sehe es, Sophie. Allerdings scheint André ihr nicht mehr Aufmerksamkeit zu gönnen als all den anderen Frauen. Und sieh dir einmal das wenig erfreute Gesicht Monsieur Macines an. Wenn Clothilde sich nicht ein wenig zurücknimmt, wird er seine Tochter demnächst zurück ins Strandhaus der Familie schicken. Es ist ganz offensichtlich, dass er einer Verbindung zwischen Clothilde und André nicht zustimmen würde.“

„Wenn sie sich weiter so verhält, wird er nichts anderes tun können, um ihren guten Ruf zu retten.“

„Was also schlägst du vor, Sophie? Willst du sie zu einem Duell auffordern? Ich stelle mich als Sekundantin zu Verfügung. Ein Arzt ist auch anwesend und –“

Sophie stieß Toni mit dem Ellbogen in die Seite, um sich ihr gleich darauf entschuldigend zuzuwenden. „Tut mir Leid. Das war vielleicht ein wenig zu heftig. Ich bin im Vergleich zu dir zarter Person einfach ein Trampeltier."

„So, meinst du? Dann sieh dir doch mal Chantal Charmande an. Oder ihre Schwester Isabelle. Eine falsche Bewegung und ihre Korsetts springen auseinander. Stell dir nur einmal vor, wie lustig es aussehen würde, wenn plötzlich die Knöpfe ihrer Kleider durch die Nacht schießen würden – und die Fischgräten der Korsetts hinterher."

„Du bist unmöglich, Antoinette!", flüsterte Sophie ihr zu, konnte jedoch nicht mehr an sich halten und lachte schallend los, erschrocken beide Hände auf ihren Mund pressend.

„Siehst du, jetzt hast du Andrés Aufmerksamkeit", flüsterte Toni, und tatsächlich hatten sich ein paar der jungen Männer neugierig nach den beiden lachenden Frauen umgedreht, unter ihnen auch André und dessen Freund Mathieu.

Auch Chantal und Clothilde blickten zu den beiden herüber und ein abfälliges Lächeln legte sich auf die Lippen der jüngeren Charmande-Schwester. „Da haben sich ja zwei gefunden!", lachte sie laut.

Jedem der Anwesenden war klar, dass die noch nicht in die Gesellschaft eingeführte Chantal darauf anspielte, dass bisher keine der beiden einen Verehrer vorzeigen konnte.

„Sieh nicht hin, Sophie", flüsterte Toni, und mit einem erstaunlich fröhlichen Lächeln wandte sie sich an Dominique und ihren Ehemann Louis Poirier, die soeben eintrafen. „Hallo, Dominique, Louis, schön, dass ihr noch gekommen seid."

„Guten Abend, Antoinette. Wir möchten doch ein so schönes Erlebnis nicht versäumen", lachte Dominique, doch Toni glaubte Tränen in ihren Augen zu erkennen.

Louis Poirier nickte ihr kurz zu und führte seine Frau zu den Gastgebern hinüber, um diese zu begrüßen und ihnen für die Einladung zu danken. Dann wandte er sich der diskutierenden Männergruppe zu, während Dominique sich zu ihren Freundinnen gesellte.

„Machst du mit mir einen kleinen Spaziergang?", schlug Toni Sophie vor.

Ohne eine Antwort zu geben, hängte Sophie sich bei Toni ein und die beiden Freundinnen schlenderten auf das Wasser zu. In gebührendem Abstand folgten ihnen ihre Mädchen, Caro und Florence.

„Warum sind Dominique und ihr Mann erst jetzt gekommen?", erkundigte sich Sophie, als sie von den anderen Festgästen nicht mehr gehört werden konnten. „Sie war doch bereits mit uns an der

Tür, als wir das Strandhaus der Leroux' verlassen haben. Und was ist überhaupt mit Dominique? Sie hat geweint, nicht wahr?"

„Dominique leidet, Sophie. Ich weiß nicht, was in den ersten Tagen ihrer Ehe geschehen ist, als sie auf der Plantage der Poiriers waren. Seit ihrer Hochzeit ist sie nicht mehr die Dominique, die ich kenne. *Ja, lieber Louis. Natürlich, lieber Louis. Selbstverständlich ziehe ich das violette Kleid an, wenn dir das mehr zusagt. Ich gehe natürlich nicht zu dem Nachmittagskaffee, lieber Louis, wenn dein Geschäftspartner kommt und du mich ihm vorstellen möchtest.*" Toni schüttelte gequält den Kopf und blickte mit zusammengekniffenen Augen auf die schäumende, sich ständig in Bewegung befindliche, tiefschwarze Fläche vor sich.

„Sie ordnet sich den Wünschen ihres Mannes unter. Was ist daran so schlecht?"

„Eigentlich nichts, Sophie. Aber sie ordnet sich fortwährend unter, während er keinerlei Rücksicht auf ihre Wünsche oder Pläne nimmt. Sie sind so spät gekommen, weil sie wieder das falsche Kleid anhatte und ihm die Frisur, die sie sich von ihrer Zofe hat machen lassen, nicht zusagte. Zumindest nehme ich das an, da sie ein neues Kleid und eine andere Frisur trägt als noch vor einer Stunde."

„Antoinette. Dein Freiheitsgeist in Ehren, aber die beiden sind frisch verheiratet. Sie müssen sich noch aneinander gewöhnen und erst herausfinden, wie sie ihr Leben gemeinsam gestalten wollen."

Aufgeregt löste sich Toni von der Freundin und stemmte die Hände in ihre schmalen Hüften. „Aber nicht immer auf Dominiques Kosten, Sophie. Ihre Ehe wird nicht anders verlaufen als die von Mirabelle oder Eulalie!"

„Hast du den Eindruck, dass Mirabelle Leroux oder Eulalie in ihren Ehen unglücklich sind?"

„Unglücklich? Nein. Sie nehmen ihr Leben so hin, wie es ist, sind dankbar für das schöne Heim, für die Fürsorge, die sie erfahren, und freuen sich an ihren Kindern. Aber macht sie das glücklich, Sophie?"

„Ist Rose Nolot denn glücklich? Denkst du nicht, sie würde die Freiheit, die sie als unverheiratete Frau hat, nicht gerne gegen ein wenig Anpassung eingetauscht haben?"

„Rose hat niemals etwas aus ihrem Leben gemacht. Sie saß immer nur zu Hause bei ihren alten Eltern und hat darauf gewartet, dass eines Tages ihr Märchenprinz auf einem weißen Pferd herangeritten kommen und sie aus ihrem Elend befreien würde."

„Was meinst du mit ‚sie hat niemals etwas aus ihrem Leben gemacht'? Was hätte sie nach deiner Vorstellung denn tun sollen, Antoinette?"

„Es gibt so viel Elend und Leid in einer so großen Stadt wie New Orleans. Dagegen müsste zum Beispiel etwas getan werden."

„Du kannst doch nicht erwarten, dass sich eine Frau wie Rose Nolot in die ärmlichen Viertel von New Orleans begibt."

„Sie könnte sich aber für die Menschen, die dort leben, einsetzen, für sie Geld, Kleider, Decken und Lebensmittel sammeln und vielleicht sogar irgendjemanden einstellen, der diese Dinge vor Ort verteilt." Tonis Augen blitzten im Mondlicht temperamentvoll auf. „Sie müsste dafür nicht einmal ihre teuren Schuhe oder ihren Rocksaum dem Straßenstaub dieser Siedlungen aussetzen."

Allmählich beruhigte sie sich wieder, und mit einer entschuldigenden Geste, begleitet von ihrem strahlenden Lächeln, wandte sie sich an Sophie. „Gleichgültig, wie sich dein Leben entwickeln wird, Sophie, lass niemals zu, dass du untätig zu Hause sitzt."

„Diese Möglichkeit wird es für mich kaum geben, Antoinette. Du wirst mich schon beschäftigt halten, nicht wahr?"

Toni lachte und schloss ihre Freundin in die Arme. „Wir sollten zurückgehen, Sophie. Schließlich solltest du einen gewissen jungen Mann – den ich übrigens für so nett halte, dass ich denke, eine Ehe mit ihm könnte recht angenehm sein – ein wenig näher kennen lernen."

„Du möchtest nur deine aufregenden Aktivitäten und Hilfsaktionen ohne mich durchführen", spottete Sophie ungewohnt schlagfertig.

Toni hob abwehrend beide Hände in die Höhe. „Du wärst sicherlich auch als verheiratete Frau eine ausgezeichnete Hilfe an meiner Seite."

„Und das möchte ich auch sein, Antoinette Therese de la Rivière!"

„Könntest du mir einen Gefallen tun?"

„Fast jeden, Antoinette."

„Kannst du mich nicht einfach Toni nennen? Meine Eltern und meine Freunde haben mich immer so genannt. Sogar Marie tut es."

Sophie blieb stehen und musterte Toni. Dann huschte ein Lächeln über ihr Gesicht. „Toni. Dieser Name passt gar nicht zu der höflichen, fröhlichen und wohlerzogenen Mademoiselle de la Rivière, umso besser allerdings zu der etwas eigensinnigen, aufständischen jungen Frau, die ich in den letzten Tagen kennen gelernt habe."

Fröhlich schlenderten die beiden zu den Feiernden zurück. Obwohl der tiefe Sand einen schwierigen, unebenen Untergrund bot, hatten sich einige Paare gefunden, die zu der Musik der schwarzen Bediensteten tanzten. Clothilde und André drehten sich im Kreis, und Toni konnte spüren, wie Sophie sich versteifte, als sie das Paar auf der unebenen Tanzfläche entdeckte. Aus dem Augenwinkel beobachtete sie einen sichtlich aufgebrachten Monsieur Macine, der auf die Tanzenden zumarschierte.

In einer Vorahnung dessen, was Clothildes Vater vorhatte, drängte Toni Sophie in die Nähe der sich im Takt der Musik bewegenden Paare hinüber, und in dem Augenblick, in dem Monsieur Macine André auf die Schulter klopfte, um seine Tochter als Tanzpartnerin für sich zu beanspruchen, schob Toni ihre Freundin so nahe an André heran, dass dieser die Möglichkeit wahrnahm, den Tanz mit ihr zu Ende zu bringen.

„Interessant“, murmelte Mathieu Bouchardon, als Toni an ihm vorbei in Richtung Getränkebuffet schlenderte.

Höflich blieb sie stehen und wandte sich ihm zu. „Bitte?“ Mit unschuldigem Blick sah sie zu dem großen Mann auf, der sich nachdenklich über sein frisch rasiertes Kinn strich.

„Eine außergewöhnliche Weise, die Freundin loszuwerden.“ Mit einem Kopfnicken deutete er zu den Tanzenden hinüber.

„Die Gelegenheit bot sich an, Monsieur Bouchardon. Sophie Nanty ist eine begeisterte Tänzerin. Und Monsieur Fourier kam auf diese Weise zu einer weiteren Partnerin.“

Mit amüsiert hochgezogenen Augenbrauen nickte Mathieu, und Toni kam nicht um das Gefühl herum, dass er sich über sie lustig machte. Zudem wurde ihr bewusst, dass er sie und Sophie über einen längeren Zeitraum hinweg beobachtet haben musste.

Sie straffte die Schultern und ging in Richtung Veranda weiter. Mit einem Blick auf die Tanzfläche sah sie, dass André und Sophie einen weiteren Walzer miteinander tanzten, und ein begeistertes Lächeln legte sich auf ihr Gesicht.

Einige der älteren Männer standen ein paar Meter neben der Veranda und diskutierten offensichtlich über ein sehr aufreibendes Thema, denn manch einer hatte sein Glas beiseite gestellt, um die Hände zum Gestikulieren frei zu haben, andere hatten deutlich erhitzte Gesichter, wobei Toni nicht mit Sicherheit feststellen konnte, bei welchem dies vielmehr von einer zu großen Menge konsumierten Alkohols kommen mochte.

Sie ging langsam an der lauten Gruppe vorbei und blieb dann unterhalb der Veranda stehen. Mit den Händen nach einer der Querverstrebungen des Geländers greifend, verharrte sie dort, um den Worten der Männer zu lauschen.

„... noch immer konnte er nicht gefasst werden, obwohl er seit vier oder fünf Jahren die ganze Gegend um New Orleans unsicher macht."

„Wie ist das möglich, Henry? Er stiehlt die Sklaven von den Plantagen, kann sie scheinbar ungehindert durch das halbe Land schmuggeln und entkommt doch immer wieder unerkannt!" Monsieur Macine ballte wütend die Hände zu Fäusten. „Niemand weiß, wer er ist, wo er auftaucht und wohin er wieder verschwindet. Vor einem Jahr wurde ein Entflohener wieder eingefangen, doch obwohl man ihn schwer gezüchtigt hat, hat er den Namen seines Fluchthelfers nicht verraten."

„Nicht einmal als man ihm die Pistole an den Schädel hielt, hat er ihn verraten", bestätigte Raphael Leroux.

Toni presste die Lippen aufeinander. Es stand außer Frage, dass dieser Schwarze seinen Fluchtversuch mit dem Leben bezahlt hatte.

„Immer wieder hat er Suchtrupps in den Wäldern in die Irre geführt", fuhr jetzt Monsieur Charmande mit lauten, stoßweise hervorgebrachten Worten fort. Er schien bereits angetrunken zu sein. „Zudem muss er ein ausgesprochen schnelles Pferd besitzen, wobei einige vermuten, er habe mehrere Verstecke in den Wäldern und könne dort immer wieder sein Pferd austauschen."

Toni, die sich in der Nähe dieser aufgeregten, teilweise betrunkenen Männer immer unbehaglicher fühlte, betrat nun endlich die Veranda. Sie holte sich ein Glas Bowle und gesellte sich damit zu Dominique, Isabelle, Chantal und Clothilde.

„Er tanzt bereits den dritten Tanz mit unserem Pummelchen. Wer soll das verstehen?", zischte Isabelle.

„Ihr Vater ist nicht hier. Aber selbst wenn er es wäre, würde er vermutlich nicht einschreiten. Vielmehr würde er sich erleichtert zeigen, dass sich wenigstens *ein* männliches Wesen für seine Tochter interessiert", gab Clothilde ausgesprochen laut zurück, wobei sich ihr schönes, ebenmäßiges Gesicht zu einer Fratze verzog.

„Was willst du denn, Clothilde? Was interessierst du dich überhaupt für André? Hast du nicht neulich noch gesagt, dass dir Mathieu Bouchardon ausgesprochen sympathisch ist?" Chantal blitzte ihre Freundin gehässig an.

„Warte du Küken erst einmal, bis du nächstes Jahr in die Gesellschaft eingeführt wirst", verwies Clothilde Chantal in ihre Schranken. Diese stellte ihr leeres Glas geräuschvoll auf den Tisch und schritt mit weit zurückgeworfenem Kopf davon.

„Na ja, eigentlich muss ich ihr Recht geben", wandte sich Clothilde an Isabelle. „Vielleicht sollte ich meine Interessen eher auf diesen interessanten Heimkehrer verwenden. Ich vermute einmal, gegen *ihn* hätte mein Vater nichts einzuwenden."

„Wieso? Hält er André für eine schlechte Partie?", wunderte sich Isabelle.

„Was soll es schon, Isabelle? Bei dir wie auch bei mir haben sich viele Männer zu Gesprächen mit unseren Vätern eingefunden. *Interessante* Männer, wie ich hinzufügen will. Denkst du, wir können diesen erlauchten Kreis ein wenig erweitern? Du durch André, ich durch Mathieu?"

Die beiden blickten zu Toni hinüber und kicherten, dann ließen sie sich ihre Gläser erneut mit Bowle füllen und stiegen die Stufen hinab in den Sand.

Unbeeindruckt füllte auch Toni ihr Glas und angelte, einen vorsichtigen Blick um sich werfend, um nicht ertappt zu werden, extra viele Beerenstückchen aus der Glasschale heraus.

„Sie scheinen den anderen Gästen ja nicht sehr viel gönnen zu wollen", hörte sie jemanden sagen. Die Stimme war ihr inzwischen durchaus vertraut.

Mathieu, der jetzt von hinten neben sie trat, deutete mit seiner Hand auf ihr von vielen Früchten übervolles Glas. Mit hilflosem Blick und einem entschuldigenden Lächeln sah sie zu ihm auf.

„Machen Sie sich keine Gedanken, Mademoiselle de la Rivière. Ich werde Sie nicht verraten. Außerdem brauchen Sie dieses delikate Obst dringend, um noch ein wenig zu wachsen."

Tonis Augen verengten sich zu Schlitzen. Sie war entrüstet über diese deutliche Anspielung auf ihre zierliche Figur, und einen Moment lang zitterte das Glas in ihrer Hand heftig, da sie sich beherrschen musste, dieses nicht in Richtung des Spötters auszuschütten. Schließlich siegte ihr fröhliches Wesen über den unterschwelligen Zorn, und sie lächelte den jungen Mann unverbindlich an, drehte sich um und ließ ihn stehen.

Kapitel 7

François Villeneuve ließ die dunkle Stute los, wandte sich um und schloss das Gatter der kleinen Koppel, auf welcher seine Pferde Auslauf fanden, wenn sie nicht für einen oder mehrere Tage vermietet wurden. Die Pferde, die von Privatleuten bei ihm untergebracht wurden, tummelten sich nebenan. Sorgsam war er darauf bedacht, die teilweise sehr wertvollen Tiere der Aristokraten, die in den heißen Sommermonaten dem schwülwarmen Landesinneren entkommen wollten, von seinen eigenen Tieren fern zu halten.

Zufrieden, dass es in diesem Sommer wieder mehr Menschen ans Meer statt an den *Lake Pontchartrain* gezogen hatte und somit auch seine Kundschaft zunahm, wandte er sich um und betrat den Vorplatz seines Hauses. Eine Gruppe von Strandspaziergängern näherte sich ihm, und erfreut stellte er fest, dass es die Familie Leroux war, die auch in diesem Jahr wieder einmal ans Meer gekommen war.

Er versuchte, die kleine dunkelhaarige Antoinette unter ihnen zu erkennen, und mit Erstaunen stellte er fest, dass dieses Mädchen zu einer schönen jungen Frau herangewachsen war, wenn für seinen Geschmack auch ein wenig zu dünn. Antoinette ging gemeinsam mit einer anderen jungen Frau, die er zuvor noch nie gesehen hatte, hinter den anderen Familienmitgliedern her, und deshalb gestattete sie es sich, ihm aufgeregt zuzuwinken. Er nickte nur unverbindlich, um diese wenig damenhafte, beinahe vertrauliche Geste der jungen Frau nicht zu verraten, doch das Grinsen auf seinem Gesicht würde Bände sprechen, hätte man ihn nur genau beobachtet.

Raphael Leroux betrat als Erster den Platz und reichte ihm seine kräftige Hand.

„Ich habe Sie alle in den letzten beiden Jahren vermisst, Monsieur Leroux“, sagte François, und Raphael erklärte in knappen Sätzen, dass seine Anwesenheit auf der Plantage in den letzten beiden Sommern unabdingbar gewesen war.

François Villeneuve war ein ausgesprochen gut informierter Mann und so verbiss er sich nur mühsam ein Grinsen. Er wusste, dass Raphaels *Plaçée* vor drei Jahren einen kleinen Aufstand inszeniert hatte, den kaum ein Ehemann seiner Gattin hätte durchgehen lassen, der bei der hellhäutigen Farbigen jedoch vielmehr dazu geführt hatte, dass sie in ein weitaus exklusiveres Haus umziehen durfte, dessen Räume vollkommen neu ausgestattet worden waren. Zudem war Raphael mit seiner Familie zwei Sommer lang auf der Plantage gewesen, um schneller immer wieder in Richtung New Orleans verschwinden zu können.

„Zeigen Sie uns Ihre Pferde, Monsieur Villeneuve?" Raphaels Frage unterbrach François Villeneuves Überlegungen.

Er wandte sich um. Wie in jedem Jahr, wenn die Familie Leroux im Strandhaus verweilte, würde er für jedes Familienmitglied ein Pferd reservieren, gleichgültig, wie häufig sie daran dachten, tatsächlich einmal einen Ausritt zu unternehmen. Vor allem Raphaels Ehefrau, deren verbissen dreinblickende Schwester Rose wie auch Henrys Frau Brigitte oder Dominique waren häufig gar nicht, höchstens jedoch einmal für einen Ausritt bereit. So verdiente er eine gute Stange Geld, ohne seine Tiere durch die mangelnden Reitkünste der Damen zu sehr zu plagen. Nicht selten war er sogar schon in Versuchung gekommen, eines der für die Leroux' reservierten Pferde für einige Stunden an einen weiteren Kunden zu vermieten.

Nach einer Stunde hatte François Villeneuve jedem ein passendes Pferd zugewiesen – auch Sophie Nanty. Doch seine besondere Kundin, Antoinette, war scheinbar verschwunden. Er sah sich nach ihr um. Antoinettes Familie war abgelenkt und so umrundete er das gesamte Haus und betrat den rückwärtig angebauten Stall. In der Stallgasse blieb er einen Moment lang stehen, um seine Augen an das Dämmerlicht zu gewöhnen. Er ahnte, dass es die junge Frau zu ihrem Lieblingstier gezogen hatte, welches sie an jenen Tagen nutzte, an denen sie sich frühmorgens oder spätabends aus dem Haus schlich, um einen ausgedehnten Ausritt zu unternehmen – in einem Männersattel.

François hatte dieses Geheimnis immer für sich behalten, denn er mochte die kleine, fröhliche Antoinette. Ebenso bewunderte er ihren Hang zur Selbstständigkeit und ihren Reitstil, denn Antoinette saß ausgesprochen sicher im Sattel.

Der wichtigste Grund, warum er Antoinette gewähren ließ, obwohl er so manches Mal um die sichere Rückkehr seines guten Pferdes gebangt hatte, war jedoch die Tatsache, dass sie für ihn eine ausgesprochen gute Informantin war – auch wenn sie sich dessen nicht bewusst war. Solange Antoinette sich mit den Leroux' in dem schönen, weißen Strandhaus aufhielt, wusste er immer, wer von den Familien sich ebenfalls hier befand, wann einer der Männer für einige Tage zu seinen Geschäften oder aber zu seiner *Plaçée* in der Stadt unterwegs war oder sich auf dem Weg zu seiner Plantage befand. Für ihn – und vor allem auch für seine Helfer – waren diese Informationen lebenswichtig, denn so konnten sie sichergehen, nicht unvermutet überrascht zu werden, wenn sie wieder einmal mit einem entflohenen Sklaven unterwegs waren.

François Villeneuve schritt die peinlich sauber gekehrte Stallgasse entlang und blieb vor der Box der wendigen, kleinen, weißen Stute stehen, die Antoinette immer für sich beanspruchte. Doch das Tier war allein, wenn es auch an einer Leckerei nagte, die er ihr sicherlich nicht in die Box gegeben hatte. Verwundert drehte François sich einmal um sich selbst. Ein tiefes, ihm bekanntes Schnauben drang aus dem dunklen, hinteren Teil des Stalles zu ihm herüber.

Erschrocken runzelte er die Stirn. Das Mädchen hatte mit dem sicheren Instinkt einer Pferdeliebhaberin den wertvollen Hengst entdeckt, den er dort hinten untergestellt hatte, um ihn zu verstecken. Dieses Tier war ausnahmsweise in seinem Stall untergebracht worden, da er eine kleine Verletzung an ihm zu versorgen gehabt hatte. Einen Moment lang überlegte er, welche Erklärung er für die Anwesenheit des Tieres vorbringen konnte, dann betrat den hinteren, abgeteilten Bereich des Stalles.

Antoinette stand vor dem Hengst und strich ihm liebevoll über die Nüstern. Als sie aufsah, konnte er trotz der Dunkelheit des Stalles das begeisterte Leuchten in ihren dunklen Augen erkennen.

„Tut mir Leid, Antoinette, aber dieses Pferd gehört einem Privatmann, der es keinesfalls verleihen wird."

„Schon gar nicht an eine Frau, nicht wahr, François?"

François Villeneuve nickte zustimmend.

Mit einem letzten, bedauernden Blick auf das Tier folgte Antoinette dem Stallbesitzer hinaus in die Stallgasse. „Wird er hier heimlich für ein Rennen trainiert?", erkundigte sie sich neugierig. „Er scheint ausgesprochen gut gebaut zu sein. Sicher ist es ein sehr schnelles Tier."

„Ich habe keine Ahnung, was der Besitzer mit dem Tier vorhat", murmelte François unbehaglich. Er war dankbar für das Dämmerlicht im Stall, denn es war ihm unangenehm, seine kleine Freundin täuschen zu müssen.

„Darf ich auch in diesem Sommer gelegentlich auf Star ausreiten, François?"

„Was für eine Frage, Antoinette. Dein *Parrain* zahlt sehr viel Geld für diese Wochen, obwohl die Frauen die Pferde kaum nutzen. Wie sollte ich dir dann die Weiße verwehren können? Offiziell wirst du aber wieder Flora reiten."

„Ist in Ordnung, ich mag die gutmütige Stute." Antoinette lachte glücklich und wandte sich dem Ausgang zu.

„Eine Frage, Antoinette. Du bist dieses Jahr in die Gesellschaft eingeführt worden. Ich weiß nicht, ob es sich noch ziemt, wenn ich dich einfach mit deinem Vornamen anspreche?“

„Aber warum denn nicht, François? Es würde mich traurig machen, wenn du auf eine andere Anrede bestehen würdest.“

Nachdenklich nickte ihr Gesprächspartner und erwiderte: „Nur, Antoinette ... Vielleicht sollte ich dich in der Gegenwart deiner Familie mit Mademoiselle ansprechen ...“

„Noch ein gemeinsames Geheimnis, François? Ich weiß nicht, ob ich das aushalte!“, sagte Toni, doch ihr Lachen strafte ihre Worte Lügen.

Es war bereits der dritte Morgen, an dem Toni sich heimlich aus dem Strandhaus schlich und, während die ersten Strahlen der Sonne zögerlich und sanft den Horizont orange zu färben begannen, eilig über den befestigten Weg entlang des Strandes und der vornehmen Häuser in Richtung Mietstall lief.

An diesem Morgen wehte ein heftiger Wind über den Ozean und brachte die Bäume und Palmen in Bewegung. Ihr Rascheln und Knistern erfüllte die Luft, war jedoch nur ein Flüstern im Vergleich zu dem heftigen Donnern und Rauschen der aufgewühlten See und der an Land schlagenden, großen Wellen.

Das helle Cape flatterte um ihren schlanken Körper, und die daran befestigte Kapuze drohte ihr mehrmals vom Kopf geweht zu werden, sodass sie diese mit einer Hand beinahe krampfhaft festhielt. Die Familien, deren Häuser an diesem Abschnitt des Strandes lagen, kannten sich alle, und Toni wollte verhindern, dass sie identifiziert wurde.

Endlich erreichte sie den Mietstall und im Windschatten des großen Hauses lehnte sich das Mädchen heftig atmend gegen die Stalltür. Nun konnte sie die Kapuze von ihrem Kopf streichen. Kleine Schweißperlen glänzten auf ihrer Stirn und unterhalb der dunklen, schmal geschnittenen Augen. Toni blickte in die sich heftig schüttelnden Zweige einer großen, alten Eiche hinauf, die sich zu bemühen schien, ihren grauschwarzen Behang loszuwerden, als sei ihr das spanische Moos lästig geworden.

Sollte sie an diesem windigen Morgen auf ihren Ausritt mit Star verzichten? Prüfend blickte Toni zum Meer hinüber, wo sich die wild rollenden Wellen bis weit auf den Strand wälzten. Bei der

Vorstellung, durch diese weiß aufschäumende Masse zu galoppieren, schlug ihr junges Herz voller Aufregung und Vorfreude schneller. Es herrschte zwar ein heftiger Wind, jedoch kein Sturm, und wenn sie sich von dem undurchdringlich scheinenden Wald fern hielt, konnte ihr eigentlich nichts passieren.

Toni schob den Riegel zurück und schlüpfte durch einen schmalen Spalt in den noch dunklen Stall. François Villeneuve hatte, wie jeden Morgen nach dem Füttern der Tiere, das Schloss für sie offen gelassen, denn seit einigen Jahren besagte ihre Abmachung, dass er nicht mehr zum Aufsatteln herüberkam. Das erledigte Toni selbst. So würde sie sich noch immer mit einem Jungmädchenstreich herausreden können, wenn sie eines Tages bei einem ihrer Ausritte erwischt werden sollte. Außer einer deutlichen Zurechtweisung ihres Patenonkels und entsetzter Ausrufe ihrer Tante würde ihr nicht viel passieren, und François konnte getrost behaupten, er habe nicht gewusst, dass sie sich heimlich eines seiner Tiere genommen hatte.

Einige der Pferde hoben die Köpfe über die Absperrung hinaus, doch Toni beachtete sie nicht. Sie ging in den hinteren Teil der Stallgasse, um sich den Sattel zu holen, und stellte verwundert fest, dass der herrliche schwarze Hengst fehlte. Offenbar war sein Besitzer tatsächlich darum bemüht, ihn zu Zeiten zu reiten, zu denen er nicht gesehen werden konnte.

Nachdem Toni die weiße Stute geputzt und gesattelt hatte, legte sie sich ihr Cape wieder über. Sie raffte ihr Kleid, das sie eigens für ihre heimlichen Ritte mitgenommen hatte, in die Höhe und befestigte die von Caro angebrachte Schlaufe an den angenähten Knöpfen, sodass der Stoff beinahe wie eine Hose um ihre Beine fiel. Dann öffnete sie die Stalltür, trat hinaus, schob die Tür hinter sich und dem Pferd wieder zu und schwang sich mit Hilfe einer hinter dem Haus abgestellten Transportkiste in den Sattel.

Die Stute zuckte, als sie den Windschatten des Gebäudes verließen, ein wenig unwillig mit den Ohren. „Das ist nur Wind, Star!“, rief Toni ihr ausgelassen zu und lenkte das Tier über eine Düne in Richtung Strand.

Das Cape flatterte wild über den Pferderücken und schien ungehalten an Toni zu zerren, als wolle es sie auffordern, unverzüglich umzukehren. Doch die Reiterin ließ sich begeistert den Wind ins Gesicht wehen und trieb das Pferd erst in einen schnellen Trab und schließlich in einen raumgreifenden Galopp. Immer schneller ging der wilde Ritt über den Sand hinweg, fort von den Strandhäusern, von denen aus sie gesehen werden konnte.

Jenseits der Ansiedlung reichte der undurchdringliche, wilde Wald bis an den Strand heran. Hier konnte sie sicher sein, auf niemanden zu treffen, der sie erkennen würde. Schließlich zügelte Toni die Stute, und in gemächlichem Schritt ging es immer weiter, den Wind als ständigen Begleiter im Rücken. Die Zeit verging viel zu schnell, und so wendete sie irgendwann die kleine Stute, um langsam zum Stall zurückzureiten. Wolkenfetzen wurden eilig über den graublauen Himmel getrieben, und dennoch gelang es der Sonne, ihre wärmenden Strahlen über den grünen, nach Feuchtigkeit riechenden Wald, den nassen, festen Sand und das aufgewühlte Meer zu senden.

Ganz unvermutet verschwand die Sonne hinter einer großen, grauen Wolkenbank, und Toni erschauderte, als sie das wild aufgeworfene Meer zu ihrer Linken und die sich heftig unter dem Wind schüttelnden Bäume zu ihrer Rechten betrachtete. Plötzlich lag der Sand dunkel, beinahe drohend vor ihr und nur ein erschreckend schmaler Pfad schien zwischen dem rauschenden, tosenden Wald und den donnernden, brausenden Wellen zu liegen.

Toni lenkte die unruhig mit dem Schweif schlagende Stute näher an die Wellen heran, da gelegentlich große Äste von den Bäumen geknickt wurden. Zögerlich, da ihnen nun die gesamte Wucht des beständig zunehmenden Windes entgegenschlug, setzte die Stute einen Huf vor den anderen, und so kamen sie nur langsam voran.

Toni versuchte, sich selbst Mut zu machen. Der Wind hatte zwar zugenommen, doch noch immer war dies kein ausgewachsener Sturm. „Lauf!“, feuerte sie die unruhige Stute an. Sie unterließ den Versuch, die Kapuze auf dem Kopf festzuhalten, und konzentrierte sich auf den unruhigen Ritt. Als sie gerade einige in den Strand hinausragende Bäume umritt, brach plötzlich ein Pferd mit seinem Reiter aus dem Dickicht. Wiehernd wich Star zur Seite aus, während Toni einen erschrockenen Schrei ausstieß und einen Moment lang krampfhaft darum bemüht war, das Gleichgewicht zu halten und nicht aus dem Sattel zu stürzen.

Heftig atmend wandte Toni sich um. Mit einem Blick konnte sie den schönen, schwarzen Hengst erkennen, den sie einige Tage zuvor im Stall von François bewundert hatte. Im Sattel saß eine schmale, nicht allzu große Gestalt, die einen dunklen Hut tief ins Gesicht gezogen hatte.

Unsicher darüber, was sie nun tun sollte, wendete Toni die Stute. In diesem Moment schwankte die Gestalt im Sattel des dunklen Pferdes und hob den Kopf. Toni stieß erneut einen Schrei aus. Das Gesicht des Reiters war blutüberströmt und schmerzverzerrt, und als der Mann sie aus dunklen, blutunterlaufenen Augen ansah, erkannte sie ihn. Noch ehe sie reagieren konnte, stürzte er aus dem Sattel und schlug derb auf dem Boden auf.

Kapitel 8

Der Wind wirbelte Sand umher und jagte diesen wie kleine, unangenehme Pfeilspitzen in die Gesichter der jungen Männer, die sich langsam am Strand entlangbewegten. Die Gischt spritzte hoch auf und durchnässte die beiden, die sich davon jedoch nicht beeindrucken ließen.

Ihre Augen hingen an den donnernd auf den Sand aufschlagenden, wild schäumenden Wellen, und da eine Unterhaltung nur schwerlich möglich war, schwiegen die beiden Freunde und beobachteten fasziniert das wilde Toben um sie her. Es war André, der das Schweigen als Erster brach. Er wandte sich um, dem heftigen Wind den Rücken bietend, und ging rückwärts vor Mathieu Bouchardon her, der in Erwartung einer Frage den Kopf hob. „Warum willst du schon so früh abreisen?", rief André gegen das Tosen der Brandung an.

„Großmutter ist bei ihrer Schwester und deren Familie auf der Plantage. Ich sollte noch ein wenig Zeit mit ihr verbringen, ehe ich wieder in Richtung Norden aufbreche."

„Deine Fürsorge für deine Großmutter in Ehren, Matt, aber es dauert noch mehrere Wochen, bis du zurück an der Universität sein musst. Was – oder sollte ich vielmehr fragen *wer* – steckt also dahinter?"

Mathieu grinste breit, schüttelte aber den Kopf. Es freute ihn, dass André ihn gerne noch länger in seiner Nähe haben wollte, doch es gab ein paar wichtige Gründe, die ihn zu einer baldigen Abreise drängten. Allerdings hatten diese Gründe weder etwas mit seiner Großmutter noch mit einer heimlichen Liebe zu tun. Nachdenklich wandte er sich dem tobenden Ozean zu, und während die salzige Gischt und der heftige Wind ihm vehement ins Gesicht wehten, erneuerte er – wenn auch schweren Herzens – seinen Entschluss, André nicht in sein Geheimnis einzuweihen. André trat neben ihn, und Mathieu fühlte deutlich, dass er eingehend gemustert wurde.

„Was ist los, Matt?"

„Ich fühle mich für meine Großmutter verantwortlich. Zudem wohne ich bei meiner Schwester und meinem Schwager und sollte so rechtzeitig zurück sein, dass ich ihnen einmal ein wenig zur Hand gehen kann. Das bin ich ihnen wirklich schuldig."

„Erwartet deine Schwester dies tatsächlich? Hatte sie sich nicht sogar für eine sehr lange Zeit von dir verabschiedet? Ich glaube dir nicht, Matt."

Mathieu verzog das Gesicht. André und er waren seit frühester Kindheit Freunde, und dass diese Freundschaft auch über die lange Zeit ihrer Trennung Bestand gehabt hatte, war ein großes Vorrecht und Geschenk. Vermutlich war es nicht richtig, ihm etwas vorzuspielen, doch die Möglichkeit, seinen Kameraden zu verlieren, war wesentlich größer, wenn er ihn in sein Geheimnis einweihte. „Es gibt keine Frau, die ich dir verheimliche, André", lachte Mathieu schließlich und gab seinen Freund einen Stoß mit dem Ellbogen. „Ich habe viel mehr das Gefühl, dass du *mir* etwas verheimlichst."

André grinste vor sich hin, ohne den Freund direkt anzublicken, und zog scheinbar unwissend beide Schultern nach oben. Doch Mathieu ließ nicht locker. „Seit wir in New Orleans angekommen sind, bemühen sich die beiden Charmande-Schwestern ausgiebigst um dich, genau wie Clothilde Macine. Aber ich werde das Gefühl nicht los, dass Sophie Nanty deine Aufmerksamkeit gewonnen hat."

„Was du so alles beobachtest, alter Freund! Chantal ist noch nicht einmal fünfzehn Jahre alt, Isabelle verfügt, wie man hört, über eine ausgesprochen lange Liste an Verehrern, die bereits offiziell den Weg zu ihrem Vater gefunden haben, und bei Clothilde wird es nicht anders sein, schließlich ist sie eine ausgesprochene Schönheit, und ihr Vater verfügt über eine Stellung, die es ihm erlaubt, eine überaus gute Wahl für seine Tochter zu treffen."

„Und das bist du nicht?", hakte Mathieu mit amüsiertem Lächeln nach.

„Ehrlich gesagt bin ich darüber nicht unbedingt traurig. Aber ich habe das Gefühl, dass *du* gerade dabei bist, einem ausgesprochen netten Mädchen ein wenig den Kopf zu verdrehen." André grinste.

Mathieu boxte ihm spielerisch, aber dennoch heftig vor die Brust. Hatte sein Freund bemerkt, dass ihn die kleine, freundliche Antoinette mehr beschäftigte, als es gut für ihn war? „Was ist nun mit Sophie?", lenkte Mathieu schnell wieder von sich ab.

André wiegte leicht den Kopf hin und her und fuhr sich durch seine wilden Locken. „Sie ist eine interessante junge Frau. Sie scheint viel weniger flatterhaft und auf Äußerlichkeiten bedacht zu sein als andere Mädchen in ihrem Alter. Ich könnte mir durchaus vorstellen, dass sie etwas Beständigkeit in das unruhige Leben eines Arztes bringen könnte."

Mathieu schaute seinen Freund an. Er würde sich für seinen langjährigen Kameraden freuen, sollte er tatsächlich eine passende Partnerin für sich gefunden haben. Dennoch spürte er einen kleinen, wehmütigen Stich im Herzen, war er doch auf Grund seiner heimlichen Tätigkeit nicht in der Lage, sich an eine Frau zu binden, zumindest nicht an eine Frau aus dem Sklaven haltenden Süden. Sein langer Aufenthalt im Norden hatte ihn sehr verändert und geprägt, sodass er inzwischen mehr tat, als nur gelegentlich die Institution der Sklaverei anzuzweifeln. Er schob diese Gedanken von sich und wandte sich wieder an seinen Freund. „Hast du mit ihr schon gesprochen?"

„Langsam, Matt. Du wirst schon noch ein paar Tage bleiben müssen, um mitzuerleben, wie sich alles weiterentwickelt. Und jetzt sagst du mir endlich, was dich dazu drängt, deinen Aufenthalt hier so schnell zu beenden."

Toni glitt aus dem Sattel und fiel neben die reglose, blutüberströmte Gestalt in den weichen Sand. Vorsichtig rutschte sie näher heran und warf einen weiteren, prüfenden Blick auf das Gesicht. Trotz des Blutes und der Schmutzkruste konnte sie deutlich ihren Klavierlehrer Jean-Luc Ardant erkennen.

„Monsieur Ardant, was ist nur geschehen?", flüsterte sie und strich mit ihren Händen hilflos über ihren Rock.

Die Augenlider des Mannes flatterten und schließlich blickte er sie mit schmerzverzerrtem Gesicht direkt an. „Mademoiselle de la Rivière? Wer ist bei Ihnen?"

„Niemand, Monsieur Ardant. Leider. Ich muss Sie allein lassen, um Hilfe für Sie holen zu können. Bleiben Sie ganz still liegen, Monsieur Ardant. Ich reite los, um einen Arzt für Sie zu holen."

Eine überraschend kräftige Hand legte sich um ihr Handgelenk, und mit Entsetzen bemerkte Toni, dass diese eiskalt war und heftig zitterte.

„Sie dürfen niemanden holen, Mademoiselle de la Rivière. Niemand darf mich hier sehen."

„Aber warum ...?" Toni hielt inne. Warum befand sich ihr Klavierlehrer hier unten am Golf, wo er New Orleans doch angeblich seit Jahren nicht verließ? Wie kam er zu diesem ausgesprochen wertvollen Pferd? Warum war er verletzt? Und wieso lehnte er nun jegliche Hilfe ab? Toni schüttelte irritiert den Kopf. Hatte sie sich nicht immer darüber gewundert, wie müde und erschöpft der Mann aussah, beinahe so, als verbringe er unzählige Nächte ohne Schlaf? Welches Geheimnis trug dieser Mann mit sich, dass er nun lieber hier liegen blieb, um, wie es schien, auf den sicheren Tod zu warten, als sich von einem Arzt helfen zu lassen?

„Mademoiselle de la Rivière“, hauchte der Mann unter sichtbarer Anstrengung.

„Warum sind Sie alleine unterwegs?“, lautete seine leise, mühsam hervorgebrachte Frage.

„Das bin ich oft, wenn wir im Sommer hier am Strand oder auf der Plantage sind, Monsieur Ardant. Ich reite sehr gerne und wie Sie sehen mit einem unschicklichen Herrensattel. Hoffentlich erschrecke ich Sie jetzt nicht zu sehr?“

„Mich?“ Ein leichtes Lächeln legte sich auf die gepeinigten, verschmutzten Züge des Klavierlehrers. „Ich blicke sehr tief in die Seelen meiner Schüler. Allein durch Ihre Art Klavier zu spielen verraten Sie mir viel über Ihr Wesen. Deshalb weiß ich auch, dass ich Sie um Hilfe bitten kann.“

„Ich werde sofort jemanden holen, Monsieur Ardant.“

„Diese Art von Hilfe meine ich nicht“, flüsterte der Mann stockend und krümmte sich zusammen.

Jetzt erst bemerkte Toni, dass auch sein Rücken blutbedeckt war, und erschrocken wurde ihr klar, dass der freundliche, kaum merklich dunklere Mann vor ihr von mehreren Schrotkugeln getroffen worden sein musste.

„Sie müssen das Pferd mitnehmen, Mademoiselle de la Rivière. Es ist mir für meine Arbeit anvertraut worden und sollte für meinen Nachfolger bereitstehen. Ich weiß, dass Sie den Mietstallbesitzer Monsieur Villeneuve kennen. Bitte bringen Sie das Tier zu ihm, aber lassen Sie sich nicht dabei sehen. Es könnte auch für Sie gefährlich werden.“

Toni kniff die Augen zusammen und blickte auf die immer größer werdende Blutlache im weißen Sand. Der Mann vor ihr war am Verbluten, dennoch hinderte er sie daran, Hilfe für ihn zu holen; stattdessen wollte er, dass sie sich um den Hengst kümmerte.

„Was ist das für eine Arbeit? Monsieur Ardant, Sie sind Klavierlehrer, und dafür benötigen Sie wohl kaum dieses ausgezeichnete Pferd. Was tun Sie hier und warum darf ich keine Hilfe holen?“

Verständnislos und voller Furcht griff Toni nach der Hand des sterbenden Mannes.

Dieser lächelte sie schwach an. „Haben Sie schon einmal etwas von dem *Chevalier Mystérieux** gehört, Mademoiselle Antoinette?"

Toni hob den Kopf. In diesem Augenblick verstand sie, warum man ihrem Klavierlehrer ein solch wertvolles Pferd anvertraut hatte. Jean-Luc Ardant war der Reiter, über den sich die Männer bei der Party unterhalten hatten. Er war derjenige, der den geflohenen Sklaven auf der Flucht einen sicheren Weg in Richtung Norden zeigte, und Monsieur François Villeneuve half ihm dabei. Vermutlich hatte auch sie, ohne es zu wissen, immer wieder dazu beigetragen, dass die geflohenen Schwarzen, die sich dem *Chevalier Mystérieux* anvertraut hatten, nicht wieder in die Fänge ihrer Besitzer gerieten, indem sie freimütig die scheinbar harmlosen Fragen des Mietstallbesitzers beantwortet hatte.

Verwirrung, Bewunderung, aber auch ein wenig Wut wechselten sich in ihr ab und für einen kleinen Moment schloss sie gequält die Augen. Sie dachte an ihre Freundin Marie und an deren Ehemann. Der plötzliche Verdacht, dass diese beiden um die geheime Tätigkeit von Jean-Luc Ardant wussten, vielleicht sogar dessen Helfer waren, ließ sie erzittern.

Sie untersagte sich jedoch weitere verwirrende Gedanken und wandte sich an den verletzten Mann: „Monsieur Ardant! Sie sind ein freier Farbiger. Ich kann das Pferd verstecken und dann schnell Hilfe für Sie holen! Niemand weiß, warum Sie hier sind, und niemand kann Ihnen verbieten, von New Orleans hierher an die Küste zu reisen."

Der Mann wagte ein weiteres schmerzverzerrtes Lächeln und schüttelte dann sanft den Kopf. „Sie waren mir dicht auf den Fersen. Vermutlich nehmen sie an, dass ich irgendwo in den Sümpfen liege. Wenn jemand erfährt, dass ein Arzt einen Mann mit meinen Verletzungen behandelt hat, werden sie wissen, dass ich aus dem Dickicht herausgefunden habe, und mich finden. Ich möchte nicht ihren Befragungen ausgesetzt sein, Mademoiselle Antoinette. Ich könnte zu viel verraten!"

„Was ist mit Sylvain und Marie Merlin? Kann ich mit ihnen über Sie sprechen?"

„Hat Marie Sie doch eingeweiht?"

„Nein, Monsieur Ardant. Aber ich habe eins und eins zusammengezählt." Sie sah den Mann mitleidig an. „Ihnen geht es sehr schlecht.

* geheimnisvoller Reiter

Warum lassen Sie mich nicht André Fourier holen? Sicherlich können wir mit seiner Verschwiegenheit rechnen. Es kann verschiedene andere Gründe geben, weshalb niemand erfahren darf, dass er Sie behandelt hat. Allein ein Blick auf den wertvollen Hengst, welchen Sie in seinen Augen sicherlich unbefugt geritten haben, könnte ihm die Heimlichkeiten erklären …"

„Monsieur Fourier? Vielleicht …"

Toni sprang auf die Beine. „Bewegen Sie sich nicht, Monsieur Ardant. Ich reite schnell zu ihm. Zuvor verstecke ich den Hengst aber hier im Wald, damit kein Passant ihn entdecken und mit Ihnen in Zusammenhang bringen kann."

„Es ist zu spät, Mademoiselle Antoinette."

Toni blickte auf den heftig zitternden Körper zu ihren Füßen und ahnte, dass es für Monsieur Ardant tatsächlich zu spät war. Entschlossen, dennoch zu handeln, wirbelte sie herum, ergriff den nervös zurückzuckenden Hengst am Zügel und führte ihn auf die Baumgruppe zu, aus welcher sie ihn Minuten zuvor hatte stürmen sehen.

Sie wagte nicht, das edle, unruhige Tier zu reiten, also lief sie, so schnell es der unebene Pfad zuließ, zwischen dichtem Gestrüpp und weit herunterhängenden Ästen hindurch, den schwarzen Hengst hinter sich herführend.

Schließlich kam sie an eine kleine Lichtung und band den Hengst dort fest. Das hier wachsende, saftige Gras würde das Pferd beschäftigen, und niemand konnte es entdecken und mitnehmen, falls doch ein Spaziergänger oder Reiter an diesem Strandabschnitt unterwegs sein sollte.

Eilig raffte die junge Frau ihren noch immer hochgebundenen Rock zusammen und lief zurück bis an den Strand. Dort hatte der Wind an Stärke zugenommen und war zu einem heftigen, böigen Sturm geworden. Star stand mit hängendem Kopf nahe am Waldrand und suchte Schutz hinter den etwas vorstehenden Bäumen. Toni nahm die Stute am Zügel und ging zu Monsieur Ardant hinüber. Er hatte die Augen geschlossen, doch sein Brustkorb hob und senkte sich noch, und so beeilte sich Toni, in den Sattel zu kommen. „Halten Sie aus, Monsieur Ardant", rief sie gegen das Tosen des Windes an und ritt los, um André Fourier zu finden. Der Mann öffnete die Augen nicht, doch er murmelte, für Toni nicht mehr hörbar: „Unser Herr segne Sie, Mademoiselle de la Rivière. Er segne Sie und schenke Ihnen Kraft. Sie haben ein großes Herz. Genau das braucht mein geschundenes Volk."

„Ich bin doch nicht vollkommen blind, Matt. Denkst du, mir entgeht der Zorn in deinen Augen, wenn du beobachten musst, wie einer der Sklaven unfreundlich behandelt wird?“

Mathieu presste erschrocken die Lippen aufeinander. War seine Abneigung gegen die Institution der Sklaverei so offensichtlich? Konnte André – und was noch viel gefährlicher war – vielleicht auch jemand anderes in seinem Umfeld erraten, dass er zu der Organisation gehörte, die geflohene Sklaven in Richtung Kanada schmuggelte?

„Ich weiß nicht, was du vor mir geheim hältst, Matt. Doch ich möchte dich bitten, vorsichtig zu sein. Die Zeiten sind unruhig. Der Norden fordert zunehmend die Abschaffung der Sklaverei, der Süden hingegen fürchtet sie, da sie das Kapital der Plantagenbesitzer sind.“

Mathieu zog es vor zu schweigen. Er wollte André nichts vormachen, andererseits durfte er ihn nicht in seiner Vermutung bestätigen. Unruhig scharrte er mit dem linken Fuß über den feuchten Sand.

„Ich werde dich weder verraten noch versuchen, dich an deinem Tun – wie auch immer dieses aussieht – zu hindern, Matt. Das solltest du wissen. Doch ich werde dich auch nicht unterstützen oder meinen Kopf für dich hinhalten.“

Mathieu schwieg noch immer.

„Matt, ich habe schon in den Wochen bei deiner Schwester die Wandlung an dir bemerkt. Du bist nicht mehr der Kreole Mathieu Bouchardon. Du bist Matt, der Amerikaner aus dem Norden. Also mach mir nichts vor und lüge mich bitte nicht an. Das würde unserer Freundschaft nicht bekommen.“

Der junge Mann wusste, dass er nicht noch weiter schweigen konnte. Doch was sollte er sagen? André kannte sicher die Standpunkte der Abolitionisten. Er würde weder sich noch die Sache erklären müssen. Also nickte er einfach und schickte ein etwas schräges Grinsen hinterher.

„Was ist denn das?“ André war abgelenkt worden. Mathieu drehte sich um und folgte dem Blick seines Freundes. Entlang des schäumenden Wassers jagte ein Pferd über den Strand, dessen Reiter, in einen cremefarbenen, flatternden Umhang gehüllt, kaum zu erkennen war. Sandfontänen spritzten hinter den wirbelnden Hufen auf und wurden vom Wind davongetragen.

„Gerade wollte ich die Vermutung äußern, dass du der *Chevalier Mystérieux* bist, der auf den Plantagen und in den Wäldern sein Unwesen treibt, doch ich denke fast, wir haben ihn hier vor uns.“ André ließ das heranfliegende Pferd nicht aus den Augen.

„Ich habe mich während der letzten Jahre in New York aufgehalten, bin also über jeglichen Verdacht erhaben, André. Außerdem soll das Pferd des Reiters dunkel sein, und das dort am Strand ist unverkennbar die kleine weiße Stute von Monsieur Villeneuve."

„Star? Die gibt er nicht jedem, das habe ich schon bemerkt. Wer aber ist dieser lebensmüde Reiter im Sattel?"

„Antoinette de la Rivière!", rief Mathieu und erntete schallendes Gelächter von Seiten seines Freundes. Doch er war sich sicher, das schmale Gesicht der Sechzehnjährigen erkannt zu haben, und als das Pferd näher kam, konnte auch André sie erkennen.

Einige Meter vor ihnen brachte die Reiterin das Pferd abrupt zum Halten, wobei sich die Hufe von Star tief in den Sand eingruben. Die Stute warf den Kopf zurück und wieherte auf, was Mathieu veranlasste, mit einem großen Satz nach vorne zu springen und energisch nach den Zügeln zu greifen, um das Tier festzuhalten.

„Dr. Fourier! Ich brauche Ihre Hilfe!", rief die junge Frau und ihr erhitztes Gesicht glänzte nass von der heranwehenden Gischt und war mit einer feinen Sandspur überzogen.

„Sie sind das? Wo ist Mademoiselle Nanty? Sie war doch sicherlich bei Ihnen. Ist ihr etwas geschehen?" André trat eilig neben Mathieu und blickte fragend zu der jungen Frau auf, ohne sich um ihre äußerliche Verfassung und den Umstand zu kümmern, dass sie in einem Männersattel saß.

„Sophie? Nein."

„Was ist denn geschehen?" André blieb sachlich, doch Mathieu konnte eine deutliche Erleichterung im Blick seines Freundes erkennen.

„Ich habe am Strand einen Mann gefunden", begann Antoinette. Mathieu blickte sie an. Offenbar wollte die junge Frau um die Hilfe des Arztes bitten, ohne jedoch zu viele Informationen preisgeben zu müssen. Hatte Antoinette de la Rivière ein Geheimnis? Blieb sie auf die nicht eben freundlichen Bemerkungen der anderen jungen Frauen in Bezug auf ihre fehlenden Verehrer hin womöglich deshalb so gelassen, weil sie eine heimliche Liebe hatte?

Mathieu senkte den Blick und untersagte sich das unruhige Rumoren in seinem Inneren. Er kannte diese junge Frau doch kaum, zudem würde er noch weitere drei oder vier Jahre im Norden des Landes verbringen, und seine heimliche Hilfe für die Sklaven dieses Distrikts verbot es ihm, sich an eine Frau zu binden, da er seine Aktionen, die vor allem nachts stattfanden, nicht vor ihr würde geheim halten können.

Antoinette de la Rivière war zwar eine freundliche, wohlerzogene Frau, doch die Art und Weise, wie sie bei Dominiques Hochzeit auf ihr Mädchen eingeschimpft hatte, als dieser die Bowlenschale entglitten war, bestätigte ihn in seiner Vermutung, dass sie seine Gesinnung bezüglich der Sklaven nicht würde verstehen können. Mathieu wandte sich wieder dem laut geführten, aufgeregten Gespräch zwischen André und Antoinette zu.

„Was ist mit dem Mann, Mademoiselle de la Rivière?“, erkundigte sich André.

„Genau weiß ich es nicht, Dr. Fourier, doch er scheint mehrere Schrotkugeln in den Rücken bekommen zu haben und am Kopf blutet er ebenfalls. Er ist bereits sehr schwach.“

Toni blinzelte gegen ein paar Tropfen an, die ihre inzwischen nassen Haare über die Stirn in ihre Augen gleiten ließen.

Mathieu wandte sich ab. Er hätte sie am liebsten sofort von diesem unruhigen, aufgeregt mit dem Schweif schlagenden Tier heruntergeholt, vor lauter Sorge darüber, dass das Tier mit ihr durchgehen würde. Wie konnte eine so zart gebaute, hilflos erscheinende junge Frau in dieser Art und Weise reiten, wie er es Minuten zuvor gesehen hatte? Aus der Entfernung hatten sowohl er als auch sein Freund sie für einen Mann gehalten!

„Steigen Sie ab, Mademoiselle de la Rivière“, forderte André sie auf, „und geben Sie Mathieu Ihre Stute. Er soll zu dem Mann reiten und sich um ihn kümmern, bis ich meine Tasche und mein Pferd geholt habe.“

Mathieu sah aus dem Augenwinkel, dass sich ein kleiner Funken Unwillen in die dunklen Augen des Mädchens schlich. Doch sie gehorchte und reichte ihm die Zügel hinüber, die er aus ihrer kleinen Hand nahm.

„Reiten Sie immer am Strand entlang, Monsieur Bouchardon“, erklärte sie, „an der Ansiedlung vorbei, bis an die Stelle, an welcher der Strand sehr schmal wird. Sie werden ihn im Sand liegend finden.“

Mathieu nickte und schwang sich geschickt und kraftvoll in den Sattel. André hatte sich bereits umgedreht und eilte auf das Haus seiner Eltern zu, um seine Arzttasche zu holen. Mathieu zögerte einen Moment. Sollte er nicht Antoinette nach Hause begleiten? Doch offenbar war sie allein ausgeritten, und dies sicherlich nicht mit Zustimmung ihres Patenonkels, also würde sie auch allein den kurzen Weg zum Haus der Leroux’ zurückfinden.

Er drückte sich den Hut fest in die Stirn und trieb die Stute, die für ihn eigentlich viel zu klein war, in den Galopp. Erstaunt stellte er fest, dass das weiße Tier, obwohl es bereits einen Gewaltritt hinter sich hatte, erneut kraftvoll zu laufen begann, und er konnte verstehen, dass Antoinette dieses Tier für ihren heimlichen Ritt gewählt hatte. Der junge Mann wagte es, einen kurzen Blick über die Schulter zurückzuwerfen, und sah, wie die junge Frau den vermeintlichen Hosenrock mit einem schnellen Handgriff in ein adrettes Kleid verwandelte. Kopfschüttelnd wandte er sich nach vorne und konzentrierte sich auf den schnellen Ritt.

Nachdem er die letzten Häuser hinter sich gelassen hatte, verlangsamte Mathieu das Tempo der ausdauernden Stute und sah sich suchend um. Schnell hatte er eine auf dem weißen Sand liegende, bewegungslose Gestalt entdeckt und lenkte die Stute in diese Richtung.

Bei dem blutenden Mann angekommen, sprang er aus dem Sattel und kniete sich neben ihm nieder. Seine dunklen Augen blickten starr und leer zu den schnell ziehenden Wolken hinauf. Obwohl es blutüberströmt war, lag ein friedlicher Ausdruck auf dem reglosen Gesicht.

Mathieu nahm seinen Hut ab. Er hatte den Mann sofort erkannt und wütend ballte er beide Hände zu Fäusten und presste seine Augen fest zu. Er wusste weder den Namen des Toten noch was dieser Mann in seinem öffentlichen Leben in New Orleans getan hatte. Doch er war ein Mitglied der Organisation, für die auch er selbst arbeitete. Er war der *Chevalier Mystérieux* gewesen. Sie hatten ihren wichtigsten Mann in dieser Region verloren, und es war fraglich, ob sie diesen jemals würden ersetzen können, denn er kannte New Orleans, die umliegenden Plantagen, den Fluss, die Bayous und vor allem die undurchdringlichen, sumpfigen und urwüchsigen Wälder wie kein Zweiter.

Mathieu schloss dem Mann die Augen und blickte nachdenklich auf. Der Wind zerzauste sein Haar und riss an seinem gefälteten Hemd, während die Stute heftig an den um sein Handgelenk gebundenen Zügeln zerrte. Der Tote war ein freier Farbiger gewesen und hatte in der Stadt gelebt, dies zumindest wusste er. Kannte André ihn auch oder hatte der Mann die Welt der Kreolen im *Vieux Carré* bewusst gemieden? Was würde geschehen, wenn sein korrekter Freund den Mann erkannte und sich fragte, warum er hier mit durchsiebtem

Körper am Strand lag? Die Gefahr, dass André Nachforschungen anstellen und einen Einblick in ihr geheimes Netzwerk erlangen würde, war einfach zu groß.

Mathieu warf einen gehetzten Blick den Strand entlang. Sein Freund kam noch immer nicht und so erhob er sich eilig. Die Spuren, die der Tote sowie Antoinette hinterlassen hatten, waren nahezu vollkommen verweht. Sein Freund würde sich demnach nicht zu sehr wundern, sollten hier alle Spuren verwischt sein. Mathieu band die Stute an einem Baum fest, ergriff den Leichnam unter den Schultern und zog ihn rückwärts gehend hinter sich her in den Wald hinein.

Der junge Mann geriet ins Schwitzen – und dies nicht nur vor Anstrengung. André musste jeden Augenblick kommen, und er würde vermutlich unangenehme Fragen stellen, auf die er keine Antworten geben konnte. Endlich legte er den Mann nieder, trat wieder auf den Strand und begann, an der Stelle, an welcher der Mann gelegen hatte, mit den Füßen den Sand glatt zu streichen. Anschließend bemühte er sich darum, die Schleifspur zu verwischen.

Prüfend betrachtete er sein Werk, damit er keine verräterischen Spuren übersah, und blickte schließlich verwundert den Strand entlang. André brauchte erstaunlich lang. „Du bist nicht gerade der schnellste Arzt“, murmelte er, lief zurück zu der reglosen Gestalt und schleppte sie wieder mühsam hinter sich her weiter in den Wald hinein. Das Rauschen der Bäume würde verhindern, dass er den durch den Sand ohnehin gedämpften Hufschlag seines Freundes hören konnte, und so wagte er nicht, noch tiefer in das Dickicht vorzudringen. Er zerrte den Toten in ein dichtes Gestrüpp und sprang, so schnell es in der verwachsenen Wildnis ging, in Richtung Strand zurück.

Er hatte das Ende des Waldes noch nicht erreicht, als er durch einige Sträucher hindurch André auf dem Strand entdeckte. Dieser sah verunsichert in das dunkle Grün hinein, und Verwirrung breitete sich auf seinen Gesichtszügen aus, als er seinen Freund nahen hörte. „Was ist hier los?“

„Entweder war der Mann nicht so schwer verletzt, wie Mademoiselle de la Rivière dachte, oder jemand anders hat ihn vor uns gefunden und mitgenommen.“

„Unter der verwehten Sandschicht ist deutlich eine große Blutlache zu entdecken. Der Mann kann nicht mehr sehr lebendig gewesen sein. Was tust du hier im Wald?“

„Ich wollte nachsehen, ob sich der Verletzte vielleicht ein Stück weit in den Wald geschleppt hat. Doch da ist nichts zu entdecken.“

Mathieu blickte zurück in das dunkle Grün. Es widerstrebte ihm, seinen Freund anzulügen, doch in diesem Fall ging der Schutz ihrer Organisation vor.

„Mein Pferd hat Schwierigkeiten gemacht“, erklärte André sein spätes Eintreffen. „Es ist ein reines Stadttier, und dieser Wind, gepaart mit dem Lärm der Wellen, hat es vollkommen nervös gemacht.“

Mathieu nickte und dankte Gott dafür, dass sein Freund auf diese Weise so lange aufgehalten worden war.

André lief zu der Stelle, an welcher der Tote gelegen hatte, und scharrte mit den Füßen ein wenig den lockeren Sand beiseite. Dann ging er in gebückter Haltung ein paar Schritte den Strand entlang, um nach irgendwelchen Spuren zu suchen. „Hier scheint tatsächlich ein Reiter vorbeigekommen zu sein“, murmelte er kaum hörbar gegen den Sturm an. Prüfend blickte er am Waldsaum entlang und zuckte verständnislos mit den Schultern.

Mathieu beobachtete ihn schweigend. Vielleicht waren dies Antoinette de la Rivières Spuren. Immerhin konnte es sein, dass diese den Schwerverletzten erst auf dem Rückweg gefunden hatte. Doch er behielt diesen Gedanken für sich, war er doch vielmehr erleichtert, dass André annahm, ein anderer Reiter habe sich des Mannes angenommen. Mathieu trat an die weiße Stute heran und band sie los. Dann ergriff er auch die Zügel von Andrés Pferd und führte es zu seinem Freund.

Da sie es nun nicht mehr eilig hatten, zogen sie es vor, zu Fuß zurückzugehen.

Lange Zeit kämpften sie sich schweigend gegen den Sturm vorwärts. Schließlich hob André den Kopf und blickte zu Mathieu hinüber. „Warum Mademoiselle de la Rivière wohl allein unterwegs war?“

„War sie das?“, gab Mathieu zurück.

„Hast du einen zweiten Reiter gesehen?“

„Nein. Vielleicht sollte er aber auch nicht gesehen werden?“

„Du vermutest …? Nein, Matt. Das glaube ich nicht. Mademoiselle de la Rivière scheint mir nicht der Typ Mensch zu sein, der sich mit Heimlichkeiten belastet.“

„Immerhin war dieses Mädchen heimlich zu früher Morgenstunde allein mit einem Pferd unterwegs, das Monsieur Villeneuve ihr nicht zugeteilt hat.“

„Diesem Argument kann ich nicht viel entgegensetzen. Aber sie scheint eine ausgezeichnete Reiterin zu sein.“

„Das stimmt, André, und zudem noch sehr eigensinnig.“

„Eigensinnig? Sagt man das nicht auch von deiner Großmutter? Dann solltest du mit einem solchen Schlag Frauen ja zurechtkommen.“ Herausfordernd blickte André seinen Freund an.

„Was willst du damit andeuten, André?“

„Streite nicht ab, dass du sie interessant findest, Matt. Zudem könnte sie dich vielleicht dazu bringen, in New Orleans zu bleiben, was mir nicht unrecht wäre.“

„Danke, alter Freund. Doch ich werde mein Studium in New York beenden.“

„Ich fürchte nur, du wirst nicht hierher zurückkehren, Matt. Dieser Norden – diese Sklavenfrage – nimmt dich mehr und mehr gefangen, selbst wenn du mir gegenüber nicht davon sprechen willst. Ich könnte einen Freund an meiner Seite gebrauchen, wenn ich meinen Eltern nach dem Sommer offenbare, dass ich außerhalb des *Vieux Carré* eine Praxis eröffnen und auch dort wohnen werde.“

Mathieu presste die Lippen aufeinander. Tatsächlich gab es wenig, was ihn zurück nach New Orleans zog. Er wollte dazu beitragen, die Politik so weit voranzutreiben, dass die Millionen von Sklaven endlich ihre Freiheit erlangen konnten. Doch hier im Süden würde er nur einzelnen verzweifelten Menschen helfen können, indem er ihre Flucht ermöglichte. In der Hauptstadt hingegen konnte er auf Grund seiner juristischen und politischen Ausbildung weitaus mehr bewegen. „Ich würde dir gerne ein wenig Rückendeckung geben, André“, rief er gegen das Tosen der Wellen an, „doch mich zieht es zurück nach New York. Die Ausbildung dort ist gut und sehr umfassend. Das möchte ich ungern aufgeben.“

„Ich habe Frankreich ebenfalls genossen, mein Freund. Mach dir keine Gedanken.“ André zwinkerte ihm zu und gemeinsam setzten sie den Weg fort.

„Notfalls wende ich mich an deine Großmutter. Sie ist ja bekannt dafür, dass sie die etwas ungewöhnlichen Entscheidungen bevorzugt. Sie wird mich sicher unterstützen“, lachte der Arzt schließlich.

Mathieu nickte unaufmerksam. Er war gedanklich bei dem Verstorbenen, der Lücke, die nun in ihrer Organisation entstanden war, und auch bei Antoinette. Ob sie den Mann erkannte hatte? Fragen konnte er sie nicht, da er den Leichnam ja angeblich nicht gesehen hatte.

Mathieu strich sich einige seiner dunklen Haarsträhnen zurück, doch der Wind blies sie ihm sofort wieder in die Stirn. Zum ersten Mal ärgerte er sich über die Anonymität innerhalb der Organisation, die sogar unter direkten Kontaktleuten aufrechterhalten wurde. Nun würden die Familienangehörigen des geheimnisvollen schwarzen Reiters niemals erfahren, was mit ihm geschehen war.

Mathieu presste die Lippen aufeinander. Er würde in dieser Nacht zum Strand hinunterreiten und den Mann begraben. Das war er ihm schuldig. Zudem musste er dringend mit François Villeneuve sprechen, denn das Verschwinden des ausgezeichneten Pferdes bedeutete einen fast ebenso großen Rückschlag wie der Verlust des ortskundigen Reiters. Die Stallbesitzer an den verschiedenen Knotenpunkten waren die Einzigen innerhalb der Organisation, die den anderen Mitgliedern bekannt waren. *Wenigstens sie*, dachte er.

„Was ist los? Du bist so schweigsam!“ Andrés gegen den Sturmwind angerufene Frage unterbrach seine Gedankengänge.

„Willst du gerne von mir angebrüllt werden?“, gab Mathieu zurück.

André lachte. Tatsächlich war eine normale Unterhaltung auf Grund der gewaltigen Geräuschkulisse unmöglich. „Sicher willst du Mademoiselle de la Rivière selbst ausrichten, dass ihr Verletzter verschwunden ist?“ Der junge Arzt drückte den Kopf seines nervösen Pferdes beiseite, damit er seinen Freund besser sehen konnte.

Mathieu zeigte durch ein breites Grinsen, dass er die Anspielung verstanden hatte, doch er war sich nicht sicher, ob er sich über die Aussicht, mit der jungen Dame reden zu können, freuen sollte. Was war, wenn Antoinette sich ein sehr genaues Bild von dem Verletzten gemacht hatte und ihm nicht glauben wollte, dass dieser sich entweder selbstständig entfernt hatte oder von einem anderen Reiter mitgenommen worden war?

Als sie in die Nähe des Leroux-Hauses kamen, dachte André offenbar nicht daran, ihn allein dorthin zu lassen. So banden die beiden jungen Männer ihre Tiere an einem Brüstungspfeiler fest und betraten die Veranda. Zögernd blickten die Freunde an der Hausfront entlang.

„Es scheinen noch alle zu schlafen“, murmelte André.

„Zumindest eine der jungen Damen muss wach sein“, erwiderte Mathieu und klopfte kräftig gegen das Holz des Türrahmens. Es dauerte nur wenige Sekunden, bis eine Gestalt hinter der verglasten Tür sichtbar wurde und ihnen öffnete.

Sophie Nanty lächelte die beiden Männern grüßend an, doch der peitschende Wind fegte ihr Sand ins Gesicht. Sie blinzelte und bemühte sich wenig erfolgreich, die Tür daran zu hindern, gegen die Hauswand zu donnern.

André kam ihr zu Hilfe, und Mathieu bemerkte ihr dankbares Lächeln, als er sich eilig hinter seinem Freund in den Salon drückte, damit die Tür schnell wieder geschlossen werden konnte. Trotzdem hatte sich etwas Sand in den Wohnraum gestohlen und der Sturm einige Häkeldeckchen von Tischen und Sessellehnen geblasen.

„Ist etwas geschehen?", erkundigte sich Sophie mit erschrocken aufgerissenen Augen, und belustigt bemerkte Mathieu, wie André fürsorglich ein wenig näher an sie herantrat. „Wir würden gerne eine Kleinigkeit mit Mademoiselle de la Rivière besprechen, Mademoiselle Nanty."

„Mit Antoinette? Ich denke, sie ist schon auf, Monsieur Fourier. Einen Moment bitte. Ich hole sie sofort." Sophie verschwand in ein angrenzendes Zimmer.

„Ich werde mit ihr sprechen", sagte Mathieu zu seinem Freund. „Lenkst du Sophie ein wenig ab?"

„Mit dem größten Vergnügen", lachte André.

Mathieu stimmte in das Lachen mit ein. Er war erleichtert, dass sein Freund den seltsamen Vorfall mit dem verletzten und schließlich verschwundenen Mann am Strand offensichtlich so wenig wichtig nahm.

Als Sophie mit Antoinette zurückkehrte, trug diese ein angemessenes und vor allem sauberes und trockenes Kleid, und nur ihre noch feuchten Haare verrieten, dass sie an diesem Morgen bereits draußen gewesen war. André war es ein Leichtes, Sophie in ein Gespräch zu verwickeln, und Mathieu wandte sich Antoinette zu.

„Konnten Sie dem armen Mann noch helfen, Monsieur Bouchardon?"

„Nein, Mademoiselle de la Rivière."

„Oh nein! Dann ist er gestorben? Ich hätte bei ihm bleiben sollen …!"

Mathieu stellte mit Verwunderung fest, dass Mademoiselle de la Rivière echte Trauer zu empfinden schien. Hatte sie tatsächlich ein so großes, empfindsames Herz, dass sie bedauerte, nicht bei dem Sterbenden geblieben zu sein? Vermutlich hatte sie unter der Schmutz- und Blutschicht gar nicht erkennen können, dass der Verletzte nicht weiß war. Oder kannte sie ihn womöglich doch aus New Orleans? Würde Antoinette de la Rivière eine Gefahr für ihre Organisation darstellen? Er schob diesen Gedanken beiseite. „Warum waren Sie dort draußen allein unterwegs?", fragte er, um das Thema zu wechseln. „Und das zu dieser frühen Stunde? Ist das nicht ein wenig ungewöhnlich und vor allem gefährlich, Mademoiselle de la Rivière?"

Mathieu bemerkte ihr Erschrecken und den verstohlenen Blick zur Tür, die zum angrenzenden Zimmer führte. Offensichtlich kümmerte es sie nicht näher, ob Sophie seine Frage verstanden haben mochte, was darauf hindeutete, dass zumindest diese von den Eskapaden ihrer Freundin wusste, doch ganz sicher sollte niemand der Leroux' davon erfahren.

Mit einer schnellen Bewegung streckte sie ihm beide Hände entgegen, die Handflächen bittend nach oben gewandt. „Bitte, erzählen Sie es nicht weiter, Monsieur Bouchardon. Ich versichere Ihnen, ich tue nichts ... nichts, was sich nicht gehören würde. Ich bin nur als Kind schon sehr gerne geritten. Ich weiß, es ist ungewöhnlich, aber ich bin eine sichere Reiterin und hier am Strand kann mir doch eigentlich nichts passieren."

„Sind Sie sich da so sicher, Mademoiselle de la Rivière? Immerhin hatten Sie heute eine unschöne Begegnung, und selbst wenn es ein Jäger gewesen sein sollte, der versehentlich auf den Armen geschossen hat, so zeigt dies doch eine gewisse Gefahr, welcher auch Sie sich aussetzen."

„Ich werde nicht mehr so weit von der Ansiedlung fortreiten, Monsieur Bouchardon. Niemand schießt in der Nähe der Häuser und ich kann von dort aus gesehen werden ..."

Mathieu konnte ein belustigtes Lächeln nicht länger unterdrücken. Es amüsierte ihn, wie diese junge Frau, die eigentlich ihre Hochzeit planen sollte, vor ihm stand und ihn wie ein Kind anflehte, sie doch nicht an ihren Vormund zu verraten.

André und Sophie näherten sich und Antoinettes Blick wurde noch flehender. Schließlich nickte Mathieu knapp und murmelte: „Ich werde mit Monsieur Fourier darüber sprechen, Mademoiselle de la Rivière."

„Danke", seufzte Antoinette verhalten.

Die beiden jungen Männer verabschiedeten sich und verließen das Haus.

Mathieu musterte André von der Seite. Ob er es für unverantwortlich halten würde, Raphael Leroux die Eskapaden seiner Patentochter zu verschweigen?

André hatte ein seltsames, leicht abwesendes Lächeln auf den Lippen, sodass Mathieu vermutete, dass sein Freund in den nächsten Tagen ohnehin keinen Gedanken an die wilde Reiterin dieses Morgens verschwenden würde. André Fourier hatte anderes im Sinn.

Beim Strandhaus der Fouriers angekommen, versorgten die beiden jungen Männer ihre Pferde. Die Schimmelstute ließen sie durch einen der Fourier-Sklaven zu Monsieur Villeneuve zurückbringen.

André stieß Mathieu mit der Faust gegen den Oberarm. „Musst du tatsächlich schon zurück, Matt?"

Mathieu hob die Augenbrauen, klopfte gegen den Hals seines Pferdes und verließ die kleine Box. Dann erst wandte er sich seinem Freund zu, der ungeduldig mit den Fingern gegen das Holz der Boxenwand hämmerte. „Warum fragst du?"

„Ich habe Sophie gefragt, ob sie etwas dagegen einzuwenden hat, wenn ich nach dem Sommer einmal mit ihrem Vater über sie spreche", berichtete ein strahlender André.

Mathieus Grinsen verwandelte sein zuvor besorgtes, grüblerisches Gesicht in das eines fröhlichen Lausbuben. „Deinem Strahlen entnehme ich, dass sie nicht Nein gesagt hat?"

André schüttelte einfach nur den Kopf.

Mathieu wandte sich erneut seinem Pferd zu und strich diesem über die Nüstern. Monsieur Nanty würde vermutlich nichts gegen eine Verbindung seiner Tochter mit André einzuwenden haben. Dies bedeutete aber, dass sein bester Freund demnächst heiraten würde.

Es war ihm wichtig, bei dieser Trauung dabei zu sein. In Gedanken wog er ab, wie er seine nahen Zukunftspläne umgestalten konnte. Der Tod des Reiters machte eine Änderung seiner Absichten ohnehin nötig, und so wandte er sich wieder zu seinem Gesprächspartner um und nickte. „Wenn das so ist, werde ich wohl meine Schwester und ihren Amerikaner noch ein wenig länger von meiner Gegenwart verschonen."

Die beiden Freunde schritten langsam die kurze Stallgasse in Richtung Tor entlang und betraten wenig später die Veranda.

„Gut, dann habe ich ja meinen Trauzeugen. Wir werden uns bemühen, einen möglichst frühen Hochzeitstermin zu finden, damit du noch rechtzeitig zur Universität zurückkommst."

„Als ob die Eile meinetwegen wäre", scherzte Mathieu und gab nun seinerseits seinem strahlenden Freund einen Stoß gegen die Schulter.

Dieser grinste und hielt Mathieu die Tür zum Strandhaus auf.

Mathieu zog sich in sein Gästezimmer zurück. Die Stirn in Falten legend schloss er die Tür und lehnte sich mit dem Rücken gegen diese. Die Freude über das Glück seines Freundes wollte sich nicht so recht einstellen. Zu groß wogen im Moment die Sorgen darüber, wie er mit dem plötzlichen Tod ihres wichtigsten Mannes in dieser Region fertig werden sollte.

Nachdenklich fuhr er sich mit beiden Händen durch die Haare und sah im selben Moment im Spiegel an der gegenüberliegenden Wand, dass sich genau in Höhe seines Herzens ein großer, dunkler Blutfleck befand. Schnell senkte er die Arme und der Fleck wurde von seinem Jackett verdeckt. Weder Mademoiselle de la Rivière noch Mademoiselle Nanty konnten ihn also bemerkt haben. Doch André ...? Immerhin war er mit ihm an der stürmischen See entlanggelaufen und der Wind hatte das Jackett kräftig aufgebläht. Zudem hatte er ein Pferd geführt, wobei er seinen Arm hatte hochhalten müssen.

Mathieu hob noch einmal seine Hand und sofort wurde der verräterische Fleck sichtbar. André musste ihn einfach bemerkt haben! Warum aber hatte er geschwiegen? Schließlich konnte er sich diesen nur bei dem Verletzten geholt haben, den er angeblich gar nicht mehr vorgefunden hatte. Mechanisch zog Mathieu das Jackett und das Hemd aus. Dann drehte er sich langsam um und blickte auf die geschlossene Tür.

André war weder naiv noch dumm. Dieser Blutfleck sprach Bände, dennoch war er von seinem Freund nicht auf diesen angesprochen worden. Ahnte André etwas? Oder *wusste* er etwas? Vertraute er ihm so sehr, dass er seine schwachen Erklärungsversuche widerspruchslos akzeptierte?

Mathieu fuhr sich ein weiteres Mal durch die Haare. Jetzt hatte er ihn sogar zu seinem Trauzeugen bestimmt. Sein Vertrauen und seine Freundschaft zu ihm schienen weitaus größer zu sein, als Mathieu dies jemals vermutet hatte. Allerdings würde er diese Freundschaft nicht überstrapazieren dürfen.

Innerlich bewegt ließ er sich mit seiner verschmutzten Hose auf sein Bett fallen, blickte an die Decke hinauf und dankte seinem Gott für diesen großartigen Freund an seiner Seite.

Kapitel 9

Heisere Möwenschreie erfüllten die salzige Luft und noch immer brachen sich große Wellen mit lautem Donnern an dem hellen Sandstrand, doch die meisten der grauen Wolkenberge waren davongeweht worden, und der Himmel über der Küste Louisianas strahlte in tiefem, königlichem Blau, das zunehmend von roséfarbenen Streifen durchzogen wurde. Die Sonne verschwand allmählich vom Himmel und schien im Meer zu versinken. Die Grillen erhoben ihre Stimmen und begleiteten mit ihrem Gesang die Melodien, die aus dem offenen Fenster auf den Strand herausdrangen.

Toni bearbeitete die Tasten an diesem Abend nicht mit den ihr sonst so eigenen, federleichten und spielerischen Bewegungen. All ihre Verwirrung, ihre Hilflosigkeit und ihren unterdrückten Schmerz legte sie in ihr Spiel, das nun bereits eine Stunde andauerte.

Sehr abrupt beendete die junge Frau das Musikstück. Sie nahm die Finger von den Tasten und legte ihren Kopf mit geschlossenen Augen in den Nacken.

Toni betete und legte diesen ganzen Tag zurück in die Hände ihres Gottes. Doch heute fand sie dabei keine Ruhe. Die Gelassenheit, die sich sonst bei ihr einstellte, wenn sie Gott ihre Ängste und Sorgen unterbreitete, blieb aus.

Am Nachmittag war sie bei François gewesen und hatte ihn gebeten, das wertvolle Pferd aus dem Wald zu holen. Sie hatte dem Mietstallbesitzer vom Tod ihres Klavierlehrers erzählt und davon, welche tief greifenden Geheimnisse er ihr kurz vor seinem Tod anvertraut hatte. Dann hatte sie den beinahe hilflos wirkenden Monsieur Villeneuve dazu gezwungen, ihr seine Version dieser Angelegenheit zu erzählen, wodurch sie einen kleinen Einblick in die Tätigkeit der geheimen Organisation gewonnen hatte, die sich darum bemühte, entflohenen Schwarzen einen sicheren Weg in die Freiheit zu ermöglichen.

Schließlich senkte Toni den Kopf und öffnete die Augen. Eine einzelne Träne rollte über ihre Wange und tropfte auf ihr dunkelrotes Festkleid, welches sie trug, obwohl sie eigentlich gar nicht vorhatte, an diesem Abend zu dem Fest der Charmandes zu gehen.

Langsam wandte sie sich auf ihrem Hocker um. Sie erblickte Caro, die am anderen Ende des Salons auf einem der sehr unbequemen Holzstühle saß. Toni sprach sie nicht an. Obwohl ihr Mädchen unbeteiligt wirkte und sie nicht einmal ansah, wusste Toni, dass diese an ihrem Spiel ihren Gemütszustand erraten hatte und sich deshalb in ihrer unmittelbaren Nähe aufhielt. Ob es ihr nicht gut tun würde, einer schweigsamen Vertrauten wie Caro zu erzählen, was sie heute alles erlebt und erfahren hatte? Toni wies diesen Gedanken schnell wieder von sich. Sie hatte François versprochen zu schweigen und sie würde sich daran halten. Schließlich wollte sie weder den Mietstallbesitzer noch einen anderen Helfer aus seiner Organisation gefährden.

Toni schloss mit einer Hand den Deckel des Klaviers und erhob sich langsam. Auch Caro stand augenblicklich auf, doch Toni winkte mit einer einfachen Handbewegung ab. „Geh zu Bett, Caro. Ich benötige deine Hilfe heute nicht mehr. Vielen Dank und gute Nacht."

Caros Blick war nachdenklich auf Toni gerichtet. „Sie gehen nicht mehr zum Fest, Mamselle?"

Toni schüttelte den Kopf und blickte durch die geöffnete Verandatür auf die in sanften Farbschattierungen schimmernde Wasserfläche hinaus. „Nein, Caro. Mir ist heute nicht nach einem Fest zumute. Ich mache lieber noch einen kleinen Spaziergang."

„Sie sollten nicht allein spazieren gehen, Mamselle.

„Du hast Recht. Willst du mich begleiten?"

Caro eilte wortlos in die Eingangshalle, um ihr einfaches Baumwolltuch und das dunkelblaue, mit Silbernähten und Fransen verzierte Schultertuch von Toni zu holen, und kehrte kurz darauf zurück. Sie trat neben ihre Herrin, die noch immer gedankenverloren zur Verandatür hinaussah, und reichte ihr das Kleidungsstück.

„Danke, Caro", murmelte Toni, legte sich den Stoff über die Schultern und verließ gemeinsam mit ihrem Mädchen das Strandhaus.

Ihre Schuhe klackten über die Holzdielen der Veranda und verstummten, als sie in den weichen, tiefen Sand traten.

Nach wenigen mühsamen Schritten hatten sie sich bereits mit Sand gefüllt, und Toni bückte sich, um ihre Schuhe auszuziehen. Caro lachte leise auf, tat es ihr aber nach.

Schweigend schlenderten sie am bedächtig anrollenden Wasser entlang in Richtung des Mietstalles. Im Haus der Villeneuves brannte Licht, und einen Moment lang überlegte Toni, ob sie klopfen sollte. Gerne würde sie noch mehr Einzelheiten über die Organisation erfahren. Doch es war bereits zu spät, um ohne eine Einladung vorzusprechen, und sie wollte Caro nach wie vor nicht einweihen. So schlenderten sie an den wenigen Häusern vorbei auf den Wald zu.

„Sollten wir nicht langsam wieder umkehren, Mamselle?", wagte Caro leise zu fragen. Toni sah sich prüfend um. Es war ein weiter

Weg bis zu dem Strandhaus der Leroux' zurück und inzwischen färbte sich der Himmel glutrot. Es würde nicht mehr sehr lange hell sein. „Ein kleines Stück noch, Caro", entschied Toni und ging weiter den schmaler werdenden Sandstreifen zwischen dem dunklen Wald und dem Meer entlang, das die Farben der abendlichen Sonne widerspiegelte. Sie wechselte ihre Schuhe in die andere Hand und blickte abschätzend in Richtung der kleinen Gruppe weit in den Strand hineinreichender Bäume, deren dunkler Moosbehang wie Trauerkrepp wirkte.

Warum nur zog es sie so sehr an diese Stelle, an der ihr Klavierlehrer gestorben war? Hatte sie Schuldgefühle, weil sie ihn alleine gelassen hatte, obwohl sein Tod abzusehen gewesen war? Unsicher und traurig kniff Toni ihre Augen zusammen und wechselte ein weiteres Mal die Schuhe in die andere Hand.

Während Caro noch ein paar Schritte weiterging, hielt Toni inne, wandte sich den schäumend im Sand auslaufenden Wellen zu und betrachtete deren Spiel. Wieder und wieder schlugen die Wellen an den leicht aufsteigenden Strand und doch schienen sie niemals etwas zu verändern. Der Sand blieb, die Muscheln und Steinchen blieben und die Wellen schienen immer dieselben zu sein.

Verlief nicht auch ihr Leben so? In sicherer Gleichmäßigkeit, ohne jemals eine Veränderung zu erfahren oder Veränderung zu bewirken? Hatte sie nicht Sophie gegenüber gesagt, die unverheiratete, bitter gewordene Rose solle ihre Zeit und ihre Energien besser sinnvoll einsetzen? Was würde sie selbst tun, die sie doch offenbar derselben Einsamkeit entgegenging wie die Schwägerin ihres Patenonkels? Sollte die Unruhe in ihr bedeuten, dass sie hier und heute eine Aufgabe gefunden hatte und eine Entscheidung für ihr Leben anstand? Sie mochte die Sklaverei nicht, doch sie hatte sie auch nie ernsthaft hinterfragt. Sie sorgte dafür, dass dem Personal im Haus, allen voran Caro, kein Unrecht widerfuhr. Aber war deren Unfreiheit nicht bereits Unrecht genug? Sollte ihre Passivität mit diesem Tag ein Ende haben? Betete sie nicht täglich dafür, dass Gott ihr zeigen solle, was er mit ihr vorhatte – wie sie ihr Leben gestalten sollte? Hatte sie heute, wenn auch auf eine sehr schreckliche Weise, die Antwort auf diese Fragen und auf ihre Gebete gefunden?

Doch was würde das für sie bedeuten? Unzählige Heimlichkeiten und Gefahren? Und war sie bereit, die Herausforderung anzunehmen und sich in dieses System einzuordnen, das ihr Jean-Luc Ardant und François Villeneuve – mit Sicherheit noch nicht einmal bis in alle Einzelheiten – erklärt hatten?

„Was soll ich tun, Herr?“, fragte sie leise gegen das ständige Donnern der Brandung an.

Ein leiser Aufschrei Caros schreckte sie aus ihren Gedanken auf und im selben Moment sah sie einen dunklen Schatten vor sich. Es handelte sich um eine große Männergestalt, die sich in der Dunkelheit deutlich vor dem roten Horizont abzeichnete. Caro griff hastig nach Tonis Hand, die diese ängstlich drückte.

Der Mann war stehen geblieben und schien sie zu mustern. Schließlich zog er seinen Hut und kam langsam näher. Es dauerte mehrere unruhige Sekunden, bis Toni erleichtert ausatmete. Es war Mathieu Bouchardon, der sich ihnen näherte und sich höflich verbeugte. „Guten Abend, Mademoiselle de la Rivière“, murmelte er kaum hörbar.

Toni bemerkte die beinahe zornig zusammengezogenen Augenbrauen in dem sonst so heiteren Gesicht des jungen Mannes. Unwillkürlich straffte sie ihre Schultern und hob das Kinn an. Dieser Mann hatte keinen Grund, sie so zornig anzusehen.

„Ich dachte, Sie sind bei den Charmandes, Mademoiselle de la Rivière.“

„Das Gleiche dachte ich von Ihnen, Monsieur Bouchardon. Offenbar haben Sie es ebenfalls vorgezogen, diesen schönen Sonnenuntergang zu genießen“, rief Toni gegen die Brandung an.

„Sagten Sie nicht, Sie wollten sich nicht mehr so weit von den Strandhäusern entfernen, Mademoiselle de la Rivière? Wer weiß, wer sich hier alles herumtreibt. Aber immerhin waren Sie dieses Mal so vernünftig, Ihr Mädchen mitzunehmen.“

Toni ließ Caro endlich los. Obwohl ihr der forsche Tonfall ihres Gegenübers nicht gefiel, musste sie ihm Recht geben. Doch wer sollte sich hier herumtreiben? Die Jäger, die noch immer den *Chevalier Mystérieux* suchten? Gehörte Mathieu Bouchardon womöglich auch zu diesen Verfolgern?

„Was tun Sie denn hier?“, fragte sie schließlich gewohnt freundlich, aber dennoch herausfordernd.

Täuschte sie sich oder zuckte ihr Gesprächspartner tatsächlich ein wenig zusammen? Neugierig blickte sie zu ihm auf. Sein beinahe hilflos wirkender Gesichtsausdruck reizte sie zu einem fröhlichen Lächeln, was ihn jedoch noch mehr zu verwirren schien.

Schließlich fasste er sich und erwiderte: „Mademoiselle de la Rivière, es wird Sie vielleicht interessieren zu hören, dass der Verletzte, den Sie heute Morgen gefunden haben, nicht mehr am Strand lag, als ich kam.“

Tonis Kopf fuhr in die Höhe und nervös griff sie in die Falten ihres Rockes. Das konnte doch nicht sein! Warum hatte Monsieur Bouchardon ihr das nicht schon am Vormittag gesagt?

Mathieu räusperte sich. „Die Vermutung, er sei leichter verletzt gewesen, als Sie angenommen hatten, und er habe sich irgendwohin schleppen können, lag ebenso nahe wie der Verdacht, ein anderer Reiter habe ihn bereits mitgenommen."

Tonis Gedanken wirbelten durcheinander. Monsieur Ardant war unmöglich in der Lage gewesen fortzugehen und es hatte sich außer ihr auch kein weiterer Reiter in der Nähe befunden – ausgenommen vielleicht die Männer, die Monsieur Ardant verfolgt und ihm die Schrotkugeln in den Körper gejagt hatten. Hatten sie ihn mitgenommen – als Trophäe? Wenn die Jäger den Leichnam hatten und herausfanden, wer er war, würde auch seine Familie in New Orleans zu leiden haben. Und weshalb hatte Monsieur Bouchardon ihr berichtet, er habe den Mann tot aufgefunden? Wollte er sie heute Morgen nur nicht weiter aufregen? Die junge Frau schüttelte langsam den Kopf und zeigte somit ihre Verwirrung.

„Mir hat der Gedanke, dass der Verletzte vielleicht irgendwo lag, wo er übersehen werden konnte, jedenfalls keine Ruhe gelassen", fuhr Mathieu Bouchardon fort. „Ich habe ihn gesucht und tatsächlich gefunden. Ich habe den Leichnam soeben beerdigt", erläuterte Mathieu Bouchardon.

Toni war nicht in der Lage, auf seine Erklärung einzugehen. Sie senkte den Kopf und beobachtete die fließenden Farbwechsel auf ihrem dunkelroten Rock, die durch ihre Bewegungen und die letzten hellen Lichtstrahlen am abendlichen Himmel hervorgerufen wurden. Schmerzlich erinnerten sie sie an das dunkle Blut, das aus den Wunden ihres Klavierlehrers gelaufen und in den hellen Sand getropft war.

Mathieu Bouchardon hatte den Verletzten demnach doch noch zu Gesicht bekommen. Ob er ihn erkannt hatte? Schließlich waren seine Züge entstellt und der junge Mann selbst einige Jahre nicht in New Orleans gewesen. Würde Monsieur Bouchardon seine Schlüsse ziehen, wenn es sich herumsprach, dass der *Chevalier Mystérieux* verschwunden war? Bestand von Seiten dieses Mannes, der zwar im sklavenfreien Norden studierte, jedoch hier in Louisiana geboren und aufgewachsen war, eine Gefahr für Monsieur Ardants Familie oder für andere Personen dieser im ganzen Land operierenden Organisation?

Toni schloss für einen kurzen Augenblick ihre Augen. Wie sollte sie sich dieser Gruppe anschließen, wenn alleine der heutige Tag und die daraus resultierenden Fragen und Sorgen sie so unangenehm gefangen nahmen? Gingen ihr die Schicksale der Sklaven und ihre Nöte nahe genug, um sich für diese aufzuopfern, oder war sie zu ängstlich, um mehr Einsatz zu zeigen als nur eine heimliche Mitwisserschaft? Vielleicht würde sie mit Marie darüber sprechen müssen, nun, da sie dank Monsieur Villeneuve sicher wusste, dass sie und ihr Mann ebenfalls zu der Organisation gehörten.

„Entschuldigen Sie bitte, Mademoiselle de la Rivière. Ich hätte ein wenig mehr Rücksicht auf Ihr empfindsames Gemüt nehmen und nicht noch einmal von Ihrer schrecklichen Begegnung heute Morgen sprechen sollen."

Toni hob den Kopf und lächelte Monsieur Bouchardon zaghaft an. Dieser musterte sie prüfend und wandte schließlich den Kopf ab.

Das Dampfschiff ließ sein lautes, dröhnendes Horn erschallen und überlagerte damit das leise von Charleston herüberwehende Läuten der Kirchenglocken. Weiße Federwolken schoben sich eilig über den blauen Himmel und vermischten sich mit dem Rauch des Schiffes, das langsam die Hafenanlagen ansteuerte.

Der Deutsche drückte sich seinen Hut fest auf den Kopf und betrachtete *Fort Sumter*, dessen einfacher fünfeckiger Bau ihn abstieß, da er die schönen, herrschaftlichen Gebäude seiner geliebten Heimat vor Augen hatte. Die Kirchtürme und *Castle Pickney* versöhnten ihn ein wenig, und so wanderte sein Blick erneut neugierig über die ihm fremde Stadt.

Claire Portune war nicht sehr gesprächig gewesen, außerdem hatte sie ausgesprochen schwach und kränklich gewirkt und gelegentlich hatte er ihren Geisteszustand ein wenig angezweifelt. Doch er hatte zumindest den Namen der Brigg und den Abfahrtstag des Seglers erfahren können, mit welchem sie, eine Zofe namens Marie und vor allem Antoinette Eichenheim Le Havre vor einigen Jahren verlassen hatten.

Wenigstens dieses eine Mal war es ein Leichtes gewesen herauszufinden, wohin Antoinette gebracht worden sein musste. Es gab zwei Zielhäfen. Einer von ihnen war Charleston, die Stadt, die er nun ansteuerte, der zweite New Orleans.

Eigentlich durfte es nicht allzu schwer werden, herauszufinden, ob sich in Charleston eine ältere Gouvernante, eine junge Zofe und ein kleines Mädchen niedergelassen hatten. Sicher hatten sie eine nicht geringe Aufmerksamkeit in der etwas gehobenen Gesellschaftsschicht dieser Stadt erweckt.

Vielleicht hatte die junge Zofe Marie geheiratet und das Kind bei sich behalten. In jedem Fall würde er sie in den nächsten Tagen – vielleicht Wochen – finden können, es sei denn, sie waren von Charleston weiter ins Landesinnere gezogen. Der Mann tippte nervös mit den Fingern auf die weiße Reling. So langsam, wie er bisher mit seinen Nachforschungen vorangekommen war, würde ihn dies nicht einmal wundern.

Lange Zeit hatte er vorgehabt, zuerst in New Orleans weiterzuforschen, doch noch während der Überfahrt hatte er es sich anders überlegt. Die Geheimhaltung der Reise und des Reiseziels der kleinen Frauengruppe war mit einem so großen Aufwand verfolgt worden und die Mauern des Schweigens noch immer nicht leicht zu durchbrechen gewesen, dass er das französische New Orleans für eine zu einfache Lösung hielt.

Er würde mit seiner Suche zuerst hier in Charleston weitermachen. Ein schiefes Lächeln überzog seine Gesichtszüge und hob die Narbe über seinem rechten Auge zusätzlich hervor, sodass sein Gesicht wie eine unschöne Maske wirkte.

Allmählich wurde es Zeit, die inzwischen sechzehnjährige Antoinette zu finden. Grimmig kniff der Mann die Lippen zusammen, löste sich von der Reling und begab sich zu seiner Kabine. Er würde als einer der Ersten dieses Segelschiff verlassen und den Boden South Carolinas betreten, denn er hatte etwas Wichtiges zu erledigen.

Kapitel 10

Die weiße Atlasseide des Brautkleides schimmerte sanft im Licht der durch die Fenster einfallenden Sonne, und die lange, mit zarten Blüten bestickte Schleppe raschelte leise hinter der langsam dahinschreitenden jungen Frau her. Die Orgel spielte und unter der gewaltig intonierten Melodie schienen die Kirchenbänke fast zu erzittern.

Toni betrachtete das strahlende Gesicht Isabelle Charmandes und lächelte. Sie hatte das Mädchen schon lange nicht mehr so glücklich gesehen. Isabelles Vater hatte vielen Verehrern eine Abfuhr erteilt, und die junge Frau hatte einmal bei einem Nachmittagskaffee bei Clothilde

Macine gesagt, dass sie am Ende noch wie Rose Nolot, die Schwester von Mirabelle Leroux, wie Toni oder deren beste Freundin Sophie Nanty enden würde. Doch endlich hatte ein Mann die Zustimmung des Vaters wie auch der Tochter erhalten, und so ehelichte Isabelle Charmande an diesem noch sehr heißen Spätsommertag Jacques Breillat, einen Pflanzer, der eine große, gut gehende Baumwollplantage in der unmittelbaren Nähe des *Lake Pontchartrain* hatte.

Isabelle reichte ihren wunderschönen Lilienstrauß ihrer Schwester Chantal und kniete sich neben ihrem Bräutigam nieder.

Toni ließ ihren Blick durch die Kirche wandern. Im Gegensatz zu den Kreolen in New Orleans war sie in ihrer badischen Heimat protestantisch getauft worden und hatte vor einiger Zeit durchgesetzt, dass sie die hier ansässige kleine methodistische Gemeinde besuchen durfte. Sie war selten einmal in der St.-Louis-Kathedrale, und so wurde ihre Aufmerksamkeit fast vollständig von deren architektonischen Besonderheiten in Anspruch genommen.

Als in ihrer Reihe Unruhe entstand, blickte Toni auf und sah Mathieu Bouchardon, der – reichlich spät, aber in tadellosem Anzug – an einem älteren Ehepaar vorbeihuschte und sich schließlich mit einem grüßenden Nicken und einem verlegenen Grinsen zwischen seiner Großmutter Nathalie Bouchardon und Toni niederließ.

„Du bist ein furchtbarer Herumtreiber, Mathieu. Du wirst noch zu deiner eigenen Hochzeit zu spät erscheinen“, rügte Madame Bouchardon ihn nicht eben zurückhaltend.

„Das würde dir doch gefallen, Großmutter. Dann könntest du die Braut noch zur Vernunft rufen und ihr die Chance zur Flucht anbieten“, raunte Mathieu zurück.

Toni konnte ein belustigtes Lächeln nicht unterdrücken.

„Du bist ein Flegel, Mathieu Bouchardon.“

„Du hast mich erzogen, Großmutter.“

„Sei dankbar, dass du zu dieser Hochzeit eingeladen wurdest, sonst würdest du heute hungrig zu Bett gehen müssen.“

Isabelle und Jacques gaben sich das Jawort und von vorne drang ein deutliches Schluchzen der Brautmutter durch die Reihen. Wieder lächelte Toni belustigt, doch dann gewahrte sie das verbissene, bleiche und mit dunklen Rändern unter den Augen furchtbar müde aussehende Gesicht Dominiques. Erschrocken und mitleidig presste Toni die Lippen aufeinander. Dominique hatte noch nie sehr gesund ausgesehen und im Gegensatz zu ihr selbst war diese tatsächlich immer sehr empfindsam und verletzlich gewesen, doch noch niemals hatte Toni diesen leidenden Ausdruck bei ihr gesehen.

Dominique bemerkte Tonis prüfenden Blick, schenkte ihr ein erzwungenes Lächeln und richtete ihre Augen wieder auf das Paar am Altar. Toni sah zu Louis Poirier, Dominiques Ehemann, hinüber. Er wirkte teilnahmslos, beinahe gelangweilt. Sein Frack spannte deutlich über seinem Bauch und warf Falten, die dem Schneider sicherlich Tränen in die Augen getrieben hätten. Louis Poirier lebte gut und schien sich wohl zu fühlen. Bemerkte er nicht, dass die Frau, die er erst vor einigen Monaten in derselben Kirche geheiratet hatte, unglücklich war?

„Was für ein verbissenes Gesicht bei diesem fröhlichen Anlass, Mademoiselle de la Rivière? Gönnen Sie der Braut womöglich den Ehemann nicht?", flüsterte Mathieu Bouchardon, sich leicht zu ihr hinüberbeugend.

Tonis Augen bildeten schmale Schlitze und sie bedachte ihren Sitznachbarn mit einem vorwurfsvollen Blick. Doch als sie in seine Augen sah, blitzten diese schalkhaft auf, und ihr Ärger über seine anmaßenden Worte verflog augenblicklich. Sie lächelte und entgegnete ebenfalls sehr leise: „Ich kenne Jacques Breillat nicht, Monsieur Bouchardon. Wie sollte ich ihn dann Isabelle missgönnen?"

„Das tut doch nichts zur Sache, Mademoiselle de la Rivière. Immerhin kennt Mademoiselle Charmande Jacques Breillat ebenfalls so gut wie gar nicht. Ich dachte jedoch weniger an den Mann selbst als an seine berühmte Pferdezucht, die Sie vielleicht gereizt haben könnte, Mademoiselle de la Rivière."

Toni schnappte unwillkürlich nach Luft. Mathieu Bouchardon besaß nicht nur die Unverfrorenheit, sich während eines Gottesdienstes in so persönlicher Weise an sie zu wenden, er unterließ es dabei nicht einmal, sie an ihren doch etwas peinlichen Auftritt vor einigen Wochen am Strand zu erinnern. Toni mochte Nathalie Bouchardon, doch zu einem kreolischen Gentleman hatte sie ihren Enkel offenbar nicht zu erziehen vermocht. „Entschuldigen Sie bitte, Monsieur Bouchardon", zischte Toni, „ich würde gerne der Zeremonie folgen."

„Tatsächlich? Und das, obwohl ich Sie letzte Woche bei den Methodisten entdecken konnte?"

Wieder kniff Toni ihre dunklen Augen zusammen. Sie hatte auf ausdrücklichen Wunsch von Mirabelle Leroux niemals jemandem verraten, dass sie den sonntäglichen Messen in der St.-Louis-Kathedrale fernblieb und stattdessen einen anderen Gottesdienst besuchte. Seit der Rückkehr von André Fourier hatte sie den jungen Arzt ein paar Mal dort gesehen, jedoch angenommen, dass er sie nicht entdeckt hatte, da sie sich oftmals in einem Nebenraum um die kleineren Kinder kümmerte. Musste sie nun annehmen, dass Mathieu Bouchardon seinen Freund begleitet und sie dort entdeckt hatte?

Toni entschied sich, das Verbot ihrer Patentante zu umgehen, und schenkte ihrem Gegenüber ein weiteres Lächeln. „Wie Sie vermutlich wissen, stamme ich aus Deutschland. Dort wurde ich in einer kleinen, evangelischen Kirche getauft, aber bitte verraten Sie es nicht weiter. Die Familie Leroux, die dieser Kirche hier sehr verbunden ist, möchte es gerne so."

„Die immer korrekte, immer höfliche Antoinette de la Rivière. Können Sie eigentlich auch einmal zornig werden, Mademoiselle?", flüsterte er, wobei seine blauen Augen im Licht der unzähligen Kerzen herausfordernd aufblitzten.

„Wenn Sie weiterhin diesen Gottesdienst stören, Monsieur Bouchardon, werden Sie nicht nur meinen, sondern den Zorn all der Menschen um uns herum auf sich ziehen."

„Danke, Mademoiselle de la Rivière. Seien Sie sich meiner tiefsten Dankbarkeit darüber bewusst, dass Sie mich vor dieser Gefahr gewarnt haben."

Toni beobachtete aus dem Augenwinkel, wie Mathieu sich fröhlich lächelnd aufrichtete und einen vorwurfsvollen Blick seiner Großmutter ignorierte.

Im Anschluss an die Traupredigt sang die Gemeinde ein Lied und schließlich zog das frisch vermählte Paar über den mit Blumen ausgestreuten Mittelgang aus der Kirche. Die Familie Leroux und Toni warteten, bis die engsten Familienangehörigen gefolgt waren, und traten dann ebenfalls auf den Mittelgang hinaus.

Toni bemühte sich, neben Dominique zu gelangen, und hängte sich bei dieser ein. „Hallo, Dominique. Ich habe dich seit einigen Tagen nicht mehr gesehen."

„Hallo, Antoinette. Die Braut sieht hinreißend aus, nicht wahr?"

„Dein Kleid war hübscher", flüsterte Toni und lächelte die junge Ehefrau aufmunternd an.

„Danke, Antoinette." Gemeinsam strebten sie auf das gewaltige Kirchenportal zu.

Toni wunderte sich über die ungewöhnliche Schweigsamkeit ihrer Stiefschwester. Louis Poirier drängte sich ein paar Schritte nach vorne, um neben einen der Vettern des Bräutigams zu gelangen, und Toni drückte fest Dominiques Arm. „Geht es dir nicht gut, Dominique?"

„Lass doch, Antoinette", murmelte die junge Frau und strebte weiter auf den Ausgang zu.

„Kann ich dir helfen?", erbot sich Toni und ihre Augen suchten fragend den Blick Dominiques.

Diese wandte sich ruckartig um. „Wie solltest du mir helfen können, Antoinette? Mit deiner angeborenen Fröhlichkeit? Das Leben ist nicht nur leicht, schön und lustig!"

Erschrocken wich Toni einen Schritt zurück, wollte aber doch die erzürnte Frau nicht einfach so gehen lassen. Sie spürte deren Verzweiflung und Hilflosigkeit und ihre ungesunde Gesichtsfarbe und die angespannten Züge sprachen ihre eigene Sprache. „Dominique, ich würde dir gerne helfen, wenn du Probleme hast. Du bist doch wie eine Schwester für mich und –"

„Ich war niemals deine Schwester, Antoinette. Bilde dir das nur nicht ein! Du bist keine Leroux, noch nicht einmal eine richtige de la Rivière. Deinen deutschen Namen kann hier nur niemand aussprechen. Also mische dich nicht in das Leben anderer Menschen ein und lächele einfach weiterhin strahlend durch das Leben." Dominique warf ihren Kopf zurück und marschierte davon, ihrem Ehemann hinterher, der sich nicht einmal nach ihr umsah.

Toni blieb stehen und sah der jungen Ehefrau nach. Ihr war, als greife eine eisige Hand nach ihrem Herzen. Die verletzenden Worte hatten sie zutiefst getroffen und mit Tränen in den Augen senkte sie den Kopf.

Doch offenbar war ihr Zustand nicht zu übersehen gewesen. Mathieu Bouchardon, der auf einmal neben ihr stand, räusperte sich leise und murmelte: „So viel zu den wohlerzogenen und liebreizenden Schönheiten aus New Orleans, nicht wahr, Mademoiselle Wie-auch-immer-Sieheißen-mögen aus Deutschland?" Er wandte sich um und strebte dem hellen Viereck des Ausgangs entgegen. Als er an seiner Großmutter vorbeikam, bot er dieser fürsorglich seinen Arm an. Die ältere Dame warf der erschrocken zurückbleibenden Toni ein aufmunterndes Lächeln zu, ehe sie das höfliche Angebot ihres Enkels annahm.

Sophie Nanty kam mit undamenhaft großen Schritten heran und legte ihren Arm um Tonis Hüfte, während Clothilde Macine, die ebenfalls näher kam, ihr ein gezwungenes Lächeln zuwarf und leise meinte: „Na, so was. Selbst ich, die ich nicht sehr viel mit dir zu tun habe, habe längst vergessen, dass du nicht ursprünglich aus New Orleans stammst und keine Leroux bist, Antoinette. Sollte Dominique, die fast die Hälfte ihres Lebens mit dir verbracht hat, nicht eine Schwester in dir sehen?"

„Dominique hat es sicher nicht böse gemeint, Clothilde. Ich fürchte, ihr geht es im Moment nicht sehr gut und da hat sie ein wenig heftig reagiert", versuchte Sophie Clothilde eine Erklärung anzubieten.

Deren schmale Augenbrauen hoben sich weit in die Höhe. „Willst du andeuten, dass sie bereits guter Hoffnung ist, Sophie?"

„Das wollte ich eigentlich nicht, doch jetzt, wo du es ansprichst ..."

Clothilde drehte sich auf dem Absatz um und eilte davon, wobei die lange Samtschleppe ihres Kleides raschelnd über den Boden hinwegfegte.

„Jetzt hast du aber ein Gerücht in die Welt gesetzt, Sophie", murmelte Toni.

Sophie zuckte nur gleichgültig mit den Schultern. „Jedenfalls sind wir sie jetzt los. Was ist denn geschehen?"

Toni ließ die letzten Gottesdienstbesucher passieren und berichtete Sophie von ihren Eindrücken und ihrem vergeblichen Versuch, Dominique ihre Hilfe anzubieten.

„Du hast ein Herz aus Gold, Toni, aber du wirst Dominique tatsächlich nicht helfen können."

„Was weißt du denn, was mir nicht bekannt ist?", lachte Toni halb scherzend, halb entrüstet.

Sophie drückte Tonis Arm und zog sie ein wenig beiseite, denn die ersten Sklaven betraten das Kirchenschiff, um die Spuren der Hochzeitsgesellschaft zu beseitigen. „Wie ich gehört habe, hat Dominique ihren Louis letzte Woche aus einem der Häuser in der *Rue de Ursulines* kommen sehen." Sophie rollte mit ihren Augen und zog in einer verzweifelt und gleichzeitig unschuldig anmutenden Geste ihre Schultern hoch. „Monsieur Poirier hat sich dort in einer sehr eindeutigen Weise von einer wunderhübschen *Plaçée* verabschiedet."

Toni schüttelte gequält den Kopf. Jetzt verstand sie Dominiques Kummer. Für die jung verheiratete Frau war es sicherlich wie ein Schlag ins Gesicht, ihren Mann mit seiner Geliebten zu entdecken. „Wie konnte Monsieur Poirier das nur tun, Sophie? Ich finde dieses Verhalten abscheulich und zudem ist er noch nicht einmal sehr lange verheiratet und ..." Tonis Arme bewegten sich hektisch auf und ab.

Sophie griff eilig nach den Händen ihrer Freundin, da Toni bereits die Aufmerksamkeit einiger Frauen auf sich gezogen hatte, die im Mittelgang mit dem Säubern des Bodens beschäftigt waren. „Du bist ebenso naiv wie Dominique, Toni. Monsieur Poirier hatte seine erste *Plaçée*, als er gerade einmal sechzehn Jahre alt war. Sein Vater hatte den Vertrag damals mit der Mutter des jungen Mädchens ausgehandelt. Diese *Plaçée* jetzt ist seit etwa sechs Jahren seine Frau."

Toni schnaubte verächtlich. „Seine Frau!"

„Sie bezeichnen sich so, Toni. Die *Plaçées* würden sich untereinander niemals die bereits vergebenen Männer streitig machen. Sie gelten quasi als verheiratet. Übrigens haben viele der Männer mit ihren *Plaçées* Kinder – auch Louis Poirier. Er hat zwei Töchter von seiner ersten *Plaçée*, die diese inzwischen bereits an andere, jüngere Männer weitervermittelt hat. Mit der neuen hat er einen Sohn, der die hier in New Orleans ansässige Schule für die *Plaçée*-Kinder besucht und ein kleiner, intelligenter Kerl sein soll. Man munkelt, Louis Poirier sei ausgesprochen stolz auf den Kerl."

„Meine Güte, Sophie! Woher weißt du denn das alles?"

„Ich halte mich bei all den Kaffees, Martinées, Bällen und sonstigen Veranstaltungen zwar immer ein wenig im Hintergrund, Toni, aber dabei höre ich mehr, als so manchem Ehrenmann oder mancher Dame lieb sein wird."

Toni konnte nicht anders, sie lachte laut auf. „Und ich habe immer angenommen, deine Zurückhaltung sei auf deine Schüchternheit zurückzuführen."

Sophie kicherte, nickte dann jedoch zustimmend. „Du hast schon Recht. Doch irgendeinen Vorteil muss ich doch auch haben, nicht wahr?"

„Ich weiß nicht, Sophie, ich glaube, mir ist es fast lieber, nicht so viel über die einzelnen Familien zu wissen."

„Du meinst über die zweifelhafte Tugendhaftigkeit der ehrenhaften Männer unserer Gesellschaft?" Sophie rümpfte angewidert die Nase und schüttelte ein weiteres Mal den Kopf. „Was bin ich froh, dass ich André gefunden habe, obwohl ..."

Toni hob erschrocken den Kopf. Was war geschehen? André hatte doch um Sophies Hand angehalten und ihr Vater hatte gerne zugestimmt. War Sophie etwas zu Ohren gekommen, was sie daran hindern würde, ihn zu heiraten? „Sophie?"

„Ich werde André heiraten, aber ich verstehe sein Anliegen nicht, das er gestern vorgebracht hat."

„Welches Anliegen, Sophie?"

„André möchte nicht in der Kathedrale heiraten, Toni." Sophie seufzte laut auf und senkte traurig den Kopf.

Toni blinzelte und biss sich dann nachdenklich auf die Unterlippe. Wieder erinnerte sie sich daran, dass sie den jungen Arzt mehrmals bei den Methodisten gesehen hatte. „Hat er gesagt, er wolle in einer anderen Kirche heiraten?"

„Wir wurden leider unterbrochen, Toni. Ich weiß nicht, warum er nicht hier heiraten will oder was er ansonsten plant. Ich weiß nur, dass all meine Freundinnen und sogar meine Eltern hier verheiratet wurden, und ich würde es ihnen gerne gleich tun. Es gibt für mich keinen würdevolleren, romantischeren und passenderen Rahmen als diese Kathedrale und –"

„Entschuldige, wenn ich dich unterbreche, Sophie. Aber deine Argumente lassen nicht gerade darauf schließen, dass dir die Kirche als Rahmen deiner Trauung auf Grund deines Christseins wichtig erscheint."

Sophie sah Toni verwirrt an und neigte dann den Kopf leicht zur Seite. „Ich verstehe nicht, was du meinst, Toni."

„Ich kenne dich inzwischen sehr gut, Sophie, und ich weiß, dass du die Gottesdienste in dieser Kirche mehr aus Tradition besuchst. Wenn ich davon spreche, was mir der Glaube an Jesus Christus bedeutet, wirst du jedes Mal sehr schweigsam und siehst mich nur verständnislos an."

„Also hör mal, Toni. Du wirst doch nicht behaupten wollen, dass ich eine unchristliche, gar eine heidnische Person sei und nur um der anderen Menschen willen die Kirche besuche?"

Toni hob die Augenbrauen und betrachtete ihr aufgeregtes Gegenüber. Dann lächelte sie besänftigend und ergriff die Freundin an beiden Händen. Sie ahnte, dass der verwirrten und nun auch aufgebrachten Sophie nicht mit Erklärungen oder logischen Argumenten beizukommen war, und fragte deshalb einfach: „Du möchtest den Segen eines Priesters für eure Ehe zugesprochen bekommen?"

„Natürlich, Toni."

„Dein André möchte das sicherlich auch, scheint aber eine andere Umgebung zu bevorzugen. Könntest du dich darauf einlassen, dass ich diese andere Umgebung aussuche und dekoriere?"

Sophie hob den Kopf und betrachtete ihre Freundin misstrauisch. „Du?"

„Ich verspreche dir, dass du von der Person deines Wunsches getraut wirst, und ich spreche mit Monsieur Fourier ab, in welcher Kulisse dies geschehen soll. Was denkst du?"

„Das hört sich irgendwie verlockend an, Toni. Und außergewöhnlich."

„Genau so außergewöhnlich wie du bist, Sophie. Und ich verspreche dir, dass du diese dunkle, kalte, mit Ornamenten und Gold überladene Kirche keinen Augenblick vermissen wirst."

Sophie sah sich um und schüttelte entrüstet den Kopf. „Sprich leiser, Toni. Fast jeder der angesehenen Männer dieser Stadt – dein

Patenonkel eingeschlossen – hat Unsummen für diese Kirche gespendet. Du könntest dir nicht nur den Zorn der Priester, sondern auch den der gesamten Gesellschaft zuziehen, wenn sie deine frevlerischen Worte hören. Zudem werden sie dich dann fragen, wo du in all den Jahren gewesen bist."

„Ich habe nicht auf jedem Karneval in unzüchtiger Weise getanzt, getrunken und betrogen, um mich anschließend durch eine Beichte und die anstehende Fastenzeit reinwaschen zu müssen", stachelte Toni weiter und Sophie presste ihre flache Hand auf Tonis Lippen.

„Antoinette de la Rivière. Ich wusste nicht, dass du dermaßen lästerlich reden kannst."

„Aber es stimmt."

„Man spricht aber nicht darüber."

„Doch, bei der Beichte, um dann im nächsten Jahr wieder genau dasselbe zu tun."

Sophie blickte Toni nachdenklich an. „Darüber habe ich noch nie nachgedacht, Toni. Aber du hast Recht. Die Menschen verlangen Vergebung und tun doch dieselben Dinge jedes Jahr aufs Neue."

„Du solltest einmal ausgiebig darüber nachdenken, Sophie. Ich finde, mit diesem Verhalten treiben sie die Nägel, die Jesu Hände und Füße durchbohrt haben, immer noch ein wenig tiefer in sein Fleisch. Er hat sich für diese Verfehlungen hinrichten lassen, und sie wollen seine Vergebung, lachen ihm jedoch ein Jahr später, zu Beginn der Festzeit, ins Gesicht."

„Um hinterher wieder zu Kreuze zu kriechen?" Sophie blickte die Freundin ernst an. Dann schüttelte sie wiederum den Kopf und blickte auf das von Kerzen erleuchtete Kreuz hinter dem Altar. „Ich begreife, was du mir sagen willst, Toni. Und ich werde mit André sprechen. Es könnte doch sein, dass er aus eben diesen Gründen, aus Gründen der Ehrlichkeit, unseren heiligen Bund der Ehe nicht in diesem Hause eingehen will."

„Seine Gründe kenne ich nicht. Aber es lohnt sich sicher, mit ihm darüber zu sprechen."

„Weißt du, Toni, bevor André zu meinem Vater ging, hat er mich um ein Gespräch gebeten. Mir war es furchtbar unangenehm, doch er versicherte mir, dass er sich niemals eine *Plaçée* zulegen will und dass er es, im Gegensatz zu den anderen Männern, gerne sehen würde, wenn ich Anteil an seiner Arbeit nehmen würde."

„Ich wusste, dass dein André ein großartiger Mann ist, Sophie. Du wirst sicherlich sehr glücklich mit ihm werden."

Sophie lächelte und nickte. „Er hat mich auch gefragt, wie ich zum Glauben stehe, und ich habe ihm versichert, dass ich selbstverständlich gläubig sei, sonst würde ich doch nicht in die Gottesdienste gehen und die Feiertage heiligen. Er schien nicht ganz glücklich mit meiner Antwort zu sein und meinte, wir sollten vor der Hochzeit dringend noch einmal über dieses Thema sprechen. Vielleicht ist er ein wenig wie du, Toni. Er jedenfalls scheint den Glauben sehr ernst zu nehmen, und wenn ihn dies zu einem solch wunderbaren, ehrenwerten Mann werden lässt, sollte ich dieses Gespräch mit ihm suchen und zuvor noch gut über meinen persönlichen Standpunkt nachdenken."

„Weise erkannt, liebe Freundin", lachte Toni und hakte sich bei Sophie ein.

„Wir sollten gehen, bevor wir nichts mehr von dem leckeren Hochzeitsmahl zu essen bekommen, Toni."

Die beiden Freundinnen verließen die Kirche.

Der Kirchplatz war bereits verwaist; nur Caro und Sophies Mädchen standen im Schatten einer Baumgruppe und eilten herbei, als sie die beiden sahen.

„Jetzt freue ich mich richtig auf das Fest und den Tanz, denn heute werde ich einen Tanzpartner haben!", lachte Sophie und Toni lächelte sie begeistert an. „Allerdings frage ich mich, wen Isabelle für das Klavier finden konnte. Du hast sicher schon gehört, dass dein Klavierlehrer, Monsieur Ardant, seit einigen Wochen verschwunden ist?"

Toni konnte nur nicken. Sie sah den zerschundenen, von Schmerzen gepeinigten Körper des Mannes in seinem eigenen Blut liegend vor sich und schloss für einen Augenblick die Augen.

„Stell dir vor, Toni. Isabelle wollte sogar dich fragen. Doch wir haben ihr alle davon abgeraten. Immerhin kann sie nicht verlangen, dass du bei ihrer Hochzeit den ganzen Abend und die halbe Nacht lang am Klavier sitzt und die Tanzlieder spielst."

„Ich hätte es doch gerne für sie getan."

Sophie lachte und drückte Tonis Arm. „Das dachte ich mir schon, Toni. Deshalb habe ich sie auch gebeten, davon abzusehen. Schließlich will ich nicht den ganzen Abend ohne meine beste Freundin auskommen müssen, die ein viel zu großes Herz hat, als dass sie diese Bitte würde ablehnen können."

„Und du bist egoistisch, Sophie Nanty", lachte Toni.

„Nein. Ich dachte dabei in allererster Linie an dich. Ich konnte nämlich in den Wochen, die wir gemeinsam am Meer verbracht haben, feststellen, dass André einen wunderbaren, wenn auch etwas eigensinnigen Freund hat, der sicherlich gut zu dir passen würde."

„Von wem sprichst du?“ Toni blieb abrupt stehen, löste entsetzt ihren Arm aus dem ihrer Freundin und blickte sie fragend an – obwohl sie die Antwort bereits kannte.

Caro, die offenbar ihre Augen wieder überallhin, nur nicht nach vorne gerichtet hatte, lief gegen Toni, wobei sie auf den unteren Saum ihres Kleides trat. Erschrocken sprang das Mädchen zurück, neigte schuldbewusst den Kopf und murmelte eine Entschuldigung. Toni betrachtete den kleinen, staubigen Fleck auf ihrem hellen Kleid, wandte sich hastig nach Caro um und trat näher an diese heran.

Sophie ergriff sie fest an der Hand. „Bitte, Toni. Sei nicht so streng mit Caro. Das arme Mädchen wird doch immer nur noch unsicherer und tollpatschiger, je mehr sie ausgeschimpft und bestraft wird.“

Toni unterdrückte ein Lächeln. Offenbar war auch Sophie bislang verborgen geblieben, dass ihre harschen Reaktionen auf Caros Missgriffe nicht echt waren und vielmehr zu ihrem Schutz als zu ihrer Strafe dienen sollten. „André kann sich glücklich schätzen“, sagte sie zu ihrer Freundin. „Er wird mit dir eine wunderbare Arztfrau an seiner Seite haben. Du siehst in die Herzen und Seelen der Menschen.“

„Richtig, und dein Herz verwirrt mich zutiefst. Da ist einerseits diese Liebe und Freundlichkeit allen Menschen gegenüber und dann diese Schroffheit gegenüber Caro.“

„Dann werde ich deine Verwirrung ein wenig lindern und dir erklären, dass ich Caro gegenüber nur in der Öffentlichkeit so unnachgiebig bin. Ich liebe sie, als wäre sie meine kleine Schwester, und ich möchte nicht, dass ihr von irgendjemandem Leid angetan wird.“

„Du bist eine richtige kleine Schauspielerin, Antoinette Therese de la Rivière.“

Toni lächelte und überlegte sich einen kleinen Augenblick lang, was Sophie wohl von ihr denken mochte, wenn sie erfuhr, dass sie seit einigen Wochen weitaus mehr für die versklavten Menschen tat, als nur dafür zu sorgen, dass sie keine harte Strafen über sich ergehen lassen mussten. Gemeinsam mit Marie und Sylvain teilte sie die eintreffenden, geflohenen Sklaven in überschaubare Gruppen auf, die dann von einem Fluchthelfer geführt werden sollten.

Toni löste sich aus ihren Überlegungen und wandte sich erneut ihrem Mädchen zu. „Hast du dir wehgetan, Caro?“, fragte sie.

„Nein, Mamselle.“

„Halte dich heute bitte ein wenig zurück. Ich denke, Isabelle wird nicht sehr davon angetan sein, wenn irgendetwas oder irgendjemand in ihre Hochzeitstorte fällt.“

„Sicher, Mamselle", sagte Caro und kicherte verhalten.

„Lass uns ein wenig schneller gehen, Toni. Sonst bekommen wir nicht einmal mehr ein kleines Stück dieser Hochzeitstorte ab", mahnte Sophie.

„Du wolltest doch ohnehin auf Kuchen verzichten, Sophie."

„Ein ganz kleines Stück Torte habe ich mir gestattet."

Toni lachte amüsiert auf und gemeinsam strebten sie dem nahe gelegenen Haus der Charmandes zu.

„Wieso hast du eigentlich nichts von Monsieur Ardants Verschwinden erzählt, Toni?"

Die Angesprochene brummte leise vor sich hin und raffte mit einer Hand ihren cremefarbenen Rock noch ein wenig höher. Sie hatte bisher nicht von Jean-Luc Ardant gesprochen, da sie befürchtete, ihre Gefühle nicht unter Kontrolle zu haben. War diese Zurückhaltung ein Fehler gewesen? Schöpfte Sophie womöglich irgendeinen Verdacht? Toni schob diesen Gedanken beiseite. Keine der jungen Frauen in New Orleans würde auf den Gedanken kommen, dass sie mehr über das Verschwinden des Klavierlehrers wissen konnte als alle anderen. Sie durfte nicht überall irgendwelche Gefahren für sich und die Organisation lauern sehen, sonst würde sie sicherlich bald ein nervöses Wrack sein.

Sophie holte sie aus ihren Überlegungen. „Habe ich schon erwähnt, dass eine von Monsieur Ardants Schwestern die *Plaçée* ist, mit der Dominique ihren Mann gesehen hat? Die zweite Schwester, Valerie …", Sophies Stimme wurde traurig und sehr leise, „… ist die von Isabelles frisch angetrautem Ehemann Jacques Breillat."

Der großzügige, herrlich mit Lilien und Grün geschmückte Ballsaal im Hause der Charmandes erstrahlte festlich und hell im Licht der unzähligen entzündeten Kronleuchter, Kandelaber, Wandleuchter und zusätzlich aufgestellten Kerzen. Trotz der weit geöffneten Fenster lief den Tänzern der Schweiß über die Gesichter, und nicht selten flohen die Frauen nach einem Tanz erst einmal in die ihnen zugewiesenen Räume, um ihre Frisuren und Kleider neu richten zu lassen und ihre erhitzten Körper durch kalte Auflagen oder gar ein eiliges, kaltes Bad abzukühlen.

Am Rand der Tanzfläche standen einzelne Gruppen von Männern, die sich unterhielten, einander mit den fein geschliffenen Gläsern zuprosteten und nicht selten ihre Blicke zu den lachenden

Frauengruppen wandern ließen. Livrierte Schwarze eilten emsig umher, um ja niemals ein Getränk oder gar das dringend benötigte Eis ausgehen zu lassen.

Toni beendete die Masurka, nahm die Hände von den Tasten und nickte den anderen Musikern, die sie begleitet hatten, dankend zu, während sie von einigen jungen Kadetten lautstarken Beifall und Bravo-Rufe erhielt. Sie hatte es sich doch nicht nehmen lassen, für den einen oder anderen Tanz zu spielen. Amüsiert lächelte sie in Richtung der sichtlich angetrunkenen, jungen Männer und erhob sich, damit der verschüchtert wirkende Schwarze, der seinen Platz am Flügel für sie geräumt hatte, wieder spielen konnte.

Sophie kam zu Toni herüber und reichte ihr ein Glas Wasser, das diese mit dankbarem Lächeln annahm und wenig damenhaft in großen Schlucken leerte.

„Jetzt spielst du doch die meiste Zeit, Toni“, klagte Sophie.

„Mir macht es nun einmal Freude.“

„Das hört man. Aber du kommst gar nicht zum Tanzen und Feiern.“

„Ich genieße den Abend, Sophie. Mach dir keine Gedanken.“

„Ich mache mir aber Gedanken, Toni. Mathieu hat in seiner Verzweiflung bereits mehrmals mit Clothilde Macine und anderen Mädchen getanzt.“

Toni lachte über Sophies entrüstetes Gesicht und beugte sich nahe zu ihr hinüber.

„Ich habe dem jungen Bouchardon keinen einzigen Tanz versprochen, Sophie. Also lass es gut sein.“

„Vielleicht würde er aber gerne mit dir tanzen!“

„Weshalb? Er wird sofort nach deiner und Andrés Hochzeit nach New York zurückkehren und dort bleiben. Zumindest für ein paar Jahre. Zudem wird ihn, ebenso wie jeden anderen, das Gerücht um meine Erbkrankheit abschrecken. Außerdem bin ich nicht interessiert. Ich kenne den Mann kaum, er scheint mir gelegentlich ein wenig unhöflich zu sein und –“

Sophie ergriff Toni am Handgelenk. „Ist ja schon gut. Ich fand den Gedanken eben reizvoll. Immerhin ist er Andrés Freund und du bist meine beste Freundin.“

„Gewesen, Sophie, wenn du weiter versuchst, mich mit irgendeinem Mann zu verkuppeln.“ Toni lächelte Sophie verschmitzt an.

„Ich habe schon verstanden. Aber Jules Leroux hat nach dir gefragt. Morgen muss er mitsamt seinen lauten Freunden nach West Point zurück und er würde gerne noch mit seiner Stiefschwester tanzen.“

Sophie wandte sich einigen Freundinnen zu und Toni stellte ihr Glas auf einem der Beistelltische ab. Sie suchte mit ihrem Blick den lebensfrohen Jules und entdeckte ihn im Kreis seiner Freunde. Langsam schlenderte sie auf ihn zu, vorbei an André Fourier und Mathieu Bouchardon.

„Du bist verrückt, Mathieu. Wenn sich herumspricht, mit welchen Personen du in intensivem Briefkontakt stehst, wirst du hier noch mehr Schwierigkeiten bekommen als damals deine Schwester nach ihrer Verlobung mit dem Amerikaner."

„Es gab einige Fragen zu klären, André, deshalb hat Carl Schurz an mich geschrieben. Ich wusste nicht, dass es sich inzwischen bis Louisiana herumgesprochen hat, dass er ein engagierter Verfechter der Sklavenbefreiung ist."

Mathieu hatte seine Augen auf Antoinette gerichtet, die gerade an ihnen vorbeigegangen und plötzlich stehen geblieben war.

„Carl Schurz ist politisch kein unbeschriebenes Blatt, Mathieu. Unterschätze die Politiker in New Orleans nicht. Sie beobachten die Männer in Washington sehr genau."

Mathieu war abgelenkt, denn noch immer verharrte Mademoiselle de la Rivière scheinbar reglos, fast wie versteinert, nur wenige Schritte von ihnen entfernt. Nun wandte sie sich erstaunlich langsam zu ihnen um, und ihre dunklen, zu schmalen Schlitzen verengten Augen, die deutlich verwirrt blickten, richteten sich zuerst auf André und schließlich auf ihn.

„Entschuldigen Sie bitte", sagte sie leise und auf Grund der gewaltigen Geräuschkulisse um sie herum kaum verständlich. „Ich habe gerade gehört, wie Sie den Namen Carl Schurz erwähnten, Monsieur Bouchardon."

„Was habe ich gesagt, Mathieu?", brummte André. „Sogar die Damen kennen diesen Herrn bereits."

„Ja, ich kenne diesen Namen, Monsieur Fourier. Ich wusste nur nicht sofort, wo ich ihn einordnen sollte. Doch nun ahne ich, dass dies derselbe Mann sein muss, der des Öfteren zu Besuch bei meinem Vater war."

„Bei Monsieur Leroux, Mademoiselle de la Rivière? Das dürfte kaum der Fall sein!", wandte Mathieu lachend ein, wurde aber sogleich von einem vernichtenden, beinahe drohenden Blick zum Schweigen gebracht. „Ich sprach nicht von meinem *Parrain*, Monsieur

Bouchardon. Sie werden kein guter Jurist sein, wenn Sie nicht lernen, besser zuzuhören und das Gesagte richtig einzuordnen."

Mathieu zog ob dieser Ermahnung eine betretene Grimasse. Die Erwähnung des Namens Carl Schurz musste die junge Frau mehr aufgewühlt haben, als er im Moment erfassen konnte, und er war nur zu gerne bereit, den Hintergrund für diese Aufregung zu erfahren.

„Dieser Carl Schurz, von dem Sie soeben sprachen ... Wissen Sie, ob er aus Baden stammt?"

Ihre Frage verriet Mathieu, dass Antoinette de la Rivière weder den Beginn ihres Gespräches gehört haben noch fundiertes Wissen über die politische Karriere des besagten Mannes besitzen konnte. „Ja, er stammt aus Baden, Mademoiselle de la Rivière." Mathieu ließ die junge Frau vor sich nicht aus den Augen, und einen Augenblick lang glaubte er, Freude in ihrem Gesicht zu erkennen, die jedoch sofort von einer schmerzlichen Erinnerung überlagert zu werden schien.

„Carl Schurz war, wie ich bereits sagte, kurz vor dem Tod meiner Eltern öfter in unserem Haus zu Besuch. Laut meinem Vater ging es in ihren Gesprächen um irgendwelche politischen Angelegenheiten. Um welche genau, weiß ich nicht, da ich damals noch viel zu jung war." Antoinette senkte den Kopf, und mehr zu sich selbst, als an ihn gewandt, murmelte sie: „Vielleicht kann Carl Schurz mir die Frage beantworten, ob meine Eltern tatsächlich von unzufriedenen Pächtern und unterdrückten Landsleuten ermordet wurden."

Mathieu zog, wie er es häufig tat, seine Augenbrauen in die Höhe. Carl Schurz nannte sich selbst einen Demokraten, doch diese Gesinnung war politischer, nicht jedoch parteipolitischer Natur, denn er hatte mit der demokratischen Partei dieses Landes, die zum Großteil aus Menschen bestand, die dem Süden angehörten und somit die Sklaverei befürworteten, nichts zu tun. Er selbst setzte sich ausgesprochen vehement für die Sklaven ein und sein erklärtes Ziel war die Sklavenbefreiung.

Mathieu machte einen Schritt auf die junge Frau zu. „Carl Schurz wollte in Deutschland die Demokratie einführen – allerdings wenig erfolgreich. Wenn Ihr Vater sich häufiger mit ihm getroffen hat, deutet dies meines Erachtens auf eine gleiche politische Gesinnung hin. Ganz egal, wer Ihr Vater war oder was für eine Stellung er innehatte, er wurde vermutlich nicht von einem aufständischen Mob umgebracht, der nach mehr Freiheiten, nach Gleichberechtigung und Gleichstellung trachtete. Vermutlich wurde er vielmehr von seinesgleichen ausgeschaltet, da er für ihren Geschmack zu viel Macht und

Einfluss innehatte. Oder aber der Tod Ihrer Eltern hat ganz andere, profanere Hintergründe."

„Vielen Dank für die beruhigende Analyse!", zischte Toni sichtlich erregt.

„Wo hast du deine Manieren gelassen, Mathieu?", brummte André. „Du kennst doch die genauen Hintergründe überhaupt nicht und regst die Dame unnötig auf."

„Lassen Sie nur, Monsieur Fourier", lenkte Toni, versöhnlich ein. Sie schien sich wieder gefasst zu haben und wandte sich erneut an Mathieu. „Entschuldigen Sie bitte, Monsieur Bouchardon. Ich sollte Ihnen für Ihre Einschätzung dankbar sein, doch Ihre Vermutungen haben mich sehr durcheinander gebracht, weshalb ich etwas heftig reagiert habe. Ich danke Ihnen jedoch für Ihre Ehrlichkeit. Würden Sie mir einen Gefallen tun, Monsieur Bouchardon?"

„Sicher, Mademoiselle de la Rivière."

„Sollten Sie Monsieur Schurz wieder einmal treffen oder schriftlich mit ihm in Kontakt treten, würden Sie ihm bitte von mir erzählen? Vielleicht kann er die Zeit erübrigen, mir einige Informationen über meine Eltern zukommen zu lassen."

„Ich werde es nicht vergessen", versprach Mathieu, den warnenden Blick seines Freundes ignorierend. Er sollte in dieser Stadt nicht zu offensichtlich Kontakte zu Männern wie Carl Schurz zugeben.

„Wie war der Name Ihres Vaters, Mademoiselle de la Rivière?"

„Heinrich Eichenheim, Monsieur Bouchardon."

Er nickte und fragte sich einen Moment lang, ob er sich den Namen nicht besser schriftlich geben lassen sollte. Doch Antoinette hatte sich pfeilschnell umgedreht und war in der Menge der Hochzeitsgäste verschwunden.

Toni stürmte an der Tanzfläche vorbei, wobei sie beinahe mit einem Sklaven zusammengestoßen wäre, der auf einem Tablett leere Gläser vor sich herbalancierte. Bei dem schnellen Ausweichmanöver des Mannes begannen die Gläser bedenklich zu rutschen. Toni, die seine missliche Situation sofort erkannte, griff gerade noch rechtzeitig zu, sodass die Gläser zwar lautstark aneinander klirrten, jedoch nicht herunterfielen.

„Mamselle, bitte entschuldigen Sie", flüsterte der Mann, ohne sie jedoch direkt anzusehen.

„Es war meine Schuld. Entschuldige bitte", erwiderte Toni und drückte sich an ihm vorbei, um den Ballsaal in Richtung Eingangshalle zu verlassen. Sie schritt eilig durch das Foyer, öffnete die Tür und betrat die weißen Stufen, die in den Vorgarten hinunterführten. Heftig atmend legte sie den rechten Arm um eine der runden, mit Stuckornamenten verzierten Säulen, die einen mit gusseisernem Gitter eingefassten Balkon trugen.

Verwirrt und von schmerzlichen Erinnerungen eingeholt, blickte sie in den Himmel hinauf, von dessen samtschwarzem Zelt Millionen von golden aufleuchtenden Sternen aufmunternd zu ihr hinunterblinkten.

Ungeachtet ihres teuren Ballkleides ließ sie sich an der Säule entlang auf die Stufen hinabsinken. Sie hatte vor wenigen Jahren, als sie begonnen hatte, sich zu fragen, was mit ihren Eltern geschehen war, ihrer Gouvernante Clarie Portune nach Paris geschrieben, doch niemals eine Antwort erhalten. Zudem hatte sie einem ihrer früheren Spielkameraden aus ihrem Dorf in Baden geschrieben, doch auch diese Briefe waren niemals beantwortet worden. Auch Raphael und Mirabelle Leroux konnten ihr nicht genau sagen, was damals mit ihren Eltern geschehen war, und die Andeutungen Maximilan Wieses hatten zusätzliche Fragen in ihr wachgerufen, auf die sie keine Antworten wusste. Ihre Eltern waren sehr reich gewesen und hatten über viele Ländereien verfügt. Sie wusste nicht, wie ihre Eltern zum einfachen Volk gestanden hatten. Die Möglichkeit, dass sie durch den aufgebrachten Pöbel den Tod gefunden hatten, war demnach nicht aus der Luft gegriffen. Selbst Sylvain Merlin, Maries Ehemann und ihr Lehrer, hatte ihren Verdacht geteilt und sich extra einige Schriften und Zeitungen aus Europa kommen lassen, um diese Thematik im Unterricht mit ihr durchzusprechen.

Doch die häufigen Treffen ihres Vaters mit Carl Schurz, der sich, wie sie jetzt wusste, für die Demokratie stark machte, verwirrten sie erneut. Hatte Mathieu Bouchardon Recht? Waren ihr Vater und Carl Schurz Teil einer kleinen Keimzelle von Menschen gewesen, die für Deutschland die Demokratie wünschten und dem Adel und der Monarchie im Wege standen? Hatte man sie als Gegner, sogar als potenzielle Verräter gesehen und ihren Vater, gemeinsam mit seiner Frau, deshalb beiseite geräumt? Toni schloss die Augen und lehnte ihre erhitzte, schmerzende Stirn gegen die kühle Säule.

Man hatte ihr gegenüber immer von einem Unfall gesprochen. Doch was war unter einem Unfall zu verstehen? Toni wusste nur, dass ihre Eltern mit einem Landauer unterwegs gewesen waren, als sie den Tod fanden.

Allerdings hatte sie, nachdem sie älter geworden war, nicht mehr an die Theorie eines Unfalls glauben können, denn ein solcher hätte niemals Grund geboten, sie in der Eile und mit der Heimlichkeit, mit der damals ihre Abreise vonstatten gegangen war, aus Deutschland und sogar aus Frankreich fortzuschaffen. Jetzt durfte sie sich allerdings sicher sein, dass ihre Eltern durch die politischen Unruhen von '49 ums Leben gekommen waren.

Sie hob den Kopf und blickte erneut zu den hell leuchtenden, tröstlichen Lichtpunkten am schwarzen Himmel hinauf und ein kleines Lächeln schlich sich auf ihre Lippen. Ihr Vater hatte sich für ein demokratisches Land eingesetzt, in welchem allen Menschen das Recht zugestanden wurde, seine Volksvertreter zu wählen. Er wollte etwas gegen die hohen Abgaben des Volkes an den Adel unternehmen, wollte erreichen, dass auch Kinder aus ärmeren Familien eine gute Schulbildung erhielten und dass jeder Mensch einen Beruf ergreifen konnte, der seinen Gaben entsprach.

Dem Gefühl der Liebe zu ihren Eltern, welches sie in diesem Augenblick heftig überrollte, folgte eine heftige Welle von Verzweiflung und Schmerz, die ihren Körper zu zerreißen drohte.

„Was ist denn nur wirklich geschehen?", murmelte sie zu den Sternen hinauf. Tränen lösten sich aus ihren Augen und liefen über die blasse Wange hinab. „Was ist nur mit ihnen geschehen, Herr? Was wird mit mir geschehen?", flüsterte sie und schloss, den Kopf noch immer in den Nacken gelegt, die Augen.

Mathieu Bouchardon stand bewegungslos im Türrahmen und betrachtete die schmale Gestalt, die sich auf der obersten Stufe niedergelassen und gegen die im Mondlicht hell schimmernde Säule gelehnt hatte.

Ihre Haltung spiegelte ihren Schmerz wider, den er – zumindest ein Stück weit – nachvollziehen konnte. Auch er hatte in jungen Jahren seine Eltern verloren, und obwohl er von seiner älteren Schwester und seiner Großmutter aufgezogen worden war, hatte er es nie verwunden, diese wichtigen Menschen so früh verloren zu haben. Jahrelang war er ziel- und planlos durch sein Leben geirrt, und New Orleans war nicht gerade der Ort, an dem dies spurlos an einem jungen Mann vorüberging.

Eines Nachts war er von einem jüdischen Rabbi vollkommen betrunken in einer Gasse aufgefunden worden, und erst die wenigen

Tage, die er in der Familie des Mannes verbracht hatte, hatten seinen Blick dahingehend geschärft, dass sein Leben ein kostbares Geschenk war und er einen Weg würde finden müssen, dieses sinnvoll zu gestalten.

Antoinette bewegte sich, doch noch immer blieb sie auf der Stufe sitzen. Im fahlen Licht des Mondes konnte er die Tränen auf ihrem Gesicht erkennen, und einen Moment lang dachte er daran, zu ihr zu gehen und sich neben sie zu setzen. Doch er wagte es nicht und das Gefühl in seinem Inneren schwankte zwischen Verzweiflung und Ärger über sich selbst. Er musste sich unbedingt von diesem Mädchen fern halten. Sie verwirrte und faszinierte ihn mehr, als er es sich eingestehen wollte, und das war nicht gut für ihn.

Er hatte noch immer in der Organisation seine Aufgaben zu erfüllen, und eine Frau wie Antoinette, die zwar nicht aus New Orleans stammte, sich aber vollkommen in das System dieser Stadt eingefügt hatte, würde nicht zu ihm passen. Nein, Antoinette de la Rivière war keine Frau für ihn. Die Tochter von Heinrich Eichenheim hätte es vielleicht sein können, doch diese würde sich vermutlich vehement gegen das hier im Süden herrschende System aufgelehnt haben. Antoinette jedoch war seit dem Tag, an dem sie zum ersten Mal den Boden von New Orleans betreten hatte, zu einer jungen kreolischen Dame erzogen worden, die die Vorzüge und die Regeln der hier herrschenden Aristokratenschicht genoss. Die Antoinette Eichenheim, die sie vielleicht hätte werden können, gab es nicht.

Obwohl es ihn schmerzte, die junge Frau dort so verzweifelt zu sehen, wusste er, dass er ihr nicht würde helfen können. Das musste jemand anderes tun.

Mathieu wandte sich ab und ging über die Veranda zu einem Seitentor des schmiedeeisernen Zaunes, um das Anwesen zu verlassen.

Kapitel 11

Zwei Wochen nach Isabelles Hochzeit betrat Toni das große Haus der Fouriers und wurde von Andrés Mutter freundlich begrüßt.

„Mademoiselle de la Rivière. Ich habe schon gewagt, einen kurzen Blick in unseren kleinen Garten zu werfen. Ich bin begeistert. Sie haben ein wahres Wunder bewirkt. Ich werde die vertraute Umgebung der St.-Louis-Kathedrale tatsächlich kaum vermissen. Sophie wird begeistert sein, wenn sie heute Nachmittag aus dem Salon in den Garten treten und sehen wird, welch wunderbare Kulisse Sie für ihre Trauung gezaubert haben."

„Danke, Madame Fourier. Ich hoffe so sehr, dass es Sophie gefallen wird. Zum einen, weil sie in Bezug auf Andrés Idee von einer Trauung hier im Garten noch immer ein wenig skeptisch ist, zum anderen, weil dies mein ganz persönliches Hochzeitsgeschenk für Sophie sein soll."

„Sie haben nichts zu befürchten, Mademoiselle de la Rivière. Die Familie, alle Gäste und allen voran Sophie werden hingerissen sein."

„Vermutlich wird Sophie vor lauter Begeisterung sogar vollkommen ihren Bräutigam vergessen", lachte André, der die Treppe herunterkam und Toni mit einem kräftigen Händedruck und einem vergnügten Zwinkern in den Augen begrüßte.

„Das wird sie sicher nicht, André", lachte Toni.

Gemeinsam verließen sie das Haus, um die letzten Handgriffe an der Dekoration für die Trauung durchzuführen. Die junge Frau blickte sich zufrieden um. Einige der fast garstig anmutenden Hecken hatte sie entfernen und dafür blühende Rosenbüsche einsetzen lassen, die diesen etwas gewagten Umzug wunderbar überstanden hatten. Vom Salon bis zu einem kleinen, weißen Pavillon, den Toni von der Familie Fourier erbeten hatte und in welchem die Trauzeremonie stattfinden sollte, flankierten weiße, mit zartem Grün geschmückte Holzbögen den Weg. Der Pavillon selbst war mit zartrosa und weißen Rosen sowie mit reichlich grünem Efeu geschmückt worden, sodass es so wirkte, als habe er bereits seit Jahren seine Heimat in diesem kleinen Garten. Entlang des gusseisernen Zaunes war das Gebüsch zurückgeschnitten worden, damit die schönen, schlanken Weißbirken mit ihren elastischen, tief herabhängenden Zweigen und den kleinen grünen Blättern wunderbar zur Geltung kamen. Auf der Wiese waren zwei Sklaven soeben dabei, die mit Rosen und grünen Bändern geschmückten weißen Holzstühle für die Gäste aufzustellen.

Alles war genau so, wie Toni es sich vorgestellt hatte, und auch André war vollauf zufrieden. Er wandte sich Toni zu und erklärte: „Als ich Sophie um ihr Einverständnis gebeten habe, die Zeremonie nicht in der Kirche, sondern in unserem Haus stattfinden zu lassen, habe ich nicht von einem solchen Rahmen für unsere Trauung zu träumen gewagt. Meine Mutter hat vollkommen Recht. Sophie wird begeistert sein, und ich vermute, auch ein Großteil der geladenen

Gäste. Ich bin es auf jeden Fall und ich halte dich für eine Künstlerin, Antoinette."

„Danke, André. Ich hoffe, ich kann ein wenig dazu beitragen, dass dieser Tag heute für euch beide der wunderschönste in eurem Leben wird."

Toni strahlte André an, und dieser lächelte zurück, bereits eine deutliche Spur von Nervosität zeigend. „Dies wird mit Sicherheit ein wunderschöner Tag, Antoinette. Und ich bete dafür, dass jeder weitere noch ein wenig schöner sein wird."

Toni nickte und drückte für einen kurzen Augenblick Andrés linke Hand. In den wenigen Tagen, an denen sie gemeinsam geplant und sogar miteinander für die Hochzeit eingekauft hatten, waren sie – soweit es die strengen Etiketteregeln dieser Gesellschaft zuließen – so etwas wie Freunde geworden. Toni begann André sogar fast wie einen Bruder zu sehen, und sie freute sich immer mehr darüber, dass Sophie einen so wunderbaren, ehrlichen, aber auch durchaus bodenständigen Mann für sich hatte gewinnen können. „Ich muss zurück, André, um mich auch noch für die Hochzeit vorzubereiten. Die nächsten Stunden wirst du ohne mein ablenkendes Geplapper und ohne meine langen Vorträge über meine Vorstellungen bezüglich der Dekoration auskommen müssen. Eigentlich sollte ja nun dein Trauzeuge fürsorglich und helfend an deiner Seite stehen, doch es scheint fast so, als habe dieser seit Isabelles Hochzeit das Land verlassen."

„Mathieu? Nein. Er ist noch hier. Er hat sich in den vergangenen Tagen ein wenig intensiver um seine Großmutter gekümmert und wohl endlich seine Bücher aus seiner Reisetasche ausgepackt. Er hatte zu lernen, also urteile nicht zu hart über meinen nicht anwesenden Trauzeugen."

Toni grinste den Bräutigam an, der verwundert über den Schalk in ihren Augen auf eine ungewohnt freche Antwort der liebenswürdigen jungen Dame wartete. „Ihm sei verziehen. Nathalie Bouchardon verdient jede Aufmerksamkeit, die sie erhalten kann, und zu lernen hat sicherlich noch niemandem geschadet."

Toni drehte sich vor ihrem Spiegel langsam im Kreis und beobachtete, wie der blaue Seidenstoff, der von einer feinen Lage Organza mit dunkelblau bestickten Rosen überdeckt wurde, in vielfältigen Farbschattierungen schimmerte. Im Rücken der schmalen Taille lag eine zarte Schleife, deren Schärpe bis fast auf den Boden hinunterreichte und einen Teil der unzähligen kleinen, silbernen Knöpfe im Rückenteil verdeckte.

Toni drehte sich ein weiteres Mal, was ihr ein amüsiertes Lächeln von Caro einbrachte. Schließlich schüttelte sie den Kopf. „Sophie hat sich selbst übertroffen, findest du nicht auch, Caro? Ich habe noch niemals ein schöneres Kleid besessen. Dieses wunderbare tiefe Blau ist durch nichts zu übertreffen. Ich liebe dieses Kleid, das sie für uns Brautjungfern und für die Blumenmädchen hat anfertigen lassen!"

„Es bringt ihren schönen hellen Teint, ihre schwarzen Haare und die dunklen Augen hervorragend zur Geltung. Keine der anderen Brautjungfern wird so hervorragend aussehen wie Sie."

„Nun übertreibe nicht, Caro", wies Toni ihr Mädchen sanft zurecht und setzte sich wieder auf ihren Frisierstuhl vor den Spiegel, damit das Mädchen ihr die Haare aufstecken konnte. Diese wurden ebenfalls mit einigen schmalen, dunkelblauen, mit Rosen bestickten Bändern geschmückt und schließlich zog Toni die von Caro entgegengehaltenen Handschuhe über.

„Wunderschön, Mamselle. Sie werden bestimmt die Nächste sein, die vor den Traualtar geführt wird. Obwohl Michie Raphael diesen armen Monsieur Wiese ein zweites Mal fortgeschickt hat."

Toni wandte sich um. Das Lächeln war aus ihren Zügen verschwunden.

„Max war in New Orleans?"

„Sie wussten es nicht, Mamselle? Das dachte ich mir schon. Dieser Mann aus Charleston war vor zwei Tagen hier. Er hat noch einmal gebeten, Ihnen den Hof machen zu dürfen. Er will Sie heiraten."

„Und mein Patenonkel hat ihn weggeschickt, ohne mich zu informieren?"

„Er möchte Sie nicht außerhalb von New Orleans wissen. Das jedenfalls hat er diesem Maximilian gesagt. Ich habe aber nicht den Eindruck, dass dieser sich damit zufrieden gibt. Er wird sicher wiederkommen."

Toni wandte sich ab und betrachtete erneut ihr Spiegelbild. Sie wollte Maximilian nicht heiraten. Aber ein seltsames Drängen in ihrem Inneren sagte ihr, dass es nicht richtig von ihrem Onkel gewesen war, den vermutlich eigens ihretwegen angereisten Mann einfach fortzuschicken, ohne diesem die Möglichkeit zu geben, mit ihr zu sprechen. „Ich könnte ihm selbst sagen, dass ich nicht vorhabe, ihn zu heiraten. Vielleicht würde Max es dann akzeptieren."

„Michie Raphael sagte dem Mann, es sei Ihr Wunsch, ihm dies auszurichten."

„Das hat mein Patenonkel gesagt? Wie kommt er denn dazu?" Aufgebracht fuhr Toni herum, doch Caro legte warnend den Zeigefinger auf die Lippen. „Regen Sie sich bitte nicht auf. Er ist nun einmal Ihr Vormund und darf entscheiden. Sicher will er nur Ihr Bestes. Deshalb möchte er verhindern, dass Sie New Orleans verlassen. Hier kann er auf Sie aufpassen."

„Das ist gut gemeint. Mir behagt nur der Weg und vor allem diese Schwindelei nicht. Er hat nicht ein Wort mit mir darüber gewechselt. Woher will er wissen, dass ich Max nicht heiraten möchte?"

„Ihr *Parrain* will es verhindern – eben weil er sich für Sie verantwortlich fühlt."

„Du meinst, er fürchtet, ich würde mich für Max entscheiden?"

„Die anderen jungen Frauen in Ihrem Alter heiraten jetzt nach und nach. Er wird fürchten, dass Sie ihn zu einer Entscheidung für diesen Maximilian drängen."

Toni winkte ab. Sie nahm sich vor, bei Gelegenheit mit ihrem Patenonkel über diese Angelegenheit zu sprechen, doch nun galt es, mit der inzwischen bereitstehenden Kutsche zum Haus der Fouriers zu fahren, um der dort wartenden Sophie beizustehen.

Caro trug vorsichtig Tonis Utensilien aus dem Zimmer, über den Flur und die Stufen hinunter, und die junge Frau folgte ihr ein wenig langsamer, darum bemüht, den Seiden- und Organzastoff, der sich über die Krinoline und die Unmengen von spitzenbesetzten Unterröcken legte, so weit in die Höhe zu raffen, dass sie ungehindert die Stufen in das Erdgeschoss hinuntergehen konnte.

Toni sah sich suchend um, doch von der Familie Leroux hielt sich niemand in der Halle, in dem angrenzenden Salon oder auf der vorderen Terrasse auf. Achselzuckend ging sie auf den Hauptausgang zu und ließ sich von einem der bereitstehenden Hausdiener die schwere Tür öffnen. Niemand schien ihre frühe Abfahrt zu beachten, und wieder einmal musste sich Toni schmerzlich bewusst machen, dass sich kein Mitglied der Familie Leroux sonderlich für sie zu interessieren schien.

Jules hatte einen netten, wenn auch oberflächlichen Umgang mit ihr gehegt, bevor er nach West Point gegangen war, und Raphael Leroux wurde seiner Aufgabe als fürsorglicher Patenonkel gerecht, doch wirkliche Zuneigung hatten Toni und er nie zueinander entwickeln können. Einzig zu Dominique schien sie eine gewisse Beziehung aufgebaut zu haben, wenn auch diese nicht unbedingt von Herzlichkeit geprägt war. Toni stieg vorsichtig die wenigen Stufen hinunter und durchschritt den Vorgarten, wobei der Saum ihres Kleides leise raschelnd über die Pflastersteine strich. Sie verließ die Auffahrt durch das Tor, trat an die wartende Equipage heran und bemerkte, wie sich Caro eilig von Claude, dem Kutscher, trennte. Claudes Gesicht wurde um eine Nuance dunkler, als er eilig zur Fahrzeugtür huschte, um diese zu öffnen und zuerst Toni und anschließend Caro hineinzuhelfen.

Als sich die beiden jungen Frauen in dem Gefährt gegenübersaßen und sich die Tür schloss, lächelte Toni ihr Mädchen an. „Du und Claude also, Caro?"

„Ist das schlimm, Mamselle?", fragte Caro ängstlich.

„Schlimm? Aber Caro! Das ist schön! Ich freue mich für dich und Claude."

Caros dunkle Augen leuchteten hoffnungsfroh auf. Toni sah es und lächelte fröhlich zurück.

Als die Kutschpferde mit einem heftigen Ruck anzogen, schaute Toni aus dem Fenster hinaus und sah neben der Eingangstür gerade noch eine weibliche Gestalt in einem aufwendigen Mousseline-Kleid, die leicht gebeugt dastand.

„Warte bitte, Claude!", rief Toni und öffnete die Kutschentür von innen.

Bevor es dem jungen Kutscher gelang, den Kutschbock wieder zu verlassen, hatte Toni das Fahrzeug verlassen und strebte erneut den Weg entlang und die Treppe hinauf. Toni trat neben die schwankende, heftig würgende Frau und erkannte Dominique, die erschrocken zusammenzuckte und sie unter verquollenen Augen ansah.

„Du bist krank, Dominique. Willst du in diesem Zustand tatsächlich auf die Hochzeit gehen?"

„Ich bin nicht krank, naive Antoinette. Ich bin schwanger."

Toni hob die Augenbrauen. Dann erstrahlte ihr Gesicht vor Freude. Fürsorglich ergriff sie die junge Ehefrau an den Schultern und zog sie in den Schatten eines Magnolienbaumes. „Was für eine wunderbare Nachricht, Dominique! Möchtest du denn nicht auf deinen Mann warten, damit er sich um dich kümmern kann?"

„Er sich um mich kümmern?"

„Aber er muss doch deinen Zustand bemerkt haben!" Toni blickte Dominique verwirrt an und registrierte den verbitterten Zug um den Mund der schlanken, kränklich wirkenden Frau. War Louis Poirier zu beschäftigt, um zu bemerken, dass es seiner Frau nicht gut ging? Warum nur hatte Dominique ihrem Mann noch nicht mitgeteilt, dass sie Nachwuchs erwartete?

„Nimmst du mich bitte mit, Antoinette? Wenn Louis mich so

sieht, wird er mir sicherlich verbieten, zu der Hochzeit zu gehen. Er ist ja so besorgt, dass ich zu schwach sein könnte, um ihm bald einen Sohn zu schenken. Wenn er erfährt, wie es mir geht, wird er mich vermutlich auf die Plantage bringen lassen, wo ich dann monatelang alleine herumsitzen kann."

Toni presste die Lippen aufeinander, als die Worte nur so aus Dominique herausströmten. „Komm, Dominique", sagte sie, legte einen Arm um die schmale Hüfte der jungen Frau und begleitete sie zur Kutsche, wo sie sich von Claude beim Einsteigen helfen ließen.

Toni setzte sich neben Caro, damit die angeschlagene Dominique vorwärts fahren konnte. Diese dankte ihr die Aufmerksamkeit mit einem nahezu schüchternen Lächeln. „Du solltest dich dennoch schonen", wagte Toni der werdenden Mutter zu empfehlen. „Ich werde ein wenig auf dich Acht geben müssen, Dominique."

„Lieber du als Louis", hauchte die Angesprochene.

Nachdenklich wandte Toni sich dem Fenster zu. Sie wollte sich nicht in die Ehe von Dominique und Louis Poirier einmischen, doch sie spürte deutlich, dass die Probleme der beiden über das normale Maß an Unsicherheit und Anfangsschwierigkeiten hinausgingen, denen sich ein frisch vermähltes Paar, das sich zudem nur wenig kannte, unweigerlich stellen musste.

Toni verstand Louis' Sorge um seine zarte Frau und seinen Wunsch, bald einen Erben vorzeigen zu können, aber dieses Verständnis war begleitet von einem unangenehmen, schalen Beigeschmack, hatte Louis doch bereits einen Sohn mit seiner *Plaçée*. Dieser kam jedoch auf Grund seiner Herkunft nicht als Erbe infrage.

Toni schüttelte fast unmerklich den Kopf. Die farbigen Frauen gaben sich für diese Art der Prostitution her, um ihren alt gewordenen Müttern und ihren Familien das Überleben zu sichern. Doch welches Leid und Unglück sie damit über sich wie auch über die Familien der Männer brachten, die sie zu ihren Frauen erklärten, schmerzte Toni. Gott hatte die Ehe unter seinen persönlichen Schutz und Segen gestellt, doch diese Gesellschaftsform, die hier scheinbar ohne Gewissensbisse und ohne moralische Bedenken nicht nur toleriert, sondern akzeptiert und als normal gesehen wurde, schien diesem besonderen Segen Hohn zu lachen.

„Sophie hat wunderschöne Brautjungfernkleider nähen lassen", versuchte Dominique ein Gespräch zu beginnen.

Toni riss sich aus ihren düsteren Gedanken und lächelte ihr Gegenüber höflich an. „Sophie hat einen ausgezeichneten Geschmack. Ich bin unendlich gespannt auf ihr Hochzeitskleid."

„Leider besitzt die Arme nicht die Figur, um ein Hochzeitskleid wirklich würdevoll zur Geltung kommen zu lassen."

„Sophie ist ein wenig kräftig gebaut, doch sie ist ein wunderbarer, liebenswerter Mensch, und das allein zählt für André." Toni runzelte die Stirn und ihr Lächeln verschwand. Sie akzeptierte es nicht, dass ihre Freundin gedemütigt wurde, und ärgerte sich ein wenig über Dominiques überhebliche Art.

„Nun, ich hoffe, Sophie wird einen wunderschönen Hochzeitstag erleben", lenkte Dominique ein. „Ich jedenfalls freue mich darauf, den Garten der Fouriers zu sehen, für den du in den vergangenen Tagen so viele Anstrengungen auf dich genommen hast."

Toni wollte Dominique erklären, dass sie zwar die Planungen und Einkäufe, jedoch nur sehr wenige der tatsächlich anstrengenden Arbeiten übernommen hatte, doch sie unterließ es. Die junge Frau wusste es sicher ohnehin und honorierte schlicht und einfach die Mühe und die vielen Stunden, die sie auf deren Ausführung verwandt hatte.

Nach kurzer Fahrt erreichten sie das Anwesen der Fouriers. Bevor sie das Haus betreten konnte, musste Dominique sich ein weiteres Mal übergeben, und Toni fragte sich, ob es wirklich richtig gewesen war, die Schwangere mitzunehmen.

„Mir geht es gut, Antoinette. Mache dir meinetwegen bitte keine Gedanken", flüsterte Dominique beinahe flehend und richtete sich wieder auf.

Madame Fourier begrüßte Dominique und Toni beinahe überschwänglich. Sie trug eine dunkelviolette Samtrobe und glitzernde Diamanten in den aufgetürmten Haaren. Ihr war die Vorfreude auf das Fest, aber auch eine gehörige Portion Unsicherheit abzuspüren. Toni hätte Andrés Mutter am liebsten in die Arme genommen und ihr versichert, dass ihr Sohn die beste Wahl getroffen hatte, die er hatte treffen können.

„Sophie erwartet Sie oben im Brautzimmer, Mademoiselle de la Rivière. Sie war bereits über die Ausstattung dieses Raumes voller Begeisterung. Wie wird sie dann erst auf den Garten reagieren?" Madame Fourier rauschte davon, und die mit Volants ausgeschmückte Schleppe ihres Kleides raschelte über den Steinboden, als wolle selbst das Kleid seine Aufregung ob dieses besonderen Festtages ausdrücken.

Toni nickte Dominique zu, die bis zum Beginn des Festes eines der Gästezimmer aufsuchen würde, und ging langsam die Stufen in den ersten Stock hinauf, den Gang entlang zu dem Zimmer, das extra für die Braut hergerichtet worden war. Auch diesen Raum hatte Toni mit viel Grün und mit zartrosa und weißen Rosen dekoriert. Inmitten dieser Pracht stand Sophie auf einem Schemel und ließ sich gerade von ihrem Mädchen Florence das Kleid im Rücken schließen.

Toni blieb staunend stehen. Der Schnitt des Brautkleides war dem der Brautjungfern sehr ähnlich, nur dass über die Schultern ein weit aufgeworfener Kragen spitz zur Taille hinunterfiel, sodass die üppige Oberweite und die rundlichen Hüften kaschiert wurden. Das Kleid war aus reiner, weißer Atlasseide und mit zartem, ebenfalls rosenbesticktem, cremefarbenem Organza bedeckt. Die fülligen, langen blonden Haare der Braut wallten noch offen über ihren Rücken und reichten fast bis zur Hüfte. Sophies Augen blitzten glücklich auf und eine zarte, aufgeregte Röte lag über ihrem schön geschnittenen, rundlichen Gesicht, als sie ihre Freundin anlächelte.

„Benjamin West hätte sich für diesen Anblick duelliert, Sophie! Du bist wunderschön."

„Und du erst. Ich wusste, dass dieses Kleid perfekt zu dir passen würde."

„Ich bin heute nicht wichtig, Sophie. Du und André, ihr solltet diesen Tag genießen. André kann sich so glücklich schätzen, dich zur Braut zu haben."

Sophies Gesichtszüge verdunkelten sich und sie legte in einer anmutigen Geste beide Hände an ihre Wangen. „Ich habe noch immer Angst, aus einem wunderschönen Traum zu erwachen, Toni."

„Das ist kein Traum, Sophie. André liebt dich und er wird dich heute heiraten."

„Und wenn er es sich anders überlegt?"

„Dann werde ich ihn persönlich zu einem Duell fordern", scherzte Toni.

Sophie stieg von dem Hocker und ließ Florence darauf klettern, damit diese ihre Haarfülle zu einer schönen Frisur aufstecken konnte, in welcher dann der Schleier befestigt wurde. „Bekommst du nicht auch ein wenig Lust, es mir und den anderen Mädchen nachzumachen?"

Toni wandte sich dem Fenster zu und blickte auf die Straße hinunter. Unzählige Kutschen trafen inzwischen ein, und die festlich gekleideten Hochzeitsgäste schlenderten die Auffahrt hinauf, um von den Hausdienern eingelassen und zu ihren Plätzen im Garten gebracht zu werden.

Ihre Gedanken kreisten um Eulalie, die keinen Schritt ohne die Erlaubnis ihres Mannes tun durfte und von ihm ununterbrochen auf ihre Fehler in der Erziehung ihrer Kinder hingewiesen wurde. Und um Dominique, die offenbar sehr schnell aus ihrem Traum vom perfekten Leben an der Seite von Louis Poirier erwacht war und sich heute beinahe heimlich zu dieser Hochzeit geschlichen hatte.

Toni schüttelte sachte den Kopf. Sie wusste, dass die Ehen von Dominique und Eulalie schwierig verliefen. Hoffnungslos unglücklich konnte man sie jedoch auch nicht unbedingt nennen und auf keinen Fall war ihr Beispiel auf alle Ehen anzuwenden, doch sie hatte für sich entschieden, einen anderen Weg zu gehen. Das verbitterte Gesicht von Rose Nolot erschien in ihrer Vorstellung und für einen schmerzlichen Augenblick schloss sie die Augen. So wie diese wollte sie auch nicht werden, und doch wusste sie, dass Einsamkeit schrecklich an einem Menschen nagen konnte.

„Toni?“

Die Angesprochene vertrieb alle düsteren Gedanken und wandte sich der besorgt dreinblickenden Braut zu. „Wenn ich einen Mann wie deinen André finden würde, könnte ich es mir tatsächlich überlegen, Sophie.“

„Du hättest mir André leicht wegnehmen können, Toni.“

„Rede keinen Unsinn. André wusste sehr genau, was er wollte, und das warst du.“

„Andrés Freund Mathieu ist André nicht unähnlich.“

„Bitte, Sophie. Du hast mir versprochen, mich nicht unter die Haube bringen zu wollen. Außerdem ist Mathieu Bouchardon deinem André nicht ein bisschen ähnlich. Er ist weder ein Gentleman noch bodenständig. Vielmehr scheint er mir ein Luftikus zu sein. Zudem hegt er eine ausgesprochene Vorliebe für die Amerikaner.“

Sophie lachte über Tonis enthusiastisch hervorgebrachte Erläuterung, worauf sie sogleich von Florence freundlich darauf hingewiesen wurde, dass sie stillhalten müsse. „Ich hatte bislang nicht den Eindruck, dass du der vorherrschenden Meinung der Leute hier im *Vieux Carré* bezüglich der Amerikaner beipflichtest. Also erzähle mir keine Geschichten.“

Diesmal war es an Toni, fröhlich aufzulachen, ehe sie sich erneut dem Fenster zuwandte. Die Familie Leroux war eingetroffen und mit ihr Louis Poirier. Zornig dreinblickend entstieg er der Kutsche. Toni biss sich auf die Unterlippe und fuhr sich mit dem Zeigefinger über das Kinn. Monsieur Poirier schien um Dominique tatsächlich sehr besorgt zu sein.

„Haben wir etwas angestellt, Mademoiselle de la Rivière?“, fragte Sophie mit leichtem Spott in der Stimme. Toni erzählte ihr von

Dominique und Sophie seufzte leise auf. „Selbstverständlich macht sich Louis Poirier um seine schwangere Frau Gedanken, Toni. Immerhin trägt sie seinen Erben unter ihrem Herzen.“ Sophie blickte ihre Freundin mit einem Ausdruck tiefster Traurigkeit an.

Toni verstand, was sie andeutete, ohne es jedoch aussprechen zu wollen. Louis Poirier hatte eine Frau, eine Mutter für seine legitimen Kinder benötigt, denn seine große Liebe war eine *Plaçée*, deren Sohn er niemals in der Öffentlichkeit würde vorzeigen können. Und der Junge würde auch niemals das Recht besitzen, Herr über die großen Ländereien und die dazugehörigen Häuser und Geschäfte zu werden. Tonis Herz litt für Dominique, und ihr ausgeprägter Gerechtigkeitssinn brachte einen Zorn über die Ungerechtigkeiten zutage, die zum einen Dominique, aber auch dem kleinen, farbigen Jungen und dessen Mutter angetan wurden.

Florence hatte ihr Werk schließlich beendet und reichte Sophie ihre Handschuhe, die diese jedoch noch nicht überzog. Die junge Braut ging auf Toni zu und ergriff sie an der Hand.

„Mein Hochzeitsgeschenk für dich und André ist der Rahmen eurer Trauung und des anschließenden Festes, Sophie“, sagte Toni. „Ich hoffe sehr, ich habe deinen Geschmack getroffen.“

„Das hast du bestimmt. Andrés Mutter hat mir heute schon so vorgeschwärmt, ohne mir jedoch den kleinsten Blick nach draußen zu gestatten.“ Sophies Stimme verriet deren langsam steigende Aufgeregtheit. „Ich habe übrigens auch ein kleines Geschenk für dich, Toni. Ich habe Marie und Sylvain Merlin eingeladen. Leider musste sich dein Lehrer entschuldigen lassen. Ich glaube, er ist gesundheitlich nicht ganz auf der Höhe, doch deine Marie wird kommen, und ich freue mich darauf, sie auch einmal ein wenig besser kennen lernen zu können. Wenn sie deine Freundin ist, kann sie mir nur sympathisch sein.“

„Das ist eine schöne Geste, Sophie. Ich danke dir dafür.“ Tonis Lächeln fiel ein wenig kläglich aus, was die ansonsten so aufmerksame Sophie diesmal jedoch übersah. Sicherlich hatte Sylvain leichte Beschwerden zum Anlass genommen, sich entschuldigen zu lassen, denn heute würden viele der einflussreichsten Männer dieser Stadt und somit auch Plantagenbesitzer mit fluchtbereiten Sklaven auf dieser Hochzeitsfeierlichkeit zugegen sein. Diese Gelegenheit galt es zu nutzen.

Ein Klopfen an der Tür ließ die beiden aufsehen. Florence öffnete, und ein Hausdiener murmelte leise, aber so, dass sie es ebenfalls hören konnten: „Die Gäste, der Bräutigam und der Brautvater sind bereit.“

Sophie wollte sich ihre Handschuhe überziehen, doch Toni, die noch immer deren kräftige Hände in ihren schmalen hielt, hinderte sie daran. „Sophie, ich wünsche dir und André auf eurem gemeinsamen Lebensweg Gottes Segen."

Sophie sah Toni ernst an. „Es ist das erste Mal, dass ich nicht dieses leicht unangenehme Gefühl empfinde, wenn du so offen von Gott sprichst, Toni. Vermutlich liegt es daran, dass ich mir wünsche, dass Gott tatsächlich seinen Segen auf unsere Ehe legen wird."

Der Duft der Rosen lag schwer in der Luft und Mathieu Bouchardon betrachtete intensiv die weißen Blütenköpfe. Der junge Mann hatte den Garten als recht ansehnlich in Erinnerung, doch Antoinette de la Rivière hatte ein Paradies daraus geschaffen, und das mit nur wenigen – laut André nicht einmal sehr kostspieligen – Veränderungen.

Die Musiker, ganz in Weiß gekleidet, hatten neben dem Pavillon Platz genommen und die Gäste begaben sich an ihre Plätze. Die weißen und roséfarbenen Satinbänder an den mit Efeu geschmückten Stühlen flatterten leicht im angenehmen Wind, der – vielleicht dem Hochzeitspaar zu ehren – erstaunlicherweise nicht aus Richtung des Flusses kam und somit nur den berauschenden Duft der Rosen, nicht jedoch die Gerüche des Gewässers mit sich trug.

Mathieu schaute zum Haus hinüber. Unter den Rosenbögen erschien Antoinette de la Rivière, die in einem aufwändigen, dunkelblauen Kleid über die Wiese eilte. Auf halbem Wege zum Pavillon schien der jungen Frau einzufallen, dass sie sich ein wenig langsamer zu bewegen hatte. Sie ließ den aufgerafften Rock los und näherte sich ihm nun in gesitteten, sichtbar gezwungen ruhigen Schritten. Dieses Gebaren entlockte Mathieu ein spöttisches Lächeln, das Antoinette mit einem fröhlichen Strahlen beantwortete.

Der junge Mann trat ein paar Schritte aus dem Schatten des Pavillons hervor, um Antoinette an der Stufe seine Hand anzubieten. Sie nahm diese mit einem dankbaren Nicken und einem Lächeln an, und bei der zarten Gestalt vor ihm gewann Mathieu tatsächlich den Eindruck, als könne sie diese Schwelle ohne die Hilfe eines starken Mannes unmöglich bewältigen. Als Toni in dem Pavillon stand, ließ er ihre behandschuhte Hand eilig wieder los.

Wie es für die beiden Trauzeugen vorgesehen war, stellten sie sich nebeneinander, während die Musiker zu spielen begannen. Der angehende Jurist wagte einen heimlichen Seitenblick auf die Frau neben sich und spürte deutlich einen nicht zu unterdrückenden Schmerz, als er daran dachte, dass es vermutlich nicht mehr sehr lange dauern würde, bis ein anderer Mann Antoinette die Hilfe und den Schutz würde zukommen lassen, den die zierliche Person dringend gebrauchen konnte. Es war tröstlich für ihn, dass er zu diesem Zeitpunkt viele Meilen entfernt bei seiner Schwester sein würde und vermutlich erst Wochen später durch einen Brief seines Freundes André erfahren musste, dass Antoinette de la Rivière trotz der Gerüchte, die aufgetaucht waren, verheiratet war.

Ein Raunen ging durch die Menge der Wartenden, die inzwischen alle ihre Köpfe erwartungsvoll nach hinten gedreht hatten, als der Brautvater die Terrassentür öffnete, um seine Tochter herauszugeleiten. Antoinette trat zwei Schritte nach vorne, um Sophies Reaktion beim Anblick des Gartens erhaschen zu können.

Die Braut blieb einen kurzen Augenblick lang einfach nur stehen, den angebotenen Arm ihres Vaters ignorierend. Ihr Blick glitt über die Rosenbüsche, die geschmückten Gartenstühle, die weißen Rosenbögen und schließlich zum Pavillon, um dort ihrer Freundin ein aufgeregtes und zugleich dankbares und anerkennendes Lächeln zu schenken.

Mathieu hörte die junge Frau neben sich erleichtert aufatmen.

Eine Stunde später lehnte Mathieu mit dem Rücken am Stamm einer der Weißbirken und drehte seinen Champagnerkelch zwischen den Fingern. Die dunkle Schleife um seinen Hals hatte er bereits unauffällig gelockert und auch der oberste Hemdknopf des gestärkten Kragens war nicht mehr geschlossen.

Neben ihm tippten einige junge Mädchen mit den Füßen den Takt zu der fröhlichen, schnellen Melodie auf den Boden, ungeduldig darauf wartend, endlich tanzen zu dürfen. Doch noch war es nicht so weit, und amüsiert beobachtete Mathieu, wie einige von ihnen der jungen Pianistin vorwurfsvolle Blicke zuwarfen, als sie von einem Schubert-Stück in ein weiteres, ausgesprochen temperamentvolles Stück überleitete. Fasziniert beobachtete er, wie die Finger der jungen Frau über die weißen und schwarzen Tasten flogen, und erstaunt stellte er fest, dass sie all diese Stücke spielte, ohne Noten vor sich zu haben.

Mathieus Blick wanderte zu einem etwas abseits der anderen Gäste stehenden Paar, das sich leise, aber wild gestikulierend unterhielt. Es waren Dominique und Louis Poirier. Die junge Frau wirkte ausgesprochen bleich und kränklich. Schließlich winkte Monsieur Poirier das Mädchen Dominiques herbei, und Mathieu beobachtete, wie dieses die junge Ehefrau in Richtung Haus begleitete. Vermutlich hatte Louis seine kränklich wirkende Ehefrau in das ihr zugewiesene Gästezimmer oder sogar nach Hause geschickt.

Antoinette schien inzwischen die mahnenden Blicke der Damen bemerkt zu haben, denen die von ihr dargebotenen temperamentvollen spanischen und ungarischen Stücke missfielen. Sie schloss mit einem ruhigen, getragenen Bach-Stück ab und nahm den begeisterten Applaus der Umstehenden mit einem dankbaren Lächeln entgegen.

Die Pianistin versorgte sich mit einem Glas frisch gepresstem Orangensaft, und mit einem Grinsen beobachtete Mathieu, wie dieses sehr schnell geleert wurde. Dann kam ihre ehemalige Zofe Marie auf sie zu. Leise, aber deutlich aufgeregt gestikulierend redete diese auf ihre Freundin ein. Schließlich nickte Toni, woraufhin Marie ihr das leere Glas aus der Hand nahm und ihr liebevoll über die Wange strich. Ohne sich umzusehen, verschwand Antoinette im Haus, wahrscheinlich um Dominique zur Seite zu stehen.

Der junge Anwalt wandte sich schließlich den Männern zu. Es beunruhigte ihn ein wenig, dass Louis Poirier seine Frau womöglich nach Hause geschickt hatte, denn dies konnte bedeuten, dass auch er das Fest recht früh verlassen würde. Mathieu wusste, dass einer der Mitarbeiter ihrer Organisation heute Abend sehr aktiv sein würde, und fürchtete nun, dass ihm Louis Poirier unter Umständen in die Quere kommen konnte. In jedem Fall würde er die anwesenden Männer sorgfältig im Auge behalten.

Kapitel 12

Toni und Caro stiegen aus der Mietkutsche und strebten auf ein kleines Gasthaus zu, vor welchem sich ausschließlich freie Farbige und Schwarze aufhielten.

„Im oberen Stockwerk ist eine kleine Kammer angemietet, Caro. Dort wirst du bleiben, bis ich zurückkomme. Für Essen und Trinken wird gesorgt sein."

„Mir gefällt das nicht, Mamselle. Was haben Sie denn hier nur zu tun?"

„Ich erkläre es dir ein anderes Mal. Ich habe jetzt keine Zeit. Bleib einfach in dem Zimmer, Caro. Bitte."

„Ich werde nichts anstellen, Mamselle!", versprach Caro und schlängelte sich zwischen den vor dem Gasthaus sitzenden Männern hindurch in das Innere des nicht gerade einladend aussehenden Gebäudes.

Toni wartete, bis sie Caro durch eines der schmutzigen Fenster die steile Treppe nach oben hinaufsteigen sah. Dann wandte sie sich um und umrundete eilig das Gebäude, da sie bereits mit neugierigen Blicken bedacht wurde. Hinter dem Gasthaus befand sich, wie Marie es ihr erläutert hatte, ein kleiner Stall. Vorsichtig öffnete sie die Tür, und beinahe vollkommene Dunkelheit umfing sie, als sie eintrat. Es roch angenehm nach Heu, Leder und Pferden und ein leises Wiehern schien sie freundlich zu begrüßen.

„Wer ist da?", fragte eine schnarrende, sehr alt klingende Stimme. Toni schrak zusammen, obwohl sie von Marie über die Anwesenheit des alten Stallknechts informiert worden war – ebenso wie über die Fragen, die sie zu erwarten, und die Antworten, die sie zu geben hatte.

„Ein Reiter, der ein Pferd benötigt", gab sie zurück und war sich plötzlich gar nicht mehr so sicher, ob sie Maries eilig zugeflüsterte Worte richtig verstanden hatte.

„Für wie lange?", kam die nächste Frage und Toni fühlte sich sofort wieder ein wenig sicherer.

„Bis zum Ende!", entgegnete sie und in diesem Moment wurden die Huftritte eines Tieres auf der kurzen Stallgasse vernehmbar.

„Sie müssen flüstern. Die Leute erkennen sonst Ihre Stimme. Hat man Ihnen das nicht gesagt?", rügte die rasselnde Stimme aus der Dunkelheit heraus. „Gehen Sie in die Kammer und ziehen Sie sich um. In diesem Aufzug können Sie nicht in den Wald. Ich mache Noir für Sie bereit."

Toni betastete das blaue Kleid und nickte. Offenbar hatte Marie ihr in der Eile nicht alle Anweisungen geben können, die sie benötigte. Doch war das nicht verständlich? Ihre Freundin hatte gehört, wie sich einige Männer auf dem Fest darüber unterhielten, dass an diesem Abend auf einer der Landstraßen zu einem abseits von New Orleans liegenden Bayou eine Art Bürgerwehr auf der Lauer lag, um den *Chevalier Mystérieux* abzufangen, der noch immer sein Unwesen trieb, obwohl sie angenommen hatten, ihn im Sommer erwischt zu haben.

Marie wusste ihren Mann irgendwo dort draußen unterwegs, und obwohl er nicht der geheimnisvolle schwarze Reiter war, konnte das für ihn Lebensgefahr bedeuten, sollte er entdeckt werden. Da Marie nicht reiten konnte, war ihr niemand anderes als Toni – die in den letzten Wochen immer mehr in die Strukturen und die Arbeit der Organisation eingeweiht worden war – eingefallen, der Sylvain würde warnen können.

Toni nahm den Hintereingang zum Gasthof, lief eilig die Stufen hinauf und erschreckte Caro so sehr, dass diese einen unkontrollierten Schrei ausstieß.

„Sieh dich um, irgendwo muss es andere Kleidung für mich geben", stieß Toni hervor und öffnete eine Kommodenschublade, die jedoch leer war.

Caro machte sich sofort an die Suche. „Hier im Schrank!", rief sie schließlich und zog ein paar dunkle Hosen, ein graues Hemd und einen weiten, schwarzen Umhang hervor. „Aber das sind Männerhosen – und so groß. Und sie riechen", fügte sie schließlich hinzu und ließ die Kleidungsstücke angeekelt auf den Boden fallen.

Toni verzog das Gesicht und drehte dem Mädchen ihren Rücken zu. „Ich darf jetzt nicht zimperlich sein. Mach mir bitte das Kleid auf und flechte mir die Haare zu einem Zopf."

„Mir gefällt das nicht, Mamselle. Gar nicht", murmelte Caro halblaut vor sich hin, befolgte jedoch die Anweisungen ihrer Herrin.

„Mir auch nicht, Caro. Aber ich habe versprochen zu helfen", entgegnete Toni und ließ das Kleid zu Boden gleiten, um die Krinoline zu entfernen und aus den vielen, spitzenbesetzten Unterröcken zu steigen. Sie hob die dunkle Hose auf und schlüpfte hinein, stellte jedoch sehr schnell fest, dass sie viel zu lang und vor allem zu weit war. „Ich brauche einen Gürtel, Caro. Und gib mir bitte die Stiefel, die dort in der Ecke stehen. Ich werde die Hosenbeine in diese hineinstopfen müssen."

„Diese furchtbaren Kleider müssen Sie anziehen, Mamselle?" Caro schritt eilig durch das Zimmer, um nach einem Gürtel zu suchen, obwohl ihren Worten deutliche Zweifel in Bezug auf Tonis Handeln abzuspüren war.

Es dauerte einige Minuten, bis Toni die Hose um ihre schmalen Hüften befestigt, das lange Hemd in diese gestopft und die Stiefel angezogen hatte. Dann zog sie sich – trotz der draußen herrschenden Wärme – das riesige Cape über und verabschiedete sich hastig von Caro.

Der alte schwarze Stallknecht, der sich seinen breitrandigen Hut tief ins Gesicht gezogen hatte, um sein Gesicht notdürftig zu verbergen, begrüßte sie mit deutlichem Unwillen in der Stimme. Er war sichtlich ungeduldig, und als Tonis Blick auf das Pferd fiel, das er für sie vorbereitet hatte, konnte sie verstehen, weshalb. Es handelte sich um das schwarze, herrliche Tier, das Monsieur Ardant am Strand geritten hatte. Sicherlich wollte der Stallknecht nicht mit diesem Pferd gesehen werden. Wie nur war der Hengst bis nach New Orleans gekommen? Und warum stellte man es nun ihr zur Verfügung?

Ohne Rücksicht auf ihr Zögern zu nehmen, bot der Alte Toni sein Knie, das ihr als Hilfe zum Aufsteigen dienen sollte. Toni schwang sich behände in den Sattel, und registrierte den zweifelnden Blick des Mannes, als das Pferd nervös den Kopf aufwarf. Doch sie ließ sich von dieser unbeherrschten Reaktion des Hengstes nicht beunruhigen.

„Hier ist der Weg zur Hütte aufgezeichnet. Merken Sie ihn sich gut, und vernichten Sie den Zettel, sobald Sie dort sind."

Der Mann gab dem Pferd einen Klaps auf die Flanke, woraufhin sich dieses mit einem gewaltigen Sprung in Bewegung setzte. Während der Hengst kräftig ausschritt, warf die Reiterin einen Blick auf die eilig dahingeschmierte Zeichnung, die ihr in die Hand gedrückt worden war. Erleichtert stellte sie fest, dass sie nicht zurück auf die Straße musste, sondern einen schmalen Feldweg benutzen konnte, der sie schnell in den Wald führen würde.

Toni trieb den Hengst in einen Galopp und atmete erschrocken ein, als dieser mit einem einzigen Sprung gleich mehrere Meter hinter sich ließ und mit scheinbar unkontrollierbarer Wildheit den Pfad entlangdonnerte, als habe er mehrere Tage in seiner dunklen Box verbracht und wolle nun seine neu erlangte Freiheit auskosten. Einen kleinen Moment lang glaubte die Reiterin, das Tier gehe mit ihr durch, doch als sie die Zügel ein wenig strammer nahm, reagierte das Tier sofort, wenn auch mit einem unwilligen Schnauben.

„Gut so, Noir", flüsterte das Mädchen erleichtert.

Wieder warf sie einen flüchtigen Blick auf den zerknitterten Zettel in ihren behandschuhten Händen und prägte sich die vor ihr liegende Strecke ein, ehe sie das Papier in die große Brusttasche des grauen Hemdes schob.

Sie gewährte dem Hengst sein schnelles Tempo, denn sie würde froh sein, den schützenden Wald zu erreichen. Es war noch immer hell, und der jungen Frau war bewusst, dass dieses besondere Pferd zumindest von einigen wenigen Männern dem *Chevalier Mystérieux* zugeordnet werden konnte, und sie wollte deshalb –

und natürlich auch wegen ihres Aufzuges – nur äußerst ungern entdeckt werden!

Schwülwarme Luft schlug ihr aus dem Wald entgegen und raubte ihr einen Moment lang den Atem. Toni verlangsamte das Tempo und strich sich mit dem Ärmel des Hemdes, das sie weit hatte hochkrempeln müssen, den Schweiß von der Stirn. Ihre Haare klebten ihr nass am Kopf, und die unangenehmen Ausdünstungen des Hemdes, das vermutlich ihrem verstorbenen Klavierlehrer gehört hatte, stiegen ihr in die Nase.

Sie befand sich auf einem breiten, offensichtlich häufig benutzten Reitpfad, der zu einigen herrschaftlichen Plantagen und einfacheren Häusern führte.

„Was tue ich hier eigentlich?", murmelte sie halblaut, woraufhin das aufmerksame Pferd beide Ohren nach hinten drehte. „Gib dir keine Mühe, dich an meine Stimme zu gewöhnen, Noir. Dies ist das erste und sicherlich auch das letzte Mal, dass ich auf dir durch diese Wildnis reite."

Mit dem Tier zu sprechen half ihr dabei, sich von der Angst abzulenken, die langsam Besitz von ihr zu ergreifen begann. Jetzt erst wurde ihr in vollem Ausmaße bewusst, worauf sie sich eingelassen hatte. Sie war auf dem Pferd des *Chevalier Mystérieux* unterwegs in die fieberverseuchten Sümpfe, in denen es zudem von wilden Tieren nur so wimmelte, um einen Sklavenschmuggler zu warnen und ihn – unter Umständen mit den geflohenen Schwarzen, die sich ihm anvertraut hatten – vor der Ergreifung zu retten. Außerdem stand nun auch sie in der Gefahr, für den *Chevalier Mystérieux* gehalten zu werden, selbst wenn diese Vorstellung lächerlich sein mochte –, doch immerhin saß sie auf dessen Pferd.

Unwillkürlich zügelte sie den Hengst und drehte sich im Sattel, um die Straße entlang zurückblicken zu können. Weit entfernt konnte sie den hellen Schimmer der bis an den Wald heranreichenden, erntereifen Felder erkennen. Der Weg bis dorthin schien wie ein dunkler Tunnel vor ihr zu liegen. Sollte sie nicht doch noch umkehren und dieser Wildnis und den darin lauernden Gefahren zu entkommen versuchen? Was konnte sie, ein gerade mal sechzehnjähriges Mädchen, dieser Wildnis und vor allem der Bürgerwehr entgegensetzen?

Dunkles Grün hüllte sie ein, und nur hier und da bahnten sich einzelne Sonnenstrahlen ihren Weg durch die Baumwipfel und wiesen darauf hin, dass außerhalb dieses düsteren Waldes tatsächlich noch die Sonne lachte.

Toni dachte an Maries flehenden Blick, mit dem sie ihre Bitte vorgetragen hatte, und mit fest zusammengepressten Lippen und Tränen in den Augen trieb sie das Tier weiter an.

Ängstlich suchten ihre Augen die Weggabelung, die auf ihrer provisorisch angefertigten Karte abgebildet war, doch auf dem schnurgerade verlaufenden Waldpfad war keine zu erkennen. Hatte sie bereits zu Beginn ihres Rittes den falschen Weg eingeschlagen? Doch außer dieser Straße gab es keine andere in der Nähe, und Toni gestand sich ein, dass die eilig angefertigte Karte bei weitem nicht maßstabsgetreu zu nennen war.

„Hilf mir, Herr“, flüsterte sie.

Beunruhigt blickte Sylvain Merlin in den undurchdringlichen Wald hinein und dann wieder auf die Karte in seinen Händen. Er war noch auf dem richtigen Pfad, wenn dieser auch schwer passierbar war.

Schlurfende Schritte hinter ihm machten ihn darauf aufmerksam, dass die barfüßigen Sklaven ihn wieder eingeholt hatten, und mit einem Blick über die kleine Schar trieb er sein Pferd erneut an. Seine Unruhe stieg von Minute zu Minute. Er war Lehrer, kein Abenteurer. Auch wenn er schon seit einigen Jahren für die Organisation arbeitete, so hatte er doch bisher immer nur als Koordinator von New Orleans aus gedient, niemals jedoch hatte er sich sehr weit in die Wildnis dieser sumpfigen Wälder vorgewagt.

Der Tag heute war günstig, die entlaufenen Sklaven eine Station weiter auf ihrem langen und entbehrungsreichen Weg in Richtung Norden zu bringen, doch der Mann, der die Rolle des getöteten *Chevalier Mystérieux* übernommen hatte, musste bei der derzeit stattfindenden Hochzeit Anwesenheit zeigen. Von dieser namen- und gesichtslosen Gestalt hatte er am Vortag in einer dunklen Gasse Anweisungen und diese mit vielen Details ausgearbeitete Wegkarte erhalten. Mit Hilfe dieser Karte hatte er die kleine Familie gefunden, der er nun den Weg wies. Es handelte sich um einen Mann mit seiner Schwester, seiner Frau und einem Kind.

Der kleine Junge, der von seinem Vater in den Armen gehalten wurde, ließ ein leises, quengelndes Geräusch hören und Sylvain schrak zusammen. Er warf einen Blick zurück und die Mutter hob entschuldigend beide Hände in die Höhe. Die Frau wirkte trotz ihres jungen Alters ausgezehrt und verbraucht, und die schwere Arbeit, die sie tagtäglich hatte verrichten müssen, hatte in ihrem Gesicht und an ihrem Körper deutliche Spuren hinterlassen.

„Er hat Hunger, Michie. Eine kleine Pause?“, wagte sie zu fragen.

Sylvain, den es dazu trieb, seine Mission schnell zu beenden, nickte unwillig, was die beiden Frauen und den Mann augenblicklich veranlasste, sich dort, wo sie gerade waren, auf den schmalen Pfad fallen zu lassen. Der Lehrer blieb auf seinem Pferd sitzen. Er wollte die Flüchtigen wissen lassen, dass sie sich nicht sehr lange hier aufhalten durften, und zudem konnte er, solange er auf dem Rücken des großen dunkelbraunen Pferdes saß, besser die Gegend überblicken.

Bewegungslos im Sattel sitzend lauschte er auf die unzähligen Geräusche um ihn her. Der leichte Wind brachte die Blätter zum Rascheln und das Knacken aneinander reibender Äste schien laut zwischen den hochgewachsenen, eng stehenden Baumgiganten widerzuhallen. Im Unterholz knackte es ununterbrochen und die Sträucher waren immerfort in Bewegung. Weit entfernt war das leise Gurgeln eines Flusslaufes zu vernehmen und dazwischen mischte sich das verhaltene, leicht röchelnde Bellen eines Alligators.

Schweiß lief Sylvain über die Stirn, und mit einer langsamen Bewegung, als sei diese ihm zu anstrengend, wischte er ihn sich mit dem Handrücken ab. Seine Augen brannten, und im Stillen ärgerte er sich darüber, dass er sich von Marie dazu hatte überreden lassen, seine Brille nicht mitzunehmen, da sie in der Wildnis schnell verloren gehen oder auch beschädigt werden konnte.

Vorsichtig zog er die Karte ein weiteres Mal aus seiner Jackentasche und faltete sie auseinander. Sie konnten nicht mehr sehr weit von dem Hauptweg entfernt sein, den sie für ein paar Hundert Meter benutzen mussten, bevor sie in einen weiteren, versteckten, heimlich angelegten Pfad gelangen würden. Sein Informant hatte ihn eindrücklich vor dieser kurzen Wegpassage gewarnt, da sie das gefährlichste Stück ihres Weges sein würde. Die Straße führte zu Siedlungen und Plantagen außerhalb der Stadt und wurde recht häufig benutzt. Doch das dichte Unterholz entlang des Flusslaufes hatte verhindert, dass die Organisation direkt auf der gegenüberliegenden Seite der Landstraße den weiterführenden Pfad anlegen konnte. Die Rodungen hätten zu viele verräterische Spuren hinterlassen.

Die Minuten verstrichen quälend langsam, und immer ungeduldiger blickte Sylvain abwechselnd in den Wald und auf die erschöpfte, im Moos kauernde Familie. Die Mutter stillte ihr Kind, während ihre Schwägerin ihr kleine Stücke trockenen, alten Brotes in den Mund schob. Schließlich erhob sich der breitschultrige Schwarze, der die Unruhe ihres Führers erkannt hatte, und bedeutete seinen beiden Begleiterinnen, ebenfalls aufzustehen.

Erneut machte sich die kleine Gruppe auf den Weg, der Landstraße entgegen, ohne zu ahnen, dass dort einige Männer lauerten in der Hoffnung, endlich den *Chevalier Mystérieux* abfangen zu können.

Toni presste die Lippen aufeinander. Der versteckte Unterstand war verlassen und es waren deutlich die Spuren eines eiligen Aufbruches zu erkennen. Sie war zu spät gekommen. Unruhig blickte sie auf die im feuchten Grund abgebildeten Huf- und Fußspuren, und erschrocken stellte sie fest, dass zumindest ein paar dieser Fußabdrücke so klein waren, dass sie einer Frau gehören mussten.

Sylvain war bereits mit seiner ihm anvertrauten Schar unterwegs, und sie hatte keine Anweisungen erhalten, wie sie sich in einem solchen Falle zu verhalten hatte. Ebenso wenig wusste sie, in welche Richtung Maries Ehemann mit den entflohenen Sklaven gegangen war.

Erneut musterte Toni die Abdrücke im weichen Boden und lenkte ihr Pferd in den kaum ersichtlichen Pfad hinein, die Augen unablässig nach unten gerichtet, um die Spur ja nicht zu verlieren. In unzähligen Windungen und Kurven wurde sie tiefer in den undurchdringlich scheinenden Wald hineingeführt. Gelegentlich verlor sie auf festem, steinigem Untergrund die Abdrücke aus den Augen, doch der Pfad ließ kein Abweichen zu, und nur einmal musste sie absteigen und das dichte Unterholz durchforsten, da die Spuren plötzlich endeten und eine Abzweigung für sie nicht zu erkennen war. Doch schließlich entdeckte sie hinter einem Holunderstrauch einen weiteren Pfad, dem sie eine Zeit lang folgte, bis sie wieder die deutlichen Abdrücke eines Pferdes und einiger weniger Personen ausmachen konnte. Allmählich verlor sie jegliches Zeitgefühl, und nur die Tatsache, dass die hellgrünen, vom Sonnenlicht hervorgerufenen Lichtflecken auf dem Boden zusehends verblassten und schließlich ganz verschwanden, deutete darauf hin, dass die Sonne der Nacht wich.

Trotz der unangenehmen Schwüle fröstelte Toni. Die Vorstellung, noch in der Dunkelheit mit dem Pferd alleine in dieser Wildnis unterwegs zu sein, und die Tatsache, dass sie bald schon keine Spuren mehr würde erkennen können, erschreckten und ängstigten sie. Zwar hatte der alte Stallknecht ihr versichert, dass der schwarze Hengst in jedem Fall zurückfinden würde, doch sie waren inzwischen so weit geritten, dass sie daran zu zweifeln begann. Das Rauschen eines Flusslaufes mischte sich mit zunehmender Vehemenz unter die inzwischen vertrauten Geräusche des Waldes und sie spürte die zusätzliche Feuchtigkeit deutlich auf ihrer Haut.

Erneut erreichte sie eine Weggabelung und sie stoppte irritiert das Pferd. Nachdenklich lenkte sie Noir einmal im Kreis und war sich plötzlich sicher, diesen Wegabschnitt einige Stunden zuvor bereits schon einmal passiert zu haben.

Eindringlich musterte sie den Baum- und Strauchbewuchs, um sich die Stelle genau einzuprägen. Konnte es sein, dass sie gar nicht so weit von New Orleans entfernt war, wie sie angenommen hatte?

Ein Lächeln legte sich auf Tonis Gesichtszüge, und die Gewissheit, dass sie – zumindest jedoch das Pferd – von hier aus in die Stadt würde zurückfinden können, nahmen ihr die Anspannung.

Die Reiterin schlug den Pfad ein, auf dem jetzt nicht nur ihre kaum erkennbaren Spuren von vor einigen Stunden, sondern auch die deutlichen Abdrücke des schwereren Reiters zu sehen waren, und blickte sich mit wachsamen Augen um. Erstaunt, aber erfreut stellte sie fest, dass sie Teile des Wegstückes wieder erkennen konnte und es ihr vielleicht gar nicht so schwer fallen würde, sich in diesen Wäldern zu orientieren. Vielleicht hatte Gott sie neben der Gabe des Klavierspielens auch mit einem ausgesprochen guten Orientierungssinn ausgestattet?

Ein lauter Knall ließ sie erschrocken zusammenzucken. Das Pferd stellte sich leicht auf die Hinterläufe, doch außer einem lauten Schnauben blieb es ruhig und ließ sich von seiner Reiterin zum Stillstehen bewegen.

Toni vernahm undeutliche Männerstimmen und erschrocken zitternd blickte sie sich nach einer Fluchtmöglichkeit um. Doch offensichtlich galten weder der Schuss noch die aufgeregten und wütend klingenden Rufe ihr, und so entschloss sie sich – wenn auch mit rasendem Pulsschlag –, abzusteigen und das Pferd an einem der Bäume festzubinden.

Zutiefst beunruhigt murmelte sie ein Gebet, während sie mit schnellen, vorsichtigen Schritten weiter den Pfad entlanglief und schließlich an ein dicht gewachsenes Gebüsch kam, das den Hauptweg von ihrem kleinen, versteckten Pfad trennte.

„Was haben Sie mit diesen Leuten zu schaffen, Monsieur Merlin?“, dröhnten Toni die drohenden Worte eines zutiefst wütenden Mannes entgegen.

Zitternd legte sie beide Hände auf ihren Mund. Offenbar hatte die Bürgerwehr Sylvain Merlin und seine Schutzbefohlenen erwischt, als sie den regulären Weg hatten überqueren wollen. Was nur sollte sie jetzt tun? Wie konnte sie Maries Ehemann und den entflohenen

Sklaven noch helfen? Zitternd vor Angst kauerte sich Toni nieder und presste noch immer ihre Hände gegen ihren Mund, als müsse sie verhindern, vor Schreck und Panik lauthals aufzuschreien.

„Ich habe mit diesen Leuten nichts zu tun, Monsieur Deux."

Toni zuckte zusammen. Monsieur Deux – dieser Mann vom Hafen, der die Dreistigkeit besessen hatte, bei Raphael Leroux um ihre Hand anzuhalten?

„Erstaunlich. Wie kommt es dann, dass wir Sie in ihrer Gesellschaft antreffen?"

„Ich war auf dem Weg zurück in die Stadt, als sie mir entgegenkamen", entgegnete Sylvain erstaunlich gefasst.

Toni biss die Zähne zusammen. War es richtig, die Flüchtlinge im Stich zu lassen? Vermutlich, denn helfen konnte Sylvain ihnen nun ohnehin nicht mehr, und wenn er sich für sie einsetzte, würde er damit nur sich und die ganze Organisation gefährden.

„Ein ausgesprochen seltsamer Zufall, finden Sie nicht, Monsieur Merlin?", hörte Toni Monsieur Deux fragen.

„Das mag in Ihren Augen so wirken. Doch ich hatte starke Kopfschmerzen und dachte mir, etwas frische Luft würde mir gut tun. Aus diesem Grund habe ich einen kleinen Ausritt unternommen. Immerhin ist dies eine öffentliche Straße, und Sie können mich wohl kaum mit dieser Gruppe heruntergekommener Schwarzer in Verbindung bringen, nur weil ich zufällig auf dem gleichen Weg unterwegs bin wie sie, Monsieur Deux."

„Er ist doch nur ein harmloser Lehrer, Gustave. Was sollte er mit diesen Sklavenschmugglern zu tun haben? Oder sieht er dir wie der *Chevalier Mystérieux* aus?", mischte sich eine andere Stimme ein, die Toni stark an Jacques Breillat, Isabelles Ehemann, erinnerte, wobei sie eigentlich angenommen hatte, dass dieser seine Frau auf Andrés und Sophies Hochzeit begleitet hatte.

Aber war sie nicht auch hier, obwohl sie dort sogar als Trauzeugin fungierte? In diesem Moment fiel Toni ein, dass sie dem Fest viel zu lange fernblieb. Hoffentlich hatte Marie eine gute Erklärung für ihre lange Abwesenheit parat!

„Wir werden Sie jetzt mit in die Stadt nehmen, Monsieur Merlin", entschied Monsieur Deux mit Nachdruck. „Dort werden Sie dann die Möglichkeit haben, sich zu rechtfertigen."

Toni zog ihre Augen zu schmalen Schlitzen zusammen. Sie ahnte, wie die Befragungspraktiken dieser Männer aussahen, und wollte diese dem armen Sylvain nicht zumuten. Vermutlich würde er ihnen nicht standhalten können – oder ging diese Bürgerwehr mit einem

Weißen anders um als mit dem Schwarzen, den sie einmal eingefangen hatten?

Toni wollte es darauf nicht ankommen lassen. Entschlossen erhob sie sich und schlich, zunächst rückwärts gehend, den Pfad zurück. Schließlich drehte sie sich um und begann zu laufen. Die viel zu großen Stiefel schlackerten um ihre Füße und behinderten sie in ihrem Lauf, doch endlich erreichte sie das Pferd, riss die Zügel von den Zweigen und zog sich in den Sattel.

Einen Augenblick lang lauschte sie in die Dunkelheit hinein, bis sie die Richtung erahnen konnte, aus der das Brodeln des Flusses zu ihr herüberdrang. Unbarmherzig lenkte sie das Pferd durch das dichte Unterholz, dem Wasserlauf entgegen. Sie brauchte erschreckend lang, bis sie an das sandige, leicht abschüssige Ufer des etwa drei Meter breiten Seitenarmes des Mississippi kam. Mit unruhigen Augen suchte sie das Ufer ab. Ob sich in dem schnell dahinfließenden Gewässer Alligatoren tummelten? Toni biss sich nervös auf die Unterlippe und drängte den Hengst in den überraschend flachen Fluss hinein. „Hilf mir, Herr! Bitte hilf mir doch", flüsterte sie und trieb das Pferd gegen die Strömung voran. Das Tier kam auf dem sandigen Untergrund nur schwer vorwärts, doch immerhin würde es sich nicht in einem steinigen Flussbett die Beine brechen.

Nach ein paar Hundert Metern konnte Toni im Dämmerlicht vor sich die kleine Holzbrücke entdecken, die über diesen Flusslauf gebaut worden war, und erleichtert stellte sie fest, dass es für das Pferd ein Leichtes sein würde, neben der Brücke auf die Straße zu gelangen und vor allem von dieser wieder hinunter in den Fluss.

Toni zog sich die Kapuze des Capes über den Kopf, band sie unter ihrem Kinn fest und wickelte die langen Enden des schwarzen Umhangs um ihren Körper, um ihre Gestalt darin zu verbergen. Mit aufgeregt flatterndem Herzen und einem nahezu schmerzlichen Rumoren in ihrem Inneren stieß sie dem Tier die Hacken in die Seite, und mit ein paar wenigen, kraftvollen Sätzen erklomm das Pferd die niedere Böschung und sprang auf die Landstraße.

In gut dreihundert Meter Entfernung konnte Toni ein paar Reiter und einige zusammengekauerte Gestalten ausmachen. Offenbar waren die Personen sehr mit sich selbst beschäftigt, denn niemand reagierte auf ihr plötzliches Auftauchen.

„Jetzt darfst du dich einmal von deiner wilden Seite zeigen", flüsterte Toni mit zitternder Stimme, und das nervöse Spiel der Ohren ihres Reittieres zeigte, dass sich ihre Angst inzwischen auf dieses übertragen hatte.

Für einen kurzen Augenblick schloss sie die Augen, dann riss sie an den Zügeln, und beinahe augenblicklich stieg das Pferd, wild mit den Vorderläufen durch die Luft schlagend und protestierend aufwiehernd, auf die Hinterbeine.

Pferd und Reiterin waren vor dem dunklen Grün des Waldes nur als schwarze Silhouette erkennbar, und dennoch war den Verfolgern sofort klar, wen sie vor sich hatten.

Toni konnte keine Reaktionen abwarten. Sie riss das Pferd herum, das mit einem gewaltigen Sprung beinahe aus dem Stand heraus zurück in den Fluss sprang und somit aus dem Blickwinkel der Männer verschwand.

Das Flusswasser spritzte unter den Hufen des Pferdes hoch auf und prasselte auf die Reiterin hernieder. Unbarmherzig trieb diese Noir durch das Flussbett, doch obwohl das Tier eine ungeheure Energie und Kraft besaß, kamen sie in dem tiefen, nassen Sand nur sehr langsam voran.

Toni konnte es nicht wagen, sehr lange in dem Flusslauf zu bleiben, da sie hier viel zu leicht zu entdecken war, und so trieb sie das Pferd erneut über die sandige Böschung in das Unterholz hinein, das sich knackend und raschelnd schnell wieder hinter ihnen schloss. Selbstverständlich würden ihre Spuren deutlich sichtbar zurückbleiben, doch darauf konnte sie keine Rücksicht nehmen.

Die junge Frau trieb das Pferd weiter an. Schließlich vernahm sie hinter sich wütende Rufe und das Geräusch von heftig aufspritzendem Wasser. Eilig saß sie ab und blickte sich suchend nach einem Gebüsch um, in welchem sie sich notfalls verstecken konnte, während sie den wertvollen Hengst alleine auf die Flucht durch den Wald schicken würde.

Den Geräuschen nach zu urteilen, näherten sich die Reiter der Stelle, an welcher sie das Flussufer erklommen hatte, und tatsächlich verrieten ihr die lauten Rufe der Männer, dass ihre Spuren im Dickicht entdeckt worden waren.

Heftiges Rascheln und Knacken machten Toni deutlich, dass die Bürgerwehr nicht gewillt war, sich durch das Unterholz von ihrer Verfolgung abhalten zu lassen. Dennoch zögerte sie, das Tier mit einem herzhaften Schlag auf die Flanke aufzufordern, die Flucht alleine fortzusetzen, um damit ihre Verfolger von sich abzulenken.

Die Geräusche der sich nahenden Pferde kamen näher, doch gerade in dem Augenblick, als Toni die hastigen Bewegungen zwischen den Bäumen ausmachen konnte, stoppten die Männer.

„Das hat doch keinen Sinn“, hörte sie einen Mann rufen. „Wie oft ist uns dieser Reiter in dieser Wildnis bereits entkommen? Er kennt sich hier aus – im Gegensatz zu uns."

„Wir haben seine Spuren!", erwiderte ein anderer. „Wenn wir ihnen folgen, führen sie uns zu seinem Versteck."

„In weniger als einer Viertelstunde wirst du hier nichts mehr erkennen können. Willst du die Nacht in diesem Wald verbringen, bis du morgen früh die Spuren wieder erkennen kannst?"

„Dann kommen wir eben morgen zurück und suchen an dieser Stelle weiter."

„Wenn bis dahin die Spuren noch zu lesen sind. Der Boden ist hier sehr hart und das Moos wird sich in einigen Stunden wieder von den schweren Tritten erholt haben", wandte eine dritte Stimme ein, die Toni erneut an Isabelles Ehemann erinnerte. „Es ist ärgerlich, dennoch halte auch ich es für sinnlos, jetzt weiterzusuchen."

Offenbar war auch dieser Gentlemen nicht bereit, eine ungemütliche Nacht in dem feuchten, unwirtlichen Wald zu verbringen, und Toni dankte Gott im Stillen dafür, dass diese Männer den Luxus und die Bequemlichkeit ihrer Häuser der Möglichkeit, den gesuchten Reiter zu erwischen, vorzogen.

Die Tiere wurden unter einigen Flüchen gewendet und das laute Rascheln und Knacken im Gehölz entfernte sich langsam. Dennoch wagte Toni noch immer nicht, sich zu bewegen. Erleichtert und erstaunt stellte sie fest, dass auch das gut geschulte Tier an ihrer Seite weiterhin leise und regungslos stehen blieb.

„Wir markieren das Flussufer mit einigen Steinen, damit wir die Stelle, an welcher der Reiter in das Dickicht eingedrungen ist, morgen wiederfinden", schlug eine der leiser werdenden Stimmen vor.

„Jedenfalls scheint der Lehrer tatsächlich nur zufällig mit den Schwarzen zusammengetroffen zu sein."

„Das dachte ich mir doch gleich. Oder hättet ihr euch diesen schmächtigen Mann mit seinen weichen Händen und dem Bauchansatz als *Chevalier Mystérieux* vorstellen können?"

Die Männer lachten belustigt auf.

„Ich vermute noch immer einen Mittelsmann inmitten unserer Gesellschaft", unterbrach einer der Männer mit grimmiger Stimme das Gelächter. „Wie sonst kann dieser Reiter wissen, wann die Wege durch irgendwelche Feste oder politische Treffen für ihn und seine schwarze Bande offen sind?"

Die Antwort konnte Toni nicht mehr verstehen, und gerade als sie sich in Sicherheit wähnte und sich erheben wollte, rief eine der weiter entfernten Stimmen in ihre Richtung: „Kommst du auch oder willst du doch noch hier übernachten?“

„Ich komme ja schon!“, antwortete eine erschreckend nahe Stimme, und Toni fuhr ein heißer Schauer durch den ohnehin vor Furcht zitternden Körper, als sie die Bewegungen der nahe stehenden Büsche wahrnahm, die ihr verrieten, dass Jacques Breillat noch immer hier verharrt und auf verräterische Bewegungen ihrerseits gehofft hatte.

„Oh mein Gott“, flüsterte sie in Richtung des Pferdes, das jedoch nur kurz mit den Ohren zuckte und noch immer bewegungslos stehen blieb. Wer auch immer diesen Hengst ausgebildet hatte, hatte dies ausschließlich für seinen Dienst als Pferd des *Chevalier Mystérieux* getan. Gewarnt durch die misstrauische Vorsicht von Isabelles Ehemann, verharrte Toni weiterhin in ihrer kauernden Stellung hinter dem dichten, grünen Gesträuch. Selbst die Geräusche sich durch den Fluss entfernender Pferde verleiteten sie nicht dazu, sich zu bewegen, und auch das Pferd verhielt sich noch immer ausgesprochen ruhig. Vielleicht wartete es auch auf eine Bewegung von ihr.

Die Minuten zerrannen. Die Grillen schienen die Intensität ihres Zirpens zu erhöhen und auch die durch die Anwesenheit der Menschen verstummten Vögel nahmen ihren Gesang wieder auf. Ein Nagetier huschte zwischen zwei Stämmen hindurch und verschwand lautlos in der zunehmenden Dunkelheit.

Toni zitterte noch immer heftig und ihr Atem ging stoßweise. War sie nun in Sicherheit? Hatte Sylvain die Gelegenheit genutzt, ungehindert zu seiner Frau zurückzukehren? Was war mit den Flüchtlingen geschehen, die auf dem Weg eingefangen worden waren?

Plötzlich ertönten wieder Schüsse, und fast zeitgleich hörte Toni, wie sich ein Reiter durch den Fluss in Richtung Brücke entfernte. Hatte Jaques Breillat die Markierung angebracht oder erneut, misstrauisch über das schnelle Untertauchen des *Chevalier Mystérieux*, in lauernder Stille dort auf eine verräterische Bewegung ihrerseits gewartet?

Toni stand langsam auf, was für den Hengst das Zeichen zu sein schien, sich ebenfalls wieder bewegen zu dürfen. Nachdenklich strich sie dem Tier über die Nüstern. Warum war auf der Landstraße erneut geschossen worden? Was würde sie vorfinden, wenn sie in einiger Zeit diese Stelle passieren musste?

Auf einmal fühlte Toni sich unendlich erschöpft und schwach. Ihr wurde bewusst, in welche Gefahr sie sich begeben hatte, und mit diesem Bewusstsein traf sie auch die Erkenntnis, dass sie an diesem Tag der *Chevalier Mystérieux* gewesen war.

Sie band die Zügel des Pferdes an einen Ast und schlich leise an die Uferböschung zurück. Lange beobachtete sie den Flusslauf, ehe sie es wagte, aus dem Unterholz auf die sandige Fläche hinauszutreten. Mehrere große Steine lagen sorgsam zu einer unförmigen Pyramide aufgeschichtet im nassen Sand. Toni nahm einen nach dem anderen auf und warf sie ins Unterholz, wobei sie darauf achtete, dass sie nicht zu nahe nebeneinander zu liegen kamen. Zwei der Steine warf sie sogar über den Fluss hinweg. Dann nahm sie ihr Cape ab und legte es auf den Sand über ihre eigenen und die Spuren ihrer Verfolger und beschwerte es mit den verbliebenen drei Steinen. Sie zog den Umhang langsam hinter sich her und betrachtete zufrieden, wie die Spuren verwischt wurden. Schließlich ging sie, das Cape weiterhin hinter sich herziehend, zurück zu den Sträuchern, hinter denen sie das Pferd wusste.

Nachdem sie sich das Cape erneut umgehängt hatte, strich sie mit ihren Händen über das Moos, richtete einige niedergedrückte, kleine Sträucher notdürftig wieder auf und versuchte, mit einem Zweig die Spuren der Pferde zu verwischen. Auch mit diesem Ergebnis ihrer Bemühungen war sie zufrieden. Bis die Männer am nächsten Morgen hier sein würden, hatte die Natur sicherlich den Rest dazu beigetragen, verräterische Eindrücke verschwinden zu lassen.

Sie nahm das Pferd am Schwanz, schlug ihm auffordernd auf die Hinterhand, und als dieses bemerkte, dass es auf etwas unfeine Art zurückgehalten wurde, ging es in gemächlichem Schritt durch den von Krüppeleichen und Sumpfzypressen geprägten Waldabschnitt, während Toni weiterhin den Ast hinter sich herzog, um so viele Spuren wie möglich zu verwischen.

Es dauerte einige Zeit, bis der Hengst sie zurück auf den geheimen Pfad gebracht hatte. Toni sah sich prüfend um und nickte zufrieden. Von hier aus würde sie den Heimweg finden. Das Tier bestätigte ihre Vermutung bezüglich der Richtung, denn es setzte seinen gemütlichen Marsch fort.

Nach geraumer Zeit blieb Noir stehen, spitzte die Ohren und hob den Kopf, als wittere er etwas. Ob er die Anwesenheit anderer Personen auf dem nicht weit entfernten Hauptweg wahrnahm? Vorsichtig geworden stieg Toni erneut ab und hockte sich auf einen im Pfad liegenden, langsam vermodernden Baumstamm. Das Warten fiel der jungen Frau sehr schwer, doch sie musste ein weiteres Mal damit rechnen, dass einer der Männer auf dem Weg zurückgeblieben war.

Nach unendlich lang erscheinenden Minuten wagte sie, sich den Sträuchern zu nähern, die den Pfad von der Landstraße trennten.

Auch dort verharrte sie eine Weile, ehe sie langsam und leise in das Unterholz eindrang, um vorsichtig einen Blick auf die vom Mond beschienene Straße zu werfen.

Kein Mensch war zu sehen.

Konnte sie der Stille trauen? Toni tippte sich unsicher mit dem Finger gegen die Lippen. Durch die Vorsicht Monsieur Breillats gewarnt, wagte sie nicht hervorzutreten, und so suchte sie mit tastenden Fingern auf dem Waldboden einen kleinen Ast und warf ihn auf den Weg hinaus. Er kam mit einem hörbaren Knacken auf.

Gebannt hielt sie den Atem an, doch nichts geschah.

Wieder tasteten ihre Finger über den Waldboden und sie bekam einen faustgroßen Stein zu fassen. Vorsichtig richtete sie sich auf und warf den Stein ebenfalls auf die Straße. Dieser verursachte ein lautes Geräusch und hüpfte mehrmals auf.

Nichts geschah.

Langsam wand Toni sich aus dem Gebüsch und zog sich auf den Pfad zurück, um den Hengst zu holen. Sie saß auf und lenkte das Tier langsam an das dichte Gebüsch heran.

Die junge Frau zögerte noch immer, den schützenden Wald zu verlassen. Schließlich murmelte sie leise: „Ich kann nicht die ganze Nacht hier verbringen. Sophie wird mich wahrscheinlich schon längst vermissen."

Sie dirigierte Noir zwischen den mit unangenehmen Stacheln versehenen Büschen hindurch auf die Landstraße. Schwer atmend und vor Anspannung zitternd wartete Toni ab. Alles blieb ruhig. Unendlich erleichtert wendete sie das Pferd und galoppierte auf diesem in Richtung Stadt.

Sie war noch nicht weit gekommen, als sie die dunklen Umrisse eines Menschen vor sich auf dem Weg liegen sah. Erneut schossen Hitzewellen durch ihren Körper. Doch da die Gestalt sich nicht rührte, lenkte sie das Tier nahe heran und stieg langsam ab.

Im fahlen Licht des Mondes, das zwischen den Baumwipfeln hindurch auf den Weg fiel, konnte sie eine schwarze Frau erkennen, die bewegungslos dort vor ihr auf dem Weg lag. Die seltsame Verkrümmung ihres Leibes machte Toni deutlich, dass sie nicht mehr lebte.

Toni schluckte schwer und legte eine Hand auf ihre Lippen. War der Tod dieser Flüchtenden ein Unfall oder das Produkt menschenverachtenden Standesdünkels? Hatte die junge Frau die Verwirrung, die Toni entfacht hatte, ausnutzen wollen, um in den Wald zu flüchten?

Was sollte sie nun mit dem Leichnam tun, der vermutlich als Warnung für den *Chevalier Mystérieux* zurückgelassen worden war? Sie konnte ihn doch nicht einfach hier liegen lassen.

Der Kopf des Hengstes fuhr in die Höhe und Toni sprang aufgeschreckt auf die Füße. Von der Stadt her näherten sich eilige Huftritte.

Die junge Frau wirbelte herum und ergriff Noir am Zügel. Mit der Hand suchte sie den Steigbügel und eilig stellte sie ihren Fuß hinein. Sie hatte nicht genug Kraft, sich gleich beim ersten Versuch in den Sattel zu stemmen, und schon entdeckte sie auf dem Weg, vom fahlen Mondlicht angeleuchtet, einen sich schnell nähernden Reiter.

Erschrocken machte sie sich klar, dass dieser sie bereits gesehen haben musste. Ihre einzige Chance zu entkommen lag nun in der Schnelligkeit ihres Reittieres. Doch erst einmal musste sie in den Sattel gelangen. Heftige Wellen der Angst jagten durch Tonis Körper. Sie drückte sich erneut mit dem rechten Bein ab und zog sich am Sattel hinauf. Tatsächlich gelang es ihr, sich auf den Rücken des Pferdes zu hieven. Doch sie saß unglücklich auf dem überlangen Cape und konnte sich weder vollständig aufrichten noch mit dem rechten Bein den Steigbügel erreichen.

Sie riss das Tier herum und trieb es in einen wilden Galopp, dabei einen prüfenden Blick über die Schulter werfend.

Der Reiter war nur noch wenige Meter von ihr entfernt.

Kapitel 13

Die bunten Lampions tanzten in der abendlichen Brise und bewegten sich beinahe im Takt zur Musik hin und her. Ein Meer aus farbigen Kleidern wog auf der Tanzfläche umher, als die Männer ihre Tanzpartnerinnen im Kreis drehten. Die Musiker hatten sich inzwischen warm gespielt und die Melodien wurden rhythmischer und schneller. Sie waren nicht mehr weit von dem temperamentvollen Spiel Antoinettes entfernt, doch nun gab es keine tadelnden Blicke. Es war Abend – die richtige Zeit, um ausgelassen zu tanzen.

Mathieu hatte Antoinette nicht mehr gesehen, seit sie nach dem Gespräch mit Marie verschwunden war. Die Menge der Gäste war unübersichtlich, doch er nahm an, dass ihm Antoinette, sollte sie in seiner Nähe sein, aufgefallen wäre. Vielleicht ging es Dominique sehr schlecht und die junge Frau wollte nicht mehr von ihrer Seite weichen. Allerdings verwunderte ihn dann die beständige Anwesenheit Louis Poiriers. Er selbst hatte seine Pflicht getan und war den heimlichen, jedoch deutlich auffordernden Blicken einiger Mädchen nachgekommen und hatte mit diesen getanzt. Nun tat er sich am Kuchenbüffet gütlich und beobachtete André, der fast pausenlos mit seiner strahlenden Angetrauten auf der Tanzfläche zu finden war.

Neben ihm bedienten sich zwei Männer an den Köstlichkeiten, als seien sie den ganzen Tag über um ihr Essen betrogen worden. Mathieu musterte die beiden näher. Einer von ihnen war Jacques Breillat, Isabelles frisch angetrauter Ehemann. Der andere war Frédéric de la Toledo, der an einem bis fast an die Stadt heranführenden Bayou eine gut gehende Plantage betrieb. Mathieu war sich sicher, dass er die beiden Männer zuvor noch nicht auf dem Fest gesehen hatte, zudem wirkten sie ein wenig gehetzt, als seien sie eben erst eingetroffen.

Hinter den beiden stand Raphael Leroux. „Er ist euch also schon wieder entwischt?“, fragte dieser und ließ sich einen Kaffee reichen.

„Er ist wie ein Phantom“, antwortete Jacques Breillat. „Wir haben ihn alle gesehen. Er sprang mit dem Pferd in den Fluss, und als wir diesen erreichten, war er verschwunden. Wir sind seinen Spuren gefolgt, aber es war von ihm weder etwas zu sehen noch zu hören.“

Mathieu stellte seinen Teller ab und verschränkte die Hände hinter seinem Rücken. Sofort war ihm klar, über wen die Männer sich unterhielten. Sorge um den Mittelsmann, der an diesem Abend in den Wäldern unterwegs war, weil er selbst auf diesem Fest nicht fehlen konnte, ließ ihn unruhig die Augenbrauen in die Höhe ziehen.

„Dabei hatten wir zuerst Monsieur Sylvain Merlin im Verdacht, da wir ihn mit einer kleinen Gruppe Entflohener bei dieser Brücke angetroffen haben. Doch er versicherte uns, er sei lediglich in Richtung Stadt unterwegs gewesen, als er zufällig auf die Gruppe getroffen sei.“

„Aber er könnte es sein“, murmelte Raphael aufgeregt und verschüttete dabei seinen Kaffee.

„Das habe ich zuerst auch gedacht“, stimmte Frédéric de la Toledo zu. „Immerhin hat er durch seinen Unterricht Zugang zu den Häusern unserer Gesellschaft. Allerdings scheint er kein guter Reiter zu sein und sein Pferd war mit Sicherheit nicht das des *Chevalier Mystérieux*. Zudem erschien dieser ja dann ausgerechnet in diesem Augenblick auf der Straße, doch als er uns sah, ergriff er sofort die Flucht.“

„Ärgerlich!“, knurrte Raphael und versuchte vergeblich, mit einem Tuch den Kaffeefleck von seinem gefälteten weißen Hemd zu entfernen.

„Deux musste eine der Frauen erschießen, da sie zurück in den Wald flüchten wollte. Die Frau mit dem Kind und den Mann haben wir und werden sie zu ihrem Besitzer zurückbringen. Morgen wollen wir die Suche nach dem Reiter fortsetzen. Wir haben das Ufer an der Stelle markiert, an welcher er in das Unterholz verschwunden ist.“

„Ob ihr ihn finden werdet? Wir waren ihm schon so oft dicht auf den Fersen. Könnt ihr euch an den Sommer erinnern? Ein Trupp glaubte sogar, ihn schwer verletzt zu haben, und schon eine Woche später war er wieder unterwegs.“ Raphael Leroux gab den Versuch, den Fleck zu entfernen, auf. „Wir mystifizieren diesen Mann allmählich zu sehr. Irgendwann muss auch er einmal schlafen – oder essen. Irgendwann wird er einen Fehler begehen!“

Mathieu wandte sich ab. Nachdenklich schüttelte er den Kopf. Er hatte seinem Kontaktmann viele Anweisungen gegeben und eine genaue Karte der Umgebung angefertigt, doch dieser hatte darauf verzichtet, den schwarzen Hengst zu reiten, da er, wie er selbst zugegeben hatte, kein sehr guter Reiter war. Wer also hatte sich des Pferdes bemächtigt und durch sein Auftreten zumindest seinen Kontaktmann retten können? Gab es noch mehr Menschen in New Orleans, die ihrer Organisation angehörten, von deren Existenz er jedoch nichts wusste?

Wieder einmal bedauerte er die Anonymität der Helfer, die der Sicherheit der Einzelnen und der ganzen Gruppe dienen sollte. Drängende Fragen bohrten sich in sein Gehirn, und er wollte sich nicht durch irgendwelche einfachen, scheinbar logischen Schlussfolgerungen beruhigen lassen. Zu viel stand auf dem Spiel!

Sobald er diese Gesellschaft verlassen konnte, würde er hinaus zum Stall reiten und bei dem alten Stallknecht ein paar Erkundigungen einholen.

„Mademoiselle de la Rivière!“

Toni fuhr erschrocken herum. War sie so leicht zu erkennen? Sie stoppte das Pferd und wartete mit wild klopfendem Herzen, bis sie den Reiter erkennen konnte. Es handelte sich um Sylvain Merlin.

„Woher wussten Sie …?“

Heftig atmend berichtete ihr Lehrer: „Ich war kurz bei den Fouriers.

Ich wollte Marie beruhigen. Ich dachte mir, dass sie sicherlich von den inzwischen neu eingetroffenen Gästen erfahren hatte, dass meine heimliche Mission nicht gerade reibungslos verlaufen war. Da erzählte sie mir, dass sie von den umherstreifenden Männern erfahren und Sie mir hinterher geschickt hatte. Was für ein Irrsinn!"

„Da haben Sie Recht", murmelte Toni, erleichtert, eine ihr wohl gesonnene Person getroffen zu haben.

„Sind Sie verletzt? Geht es Ihnen gut?"

Toni nickte einfach, obwohl die widersprüchlichsten Gefühle in ihr einen Kampf auszufechten schienen. Dann deutete sie mit der Hand auf die am Wegesrand liegende Leiche. „Was ist hier geschehen, Monsieur Merlin?"

„Das erzähle ich Ihnen auf dem Rückweg. Sie sollten sich schnellstens auf dem Fest sehen lassen."

„Wir können sie aber doch nicht –"

„Wir müssen sie liegen lassen. Wir haben nicht die Zeit, sie zu begraben, und würden dabei auch zu viele Spuren hinterlassen. Außerdem wird der Weg von sehr vielen Reitern benutzt. Wir sollten zusehen, dass wir das wertvolle Tier ungesehen zurück in den Stall bringen."

Toni nickte gehorsam, wenn auch ein wenig unwillig, und wendete den Hengst.

Gemeinsam galoppierten sie über den vom Mondlicht spärlich beschienenen Weg und erreichten, nachdem sie den Wald und das Getreidefeld hinter sich gelassen hatten, bald den Stall.

Als Toni abstieg, erschien aus der Dunkelheit die gebeugte Gestalt des alten Stallknechts, der ihr das Tier sofort abnahm.

„Gehen Sie sich umziehen", wies Sylvain sie leise an. „Ich suche eine Mietkutsche, die Sie zurück zur Hochzeitsgesellschaft bringt. Bitte sprechen Sie sich zuerst mit Marie ab, bevor Sie jemandem zu erklären versuchen, wo Sie so lange gewesen sind."

Ein weiteres Mal nickte Toni ihrem Lehrer schweigend zu, drehte sich um und lief zum Gasthaus. Eilig hastete sie die Hintertreppe hinauf, um in das von der Organisation angemietete Zimmer zu gelangen, und fand dort eine schlafende Caro vor. Diese schreckte auf, als der Holzboden unter Tonis Schritten knarrte, blickte verwirrt ihre Herrin an und sprang schließlich mit einem Satz aus dem quietschend nachgebenden Bett. „Wie sehen Sie aus, Mamselle? Diese vielen Kratzer an ihren Armen!"

Erschrocken blickte Toni an sich herab. Sie war verschmutzt und nass und tatsächlich waren ihre Unterarme von unzähligen blutigen

Kratzern überzogen. „Ist mein Gesicht ebenfalls zerkratzt?", fragte sie ängstlich.

Caro nahm die kleine Petroleumlampe in die Hand, drehte den Docht höher und hielt sie vor das Gesicht der weißen Frau. Dann schüttelte sie verneinend den Kopf.

„Gott sei Dank", murmelte Toni. Ihre Arme ließen sich unter den Ärmeln des Kleides und den dunkelblauen Handschuhen mühelos verstecken. Eine Verletzung im Gesicht hingegen wäre unmöglich zu verbergen gewesen.

Toni wusch sich notdürftig und ließ sich von Caro in aller Eile wieder in eine wohlgesittete, ansehnliche junge Dame verwandeln. Gerade als die junge Frau das Cape zurück in den Schrank hängte, meldete ihr Mädchen, dass die Kutsche vorfuhr.

Mathieu Bouchardon wich mit seinem Pferd einer soeben anfahrenden Mietkutsche aus und stieg vor dem Gasthof ab. Er musterte die vor dem wenig vertrauenserweckenden Gebäude herumlungernden freien Farbigen, während sein Reittier ein paar am Straßenrand wachsende Grashalme ausriss. Schließlich führte er das Tier an dem Gebäude vorbei zum Stall. Er band das Pferd an dem dafür vorgesehenen Balken fest und öffnete das große Tor.

„Wer ist da?", fragte die ihm inzwischen vertraute Stimme.

„Ein Reiter, der ein Pferd benötigt", flüsterte er.

„Für wie lange?"

„Bis zum Ende."

„Er frisst noch", erklärte ihm der alte Mann leise. „Ich bringe ihn gleich hinaus."

„Warte. Ich brauche ihn nicht. Ich benötige nur eine Auskunft", antwortete Mathieu in die Dunkelheit hinein. Sofort näherten sich ihm schlurfende Schritte. „Der Hengst wurde heute geritten?"

„Der Reiter kannte die Parole."

„Dann wird es schon in Ordnung sein. Du hast ihn nicht erkannt?"

„Nein", murmelte der alte Mann, doch Mathieu glaubte ein Zögern in seiner Antwort zu vernehmen.

„Wirklich nicht?"

„Nein, Monsieur. Aber so viel kann ich sagen: Die Person hat ihn noch nie geritten. Vielleicht wurde ein neuer Reiter gefunden. Sie sagten doch, Sie könnten die Aufgabe nur für eine kurze Zeit übernehmen."

Mathieu nickte, obwohl der Mann dies in der Dunkelheit nicht sehen konnte. Es stimmte, er hatte seinem Kontaktmann deutlich gemacht, dass er New Orleans in wenigen Tagen verlassen würde. Es war gut, dass sich rechtzeitig ein dauerhafter Nachfolger für den getöteten Reiter eingefunden hatte.

Am nächsten Abend saß Toni in der Küche der Merlins und beobachtete mit einer Mischung aus Verwirrung und Belustigung die eilig auf und ab gehende Marie. „Das wird nicht gehen – und wenn sie sich gestern noch so bravourös geschlagen hat, Sylvain! Toni ist kein Mann. Und diese Gefahren und Entbehrungen …" Marie, die jedes ihrer aufgebrachten Worte mit deutlichen Handbewegungen unterstrich, schüttelte entsetzt den Kopf.

„Sie ist ein Mädchen aus gutem Hause. Junge Frauen aus diesen Kreisen sind doch ständig bis in die Nächte hinein auf irgendwelchen Bällen oder Hochzeiten", sagte Sylvain. „Jeder würde es ihr nachsehen, wenn sie bis zur Mittagszeit in ihrem Zimmer oder gar in ihrem Bett bleiben würde. Sie wird zu wesentlich mehr Schlaf kommen als jeder Mann, der irgendeiner geregelten Beschäftigung nachzugehen hat. Zudem ist sie über jeden Verdacht erhaben!"

„Hast du schon vergessen, warum ihr verzweifelt einen Nachfolger für den Reiter sucht? Der *Chevalier Mystérieux* wurde von unzähligen Schrotkugeln durchsiebt!"

„Wir konnten ihn kaum schützen, da er viel zu selbstständig arbeitete."

Marie tat diesen Einwand mit einer weiteren, aufgebrachten Handbewegung ab. „Was ist mit dem Mann, der bis jetzt den Reiter ersetzt hat?"

„Er steht uns nur noch für ein paar wenige Tage zur Verfügung."

„Gibt es niemand anderen?"

„Weißt du jemanden?" Sylvain trat zu seiner Frau und nahm ihre Hand in seine. „Ich würde es sofort machen, Marie. Aber du weißt, was für ein miserabler Reiter ich bin."

„Nur weil du wenig reitest. Du würdest es schon lernen, Sylvain", erwiderte Marie, auf Grund seiner Einsicht ein wenig versöhnlicher gestimmt.

„Ich hätte keine Möglichkeit, es zu erlernen. Dazu lassen die Männer der Bürgerwehr mir gewiss keine Zeit."

„Aber Toni willst du dieser Gefahr aussetzen?" Maries Stimme klang wieder aufgebrachter und lauter.

„Wir haben einige Schwarze in den Wäldern, die dem alten Stallknecht melden, sobald die geheimen Pfade entdeckt werden. Wir warten die nächsten Tage ab, ob eine solche Meldung eintrifft, und dann kann Mademoiselle de la Rivière damit beginnen, sich dort zu orientieren. Sie hat selbst gesagt, sie habe sich auf Anhieb gut zurechtgefunden."

„Auf einem winzigen Areal. Der bisherige Reiter war vom *Lake Pontchartrain* bis an den Golf hinunter unterwegs."

„Das müssen wir anders regeln. Mademoiselle de la Rivière kann es sich nicht leisten, einen ganzen Tag im Hause Leroux zu fehlen."

„Es sei denn, ich übernachte bei Freundinnen ...", schlug Toni leise vor.

Marie und ihr Mann fuhren herum und sahen die junge Frau an.

„Sie geben demnach Ihr Einverständnis, Mademoiselle de la Rivière?", fragte Sylvain begeistert.

„Ich werde das nicht zulassen!", rief Marie entschieden und verließ unter lautem Zuschlagen der Tür ihre Küche.

„Zumindest so lange, bis Sie einen Ersatz finden konnten, Monsieur Merlin."

Sylvain blickte sie forschend an. „Warum tun Sie das?"

„Ich habe einen Lehrer, der mir die Augen für die Ungerechtigkeiten dieses Systems geöffnet hat. Erinnern Sie sich? Außerdem kenne ich Caro, ich kannte Monsieur Ardant und ich habe diese tote Frau im Wald liegen gesehen."

„Diese Aufgabe wird Gefahr für Sie bedeuten, Mademoiselle de la Rivière."

„Ich werde nicht zu viel wagen. Und wie Sie bereits sagten: Wer sollte mich verdächtigen?"

„Die Gefahr liegt auf dem Weg."

Toni nickte. Darüber würde sie sich tatsächlich Gedanken machen müssen. Doch im Moment überwog ihr Wunsch zu helfen, geprägt durch die Erlebnisse der letzten Wochen und den Eindruck, von Gott mit Gaben ausgestattet worden zu sein, die ihr bei dieser Tätigkeit von großem Nutzen sein würden. Und dazu gehörten auch ihre zierliche Gestalt und ihr unschuldiges, fröhliches und einnehmendes Lächeln. Dieses würde das Geheimnis um Antoinette de la Rivière schützen, die in dem langsam dem Ende entgegenstrebenden Jahr 1855 ein wichtiges Bindeglied der im Küstengebiet Louisianas agierenden Sklavenschmuggler werden würde.

Teil 3

1859-1860

Ihr gedachtet es böse mit mir zu machen,
aber Gott gedachte es gut zu machen …

1. Mose 50,20

Kapitel 14

Die feuchtschwüle Luft war angefüllt von dem exotischen Duft der am Wegesrand blühenden Orchideen und vom süßlichen Geruch reifer Früchte. Dennoch überwog der herbe Geruch des wilden, von unzähligen Sumpfgebieten durchzogenen Waldes. Das Lied eines einsamen Nachtvogels hallte zwischen den hohen, mit spanischem Moos überzogenen Bäumen durch die Nacht, und weit entfernt erklang der klagende Ruf einer Eule, deren tiefe Stimme im krassen Gegensatz zu dem immerfort andauernden, hohen Zirpen der Grillen stand. Ein Alligator ließ sein heiseres Bellen hören, dann folgte das Aufklatschen seines Körpers aufs Wasser, und der verzerrte Schrei eines Säugetieres machte deutlich, dass die gefährlichen Zähne des Reptils ein Opfer gefunden hatten. Ein leichter Windhauch, vom nahen Golf von Mexiko heraufkommend, bewegte das grüne Blätterdach, das sich in scheinbar unendlicher Weite entlang des großen Stromes ausdehnte.

Ein Pferd, ebenso schwarz wie der Himmel, bewegte sich vorsichtig über den moosbewachsenen, leicht abschüssigen Boden und hielt aufmerksam die Ohren nach vorne gerichtet. Seine Reiterin – eine zierliche Gestalt in einen weiten, schwarzen Umhang gehüllt – saß fest im Sattel und überließ es dem Tier, die Geschwindigkeit anzugeben. Obwohl es den Anschein haben mochte, als döse die Reiterin vor sich hin, waren doch alle ihre Sinne hellwach und unterschieden die natürlichen Geräusche des Waldes und der Tiere von denen, die von Menschen hervorgerufen wurden. Fünf kräftig gebaute Gestalten, barfuß und in zerrissenen, löchrigen Kleidern, folgten dem Pferd.

Plötzlich begann das Reittier unruhig zu werden und sofort brachte die Reiterin es zum Stehen. Spannungsgeladene Stille breitete sich aus, und durch das Knacken der Zweige und das Rascheln kleinerer Lebewesen im Unterholz war die Stimme eines Mannes zu hören, der sich lautstark mit jemandem unterhielt.

Antoinette de la Rivière glitt aus dem Sattel und hockte sich neben das Pferd, das nun in beinahe gespenstischer Bewegungslosigkeit stehen blieb. Die junge Frau band sich die Kapuze ihres Capes ein wenig strammer unter dem Kinn fest. Schließlich huschte sie zu den fünf flüchtigen Sklaven nach hinten und flüsterte ihnen zu, dass sie sich hinlegen und die Verzögerung nutzen sollten, indem sie ein wenig zu schlafen versuchten.

Sie erntete überraschte Blicke und unterdrückte ein Lächeln. Viele der Flüchtlinge reagierten auf die schmächtige Gestalt ihres Fluchthelfers mit Verwirrung, da sie diesen für einen Jungen, keinesfalls jedoch für einen Mann halten konnten. Doch sie hatte in den vergangen vier Jahren, seit sie die Aufgabe des Fluchthelfers entlang dieses Teilabschnittes des Mississippi übernommen hatte, erst eine komplette Gruppe und aus einer anderen Gruppe einen älteren Mann an die Sklavenjäger verloren.

Schließlich legte sich der jüngste der Männer auf den weichen Pfad und rollte sich wie eine schlafende Katze zusammen. Die anderen taten es ihm nach und Toni nickte zufrieden. Dann ging sie leise, jeden Schritt abwägend und dabei auf die Stimme des Mannes lauschend, über den geheimen Waldpfad in Richtung der Landstraße, um schließlich vor einem dichten, fast undurchdringlichen Gebüsch innezuhalten. Aus ihrem Versteck hatte sie einen guten Blick auf den Weg, auf welchem sich zwei Männer befanden. Während einer von ihnen lautstark fluchte und einen nicht mehr ganz nüchternen Eindruck machte, war der zweite Mann nur noch zum Lallen imstande und offenbar ausgerechnet an der Stelle von seinem Pferd gefallen, an der sie von ihrem Pfad aus auf die Landstraße wechseln mussten.

Erleichtert atmete Toni auf. Von diesem Gespann ging für sie und ihre Schutzbefohlenen keine ernsthafte Gefahr aus. Doch die Verzögerung, die sie nun hinnehmen musste, war unangenehm, da sie ohnehin schon sehr spät dran waren.

Zwar nahmen ihr Patenonkel und seine Frau an, dass sie sich auf einer der unzähligen Gartenpartys aufhielt, die nun nach dem heißen Sommer in den Stadthäusern und auf den Plantagen veranstaltet wurden, doch sie wurde zumindest vor Sonnenaufgang zurückerwartet. Diese Zeitplanung stand nun jedoch auf sehr wackeligen Beinen – wackeliger noch als die des Betrunkenen waren, dem es trotz der Hilfe seines Freundes noch immer nicht gelang, zurück in den Sattel zu steigen.

Die Minuten verstrichen und Toni wurde immer unruhiger. Sie konnte es unmöglich schaffen, ihre Begleiter bis in das nächste Versteck zu bringen und dann noch vor Tagesbeginn zurück im Haus der Leroux' zu sein. Vermutlich würde der Morgen grauen, ehe sie in dem heruntergekommenen Gasthaus ankam, in dem Caro sicherlich ungeduldig und ängstlich auf ihre Rückkehr wartete.

Toni schüttelte den Kopf. Sie durfte ihrem Mädchen die unruhigen Nächte in dem ungemütlichen, schmutzigen Zimmer nicht mehr länger zumuten. Caro war seit über einem Jahr mit Claude, dem Kutscher der Familie Leroux, verheiratet und ihr erstes Kind hatte sich bei ihr angekündigt. So schwer es ihr auch fallen würde, Toni musste sich baldmöglichst nach einer anderen, ebenso vertrauenswürdigen und verschwiegenen Begleiterin wie Caro umsehen müssen.

Die herrische Stimme des weniger betrunkenen Mannes ließ die junge Frau erschrocken den Kopf heben.

„Mach doch, was du willst, alter Suffkopf!“, schrie er, und Toni sah, wie er sich auf sein Pferd schwang und davongaloppierte. Der Zurückgelassene lachte nur und ließ sich rücklings auf den Weg fallen. Hatte der Betrunkene etwa vor, hier seinen Rausch auszuschlafen?

„Wunderbar“, flüsterte Toni vor sich hin und tippte sich nachdenklich mit dem rechten Zeigefinger gegen die Lippen. „Was soll ich denn jetzt mit diesem Mann anfangen?“

Nachdem sie noch einige Minuten regungslos und in stillem Gebet gewartet hatte, drückte sich Toni gebückt durch die Zweige und kletterte über den schmalen Straßengraben bis auf die Straße. Das Pferd des Mannes hob den Kopf, schnaubte leise und widmete sich dann wieder den Gräsern am Wegesrand. Toni vergewisserte sich, dass ihr Gesicht durch die Kapuze vollkommen verborgen war, und trat neben den wie leblos daliegenden Betrunkenen. Tiefe Atemzüge und ein gelegentliches Schmatzen deuteten darauf hin, dass der Mann bereits in einen festen Schlaf gefallen war. Toni stieß mit ihren weichen Wildlederschuhen gegen die Stiefel des Schlafenden. Dieser gab einen unkontrollierten Grunzlaut von sich, rührte sich jedoch nicht. Eine Weile beobachtete Toni noch die vor ihr liegende Gestalt, dann wandte sie sich um und drang erneut in das Gebüsch ein.

Eilig kehrte sie zu ihrem Pferd und den wartenden Sklaven zurück. Das Tier schnaubte und begann sich unruhig hin und her zu bewegen. Es schien Durst zu haben und diesen nächtlichen Ausflug bald hinter sich bringen zu wollen.

Einer der entflohenen Sklaven hob seinen Kopf. „Was sind das für Männer?“, fragte er nahezu unverständlich, da ihm seine Zähne komplett gezogenen worden waren.

„Zwei Betrunkene. Einer ist davongeritten, der zweite liegt mitten auf der Landstraße. Wir werden so leise wir können an ihm vorbeigehen müssen", flüsterte sie, wandte sich um und nahm die Zügel des dunklen Hengstes in die Hand. Folgsam schritt das Tier hinter ihr her und mit inzwischen routinierten Bewegungen und ohne Scheu oder Widerwillen zu zeigen, folgte es seiner Herrin durch das Gestrüpp, welches diesen geheimen Pfad von der viel befahrenen und berittenen Straße trennte.

Die Schwarzen folgten ihnen, blieben aber in gebührendem Abstand vor dem Schläfer stehen, diesen jedoch nicht aus den Augen lassend.

„Wir müssen ihn von hier wegbewegen", flüsterte Toni ihnen zu. „Ich möchte nicht, dass er morgen direkt am Durchgang zu diesem heimlichen Pfad aufwacht und ihn zufällig entdeckt, wenn er sich erleichtern möchte. Am besten, wir tragen ihn ein Stück den Weg hinunter." Die vier schwarzen Männer gehorchten, wenn auch mit deutlichem Widerwillen im Blick.

Toni nahm nun auch das Pferd des Fremden am Zügel und führte es gemeinsam mit ihrem Noir einige Hundert Meter mit sich bis zu einem schmalen Wasserlauf, aus dem sowohl ihr Hengst als auch das Pferd des Betrunkenen gierig tranken. Ihre Schutzbefohlenen legten den Mann ein wenig abseits des Weges ins Gras, woraufhin sich dieser mit einem weiteren, lauten Grunzen auf die Seite drehte und die Augen öffnete. Die flüchtigen Sklaven wichen unwillkürlich ein paar Schritte zurück, Toni jedoch blieb stehen, darum bemüht, den hellen Mond im Rücken zu haben, sodass dieser ihr Gesicht nicht bescheinen konnte.

Der Mann fuhr in die Höhe. Dann musterte er das schöne Pferd, das neben seinem Tier stand, um seinen Blick sofort auf die vor ihm stehende, bewegungslose Gestalt zu richten. „Ich weiß, wer Sie sind", stammelte er. „Sie sind der *Chevalier Mystérieux*, der den Plantagenbesitzern so zusetzt."

„Und Sie scheinen ein ausgeprägter Säufer zu sein", flüsterte Toni mit heiserer Stimme, um sich nicht als Frau zu erkennen zu geben. „Meine Begleiter haben Sie von der Straße geschafft, damit nicht noch ein Wagen über Sie fährt."

Der Mann zwinkerte mehrmals und blickte dann erneut zu seinem Pferd. Er schien in Anbetracht der in das Cape gehüllten Gestalt weniger verwundert als von Angst erfüllt zu sein.

„Schlafen Sie Ihren Rausch aus", flüsterte Toni und wandte sich um, um sich gewandt auf den Rücken des Hengstes zu schwingen. Dann bedeutete sie den schweigsamen Männern mit einer knappen Handbewegung weiterzugehen. Sie durften sich nicht unnötig lange auf diesem äußerst gefährlichen Wegstück aufhalten.

Während die fünf Männer mit großen, weit ausholenden Schritten vorausgingen, beobachtete Toni, wie der Betrunkene den Davonmarschierenden hinterherblickte. Schließlich sackte er ruckartig nach hinten. Toni lenkte ihr Pferd direkt neben ihn, um sicher zu gehen, dass er wieder in einen tiefen Schlaf gefallen war. Dann trieb sie das Tier in einen flotten Trab und hatte die Männer sehr schnell eingeholt. Sie setzte sich erneut an die Spitze der Gruppe, und nach wenigen bangen Minuten erreichten sie den Haselnussstrauch und das Dornengestrüpp, hinter welchem der nächste geheime Pfad lag.

Toni drehte sich im Sattel, um zu sehen, wie weit die fünf noch von ihr entfernt waren, als sie zwischen ein paar hoch in den Himmel ragenden Baumstämmen ein in unregelmäßigen Abständen aufflackerndes Licht bemerkte.

Der Kellner stellte ein Glas Bier auf den Tisch, lächelte unverbindlich und verschwand wieder. Vom vorderen Teil der Gastwirtschaft drang lautes Gelächter und das Klirren mehrerer Gläser herüber. Offenbar hatten die Menschen dort einen Grund zum Feiern.

Umständlich kramte Mathieu seine Taschenuhr hervor und warf einen Blick darauf. Er hatte eine weite Reise hinter sich und war müde, doch da er nur für diese Nacht in Washington bleiben würde, war ihm nichts anderes übrig geblieben, als einem so späten Termin mit Carl Schurz zuzustimmen. Doch nun ließ der Deutsche ihn seit nahezu einer Stunde hier im Willards warten.

In diesem Moment näherten sich eilige Schritte und eine freundliche Stimme begrüßte ihn: „Guten Abend, junger Freund. Entschuldigen Sie bitte, dass ich Sie habe warten lassen.“

Mathieu erhob sich und reichte dem lächelnden, jedoch abgekämpft und müde aussehenden Carl Schurz die Hand. „Die Politik, nicht wahr, Mister Schurz?“ Er bedeutete dem Mann, sich doch zu setzen, und ließ sich ebenfalls wieder in seinen Stuhl sinken.

Schurz winkte den Kellner herbei, bestellte jedoch nur ein Glas Wein, was Mathieu darauf schließen ließ, dass der Deutsche nur wenig Zeit erübrigen konnte.

„Sie haben Ihr Studium also mittlerweile erfolgreich beendet? Ich gratuliere, Mister Bouchardon.“ Schurz prostete dem jungen Mann zu, der die Gratulation mit einem Lächeln entgegennahm.

„Nehmen Sie mein Angebot an, hier in Washington zu bleiben?

Ich könnte Sie als einen weiteren Juristen in unserer Partei gut gebrauchen."

„Wie ich Ihnen bereits schriftlich mitteilte, habe ich in New Orleans noch einiges zu erledigen."

„Ich dachte es mir schon. Sehen Sie nur zu, dass Sie sich nicht die Finger verbrennen, Mister Bouchardon."

Mathieu nickte ihm zu und lehnte sich in seinem Stuhl zurück. Erneut drang lautes Gelächter zu ihnen herüber und sein Gesprächspartner drehte sich für einen Augenblick nach der lauten Gesellschaft um.

„Was macht Ihr Präsidentschaftskandidat?", erkundigte sich Mathieu.

„Unsere Partei wird ihn nächstes Jahr im Mai bei unserem Nationalkonvent in Chicago wählen", war Schurz' ausweichende Antwort und ein amüsiertes Lächeln umspielte seine Lippen.

„Seward?", fragte Mathieu nach.

„Oder Abraham Lincoln", sagte sein Gegenüber knapp und fuhr dann fort: „Bis dahin kann noch viel geschehen, junger Freund. Wussten Sie übrigens, dass immer mehr Abgeordnete bewaffnet zu den Sitzungen erscheinen? Selbst Zuschauer wurden bereits mit Waffen gesehen."

Mathieu gewann den Eindruck, dass Carl Schurz nicht bereit war, mit ihm über tiefer gehende parteipolitische Themen zu sprechen.

„Das hört sich gefährlich nach Krieg an, Mister Schurz."

„Es gibt Menschen, die sagen, wir befänden uns bereits seit den Auseinandersetzungen in Kansas im Krieg. Seit die erneut aufflammenden, kontrovers diskutierten Themen wie Zolltarife, Pazifikeisenbahn oder die Landzuweisungen immer höhere Wellen schlagen und der Süden sich stolz bläht und immer häufiger das Wort Sezession in den Mund nimmt, weise ich diese Aussagen auch nicht mehr lauthals von mir. Louisiana und die anderen Südstaaten, allen voran South Carolina, kämpfen um ihre Rechte und vor allem um den Erhalt der Sklaverei."

„Die Sklaverei wird nicht mehr lange Bestand haben können, selbst wenn die Südstaaten dies nicht wahrhaben wollen."

„Wenn die Organisation, die Sie dort unten im Süden bis nach Boston und Kanada hinauf aufgebaut haben, weiterhin so viele Schwarze über die Grenzen schmuggelt, sehe ich das auch so", flüsterte Carl Schurz und Mathieu zeigte ihm ein schiefes Grinsen.

„Wir haben Millionen von versklavten Menschen, Mister Schurz. Im Vergleich dazu sind es nur eine Hand voll Leute, denen die Flucht gelingt und denen wir helfen können."

„Ich weiß, Mister Bouchardon, und ich respektiere Ihren Einsatz, wenngleich ich Sie gerne hier in Washington gehabt hätte." Carl Schurz zog seine goldene Taschenuhr hervor und warf einen flüchtigen Blick darauf. „Wann reisen Sie weiter, Mister Bouchardon?"

„Morgen."

„Werden Sie Miss Eichenheim sehen?"

Mathieu bemühte sich um einen gleichgültigen Gesichtsausdruck, war sich jedoch nicht sicher, ob ihm dieser gelang. „Soweit ich weiß, lebt sie noch im Hause Leroux, Mister Schurz. Hatten Sie ihr eigentlich geschrieben?"

„Einmal. Nach unserem Gespräch vor vier Jahren, in dem Sie mir von ihr erzählt haben. Allerdings habe ich niemals eine Antwort erhalten."

„Vielleicht hat Ihr Bericht die junge Dame zu sehr verstört?"

„Ich habe ihr nur Unwesentliches über ihre Eltern berichtet, Mister Bouchardon. Ich wollte die Dame nicht mit Einzelheiten erschrecken, von denen sie vermutlich nicht einmal etwas ahnte. Deshalb habe ich ihr lediglich mitgeteilt, dass Sie mich angesprochen hatten, und dass ich gerne bereit wäre, ihre Fragen zu den damaligen Geschehnissen zu beantworten."

Mathieu nickte. „Und sie hat Ihnen niemals zurückgeschrieben? Das verwundert mich. Mir schien es, als leide die junge Dame unter der Ungewissheit, was damals mit ihren Eltern geschehen ist. Immerhin hat sie mich eindringlich darum gebeten, Sie um Informationen zu bitten."

Carl Schurz, der es kurz zuvor noch eilig gehabt zu haben schien, lehnte sich nun beinahe gemütlich in seinem Stuhl zurück und taxierte den jungen Mann mit ernstem Gesichtsausdruck, ehe er sich wieder aufrichtete und sich weit zu ihm hinüberlehnte. „Bedeutet Ihnen Eichenheims Tochter etwas, junger Freund?"

Mathieu hob die Augenbrauen. Diese Frage kam überraschend und ein wenig zu direkt. Er war sich über seine Gefühle für Antoinette nicht ganz im Klaren. Als er New Orleans vier Jahre zuvor das zweite Mal den Rücken gekehrt hatte, war seine Zuneigung für sie sehr stark gewesen, doch seine Arbeit bei der Organisation sowie sein Studium in New York hatten ihn daran gehindert, diese eingehender zu erforschen. In New York hatte es Zeiten gegeben, in denen er ständig an die zarte Frau mit dem wunderbaren Lächeln hatte denken müssen, und dennoch hatte er es zugelassen – vielleicht um diese Gefühle aus seinem Herzen zu vertreiben –, dass sich eine andere Frau in sein Leben schlich.

Louise war eine hübsche, liebenswerte junge Frau, doch sehr schnell hatte er sich eingestehen müssen, dass er sie nicht würde heiraten können. Es wäre ihr gegenüber nicht fair gewesen, denn seine Gedanken waren noch viel zu häufig um Antoinette de la Rivière gekreist. Seit seinem Abschied von seiner Schwester und deren Familie vor wenigen Tagen rumorte eine tiefe Aufgeregtheit in seinem Inneren und er konnte dieser einen Namen geben: Antoinette. Doch weshalb stellte ihm Carl Schurz, den er nicht gerade zu seinen engsten Freunden rechnen würde, diese prekäre Frage?

„Wie kann ich Ihr Zögern deuten, Mister Bouchardon? Wenn sie nach ihrer Mutter kommt, ist sie wahrscheinlich zierlich und hübsch, hat wunderschöne dunkle Augen und schwarze Haare, nicht wahr? Antoinettes Mutter hatte ein Lächeln, das die Sterne erblassen ließ. Heinrich Eichenheim war ihr vollkommen ausgeliefert, wenn sie ihn anlächelte."

Mathieu konnte ein Grinsen nicht unterdrücken und Carl Schurz schmunzelte verstehend. Wieder beugte er sich weit nach vorne. „Antoinettes Vater war ein großartiger Mann. Er war Berater bei Hofe und hatte dort nicht wenig Einfluss. Er wollte eine friedliche Revolution und stand – wie ich auch – für die demokratischen Rechte ein."

„Dann wurde er jemandem aus diesen Adelskreisen *zu* einflussreich?"

„Sie nehmen an, er sei deshalb ermordet worden?"

Mathieu nickte und blickte gebannt in das Gesicht seines Gegenübers.

Schurz schüttelte langsam den Kopf und beugte sich noch ein wenig weiter über den Tisch. „Das glaube ich nicht. Nachforschungen haben ergeben, dass Heinrich und seine Frau einem Mörder zum Opfer fielen, dessen Auftraggeber höchstwahrscheinlich keine politischen Interessen hatte. Ich konnte niemals herausfinden, warum diese Bluttat tatsächlich geschah, doch ich weiß von Heinrich, dass es schriftliche Anweisungen darüber gab, was im Falle seines Todes mit seiner Frau, seiner Tochter und seinem großen Landbesitz geschehen sollte. Ich kenne keine Einzelheiten in Bezug auf das Testament, nehme jedoch an, dass Antoinette Eichenheim eine sehr reiche Frau ist. Aber eben deshalb ist sie auch in Gefahr!"

„In Gefahr?" Mathieus Kopf fuhr in die Höhe. Die Worte seines Gegenübers jagten ihm einen heißen Schauer der Angst über den Rücken und machten ihm deutlich, dass er Antoinette – obwohl er sie seit ein paar Jahren nicht gesehen hatte – mehr liebte, als er bisher angenommen hatte.

„Wenn der Mord nicht politisch motiviert war – und davon gehe ich aus –, stellt sich die Frage, ob irgendwelche persönlichen oder finanziellen Motive der Grund für diese Tat waren. Falls es wirklich um Geld ging, würde sich der Täter nun auf Antoinette fokussieren. Vor einigen Wochen, als ich mit einigen unserer Leute in Deutschland korrespondierte, wurde mein Verdacht bekräftigt. Irgendjemand sucht nach Antoinette. Seit Jahren werden an verschiedenen Stellen Nachforschungen über den Verbleib der Eichenheim-Tochter betrieben, und niemand kann ausschließen, dass man ihr inzwischen dicht auf den Fersen ist."

Mathieu ballte seine Hände zu Fäusten. Er konnte sich einfach nicht vorstellen, dass irgendjemand dieser zarten, lieblichen Person etwas Böses wollte. Doch offenbar war der Mörder ihrer Eltern – aus welchen Gründen er diese Bluttat auch begangen haben mochte – noch nicht zufrieden gestellt.

„Mister Bouchardon. Reisen Sie nach New Orleans, berichten Sie Miss Eichenheim von unserem Gespräch, heiraten Sie sie und kommen Sie mit ihr nach Washington. Eine Anstellung ist Ihnen sicher und wir könnten gemeinsam auf die junge Dame aufpassen. Das bin ich Heinrich schuldig."

Mathieu nickte unverbindlich. Er war mit seinen Gedanken noch immer bei Antoinette, und mit unruhigem Herzschlag stellte er fest, dass er zwar niemals davon gehört hatte, dass Antoinette de la Rivière verheiratet war, er dies jedoch nicht ausschließen konnte.

Dann fiel ihm etwas ein. „Mister Schurz?" Der Angesprochene, der erneut nervös auf die Uhr geblickt hatte, hob fragend den Kopf. „Ist bei der Familie Eichenheim eine Erbkrankheit bekannt?"

„Eine Erbkrankheit? Nicht dass ich wüsste. Würde das für Sie irgendeine Rolle spielen?"

„Nein, Mister Schurz. Doch dieses Gerücht ging durch New Orleans, als Antoinette in die Gesellschaft eingeführt wurde. Niemand wusste so recht, woher es stammte, doch es hielt potenzielle Verehrer und Ehemänner von ihr fern – zumindest damals."

„Ich kannte Heinrichs Familie. Bei ihnen gab es nie eine besondere Krankheit. Und ich weiß, dass Angeliques Eltern beide sehr alt geworden sind. Ich kann mir nicht vorstellen, worauf ein solches Gerücht zurückzuführen sein könnte."

Mathieu nickte und nahm den letzten Schluck seines inzwischen warmen Bieres.

Auch Schurz trank aus und erhob sich langsam. „Dieses Gerücht, junger Freund ... Versuchen Sie seinen Ursprung zu finden. Vielleicht kommen Sie dadurch dem Rätsel um den Tod der Eichenheims ein wenig näher. Allerdings könnte das bedeuten, dass der oder die Mörder dem Mädchen näher sind, als uns lieb ist!"

„Mister Schurz, das Gerücht wurde bereits vor über vier Jahren gestreut. Sollten Sie mit Ihrer Vermutung Recht haben ..." Mathieu wagte nicht, den Satz zu beenden.

„Sie sind Jurist, Mister Bouchardon. Denken Sie nach."

Mathieu verstand sofort, worauf sein Gesprächspartner anspielte. „Wenn dieses Gerücht potenzielle Ehemänner abschrecken sollte, dann bedeutet dies, dass die Lösung dieser Frage in dem Testament liegt und das Motiv der Mörder Geldgier ist. Und sie werden auch vor einer jungen, unschuldigen Frau nicht Halt machen."

„Mein Angebot gilt, Mister Bouchardon. Grüßen Sie Antoinette von mir. Vielleicht mag sie einem alten Freund ihres Vaters doch einmal schreiben, wenn auch nur, um sich von mir das bestätigen zu lassen, was Ihnen sicherlich nicht leicht fallen wird, ihr mitzuteilen."

„Ich danke Ihnen für Ihre Offenheit."

Carl Schurz nickte und drückte die Hand des jungen Mannes fest. „Bereiten Sie Ihre Landsleute dort unten auf einen Sieg der Republikaner vor, Mister Bouchardon. Vielleicht denken sie dann noch um und kommen uns ein wenig entgegen?"

Mathieu zuckte mit den Schultern. Es war für ihn schwer vorstellbar, dass sich die stolzen Südstaatler, die von ihren Sklaven reich profitierten, leicht von der Sklaverei oder von ihren politischen Forderungen würden trennen können, und dies ließ ihn um sein Land und seine Freunde fürchten.

Carl Schurz verließ die Gastwirtschaft mit großen, energischen Schritten, einen zutiefst nachdenklichen und unruhigen Mathieu Bouchardon zurücklassend.

Mit einem deutlich vernehmbaren Zischlaut trieb Antoinette de la Rivière ihre Schutzbefohlenen an, die auch erfreulich schnell reagierten. Sie deutete mit ihrer behandschuhten Hand auf das dichte Gebüsch, hinter dem sie sich verstecken sollten. Sie selbst blieb abseits des Weges im Schatten der hoch aufragenden Bäume stehen und beobachtete das aufflackernde Licht. Schließlich hörte sie Hufschläge und das stete Rollen von Rädern. Eine große, schwere Kutsche näherte sich.

Toni ließ ihr Pferd durch die Büsche gehen und traf dort auf die fünf unruhigen Flüchtlinge. Sie wies diese mit einer knappen

Handbewegung an, erst einmal alleine den schmalen Pfad weiterzugehen, dann sprang sie ab und hockte sich kurz nieder zum Zeichen für das gut ausgebildete Pferd, dass es leise zu sein hatte. Vorsichtig schlich sie sich bis direkt an das dornige Gesträuch heran. Die Kutsche näherte sich, wurde dann merklich langsamer und stoppte schließlich. Dann rief eine Stimme, die unverkennbar Claude gehörte: „Nur ein Betrunkener, Michie Leroux."

Toni fuhr erschrocken zusammen. Ihr Patenonkel! Dessen Antwort entging ihr, jedoch setzte sich das Gefährt wenige Sekunden später wieder in Bewegung und passierte sie. Das schwankende Licht an der Außenseite der Kutsche verschwand zwischen den Bäumen. Raphael kam von einem geselligen Abend – vermutlich mit Kartenspiel und viel Alkohol – und würde lange vor ihr zu Hause eintreffen. Doch zumindest würde er bis spät in den Vormittag hinein schlafen und ihre späte Ankunft deshalb nicht bemerken.

Toni stieg wieder in den Sattel und ritt ihren Schutzbefohlenen nach.

Mathieu lag hellwach in seinem Hotelbett und starrte die Stuckornamente an der hohen Decke an. Vom Restaurant unten waren noch immer die Stimmen und das Gelächter einiger Gäste zu vernehmen, deren Fröhlichkeit so gar nicht zu Mathieus bedrückenden Überlegungen passen mochte. Er wusste nicht, was er über Antoinette, über das Gespräch mit Carl Schurz und vor allem über seine Gefühle denken sollte. Seine Zweifel und Fragen vorsichtig zu einem Gebet formend, nahm er sich vor, erst einmal abzuwarten, wie sich ihm die Lage in New Orleans darstellen würde. Immerhin konnte Antoinette inzwischen verheiratet sein und einige Kinder um sich scharen, wobei er eigentlich annahm, dass André ihm derartige Neuigkeiten mitgeteilt hätte.

Er musste erst einmal eine Nacht darüber schlafen. Vielleicht konnte er die Angelegenheit morgen mit einem klareren Kopf und mit weniger Emotionen sehen. Immerhin konnte es für den Tod von Antoinettes Eltern auch eine harmlosere Erklärung geben als die, die er und Mister Schurz sich an diesem späten Abend zusammengesponnen hatten.

Mathieu drehte sich auf die Seite. Er sah Antoinettes dunkle Augen so deutlich vor sich, als habe er erst gestern in diese geblickt. Der junge Anwalt seufzte leise auf. Irgendwie setzte sich der Gedanke in seinem Hirn fest, dass die nächsten Wochen für ihn sehr unruhig werden würden, und das lag vermutlich nicht daran, dass er sich erneut als Sklavenfluchthelfer zur Verfügung stellen wollte.

Nach einigen Minuten drehte sich der junge Mann wieder auf den Rücken und starrte an die Decke. Wie nur konnte jemand einem so wundervollen Menschen wie Antoinette Böses wollen? Wer war sie schon? Eine junge Frau, die sehr früh ihre Eltern verloren hatte und unmittelbar nach dieser Tragödie beinahe gewaltsam aus ihrem gewohnten Umfeld gerissen worden war. Nun war sie zu einer höflichen und wohlerzogenen jungen Dame herangewachsen, die vermutlich niemals etwas Aufregenderes getan hatte, als hin und wieder heimlich einen kleinen Ausritt am Strand entlang zu wagen. Vermutlich bestand ihr Alltag aus ihrem atemberaubend schönen Klavierspiel, aus Nachmittagskaffees sowie Opern- und Theaterbesuchen, und wenn es nach Mathieu ging, würde er gerne dafür sorgen, dass dies weiterhin so blieb und Antoinette von jeglichen Aufregungen und Gefahren fern gehalten wurde.

Langsam fielen die ersten Sonnenstrahlen durch das dichte Blätterdach und zauberten schwarzgrüne Schattenbilder auf die von dunklem Moos und hellen Farnen überwucherte Erde, die zu dieser frühen Morgenstunde kräftig dampfte. Die Vögel erhoben lautstark ihre Stimmen. Der Wald war erfüllt von ihrem wunderbaren Gezwitscher, als müsste jedes einzelne der gefiederten Tiere das andere übertrumpfen. Die feuchte Kühle der nächtlichen Stunden löste sich schnell auf, und schon breitete sich die gewohnte, schwülnasse Hitze in dem Wald aus, die Toni sofort die Schweißperlen auf die Stirn trieb. Sie war müde und ihre Augen brannten, und selbst der sonst so stolze, kraftvolle Hengst trottete müde vor sich hin.

Toni konnte das Tier gut verstehen. Dies war die neunte Nacht in Folge, in der sie unterwegs waren, und allein in dieser Nacht hatte sie ihre Schützlinge fast sieben Stunden durch den dunklen Wald getrieben.

Toni zuckte zusammen, als das Tier anhielt. Mit verschleiertem Blick schaute sie um sich und stellte fest, dass sie an der Landstraße angekommen waren, die sie innerhalb weniger Minuten bis zum Stall bringen würde.

„Du wirst schneller zu Hause sein als ich, Noir“, flüsterte sie dem Tier zu und strich ihm liebevoll über den Hals. Dann schwang sie sich aus dem Sattel, öffnete eine der Satteltaschen und begann sich umzukleiden. Innerhalb weniger Minuten hatte sie sich vom *Chevalier Mystérieux* in einen jungen Burschen verwandelt. Ein wenig mühsam steckte sie ihre Haare nach oben, setzte sich den breitrandigen Hut auf, befestigte ihn mit zwei Haarnadeln, die als Hutanstecker getarnt waren, damit er ihr bei ihrem schnellen Ritt nicht vom Kopf rutschen konnte, und schob das Cape und die dunklen Kleider in die Satteltasche.

Schließlich führte sie das folgsame Tier durch das Gesträuch, blickte sich einen Moment lang vorsichtig um und schwang sich dann müde wieder in den Sattel.

Sie trieb das Tier in einen leichten Galopp, näherte sich zügig dem Waldrand und jagte zwischen den hoch stehenden Feldern hindurch. Schnell erreichte sie den Stall, in welchem ihr ein sichtlich nervöser Stallknecht das wertvolle Pferd abnahm.

„Gab es Schwierigkeiten?“, fragte er flüsternd.

„Nur Verzögerungen“, beruhigte Toni ihn.

Ohne sich weiter auf ein Gespräch einzulassen, verließ sie die Stallgasse und betrat durch die Hintertür das Gasthaus.

„Mamselle!“ Caro stürmte auf Toni zu, als diese in die kleine Kammer trat, und schloss sie fest in die Arme.

„Ich dachte schon, sie hätten Sie erwischt, Mamselle.“

„Es ist alles in Ordnung, Caro. Mir geht es gut. Ich bin nur müde.“

„Müssen Sie heute Nacht wieder raus?“

Toni schüttelte verneinend den Kopf und hoffte, dass es auch dabei bleiben würde. Die vielen durchwachten Nächte hinterließen so langsam Spuren an ihr.

Toni löste sich von Caro und begann sich ein weiteres Mal umzukleiden. Minuten später hörten sie die Kutsche vorfahren, die der Stallknecht in der Zwischenzeit für sie geholt hatte, und die beiden Frauen schlichen leise durch den Gastraum nach draußen.

Heller, warmer Sonnenschein schlug ihnen entgegen, und jetzt erst schien Caro bewusst zu werden, wie spät es bereits war. „Werden Sie Ärger bekommen, Mamselle?“, fragte sie.

„Ich nehme nicht an, dass im Hause Leroux schon jemand wach sein wird, wenn wir dort ankommen. Meinen Patenonkel habe ich heute Nacht sehr spät von einer Gesellschaft zurückkommen sehen und die anderen Damen im Haus stehen nie vor Mittag auf.“

„Hoffen wir es, Mamselle“, murmelte Caro und stieg in die Kutsche.

Die beschlagenen Räder rumpelten laut über das Kopfsteinpflaster und Toni blinzelte müde aus den Fenstern. Sie konnte inzwischen am Rollen der Räder und am Geräusch der Hufschläge erkennen, wann sie das *Vieux Carré* erreichten und sie sich ihrer normalen, ruhigen und heilen Welt näherten.

Die Kutsche hielt vor dem gusseisernen Tor. Bei einem Blick aus dem Fenster entdeckte Toni den kleinen Einspänner Louis Poiriers in der Auffahrt. Die Anwesenheit von Dominiques Ehemann konnte nur bedeuten, dass dieser eine geschäftliche Besprechung mit Raphael Leroux hatte. Somit musste ihr Patenonkel, so müde er auch sein mochte, bereits wieder aufgestanden sein.

„Was sollen wir nur tun?“, flüsterte Caro leise, als der Kutscher bereits den Verschlag öffnete und die Stufen herunterklappte.

„Sie werden im Arbeitszimmer sein. Wenn wir leise sind, bemerken sie uns nicht“, entgegnete Toni und nahm die dargebotene Hand des Kutschers, um sich mit ihrem weiten, aufgebauschten Kleid aus dem Gefährt helfen zu lassen.

Die beiden Frauen eilten die Auffahrt hinauf und erreichten gerade die Treppe, als sich die Tür öffnete und Louis Poirier im Türrahmen erschien. Er blickte sie verwundert an und trat dann höflich beiseite, um sie einzulassen.

„Guten Morgen, Louis. Ich hoffe, Dominique geht es gut?“

„Den Umständen entsprechend“, murmelte der Mann und nickte Raphael Leroux zu, der nun ebenfalls im Türrahmen erschien.

„Wo kommst du um diese Zeit her, Antoinette?“, fragte der ältere Herr und zog seine Taschenuhr aus dem Jackett.

„Es ist leider etwas spät geworden, *Parrain*. Doch es war so aufregend und wir hatten uns so viel zu erzählen ...“, plapperte Toni drauflos.

Raphael lächelte unverbindlich und schüttelte den Kopf. „Was ihr jungen Frauen euch nur immer zu erzählen habt. Ich bin froh, dich wohlbehalten zurück zu wissen, Antoinette.“

„Danke, *Parrain*. Ich würde mich jetzt gerne zurückziehen.“

„Tue das, Antoinette. Du siehst müde aus.“

Raphael wandte sich ab und verschwand nach oben in Richtung seines Arbeitszimmers, während Toni die zitternde Caro in Richtung Treppe schob. „Schneller, Caro. Ich möchte keiner der Damen begegnen, schon gar nicht der neugierigen Audrey. Sie würde wissen wollen, wo ich so lange war, und womöglich auf den Gedanken kommen nachzuforschen, ob das Fest bei den Macines tatsächlich so lange gedauert hat.“

Sie hasteten die Stufen hinauf und gelangten ungesehen bis an die Zimmertür Tonis. Heftig atmend drängten sich die beiden Frauen in den Raum und lehnten sich nebeneinander gegen die geschlossene Tür.

„Soll ich Ihnen ein Bad einlassen, Mamselle?"

„Später, Caro. Vielen Dank. Ich muss mich erst einmal hinlegen."

„Sie müssen etwas zu sich nehmen, Mamselle."

„Später, Caro. Bitte. Baden und essen kann ich später noch, schlafen nicht.

„Hoffentlich hat das bald ein Ende", murmelte die schwarze Frau und half Toni aus ihrem Kleid.

„Für dich schon, Caro."

Erschrocken hielt das Mädchen in seinen Bewegungen inne und ließ das wertvolle Kleid achtlos auf einen Stuhl gleiten. „Was soll das heißen, Mamselle? Wollen Sie mich nicht mehr haben?"

„Du erwartest ein Kind, Caro. Ich kann dich nicht länger mit in dieses Gasthaus schleppen. Als Mädchen und als Freundin möchte ich dich jedoch nicht verlieren."

Caro nickte wortlos, nahm das Kleid wieder auf und verließ leise den Raum. Toni sah einen Augenblick lang auf die geschlossene Zimmertür und zuckte dann müde mit den Schultern. Sie würde später mit Caro reden.

Sie wusch sich das Gesicht und taumelte mehr, als dass sie ging, zu ihrem Bett. Zufrieden aufseufzend kuschelte sie sich unter die Decke und schloss die Augen. In diesem Moment kam Caro zurück. Die junge Frau trat an ihr Bett, rückte das Moskitonetz zurecht und flüsterte: „Ich bin stolz darauf, dass Sie mich eine Freundin nennen, Mamselle. Und ich verstehe Ihre Sorge. Schlafen Sie gut."

Toni lächelte und schlief ein, bevor ihr Mädchen das Zimmer wieder verlassen hatte.

Kapitel 15

Die Prismen des Kronleuchters brachen das Licht der Kerzen in den buntesten Regenbogenfarben und zauberten ein unstetes, fröhliches Bild an die weiße Decke und die hellen Tapeten der Wände.

Die Melodie eines fröhlichen Klavierstückes tönte durch das Haus. Tonis Finger schlugen den Schlussakkord etwas lauter und heftiger an, als der Komponist dies vermutlich hätte hören wollen. Langsam nahm sie die Finger von den Tasten und hob den Kopf. Ihr Blick traf den von Mirabelle Leroux, die ihre Stickarbeit in ihren Schoss gelegt hatte. Ein ungewohnt anerkennendes Lächeln zeigte sich auf deren Gesichtszügen. „Eines muss man Monsieur Ardant lassen, was auch immer ihn dazu bewogen haben mag, einfach sang- und klanglos die Stadt zu verlassen: Er hat dich wunderbar in der Kunst des Klavierspielens unterrichtet."

„Ich konnte sehr viel von ihm lernen. Nicht nur das Klavierspielen an sich. Zu fast allen Musikstücken wusste er eine Hintergrundgeschichte, die die Melodien lebendiger werden ließen und ..."

Toni wurde von der dreizehnjährigen, inzwischen etwas rundlichen Audrey unterbrochen. „Er ist ein rücksichtsloser, egoistischer Kerl, dieser Monsieur Ardant. Meine Klavierausbildung hätte nach dem Sommer, in dem er einfach seine Koffer gepackt hat und verschwunden ist, beginnen sollen. Ich könnte inzwischen sicherlich mindestens ebenso schön spielen wie Antoinette, wenn ich die entsprechende Ausbildung erhalten hätte."

„Vermutlich hat er es vorgezogen, die Flucht zu ergreifen, als ihm klar wurde, dass er dich würde unterrichten müssen", lästerte Jules, der West Point inzwischen erfolgreich abgeschlossen hatte und in einigen Wochen zu einer Garnison weiter westlich aufbrechen würde.

Audrey zeigte ihrem älteren Bruder eine wenig damenhafte Grimasse und blitzte dann Toni wütend an. „Jetzt habe ich diesen kleinen, beinahe schwarzen Klavierlehrer, der einen Sprachfehler hat und mir immerzu vorwirft, ich würde nicht ausreichend üben."

„Vielleicht ist das seine höfliche Art, dir mitzuteilen, dass du bei weitem nicht Antoinettes Talent besitzt?" Jules war seiner kleinen Schwester gegenüber unerbittlich.

Diese warf ihre schönen, vollen Locken erbost nach hinten und ihre grünen Augen blitzten den Bruder wütend an, der diese Reaktion mit einem frechen Grinsen bedachte.

„Bitte, Jules. Audrey übt beinahe jeden Tag und sie wird immer besser", versuchte Toni zu beschwichtigen, doch Jules lachte sie nur freundlich an.

„Wenn ich mich richtig erinnere, hast du mit zehn Jahren bereits deutlich besser gespielt, als Audrey es mit ihren dreizehn Jahren tut."

Toni seufzte und schüttelte den Kopf. Sie mochte Jules, doch sie konnte es nicht ausstehen, wenn er Audrey oder Dominique neben ihr verblassen ließ. Das machte ihr Verhältnis zu den beiden Leroux-Töchtern nicht eben einfacher.

„Antoinette könnte ein wenig mit dir üben, Audrey. Du könntest sicher viel von ihr lernen."

„Ja, sicher. Die wunderbare, hilfsbereite Antoinette", spottete das Mädchen.

Toni drehte sich auf dem Klavierhocker halb nach ihr um und sah sie fragend an.

„Antoinette hilft in diesem Komitee mit, Antoinette hat jene Aufgabe übernommen, Antoinette kann dies und das so wunderbar. Antoinette kann alles – außer heiraten!" Bei den letzten Worten hatte Audrey einen gehässigen Blick in Tonis Richtung geworfen.

„Du bist frech und ungerecht, Audrey", brummte Jules. „Antoinette hatte ausreichend Verehrer. Hätte es nicht dieses unsägliche Gerücht gegeben ... Doch im Gegensatz zu Tante Rose oder manch anderen unverheirateten Frauen hat sie ihr Leben mit Sinn gefüllt anstatt mit Trauer und Bitterkeit. Was ist daran auszusetzen, wenn sie verschiedenen Komitees angehört? Sie leistet wichtige, wohltätige Arbeit und hilft sowohl ihren Freundinnen als auch innerhalb unserer Familie immer gerne aus, wenn Hilfe benötigt wird. Weißt du nicht mehr, wie dankbar Eulalie für ihre Hilfe war, als sie nach ihrem siebten Kind lange Zeit so schwach war? Antoinette hat viele Wochen auf der Plantage der Rivettes verbracht, um Eulalie zu pflegen und die Kinder zu versorgen. Für Brigitte hat sie vor einigen Wochen dasselbe getan, als diese sich verletzt hatte. Und Dominique hat bereits nachgefragt, ob wir Antoinette nach der Geburt ihres Kindes hier in New Orleans eine Zeit lang entbehren können, damit sie ihr zur Hand geht." Jules hatte sich in Rage geredet und er bedachte seine launische und verwöhnte Schwester mit einem strengen Blick.

Toni lächelte den jungen Mann dankbar an. Sie bekam innerhalb der Familie selten einmal Lob zu hören, und dass Jules sie so wertschätzte, tat ihr unendlich gut, selbst wenn sie nun befürchten musste, einen noch schwereren Stand bei Audrey zu haben. Doch diese hatte offensichtlich bereits ein anderes Opfer gefunden.

„Dominique wird Antoinette an ihrer Seite gebrauchen können, wenn sie Louis beibringen muss, dass er schon wieder eine Tochter bekommen hat. Oder glaubst du, dass sie es dieses Mal schafft, einen Jungen zur Welt zu bringen? Das wievielte Mädchen wird es dann sein? Ich kann schon gar nicht mehr mitzählen! Das vierte, fünfte oder sechste? Armer Louis. Noch immer wartet er verzweifelt auf seinen Erben. Ob Dominique ihn ärgern will?"

Toni ballte ihre zierlichen Hände zu Fäusten. Es war unfair von Audrey, so über ihre Schwester herzuziehen, vor allem, da diese nicht einmal anwesend war und sich nicht zur Wehr setzen konnte. Sie wandte sich wieder dem Flügel zu und spielte ein weiteres Stück. Auf diese Weise musste sie dem verwöhnten Kind nicht weiter zuhören.

Dominique war, obwohl bereits mit dem vierten Kind schwanger, noch immer eine überaus zarte, zerbrechlich wirkende Frau. Sie hatte permanent dunkle Augenringe und ihre Wangen waren eingefallen. Toni hatte jeweils nach den Geburten ihrer drei wundervollen Töchter zwei Wochen bei den Poiriers verbracht und der Umgangston der Eheleute war nicht gerade liebevoll gewesen. Dominique litt unter den versteckten, aber deshalb nicht weniger deutlichen Anspielungen ihres Mannes darauf, dass sie offenbar nicht in der Lage war, ihm einen Sohn zu gebären.

Diese Tatsache ärgerte Toni im besonderen Maße, da sie wusste, wie sehr Louis seinen inzwischen fast erwachsenen Sohn liebte, der auf Grund seiner Herkunft und seiner nicht ganz weißen Hautfarbe jedoch niemals sein Erbe würde übernehmen können.

Nun hatte Toni von Sophie erfahren, dass auch die *Plaçée* ein weiteres Kind erwartete und ihre Niederkunft in etwa zur gleichen Zeit zu erwarten war wie die von Dominique. Seitdem betete Toni darum, dass Dominiques Kind ein Junge werden würde.

Ein Gong hallte durch das Haus und Toni zog augenblicklich die Hände von den Tasten. Die Töne klangen einen Moment lang nach, doch die junge Frau achtete nicht darauf, sondern erhob sich sofort.

„Du hast es aber wieder eilig, Antoinette. Ich frage mich nur, wohin du all das Essen steckst, das du seit einigen Monaten in dich hineinschaufelst. Du isst wie ein Baumwollpflücker, weißt du das?"

„Wohin auch immer unsere Antoinette das Essen steckt, um bei deinen Worten zu bleiben, Audrey. Dir würde es auch nicht schaden, weniger zu dir zu nehmen. Schließlich willst du auf deinem Debütantinnenball in drei Jahren doch nicht wie eine dralle Birne wirken", rügte Mirabelle und das Mädchen blickte ihre Mutter entsetzt an.

Jules lachte und reichte seiner Mutter helfend die Hand.

„Lass sie doch, *Maman*. Audrey ist noch ein Kind. Und Kinder haben nun einmal einen gewissen Speck, nicht wahr?"

„Du bist ekelhaft, Jules. Ich habe weder Speck an mir noch bin ich ein Kind. In drei Jahren werde ich verheiratet sein und ... und –"

„... und Kinder bekommen, die deine Figur dann gänzlich ruinieren?", half Jules frech aus und erhielt von seiner Mutter einen Klaps auf die Hand.

Toni verließ den Salon und beeilte sich, in den Speisesaal zu gelangen. Sie hatte tatsächlich großen Hunger, doch das wunderte sie nicht, war sie doch eine weitere Nacht durch den Wald geritten.

Mirabelle und ihre Kinder folgten ihr.

„Hast du heute Abend wieder etwas vor, Antoinette?", erkundigte sich Jules.

„Ja. Ich wurde von Madame Nathalie Bouchardon eingeladen."

„Von dieser, nun, sagen wir etwas eigenwilligen Madame Bouchardon?" Jules grinste.

„Sie ist eine nette, ältere Dame und ich kann mich wunderbar mit ihr unterhalten. Zudem spielen wir gelegentlich vierhändig Klavier."

„Wird Caro dich begleiten?", erkundigte sich Mirabelle.

„Selbstverständlich wird Caro mich begleiten. Warum fragst du?"

„Wie ich gehört habe, soll Mathieu Bouchardon wieder in New Orleans sein oder zumindest wird er in den nächsten Tagen hier erwartet. Ich möchte nicht, dass du alleine mit ihm bei Nathalie Bouchardon bist. Das könnte zu Gerüchten führen."

„Vielleicht wäre das gar nicht so schlecht", sagte Jules grinsend. „Um diesen Gerüchten entgegenzutreten, müsste Mathieu unsere Antoinette heiraten."

Toni funkelte Jules böse an. Der bedachte sie jedoch mit seinem gewohnt frechen Lächeln, und so lächelte auch sie, wenn ihr dies auch ein wenig schwer fallen wollte. Ihre Gedanken wanderten zu Mathieu und sie spürte ein aufgeregtes Ziehen in ihrem Inneren. Dann erinnerte sie sich an seine Unhöflichkeiten und an seinen Spott, mit dem er sie immer wieder bedacht hatte, und noch deutlicher spürte sie ihren Ärger darüber, dass er ihre Bitte, sich an Carl Schurz zu wenden, offenbar vollkommen vergessen hatte.

„Keine Angst, *Marraine*. Fouriers wurden ebenfalls eingeladen. Zudem hat Nathalie nicht erwähnt, dass sie ihren Enkel zurückerwartet."

„Du nennst sie Nathalie? Madame Bouchardon könnte deine Großmutter sein!“, rief Audrey entrüstet und ließ sich ein Glas Wasser einschenken.

„Ich verbringe viel Zeit mit Madame Bouchardon. Seit sie damals das Bett für einige Wochen nicht mehr verlassen konnte und wir bei meinen Besuchen viele Gemeinsamkeiten entdeckt haben …“

„… und du sie durch deine Pflege vor dem Tode retten konntest …“ Audrey war erneut in einen ausgesprochen unfreundlichen, bissigen Ton verfallen.

Jules unterbrach seine Schwester: „Lass es gut sein, Audrey. Wir haben alle verstanden, dass du Tonis Einsatz anderen Menschen gegenüber nicht schätzt. Ich finde ihn großartig. Also behalte deinen beißenden Spott für dich, und sieh zu, dass du dein eigenes Leben meisterst.“

„Ich verstehe nur nicht, wie man an diesem altjüngferlichen Leben Freude und Stolz oder gar Gefallen finden kann“, gab Audrey zurück.

„Du verstehst ohnehin nichts, du dummer und verzogener Hüpfer.“ Rose Nolots beißende, unverkennbar wütende Stimme ließ alle herumfahren.

Mirabelle lächelte ihrer jüngeren Schwester hilflos zu, und Jules erhob sich höflich, um ihr einen Stuhl zurechtzuschieben. Die verbissenen Gesichtszüge der Frau waren offenbar zu keinem dankbaren Lächeln imstande, und Toni, die Rose nur sehr wenig zu Gesicht bekam, fragte sich, ob sie die ältere Dame jemals hatte lächeln sehen.

Die Bediensteten brachten mehrere dampfende Schüsseln herein, und Toni bemühte sich, nicht zu große Portionen auf ihren Teller zu häufen. Sie konnte nur hoffen, dass es später bei Nathalie Bouchardon eine weitere kleine Mahlzeit gab, bei der sie nochmals etwas zu sich nehmen konnte.

Schließlich trafen auch Henry, seine Frau Brigitte und deren Kinder ein, die noch immer im Hause Leroux wohnten, da Henry einmal die Geschäfte seines Vaters übernehmen sollte.

Pierre kam wenige Minuten später, gemeinsam mit seinem Vater. Der ausgesprochen gut aussehende, inzwischen zweiundzwanzigjährige Mann lächelte fast ein wenig schüchtern in die Runde.

„Pierre hat mir soeben eine erfreuliche Mitteilung gemacht“, erklärte Raphael Leroux mit bedeutungsschwangerer Stimme. „Monsieur Macine hat sich einverstanden erklärt, dass unser Sohn Yolande zur Frau nimmt.“

Toni lehnte sich zurück und beobachtete den ausgelassenen

Trubel, der auf diese Mitteilung hin ausbrach und deutlich machte, wie verbunden die Familienmitglieder, trotz ihrer kleinen Differenzen, einander doch waren.

Sie freute sich für Pierre und auch für Clothildes jüngere Schwester, die schon seit Monaten für Pierre schwärmte. Und sie freute sich auf eine Hochzeit, die sie auch wieder einmal in die familiären Planungen und Gespräche mit einbeziehen würde.

Toni ließ sich von Claude aus dem Fahrzeug helfen. Sie ordnete das weich fließende, dunkelgrüne Kleid mit dem hellen Spitzenkragen und tastete dann nach dem großen, mit Federn geschmückten Hut, den Caro auf ihren hochgesteckten Haaren ein wenig keck schräg angebracht hatte.

Caro, die nach Toni die Kutsche verließ, lächelte ihrem Claude liebevoll zu und nickte schließlich in Richtung Toni. Die beiden gingen die Auffahrt bis zu dem großen Ziegelsteinhaus hinauf, und noch ehe sie läuten konnten, wurde die schwere Eichentür geöffnet. Nathalie Bouchardon persönlich stand im Türrahmen und winkte sie heran.

„Du bist zehn Minuten zu spät, Antoinette de la Rivière!“, rügte die ältere Dame, doch ihr Lächeln war herzlich, und sie nahm Toni sofort fest in ihre Arme, als diese die Tür erreicht hatte. „Wie geht es dir, Vögelchen? Du wirst immer schmaler. Hast du schon wieder nicht ordentlich gegessen?“

Toni lachte und löste sich vorsichtig aus der Umarmung. „Entschuldige bitte, Nathalie. Ich hatte Probleme mit diesem unmöglichen Hut.“

„Du hast Recht, er ist unmöglich. Doch deine Caro hat das Beste aus ihm gemacht.“ Nathalie Bouchardon lächelte Caro freundlich an und reichte ihr zur Begrüßung die Hand. „Isst sie nicht richtig, Caro?“

„Doch, Madame Bouchardon, sie isst reichlich“, gab Tonis Mädchen zurück, woraufhin Nathalie die junge Frau noch einmal von oben bis unten musterte.

„Du setzt einfach nichts an, nicht wahr? Beneidenswert!“ Madame Bouchardon fuhr sich mit einer eindeutigen Geste über ihren kleinen, unter der Stofffülle des Kleides kaum sichtbaren Bauch.

„Sind Sophie und André schon eingetroffen?“, versuchte Toni schnell das Thema zu wechseln.

Nathalie, die dieses Vorhaben durchschaute, warf ihr einen

vorwurfsvollen Blick zu und schüttelte schließlich den Kopf. „Nein, noch nicht. Aber du weißt doch, wie das mit unserem fleißigen Doktor ist."

Toni nickte und nahm erleichtert den Hut vom Kopf, um ihn dann Ami, Nathalies schwarzem Butler, zu geben.

„Caro, die Mädchen haben in der Küche ein wunderbares Abendessen für euch gedeckt. Sie freuen sich, dich über deine Schwangerschaft aushorchen zu können", sagte Nathalie und forderte Caro mit einer einladenden Geste auf, sich in den Küchentrakt zu begeben.

Die werdende Mutter blickte Toni fragend an, die ihr lächelnd zunickte.

Nathalie führte ihren Gast in den Salon und sofort ließen sie sich vor dem Flügel nieder. Die nächsten Minuten vergingen mit Üben, Lachen und kleinen, scherzhaften Bemerkungen zwischen diesen beiden ungewöhnlichen Freundinnen.

Schließlich läutete es an der Tür.

„Gehst du bitte für mich, Toni? Ich muss diese Takte hier noch ein paar Mal hintereinander spielen", murmelte Nathalie ein wenig abwesend. Toni schob sich lachend von dem schwarzen Lederhocker, um ins Foyer zu gehen und die Tür zu öffnen. Wie erwartet waren es Sophie und André Fourier.

Toni nahm die Freundin mit einem begeisterten Aufruf in die Arme. „Ich habe dich so lange nicht gesehen, Sophie!", rief sie und drückte die junge Frau an sich.

„Richtig, eine schrecklich lange Woche!", spottete André liebevoll.

Toni lächelte ihn keck über die Schulter seiner Frau hinweg an. „Die Gartenparty bei den Charmandes zählt nicht, André. Dort hast du ununterbrochen mit Sophie getanzt und ich konnte nicht mehr als zwei zusammenhängende Sätze mit ihr wechseln."

„Vielleicht lag das daran, dass du das Fest so früh verlassen hast?", entgegnete André.

Toni zuckte leicht zusammen. Doch der junge Arzt grinste sie nur an und forderte seinerseits eine freundschaftliche Umarmung ein. Er küsste Toni auf beide Wangen und flüsterte ihr leise ins Ohr: „Ist der Amerikaner schon hier?"

„Mathieu Bouchardon?" Toni blickte erschrocken zu André hinauf.

Der junge Mann lächelte sie amüsiert an. „Wusstest du nicht, dass er sein Examen bestanden hat und auf dem Weg in Richtung Süden sein soll?"

„Was sollte er hier wollen, André? Er passte schon vor vier Jahren nicht mehr so richtig in das *Vieux Carré*. Er wird sich hier nicht wohl fühlen."

„Na hör mal. Im Gegensatz zu dir ist er in dieser Stadt geboren. Außerdem lebt seine Großmutter hier."

Sophie schob ihren Mann energisch beiseite. „Jetzt bin ich aber wieder an der Reihe. Ich habe mit meiner Freundin zu reden."

André wandte sich Nathalie zu, die inzwischen ins Foyer gekommen war, um die neu eingetroffenen Gäste zu begrüßen.

Sophie nutzte die Gelegenheit, ihre Freundin für einen kurzen Moment ganz für sich zu haben, beugte sich ein wenig zu ihr herunter und flüsterte: „Toni, ich habe eine Neuigkeit. Gott hat unsere Gebete erhört. Ich bin schwanger!"

Toni stieß einen spitzen Schrei aus und umarmte die Freundin ein weiteres Mal. „Sophie! Das ist einfach wundervoll! Geht es dir gut? Wenn ich dir irgendwie zur Hand gehen soll, sagst du es sofort, hörst du?"

Sophie strahlte sie an. „Es geht mir so gut wie schon lange nicht mehr. André ist glücklich und behandelt mich wie ein rohes Ei, was ich jedoch – zumindest im Moment noch – genieße. Und ich werde ganz sicher an dich denken, sollte ich einmal Hilfe benötigen."

Eine Stunde später hatte Toni das Gefühl, gemästet worden zu sein. Nathalies Köchin war eine Meisterin ihres Fachs, und die ältere Dame selbst hatte ihr immer und immer wieder nachgelegt, bis sie endlich, mit einer wenig damenhaften, aber deutlichen Geste, entschieden den Teller von sich geschoben hatte.

„Schon erstaunlich, was in so einen kleinen Körper alles hineinpasst", lachte André, der sich ein weiteres Stück Fleisch von der Platte nahm.

Toni lächelte nur in seine Richtung und lehnte sich gemütlich auf ihrem mit Samt überzogenen Stuhl zurück. Nathalie und Sophie begannen eine Fachsimpelei über Babys, ein Thema, das gewöhnlicherweise nicht in der Gegenwart eines Mannes besprochen wurde, doch zum einen war André Arzt und zum anderen scherte sich Nathalie Bouchardon wenig um die Konventionen und gesellschaftlichen Regeln der Gesellschaft New Orleans'.

„Wie weit ist denn eigentlich Dominique Poirier?", erkundigte sich Sophie schließlich bei Toni, die sich mühsam auf die Gegenwart konzentrieren musste, denn ihre Gedanken waren bei ihren nächtlichen Ritten gewesen.

„Es dürfte jeden Tag so weit sein", erwiderte sie knapp und fühlte den prüfenden Blick ihrer Freundin auf sich gerichtet.

„Lou hat einen weiteren Jungen bekommen", murmelte Sophie dann leise.

André warf seiner Frau einen warnenden Blick zu.

„Es ist eine Schande", murmelte Nathalie und wandte sich dann wieder Sophie zu, als sei nichts geschehen.

Toni seufzte innerlich. Was nur würde mit Dominique geschehen, wenn dieses Baby wieder ein Mädchen werden würde? Sie sorgte sich um Dominiques Gesundheitszustand sowie um ihre seelische Verfassung. Toni senkte leicht den Kopf, um Gott ein weiteres Mal im Stillen darum zu bitten, Dominique doch dieses Mal einen Sohn zu schenken. Aber sie dankte auch für Sophies Schwangerschaft. Immerhin hatte ihre Freundin vier lange Jahre auf ein Kind warten müssen.

Wieder läutete es an der Tür. Nathalie und Sophie, die nahe nebeneinander gerutscht waren, ließen sich in ihrem intensiven Gespräch nicht irritieren, und André sah etwas verlegen zu Toni hinüber, da er ein weiteres, großes Fleischstück in den Mund geschoben hatte.

„Verschlucke dich bitte nicht, André. Ich weiß nicht, wo ich den nächsten Arzt finden kann", scherzte Toni.

André schenkte ihr ein schiefes Lächeln und kaute weiter.

Die junge Frau erhob sich, verließ den Salon und trat ins Foyer. Von Ami, dem Butler, war – wie fast immer – nichts zu sehen, und so schritt sie zu der schweren, großen Eichentür und zog sie mit einer kräftigen Bewegung auf.

Mathieu Bouchardon sprang die Stufen hinauf und setzte seinen Koffer und die kleine Reisetasche auf der obersten Stufe ab. Dann zog er heftig an der Glocke, breitete die Arme weit aus und wartete mit einem Lächeln darauf, dass die Tür geöffnet wurde.

Die Tür ging auf und das fröhliche Lächeln gefror zu einem verlegenen. Die junge Frau vor ihm schaute zunächst verwundert drein, konnte dann jedoch ein belustigtes Lächeln nicht unterdrücken, wobei sich ihre strahlenden dunklen Augen zu schmalen Schlitzen zusammenzogen.

„Warum hat Großmutter diesen Butler, wenn er doch niemals die Tür öffnet?", murmelte Mathieu verwirrt.

„Ihn wollten Sie also so herzlich umarmen?", entgegnete Toni verschmitzt.

„Nein, selbstverständlich nicht. Ich bin es gewohnt, dass meine Großmutter persönlich die Tür öffnet."

„Möchten Sie jetzt dort draußen stehen bleiben, bis ich sie geholt habe? Soll ich die Tür nochmals schließen?", fragte Antoinette mit einem belustigten Auflachen.

„Nein, natürlich komme ich herein", brummte Mathieu und trat in die kleine Eingangshalle.

„Monsieur Bouchardon?" Antoinettes Stimme klang noch immer sehr erheitert, und als er sich nach ihr umwandte, konnte er gerade noch sehen, wie sie mit der einen Hand seinen Koffer, mit der anderen seine Reisetasche anhob, die er in seiner Verwirrung draußen hatte stehen lassen.

Mathieu stöhnte innerlich auf. Diese Frau brachte ihn unerklärlicherweise vollkommen aus dem Konzept, und das nach vier langen Jahren, in denen sie keinerlei Kontakt zueinander gehabt hatten. „Entschuldigen Sie bitte, Mademoiselle de la Rivière. Bitte lassen Sie das Gepäck. Es ist zu schwer für Sie!" Eilig sprang Mathieu auf sie zu und nahm ihr die Taschen ab.

„Herzlich willkommen zu Hause, Monsieur Bouchardon", lachte Toni.

Mathieu blickte sie einen Moment lang intensiv an. Eine zarte Röte breitete sich auf ihren Wangen aus und das Lächeln verschwand augenblicklich. Jetzt war es an Mathieu, sie frech anzugrinsen. „Ich wusste nicht, dass Sie inzwischen bei meiner Großmutter eingezogen sind, Mademoiselle de la Rivière."

„Ich denke, Sie haben mich richtig verstanden, Monsieur Bouchardon. Herzlich willkommen in New Orleans. Ihre Großmutter wird sich sehr freuen, Sie wieder bei sich zu haben. Sie ist mit André und Sophie im Salon."

Mathieu zögerte und beobachtete Antoinette. Sie hatte deutlich weiblichere Rundungen bekommen, obwohl sie noch immer ausgesprochen zart und hilfsbedürftig wirkte. Doch offenbar steckte in ihr mehr Kraft, als man es auf den ersten Blick vermuten konnte. Allerdings hatte sie ihre schnellen, oftmals kindlich aufgeregt wirkenden Bewegungen noch immer nicht ablegen können und, was ihn sehr freute, auch dieses bezaubernde alles und jeden vereinnahmende Lächeln war ihr erhalten geblieben.

Schließlich trat Mathieu in den Salon und sein Erscheinen löste einen gewaltigen Trubel aus. Nathalie Bouchardon drückte ihn fest an sich. Sie flüsterte ihm zu, wie gut es sei, ihn wieder hier zu haben, und setzte sich dann zurück auf ihren Platz. Ihnen würde noch viel Zeit für gemeinsame Gespräche bleiben. André umarmte ihn knapp und wortlos, doch seine Augen strahlten beinahe ebenso hell wie die Kerzen am Kandelaber. Es war nicht zu übersehen, dass er sich über die Rückkehr seines Freundes freute. Sophie umarmte ihn, was ihn ein wenig verwunderte, denn er kannte sie als sehr zurückhaltende, ruhige Frau. Sie flüsterte leise: „Ich bin so froh, dass du wieder hier bist, Mathieu – froh für André."

Zwei der schwarzen Bediensteten brachten ein weiteres Gedeck und versprachen, die Speisen schnell noch einmal aufzuwärmen, und während sich der Neuankömmling zwischen seine Großmutter und André setzte, nahm auch Antoinette ihm gegenüber wieder Platz.

Mathieu fühlte sich erschöpft und auch ein wenig überfordert, da er angenommen hatte, seine Großmutter alleine vorzufinden. Zudem begann die Warnung, die Carl Schurz ihm bezüglich Antoinette mitgegeben hatte, an ihm zu nagen, und ihm wurde bewusst, dass es ihm nicht leicht fallen würde, diese glücklich wirkende junge Frau, die sich wahrscheinlich in absoluter Sicherheit wähnte, auf eine ungewisse Gefahr hinweisen zu müssen.

Kapitel 16

Marie Merlin schob ihrer kleinen Tochter ein Stück Brot in den Mund, die sofort mit ihren drei winzigen, weißen Zähnchen darauf herumzukauen begann. Die junge Mutter lächelte das Kind an und wandte sich dann wieder ihrem nachdenklich in seinem Teller rührenden Mann zu. „Dieser Mann, der nach Jean-Luc Ardants Tod die nächtlichen Ritte in diesem Distrikt übernommen hat, hat sich also zurückgemeldet?"

Sylvain nickte und rührte ein weiteres Mal mit dem Löffel durch seinen Teller. „Er hat gefragt, ob ich eine Aufgabe für ihn hätte. Ich habe ihn auf heute Nacht vertröstet. Vielleicht sollte ich erst einmal mit Antoinette sprechen."

„Was gibt es da zu besprechen, Sylvain? Sie könnte eine Pause gut gebrauchen."

„Ich weiß. Es war sehr viel in den letzten Wochen. Aber der Strom der Flüchtlinge reißt nicht ab und dieser Mann war sehr lange nicht mehr in den versteckten Pfaden unterwegs. Es hat sich in den vergangenen vier Jahren einiges geändert. Sie wird ihn einweisen müssen."

„Einweisen? Du kannst Toni doch nicht mit einem Mann eine ganze Nacht lang durch die Wälder reiten lassen, Sylvain. Er wird bemerken, dass sie eine Frau ist. Es geziemt sich einfach nicht!" Marie blickte ihren Mann entsetzt an.

„Du bist lustig, Marie. Antoinette ist fast ausschließlich mit männlichen Flüchtlingen unterwegs."

„Das ist etwas anderes!"

„Weil sie schwarz sind?"

„Nein. Du weißt genau, dass dieser Unterschied für mich nicht zählt. Aber sie sind Flüchtlinge. Sie haben Angst, sind gehetzt, übermüdet und verschwenden sicherlich keinen Augenblick ihrer Zeit daran zu überlegen, ob ihr Führer nun ein sehr junger Mann oder eine Frau ist und was man eventuell mit einer Frau ..." Marie hielt inne, blickte auf ihre Tochter, die sie mit großen Augen anschaute, und schob dieser ein weiteres Stück Brot in den Mund.

Sylvain seufzte und nahm schließlich einen Löffel von seinem Eintopf, der mittlerweile kalt geworden war. „Antoinette hat sehr viel Verantwortung übernommen, Marie. Ich kann sie nicht einfach aus der Organisation nehmen."

„Sie kann andere Aufgaben übernehmen. Du reitest ja auch nicht nachts durch die Sümpfe."

„Gott sei Dank. Ich erinnere mich noch mit Schrecken an diese eine Nacht, in der ich das gewagt habe."

„... und Toni dich retten musste", ergänzte Marie lachend. Ihre einjährige Anne lachte ebenfalls und klatschte begeistert in die kleinen Hände.

„Das ist es, was ich meine, Marie. Antoinette ist gut. Sie ist eine ausgezeichnete Reiterin. Sie ist nicht übermütig, sondern vorsichtig und reaktionsschnell. Zudem wurde sie von Gott mit einem fantastischen Orientierungssinn ausgestattet. Ich weiß nicht, wie sie sich dort draußen nachts zurechtfindet. Für mich war der Wald in jener Nacht ein Labyrinth, obwohl mir dieser Ersatzmann für Ardant eine detaillierte Karte mit auf den Weg gegeben hat."

„Sie braucht eine Pause, Sylvain", bat Marie mit fester Stimme und gab dem quengelnden Kind ein weiteres Stück Brot.

Sylvain blickte aus dem Fenster und schwieg. Schließlich nickte er.

Marie atmete erleichtert auf. Toni hatte in den letzten Tagen müde und erschöpft ausgesehen. Es war schon verwunderlich, dass bis jetzt niemand aus der Familie Leroux Verdacht geschöpft hatte. Doch die

Leroux hatten sich ja nie allzu sehr um Toni gekümmert. Allerdings war es nur noch eine Frage der Zeit, bis die nächtlichen Unternehmungen so sehr an den Kräften ihrer Freundin zehren würden, dass man dieser ihre Erschöpfung ansehen konnte.

„Ich werde sofort zu ihr fahren", beschloss Sylvain und machte sich nun eilig über den Eintopf her.

„Gut, wir fahren mit", entschied Marie und schob ihrer Tochter ein letztes großes Stück Brot in den weit aufgesperrten kleinen Kindermund.

„Ihr wollt mich begleiten?"

„Denkst du, ich lasse dich alleine mit Toni reden? Vielleicht kommt sie auf den Gedanken abzulehnen. Zudem – glaubst du, man wird dich zu ihr lassen? Immerhin hast du, seit sie keinen Unterricht mehr bei dir nimmt, keine Veranlassung, ihr zu dieser späten Stunde einen Besuch abzustatten."

„Ich habe doch eine kluge Frau", lachte Sylvain.

„Ich frage mich auch gelegentlich, wie du die Koordination der Organisation in diesem Landstrich bewältigst. Du wirkst hin und wieder ein wenig chaotisch", neckte Marie und nahm das Mädchen von seinem Stuhl, um es für den späten Ausflug fertig zu machen.

Etwas mehr als eine halbe Stunde später half Sylvain seiner Frau aus der Kutsche und reichte ihr anschließend das Mädchen hinaus.

Marie sah zum Haus hinüber und ergriff den Arm ihres Mannes. Sie deutete mit dem Kopf auf das gusseiserne Tor vor der Auffahrt zum Haus Leroux und flüsterte: „Das ist doch Maximilian!"

„Maximilian?" Sylvain wandte sich um. Sein Blick fiel auf einen groß gewachsenen, breitschultrigen, blonden Mann, der das Gitter des großen Tores heftig hinter sich zuzog und einen grimmigen Blick auf das Anwesen zurückwarf. Dann setzte er sich einen silbergrauen, mit schwarzem Satinband eingefassten Zylinder auf den Kopf, bestieg seinen Grauschimmel und ritt eilig davon.

„Ich habe dir doch von ihm erzählt! Max, der Junge von der Brigg, mit der wir damals nach New Orleans gekommen sind. Du weißt schon, der Maximilian, der vor vier oder fünf Jahren bei Monsieur Leroux um Tonis Hand angehalten haben soll."

Sylvain fuhr sich mit der Hand durch seine sorgfältig zurückgekämmten Haare. Dann warf er seiner Frau einen fragenden Blick zu. „Das war dieser Max?"

„Ja."

Sylvain blickte ein weiteres Mal in die Richtung, in welche der Reiter verschwunden war. Dann schüttelte er ein wenig irritiert den Kopf und murmelte: „Ich bin mir sehr sicher, dass ich ihn bereits einmal gesehen habe."

„Maximilian?"

„Ja. Es muss in Antoinettes letztem Unterrichtsjahr gewesen sein, also vor etwa eineinhalb oder zwei Jahren. Er hat damals im Foyer auf Monsieur Leroux gewartet."

Maries Augen hingen unruhig an denen ihres Mannes.

„Denkst du, er hat ein weiteres Mal darum gebeten, Toni den Hof machen zu dürfen? Damals und heute wieder?"

„Und vielleicht noch viel öfter. Der arme Kerl."

„Aber Toni hat nie etwas davon erzählt. Sie würde es mir doch sicher berichtet haben, wenn sie Max getroffen hätte."

„*Wenn* sie ihn getroffen hätte, Marie. Wenn ich mich recht erinnere, hat sie damals auch nur über Dritte erfahren, dass euer Max bei ihrem Patenonkel vorgesprochen hat."

„Vielleicht sollten wir sie fragen", murmelte Marie und warf einen nachdenklichen Blick auf das weiße Haus, das schützend von dem dunklen, schmiedeeisernen Zaun und unzähligen hohen Bäumen umgeben war.

„Denkst du, Antoinette hätte Schwierigkeiten damit –"

„Sie ist inzwischen zwanzig Jahre alt und noch nicht verheiratet. Es ist nicht einfach, in der Gesellschaft von New Orleans mit diesem Makel zu leben."

„Empfindet Antoinette ihr Unverheiratetsein als Makel? Ich habe vielmehr das Gefühl, als genieße sie ihre Freiheiten in vollen Zügen."

„Weil sie für die Freiheit anderer Menschen sorgen kann. Doch das wird sie nicht ewig tun können. Und was wird dann sein?"

„Dann wird sie hundert andere Menschen finden, denen sie helfen und ihre ganze Liebe entgegenbringen kann."

„Aber niemals einem Mann, der sie bedingungslos wiederliebt?" Traurig schüttelte Marie den Kopf, setzte Anne auf die andere Hüfte und ging gemeinsam mit ihrem Mann über die Straße, auf das Anwesen der Leroux' zu.

Hocherfreut über den unerwarteten Besuch führte Toni ihre Gäste in ihr Zimmer. Sie nahm Marie das Kind ab und setzte es auf ihren Schoß. „Wie geht es denn meinem Lieblingspatenkind?“, fragte sie leise und das Mädchen patschte ihr zur Antwort mit beiden Händen ins Gesicht. Dann zappelte sie jedoch, um deutlich zu machen, dass sie gerne auf den Boden gelassen werden wollte.

Kaum saß sie unten, krabbelte sie auf das Bücherregal zu, um sich dort ein wenig mühsam in die Höhe zu ziehen und mit Hingabe ein Buch nach dem anderen von den Brettern zu ziehen.

„Eine wissbegierige Tochter habt ihr da“, lachte Toni und blickte dann mit hochgezogenen Augenbrauen zu den beiden ernsten Eltern des Mädchens hinüber. „Ist etwas passiert?“

Marie hob abwehrend eine Hand. „Nein, nein, eigentlich nicht. Erschrecke dich bitte nicht, aber ...“

Toni runzelte leicht die Stirn.

„Hast du Max getroffen?“, platzte Marie heraus.

„Max? Wie kommst du denn darauf? Ich habe ihn nicht mehr gesehen, seit wir ihn damals in der Stadt getroffen haben. Warum fragst du?“ Toni registrierte den etwas hilflosen Blick, den Marie ihrem Mann zuwarf. Sie wurde immer unsicherer. Worauf wollten die beiden hinaus? Fragend und hilflos zugleich hob sie die Handflächen an.

„Er hat das Haus verlassen, als wir gerade ankamen, Toni. Und Sylvain ist sich sicher, dass er ihn bereits einmal vor etwa zwei Jahren in der Halle getroffen hat, als er dort auf deinen Patenonkel wartete.“

Toni sprang von ihrem Sessel auf und blickte Marie entsetzt an. Dann wandte sie sich abrupt ab und schob den Vorhang am Fenster beiseite, als hoffe sie, noch einen Blick auf den davonreitenden Maximilian werfen zu können. „Denkt ihr ...?“ Toni wagte nicht, den Satz zu Ende zu führen, und schüttelte den Kopf. Konnte es sein, dass Maximilian noch einmal ihretwegen bei ihrem Patenonkel vorgesprochen hatte? Vielleicht hatten sie lediglich geschäftlich miteinander zu tun? Doch dieser Gedanke war absurd. Was sollte Raphael Leroux haben, das Maximilian nicht in Charleston und Umgebung bekommen konnte? Was außer ihr?

Sie drehte sich erneut um. „Weshalb sollte mein Patenonkel ihn nicht einmal mit mir sprechen lassen? Als ich ihn vor vier Jahren auf Max’ Besuch hier im Hause angesprochen habe, hat er mir gesagt, dass er nicht jahrelang die Verantwortung für mich übernommen habe, um mich dann einem Mann zu geben, von dem er absolut nichts wisse und der mich so weit fortbringen würde, dass er kein wachsames Auge mehr auf mich haben könne. Ich habe ihn damals gebeten, Max – sollte er noch einmal wiederkommen – persönlich erklären zu dürfen, dass ich für ihn nichts empfinde und nicht seine Frau werden kann."

„Vielleicht befürchtet Monsieur Leroux, dass du es dir zwischenzeitlich anders überlegt hast", mutmaßte Sylvain.

„Weil ich inzwischen eine alte Jungfer bin und froh sein werde, irgendeinen abzubekommen?", zischte Toni ihren ehemaligen Lehrer an, der abwehrend beide Hände in die Höhe hob.

„Du weißt genau, dass ich nicht so über dich denke, Antoinette."

„Entschuldige bitte, Sylvain. Natürlich weiß ich das. Ich bin nur ein wenig durcheinander und verstehe nicht, weshalb mich mein Patenonkel diese Angelegenheit nicht alleine klären lässt."

„Wach auf, Toni. Raphael ist nicht der Mann, der dir eigene Entscheidungen zubilligt – zumal du noch immer nicht volljährig bist. Das tut er ja nicht einmal bei seinen Töchtern oder bei seiner eigenen Ehefrau. Er ist es gewohnt, für die weiblichen Mitglieder seiner Familie die Entscheidungen zu treffen und nach deren Wohlergehen zu sehen."

„So wie bei Dominique?", fragte Toni zynisch und schloss für einen Moment die Augen. „Max tut mir ein wenig Leid, sollte es tatsächlich so sein, dass er noch immer meinetwegen nach New Orleans kommt." Sie schüttelte den Kopf, als wolle sie sich von diesen Gedanken befreien. „Ihr seid aber doch nicht wegen Max gekommen?"

„Wir kommen wegen deiner Aufgabe innerhalb der Organisation, Antoinette."

„Was ist damit?" Toni richtete sich auf und straffte die Schultern. Sie liebte die Unsicherheiten und die Angst, die diese nächtlichen Aktionen noch immer in ihr wachriefen, keineswegs, doch die Tätigkeit an sich erfüllte sie mit dem guten Gefühl, etwas Sinnvolles zu tun.

„Du erinnerst dich sicher daran, dass nach Ardants Tod ein anderer Mann aus diesem Distrikt seine Aufgaben übernommen hatte."

Toni nickte Sylvain schweigend zu.

„Dieser Mann kam letzte Nacht zu mir. Er ist wieder in der Stadt und würde gerne in dieser Gegend für die Organisation weiterarbeiten. Er kann zwar noch nicht sagen, wie lange er in New Orleans bleiben wird, doch einige Monate werden es mit Sicherheit sein. Er bat darum, wieder aktiv eingesetzt zu werden."

Toni nickte und senkte nachdenklich den Kopf. Es war eine einmalige Möglichkeit, wieder in ein normales, sicheres Leben zurückkehren zu können! Alle Gefahren und Ängste, Unannehmlichkeiten und schlaflosen Nächte würde sie ablegen und ein ruhiges, beschauliches Leben führen können, wie es sich für eine Dame gehörte.

Doch dann spürte sie deutlich Widerwillen über diese Aussicht in sich aufsteigen. Sie wollte kein ruhiges, beschauliches Leben, denn sie fürchtete sich davor, wie Rose Nolot oder andere unverheiratete Frauen in Langeweile, Untätigkeit und Selbstmitleid abzurutschen. Ihr Wunsch nach einem Mann an ihrer Seite und nach eigenen Kindern war groß, doch sie wusste ihn zu beherrschen, solange sie gebraucht wurde und sie ihre Tage – oder vielmehr ihre Nächte – mit einer sinnvollen Tätigkeit füllen konnte.

„Sylvain?“

„Antoinette?“

„Ich möchte nicht, dass du ihm meine Aufgabe übergibst.“ Toni bemerkte, wie Marie erschrocken Luft holte, und lächelte ihr unsicher zu. „Ich weiß nicht, ob ihr das verstehen könnt, aber diese Tätigkeit gibt meinem Leben einen Sinn. Ich möchte nicht wie Rose Nolot enden, die so schrecklich verbittert durch das Leben geht. Ich möchte nicht Tag für Tag daran erinnert werden, dass ich alleine bin und …“

„Toni, du kannst so unendlich viel tun. Du bist Mitglied in unzähligen wohltätigen Komitees. Außerdem bist du immer für deine Freunde da und hilfst ihnen, wenn sie dich brauchen.“

„Ich weiß, Marie. Aber das genügt mir nicht“, erwiderte Toni. Sie legte ihre Hand auf die ihrer Freundin. „Ich bin mir sicher, Gott hat mir diese Aufgabe gegeben, und ich habe nicht den Eindruck, dass er sie mir zum jetzigen Zeitpunkt wieder nehmen möchte. Aber ich werde darüber beten“, versprach sie. Dann schaute sie erst Marie, dann Sylvain ernst an. „Darf ich einen Vorschlag machen?“

„Bitte, Antoinette“, erwiderte Sylvain in seiner gewohnt ruhigen Art.

„Es kommen immer mehr Flüchtlinge hier durch. Es gab Zeiten, in denen ich neun, zehn Nächte hintereinander unterwegs war. Ich habe das gerne getan, doch ich habe auch bemerkt, wie müde und unkonzentriert ich wurde. Wenn der Flüchtlingsstrom weiterhin nicht abreißt, könnte ich einen zweiten Mann gebrauchen.“

„Der Gedanke ist nicht übel, Antoinette. Ihr könntet euch abwechseln, füreinander einspringen, wenn dieser Mann oder du auf einem gesellschaftlichen Ereignis nicht fehlen dürft.“

„Ist er aus unseren Kreisen?“, fragte Toni vorsichtig nach.

„Ich nehme es an, Toni. Du weißt ja selbst, dass sogar bei direkten Kontakten von Organisationsmitgliedern auf strenge Anonymität geachtet wird und Treffen nur im Dunkeln stattfinden. Doch soweit ich erkennen konnte, war er teuer gekleidet und sprach in korrekter, gehobener Art.“

Toni überlegte einen Moment lang. Wer konnte dieser mysteriöse Mann sein? Unter den jüngeren Männern in New Orleans herrschte ein ständiger Wechsel, da viele von ihnen eine Militärakademie besuchten, für das Studium die Stadt verließen, längere Reisen unternahmen oder irgendwo im sich nach und nach öffnenden Westen neue Ländereien für ihre Familien aufkauften und diese zu bewirtschaften begannen. Ihr fielen auf Anhieb drei junge Männer ein, die für vier Jahre an irgendwelchen Militärakademien gewesen waren, dazu ein etwas älterer Mann, der Ländereien in dem unruhigen, von bürgerkriegsähnlichen Zuständen geschüttelten Kansas erworben hatte und vor zwei Wochen zurückgekehrt war, ohne die Frage klären zu können, ob er seine Sklaven mit in dieses Territorium nehmen durfte oder nicht. Zudem hatten zwei Männer ihre auswärtigen Studien beendet, einer davon war Mathieu Bouchardon.

„Das Problem ist, dass du ihn einführen musst, Toni.“ Marie sah ihre Freundin mit krausgezogener Stirn an.

Antoinette nickte Marie verstehend zu. Sie wusste, aus welchem Grund sich ihre Freundin Sorgen machte. Sie ging mit ihrer Verkleidung im Dunkeln und sogar bei Tageslicht als Junge oder sehr junger Mann durch, doch ob sie jemanden täuschen konnte, mit dem sie mehrere Stunden lang unterwegs sein würde?

„Ich halte ihn auf Abstand“, sagte Toni, fühlte aber deutlich ein unangenehmes Kribbeln in der Magengegend. Würde es ihr tatsächlich gelingen, den Mann zu täuschen? Konnte es Folgen für Antoinette de la Rivière haben, wenn ihr Helfer hinter ihre Identität kam?

„Er wird ein anderes Pferd benötigen, Sylvain. Nicht nur, dass Noir gelegentlich eine Pause braucht, selbst in den ein oder zwei Nächten, in denen ich den Mann einweise, darf er auf keinen Fall auf seinem eigenen Tier reiten. Das Risiko ist einfach zu groß, dass er gesehen und anhand seines Tieres erkannt wird.“

„Unser Züchter hat ein anderes Tier für ihn“, erwiderte Sylvain.

„Wann wirst du diesen Mann wieder treffen?“

„Heute Nacht, Antoinette. Deshalb hatte ich es auch so eilig, mit dir zu sprechen.“

„Er soll sich dieses Pferd besorgen. Bei einem der nächsten Einsätze kann er mich dann begleiten. Allerdings sollte ich ihn zuvor in einer ruhigen Nacht schon einmal durch den Wald führen, damit er zumindest einige der Pfade abreiten kann, um sich diese wieder genau einzuprägen und die neuen überhaupt erst kennen zu lernen."

„Mir gefällt das noch immer nicht, Toni", wandte Marie erneut ein und zog ihre Tochter von dem Regal fort, da diese begann, über die Bücher, die sie bereits herausgezogen hatte, in das unterste Fach zu klettern.

„Wenn die Flüchtlinge dabei sind, haben wir zu tun, und bei einem Ritt alleine werde ich ihn auf Abstand halten", versuchte Toni sie zu beruhigen.

„Ich könnte dich und diesen Mann begleiten", schlug Sylvain vor.

Toni unterdrückte ein Lächeln. Seinem Tonfall war deutlich zu entnehmen, dass er diesen Vorschlag im Grunde nur zur Beruhigung seiner Frau vorgebracht hatte.

„Wenn du möchtest, Sylvain. Ich habe nichts dagegen einzuwenden. Allerdings werde ich ein schnelles Tempo einschlagen müssen, um dem Mann möglichst viele der alten und neuen Pfade zeigen zu können."

„Demnach nichts für mich bescheidenen Reiter", murmelte Sylvain mit einem entschuldigenden Blick zu seiner Frau, der mehr Erleichterung als Enttäuschung beinhaltete.

Ein paar Minuten später verabschiedete sich die kleine Familie.

Der Mond ließ sein silbernes Licht durch die geschlossenen Gardinen in das Zimmer scheinen, und der laue Wind, der den Geruch des Flusses mit sich trug, brachte den Stoff in Bewegung. Toni öffnete die Augen und betrachtete das Spiel des fahlen Lichtes in den wehenden Vorhängen und drehte sich, zufrieden lächelnd, auf die andere Seite.

In diesem Moment klopfte es aufgeregt an die Zimmertür und Caro huschte herein. Sie stolperte über den Teppich und konnte sich gerade noch an einem Stuhl festhalten.

Erschrocken fuhr Toni in die Höhe. „Caro, hast du dir wehgetan?"

„Nein, Mamselle. Ich bin doch inzwischen daran gewöhnt, überall zu stolpern und anzuecken."

„Das weiß ich, Caro, aber denke doch bitte an das Kind."

„Keine Angst, ihm ist nichts passiert."

„Was ist denn geschehen, dass du mich mitten in der Nacht weckst?"

„Ich weiß, Sie benötigen Ihren Schlaf, Mamselle, doch Madame Poirier lässt nach Ihnen rufen. Sie hat eigens eine Kutsche geschickt, die Sie auf die Plantage bringen soll."

„Ist es so weit?"

Caro nickte.

„Ich komme. Wenn Dominique extra einen Kutscher herschickt, wird sie dringend Hilfe benötigen."

Caro nickte erneut, hastete zum Schrank, öffnete die Tür, wobei ihr runder Bauch etwas hinderlich war, und holte einen Umhang für Toni hervor. Diese sprang eilig zum Waschtisch, spritzte sich ein wenig Wasser ins Gesicht und begann, ein bequemes Waschkleid anzuziehen, das ohne Korsett und Krinoline getragen werden konnte. Schließlich flocht Caro ihr mit flinken Fingern einen Zopf und steckte diesen auf ihrem Hinterkopf fest, um die Haarpracht in ein Haarnetz zu legen.

„Du bleibst bitte hier, Caro! Die Kutschfahrt zur Plantage wird nicht angenehm für dich sein. Sollte ich Hilfe benötigen, werde ich eine von Dominiques Kammerzofen beanspruchen können."

„Ich lasse Sie nur ungern alleine gehen, Mamselle."

„Ich weiß, Caro, und ich danke dir für deine Fürsorge. Aber auch wenn ich dich gerne als meine Vertraute an meiner Seite habe, so müssen wir jetzt an dein Kind denken. Das ist wichtiger als meine Bequemlichkeit."

„Danke, Mamselle", flüsterte Caro.

Toni ließ sich von einem der älteren Kutscher der Poiriers in das Gefährt helfen und nickte einem sehr jungen, schwarzen Mädchen zu, das Dominique offenbar für sie mitgeschickt hatte. Das Fahrzeug machte bei der Anfahrt einen leichten Ruck, und im Schein der Außenlampe beobachtete sie, wie sie das Grundstück der Leroux' verließen und den ihr sehr vertrauten Weg in Richtung Stadtgrenze und Wald einschlugen.

„Wie heißt du?", fragte sie das Mädchen.

„Kenia", erwiderte die Sklavin, ohne den Kopf zu heben.

„Was ist mit Madame Poirier?"

„Das Kind kommt, Mamselle."

„Gibt es Schwierigkeiten?“

„Nein, Mamselle.“

„Warum soll ich dann hinausfahren?“

„Madame wünscht es.“

Toni verdrehte die Augen. Musste sie diesem Mädchen denn jede Kleinigkeit mühsam entlocken? „Erzähle mir bitte, wie es Madame Poirier geht, Kenia.“

„Madame liegt seit einigen Stunden in den Wehen. Ihre Schwiegereltern sind bei den Charmandes und Michie Poirier ist nicht da. Fleure, die schwarze Hebamme, ist bei Madame. Aber Madame möchte, dass Sie kommen, wie die letzten drei Male auch.“

Toni nickte und lehnte sich in dem weichen, dunkelbraunen Lederbezug zurück. Bisher war sie immer erst gerufen worden, nachdem die Kinder bereits geboren waren, doch dieses Mal schien Dominique auch während der Geburt selbst ihre Anwesenheit und Hilfe zu wünschen. Vielleicht sollte sie aber auch nach den drei Mädchen sehen, da offensichtlich weder das Ehepaar Poirier noch Louis anwesend waren. Toni fragte sich, ob er bei seiner *Plaçée* und seinen beiden Söhnen war, verdrängte diesen Gedanken jedoch sofort wieder. Diese Vorstellung machte sie zu unruhig und wütend.

Die feuchtkühle Luft des Waldes drang in das vornehme Gefährt und erneut betrachtete Toni im Licht der schwankenden Außenlampe die vorbeiziehende Landschaft. Sie passierten zwei der versteckten Pfade und ein belustigtes Lächeln legte sich auf die Gesichtszüge der jungen Frau. Sie empfand es als erheiternd, wie leicht es ihr doch fiel, die Pfade aufzufinden, während die Männer, die nachts immer wieder unterwegs waren, um den *Chevalier Mystérieux* oder ein paar der flüchtigen Sklaven zu suchen, noch immer nicht wussten, wo sie begannen oder endeten.

Wenig später hörte sie von draußen lautes Rufen und sehr unsanft kam die Kutsche zum Stehen. Kenia blickte mit weit aufgerissenen Augen aus dem Fenster und ihre kleinen Hände waren ängstlich in den Stoff ihres einfachen, dunkelblauen Baumwollkleides gekrallt. Toni schloss, wie sie es auch auf ihren nächtlichen Ritten tat, wenn sie ein ungewohntes Geräusch vernahm, die Augen und lauschte. Mehrere Männerstimmen drangen zu ihnen herein, und unwillkürlich wurde ihr Körper von einem unangenehmen, kalten Schauer geschüttelt. Vermutlich suchten die Männer dort draußen wieder einmal nach dem nächtlichen Reiter.

Kapitel 17

Der Mond zauberte unzählige Lichtreflexe auf die ungewohnt glatte Wasseroberfläche und die schwache Brandung rollte beinahe sanft über den weißen Sand. Das Meer verlor sich irgendwo weit draußen in dem tiefschwarzen Himmel, und nur die Lichter entlang des Strandes deuteten darauf hin, dass es dort eine kleine Stadt gab.

In ruhigen, kraftvollen Bewegungen lief der Rappe um François Villeneuve herum. Das große Tier entstammte unverkennbar aus derselben Zucht wie der schwarze Hengst, der bereits seit einigen Jahren im Dienste der Organisation geritten wurde.

Der Mietstallbesitzer machte mit der Zunge ein leises Schnalzgeräusch und sofort stand das Pferd still. Mathieu Bouchardon näherte sich dem Tier, strich ihm bewundernd über den Hals und wandte sich dann Villeneuve zu, der ihn fragend, aber mit deutlichem Stolz im Blick ansah.

„Ein wunderbares Tier, Monsieur Villeneuve."

„Er ist noch nicht fertig ausgebildet. Der Besitzer ist ein wenig beunruhigt, weil er bereits eingesetzt werden soll."

„Ich habe Noir geritten und weiß, worauf es ankommt."

„Das dachte ich mir. Sie kennen den Weg durch die Wälder bis zur Stadt noch?"

„Ich werde mich zurechtfinden, danke."

Der Mann nickte, reichte Mathieu die Zügel und strich dem wertvollen Tier über die Nüstern. „Sie sind also wieder da?"

„Zumindest für einige Zeit. Und die möchte ich nutzen."

„Im Großen und Ganzen lief es in den vergangenen vier Jahren sehr gut. Wir haben das Gebiet übrigens zweigeteilt."

„Das hätte schon viel früher geschehen sollen. Der frühere Reiter hatte ein zu großes Gebiet abzudecken, um sich tatsächlich richtig gut auskennen und auch einmal neue Pfade schlagen oder alte verändern zu können."

„Die Arbeit ist sicherer geworden, ja. Ich sprach vor kurzem mit dem Reiter hier an der Küste. Die Übergaben verlaufen reibungslos und beide Helfer scheinen Verbesserungen an den Pfaden und Verstecken vorgenommen zu haben. Dennoch – die Arbeit nimmt viel Zeit und Kraft in Anspruch. Hoffen wir, dass das alles irgendwann nicht mehr nötig sein wird."

„Die Chancen stehen nicht schlecht. Die demokratische Partei entwickelt in den eigenen Reihen immer mehr Unruhe. Sie droht in einen nördlichen und einen südlichen Flügel zu zerfallen und raubt sich so unter Umständen die Möglichkeit, genügend Wählerstimmen auf sich zu vereinen. Ich denke, die Republikanische Partei, wer auch immer sich an ihre Spitze setzen wird, hat nächstes Jahr im Dezember gute Chancen, die Präsidentschaftswahlen zu gewinnen."

„Ich habe das Gefühl, dass weder der Ausgang der Wahl noch das Programm der Republikaner – ob sie nun gewinnen oder nicht – unsere Landsleute irgendwie beeinflussen wird. Sie wollen die Loslösung von der Union und werden jede kleine Chance nutzen, diese zu proklamieren. Hören Sie die Stimmen aus South Carolina? Das Drohen ist zu einem zornigen Wüten geworden. Ich frage mich, ob sie das Wahlergebnis überhaupt noch abwarten werden, ehe sie die Sezession ausrufen."

„Das alles bedeutet nicht, dass der Norden sich kriegerisch gegen diese Zerstückelung unseres Landes wehren wird, und auch nicht, dass sie sich die Befreiung der Sklaven auf die Fahnen schreiben werden", gab Mathieu zu bedenken.

„Ich hoffe, dass diese Politik unsere Arbeit nicht noch zusätzlich erschwert", murmelte Villeneuve und nickte mehrmals vor sich hin.

„Oder dieser ein Ende setzt", fügte Mathieu nachdenklich hinzu. „Denn in einem von Krieg zerrissenen Land könnten wir die Arbeit unmöglich fortsetzen."

„Krieg?"

„Man spricht im Norden tatsächlich davon. Seit Jahren droht der Süden mit einer Sezession. Bei den Wahlen 1856 wurde ihm noch in vielen Punkten nachgegeben, diesmal ist man nicht gewillt, sich von diesen Drohungen beeindrucken zu lassen. Es gibt zwar Politiker, die sich dafür ausgesprochen haben, die südlichen Staaten, die sich aus der Union lösen wollen, gehen zu lassen, aber andere sprechen davon, notfalls mit einer kriegerischen Auseinandersetzung dafür zu sorgen, dass die Union erhalten bleibt."

„Sie wissen, was Krieg bedeutet?"

Mathieu nickte. Er hatte 1847 seinen Vater im Mexikanischen Krieg verloren.

„Aber andererseits könnte Krieg den Sklaven die Freiheit bringen, oder nicht?", fragte Monsieur Villeneuve vorsichtig nach.

Der junge Anwalt zuckte leicht mit den Schultern. „Wenn wir davon ausgehen, dass der Norden gewinnt", murmelte er, während er die Steigbügel auf seine Größe einstellte.

„Unser Mittelsmann in New Orleans wird Ihnen weitere Anweisungen geben. Dieses Tier soll vorerst im selben Stall stehen wie Noir. Es ist nicht einfach, einen Platz für ihn zu finden."

Die beiden Männer reichten sich kurz die Hände. Dann schwang sich Mathieu in den Sattel und lenkte den Rappen in Richtung Wald.

Es vergingen einige Minuten, in denen Toni wie auch Kenia intensiv auf das Stimmengewirr außerhalb des Fahrzeuges horchten, bis sich jemand an der Tür zu schaffen machte. Sie wurde geöffnet und Jacques Breillat, Isabelle Charmandes Ehemann, blickte herein. „Entschuldigen Sie bitte die Störung, Mademoiselle de la Rivière. Um die Gegend hier sicherer zu machen, sind wir dazu übergegangen, nicht nur die Reiter, sondern auch alle Fahrzeuge zu kontrollieren, die diesen Weg passieren."

„Ist denn etwas geschehen, Monsieur Breillat?", fragte Toni nach.

„Machen Sie sich keine Gedanken, Mademoiselle de la Rivière. Wir suchen nur nach dem *Chevalier Mystérieux*, der hier in diesen Wäldern sein Unwesen treibt."

„Haben Sie denn endlich eine Spur von ihm, Monsieur Breillat?" Toni hatte keine Schwierigkeiten, ihre Stimme besorgt klingen zu lassen. Immerhin stand hier vor ihr einer der Männer, die nach *ihr* suchten.

„Er scheint ein Meister im Spurenverwischen zu sein. Tut mir Leid, Mademoiselle de la Rivière. Aber wir hoffen, dass wir ihn bald in die Finger bekommen. Wir werden in den nächsten Wochen sehr aufmerksam sein. Immerhin möchten auch Sie wieder die Gewissheit haben, auf diesen Wegen sicher zu Ihren Freundinnen reisen zu können, nicht wahr?"

Toni riss ihre Augen weit auf und blickte in das Gesicht ihres Gesprächspartners. „Hat er denn auch schon Reisende belästigt?"

„Das nicht, aber man weiß einfach nicht, was diesem unverfrorenen Kerl als Nächstes einfallen wird. Vielleicht sollten Sie sich mit ein wenig mehr Schutz umgeben, Mademoiselle de la Rivière."

„Sie haben Recht. Vielleicht sollte ich das tun", murmelte Toni und dachte dabei vor allem an ihre nächtlichen Unternehmungen.

„Ich gebe Ihnen meinen Cousin als Geleitschutz mit, Mademoiselle de la Rivière. Wohin sind Sie denn zu dieser nächtlichen Stunde unterwegs?"

„Zu Madame Poirier, Monsieur Breillat."

„Das dachte ich mir. Philippe wird Sie zu den Poiriers bringen."

„Ich danke Ihnen für Ihre Fürsorge", sagte Toni und im Stillen dankte sie ihm für seine Warnung.

Die Tür der Kutsche wurde geschlossen und wenig später rollte das Gefährt wieder an.

Toni schloss die Augen und atmete tief durch. Erst jetzt bemerkte sie, wie sehr sie zitterte. Sie legte ihre Hände ineinander und versuchte, durch ein kurzes Gebet wieder zur Ruhe zu kommen.

Als sie aufsah, stellte sie fest, dass Kenia sie beobachtet hatte. Das schwarze Mädchen senkte jedoch sofort seinen Blick. Toni lächelte kurz in sich hinein und lehnte dann den Hinterkopf gegen das weiche Lederpolster in ihrem Rücken. Sie war müde und die nächsten Stunden würden für sie sicherlich nicht sehr viel Schlaf bringen.

Etwas mehr als eine Stunde später stieg Toni aus der Kutsche und stand vor dem großen, wunderschönen Plantagenhaus der Poiriers. Im sanften Licht des Mondes strahlten die weiß gestrichenen Holzlatten, mit denen die Außenwände verkleidet worden waren, hell auf, und die runden, ebenfalls in Weiß gehaltenen Holzsäulen, die das Dach stützten, warfen schlanke Schatten über die großzügige Veranda. In einem der Zimmer unter dem Dach brannte Licht, und Toni glaubte, durch die beiden geöffneten Fenster leise Stimmen zu vernehmen.

Toni wartete, bis Kenia an ihr vorbei die sieben Holzstufen bis zur Veranda hinaufgehuscht war, damit sie ihr die Tür öffnen konnte.

„Ich gehe alleine hinauf, Kenia", sagte sie, als sie ins Haus trat. „Ich kenne mich aus. Danke für deine Begleitung." Schnell huschte sie die Stufen in den ersten Stock hinauf.

Im oberen Flur brannten alle Wandlampen. Die junge Frau hob gerade die Hand, um an die Holztür zu klopfen, hinter der sich Dominiques Privaträume befanden, als sie ein lautes, lang gezogenes Stöhnen vernahm. Irritiert über diesen Laut hielt sie in ihrer Bewegung inne.

„So geht das seit gestern Morgen", murmelte eine leise, kindliche Stimme und Toni fuhr erschrocken herum. An die gegenüberliegende Wand gelehnt, halb versteckt von einer kleinen, weißen Kommode, kauerte Olivia, Dominiques älteste Tochter. Mit ihren vier Jahren war sie ein ausgesprochen ruhiges, intelligentes, aber auch sehr altklug wirkendes Kind, und dies stellte sie einmal mehr unter Beweis, indem sie sich nun höflich erhob und Toni ihre Rechte entgegenstreckte. „Guten Abend, Tante Antoinette, oder sollte ich besser guten Morgen sagen? Ich melde dich an. *Maman* wartet schon auf dich."

Toni war schneller als das Mädchen. Mit fliegendem Rock wandte sie sich der Tür zu, klopfte und öffnete sie einen Spalt breit. „Ich bin hier, Dominique. Ich bringe nur schnell deine Olivia zu Bett."

„Danke, Antoinette, danke!", ließ sich Dominiques Stimme leise aus dem von vielen Lampen erhellten Zimmer heraus vernehmen.

Toni nahm das Mädchen an den Schultern, drehte es um und schob es in Richtung ihres Zimmers. „Was sitzt du denn hier draußen herum?", fragte sie das Kind.

„Sie haben uns den ganzen Tag nicht zu *Maman* gelassen. Irgendetwas stimmt nicht mit ihr."

„Sie bekommt ein Baby, Olivia. Du weißt vielleicht, dass das sehr schmerzhaft ist."

Olivia nickte, öffnete die Tür zu ihrem Zimmer und huschte hinein. Toni folgte ihr und betrachtete verwundert das Wandregal, das übervoll mit wertvollen, wunderschönen Puppen dekoriert war. Seit sie dieses Zimmer vor etwa einem Dreivierteljahr zuletzt betreten hatte, waren zu dieser Sammlung mindestens sieben oder acht neue Puppenschönheiten hinzugekommen.

Olivia schien ihre Verwunderung bemerkt zu haben, denn sie warf den edlen, fein geschnittenen Gesichtern, die zu ihnen herunterblickten, einen kurzen Blick zu und murmelte dann, den Moskitovorhang ihres Bettes anhebend: „Mein Vater bringt mir sehr oft Puppen mit."

Toni nickte und wandte sich der Lampe auf dem Mahagonitischchen zu.

Die Gefühlskälte, mit welcher das Mädchen diesen Satz ausgesprochen hatte, schmerzte sie zutiefst. Sie verdeutlichte ihr nicht nur, dass sich dieses kleine Mädchen wenig aus Puppen machte und ihr Vater dies noch nicht bemerkt zu haben schien, sondern auch, dass er wenig, wenn nicht sogar gar keine Zeit mit Olivia verbrachte. Vermutlich ging es ihren beiden jüngeren Schwestern nicht besser, und einen Augenblick lang fragte sie sich, ob sie tatsächlich weiter dafür beten sollte, dass Dominique dieses Mal einen Sohn zur Welt bringen würde. Mussten die drei Mädchen sich nicht noch mehr zurückgesetzt fühlen, sollte sich der erhoffte Erbe einstellen und der Vater ihn mit seiner Aufmerksamkeit und Liebe überhäufen?

Toni wandte sich um und überprüfte, ob das Kind unter die dünne Sommerdecke geschlüpft war. Olivias dunkle Augen leuchteten zwischen den weißen Laken hervor. Toni biss sich auf die Lippen. Niemals zuvor war ihr aufgefallen, dass Olivia die bleiche, ungesunde Hautfarbe ihrer Mutter geerbt hatte. Ihr Gesicht hob sich kaum von der Bettwäsche ab und durch den dichten Moskitovorhang waren nur diese großen, dunklen Augen deutlich zu erkennen. „Liegst du bequem? Kann ich die Lampe löschen, Olivia?“

„Bitte, Tante Antoinette! Bitte lass die Lampe brennen. Sie brennt jede Nacht dort, sonst habe ich Angst!“

Toni senkte die Hand, die nach dem Rädchen des Dochtes hatte greifen wollen. Nachdem sie einen Augenblick lang überlegt hatte, näherte sie sich dem Bett, schlüpfte zwischen den übereinander gelegten Lagen des Netzes hindurch und ließ sich auf der Bettkante nieder. „Wovor hast du denn Angst, Olivia?“

„Vor vielem, Tante Antoinette. Vor meinem Vater, wenn er betrunken nach Hause kommt. Er macht dann immer solchen Lärm und Mama weint. Und vor den Alligatoren, die in den Sümpfen leben und manchmal bis hier herauf ans Haus kommen. Im Sommer haben sie einen kleinen Arbeiterjungen geholt. Und wenn Minou weint, erschrecke ich mich, weil ich nicht weiß, was mit ihr ist. Sie weint fast jede Nacht und dann kommt Mama oder ihre Zofe und schauen nach ihr und ich werde immer wach. Dann kann ich nicht mehr schlafen. Und ich habe Angst, wenn es windet. Dann heult der Kamin und das Haus knarrt. Und ich habe Angst vor dieser wunderschönen, hellhäutigen Farbigen, die auch ein Baby bekommt. Sie haben uns vor ein paar Wochen immerzu angestarrt. Sie und ihr großer Sohn, der so fein herausgeputzt war.“

Toni schluckte. Sie nahm die bleiche kleine Kinderhand in ihre und drückte sie fest.

„Wenn du da bist, habe ich keine Angst, Tante Antoinette. Du bist so lieb.“

Toni bedachte das Kind mit einem liebevollen Lächeln und löste den Druck ihrer Hand. „Soll ich noch mit dir beten, Olivia?“

„Oh ja, bitte, Tante Antoinette. Es war so schön, als du das letzte Mal hier bei uns gewohnt hast. Wenn du mit uns gebetet hast, hatte ich keine Angst mehr.“

Toni nahm nun auch die andere Hand des Mädchens. Die Vierjährige schloss die Augen und Toni sprach ein kurzes, einfaches Gebet. Noch während sie sprach, spürte sie, wie das Mädchen sich entspannte und schließlich einschlief. Lächelnd betrachtete sie das friedliche, wenn auch kränklich wirkende Gesicht, dann erhob sie sich, befreite sich aus dem Moskitonetz und drehte die Lampe so weit herunter, dass sie nur noch ein wenig Helligkeit verbreitete, jedoch nicht endgültig verlosch.

Leise verließ sie das Zimmer und lehnte sich mit dem Rücken

gegen die geschlossene Tür. Den Hinterkopf an das Holz gelegt, betrachtete sie den ruhigen Schein der gegenüberhängenden Wandlampe und schloss für einen kurzen Augenblick die Augen. Selbstverständlich hatten kleine Kinder ihre Ängste, die vor allem in der Dunkelheit einer langen, schwülen Nacht überhand nehmen konnten. Doch das, wovon die Kleine gesprochen hatte, ging über die normale Furcht einer Vierjährigen hinaus. Kam Louis öfter betrunken nach Hause? Was bedeutete der Lärm, den er dann offensichtlich auslöste und der Dominique zum Weinen brachte? Musste sie das Schlimmste annehmen? Ein kalter Schauer jagte durch Tonis Körper und ließ ihn erbeben. Hilflos und wütend ballte sie ihre Hände zu Fäusten und drückte sie gegen ihre Lippen. Was war in diesem Haus – in dieser Ehe – los? Wie kam es, dass Olivia nicht vom Weinen der jüngeren Schwester, sondern erst dann erwachte, wenn Dominique oder die Zofe kamen? War Dominique in einem so desolaten, erschöpften Zustand, dass sie nachts ihre Tochter anschrie, wenn diese sich nicht schnell beruhigte? War dies der normale Umgangston, der inzwischen im Hause Poirier eingekehrt war?

Toni öffnete die Augen. Sie stieß sich von der Tür ab und ging auf die nächste zu. Wo hatte Olivia die schwangere *Plaçée* ihres Vaters und deren ältesten Sohn gesehen? War diese Frau so unverfroren, hierher zu kommen? Toni war nur froh, dass Olivia, so aufmerksam und intelligent sie auch war, nicht ihre eigenen Gesichtszüge in denen des Jungen erkannt hatte. Die junge Frau öffnete die Tür und betrachtete Dominiques mittlere Tochter, Annette, die dort in ihrem großen Himmelbett schlief. Olivias Schwester benötigte nachts offenbar keine Lichtquelle und schien auch fest zu schlafen. Erleichtert schloss Toni die Tür wieder und öffnete die zu Minous Zimmer. Vor dem Bett der nicht einmal Einjährigen hockte deren Amme. Die beleibte, schwarze Frau war auf ihrem Stuhl eingeschlafen. Vermutlich war sie den ganzen Tag über nicht von der Seite des kleinen Mädchens gewichen, damit diese die Gebärende nicht stören konnte.

Eilig, aber leise huschte Toni wieder hinaus und zog die Tür hinter sich zu. In diesem Moment gellte ein lauter Schmerzensschrei durch den Flur. Toni hastete zu Dominiques Zimmer und eilte ohne anzuklopfen hinein. „Was ist los, Fleure?“, fragte sie die schwarze Hebamme.

„Es kommt einfach nicht, Mamselle. Es kommt einfach nicht“, jammerte die ansonsten so ruhige, gelassene Frau und beugte sich erneut über die sich windende, jammernde Dominique.

Toni trat neben das große Bett und warf einen besorgten Blick auf das bleiche, nass geschwitzte Gesicht der jungen Frau.

Dominique blickte sie ängstlich an. „Ich sterbe, Antoinette. Ich und das Baby!"

„Davon will ich nichts hören, Dominique! Wo ist dein Mann?"

„In der Stadt", flüsterte Dominique. In diesem Moment kam eine neue Wehe und sie schrie: „Vermutlich bei diesem hellhäutigen Flittchen, das ihm Söhne schenkt."

Toni holte tief Luft und Fleure schüttelte erschrocken ihren Kopf.

Nachdem die Wehe nachgelassen hatte, schimpfte Dominique: „Denkt ihr, ich weiß nichts davon? Erst vor ein paar Tagen hat er mich wieder damit aufgezogen. Er mag das. Er sieht mich gerne leiden!", brach es aus der Frau heraus und wieder schrie sie vor Schmerzen in die schwülwarme Nacht hinaus.

Toni wandte sich an die Hebamme. „Was ist mit ihr, Fleure?" Jetzt galt es erst einmal, allen Widerwillen, Schrecken und Schmerz, die in ihrem Herzen zu toben begannen, zu unterdrücken. Sie musste an Dominique und ihr ungeborenes Baby denken.

„Das Kind steckt fest. Sie kann es nicht herauspressen. Vielleicht ist es zu groß."

Toni blickte auf den gewaltig gewölbten Bauch. Sie verstand nicht viel von Geburten, wusste jedoch, dass es immer wieder einmal Schwierigkeiten geben konnte und diese nicht selten mit dem Tod des Kindes, der Mutter oder beider endeten. „Warum schickt niemand nach einem Arzt?", fragte sie aufgeregt.

„Louis möchte das nicht. Kein Mann soll mich so sehen!", rief Dominique.

Toni fuhr aufgebracht herum. „Dein Mann möchte das nicht? Und was ist mit dir?"

„Ich will leben!", brachte Dominique gequält hervor und bäumte sich weit auf.

„Dann werde ich jetzt einen Arzt holen", entschied Toni und wandte sich der Tür zu.

„Nein, Louis möchte das nicht, Antoinette!"

„Louis ist aber nicht hier. Und er ist es auch nicht, der diese Qualen erleiden muss. Wenn er will, dass dieses Kind und seine Frau überleben, wird er es hinnehmen müssen, dass ich einen Arzt hole!", antwortete Toni entschieden und erntete ein schwaches Nicken der Schwarzen.

„Nein, Antoinette! Nein!", rief Dominique und fiel zurück in die Kissen.

Toni sah auf die sich windende Gestalt in dem zerwühlten, verschwitzten und blutverschmierten Bett. Hatte Dominique Angst, dass ihr Mann sie bestrafen würde, wenn sie einen Arzt rufen ließ? Das konnte sie sich einfach nicht vorstellen. Immerhin wollte er doch einen rechtmäßigen Erben, und er würde sicherlich nicht Dominiques Leben aufs Spiel setzen.

„Gehen Sie, Mamselle. Sie hat ihr Bewusstsein verloren. Es liegt außerhalb ihrer Entscheidungsmacht! Das können Sie Michie Poirier sagen!“ Die ältere Frau blickte Toni erstaunlich forsch an und nickte erneut auffordernd.

Nach einem letzten, verzweifelten Blick auf Dominique fuhr Toni herum, verließ den Raum und fegte mit wehendem Rock den Flur entlang. Noch auf der Treppe rief sie nach einem der Hausburschen. Ein sehr junger Kerl kam herangeeilt und blieb mit gesenktem Kopf am Fuße der Treppe stehen.

„Gibt es hier jemanden, der die Berechtigung hat, alleine in die Stadt zu reiten?“

„Nicht mehr, Mamselle. Man fürchtet, dass die Sklaven fliehen könnten!“

Toni verzog ärgerlich das Gesicht. Sie war sicherlich nicht berechtigt, für einen der Schwarzen einen Passierschein auszustellen. „Mit einer Kutsche bin ich zu langsam. Ich benötige ein schnelles Pferd und jemanden, der mich begleiten kann“, überlegte sie laut.

„Fanny kann reiten, Mamselle“, kam die überraschende Antwort.

Toni zog die Augenbrauen in die Höhe. Hier gab es tatsächlich eine Frau, die reiten konnte? Und dann noch eine Sklavin? „Hol sie. Lass zwei schnelle Pferde satteln, und sieh bitte zu, dass noch ein Mädchen zu Fleure hinaufgeht. Vielleicht benötigt sie Hilfe.“

„Ja, Mamselle. Ich werde alles schnell erledigen.“

Toni warf einen Blick auf die große Standuhr in der Halle. Es war noch nicht einmal vier Uhr morgens. Nachdenklich hob sie eine Hand und strich sich über die Lippen. Wann würde Louis in dieser Nacht endlich nach Hause kommen? Warum waren seine Eltern noch nicht von den Charmandes zurückgekehrt? War das Fest dort noch im Gange, oder hatte das ältere Ehepaar beschlossen, den Rest der Nacht als Gäste im Hause der Charmandes zu verbringen?

Aus einer Nebentür erschien eine groß gewachsene, kräftige Schwarze, die in etwa Tonis Alter haben mochte.

„Du bist Fanny?“

Die junge Frau nickte.

„Und du kannst reiten?“

„Ich versorge die Kleintiere hier, Mamselle. Mein Vater war früher der Stallknecht. Er lehrte mich das Reiten“, antwortete sie.

„Dann komm mit“, forderte Toni sie auf.

Gemeinsam verließen sie das weiße Haus. Ein älterer Mann kam ihnen mit zwei langbeinigen Stuten entgegen. Zu Tonis Entsetzen war das eine Tier mit einem Damensattel bestückt, und unwirsch stellte sie fest, dass ein Umsatteln zu viel Zeit kosten würde. Sie ließ sich in den Sattel heben und beobachtete, wie sicher Fanny sich selbst auf ihr Pferd schwang und dann auf ihre Aufforderung wartete, ihr zu folgen.

„Wie schnell kannst du reiten, Fanny?“

„Nicht schneller, als das Pferd laufen kann, Mamselle“, lautete die Antwort.

Toni lächelte vor sich hin. Ihr war diese junge Frau auf Anhieb sympathisch.

Sie nickte Fanny zu und trieb dann ihre Stute an. Mit fliegenden Röcken und wehenden Haaren verließen die beiden ungleichen Frauen das Grundstück, um über die mondbeschienene Landstraße in Richtung des nahe gelegenen Waldes zu jagen. Hohe Eichen säumten den Weg, und von ihren knorrigen Ästen hingen die graugrünen Moosbehänge wie Fahnen hernieder, sodass sie gelegentlich an Tonis Körper entlangstrichen. Ein eisiger Schauer nach dem anderen durchfuhr die Reiterin, und sie wusste, dass dies weniger an den seltsamen Berührungen des spanischen Mooses lag als vielmehr an der Sorge, ob sie rechtzeitig mit einem Arzt für Dominique und ihr Kind zurückkommen würde.

Sie wandte sich nach Fanny um. Diese spornte ihr Tier an, und mit wenigen, kraftvollen Sprüngen war es auf derselben Höhe wie Tonis Stute. Toni lächelte. Diese Fanny schien sehr genau zu wissen, wann diese unsäglichen Regularien, die zwischen den Schwarzen und den Weißen aufgestellt worden waren, nur hinderliches Beiwerk waren.

„Kannst du beten, Fanny?“

„Sie meinen, ob ich es vielmehr mit dem Gott der Weißen als dem Voodoo der Schwarzen halte, Mamselle?“

„Ja“, erwiderte Toni einfach und wandte ihre Aufmerksamkeit wieder dem unebenen Weg zu.

„Mein Vater hat mich in dem Glauben erzogen, den sein weißer Michie in Virginia ihn lehrte, bevor er ihn, meinen Bruder und mich nach Louisiana verkaufen musste, Mamselle. Ich kann beten und ich tue es oft. Vor Gott bin ich frei!“

Toni nickte und lächelte erneut. Sie verstand ihre Begleiterin nur zu gut.

„Bitte bete für Madame Poirier und für das ungeborene Kind."

Die folgenden Minuten verstrichen schweigend. Beide Frauen beteten und versuchten gleichzeitig, sich auf die unebene Landstraße zu konzentrieren.

Schließlich erreichten sie den Wald. Toni und Fanny legten eine lange Strecke schweigend zurück, doch als der schmale Pfad in eine größere Straße einmündete, zuckte Toni erschrocken zusammen. Ein paar hundert Meter vor ihnen waren deutlich einige Reiter auszumachen, und ihr wurde klar, dass die Patrouille, die nach dem *Chevalier Mystérieux* forschte, noch immer in diesem Landstrich unterwegs war.

Unverzüglich hielt sie die Stute an, die heftig schnaubend und mit zitternden Flanken der Aufforderung gehorchte. Toni biss sich nachdenklich auf die Unterlippe. Wie würden die Männer dort vorne auf sie reagieren? Immerhin war es mehr als ungewöhnlich, dass eine Frau, nur in Begleitung einer Schwarzen, nachts durch den Wald ritt, und dies in einer Geschwindigkeit, die den schaumbedeckten Pferden deutlich anzusehen war. Würde sie jemand mit dem *Chevalier Mystérieux* in Verbindung bringen? Konnte dieser Ritt heute Nacht womöglich fatale Folgen für sie haben, auch wenn er einen völlig anderen Grund hatte?

Die drückende, feuchte Hitze ließ Mathieu Bouchardon den Schweiß am Körper herunterlaufen. Der zwischen den Bäumen stehende grünliche Dunst gaukelte ihm Fantasiegestalten vor und zerrte ebenso an seinen Nerven wie die tief herunterhängenden Äste und Moosbehänge, die ohne Vorwarnung an seinem bis aufs Äußerste angespannten Körper entlangstrichen. Die Luft war erfüllt vom Duft der wild wachsenden Orchideen und mischte sich mit dem sumpfigen Geruch des Bodens und dem der vor sich hinmodernden Baumstämme, die in irgendwelche Wasserläufe gestürzt oder von den ständig ihren Lauf verändernden Bayous überschwemmt worden waren. Unzählige Moskitos surrten um ihn herum. Seit er vor etwas mehr als zwei Stunden beinahe mit ein paar Männern zusammengetroffen war, die hier in der Gegend ihre kleinen, wenig ertragreichen Farmen aufbauten, fühlte er die Unsicherheit wie beißende Stiche im Nacken. Immerhin war er vier Jahre lang nicht mehr in diesem Wald unterwegs gewesen. Inzwischen war er sich nicht einmal mehr sicher, ob er noch auf dem richtigen Weg war, denn die Pfade waren verändert, teilweise stillgelegt und durch andere, in sich verzweigte Wege ersetzt worden. Wer auch immer während der letzten vier Jahre in diesem unteren Teil der Fluchtroute gearbeitet hatte, hatte ganze Arbeit geleistet. Er kannte sich nicht mehr aus und hatte langsam das Gefühl, fortwährend im Kreis zu reiten.

Mathieu stoppte das Pferd, das unwillig mit dem Schweif schlug, und sah sich nachdenklich um. An einer Stelle meinte er einen früheren Wartepunkt für Flüchtlinge zu erkennen. Hierher hatte man die geflohenen Sklaven aus South Carolina gebracht, die nicht auf direktem Weg in Richtung Norden hatten fliehen können. Doch von dem alten Versteck war keine Spur mehr zu entdecken, und erneut fragte sich der junge Mann, ob er sich tatsächlich verirrt hatte.

Mathieu murmelte ein knappes, verzweifelt klingendes Gebet und rieb sich mit Daumen und Zeigefinger seine schmerzenden Augen. Er trieb das Pferd wieder an, sorgte jedoch dafür, dass es nur noch im Schritt ging. Es dauerte eine weitere halbe Stunde, bis er schließlich fündig wurde. Deutliche Hufspuren auf dem matschigen Boden verrieten ihm, dass er tatsächlich schon mindestens einmal an dieser Stelle vorbeigeritten war. Aufmerksam suchte er von nun an Meter für Meter die undurchdringlich scheinende grüne Wand links und rechts des schmalen Pfades ab, bis er glaubte, einen nicht natürlich gewachsenen Strauch entdeckt zu haben.

Unbarmherzig trieb er das Pferd durch das stachelige Gebüsch und stellte dabei fest, dass dieses nur knapp zwanzig Zentimeter breit war. Dahinter befanden sich lange, elastische Zweige, die sich, nachdem er diese passiert hatte, hinter ihm wieder schlossen. Ein Pflanzenkenner hatte diesen weiteren Pfad geschickt verborgen, und nur ein paar umgeknickte, kleine Zweige in dem Dornengestrüpp hatten ihn auf diesen aufmerksam gemacht.

Erleichtert brachte er das Tier wieder in den Trab und stöhnte innerlich auf, als er nach ungefähr zweihundert Metern an eine Weggabelung kam, deren Pfade jedoch beinahe parallel nebeneinander in die gleiche Richtung zu verlaufen schienen. „Na, großartig", brummte er vor sich hin und schob sich mit dem Zeigefinger seinen Hut ein wenig weiter in den Nacken. Er musterte die beiden Pfade und entschloss sich mit einem Achselzucken für den rechten.

Tief hängende Zweige streiften an seinem Körper entlang, und die Feuchtigkeit, die wie schwerer, undurchdringlicher Nebel zwischen den Bäumen zu hängen schien, nahm beständig zu. Die Schritte des Pferdes wurden erst leiser, dann verursachten sie ein lautes, schmatzendes Geräusch, das auf einen nassen Untergrund hindeutete.

Beunruhigt presste der junge Mann die Lippen aufeinander. Ob er den falschen Pfad genommen hatte? Irgendwann musste er doch auf seinem weiten Ritt wieder auf den alten Weg kommen, den er vor vier Jahren bereits genutzt hatte.

Ein Tier huschte vor den Hufen des Pferdes über den Weg und ließ den nervösen Hengst zurückzucken und laut aufwiehern. Mathieu sprang aus dem Sattel. Er konnte weder die Schreckhaftigkeit noch das Temperament des Pferdes richtig einschätzen und hatte keine Lust auf einen wilden, unkontrollierten Ritt, sollte das Tier durchgehen wollen. Doch das Pferd blieb stehen, wenngleich es nervös den Kopf nach hinten warf, die Ohren anlegte und unruhig auf der Stelle trat.

Dieses Verhalten befremdete den jungen Mann noch mehr, und er wünschte sich, dass die dicht wachsenden Bäume ein wenig mehr Mondlicht bis zu ihm durchlassen würden. Plötzlich hörte er nur wenige Meter von sich entfernt ein schabendes Geräusch. Dann knackten einige Zweige und es raschelte im Unterholz. Irgendetwas bewegte sich dort. Die Geräusche ließen ihn nichts Gutes ahnen und kurz darauf war das heisere, kurze Bellen eines Alligators zu hören. Das Pferd wich, aufgeregt mit dem Kopf um sich schlagend, sofort zurück. Mathieu hielt das Tier eisern fest und lauschte. Handelte es sich nur um einen Alligator, der hier auf dem Weg lag? Hatte er Hunger und sie bereits als seine Beute ausersehen?

Bewegungslos blieb der junge Mann stehen und flüsterte beruhigend auf das Pferd ein. Plötzlich stampfte dieses unwillig mit den Hufen und sofort war erneut eine hektische Bewegung vor Mathieu auf dem Boden zu vernehmen.

Toni senkte den Kopf. Was sollte sie tun? Selbstverständlich konnte ihr niemand etwas vorwerfen, nur weil sie für ein Familienmitglied einen Arzt holen wollte, doch die Angst, für den *Chevalier Mystérieux* gehalten zu werden, wuchs beständig, je länger sie dort im Dunkeln zwischen den Bäumen stand und die Männer in einigen hundert Metern Entfernung beobachtete.

„Mamselle?“

Toni fuhr zusammen. Sie hatte die Anwesenheit Fannys beinahe vollständig vergessen. „Was ist?“

„Ich möchte Sie gerne weiter begleiten, Mamselle. Doch ich sollte von den Männern dort vorne besser nicht gesehen werden. Ich habe keine offizielle Erlaubnis, die Plantage zu verlassen. Mein Bruder ist vor wenigen Wochen geflohen, und Michie Poirier hat Angst, dass ich ihm folgen könnte. Er hat mir harte Strafen angedroht für den Fall, dass ich mich auch nur ein paar Schritte von seinem Grundstück entfernen würde.“

„Auch das noch“, murmelte Toni halblaut vor sich hin.

„Ich wollte doch nur der armen, lieben Madame Poirier helfen, Mamselle. Wer hätte Sie sonst begleiten können? Und mit einer Kutsche wären Sie viel zu langsam gewesen“, entschuldigte Fanny leise ihre Handlungsweise.

Toni nickte ihr beruhigend zu. Sie war beeindruckt von dem Mut der Frau, die so wenig Angst vor ihr oder gar einer Bestrafung zu haben schien. Allerdings machte diese Tatsache ihre Entscheidung nicht gerade einfacher. Sie wollte nicht auf Fannys Begleitung verzichten oder sie gar allein zurück auf die Plantage schicken. Allerdings durfte sie sie auch nicht in Gefahr bringen. „Fanny, kannst du ein großes Geheimnis für dich behalten?“

„Ich habe viele Geheimnisse, Mamselle.“

Toni blickte zu ihrer Begleiterin hinüber und bemerkte, dass diese sie direkt ansah und nicht, wie es den Sklaven eigentlich vorgeschrieben war, den Blick gesenkt hielt. In den dunklen Augen sah sie Aufrichtigkeit. Ohne ein weiteres Wort zu wechseln, ließ Toni ihr Pferd ein paar Schritte rückwärts gehen und Fanny tat es ihr nach. Als sie sicher sein konnten, dass sie von den Männern auf dem Weg nicht mehr gesehen oder gehört werden konnten, wendete Toni ihr Tier und ritt einige Hundert Meter die Landstraße zurück, um dort das Pferd durch ein dichtes, stacheliges Gestrüpp zu dirigieren. Das Tier schnaubte mehrmals aufgeregt und bewegte sich nur widerwillig vorwärts, bis es das stachelige Hindernis überwunden hatte und auf einem der geheimen Pfade stand. Ein heftiges Rascheln und ein kurzes, unwilliges Schnauben hinter ihr überzeugte Toni davon, dass Fanny ihr auf der anderen Stute folgte, und innerhalb weniger Sekunden befand sich auch die junge Sklavin auf dem schmalen Weg.

Ihre Augen blickten den nur undeutlich erkennbaren Waldtunnel entlang, und Toni konnte noch das wissende Lächeln der jungen Frau sehen, ehe sie ihr Tier antrieb.

Sie hatten wertvolle Minuten verloren und auf den geheimen Pfaden würden sie sicherlich keine Zeit wettmachen können. Sie verliefen aus Sicherheitsgründen sehr verworren und bedeuteten daher einen gewaltigen Umweg. Doch hier waren sie zumindest sicher vor den Männern, die den *Chevalier Mystérieux* suchten und jeden Passanten abfingen und befragten.

Toni ließ das Pferd nur in einem gemäßigten Galopp laufen, damit Fanny ihr folgen konnte. Die Gefahr, dass diese sich in dem Labyrinth aus versteckten Pfaden verirren würde, sollte sie sie aus den Augen verlieren, war einfach zu groß.

Sie ritt durch den ihr inzwischen bestens vertrauten Wald, übersprang ein paar niedere, umgestürzte Bäume, sich dabei weit neben den Hals des Pferdes duckend, und durchwatete vorsichtig einen schmalen, wenig Wasser führenden Bayou.

Nach einem durch den Damensattel ungewohnten und daher unangenehmen Ritt zwischen den dicht an dicht stehenden Bäumen hindurch, stoppte Toni die Stute und stieg ab. Als Fanny bei ihr angelangt war, warf sie ihr die Zügel ihres Pferdes zu und bedeutete mit einer Geste, dass sie sich leise verhalten sollte. Dann entfernte sich eilig von den Tieren.

Vor dem dichten Gesträuch, das ihren Pfad von der viel berittenen Landstraße trennte, kauerte sie sich nieder und lauschte in die Dunkelheit hinein. Außer dem unermüdlichen Zirpen der Grillen, dem leisen Flüstern der Blätter und dem gelegentlichen Quaken eines Frosches war es vollkommen ruhig. Es waren keine Geräusche zu vernehmen, die nicht in diese nächtliche Waldkulisse passen mochten, und so wagte die junge Frau, sich langsam und leise durch die biegsamen Zweige und schließlich durch das stachelige Gesträuch zu schieben und sich in den Graben entlang der Straße zu ducken. Wieder lauschte sie, bevor sie den Kopf hob und sich nach beiden Richtungen des Weges umsah.

Niemand war da. Sie hatten die Patrouille weiträumig umritten. Zufrieden vor sich hinlächelnd schob sich die junge Frau zurück in den Wald, lief zu Fanny und führte ihr Pferd, gefolgt von ihrer Begleiterin, auf den regulären Weg hinaus.

Eilig stiegen die beiden in die Sättel und galoppierten die restliche Strecke durch den Wald bis in die Stadt hinein. Erst als die Pflastersteine unter den Hufen aufklackten, verlangsamten die beiden Frauen die Geschwindigkeit ihrer Pferde. Toni war dankbar, dass André Fourier seine Praxis nicht direkt im *Vieux Carré* eröffnet hatte. So konnte sie ihn schneller erreichen und lief nicht Gefahr, irgendwelchen Bekannten zu begegnen.

Vor dem Haus der Fouriers stiegen die beiden Frauen ab und führten die Pferde zum Seiteneingang, der direkt in die Küche führte. Toni klopfte kräftig gegen das Holz und bereits nach wenigen Sekunden erschien Sophie im Türrahmen.

„Toni!“ Die werdende Mutter stand im langen, weißen Nachthemd mit zwei zerzausten Zöpfen und einer weißen, verrutschten Schlafhaube vor Toni, die ein belustigtes Lächeln nicht unterdrücken konnte. „Du siehst nicht besser aus, Antoinette de la Rivière!“, konterte Sophie sofort und Toni vernahm neben sich ein leises Kichern.

„Ich komme von Dominique, Sophie. Die Geburt geht nicht voran. Die Hebamme, die bei ihr ist, meint, dass Kind hinge irgendwo fest. Wir brauchen deinen Mann.“

„Dominiques Mann hat bei keiner der Geburten einen Arzt an seine Frau herangelassen, Toni“, erwiderte Sophie mit vor Sorge gerunzelter Stirn.

Aus dem Hintergrund war ein deutliches Brummen Andrés zu vernehmen. „Dann wird es heute das erste Mal sein. Ich reite sofort hin. Sophie, würdest du bitte dieser schrecklich heruntergekommenen Gestalt dort draußen etwas Sauberes zum Anziehen geben und unsere Kutsche mit ihr und ihrer Begleiterin wieder zu den Poiriers hinausschicken? Dominique wird sie brauchen.“

Toni und Fanny banden ihre Pferde an einem Rosenbogen fest und betraten Sophies peinlich saubere Küche.

„Bist du von der Poirier-Plantage?“, erkundigte sich Sophie bei Fanny, die vorschriftsmäßig den Kopf senkte und leise bejahte.

„Ich kenne dich. Du bist Fanny. Dein Bruder ist vor ein paar Wochen geflohen. Louis hat einen großen Zirkus deshalb veranstaltet. Eigentlich hatte ich angenommen, er lege dich in Ketten.“

Toni sah die junge Sklavin erschrocken an. Offenbar hatte sie weitaus mehr Schwierigkeiten zu erwarten, wenn Louis von ihrem kleinen Ausflug erfuhr, als sie bislang angenommen hatte.

Eigentlich hätte sie André gerne zurück zu den Poiriers begleitet, doch sie konnte Fanny nicht vor der Patrouille sehen lassen, ganz zu schweigen davon, dass sie diesen Männern kaum erklären konnte, wie sie ungesehen an ihnen hatte vorbeikommen können. Also nahm sie Sophies Angebot an und lag nur eine halbe Stunde später in einem kleinen Raum in der gusseisernen Wanne und genoss das lauwarme Bad.

Nebenan in der Küche hörte sie Sophie und Fanny, die sich offenbar angeregt unterhielten. Bei Fanny verwunderte sie dies nicht. Sie war wohl sehr frei und großzügig aufgezogen worden, wo auch immer in Virginia sie geboren worden war, doch für Sophie war dieser Umstand doch ein wenig ungewöhnlich. Gefiel ihr die offene, freundliche und intelligente Fanny ebenso wie ihr selbst? War es doch mehr als ein Gerücht, das im französischen Viertel umherging, dass die Fouriers ihren Hausbediensteten für ihre Arbeit Geld gaben, damit diese sich irgendwann freikaufen konnten?

Toni lächelte, doch nur für wenige Sekunden, denn sehr schnell schlichen sich Dominique und ihr Kind zurück in ihre Erinnerung, und sie fragte sich, ob das Baby wohl inzwischen geboren sein mochte. Dann bahnten sich andere, bedrohliche Gegebenheiten ihren Weg in ihre Gedanken. Die Patrouille bereitete ihr Angst, zumal Jacques Breillat deutlich gemacht hatte, wie vehement der *Chevalier Mystérieux* inzwischen gesucht wurde. Vermutlich blieb ihr nichts anderes übrig, als die Pfade in der unmittelbaren Nähe der Stadt zu meiden. Das würde jedoch bedeuten, dass die von der Küste kommenden Flüchtlinge einen großen Umweg auf sich nehmen mussten und somit auch weiteren Gefahren ausgesetzt waren – und dass auch für sie die Nächte länger und anstrengender werden würden.

Toni betrachtete die hohe, weiß gekalkte Decke und dankte ihrem Gott für den unbekannten Mann, den er genau in diesen unruhigen Zeiten zurück nach New Orleans gebracht hatte, um sie ein wenig zu entlasten.

Mathieu Bouchardon biss die Zähne zusammen, als sein Pferd erneut ängstlich einen Schritt nach hinten tat. Wieder bewegte sich der Alligator in seine Richtung und verharrte dann erneut. Noch immer konnte der junge Mann das Reptil nicht sehen, doch offenbar ging es diesem nicht anders, denn es reagierte nur auf die Geräusche und Bewegungen des Pferdes.

Der junge Mann kniff die Augen zusammen und überlegte. In diesem Moment vernahm er ein leises, schabendes Geräusch rechts von sich, und sofort wurde ihm klar, dass sich von dieser Seite ein weiterer Alligator näherte.

In Gedanken schimpfte er sich einen Idioten. Bereits als die Erde weicher und schließlich so feucht geworden war, dass das Pferd nur unter Mühen die Hufe wieder aus dem Boden hatte ziehen können, hätte er umdrehen müssen. Dieser Pfad war offensichtlich angelegt worden, um etwaige Verfolger in dieses Sumpfgebiet zu locken, damit sie den Alligatoren Gesellschaft leisteten.

Ein weiteres dieser seltsamen bellenden Geräusche drang zu ihm herüber. Das Unbehagen, das in Mathieu wie eine kalte Schlange heraufgekrochen war, breitete sich aus und steigerte sich zu blanker Angst. Kalte Wellen durchliefen seinen Körper, und er konnte fühlen, wie sich die Härchen in seinem Nacken und auf seinen Armen aufstellten.

Wie nahe waren die beiden Alligatoren bereits? Was, wenn er sich jetzt schnell auf sein Pferd schwang, es herumriss und versuchte zu fliehen? Würden die nicht eben langsamen Burschen ihn einholen? Auf dieses Wettrennen wollte er sich lieber nicht einlassen. Doch was würde geschehen, wenn er einfach still stehen blieb, bis die Biester es sich anders überlegt hatten? Vermutlich würde er auch bei diesem Spiel den Kürzeren ziehen.

Die Sekunden zerrannen und Mathieu fühlte den Schweiß über seinen ganzen Körper laufen. Schließlich ging er langsam in die Hocke und tastete mit seiner freien Hand den weichen, schlammigen Untergrund ab. Wenig begeistert stellte er fest, dass der Pfad frei von jeglichen Steinen und größeren Zweigen war. Er versuchte sein Glück am Rand des Weges.

Wieder war ein kurzes Rascheln im Unterholz zu hören, das ihm einen weiteren kalten Schauer durch den Körper jagte. Endlich fand er einen größeren, etwa armlangen Ast und nahm diesen so vorsichtig wie möglich in die Hand. Langsam und möglichst leise richtete er sich wieder zu seiner vollen Größe auf und hob den Arm vorsichtig an. Er schloss für einen kurzen Moment die Augen, stammelte ein Gebet und schleuderte den Ast mit aller Kraft den Pfad entlang. Dieser prallte hörbar an einem Baumstamm ab und fiel dann krachend in ein Gesträuch.

Ohne auf die Reaktion der Tiere zu warten, warf sich Mathieu in den Sattel, riss das Pferd auf den Hinterbeinen herum und jagte davon. Reiter und Pferd stoppten erst, als sie wieder die Abzweigung erreichten. Heftig atmend verharrten sie dort, und während der junge Mann dem Tier dankbar über den Hals fuhr, formte er in seinen Gedanken ein Dankgebet für seinen Gott.

Schließlich schlug er den linken der beiden fast parallel verlaufenden Pfade ein. Da er diesen Ritt endlich hinter sich bringen wollte, trieb er den Hengst in einen schnellen Trab. Immerhin hatte er noch einen Großteil der Strecke entlang des Mississippi vor sich. Trotz der höheren Geschwindigkeit blieb er jedoch wachsam, denn der Schrecken saß ihm noch tief in den Knochen.

Kapitel 18

Von der aufgehenden Sonne freundlich angestrahlt, wirkte das weiße Haus mit seinen schlanken Säulen und dem niederen Terrassengitter heimelig und schön. Die unzähligen Blumen im Garten leuchteten dem Betrachter farbenfroh entgegen und unterhalb der Terrassentreppe lud eine verschnörkelte Gartenbank zum Verweilen ein.

Doch dafür hatte Toni an diesem Morgen keine Zeit. Dank des umsichtigen Kutschers hatten Fanny und sie unbemerkt auf die Plantage zurückkehren können, und nun beeilte sie sich, die wenigen Stufen zur Veranda hinaufzueilen und das Haus zu betreten.

André war ihnen nicht entgegengekommen, ein deutliches und auch beunruhigendes Zeichen dafür, dass er noch immer bei Dominique sein musste. Toni begann zu zittern, als sie sich einmal mehr klarmachte, dass nicht nur das Kind, sondern auch Dominique selbst in Lebensgefahr schwebte. Eilig suchte sie eine offene Verandatür, schlüpfte hinein und ging mit großen Schritten durch den prunkvoll ausgestatten Salon bis ins Foyer. Von dort lief sie mit hochgerafftem Rock die Stufen zu den Zimmern der Familie hinauf und klopfte kräftig an Dominiques Zimmertür.

Wenige Sekunden später wurde ihr von der schwarzen Hebamme geöffnet, die bereits in der Nacht bei der werdenden Mutter ausgeharrt hatte. Die Frau wirkte ausgezehrt und müde.

„Ist Doktor Fourier noch hier?“

„Ich bin da, komm herein, Antoinette“, rief André aus dem Inneren des Raumes.

Toni zögerte einen Moment lang. Sie wusste nicht, ob es Dominique recht war, wenn noch eine weitere Person das Zimmer betrat. Doch schließlich folgte sie der Aufforderung und schloss hinter sich die Tür wieder.

Auf dem zerwühlten Bett lag eine bleiche, ausgezehrte junge Frau, aus deren Körper jegliches Leben gewichen zu sein schien. Mit ihren geschlossenen Augen und blassen Lippen wirkte Dominique mehr tot als lebendig. Toni erschrak und fuhr sich mit beiden Händen an den Mund. Doch dann bemerkte sie die leichten, kaum wahrnehmbaren Atemzüge der Frau und erleichtert senkte sie die Arme wieder.

„Sie wird es überleben, Antoinette. Keine Angst“, beruhigte André sie sofort und forderte sie mit einer knappen Handbewegung auf, näher zu treten. Vor ihm lag ein kleines, wunderschönes Baby, das jedoch eine eigentümlich blasse, beinahe bläuliche Hautfarbe aufwies und seltsam schlaff wirkte.

Langsam trat Toni näher und betrachtete das nackte Kind, das friedlich das Gesicht des über ihn gebeugten Arztes zu beobachten schien. „Ein Junge“, murmelte sie leise vor sich hin.

André überprüfte fortwährend mit seinem Hörrohr die Atmung und den Herzschlag des Kindes, während Toni ihren liebevollen, aber auch besorgten Blick nicht von dem hilflosen Bündel nehmen konnte. Das Kind war für ein Neugeborenes ausgesprochen groß und kräftig, hatte bereits unzählige schwarze, weiche Haare und erstaunlich lange Wimpern.

„Ist mit ihm alles in Ordnung, André?“, flüsterte Toni und strich dem Jungen über das rundliche, hübsche Gesicht.

„Er wird leben, Antoinette“, erwiderte der Arzt leise. Dann warf er einen prüfenden Blick in Dominiques Richtung, doch diese schlief noch immer tief und fest. „Aber er hatte sehr lange zu wenig Sauerstoff, Antoinette. Vermutlich hat sein Gehirn großen Schaden genommen.“

„Was heißt das?“ Toni konnte ihren Blick nicht von dem schönen, perfekten kleinen Gesicht abwenden.

„Er wird lange weder sitzen noch krabbeln oder gehen können. Das Sprechen wird ihm vermutlich sehr schwer fallen, und ich nehme nicht an, dass er jemals lesen oder schreiben lernen wird, Antoinette“, murmelte André schließlich.

Er wickelte das Kind in eine Decke und wollte es Fleure reichen, die es weiter versorgen würde. Doch Toni stellte sich dem Arzt in den Weg, nahm ihm Dominiques Sohn ab, legte diesen in ihre Armbeuge und betrachtete ihn erneut. Sie hatte niemals zuvor ein hübscheres, vollkommeneres Baby in den Armen gehalten. Andrés Worte schmerzten sie sehr. Dieses Kind war ein lebendiges Wesen, und es verdiente, gefördert, geliebt und behütet zu werden. Doch würde es diese Liebe und Aufmerksamkeit in der Familie Poirier erfahren?

Toni presste die Lippen fest aufeinander. Dann nahm sie ihre linke Hand, legte sie auf den flauschigen Kopf des Neugeborenen und flüsterte: „Der Herr segne dich, kleiner Poirier. Ich werde jeden Tag dafür beten, dass du lernen wirst, auf Gott zu vertrauen, und dass du tief in deinem Herzen wissen darfst, dass dein himmlischer Vater dich liebt, so wie du bist. Denn das ist das Wichtigste, was du in deinem Leben lernen und wissen musst.“

„Vielleicht solltest du ihn mitnehmen, herzensgute Antoinette“, brummte André, ehe er ihr das Kind aus den Armen nahm und der wartenden Hebamme entgegenhielt. „Bleibst du ein paar Tage hier?“, fragte er dann und musterte sie eingehend.

„Ich habe es Dominique versprochen.“

„Das wird gut sein. Ich musste ihre Bauchdecke öffnen, um sie von diesem Kind zu entbinden. Sie wird eine große Narbe zurückbehalten.“

Toni verzog das Gesicht. Ob diese Narbe Louis womöglich noch mehr in die Arme seiner *Plaçée* treiben würde?

„Ich zeige dir am besten, wie du sie zu versorgen hast. Zudem wird sie deinen betenden Beistand sehr gebrauchen können. Vielleicht kannst du ja verhindern, dass der Vater des Kindes – wenn er denn irgendwann mal auftaucht – die junge Mutter mit seinen Äußerungen bezüglich seines Nachwuchses attackiert.“

„Louis ist noch immer nicht eingetroffen?“

„Nein, und ich bin darüber nicht traurig. Schließlich hat er Ärzte immer sorgfältig von Madame Poirier fern gehalten.“ André hob den Verband von Dominiques Bauchdecke an, um Toni zu zeigen, wie die Narbe zu säubern war. „Vielleicht wollte er aber weniger ihre Keuschheit schützen als sich vor den Vorwürfen, dass er seine Frau misshandelt.“

„André!“

„Ihr Körper weist ältere Vernarbungen und eindeutige Blutergüsse auf, Antoinette. Und das, obwohl sie hochschwanger war. Ich verstehe diesen Mann nicht.“

Toni blickte den Arzt fassungslos an und Tränen der Verzweiflung standen in ihren Augen.

„Jetzt weine bitte nicht“, flüsterte er sanft, um dann sehr schnell wieder in einen routiniert sachlichen Tonfall zurückzufallen. „Schau genau zu, wie ich die Wunde säubere und verbinde.“

Toni wischte sich mit dem Handrücken über die Augen und beobachtete jede der Handbewegungen des Arztes.

Als André sich einige Zeit später verabschiedete, wurde Toni das Gefühl nicht los, dass er tatsächlich erleichtert darüber war, die Plantage verlassen zu können, bevor Dominiques Ehemann zurückkam.

Nach einem Frühstück holte Toni den noch immer wachen, aber ruhigen Säugling und setzte sich mit ihm auf die weiße Gartenbank unter dem Jasminstrauch, auf der sie in den vergangenen Jahren immer wieder mit einem oder mehreren der Kinder gesessen hatte. Sie wiegte den Jungen sanft hin und her und mit einem leisen Aufseufzen schloss dieser schließlich die Augen und schlief ein.

Die Grillen erhoben ihre Stimmen, unzählige Vögel sangen ihr fröhliches Lied, und eine graue Katze strich träge an Tonis Beinen vorbei, um sich dann wieder über die blumengeschmückte Wiese zu entfernen. Ein leichter Windstoß brachte die Blätter des Jasminstrauches zum Rascheln, und von den großen, moosbehangenen Eichen drang das laute Rauschen der Blätter bis zu Toni herüber.

Schließlich war das dumpfe Auftreten mehrerer Pferdehufe und das stete Rollen von Kutschenrädern zu vernehmen und wenig später hielt die vornehme Equipage der Poiriers vor dem Haus. Louis' Eltern entstiegen dieser und Madame Poirier, die Toni sofort entdeckte, raffte ihr teures Satinkleid leicht in die Höhe und eilte auf sie zu. „Sieh an, das Kind ist angekommen. Ist es der erwartete Erbe, Mademoiselle de la Rivière?"

Toni lächelte unsicher. Der Tonfall der älteren Dame klang beinahe so, als mache diese sie für das Geschlecht des Babys verantwortlich. „Es ist ein Junge, Madame Poirier."

„Wunderbar. Da wird unser Louis sehr zufrieden mit Dominique sein. Und was für ein hübsches, rundes Gesicht der Kleine hat. Doch er scheint mir ein wenig blass zu sein, Mademoiselle de la Rivière. Vielleicht sollte er aus der Sonne?"

Toni blinzelte gegen den hellen Himmelskörper an. Sie wusste nicht recht, was sie entgegnen sollte, lächelte schließlich nur unverbindlich und drehte sich auf der Bank so, dass die Sonne nicht mehr direkt in das Gesicht des Neugeborenen scheinen konnte.

Ein eilig herangetriebenes Pferd näherte sich mit laut donnernden Hufen. Dominiques Ehemann preschte über den Vorplatz und zügelte kurz vor der Gartenbank sein Pferd.

„Louis, sei nicht so ungestüm!", rügte seine Mutter ihn. Offenbar entging ihr vollkommen der schmerzliche Ausdruck auf dem Gesicht ihres Sohnes.

Er sprang von seinem Wallach und rief atemlos: „Ich habe Doktor Fourier getroffen. Er sagte, das Kind sei nicht gesund!" Mit diesen Worten riss er das Baby an sich. Lange musterte er seinen Sohn. „Er hat Recht. Dieses Kind verhält sich nicht normal. Es ist so komisch schlaff. So waren die anderen nicht." Toni bekam das Kind zurück in die Arme gedrückt, und ohne sich weiter um sie, seine Mutter oder sein schweißnasses Pferd zu kümmern, stapfte Louis Poirier mit weit ausholenden Schritten auf die Verandatreppe zu. „Warum ist diese

Frau nur unfähig, mir einen Nachfolger zu schenken?", hörte Toni ihn schimpfen.

Entsetzt sprang sie auf die Beine. „Louis! Warte bitte. Deine Frau hat eine Operation hinter sich. Lass sie bitte schlafen!"

Louis Poirier fuhr auf der obersten Stufe zur Veranda herum und blickte auf Toni, die hinter ihm hergelaufen und inzwischen vor der Treppe angekommen war, herab. Sie kam sich kleiner vor als jemals zuvor in ihrem Leben. Doch der Blick des Mannes wurde auf einmal milder und mit einer verzweifelt anmutenden Handbewegung murmelte er: „Gut. Schonen wir meine Frau ein wenig. Danke, Antoinette, dass du wieder einmal als helfender Geist hier auf der Plantage bist. Sorge bitte für meine Frau und für ... dieses Kind", fügte er schließlich hinzu, wandte sich ruckartig um und verschwand im Inneren des so friedlich erscheinenden Plantagenhauses.

Mathieu Bouchardon, der an die drückende Schwüle im Süden der Vereinigten Staaten nicht mehr gewohnt war und zudem bereits seit nahezu vierundzwanzig Stunden im Sattel saß, strich sich mit dem feuchten Ärmel seines verschmutzten und schweißgetränkten Hemdes über die Stirn. Er wusste, dass er sich nur noch wenige hundert Meter vor einer der Landstraßen befand, die die außerhalb gelegenen Plantagen mit der Stadt verbanden. Zwar bedauerte er, das wertvolle Pferd nicht bei Dunkelheit ungesehen in dem kleinen, heruntergekommenen Stall hinter dem Gasthaus untergebracht zu haben, doch nach dieser Nacht war er einfach nur froh, diesen zumindest in erreichbarer Nähe zu wissen. Sein Rücken schmerzte, da der Reiter, der sich um das Stadtgebiet herum seine Pfade neu geschaffen oder bestehende verändert hatte, die Äste am Rand der Waldtunnel ab einer gewissen Höhe zuwuchern ließ, sodass er, Mathieu, schon seit Stunden leicht gebückt reiten musste. Vermutlich war der *Chevalier Mystérieux*, der nun sein Partner werden sollte, kein sehr großer Mann.

Mathieu blickte mit brennenden Augen die Wegstrecke entlang und entdeckte in unmittelbarer Nähe vor sich das Ende seines Pfades. Müde und mit schmerzenden Gliedern glitt er aus dem Sattel, band das Pferd an einem Baum fest und trat bis an die schmalen, biegsamen Weidensträucher heran, die ihm den Weg versperrten.

Lange Zeit stand Mathieu nur da und lauschte auf die vielfältigen Geräusche des Waldes, ehe er sich sicher sein konnte, dass sich niemand auf der Straße hinter den Sträuchern befand. Dann schob er mit beiden Händen die dünnen Äste beiseite und stieg durch die Weiden hindurch, wenig begeistert auf das angrenzende Gestrüpp blickend, das mit seinen langen, spitzen Stacheln jeden Unbefugten von dem Pfad fern halten sollte.

Er betrachtete die Landstraße, die von dieser Stelle aus gut zu überblicken war, und nickte erneut befriedigt. Rückwärts gehend zwängte er sich auf den versteckten Waldpfad zurück, band das Pferd los und führte es hinter sich her bis an das undurchdringlich scheinende Buschwerk.

Erneut lauschte er, bevor er das Tier hinter sich her in das Unterholz zog. Als er schließlich die Straße erreichte, richtete er sich wieder zu seiner vollen Größe auf. Doch es blieb ihm nicht viel Zeit, seine Gliedmaßen zu strecken oder zu lockern, denn er wollte möglichst bald beim Gasthof am Stadtrand ankommen. Also schwang er sich in den Sattel und trieb das Pferd, das inzwischen ebenfalls deutliche Müdigkeitserscheinungen zeigte, in einen Galopp.

Minuten später erreichte er den Waldrand, und er beeilte sich, zwischen ein paar Feldern hindurch in Richtung der etwas außerhalb gelegenen Häuser zu reiten, wobei er eine schmale Schneise der Verwüstung an der Pflanzung hinterließ.

Vor dem Gasthaus lagen wie immer einige Betrunkene herum, und Mathieu stieg ab, um über keine dieser hilflos wirkenden Gestalten zu reiten.

Er öffnete die schräg in den Angeln hängende Stalltür. Ein schmaler Streifen tanzenden Heustaubes machte ihn auf einen Defekt im Dach aufmerksam, und im Licht dieses kärglichen Sonnenstrahls, der sich seinen Weg in den ansonsten dunklen Stall bahnte, konnte er in den beiden vorderen Boxen zwei heruntergekommene, braune Zugpferde entdecken.

Mathieu führte das unruhig mit den Ohren zuckende Tier in den Stall und zog die Tür hinter sich zu. Er wusste nicht, wie er sich dem Stallknecht bemerkbar machen konnte, doch dieser hatte ihn offenbar bereits gehört. Einen kurzen Moment lang wurde der schräg von oben eindringende Lichtschein verdeckt, dann kam eine kleine, gebeugte Gestalt eine Leiter heruntergeklettert. „Ein schönes Tier haben Sie da, Monsieur", flüsterte der Mann.

Mathieu grinste in die Dunkelheit hinein.

„Wer sind Sie?", fragte der Stallknecht, während er nach den Zügeln in Mathieus Hand griff.

„Ein Reiter, der ein Pferd benötigt", antworte Mathieu.

„Für wie lange?“, kam prompt die zweite Frage.

„Bis zum Ende“, entgegnete er und überließ dem kleinen alten Mann das wertvolle Pferd.

Mathieu Bouchardon stöhnte, als es leise an die Tür seines Zimmers klopfte und er die Stimme eines von Nathalie Bouchardons Hausburschen hörte: „Monsieur Bouchardon, Sie wollten um diese Zeit geweckt werden.“

Müde öffnete er die Augen. „Ist gut, René, danke!“, rief er in Richtung Tür. Dann blickte er zum Fenster hinüber, vor dessen von Vorhängen verhüllten Scheibe bereits die Abenddämmerung zu erahnen war. Der ungewohnt lange Ritt durch den Wald machte sich in seinem Körper noch immer schmerzhaft bemerkbar. Dennoch richtete er sich entschlossen auf und streckte sich. Er hatte beschlossen, wieder als Reiter zu fungieren, und diese Aufgabe wollte er zuverlässig durchführen. An den veränderten Tag-Nacht-Rhythmus würde er sich sicherlich schnell wieder gewöhnen, ebenso wie an die feuchte Hitze in den Wäldern und die langen Stunden im Sattel, in Spannung gehalten von der Furcht, entdeckt und entlarvt zu werden.

Mathieu wusch sich, kleidete sich an und ging hinunter ins Erdgeschoss, wo ihn ein angenehmer Bratenduft ins Speisezimmer trieb.

Seine Großmutter saß bereits am gedeckten Tisch. „Ist das dein neuer Lebenswandel, Mathieu? Nachts von einem Ball zum anderen, von einem Pferderennen zum nächsten, die Tage verschlafen, und abends geht das ganze irrsinnige, krank machende und vor allem sinnlose Tun von vorne los? Ich dachte, diese Zeiten hättest du hinter dir?“

Mathieu grinste seine sichtlich erboste Großmutter an, gab ihr einen Kuss auf die Stirn und holte sich einen der goldumrandeten Teller aus dem mit Glastüren versehenen Schrank.

„So einfach kommst du mir nicht davon, Mathieu Bouchardon!“, rief Nathalie und stemmte ihre kleinen, von Altersflecken überzogenen Hände in ihre schlanken Hüften. „Du wirst nicht das Vermögen deines Vaters mit müßigem Nichtstun und grässlichen Wettspielen verpulvern. Du hast in New York eine ausgezeichnete Ausbildung erhalten und einen meisterhaften Abschluss gemacht und wirst dir hier eine Anwaltspraxis aufbauen. Meinetwegen bewirb dich beim *Supreme Court* oder werde Berater für irgendeinen dieser große Reden schwingenden Politiker, aber fange etwas mit deinem Leben an und bring mir bald eine nette Enkeltochter ins Haus!“

Mathieu lächelte vor sich hin, während er sich ein großes Stück Fleisch von der Platte angelte. Er kannte die heißblütigen Reden seiner Großmutter inzwischen gut genug, um zu wissen, dass sich diese unfreundlicher und harscher anhörten, als sie tatsächlich gemeint waren. Die alte Frau war ein herzensguter Mensch mit einer eigenen Sicht der Dinge, die sie keineswegs hinter dem Berg zu halten gedachte.

„Ich dachte da vor allem an Antoinette de la Rivière“, fuhr Nathalie fort. „Es wird Zeit, dass dieses unleidige Gerücht endlich vergessen wird und dieses bezaubernde Mädchen einen Mann abbekommt. Allerdings frage ich mich, ob sie nicht eine weniger windige Person als dich verdient hätte.“

Mathieu verging augenblicklich das Lachen. Antoinette de la Rivière bereitete im Kopfzerbrechen. Er mochte sie mehr, als es für ihn gut war, zudem brannten in ihm die beunruhigenden Worte von Carl Schurz, die er ihr noch immer nicht ausgerichtet hatte. War sie tatsächlich in so großer Gefahr, wie der Deutsche es dargestellt hatte? In jedem Fall sollte er seine Grüße und das Angebot, ihm ein weiteres Mal schreiben zu können, baldmöglichst ausrichten.

„Warum starrst du so auf das Stück Rind auf deinem Teller? Fürchtest du, es könnte dir entgegenspringen?“ Nathalie lachte.

„Ich halte Mademoiselle de la Rivière für eine nette junge Frau, Großmutter. Aber ...“

„Nach mehr fragt hier doch niemand, Mathieu. Die Liebe kommt ganz von alleine.“

„Ich frage aber nach mehr – und wenn ich dich daran erinnern darf, haben meine Schwester und ich das von dir gelernt!“

„Braver Bursche“, spottete die alte Dame und strich Mathieu liebevoll mit der Hand über seine. „Wann also wirst du dir eine Arbeit suchen, Mathieu?“, wechselte sie erneut das Thema.

„Nächste Woche. Reicht dir das?“

„Mir reicht das. Hast du noch andere Angelegenheiten zu regeln?“

„Das habe ich tatsächlich“, erwiderte der junge Mann und dachte dabei vor allem an Antoinette und seine geplanten nächtlichen Ritte.

„Und wann wirst du mir eine nette, junge Frau vorstellen?“, hakte seine streitbare Großmutter unbarmherzig nach.

Mathieu lachte kurz auf und lehnte sich auf seinem Stuhl weit zurück. „Übernächste Woche?“

„Mach dich nicht über eine alte Frau wie mich lustig, Mathieu“, rügte Madame Bouchardon, doch ihr fröhliches Gesicht, das mit erstaunlich wenig Falten durchzogen war, sprach von ihrer Zuneigung zu ihrem Enkel. Interessiert erkundigte sie sich: „Wo wirst du den Abend verbringen?"

„Isabelle Breillat hat zu einem Gartenfest eingeladen. Möchtest du mich gerne begleiten?"

„Zu Isabelle und ihrem Mann auf die Plantage hinaus? Fällt mir nicht ein. Für mich ist selbst dieses Herbstwetter noch zu heiß, um eine Kutschfahrt zu unternehmen. Ich fürchte, ich werde allmählich alt", murmelte sie, um sich jedoch sofort wieder mit blitzenden Augen an ihren Enkel zu wenden. „Wusstest du, dass Isabelle eine Freundin von Sophie und Antoinette ist? Wobei Sophie mir erzählt hat, dass sie mit jedem Jahr, das ins Land streicht, ohne dass Antoinette geheiratet hat, dieser gegenüber immer unfreundlicher wird. Aber Antoinette sieht gewöhnlich nur das Gute in den Menschen. Sie wird demnach wohl auch dort sein?"

„Ich sagte übernächste Woche, Großmutter", neckte Mathieu die wissbegierige Frau.

„Dir gefällt die Kleine also doch?"

„Warum sollte ich das leugnen – zumal wohl niemand in ganz Louisiana dir irgendetwas verheimlichen könnte?", erwiderte Mathieu fröhlich. Dann nickte er seiner Großmutter und deren schwarzen Helferin zu, erhob sich und trug sein schmutziges Geschirr auf den bereitstehenden Servierwagen.

„Deine Kleidung war heute Morgen in einem beklagenswerten Zustand, Mathieu Bouchardon. Solltest du von diesem Fest ebenso zerrissen und verschmutzt nach Hause kommen, als seiest du die ganze Nacht zu Pferde unterwegs gewesen, wirst du dich morgen früh an einem Waschbrett wiederfinden. Ich möchte nämlich nicht, dass meine arme Küchenfee sich die Finger an deinem Schmutz ruiniert und sie mir keine ihrer exzellenten Mahlzeiten mehr servieren kann."

„Schaffe die Sklaverei ab und du wirst deine arme Küchenfee für diese Schmutzarbeit fürstlich entlohnen können."

„Das hecken deine Freunde in Washington doch gerade aus. Hoffentlich überlegen sie sich gut, was mit den vielen Millionen befreiter Sklaven werden soll, die dann weder mit Wohnungen noch mit Nahrung und Kleidung oder mit ärztlicher Betreuung versorgt sein werden."

„Jemand hat vorgeschlagen, sie auszusiedeln."

„Ich könnte meine Leute nie gehen lassen. Jeden Einzelnen von ihnen würde ich schrecklich vermissen. Doch du weißt, dass ich diese unselige Institution lieber früher als später abgeschafft wissen möchte."

„Mit dieser Meinung stehst du in New Orleans sehr alleine da, Großmutter."

„Dann ist es nur gut, dass mich die Menschen im Viertel für ein wenig eigensinnig und verwirrt halten, nicht wahr, Mathieu? Doch du solltest auf deine Äußerungen und auf deinen Umgang ein wenig Acht geben." Nathalie winkte mit einer Hand und Mathieu war entlassen.

Nachdenklich verließ er den Raum und schloss leise die Tür hinter sich. Einen Moment lang blieb er stehen und starrte nachdenklich auf die geschlossene Tür. Ob man Nathalie Bouchardon tatsächlich nichts verheimlichen konnte? Wie kam sie auf den Gedanken, dass von den vielen jungen Mädchen im *Vieux Carré* ausgerechnet Antoinette ihn begeistert haben konnte? Warum wusste sie, dass er die vergangene Nacht zu Pferde verbracht hatte, und was wusste sie von seinem Umgang und seinen politischen Interessen? Wenn er so leicht zu durchschauen war, war seine Einwilligung, als zweiter Reiter in diesem Distrikt zu fungieren, hinsichtlich der Sicherheit ihrer Organisation vielleicht doch kein sehr guter Gedanke.

Antoinette betrat den Garten in einem weich schimmernden, cremefarbenen Tarlatankleid, das mit unzähligen Chantillyspitzen geschmückt war, und blickte sich suchend um. Viele der Gäste saßen um eine lange Tafel und ließen sich den süßen Kartoffelauflauf und den Schweinebraten schmecken. Ein herzhafter Geruch von Fisch und frischem Gemüse ließ auf einen weiteren delikaten Gang hoffen.

Isabelles Ehemann, Jacques Breillat, kam auf sie zu und begrüßte sie mit dem obligatorischen angedeuteten Handkuss. „Schön, Sie zu sehen, Mademoiselle de la Rivière. Darf ich fragen, wie es Madame Poirier geht?"

„Sie ist auf dem Wege der Besserung, Monsieur Breillat. Danke der Nachfrage", antwortete Toni. Diese Antwort musste dem Gastgeber genügen, zumal sie ohnehin annahm, dass ihn der genaue Gesundheitszustand nicht interessierte. „Ich werde leider nicht lange auf Ihrem wunderbaren Gartenfest bleiben können, Monsieur Breillat. Ich möchte Dominique und die Kinder nicht zu lange alleine lassen."

Toni vermied es, einen zornigen Blick in die Richtung von Dominiques Ehemann zu werfen, der seine Frau und die Kinder wieder allein gelassen hatte, um bereits zu dieser frühen Abendstunde heftig dem Bourbon-Whiskey zuzusprechen.

„Ihre Fürsorge ehrt Sie, Mademoiselle de la Rivière. Ich hoffe jedoch, dass Sie dennoch die Zeit finden werden, uns mit einem oder gar zwei Ihrer wunderbaren Musikstücke zu bezaubern?"

„Ganz bestimmt. Wenn Sie es wünschen, Monsieur Breillat. Aber wo finde ich denn Isabelle? Ich möchte sie gerne begrüßen."

„Sie ist dort bei den Apfelbäumen und unterhält sich mit ihrer Schwester, Mademoiselle de la Rivière."

Toni blickte in die angegebene Richtung und entdeckte tatsächlich Isabelle und Chantal, die sich aufgeregt miteinander unterhielten. Langsam schlenderte sie auf die Schwestern zu und machte sich durch ein leises Räuspern bemerkbar. Chantal begrüßte Toni kurz angebunden und ging dann ohne ein weiteres Wort zu den anderen Gästen an die festlich geschmückte Tafel zurück.

„Guten Abend, Isabelle", begrüßte Toni die Gastgeberin. „Ich möchte mich für die Einladung bedanken und freue mich, dich einmal wieder sprechen zu können. Das ist übrigens ein wunderbares Fest."

Isabelle blickte Toni einen Moment lang verwirrt an, ehe sie diese mit einem wenig erfreut wirkenden Lächeln bedachte. „Guten Abend, Antoinette. Vielen Dank für dein Kompliment. Allerdings ging die Einladung an dich vielmehr von meinem Mann als von mir aus." Mit einer leichten Kopfbewegung gab sie zu verstehen, dass auch sie gerne zu den anderen hinübergehen wollte.

Toni begleitete sie, wobei sie deutlich Isabelles Unbehagen spürte.

„Wie geht es Dominique?"

„Nicht sehr gut, leider", antwortete Toni wahrheitsgemäß. „Die Operation hat sie, ebenso wie die lange Zeit, die sie in den Wehen lag, sehr geschwächt."

„Man sagt, das Kind sei nicht ganz gesund. Stimmt das?"

„Ich denke, ganz sicher kann man sich über den Zustand des Jungen zu diesem Zeitpunkt noch nicht sein. Doch er hatte wohl durch die schwere, viel zu lange Geburt keinen sehr guten Start in dieses Leben."

„Vielleicht war die Operation der Grund?"

Tonis Augen zogen sich zu schmalen Schlitzen zusammen. Sollte Louis tatsächlich herumerzählt haben, dass André den Zustand des Kindes mit seinem operativen Eingriff herbeigeführt hatte?

„André Fourier hat Dominique und vermutlich auch dem Baby das Leben gerettet, Isabelle."

„Reg dich nicht auf, Antoinette. Mir tut nur Louis so Leid. Seit Jahren wartet er schon auf einen Sohn. Jetzt wird ihm endlich einer geschenkt und dann hat der seine fünf Sinne nicht beieinander."

„Es ist ein wunderschönes Kind, Isabelle. Und er ist ein lieber, ruhiger Kerl, der …"

„Was verstehst du denn schon von Kindern, Antoinette? Du bist noch nicht einmal verheiratet und wagst hier, irgendwelche tiefer gehenden Einschätzungen über ein Kind zu machen?"

„Guten Abend, Madame Breillat", tönte eine seltsam zornig klingende Stimme hinter den beiden Frauen und diese fuhren erschrocken herum.

Mathieu Bouchardon zog seinen Hut und begrüßte zuerst die Gastgeberin, ehe er auch Toni die Hand gab und sich zwischen sie und Isabelle drängte. Toni wusste nicht, wie viel der junge Mann von ihrer Unterhaltung gehört hatte, doch sie dankte ihm im Stillen dafür, dass er ihr – bewusst oder unbewusst – die Möglichkeit geschaffen hatte, sich von Isabelle zu trennen, ohne sich auf eine weiterführende Diskussion einlassen zu müssen.

Traurig wandte sie sich von den beiden ab und ging zum Büffet. Nachdem sie einen kleinen Imbiss eingenommen hatte, bat Monsieur Breillat sie erneut, sich an den Flügel zu setzen, den er gerade erst neu erworben habe, und Toni tat ihm diesen Gefallen gerne.

Sie betrat den Salon und setzte sich an das schöne Instrument, das offenbar noch nie gespielt worden war, denn sie musste, als sie den Deckel öffnete, eine dünne Papierschicht von der Tastatur nehmen. Nachdenklich betrachtete sie die im Licht der untergehenden Sonne leicht schimmernden Elfenbeintasten und schüttelte sachte den Kopf. Sie wusste nicht, warum sich Isabelle ihr gegenüber zunehmend abweisend, ja beinahe unfreundlich verhielt. Sie hatten keine Auseinandersetzung gehabt, und von dem üblichen Klatsch bei den Nachmittagskaffees hielt sie sich fern, sodass ihr auch niemand nachsagen konnte, jemals ein unfreundliches Wort über Isabelle oder deren Familie geäußert zu haben, das diese erzürnt haben konnte.

Tief in ihre Gedanken versunken, blickte sie auf die weißen und schwarzen Tasten, bis sie ein leises Räuspern hinter sich erschrocken herumfahren ließ.

Es war Caro.

Das Mädchen legte seine Hand auf Tonis Schulter, beugte sich ein wenig hinunter und flüsterte: „Monsieur Merlin war gerade draußen, Mamselle. Es sind zwei Gruppen flüchtiger Sklaven da."

Toni seufzte wenig begeistert auf. Eigentlich hatte sie in dieser Nacht den neuen Reiter in die geheimen Pfade einführen sollen und nun waren von irgendwoher geflohene Sklaven in das Versteck gebracht worden. Das komplizierte ihre Lage erheblich, da sie an diesem Abend der Einladung zur Gartenparty der Breillats nicht hatte Folge leisten wollen, um bei der noch immer sehr schwachen Dominique bleiben zu können. Marie und Sylvain hatten allerdings darauf bestanden, dass sie ihren Helfer schnell einlernte, damit sie endlich ein wenig entlastet würde.

Jetzt wurde das für sie ohnehin schwierige Unterfangen, diesen Mann durch die Pfade zu führen, ohne sich dabei als Frau zu erkennen zu geben, dadurch erschwert, dass zwei Gruppen geflohener Sklaven unverzüglich weitergeleitet werden mussten.

Mit zusammengepressten Lippen nickte die junge Frau. „Danke, Caro", sagte sie. „Halte dich bitte in etwa einer Stunde bereit."

Caro nickte ebenfalls und wandte sich hastig um, wobei sie gegen die aus Kirschholz gearbeitete Elefantenstatue stieß, die auf dem Flügel aufgestellt worden war. Die Figur geriet ins Wanken und fiel so, dass der nach oben gebogene Rüssel neben den Tasten auf dem Holz aufschlug.

Toni sprang auf und stellte die Statue mit einer schnellen Bewegung wieder auf die vier breiten, kreisrunden Füße.

Caro stand der Schreck über ihr Missgeschick deutlich ins Gesicht geschrieben.

„Geh schnell, ich glaube, niemand hat etwas bemerkt", flüsterte Toni, und das schwangere Mädchen entfernte sich eilig, wobei ihr Gang leicht ungelenk wirkte. Toni sah ihr nachdenklich hinterher. Sie konnte Caro nicht länger zumuten, sie bei ihren nächtlichen Unternehmungen zu begleiten. Unwillkürlich fiel ihr Fanny ein, und sie fragte sich, ob sie ihren Patenonkel nicht würde überreden können, diese in seinen Haushalt zu holen. Die intelligente, frei denkende und aufrichtige Schwarze würde, zumal sie reiten konnte, eine gute Nachfolgerin für Caro sein. Vielleicht wäre Louis Poirier sogar erleichtert, Fanny loszuwerden. Immerhin befürchtete er doch, dass sie, um ihrem Bruder zu folgen, heimlich fliehen würde.

Toni setzte sich wieder auf den Klavierhocker und fuhr mit den Fingern der linken Hand über die Stelle, auf der die Statue aufgeschlagen war. Tatsächlich befand sich dort eine tiefe, wenn auch nicht deutlich sichtbare Kerbe. Sie konnte nur hoffen, dass dieser

Flügel erst in einigen Wochen, wenn nicht sogar Monaten wieder bespielt werden würde, damit diese Schramme nicht ihr oder ihrem tollpatschigen Mädchen zugerechnet werden konnte.

„Geht es Ihnen nicht gut, Mademoiselle de la Rivière?", erkundigte sich Jacques Breillat von der Verandatür her. Toni, die tief in Gedanken versunken gewesen war, fuhr erschrocken herum.

Sie schenkte Isabelles Ehemann ein entschuldigendes Lächeln und legte vorsichtig ihre Finger auf die Tasten. „Mir geht es gut, Monsieur Breillat. Ich bin nur ein wenig müde."

„Selbstverständlich sind Sie das, Mademoiselle de la Rivière. Die Sorgen um Ihre Schwester, dazu das Neugeborene, das Sie mitversorgen. Sie brauchen nicht zu spielen, wenn Sie sich nicht danach fühlen."

„Es geht schon. Ich spiele viel zu gerne, als dass ich es mir nehmen lassen würde, dieses wunderbare Instrument einzuweihen."

„Isabelle hat es sich gewünscht. Vielleicht hofft sie, dass unsere Töchter eines Tages ebenso virtuos spielen können wie Sie, Mademoiselle de la Rivière."

Toni lächelte über das versteckte Kompliment, drehte sich wieder um und begann zu spielen.

Mathieu Bouchardon hob irritiert den Kopf. Eine wehmütig klingende Melodie klang aus dem Salon in den Garten heraus. Nachdenklich runzelte er die Stirn. Er kannte von Antoinette vor allem temperamentvolle, zumindest jedoch fröhlich anmutende Lieder. Dieses schwere, wehmütige Stück wollte irgendwie gar nicht zu der jungen Frau passen, die allein mit ihrem Lächeln sein Herz schneller schlagen lassen konnte. Viel hatte er von dem Gespräch zwischen Isabelle und Antoinette nicht gehört, doch der unfreundliche Tonfall der Gastgeberin missfiel ihm, und so hatte er wieder einmal seine guten Manieren außer Acht gelassen und sich zwischen die beiden jungen Frauen gedrängt, um sie zu begrüßen.

Hatte das Gespräch tiefere Spuren bei Antoinette hinterlassen? Konnte sie doch nicht einfach nur immer das Gute in den Menschen sehen, wie seine Großmutter zuvor noch behauptet hatte? Offenbar nagten die versteckten Andeutungen und Vorwürfe mehr an dem sensiblen Gemüt der jungen Frau, als sie nach außen hin zeigte. Doch ihr Klavierspiel konnte es nicht verstecken.

Mathieu nahm sich vor, eine Gelegenheit zu suchen, um mit

Antoinette einmal ungestört sprechen zu können. Gleichgültig, wie real die Gefahr für sie tatsächlich war, so musste er sie ihr gegenüber doch aussprechen und ihr die Möglichkeit geben, sich erneut mit Carl Schurz in Verbindung zu setzen. Wie Antoinette mit dieser Warnung dann umging, wie ernst sie diese nahm, lag an ihr selbst.

Doch Mathieu spürte noch während er diesen Überlegungen nachhing, wie sich seine Hände zu Fäusten ballten. Nein, es lag nicht allein an Antoinette, wie groß sie die Gefahr für sich selbst einschätzte. Sie war ihm wichtig und er hatte Angst um die Sicherheit dieser zarten Person.

Nach einem zweiten, sehr kurzen Stück klappte Antoinette den Deckel des Flügels zu und verließ den Salon. Sie nahm mit einem dankbaren Lächeln und einem knappen Nicken den Beifall und die Dankesworte Jacques Breillats entgegen und schlenderte in Richtung Getränkebüffet.

Ohne zu zögern, folgte ihr Mathieu. Beinahe zeitgleich trafen sie bei der leicht schäumenden, im Licht der Laternen rot schimmernden Fruchtbowle ein. „Haben Sie einen Augenblick Zeit für mich, Mademoiselle de la Rivière?“, sprach er sie ohne Umschweife an.

Antoinette nickte zögerlich und ließ sich von einer der Sklavinnen eines der geschliffenen, bauchigen Gläser mit Bowle reichen.

Mathieu sah sich prüfend um. Niemand befand sich in ihrer unmittelbaren Nähe, also würden sie sich ungestört unterhalten können. „Ich soll Ihnen Grüße von Carl Schurz bestellen, Mademoiselle de la Rivière.“

„Tatsächlich, Monsieur Bouchardon? Ich nahm an, Sie hätten das Versprechen, das Sie mir vor vier Jahren gegeben haben, ganz vergessen.“

Mathieu runzelte die Stirn und betrachtete das zwar freundliche, jedoch leicht vorwurfsvolle Gesicht seiner Gesprächspartnerin. Die junge Frau tippte sich unruhig mit dem Zeigefinger gegen die Lippen. Offenbar verunsicherte sie die Ungewissheit über den Tod ihrer Eltern noch immer. Warum aber hatte sie dann niemals das Angebot von Schurz wahrgenommen und ihm ihre Fragen gestellt? Warum nur hatte sie geglaubt, er habe ihre Bitte von damals vergessen?

„Entschuldigen Sie, Mademoiselle de la Rivière, aber hier tun Sie mir Unrecht. Ich habe Ihre Bitte keinesfalls vergessen. Ich habe sie Monsieur Schurz sogar noch bei meiner Rückreise in den Norden vorgebracht. Er sagte mir zu, Ihnen zu schreiben, und auf meiner Rückreise vor wenigen Tagen versicherte er mir, dies getan zu haben. Allerdings hat er von ihnen niemals eine Antwort erhalten.“

Jetzt war es an Antoinette, ihn verwirrt anzusehen. Mit einer hastigen Bewegung strich sie sich eine lose Haarsträhne aus der Stirn. Dann wandte sie sich halb ab, als wolle sie nicht, dass Mathieu ihr ins Gesicht sehen konnte, um sich ihm dann schnell wieder zuzuwenden.

„Haben Sie mit Monsieur Schurz über meine Eltern gesprochen?"

„Ja. Er hat sich gut an Sie erinnert, und er freute sich zu hören, dass es Ihnen gut geht."

„Was wusste er über meine Eltern, Monsieur Bouchardon?" Tonis dunkle Augen begannen aufgeregt zu blitzen, ehe sie diese zu schmalen Schlitzen zusammenzog. Wieder tastete der Zeigefinger ihrer linken Hand nach ihren Lippen.

„Ihr Vater war, wie Sie vielleicht wissen, Berater bei Hofe. Allerdings strebte er nach Demokratie –"

„Ich wusste es!", fiel Toni ihm ins Wort. „Mein Vater war ein großartiger Mann. Demnach ist ihm sein Einfluss bei Hofe, sein Wille nach Mitbestimmung und Freiheit des Volkes zum Verhängnis geworden?"

„So sollte es allem Anschein nach zumindest aussehen, Mademoiselle de la Rivière. Allerdings ist Carl Schurz der Überzeugung, dass der Tod Ihrer Eltern kein politisch motivierter Mord war."

„Wollen Sie damit sagen, dass meine Eltern einem Wegelagerer oder geldgierigen Strolch zum Opfer gefallen sind?" Antoinette wurde bleich. Fürsorglich ergriff Mathieu sie am Unterarm, doch die junge Frau hatte sich schnell wieder in ihrer Gewalt und bewegte sich ein wenig zur Seite, sodass er gezwungen war, sie wieder loszulassen.

„Das würde keinesfalls erklären, warum Sie so überstürzt und heimlich außer Landes geschafft wurden, Mademoiselle de la Rivière."

Antoinette nickte und betrachtete ihn noch immer intensiv mit ihren dunklen Augen. „Wissen Sie mehr?"

„Die genauen Beweggründe entziehen sich Monsieur Schurz' Kenntnissen, zumal er bereits zwei oder drei Jahre nach dem tragischen Tod Ihrer Eltern Deutschland verlassen musste. Aber sagen Sie, warum haben Sie sein Angebot nicht wahrgenommen und ihm Ihre Fragen gestellt?"

„Ich habe niemals einen Brief von ihm erhalten, Monsieur Bouchardon. Die ganze Zeit über habe ich angenommen, Sie hätten meine Bitte vergessen. Entschuldigen Sie bitte, dass ich Sie –"

Mathieu machte eine wegwerfende Handbewegung und ergriff erneut ihren Arm. „Carl Schurz glaubt, dass Sie in Gefahr sind, Mademoiselle de la Rivière."

„Weshalb sollte ich in Gefahr sein?" Antoinette blieb überraschend ruhig.

„Monsieur Schurz pflegt noch immer Kontakte nach Deutschland, und er hat über diese erfahren, dass nach Ihnen gesucht wird. Irgendjemand lässt diese ganze tragische Geschichte nicht zur Ruhe kommen und forscht noch immer nach Ihrem Verbleib. Monsieur Schurz ging sogar so weit, Ihnen anzubieten, zu ihm nach Washington zu reisen, damit er Sie unter seinen Schutz stellen kann."

Schurz' Idee bezüglich einer Heirat behielt Mathieu lieber für sich.

Ein liebevolles Lächeln huschte über die nachdenklichen Gesichtszüge der Frau.

Obwohl dieses Lächeln nur einen kaum wahrnehmbaren Moment lang andauerte, wünschte sich Mathieu, eines Tages ebenfalls der Grund eines solchen sein zu dürfen.

„Das ist gut gemeint, doch ich bin hier im *Vieux Carré* zehn Jahre lang sicher gewesen und mein Patenonkel sorgt ausgesprochen gut für meinen Schutz."

„Carl Schurz wirkte sehr besorgt, Mademoiselle de la Rivière. Er wollte weitere Nachforschungen anstellen, selbst wenn sich dies nach zehn Jahren ein wenig schwierig darstellen kann. Und er bietet Ihnen erneut an, sich mit ihm brieflich in Verbindung zu setzen."

„Das ist sehr freundlich von ihm. Und ich danke auch Ihnen, dass Sie sich die Zeit genommen haben, Monsieur Schurz meine Fragen vorzubringen."

Mathieu nickte und betrachtete die zarte Frau aufmerksam. Er gewann den Eindruck, dass sie langsam etwas beunruhigter war. Vielleicht wurde ihr erst nach und nach klar, was es für sie bedeuten konnte, wenn Carl Schurz mit seinen Vermutungen tatsächlich Recht hatte.

„Geht es Ihnen gut, Mademoiselle de la Rivière? Ich wollte Sie nicht erschrecken oder Ihnen die Freude an diesem Fest rauben. Ich hatte nur angenommen, dass Sie mein Gespräch mit Ihrem Landsmann interessieren würde."

„Sie haben vollkommen Recht, Monsieur Bouchardon. Es war richtig, mir von diesem Gespräch zu erzählen. Ich werde mich in jedem Falle sehr bald mit Monsieur Schurz in Verbindung setzen. Doch jetzt möchte ich mich gerne verabschieden."

„Sie lassen sich zu den Poiriers zurückfahren?“

Antoinette nickte und blickte fragend zu ihm hinauf.

„Bitte richten Sie Madame Poirier meine Grüße und Glückwünsche aus. Ich hoffe, es wird ihr bald wieder besser gehen.“

„Danke, Monsieur Bouchardon. Vielen Dank“, murmelte Antoinette, wandte sich hastig um und eilte davon, um sich von Isabelle und Jacques Breillat zu verabschieden.

Mathieu sah sich suchend um. Die Fouriers waren noch immer nicht eingetroffen. Vermutlich war der Arzt in seiner Praxis wieder einmal unabkömmlich. Da er selbst spätestens in einer Stunde würde gehen müssen, um nicht das Treffen mit seinem neuen Partner zu versäumen, beschloss Mathieu, sich ebenfalls zu verabschieden, denn es würde wesentlich schwieriger werden, das Fest zu verlassen, wenn André erst einmal eingetroffen war.

Also wandte auch er sich dem Haus zu, beobachtete aus dem Augenwinkel, wie Louis Poirier mit unsicherem Schritt in Richtung Getränkebüffet wankte, und verschwand hinter der Salontür. Vermutlich würde niemand der hier anwesenden Gäste sagen können, wann Mathieu Bouchardon das Fest verlassen hatte. Und André, falls er überhaupt noch kommen sollte, fragte gewöhnlich nicht weiter nach. Er nahm sein unvorhersehbares Kommen und Gehen einfach hin.

Der junge Mann ging durch den Salon und blieb vor dem neuen Flügel stehen. Vorsichtig hob er den Deckel an und betrachtete die Tasten, über die zuvor die schlanken Finger von Antoinette geglitten waren. Traurig verdeckte er die Tasten wieder. Er musste gehen, um in seine neue Aufgabe eingewiesen zu werden, und eben diese war es, die ihn von Antoinette fern halten würde. Noch immer ließ seine heimliche, nächtliche Tätigkeit keine Ehe zu, vor allem, wenn die Frau nicht wie er gegen die Einrichtung der Sklaverei eingestellt war, und davon konnte er bei Antoinette nicht ausgehen.

Kapitel 19

Der Mond stand groß und rund am nachtschwarzen Himmel, umgeben von Millionen golden glänzender, blinkender Sterne, und das Zirpen der Grillen schien in dieser klaren, warmen Nacht intensiver zu sein als jemals zuvor.

Ein leichter Windhauch fegte über die erntereifen Felder und entlockte den Halmen ein leises und geheimnisvolles Flüstern, während die Zweige der in einiger Entfernung stehenden Eichen, Buchen und Zypressen sich leicht aneinander rieben. Weit entfernt war das tiefe Klagen einer Eule zu vernehmen. Mathieu Bouchardon blickte sich unbehaglich um. War der Mann, der in den letzten vier Jahren als nächtlicher Reiter unterwegs gewesen war, bereits in seiner unmittelbaren Nähe und beobachtete ihn? Unwillkürlich zog er sich die weite Kapuze seines schwarzen Capes ein wenig weiter in die Stirn.

Sein Pferd zuckte mit den Ohren und wendete den Kopf zur Seite. Mathieu drehte sich halb im Sattel um und konnte im hellen Schein des Vollmondes vor dem dunklen Waldrand einen schnell dahinfliegenden Reiter auf einem kraftvollen Pferd ausmachen. Dieser war ebenfalls in ein schwarzes Cape gehüllt, das heftig über dem Rücken des Pferdes aufgewirbelt wurde. Der Schweif des Tieres war hoch aufgestellt und die lange Mähne wehte dem leicht nach vorne gebeugten Reiter ins Gesicht. Ohne die Geschwindigkeit wesentlich zu verringern, kam das Pferd in wildem Galopp auf Mathieu zu. Wenige Meter von ihm entfernt zügelte der Reiter sein Tier und dieses kam gehorsam zum Stehen.

Mathieu erkannte den schwarzen Hengst, den er bereits vor vier Jahren geritten hatte.

Sein Gegenüber hob eine Hand und winkte ihn mit einer schnellen Geste zu sich heran. Doch als Mathieu sein Pferd in den Galopp trieb, wendete der andere sein Tier und jagte den Feldweg bis an den schützenden Waldrand zurück. Mathieu trieb sein Pferd hinterher und erreichte den Mann auf dem Schwarzen erst, als sie bereits einige Hundert Meter am Waldrand entlanggeritten waren. Noch immer hielt der Fremde nicht an. Offenbar war es diesem wichtig, zuerst das schützende Innere des Waldes zu erreichen, bevor er sich einem Gespräch mit ihm stellte.

Hintereinander galoppierten sie zwischen den Feldern und den dunklen Bäumen entlang, bis sie in einen von vielen Pferdehufen ausgetretenen Pfad einbogen, auf welchem der schnelle Ritt fortgesetzt wurde.

Endlich stoppte der Reiter des schwarzen Hengstes. Mathieu beobachtete, wie sein Führer Noir anhand einer kleinen Schenkelhilfe dazu brachte, sich durch ein langdorniges Gesträuch zu bewegen. Als sich das Gestrüpp hinter dem Pferd schloss, folgte Mathieu, wobei sein Hengst deutlichen Widerwillen zeigte, als er sich durch die Dornen und kratzenden Zweige hindurchbewegen sollte. Nachdem Mathieu dieses Hindernis hinter sich gelassen hatte, sah er sich suchend um und bemerkte, dass der andere Reiter abgestiegen war und sein Tier am Zügel hinter sich herführte. Er folgte diesem Beispiel und erreichte knapp hinter dem Unbekannten eine kleine Lichtung.

Erstaunt zog Mathieu die Augenbrauen hoch. Die Person vor ihm reichte ihm gerade einmal bis zur Brust und schien zudem sehr schmächtig zu sein. Nach einer intensiveren Musterung seines Gegenübers kam er zu dem Schluss, dass sein Partner ein junger Bursche von höchstens fünfzehn oder sechzehn Jahren sein konnte. Sollte er in die Irre geführt werden? War dies tatsächlich der *Chevalier Mystérieux*, der seit vier Jahren Flüchtlinge von den anderen Helfern übernahm und diese erfolgreich an New Orleans vorbeischleuste, damit sie dort von einem weiteren Organisationsmitglied übernommen werden konnten?

„Ihr Pferd ist nicht ausreichend geschult und macht gewaltigen Lärm, Mister", flüsterte eine deutlich ungehaltene Stimme auf Englisch.

„Er war noch nicht vollständig ausgebildet, als ich ihn bekam. Immerhin sollte ich Ihnen sehr schnell zur Seite stehen, Mister", flüsterte Mathieu zurück und auch sein Tonfall war nicht eben freundlich. Wie sollte er mit diesem Kind zusammenarbeiten, wenn dieses nicht nur keinerlei Respekt, sondern auch wenig Höflichkeiten ihm gegenüber an den Tag legte?

„Dann hätten Sie warten müssen, bis es ausgebildet ist, Mister."

„Ich werde das selbst in die Hand nehmen, Mister", erwiderte Mathieu.

„Die Zeit haben Sie nicht. Ein ungeschultes Pferd ist eine Gefahr. Sehen Sie zu, dass Sie das Tier vollständig ausbilden, und wenn Sie so weit sind, melden Sie sich wieder bei unserem Mann in New Orleans!"

Mathieu beobachtete mit zusammengekniffenen Augen, wie sich die kleine Gestalt ausgesprochen geschickt in den Sattel schwang.

„Moment, nicht so schnell. Ich bin gekommen, um mir von Ihnen die neuen und geänderten Pfade zeigen zu lassen."

„Mit diesem Elefanten im Porzellanladen?"

„Dafür wird es reichen."

„Ich habe vor etwas mehr als einer Stunde erfahren, dass an zwei Treffpunkten Flüchtlinge warten. Ich habe zu tun."

„Dann werde ich Sie begleiten."

Sein streitbarer Partner schwieg. Im Dunkeln konnte Mathieu nur seine Silhouette erkennen, aber er schien nachdenklich vom Rücken des schwarzen Hengstes auf ihn hinunterzublicken. Schließlich nickte er. Mathieu schwang sich eilig in den Sattel, da sein Führer offensichtlich nicht gewillt war, auf ihn zu warten. In mörderischem Tempo jagten sie durch den Tunnel aus Laub und Gestrüpp, und erst nach geraumer Zeit zügelte der Reiter vor ihm sein Tier, um sich im Sattel nach ihm umzudrehen. „Für gewöhnlich reite ich hier entlang und überquere an dieser Stelle die hinter den Büschen liegende Landstraße", hauchte er heiser durch das Cape, das er sich tief ins Gesicht gezogen hatte. „Doch seit ein paar Tagen wird dort ständig patrouilliert. Wir werden in den nächsten Wochen oder Monaten gewaltige Umwege in Kauf nehmen müssen."

„Ich bin vor ein paar Tagen von der Küste hier entlanggekommen und habe keine Patrouillen gesehen." Obwohl Mathieu das Gesicht seines Gegenübers nicht sehen konnte, schien es ihm, als durchbohrten ihn dessen Augen eindringlich.

„Sie sind über den direkten Pfad von der Küste auf die hier verlaufende Landstraße geritten?" Trotz der geflüsterten Worte konnte er deutlich das Entsetzen in der Stimme des Burschen heraushören.

Mathieu nickte. „Ich bin irgendwo dort vorne auf die Landstraße in Richtung New Orleans eingebogen."

„Sie sind noch gefährlicher als Ihr Pferd. Sind Sie gesehen oder gar verfolgt worden?"

„Es war niemand dort, regen Sie sich nicht auf." Mathieu kam sich wie ein gemaßregelter Schüler vor, und das gefiel ihm gar nicht, zumal die flüsternde, sichtlich aufgebrachte Gestalt vor ihm gut zehn Jahre jünger sein musste als er.

„Es ist wahrscheinlich wirklich besser, ich unterweise Sie jetzt sofort in einige grundlegende Vorsichtsmaßnahmen, als dass Sie die Patrouille noch in unsere Pfade locken."

„Ich bin hier immerhin vor vier Jahren schon eine Zeit lang geritten", knurrte Mathieu leise vor sich hin.

„Nur gut, dass es nur wenige Wochen waren. Sonst würden Sie inzwischen an irgendeinem Baum hängen." Mit diesen Worten trieb die dunkle Gestalt den schwarzen Hengst in einen weiteren, hinter Dornen versteckten Pfad und führte Mathieu immer tiefer in den dunklen Wald hinein.

Dieser Pfad verlief ungewöhnlich gerade, und irgendwann stellte Mathieu fest, dass er die Strecke bereits kannte. Er war sie früher mehrmals geritten, doch zwischenzeitlich waren einige Abzweigungen besser getarnt worden und das Laub wuchs hier ebenfalls sehr weit in den Pfad hinein, sodass auch dieser Tunnel nicht besonders hoch war. Jetzt wusste er auch weshalb! Diese kleine Gestalt vor ihm konnte mühelos aufrecht auf Noirs Rücken sitzen, während er selbst ununterbrochen diese gebeugte, unbequeme Haltung einnehmen musste. Sollte der Junge irgendwann einmal in diese Wildnis hinein verfolgt werden, hatte er gegenüber seinen Jägern einen grundlegenden Vorteil: Ihm würden nicht andauernd irgendwelche tief hängenden Äste ins Gesicht schnellen!

Mit Bewunderung beobachtete er den sicheren Reiter vor sich und fragte sich ein weiteres Mal, wie alt der Junge wohl sein mochte. Wie kam er dazu, sich in so jungen Jahren diesen Gefahren auszusetzen und vor allem eine solche Verantwortung zu übernehmen? War er selbst ein geflohener oder freier Schwarzer?

Obwohl der Mond hell am Himmel stand, drang nur wenig von seinem weißlichen Licht durch die Baumwipfel hindurch auf den Waldboden. Doch Mathieu folgte dem Jungen in der Hoffnung, dass sein Pferd genug sah und sein Vordermann wusste, wo irgendwelche Hindernisse im Weg lagen.

Ein beständiger, vom Fluss herankommender Wind brachte die Baumkronen in Bewegung, und so war die schwülwarme Nacht erfüllt von einem immer währenden Rauschen und Brausen, dem sich die dumpfen Aufschläge der Hufe und das unermüdliche Zirpen der Grillen beimischten.

Antoinette hielt Noir ein wenig zurück, setzte sich tiefer in den Sattel und begann aufmerksam das Unterholz auf ihrer linken Seite zu mustern. Schließlich kam sie an einer bestimmten Abfolge von Sträuchern vorbei. Sie hielt den schwarzen Hengst an und wandte sich nach hinten um. Ihr Begleiter hatte sich Mühe gegeben, direkt hinter ihr zu bleiben, obwohl der Tunnel durch das niedere Buschwerk für den großen Mann sicherlich sehr unangenehm zu bereiten war.

Der Fremde stoppte sein Pferd ebenfalls. Bevor er sich im Sattel aufrichtete, schaute er zunächst nach oben, um sicherzugehen, dass keine Äste zu tief hingen.

Toni lächelte in sich hinein. Der Mann tat ihr Leid. Nicht nur, dass diese Pfade für ihn nicht geeignet waren, zudem hatte sie ihn bei ihrem ersten Zusammentreffen nicht gerade freundlich behandelt.

Doch das war die einzige Möglichkeit, ihn auf Distanz zu halten und irgendwelche längeren Gespräche von vornherein zu unterbinden. Zudem war sie tatsächlich beunruhigt darüber, wie ungeschickt sich sein Pferd noch verhielt und wie viel Lärm es gemacht hatte, als es sich durch die Sträucher bewegen musste. Außerdem hatte sie die Tatsache, dass dieser Mann auf der am besten überwachten Strecke einen der von der Küste heraufführenden Pfade verlassen hatte, zutiefst erschreckt. Vermutlich war es schon gegen Morgen gewesen, zu einer Zeit, als die Bürgerwehr ihre Nachtschicht beendet hatte, anders konnte sie sich deren Abwesenheit nicht erklären.

Toni wandte sich an ihren Begleiter und deutete auf das Gestrüpp, dann flüsterte sie: „Dahinter ist ein weiterer geheimer Pfad. Versuchen Sie es noch einmal mit dem Pferd. Ich werde mir einmal von hier aus ansehen, was das Tier tut."

„Einverstanden", murmelte die dunkle Gestalt, und Toni wurde das Gefühl nicht los, dass ihm diese Bevormundung nicht gefiel. Doch er dirigierte das Pferd vorsichtig durch die Dornen, und beinahe schien es, als habe das Tier inzwischen verstanden, dass es um diese Prozedur unmöglich herumkam. Recht schnell und mit deutlich weniger Schnauben und unnützem Stampfen als zuvor verschwand das Pferd in dem Busch.

Toni nickte zufrieden. Das Tier war gelehrig und würde Noir, wenn es weiterhin ausgebildet wurde, wahrscheinlich bald in nichts mehr nachstehen.

Sie folgte den beiden durch die Dornen und das dahinter liegende Weidengeäst in den nächsten Pfad. Unruhig blickte sie sich um. Zwar stand der Hengst ihres Begleiters bewegungslos in der Wegschneise, doch von dessen Reiter war nichts zu sehen. Toni stellte sich in die Steigbügel, um über das Tier hinwegsehen zu können, als sie plötzlich eine Hand an ihrem Stiefel spürte. Erschrocken fuhr sie mit dem Bein nach vorne und riss es los, woraufhin Noir ein wenig zur Seite sprang.

„Was fällt Ihnen ein? Tun Sie das nie wieder!", fauchte Toni, nur mühsam in die englische Sprache zurückfindend, die verhindern sollte, dass sie an eventuell häufig verwendeten Worten oder Redewendungen erkannt wurde.

„Wie alt sind Sie überhaupt?", fragte der Mann, der nur einen kleinen Schritt von ihr entfernt stand und zu ihr hinaufblickte.

„Was geht Sie das an?"

„Sie sind kaum mehr als ein Kind."

„Ich reite hier seit vier Jahren. Das sollte Ihnen genügen. Ich frage doch auch nicht danach, ob Sie vielleicht zu alt für diese Strapazen sind."

„Wohl vielmehr zu groß. Ich werde die Tunnel ein wenig erhöhen müssen."

Toni runzelte die Stirn. Es gefiel ihr nicht, dass der Mann grundlegende Veränderungen an den Pfaden vornehmen wollte, doch sie sah ein, dass sie dem doch recht groß gewachsenen, breitschultrigen Mann nicht zumuten konnte, nächtelang in gebeugter Haltung durch die ohnehin schwer zu bereitenden Wälder unterwegs zu sein. „Einverstanden", erwiderte sie schließlich.

Eine große Hand in feinen Lederhandschuhen streckte sich ihr entgegen. „Ich heiße Matt."

Toni zögerte. Schließlich murmelte sie: „Tom", in Erinnerungen an den ersten Sklaven, den sie in ihrem Leben getroffen hatte – den Schiffsjungen auf der Brigg, die sie nach Amerika gebracht hatte. Sie nahm die dargebotene Hand und drückte sie so fest sie konnte, obwohl ihre zarte Hand beinahe in der des Mannes zu verschwinden schien.

Ihr Gegenüber zögerte einen Augenblick, doch dann ließ er ihre Hand wieder los und deutete den Pfad entlang. „Hier geht es zum Treffpunkt der aus Mississippi kommenden Schwarzen?"

Toni bejahte lächelnd. Obwohl sie sich ausschließlich flüsternd unterhielten, konnte sie dem zwar guten Englisch, welches ein wenig nach Ostküste klang, doch einen kleinen Hauch eines französischen Akzentes anhören.

„Dann lassen Sie uns keine Zeit verlieren, Mister Tom."

„Dieser Pfad ist nicht verändert worden, Mister Matt. Reiten Sie bis zum Treffpunkt hinunter, und führen Sie die Leute, die dort warten, hierher. Ich hole in der Zwischenzeit die Gruppe, die von der Küste hergeführt wurde. Ich werde dann kurz nach Ihnen hier eintreffen."

Mathieu widersprach: „Sie werden länger benötigen."

„Ich kenne mich hier aus, Mister. Sie nicht. Also reiten Sie immer den Pfad entlang." Toni war es nicht gewohnt, in dieser ungehobelten Art mit jemandem zu sprechen, doch sie musste weiterhin den selbstsicheren, frechen jungen Mann spielen.

Sie hatte erwartet, dass dieser Matt protestieren würde, von einem Jungen Befehle anzunehmen und dann auch noch die einfachere Strecke zugewiesen zu bekommen, doch der Mann klopfte ihrem Tier fest auf den Hals und ging zu seinem Pferd hinüber. Offenbar war er intelligent genug, um ihre Autorität, ihre Erfahrung und ihre Ortskenntnisse anzuerkennen und sich zu fügen.

Ohne ein weiteres Wort drängte Toni das Pferd wieder auf den anderen Pfad zurück und ritt schnell davon, ohne zu wissen, dass sich nur wenige hundert Meter entfernt ein kleiner Trupp auf die Lauer gelegt hatte, um endlich den *Chevalier Mystérieux* zu erwischen.

Das Innere des Gasthauses war in einen weißlichen Dunst gehüllt, und der Geruch von Tabak, Pfefferminzwhiskey und gedünstetem Fisch lag in der Luft. Gerald Meier setzte sich an den Tisch, an dem er nun seit vier Jahren nahezu jeden Abend saß, und streckte die Beine aus. Dann nahm er den Hut ab und strich sich einige Haarsträhnen aus dem Gesicht, wobei die Narbe über seinem rechten Auge deutlich sichtbar wurde.

Der Wirt, ein rundlicher, freundlicher Mann mit Glatze, näherte sich ihm und nickte ihm grüßend zu. „Guten Abend, Gerald. Der *Charleston Mercury** liegt dort zwei Tische weiter. Einen Bourbon-Whiskey wie immer?“

„Wie immer, danke“, murmelte der Mann wenig gesprächig, woraufhin sich der Wirt mit einem weiteren Nicken umwandte und hinter seinem blank gewienerten Tresen verschwand. Noch ehe der Mann aufstehen und nach der Zeitung greifen konnte, öffnete sich die Tür und zwei Männer traten laut lachend ein. Meier nickte ihnen grüßend zu. Er kannte sie beide, wenn er auch nicht in denselben gesellschaftlichen Kreisen verkehrte wie sie. Der eine war ein rundlicher, immer vornehm gekleideter Pflanzer, der seine Plantage am *Ashley River* nahe Charleston hatte, der andere ein semmelblonder Deutscher, der es hier in Charleston sehr weit gebracht hatte und inzwischen eine gut gehende, ebenfalls am *Ashley* gelegene Plantage sein Eigen nannte.

„Zwei Bier, aber anständige!“, rief der Deutsche.

„Kommt gleich, Mister Wiese!“, rief der Wirt von irgendwo aus der Küche.

Meier zuckte kurz mit seinem Auge, sodass auch seine Narbe in Bewegung geriet. Vermutlich würden die beiden ihr Bier erhalten, bevor er überhaupt ein Whiskeyglas zu sehen bekam.

„Hat deine Frau dich wieder einmal gehen lassen?“, fragte der Rundliche den Blonden.

Der nickte grinsend. „Ich musste Massen von Stoffen, Spitze,

* Zeitung

Hutfedern, Fächern und anderem Tand für sie und die Mädchen einkaufen. Da darf ich das Plantagenleben gerne einmal für ein paar Stunden gegen ein bisschen Spaß in der Stadt eintauschen."

Der Wirt kam und stellte zwei schäumende, übervolle Krüge vor die beiden Männer, nickte Meier erneut zu und machte sich offenbar reumütig eilig auf den Weg, um auch seinen Wunsch zu erfüllen.

„Hast es schwer mit deinen vielen Frauen dort draußen, wenn dein Sohn wieder einmal unterwegs ist, was?"

„Er bleibt jetzt sogar noch länger fort. Dieses Mädchen, das er sich in den Kopf gesetzt hat, stellt sich offenbar ein wenig quer. Oder der Vormund – so genau war das dem Telegramm nicht zu entnehmen. Jedenfalls möchte er für einige Wochen in New Orleans bleiben und weiterhin versuchen, dieses Mädchen für sich zu gewinnen."

„Gibt es bei uns keine Frau, die ihm gefallen würde? Er wird eine ausgezeichnete Plantage erben. Da sollten sich doch Mädchen zum Heiraten finden lassen."

Der Schmale nippte an seinem Bier, wischte sich sorgfältig mit einer Serviette den Schaum aus dem Bart und machte schließlich eine abweisende Handbewegung. „Er kennt das Mädchen schon lange. Diese Toni fuhr damals mit demselben Schiff von Le Havre nach Amerika wie wir. Die Kleine kam auch aus Deutschland. Wenn ich ehrlich bin, hat dieses Mädchen vermutlich einigen meiner Kinder und auch meiner ersten Frau das Leben gerettet. Sie hat uns großzügig mit Essen aus dem Oberdeck versorgt."

„Wie edelmütig", lachte der Rundliche und trank einen großen Schluck.

„Nun, jedenfalls hat Max sie vor vier Jahren wieder getroffen und war seitdem entschlossen, sie zu seiner Frau zu machen. Er war bereits ein paar Mal in New Orleans und hat um ihre Hand angehalten. Aber dieser Vormund behütet das Mädchen wie eine Glucke ihre Küken. Max hat sie nicht einmal zu Gesicht bekommen."

„Warum hat sie einen Vormund?"

„Ihre Eltern starben in Deutschland. Über die Umstände ihres Todes wusste sie selbst nicht viel. Aber nach dem, was sie erzählte, schien es, als sei sie ganz übereilt aus ihrer Heimat fortgeschafft und zu ihren Großeltern nach Paris gebracht worden. Dort konnte sie aber wohl auch nicht bleiben. Jedenfalls wurde sie von zwei Zofen mit der Brigg hierher begleitet."

Meier ignorierte den Wirt, der endlich seinen Bourbon-Whiskey brachte. Mit geschlossenen Augen und gesenktem Kopf nahm er jedes der am Nachbartisch gesprochenen Worte in sich auf. Eine innere Aufgeregtheit überflutete ihn und seine Hände ballten sich zu Fäusten.

„Dann ist sie Französin?"

„Halb. Wenn ich mich recht entsinne, war ihr Vater aus Baden und die Mutter stammte aus Paris." Der Blonde nahm mehrere Schlucke aus dem Krug. Genießerisch schloss er die Augen und lehnte sich in seinem Stuhl zurück. „Dieses Restaurant gehört nicht gerade zu den besten in Charleston, aber immerhin gibt es hier deutsches Bier." Sein Tischnachbar nickte, und während auch dieser erneut seinen Krug hob, verließ Meier nebenan seinen Tisch, ohne den abendlichen Bourbon-Whiskey oder den *Charleston Mercury* auch nur angefasst zu haben.

Auf der Straße angekommen, hielt er erst einmal inne. Vom Meer her wehte eine angenehm frische Brise durch die Straße. Tief in Gedanken versunken presste der Mann seine Hände gegeneinander und schüttelte schließlich wütend den Kopf. Vor drei Jahren hatte er es aufgegeben, Antoinette Eichenheim zu finden. Er hatte sich hier in Charleston eine Existenz aufgebaut, hatte geheiratet und war vor einigen Monaten sogar Vater geworden. Er war nicht reich, doch er war zufrieden und nach den nervenaufreibenden und nicht ganz ungefährlichen Jahren, die er hinter sich hatte, genoss er die Ruhe in vollen Zügen. Warum tauchte ausgerechnet jetzt – in dieser Gastwirtschaft, die er besuchte, seit er in Charleston an Land gegangen war – jemand auf, der ihm einen Hinweis auf den Verbleib der Eichenheim-Tochter gab?

Sie befand sich demnach in New Orleans. Die Tochter von Eichenheim war niemals hier in Charleston gewesen. Als er hergekommen war, hatten einige Spuren darauf hingedeutet, dass das Mädchen und seine Zofe ein halbes Jahr in Charleston verbracht und dann weiter ins Landesinnere gezogen waren. Vermutlich hatte man ein anderes Mädchen und deren allein lebende Mutter oder Tante fälschlicherweise für die gehalten, nach der er immerzu geforscht und gefragt hatte. Kein Wunder, dass alle Spuren im Sande verlaufen waren.

Er erwachte aus seiner grüblerischen Starre und ging erst einmal von der viel befahrenen und berittenen Straße.

Was sollte er jetzt tun? Musste er seine kleine Familie verlassen, um sich erneut auf die Suche nach der inzwischen nahezu erwachsenen Frau zu begeben? Warum sollte er das tun? Die Jahre der vergeblichen Suche waren nicht spurlos an ihm vorübergegangen. Jetzt aber genoss er das Leben. Eine innere Unruhe, eine treibende Kraft, die er jahrelang verspürt hatte, drängte ihn, sofort ein Pferd zu holen und in Richtung Louisiana loszureiten. Wütend schlug er mit der Faust gegen die Mauer eines der Häuser. Er musste das Begonnene zu Ende zu bringen. Noch heute würde er sich von seiner Frau und dem Jungen verabschieden und sich erneut auf die Suche nach der Tochter der Eichenheims machen.

Kapitel 20

Die Baumwipfel ließen hier und da den hellen Mondschein hindurch, der unförmige Flecken auf den weichen Waldboden malte. Zwischen dem Rascheln der Blätter, dem Knacken der Äste und dem Brechen kleiner Zweige im Unterholz war das stete, tosende Brausen des großen Stromes zu vernehmen. Über vier Stunden war es nun her, dass Toni sich von ihrem neuen Partner getrennt hatte, und noch immer hatte sie mit ihrer kleinen Schar Flüchtlinge nicht die Stelle erreicht, an der sie sich wieder treffen wollten.

Sie kam langsamer voran als gewöhnlich, da sich einer der Männer bei der Flucht verletzt hatte und nur unter Schmerzen auftreten konnte. Gerne hätte sie ihn an dem Treffpunkt zurückgelassen, doch da sie sich nicht sicher war, ob sie ihn in der darauf folgenden Nacht würde holen können, hatte sie ihn mitgenommen. Wieder warf sie einen ungeduldigen Blick zurück und überlegte sich ein weiteres Mal, ob sie dem Mann nicht ihr Pferd anbieten sollte. Doch sie wollte nicht zwischen diesen Männern laufen, da es sowohl ihre Identität als auch ihr Geschlecht zu verheimlichen galt. Zudem war sie bereits einmal von einem unwilligen Flüchtling beinahe um das Pferd gebracht worden.

Beunruhigt, da sie nicht einschätzen konnte, wie sich der Neuling verhalten würde, wenn sie dem Treffpunkt noch länger fernblieb, wandte sie sich schließlich um und flüsterte: „Ich reite ein Stück voraus. Folgt immer dem Pfad. Wir treffen uns weiter vorne wieder."

Der Vorderste der Gruppe nickte und Toni trieb das Tier in einen leichten Galopp. Obwohl sie sich auf den Weg konzentrieren musste, begannen ihre Gedanken abzudriften und wanderten zu ihrem Gespräch mit Mathieu Bouchardon zurück. Warum nur sollte nach beinahe zehn Jahren noch immer jemand auf der Suche nach ihr sein? Wem konnte sie schon schaden? Wer hatte Angst vor ihr, sodass er gewillt war, sie zu finden, um …?

Toni presste die Lippen aufeinander. War sie tatsächlich in Gefahr? Offenbar nahm Carl Schurz die Angelegenheit sehr ernst. Immerhin hatte er ihr sogar angeboten, zu ihm nach Washington zu kommen, damit er sie dort beschützen konnte. Aber wovor? Vor wem? Und weshalb? Toni fuhr sich mit dem Ärmel über die nasse Stirn und strich sich ein paar gelöste Haarsträhnen zurück unter das Cape.

Sie war sehr schnell und unter großer Geheimhaltung nach New Orleans geschafft worden, doch noch immer wusste sie nicht, weshalb. Raphael Leroux war über den Hintergrund dieser Aktion nicht informiert, wie er ihr einmal erklärt hatte, und auf ihre Briefe, die sie nach Deutschland geschrieben hatte, hatte sie nie eine Antwort erhalten.

Toni hatte lange einen Groll gegen Mathieu Bouchardon in sich getragen, da sie von André wusste, dass er über Washington nach New York gereist war. Sie hatte davon ausgehen müssen, dass er Carl Schurz getroffen hatte, und war bisher davon überzeugt gewesen, dass der etwas leichtlebige, junge Student ihre Bitte für unwichtig und albern gehalten oder sofort wieder vergessen hatte. Offenbar war dies nicht der Fall gewesen, und sie fragte sich mit zusammengezogenen Augenbrauen, warum sie diesen Brief von Carl Schurz nie erhalten hatte. War er verloren gegangen? Toni fand keine Antworten auf ihre Fragen und nahm sich vor, gleich am nächsten Tag Mathieu Bouchardon aufzusuchen und ihn um die Postadresse von Monsieur Schurz zu bitten.

Die junge Frau zügelte das Pferd und brachte es schließlich zum Stehen. Das Tier senkte den Kopf und schnaubte herausfordernd, ein deutliches Zeichen für die Anwesenheit eines weiteren Hengstes.

Sofort begann es im dichten Unterholz neben ihr zu rascheln.

„Wer ist da?“, fragte sie, so leise es ihr möglich war, aber dennoch laut genug, dass die Person hinter den Büschen sie noch verstehen konnte.

„Ein Reiter, der ein Pferd benötigt.“

„Für wie lange?“

„Bis zum Ende.“

„Kommen Sie heraus. Meine Gruppe wird gleich hier sein.“

Der Mann zwängte sich auf seinem Hengst durch das Gesträuch, gefolgt von sieben sehr jungen Sklaven. Während diese Flüchtlinge sie neugierig musterten, drängte der groß gewachsene Mann sein Pferd direkt neben das von Toni. „Sie waren lange unterwegs, Mister Tom.“

„Einer meiner Schützlinge ist verletzt. Wir kamen nur langsam voran.“

„Warum haben Sie ihm nicht das Pferd gegeben?“

„Es hat schon mal einer der Flüchtlinge versucht, es zu rauben. Entweder er läuft oder er bleibt zurück“, erwiderte Toni hart, obwohl ihr der Verletzte, der unverkennbar Schmerzen hatte, sehr Leid tat.

Matt stieg von seinem Pferd und reichte Toni die Zügel.

„Hier, holen Sie ihn. Die Nacht ist bald schon vorüber“, flüsterte er ihr zu.

Toni wusste nicht, wie sie auf dieses freundliche Angebot reagieren sollte. Also nickte sie dem Mann nur knapp zu und ritt los. Schnell hatte sie die Gruppe erreicht, wartete, bis die Männer ihrem Freund in den Sattel geholfen hatten, und kehrte gemeinsam mit den Flüchtlingen zurück.

Die jetzt recht große Gruppe setzte sich unverzüglich in Bewegung, und während Toni ritt, schritt der junge Mann, der sich Matt nannte, mit weit ausholenden Schritten neben ihr her. „Wird dieser Weg in den nächsten Wochen der übliche sein?“, erkundigte er sich.

„Es gibt einen zweiten Weg, der ein wenig sicherer ist, weil er weiter um die gefährliche Landstraße herumführt, doch wir sind bereits sehr spät dran, sodass ich diesen nicht nehmen möchte. Ich muss ab und zu auch in mein alltägliches Leben zurückkehren.“

„Mich wird niemand vermissen, Mister Tom. Ich kann die Gruppe führen, wenn Sie mir den Weg erklären.“

„Sie sollten dafür sorgen, dass Sie vermisst werden, Mister Matt. Zu viel freie Zeit kann Sie verdächtig machen.“ Die folgenden Minuten vergingen schweigend. Außer den typischen Geräuschen des Waldes, den schlurfenden, schweren Schritten der Flüchtlinge und das durch den Humusboden dumpf klingende Aufsetzen der Pferdehufe war nichts zu hören. Schließlich hob Toni die rechte Hand, und sowohl die Flüchtlinge als auch ihr Partner blieben auf der Stelle stehen und ließen sie einige Schritte allein weiterreiten. Vor einem dichten Weidenbusch hielt sie inne und lauschte in den nächtlichen Wald hinein. Kurz glaubte sie, ein ungewöhnliches Scharren vernommen zu haben, doch nachdem sie weitere lange, ausgesprochen stille Minuten abgewartet hatte, winkte sie schließlich die geduldig abwartende Gruppe heran.

Nacheinander zwängten sich die schweigsamen Entflohenen und ihre beiden Führer durch das Unterholz, das den geheimen Pfad von der offiziellen Landstraße trennte. Sofort duckten sie sich in den Straßengraben oder in den Schatten der hoch wachsenden Bäume.

„Mein Angebot gilt, Mister Tom“, flüsterte Matt zu Toni hinüber, die langsam und nachdenklich nickte. Sie wohnte noch immer bei den Poiriers und konnte es sich einfach nicht leisten, erst am frühen Morgen zu deren Plantage zurückzukehren. Die Kinder standen früh auf, und obwohl sie von einer Nanny versorgt wurden, fragten sie doch immer recht schnell nach ihrer Tante Antoinette. Entschlossen wandte sie sich ihrem Partner zu. „Reiten Sie etwa fünfhundert Meter diese Straße entlang. Achten Sie linkerhand auf die Abfolge von Sträuchern, die ich Ihnen gezeigt habe. Nach dem Haselnussstrauch werden Sie das Dornengestrüpp finden, hinter welchem der Pfad beginnt. Bei der ersten Weggabelung nehmen Sie den schmaleren, rechten Gang. Der linke ist zwar kürzer, führt jedoch durch einen Bayou, in dem es von Alligatoren nur so wimmelt. Wenn Sie sich in diesem von Flussarmen und Sümpfen durchzogenen Gebiet nicht auskennen, würde ich Ihnen empfehlen, dieses zu meiden."

„Verstanden. Es gibt keine weiteren Abzweigungen mehr bis zum nächsten Übergabepunkt?"

„Versteckte, doch die brauchen Sie heute Nacht nicht zu interessieren."

„Treffen wir uns morgen Nacht um dieselbe Zeit?"

„Sie trainieren zuerst Ihr Pferd, Mister. Wenn es so weit ist, melden Sie sich auf dem üblichen Wege." Toni ignorierte das missmutige Brummen des Mannes, der vor ihrem Pferd stand und dem Tier immer wieder über die Nüstern strich.

Toni warf einen prüfenden Blick auf die unruhige Gruppe. Konnte sie sie tatsächlich diesem unerfahrenen Mann anvertrauen? Andererseits war er bereits vor einigen Jahren als nächtlicher Reiter eingesetzt worden. Sicherlich wusste er, was er zu tun hatte.

Sie beobachtete, wie der Mann sein Pferd zurückforderte, sich kraftvoll auf den Rücken des großen Tieres zog und zum Abschied kurz die Hand hob.

Toni beantwortete diese Geste mit einem kurzen Nicken, wendete ihr Pferd und ließ es in die entgegengesetzte Richtung gehen. Auch sie hatte einige Hundert Meter auf dieser Straße zurückzulegen, bevor sie sich wieder mit der schützenden, grünen Hülle des urwüchsigen Waldes umgeben konnte.

Toni schloss die Augen. „Herr, bitte behüte diese Männer auf ihrem weiteren Weg", flüsterte sie, wie sie es immer tat, wenn sie eine Gruppe Flüchtlinge an ihren Zielort gebracht hatte und sich von ihnen trennte. Niemals erfuhr sie, ob die Männer und Frauen, die sie ein kleines Stück ihres langen, beschwerlichen Weges begleitet hatte, tatsächlich sicher in Kanada und somit in der ersehnten

Freiheit ankamen. Doch sie konnte ihnen eines mitgeben: den Segen ihres Herrn.

Als sie ihre Augen wieder öffnete, hörte sie hinter sich aufgeregte Stimmen und das laute Wiehern von Pferden. Erschrocken fuhr sie im Sattel herum. Schnell wurde ihr klar, dass ihr Partner und die Gruppe entflohener Sklaven auf eine Patrouille gestoßen sein mussten.

Maximilian Wiese blickte auf die in Panik auseinander strebenden Männer, die vor ihm und seinen drei Kumpanen zu fliehen versuchten. Dann trieb er sein Pferd mitten unter sie. Unbarmherzig ritt er einen der Entflohenen um, während er einem anderen, der humpelnd versuchte zu entkommen, mit dem Griff seiner Sattelpistole ins Gesicht schlug. Schmerzensschreie erfüllten die Luft. Er schlug nicht gerne auf Menschen ein, selbst wenn es nur Sklaven waren, doch er hatte den Auftrag bekommen, möglichst viele der Entflohenen einzufangen und mit ihnen am besten auch diesen *Chevalier Mystérieux*, der ihnen bei der Flucht half. Der junge Mann wirbelte sein Pferd herum und traf dabei einen weiteren Sklaven, der von der Wucht des Tieres über den Weg geschleudert wurde.

Erschrocken fuhr er zusammen. Vor ihm bäumte sich ein dunkles Pferd laut wiehernd auf, dessen Reiter in ein langes, dunkles Cape gehüllt war. Das musste er sein. Der *Chevalier Mystérieux*. Maximilian reagierte mit Verwirrung. Seine Auftraggeber in New Orleans hatten ihm berichtet, dass dieser Reiter jedes Mal unverzüglich floh, wenn es den Sklavenjägern gelang, eine Flüchtlingsgruppe aufzuspüren. „Rammen Sie ihn und ziehen Sie ihn vom Pferd!“, rief einer seiner Kumpanen, während dieser einen weiteren Schwarzen niederritt, der versucht hatte, sich in den Wald zu schlagen.

Maximilian wendete erneut sein Pferd und lenkte es in Richtung des schwarzen Reiters, der noch immer darum bemüht war, einigen seiner Schutzbefohlenen den Rückzug zu sichern. Nervös versuchte er, mehr als nur schemenhafte Schatten zu erkennen. Vermutlich würden ihnen in dieser Hektik und der Dunkelheit tatsächlich einige Schwarze entwischen. Doch zumindest hatte er die Chance, den *Chevalier Mystérieux* zu erwischen.

Er ließ seine Stute mit einem gewaltigen Satz nach vorne springen, direkt neben das Pferd seines Kontrahenten. Noch ehe er sich versah, schlug ihm jedoch die Faust seines ausgesprochen großen und sehr wachsamen Gegners ins Gesicht und er hörte seine Nase mit einem lautem Knacken brechen. Maximilian stöhnte leise auf, griff aber dennoch in Richtung des anderen Mannes. Er bekam das Ende des Capes zu fassen, hängte sich daran und bekam als Antwort einen weiteren Schlag, dieses Mal jedoch gegen den Hals.

Vor seinen Augen drehte sich alles und verzweifelt schnappte er nach Luft. Nur unter Mühen konnte er sich auf der nervös hin und her tänzelnden Stute halten und schließlich ließ er seine Beute los. Die Schmerzen und der Sauerstoffmangel waren einfach zu groß.

Dennoch glaubte er, aus dem Augenwinkel eine hastige Bewegung am Straßengraben gesehen zu haben.

Mathieu riss sich von seinem Angreifer los, der sich japsend an seinen Hals griff, und schrak zusammen, als direkt vor ihm eine Gestalt auf sein Pferd zusprang. Doch er konnte das Flattern eines schwarzen Umhanges erkennen und ließ es geschehen, dass dieser schmächtige, junge Bursche sein Tier energisch am Zügel nahm und aus dem direkten Umfeld der Kämpfenden herauszog. Den Sklaven konnte er nicht mehr helfen, und so streckte er schließlich seine Hand aus, um den Burschen auf das Pferd zu ziehen. Zwei dünne, aber kräftige Arme legten sich um seinen Körper, und mit einer leichten Schenkelhilfe brachte er das nervöse Pferd dazu, in rasender Geschwindigkeit den Weg entlangzulaufen.

Ohne irgendwelche Hindernisse oder Unebenheiten auf dem Weg erkennen zu können, trieb er das Pferd an, bis ihm der Junge über die Schulter hinweg zuraunte, er solle anhalten. Er zügelte das Pferd und hielt es schließlich an.

Der Bursche rutschte über das Hinterteil des Tieres zu Boden, huschte nach vorne, griff nach den Zügeln und führte das Pferd hinter sich her. Nach einigen Schritten blieb er stehen und lauschte. Schließlich ließ er die Zügel los, winkte Mathieu, ihm zu folgen, sprang über den Straßengraben und drang in das dornige Gesträuch ein. Mathieu folgte ihm eilig. Kaum waren die Weidenzweige hinter ihm und seinem Pferd in ihre ursprüngliche Position zurückgeschnellt, hörte er den schnellen Hufschlag zweier Pferde. Mathieu sprang eilig ab und ging in die Hocke in der Hoffnung, dass sein Pferd dieses Zeichen erkannte und bewegungslos stehen blieb. Von Tom war nichts mehr zu sehen. Vermutlich holte er sein Pferd aus seinem Versteck.

Nur wenige Sekunden später jagten die Verfolger an ihm vorbei. Mathieu atmete erleichtert auf. Er wartete, bis die Hufschläge nicht mehr zu hören waren, stand auf und griff wieder nach den Zügeln seines Pferdes, um es zu wenden und hinter sich her weiter den Pfad entlangzuführen. Der Schweiß lief ihm über die Stirn, und das nicht nur auf Grund der schwülwarmen Hitze. Er dachte an die Gruppe Flüchtlinge, die sie hatten zurücklassen müssen. Die Schwarzen taten ihm Leid, denn sie würden auf ihre früheren Plantagen zurückgebracht und dort vermutlich übel bestraft oder sogar getötet werden. Vorher würden sie allerdings mit großer Wahrscheinlichkeit eine wenig angenehme Befragung über ihre Fluchthelfer überstehen müssen.

Mathieu zuckte zusammen, als plötzlich Tom vor ihm stand. Er war so tief in seine grüblerischen, düsteren Gedanken versunken gewesen, dass er ihn nicht bemerkt hatte.

„Was war das?“, fauchte der Junge ihn an, wobei er die Hände in die Hüften stemmte, was bei seinem schmächtigen Körperbau wenig imposant wirkte.

„Das haben Sie wohl selbst bemerkt. Uns wurde aufgelauert.“

„Das meinte ich nicht. Das gehört zum Risiko unseres Geschäfts. Warum haben Sie versucht, den Sklaven zu helfen? Sie kennen doch die Regeln. Sie haben zu fliehen, solange Sie das noch können. Der Schutz der Organisation steht über dem Schicksal einiger weniger Flüchtlinge.“

„Ich dachte, ich könnte zumindest ein paar von ihnen helfen.“

„Wollen Sie erwischt werden, Mister Matt – oder wie immer Sie auch heißen mögen? Ich höre Ihren französischen Akzent und entnehme Ihrer Aussprache, dass Sie einer besseren Gesellschaftsschicht angehören. Kennt man Sie in New Orleans? Im *French Quarter*?* Was denken Sie, was passiert, wenn Sie erwischt werden? Sie sind ein Risiko für die gesamte Organisation.“

Mathieu blickte auf die erregte, kleine Gestalt vor sich und presste die Lippen aufeinander. Er kannte die Gefahren, wusste um die Regeln der Organisation, und dennoch war er nicht gewillt gewesen, die Flüchtlinge einfach im Stich zu lassen. Der Junge schien damit kein Problem zu haben. Vielleicht aber war dessen Vorsicht und Umsicht auch der Grund dafür, dass er trotz seiner Jugend niemals erwischt worden war. „Haben Sie in den vergangenen vier Jahren eigentlich niemals Angst empfunden, Mister Tom?“, fragte er schließlich mit leisem, ruhigem Flüstern.

* engl. Name des französischen Viertels von New Orleans

„Angst?“ Die Gestalt vor ihm nahm die Hände aus den Hüften und griff nach den Zügeln seines ruhig wartenden Hengstes.

Sein Tier hingegen scharrte mit dem Vorderfuß ununterbrochen in der Humuserde und schnaubte drohend, wenn auch sehr verhalten, in Richtung des anderen Pferdes.

„Ich war das erste Mal in diesen Wäldern unterwegs, um einer Person zu helfen. Damals empfand ich viel mehr Furcht um das Wohlergehen dieser Person als um mein eigenes. Nach diesem Ritt fühlte ich mich in den versteckten Pfaden so sicher, dass ich meine Angst im Griff hatte“, flüsterte der Junge leise und straffte seine Schultern, als wolle er ein wenig größer wirken. „Angst treibt zur Vorsicht, Mister Matt“, murmelte er schließlich wieder ein wenig unfreundlicher und führte sein Pferd weiter in den Wald hinein. „Vielleicht sollten Sie ein wenig mehr Furcht und Respekt vor den Jägern empfinden, um diese Arbeit tun zu können.“

Mathieu folgte seinem Partner, sein Pferd an den Zügeln mit sich führend. Sie legten schweigend eine weite Wegstrecke zurück, die sie zuvor gemeinsam mit den Flüchtlingen gegangen waren. Schließlich drehte Tom sich um und flüsterte: „Dieser Pfad führt sehr nahe an der Straße entlang, die wir vorhin gekreuzt haben. Wir sollten die Tiere hier noch führen, um uns leiser vorwärts bewegen zu können. Die Patrouille wird noch immer auf der Suche nach uns sein. Sobald wir in einen anderen Waldtunnel abbiegen, können wir wieder aufsteigen und weiterreiten.“

Mathieu nickte.

Wieder hatten sie sich durch einen der Dornensträucher zu zwängen, und Mathieu stellte befriedigt fest, dass er diese Abzweigung auch ohne seinen Führer gefunden hätte. Inzwischen erschloss sich ihm die logische Reihenfolge der sorgsam angepflanzten Sträucher.

Eine gute Stunde später hob der Junge vor ihm erneut die Hand. Sofort zügelte Mathieu sein Pferd und sie stiegen beide ab.

Tom huschte gebückt bis zu den dicht gewachsenen Sträuchern, die das Ende dieses Pfades bedeuteten, und lauschte. „Die Straße ist frei, Mister Matt. Ich werde den Pfad zuerst verlassen und in Richtung Stadt reiten. Ich muss dringend zurück. Sie warten mindestens eine halbe Stunde, bis Sie mir folgen. Vergewissern Sie sich aber zuvor, dass sich niemand nähert.“

„In Ordnung. Und danke, dass Sie mich da herausgeholt haben.“

„Trainieren Sie Ihr Pferd", flüsterte der junge Reiter und schwang sich wieder auf den Rücken des Schwarzen.

„Es wird nicht einfach sein, das Tier unentdeckt zu trainieren", murmelte Mathieu mehr zu sich selbst und hob den Kopf, als sein Begleiter Noir neben ihn lenkte.

„Nehmen Sie einen Dampfer und fahren Sie den Fluss hinunter. Kennen Sie die Anlegestelle der Plantage, an welcher der Wald bis fast an den Fluss heranreicht?"

„Die kenne ich", nickte Mathieu, der mit der Familie, die auf dieser Plantage lebte, bekannt war.

„Dort steigen Sie aus. Sie reiten aber nicht in Richtung Herrenhaus, sondern in den Wald hinein. Der Weg macht schon nach ein paar hundert Metern eine Biegung. Gleich dahinter finden Sie einen versteckten Pfad. Er führt nirgendwo hin, da er von einem meiner Vorgänger niemals vollendet wurde. Aber zum Trainieren Ihres Pferdes ist er gut geeignet, da sich kein Weg, keine Ansiedlung oder Hütte in der unmittelbaren Nähe befindet."

„Sie können ja richtig höflich und aufmerksam sein, Mister Tom", zog Mathieu den Jungen auf und versuchte, einen Blick unter das Cape zu werfen. Es interessierte ihn brennend, mit wem er es da zu tun hatte. Doch sein Gesprächspartner bemerkte seine Bewegung und senkte sofort den Kopf.

„Wenn Sie und Ihr Pferd besser ausgebildet sind, dient das auch meinem Schutz. Ich will nicht eines Nachts von einem Trupp Sklavenjäger abgepasst werden, der dank Ihnen einen geheimen Pfad entdecken konnte!"

„Bisher habe ich angenommen, meine Hilfe sei Ihnen willkommen."

„Das ist sie auch, wenn sie tatsächlich eine Hilfe ist, und nicht vielmehr eine Gefahr, Mister Matt."

„Sie sollten niemals vergessen, Mister Tom, dass ich dieses Geschäft schon weitaus länger betreibe als Sie."

„Früher, nicht länger", korrigierte die Stimme augenblicklich und Mathieu konnte ein kurzes Auflachen nicht unterdrücken. Doch sein spitzfindiger, vorsichtiger und leicht reizbarer Partner blieb ernst. „Melden Sie sich, wenn Sie so weit sind", flüsterte der Junge wieder deutlich forscher, wendete sein Pferd und verschwand nahezu geräuschlos durch das Geäst.

Mathieu Bouchardon rieb sich mit der Hand über die schweißnasse Stirn und schüttelte den Kopf. Während die Blätter der Baumgiganten über ihm rauschten, die Äste leise knackend aneinander rieben, das stete Zirpen der Grillen und ununterbrochene Rascheln im Unterholz ihn umgaben, überdachte er die vergangene Nacht noch einmal. Die Ereignisse und Begegnungen kamen ihm seltsam unwirklich vor.

Kapitel 21

„Was für eine Unverfrorenheit! Schon als er damals in Kansas die Männer tötete, hätte man ihn hängen sollen“, brummte Henry Leroux und nahm einen tiefen Zug aus seiner Pfeife.

Monsieur Macine nickte zustimmend und trank einen großen Schluck Whiskey. „Wie kann es sein, dass eine kleine Gruppe von etwa zwanzig Mann ein Bundesarsenal im Handstreich überfällt, mehrere Geiseln nimmt, einen Zug mehrere Stunden lang festhält und sich ihnen niemand entgegenstellt?“

„Die Milizen von Virginia und Maryland haben diesem John Brown schließlich doch noch zugesetzt, und später war es dann eine Kompanie der US-Marineinfanterie unter dem Kommando zweier Kavallerieoffiziere, Colonel Robert E. Lee und Lieutenant J. E. B. Stuart, die ihn bei Nacht aus dem Feuerwehrhaus trieben, als sie es stürmten.“

Mathieu Bouchardon lehnte sich mit dem Rücken gegen eine der Säulen und beobachtete schweigend die seltsam hitzige Diskussion, denn eigentlich schienen sich alle der beteiligten Männer einig zu sein. John Browns Tat in *Harpers Ferry* wurde als verachtenswürdig deklariert, und selbst er, der die Sklaverei gerne abgeschafft gesehen hätte, schüttelte über den übermotivierten, plan- und sinnlosen Überfall auf das Waffenarsenal in der kleinen Stadt zwischen dem *Potomac-* und *Shenandoah-River* den Kopf. Offenbar hatte dieser John Brown vorgehabt, eine Armee von Schwarzen zu bewaffnen, um damit deren geknechtete Brüder befreien zu können. Doch dieser Versuch war gescheitert. Mathieu nahm an, dass John Brown nun – gemeinsam mit seinen Anhängern und seinen Söhnen, die ihm geholfen hatten – wegen Hochverrats, Mordes und Anstiftung zum Aufruhr angeklagt wurde. Vermutlich würde keiner von ihnen dem Strick entkommen.

Die Gemüter erhitzten sich zunehmend, und Mathieu fragte sich, ob dieser kleine, erfolglose Zwischenfall in dem Grenzstädtchen zwischen Virginia und Maryland nicht weitaus größere Folgen haben konnte, als er bisher angenommen hatte. Die Männer in dieser Runde waren jedenfalls zutiefst empört und in ihrem inzwischen leicht angetrunkenen Zustand weiteten sie ihre Vorwürfe und den wachsenden Hass auf alle im Norden lebenden Menschen aus. Eine Reaktion auf diesen unsinnigen Überfall war bereits festzustellen: Die Plantagenbesitzer hatten ihren Sklaven sämtliche Freiheiten gestrichen, die diese bislang noch genossen hatten. Die Gefahr von Aufständen hatte immer unterschwellig in den Köpfen der Südstaatler gespukt, doch nach *Harpers Ferry* und dem Auffinden einiger Schriften John Browns schien diese Gefahr in greifbare, gefährliche Nähe zu rücken. Die Zeitungen kannten kein anderes Thema, als dass in sieben weiteren südlichen Staaten Überfälle geplant gewesen seien, und schürten die Empörung und Angst der Plantagenbesitzer, da fortlaufend von irgendwelchen Sklavenaufständen und bewaffneten Abolitionisten gemunkelt wurde, die vom Norden in Richtung Süden vorrücken würden. Obwohl kein einziger der Schwarzen zu John Browns Armee übergelaufen war, hatten sie Begrenzungen, Einschränkungen und sogar Bestrafungen zu erleiden, nachdem die Nachricht von dem Überfall bis in den tiefen Süden vorgedrungen war.

Mathieu presste die Lippen aufeinander.

Hatten die Schwarzen die Folgen von John Browns Tat zu tragen und wurden die Abolitionisten noch vehementer beschimpft, so hörte er unterschwellig jedoch auch heraus, wer zunehmend zum Feind erklärt wurde: die Yankees.

Ein schlanker, aber breitschultriger, junger Mann näherte sich der aufgebrachten Gruppe. Seine Augen waren blutunterlaufen und seine geschwollen wirkende Nase stand ein wenig schief in seinem Gesicht. Raphael Leroux und Jacques Breillat gingen auf den Neuankömmling zu und wechselten einige Worte mit ihm. Dann führten sie ihn zu den anderen.

„Darf ich euch vorstellen“, sagte Jacques. „Dies ist Maximilian Wiese. Er kommt aus South Carolina, aber ihm gefällt es hier in New Orleans so gut, dass er sich für einige Zeit hier niederlassen möchte. Wir waren uns doch einig, regelmäßig Patrouillen in die Wälder zu schicken, und er hat sich bereit erklärt, eine dieser Gruppen anzuführen. Obwohl er erst seit einer Woche dabei ist, konnte er gestern mehrere flüchtige Sklaven festnehmen. Und beinahe hätte er den *Chevalier Mystérieux* dingfest gemacht.“

Zustimmendes Gemurmel erhob sich und einige der Pflanzer streckten dem Neuen zur Begrüßung die Hände entgegen.

„Er ist leider kaum unserer schönen französischen Sprache mächtig, doch bei der Erledigung seiner Aufgabe ist das nicht hinderlich. Wir dachten nur, da ihr ihn bezahlt, solltet ihr ihn auch kennen lernen", erklärte Raphael Leroux.

Mathieu meinte herauszuhören, dass der ältere Herr nicht allzu viel von dem Amerikaner hielt. Dies lag vermutlich weniger an der Person selbst als an der Tatsache, dass den Kreolen im *Vieux Carré* die Amerikaner einfach nicht gelegen waren.

„Was ist mit seinem Gesicht?", erkundigte sich Pierre, der zwar der englischen Sprache mächtig war, es aber wohl als unter seiner Würde empfand, diese benutzen zu müssen.

„Der *Chevalier Mystérieux* hat ihm zwei Schläge verpasst, um fliehen zu können", erklärte Jacques.

Mathieu, der sich unwillkürlich seine Hand rieb, musterte den Fremden und zog leicht die Augenbrauen in die Höhe. Maximilian Wiese. Der Name des Mannes kam ihm bekannt vor. Der Amerikaner wirkte sehr gepflegt und selbstsicher und seine glatten Hände, ebenso wie die Lachfältchen um seine Augen, deuteten auf ein arbeitsfreies und leichtes Leben hin. Schließlich fiel ihm ein, woher er den Namen kannte. Sophie und André hatten von diesem Mann gesprochen. Er war derjenige, der mit Antoinette von Frankreich in die neue Welt gereist war und der ihretwegen bereits ein- oder zweimal bei Monsieur Leroux vorgesprochen hatte – jedoch ohne Erfolg.

Der junge Anwalt presste die Lippen aufeinander und beobachtete den Amerikaner deutscher Herkunft, der sich nun auf gebrochenem Französisch mit den Männern unterhielt. Mathieu runzelte die Stirn. Warum dieser sich längere Zeit in der Stadt aufhalten wollte und die Nähe dieser Gesellschaft suchte, war nicht schwer zu erraten. Laut Sophie hatte Raphael Leroux Maximilian Wiese abgelehnt, da er Antoinette zum einen nicht so weit von sich entfernt wissen wollte und zum anderen den Heiratskandidaten nicht näher kannte. Zumindest diesem Punkt arbeitete Maximilian Wiese nun erfolgreich entgegen.

„Hallo, Matt."

Aufgeschreckt fuhr Mathieu herum. „Du sollst mich in der Öffentlichkeit doch nicht so nennen!"

André Fourier hob abwehrend seine Hände und grinste dann breit. „Na, mein Freund? Was macht denn ein leichtlebiger Junggeselle wie du in so einer Männerrunde?"

„Hast du mit meiner Großmutter gesprochen?", lautete seine Gegenfrage.

„Sie hat mich gebeten, meinen guten Einfluss ein wenig auf dich auszuüben, Mathieu. Du wolltest doch Partner in einer der renommierten Anwaltskanzleien hier in der Stadt werden. Im Moment siehst du jedoch mehr danach aus, als würdest du es vorziehen, dir die Nächte aufregend zu gestalten."

Mathieu atmete tief ein und aus. André erwartete jedoch keine Erklärung und deutete nur mit einer knappen Kopfbewegung in Richtung des semmelblonden Fremden.

„Ist das nicht dieser Max?"

„Er ist es. Leroux und seine Freunde haben ihn als Sklavenjäger eingestellt."

„Was ihn auch zu einem von Leroux' Freunden macht, nicht wahr? Du weißt, um was es geht?"

„Was meinst du?" Mathieu setzte eine unwissende Miene auf.

„Ein Heiratsantrag!"

„An wen?"

„Dir ist nicht zu helfen!" André grinste seinen Freund an und klopfte ihm auf die Schulter, um sich dann umzudrehen und auf die Gruppe Männer zuzugehen. Er ließ sich Maximilan vorstellen und kurz darauf waren die beiden in ein Gespräch vertieft. Schließlich winkte André Mathieu herbei. „Das ist Mathieu Bouchardon", stellte er seinen Freund vor. „Eines der wenigen schwarzen Schafe im *Vieux Carré*. Aber er ist ein patenter Kerl. Sollten Sie einmal in Schwierigkeiten stecken, sind Sie bei ihm an der richtigen Adresse. Er hat Jura studiert. Doch offenbar war das nur Zeitvergeudung, da er nicht daran zu denken scheint, sein Wissen einzusetzen." Wieder grinste André seinen Freund an.

„Hören Sie nicht auf ihn, Monsieur Wiese. Er redet Unsinn." Mathieu streckte dem Amerikaner seine Rechte entgegen und dieser erwiderte den Handschlag.

André unterhielt sich weiter mit dem Blonden, doch dieser schien abgelenkt zu sein. Seine Aufmerksamkeit galt offensichtlich einer Person hinter seinem Gesprächspartner. Mathieu wandte den Kopf und entdeckte unter einem der Bäume Antoinette de la Rivière. Sie war gerade dabei, der offenbar noch immer geschwächten Dominique in einen der Schaukelstühle zu helfen, die dort im Schatten aufgestellt worden waren. Neben dem Stuhl stand eine weiße, mit Tüll und Spitzen verzierte Wiege.

Mathieu wollte sich gerade entschuldigen, um die beiden Damen zu begrüßen und den Täufling anzusehen, als Maximilian ihm zuvorkam. „Entschuldigen Sie bitte, meine Herren", sagte er. „Ich möchte eine alte Freundin begrüßen."

André und Mathieu blickten dem Davoneilenden nach und Mathieu brummte leise: „Hoffentlich gibt sie ihm eins auf seine gebrochene Nase. Alte Freundin!"

„Worauf wartest du?" André stieß seinen Freund mit dem Ellbogen in die Seite. „*Ich* habe Antoinette und Dominique bereits begrüßt." Er wandte sich ab und Mathieu blickte ihm einen kleinen Augenblick lang betreten nach. Scheinbar war es – zumindest für seinen Freund – sehr offensichtlich, dass Antoinette ihm nicht gleichgültig war. Und das, obwohl er sich gegen seine Gefühle ihr gegenüber standhaft zur Wehr setzte. Immerhin schien sie die Sklaverei zu befürworten und durfte deshalb nichts von seinen Aktivitäten erfahren.

Langsam ging er zu den Frauen hinüber. Da Maximilian sich mit Antoinette unterhielt, begrüßte er zuerst Dominique und warf einen Blick in die Wiege. Der hübsche, pausbäckige Junge schien voller Hingabe die Äste zu beobachten, die sich über ihm bewegten und in unregelmäßigen Abständen ein paar Sonnenstrahlen erlaubten, sein Gesicht zu kitzeln. Das Kind wirkte auf ihn vollkommen normal, und er fragte sich, ob André sich mit seiner düsteren Prognose über die Entwicklung des Jungen nicht getäuscht haben mochte.

Mathieu wandte sich an die Mutter. „Ihr kleiner Louis ist ein hübscher, stattlicher Kerl, Madame Poirier." Bei diesen Worten strich er dem Säugling leicht über die Stirn. Dieser reagierte nicht, so als wolle er sich auf keinen Fall aus seinen interessanten Betrachtungen der sich bewegenden Äste reißen lassen.

Mathieu richtete sich wieder auf, um sich nun Antoinette zuzuwenden. Diese unterhielt sich noch immer angeregt mit Maximilian. Sie erkundigte sich nach dem Ergehen des sichtlich angeschlagenen jungen Mannes und fragte ihn mitfühlend, ob sie ihm nicht eine Sitzgelegenheit beschaffen solle. „Guten Abend, Mademoiselle de la Rivière", grüßte Mathieu. „Sie werden diesem Gentleman doch nicht etwa einen Stuhl heranschleppen wollen?", fragte er bewusst auf Französisch, damit der Deutsche ihn nicht verstand.

„Vielleicht sollte sich Monsieur Wiese tatsächlich setzen, Monsieur Bouchardon", wandte sich Antoinette mit einem freundlichen Lächeln an ihn. „Wenn Sie vielleicht so freundlich sein würden, ihm einen Stuhl von der Veranda zu holen?"

Mathieu nickte und wandte sich, eine Grimasse ziehend, um. Schnell war er mit dem Stuhl zurück, und Maximilian, der ganz offensichtlich unter Schmerzen litt, ließ sich mit einem dankbaren Nicken in seine Richtung darauf nieder.

„Vielleicht sollten Sie besser nach Hause gehen, Mister Wiese", schlug Mathieu nun in Englisch vor. „Ich habe schon von Fällen gehört, in welchen ein gebrochenes Nasenbein bei ungenügender Schonung zu chronischen Kopfschmerzen geführt hat."

„Danke für Ihre Sorge, Mister Bouchardon, doch jetzt, wo ich sitzen kann, fühle ich mich besser. Und wie könnte es mir in der Gegenwart zweier so bezaubernder Damen schlecht gehen?"

Mathieu sah die beiden jungen Frauen amüsiert lächeln. Er entfernte sich zwei Schritte und lehnte sich mit dem Rücken gegen einen der Schatten spendenden Bäume.

Zu seiner Freude wandte sich Antoinette an ihn. „Wie weit sind Sie denn mit Ihrer Suche nach einer Anwaltskanzlei, in der Sie als Partner beginnen können?"

„Ich bin mit einigen Kanzleien im Gespräch, Mademoiselle de la Rivière. Es gibt zwei Anwälte, die Interesse zeigen. Vermutlich werde ich nächste Woche eine Entscheidung haben."

„Das freut mich, Monsieur Bouchardon." entgegnete Antoinette und schenkte ihm dieses strahlende Lächeln, welches er niemals zuvor an einer anderen jungen Frau gesehen hatte.

Maximilian brachte sich mit einem lauten Räuspern in Erinnerung und fragte Antoinette: „Hat dein Patenonkel dir bereits erzählt, dass er und ein paar seiner Partner und Nachbarn mich eingestellt haben, um diesen *Chevalier Mystérieux* zu finden, der seit Jahren in diesem Distrikt sein Unwesen treibt?"

Mathieu sah, wie sich die dunkelbraunen Augen der jungen Frau zusammenzogen. „Tatsächlich?", entgegnete sie knapp und fuhr sich mit beiden Händen über den leise raschelnden, zartgelben Rock. Der junge Anwalt wusste nicht, wie er diese Reaktion deuten sollte. Freute sie sich über einen längeren Aufenthalt ihres Freundes aus Kindheitsjahren oder war ihr dieser vielmehr unangenehm?

Doch Mathieu hatte keine Gelegenheit, weiter darüber nachzudenken. Raphael Leroux schob sich zwischen ihn und Maximilian und warf einen kurzen Blick auf seinen jüngsten Enkel. Dann wandte er sich an sein Patenkind. „Du wolltest mir diese Fanny zeigen, Antoinette. Louis hat sich bereit erklärt, das Mädchen an uns zu verkaufen. Ich frage mich, ob sie ein wenig kränklich oder widerborstig ist, denn er überlässt sie uns für weit weniger als den üblichen Preis für eine junge, gesunde Sklavin."

„Ich komme, *Parrain*", erwiderte Antoinette und sprang mit der für sie typischen schnellen, beinahe kindlich anmutenden Bewegung auf.

Maximilian erhob sich höflich, schwankte jedoch leicht und stützte sich an der Stuhllehne ab.

„Bleib doch sitzen, Max! Vielleicht solltest du Mister Bouchardons Rat befolgen und dich hinlegen. Du siehst nicht sehr munter aus."

Maximilian legte seine Hand auf die von Antoinette und bedankte sich freundlich für ihre Anteilnahme.

Mathieu biss die Zähne aufeinander. Er spürte ein unangenehmes, heißes Ziehen in seinem Inneren. Diese Vertrautheit schmerzte ihn, und er war ehrlich genug, um dieses Gefühl als Eifersucht einstufen zu können. Monsieur Leroux, über diese Geste scheinbar ebenso wenig begeistert wie er, räusperte sich laut, woraufhin Maximilian seine Hand schnell zurückzog.

„Ich bin so weit, *Parrain*", sagte Antoinette, schenkte der schweigsamen und erschreckend bleich aussehenden Dominique ein aufmunterndes Lächeln und folgte ihrem Patenonkel.

Die zwei jungen Männer blickten den beiden nach, bis sie hinter einigen Jasminsträuchern verschwunden waren. „Sie ist eine wunderbare Frau, Madame Poirier", wandte sich Maximilian an Dominique. „Sie können sich glücklich schätzen, von ihr umsorgt zu werden."

„Da gebe ich Ihnen Recht", erwiderte Dominique leise. „Sie ist ein Sonnenschein, wenngleich ich das erst spät erkannt habe."

Mathieu wandte sich ab und schlenderte durch den Garten. Diese junge Frau war für ihn unerreichbar, und obwohl es ihn schmerzte, würde er sich auf keinen Wettstreit mit dem Mann aus South Carolina einlassen. Offenbar liebte dieser Maximilian sie. Er selbst konnte sein Geheimnis nicht offen legen und würde sich daher nicht weiter um sie bemühen. Zudem missfiel ihm, was er soeben mit anhören musste. Hatte Antoinette Raphael Leroux darum gebeten, ihr eine der Sklavinnen der Poiriers zu kaufen? Dies bestärkte ihn in seiner Einschätzung, dass auch Antoinette, die sich in großherziger Art um die Nöte vieler Menschen sorgte und ihnen helfend zu Seite stand, den Schwarzen gegenüber gleichgültig war. Offenbar interessierte es sie nicht, dass diese Fanny nun aus ihrem gewohnten Umfeld und ihrer Familie gerissen wurde. Antoinette de la Riviére schien mit der Institution Sklaverei kein Problem zu haben.

Kapitel 22

Das Klavierspiel klang durch die kleine Kirche, und die Flammen der vielen Kerzen schienen im Takt des alten, deutschen Weihnachtsliedes zu tanzen. Während ihre Hände über die Tasten glitten, ließ Toni ihren Blick durch die Reihen wandern. Sie erblickte Sophie, André und neben ihm Nathalie Bouchardon, die sich bereit erklärt hatte, einmal einen Gottesdienst in dieser protestantischen Kirche zu besuchen. Die alte Dame lauschte andächtig mit geschlossenen Augen und ein leichtes Lächeln lag auf ihrem Gesicht. Dann entdeckte Toni rechts von ihr Mathieu Bouchardon. Wann war er gekommen? Toni wusste von André und Sophie, dass er seine Großmutter gelegentlich alleine in die ehrwürdige St.-Louis-Kathedrale gehen ließ, um sich in dieser kleinen, lebendigen Gemeinde einzufinden, doch sie hatte ihn niemals zuvor hier gesehen oder gar getroffen. Doch nun, da sie in wenigen Sekunden ihr Lied beendet haben würde, musste sie zurück an ihren Platz und dabei unweigerlich zwischen den jungen Anwalt und dessen Großmutter Platz nehmen, denn ansonsten waren inzwischen alle Plätze belegt worden.

Das Musikstück war zu Ende. Die Töne verhallten leise in dem Raum und einen Moment lang herrschte erwartungsvolle Stille. Dann klatschte jemand und andere fielen in den Beifall mit ein.

Toni, die gerne spielte und nicht nur ihre Gefühle, sondern auch ihre Gebete in diese Musik hüllen konnte, lächelte etwas verlegen, stand schnell auf und eilte zu ihren Freunden zurück. Vorsichtig drückte sie sich an Mathieu vorbei, der sich höflich erhoben hatte, um sie durchzulassen. Doch in der engen Reihe ließ sich ihr Krinolinenrock nur schwer an den Beinen des Mannes vorbeidrücken. „Entschuldigen Sie bitte", murmelte sie leise.

Mathieu lächelte sie an und flüsterte: „Warum haben Sie nur ein Lied zum Besten gegeben, Mademoiselle de la Rivière? Ich könnte Ihnen stundenlang zuhören."

„Danke, Monsieur Bouchardon", erwiderte Toni mit einem schüchternen, aber dennoch strahlenden Lächeln. Sie bemerkte, wie er sie mit seinen blauen Augen intensiv musterte, und senkte schnell den Blick. Mit zitternden Knien setzte sie sich hin und raffte ihren Rock zusammen, damit der Mann neben ihr überhaupt seinen Stuhl finden konnte.

Toni, die ihr Klavierspiel in dieser herrlichen Akustik genossen hatte, zog angespannt die Schultern in die Höhe.

Eine innere Unruhe hatte sie ergriffen und mit geschlossenen Augen bat sie ihren Gott um Gelassenheit. Allerdings musste sie sich gleichzeitig eingestehen, dass die Ursache ihrer Aufgeregtheit der junge Mann neben ihr war. In den vergangenen Wochen hatte Nathalie Bouchardon sie noch häufiger als früher zu sich zum Nachmittagskaffee eingeladen. Der Kreis bestand in der Regel aus den Fouriers, ihr selbst und Mathieu. Dabei hatte sie den jungen Mann, den sie bislang als etwas leichtlebig eingeschätzt hatte, besser kennen gelernt. Nun musste sie feststellen, dass sie sich in den inzwischen hart arbeitenden, aufmerksamen, wenn auch gelegentlich etwas spöttischen Enkel Nathalies verliebt hatte.

Sie schätzte seine Ehrlichkeit ebenso wie die Freundlichkeit, die er den Schwarzen entgegenbrachte, und doch musste sie sich in diesem Moment klarmachen, dass sie, solange sie als nächtlicher Reiter unterwegs war, keine Beziehung zu einem Mann würde eingehen können. Außerdem schien Mathieu Bouchardon sie nicht weiter zu beachten, sie vielmehr – ähnlich wie André – wie eine kleine Schwester zu behandeln, zu der man fürsorglich freundlich war, die man aber gerne bei jeder sich bietenden Gelegenheit ein wenig foppte.

Maximilian Wiese hingegen zeigte ihr offen seine Zuneigung und allmählich schien auch Raphael Leroux dem jungen Mann gegenüber freundlicher gesinnt zu sein. War dies der Grund, weshalb Maximilian sich hier in New Orleans befand? Wollte er erreichen, dass ihr Patenonkel letztendlich alle Bedenken bezüglich einer Heirat zwischen ihm und ihr fallen ließ? Dabei konnte sie Maximilian doch ebenso wenig heiraten wie Mathieu oder irgendeinen anderen Mann! Zudem jagte ihr Kindheitsfreund entflohene Sklaven, um diese zu ihren Besitzern zurückzubringen, und er suchte vehement nach dem *Chevalier Mystérieux* – und somit nach ihr!

Toni seufzte leise auf und wurde sofort von Nathalie Bouchardon prüfend gemustert. „Geht es dir nicht gut, kleiner Schmetterling? Du bist wieder zu viel für deine Komitees und deine Freundinnen unterwegs“, flüsterte die ältere Dame ihr zu.

Toni bemerkte den auffordernden Blick, den Nathalie ihrem Enkel zuwarf, und beherrschte sich, nicht noch ein weiteres Mal laut zu seufzen. Inzwischen war selbst ihr aufgefallen, wie eifrig Nathalie darum bemüht war, sie und ihren Enkel zusammenzubringen. Beinahe tat ihr die alte Dame ein wenig Leid, denn sie würde keinen Erfolg für ihre Bemühungen erfahren können. Toni war zu sehr in ihre Arbeit eingebunden und Mathieu schien ihr gegenüber nicht mehr als ein wenig freundschaftliche Aufmerksamkeit zu empfinden.

Als der Gottesdienst endete, stand Toni augenblicklich auf. Ihre innere Unruhe trieb sie aus der Reihe und durch den Gang bis zu der schmalen Eingangstür. Noch ehe der Prediger dort angekommen war, um die Gottesdienstbesucher zu verabschieden, trat die junge Frau in das warme Licht der Dezembersonne hinaus. Sie blinzelte mehrmals und sah sich nach Caro um. Auf der gegenüberliegenden Straßenseite entdeckte sie einen jungen Mann, der nun eilig zu ihr herüberkam.

Es war Maximilian.

Dieser lächelte sie herzlich an, blieb aber plötzlich stehen und sah über sie hinweg, wobei sein Lächeln wie unter einem ungewöhnlich kalten Wind zu erstarren schien.

Toni wandte sich um und bemerkte Mathieu und Nathalie Bouchardon, die sich ihr langsam näherten. André hatte seine schwangere Frau vermutlich sofort in die wartende Kutsche geleitet.

„Besucht dieser Bouchardon schon mit dir den Gottesdienst Toni?“, zischte Maximilian unfreundlich. „Gibt es da etwas, das ich wissen sollte?“

Toni taxierte den Mann vor sich mit zusammengekniffenen Augen. „Ich habe nicht vor, Mathieu Bouchardon zu heiraten, Max. Aber vielleicht ist es an der Zeit, auch dir gegenüber offen zu sein. Ich möchte auch dich nicht in deinen unerfüllbaren Wünschen ...“

„Guten Tag, Monsieur Wiese“, grüßte Mathieu und reichte dem jungen Mann die Hand.

Dieser erwiderte unwillig den Gruß, um dann schnell Nathalie Bouchardon zu begrüßen.

„Wir treffen uns heute Abend wieder bei mir, Antoinette?“, erkundigte sich Nathalie.

„Ja, ich werde für eine kleine Weile kommen, Nathalie. Vielen Dank für die Einladung. Aber lange kann ich nicht bleiben. Ich fühle mich ein wenig erschöpft.“

„Ich sagte doch, du siehst nicht gut aus, Antoinette. Aber ich freue mich, wenn du dennoch für einige Zeit mein Gast sein wirst.“

Toni lächelte. Sie genoss die unbeschwerten Stunden bei Nathalie, doch in dieser Nacht hatte sie wieder eine Gruppe zu führen, und sie fühlte bereits jetzt dieses unruhige Flattern in ihrer Magengegend, welches sie vor diesen Nächten immer überfiel. Seit sie wusste, dass nahezu ununterbrochen Suchtrupps in den Wäldern unterwegs waren, musste sie jede Nacht mit einer Begegnung rechnen. Besonders unangenehm war ihr dabei die Gewissheit, dass einer dieser Trupps von Maximilian angeführt wurde.

Toni fuhr aus ihren Überlegungen hoch, als sie hörte, wie Maximilian sich bei Nathalie für ihre Einladung bedankte und ihr versicherte, dass er sich bereits jetzt auf den Abend freue. Hatte Nathalie Maximilian tatsächlich zu ihrem Treffen eingeladen? Der Frau entging doch selten einmal etwas. Hatte sie noch nichts von den Gerüchten gehört, dass Maximilian sich in die kreolische Gesellschaft eingeschlichen hatte, um Antoinette de la Rivière heiraten zu können? Ihr musste doch klar sein, dass dieser Mann einen Rivalen für Mathieu darstellte, den sie doch mit ihr zusammenbringen wollte.

Verwirrt blickte Toni zu Mathieu hinüber, der den anderen Mann mit grimmiger Miene musterte. Offenbar gefiel auch ihm nicht, dass dieser Amerikaner in ihren kleinen, vertrauten Kreis eindrang.

Caro bürstete Tonis lange, schwarze Haare und fertigte mit gewohnt geschickten Bewegungen eine kunstvolle Frisur, während Fanny, die seit Ende Oktober im Haus der Leroux' arbeitete, das tiefrote Kleid mit dem schwarzen Organzaüberwurf ausschüttelte.

Toni hob erschrocken den Kopf, als Caro mehrere Haarnadeln aus den Händen rutschten und diese leise klingend auf dem Holzboden aufkamen. Die werdende Mutter bückte sich so eilig danach, dass sie dabei den Korb mit den Bürsten, Kämmen und weiterem Haarschmuck vom Frisiertisch fegte. Fanny, die vor einem der Fenster stand, lächelte belustigt vor sich hin, denn inzwischen kannte sie Caros Tollpatschigkeit.

Toni wandte sich halb um und betrachtete die auf dem Boden kauernde Gestalt. Caros schmale Schultern bebten und ihre Finger schienen die kleinen und größeren, verstreut herumliegenden Gegenstände kaum zu finden. Die junge Frau zog die Augenbrauen verwundert zusammen. „Was ist mit dir, Caro?“, fragte sie leise und ließ sich vom Stuhl herabgleiten, um sich vor der schwarzen Frau auf den Boden zu knien.

„Ich habe Angst, Mamselle“, kam die leise Antwort.

Toni zwang Caro, sie anzusehen, indem sie ihre Finger unter deren Kinn legte und den Kopf anhob. Tränen quollen aus den dunklen Augen und liefen über die rundlichen Wangen hinunter.

„Wovor hast du Angst, Caro?“

„Ich weiß nicht, was ich tun soll, Mamselle. Ich bin so unglücklich und voller Schmerz.“

„Ist etwas mit dem Kind?“

„Nein, Mamselle. Das heißt – doch. Es wird wohl keinen Vater haben."

„Was bedeutet das, Caro? Weshalb sollte dein Kind keinen Vater haben?" Toni warf einen fragenden Blick zu Fanny hinüber, doch diese hob nur leicht die Schultern an und trat mitfühlend und besorgt ein paar Schritte näher.

„Claude wird verkauft, Mamselle. Schon in den nächsten Tagen", brach es unter erneutem heftigen Schluchzen aus der jungen Frau heraus.

Toni blickte ein weiteres Mal über Caros Schulter hinweg zu Fanny, doch diese sah sie ebenso entsetzt an und schüttelte den Kopf. Auch sie wusste nicht, woher Caro diese Information haben sollte und ob diese tatsächlich verlässlich war.

„Wie kommst du darauf, Caro?", hakte Toni nach und nahm ihr heftig zitterndes Mädchen fest in die Arme.

„Michie Leroux hat es Claude heute Morgen gesagt. Er und mehrere der Hausburschen werden verkauft, da er sie nicht mehr benötigt."

„Aber wir Frauen brauchen doch einen Kutscher", murmelte Toni verwundert und runzelte leicht die Stirn.

„Ein Kutscher würde genügen, hat er gesagt, Mamselle."

„Ich mag das gar nicht glauben, Caro. Raphael hat noch nie eine Familie auseinander gerissen."

„Ich schwindle nicht, Mamselle", begehrte Caro leise auf.

„Das wollte ich damit nicht sagen. Vielleicht handelt es sich um ein Missverständnis."

„Michie Leroux ist zu uns in die Kammer gekommen und hat es Claude gesagt. Es ist kein Missverständnis", schluchzte die Schwangere.

„Ich werde mit ihm sprechen, Caro", erwiderte Toni, strich der noch immer Zitternden und Schluchzenden über den Rücken und erhob sich dann. „Bleibst du bitte bei ihr?", flüsterte sie Fanny zu.

Fanny nickte, huschte zu dem Mädchen hinüber und schloss es – wie es zuvor Toni getan hatte – fest in die Arme.

Toni hüllte sich in ihren seidenen Morgenmantel, verließ ihr Zimmer und eilte den Flur entlang. Vermutlich war ihr Patenonkel in seinen Räumlichkeiten, da er sich ebenfalls für die Mittagsmahlzeit umziehen würde. Die junge Frau blieb vor der dunklen Zimmertür stehen und atmete mehrmals tief ein und aus. Sie hatte in all den Jahren, in denen sie in diesem Haus lebte, noch niemals diese Räume betreten, doch das war es nicht, was sie verunsicherte. Konnte sie etwas bewirken, wenn Raphael Leroux sich dazu entschlossen hatte, einige Sklaven zu verkaufen? Die Leroux' hatten schon immer sehr viele Bedienstete gehabt. Warum wollte ihr Patenonkel sich jetzt von einigen trennen? Und warum ausgerechnet von Claude, dessen Dienste als Kutscher von den Damen des Hauses sehr häufig in Anspruch genommen wurden und der zudem verheiratet war und bald Vater werden würde? Der jungen Frau war klar, dass eine Ehe unter Sklaven für das Paar keinen Schutz vor einer willkürlichen Trennung bedeutete, aber soweit sie wusste, war dies in diesem Hause noch niemals geschehen. „Hilf mir bitte, Herr. Gib mir die richtigen Worte", flüsterte Toni, dann hob sie die Hand und klopfte kräftig gegen das Holz.

„Bitte", klang sofort und deutlich die Einladung zum Eintreten in den Flur hinaus.

Toni drückte die Klinke hinunter. Die Tür ging nur sehr schwer auf und sie musste sich mit ihrem nicht gerade sehr beeindruckenden Körpergewicht dagegenlehnen, damit es ihr tatsächlich gelang, sie zu öffnen.

„Antoinette?!", sagte Raphael Leroux verwundert. „Was führt dich zu mir?"

„Entschuldige bitte, *Parrain*, wenn ich dich störe, aber Caro hat mir gerade erzählt, dass du vorhast, Claude zu verkaufen?"

„Das trifft zu."

„Darf ich fragen, weshalb?"

„Wir haben zu viele Hausburschen und zu viele Kutscher. Wir brauchen sie nicht", entgegnete Monsieur Leroux ihr nüchtern.

„Aber weshalb Claude? Er hat eine Frau und die beiden erwarten Nachwuchs, *Parrain*!"

„Warum sollte ich mich von zwei langjährigen Kutschern trennen, die zudem auf dem Markt weniger einbringen würden, da sie schon recht alt sind?"

„Um der Menschenfreundlichkeit willen? Die im Haus Verbleibenden würden es mit Dankbarkeit sehen."

„Das habe ich nicht nötig, Antoinette. Und glaube mir, diese Sklaven empfinden nicht so wie wir. Deine ungeschickte Caro wird eine Weile weinen, aber bis sie ihr Kind in den Armen hält, wird sie Claude vergessen haben." Raphael Leroux griff nach einer Krawatte und winkte seinem Burschen zu, der sie ihm umbinden sollte.

Antoinette wollte protestieren, unterließ es dann aber doch. Sie konnte nicht gegen die allgemein vorherrschende Meinung der weißen Bevölkerungsschicht ankämpfen, so gerne sie das auch wollte.

Die Schwarzen waren in den Augen der meisten Weißen hier im Süden nur Menschen dritter Klasse. Dennoch wagte sie einen weiteren Versuch. „Ich bitte dich, *Parrain*, um das Wohlergehen meines Mädchens willen, lass Claude bitte bleiben."

„Selbst wenn du mich mit deinem lieben Lächeln und deinem inständigen Bitten überzeugen könntest, Antoinette, es ist zu spät. Ich habe ihn und einige der Burschen bereits an den jungen Mann aus Charleston verkauft."

„An Max?", entfuhr es Toni erschrocken.

„An eben diesen, Antoinette. Übrigens hat er um deine Hand angehalten. Wie denkst du darüber? Du könntest meinetwegen sogar Caro und Fanny mitnehmen."

Toni biss die Zähne zusammen. Weshalb ging ihr Patenonkel plötzlich auf Maximilians Werben ein? Hatte er sich inzwischen doch anders entschieden? Hatte Maximilian sein Ziel tatsächlich erreicht? Würde Raphael sie mit dem Mann verheiraten und es gestatten, dass er sie mit nach Charleston nahm?

„Werde ich denn gefragt?", fragte sie leise. Sie dachte an Dominique, die zwar nicht unbedingt ihren Willen hatte äußern dürfen, zumindest der Hochzeit jedoch zugestimmt hatte.

„Das tue ich doch gerade, Antoinette. Was denkst du über eine solche Verbindung?"

Toni blinzelte mehrmals verwirrt. Sie fühlte sich in die Enge getrieben und überfordert. Was sollte sie antworten? Wenn sie dieses Angebot nicht annahm, konnte es sein, dass sie tatsächlich alleine durchs Leben gehen musste. Doch wenn sie Maximilians Antrag annahm, würde sie aus dieser engen, durch strenge Regularien regierten Gesellschaft entfliehen können – auf eine sicherlich sehr schöne, am Ufer des *Ashley-River* gelegene Plantage. Und Caro und Claude würden zusammenbleiben können.

Andererseits hatte sie ja eine Aufgabe …

Toni schüttelte tief in Gedanken versunken den Kopf. Sie konnte Maximilian nicht heiraten! Er war überzeugt von der Institution der Sklaverei, und das, obwohl er selbst in seiner Kindheit erlebt hatte, was es hieß, ein Unterdrückter zu sein. Sie würde mit diesem Mann nicht glücklich werden. Und für Caro und Claude gab es schließlich auch noch einen anderen Weg …

„Antoinette?"

„Muss ich mich sofort entscheiden, *Parrain*? Darf ich mir ein paar Tage Bedenkzeit nehmen?"

Raphael Leroux lachte und nickte, während er sich prüfend in seinem großen Standspiegel betrachtete. „Diese Frage verwundert mich nicht, Antoinette. Du handelst stets sehr überlegt und nicht so impulsiv, wie es meine Frau und meine Töchter zu tun pflegen. Monsieur Wiese wird in ein paar Tagen nach South Carolina zurückkehren und die gekauften Sklaven mitnehmen. Er wollte dich gerne ebenfalls zur Plantage seiner Eltern bringen, doch ich denke, er wird es aushalten müssen, dass ich ihn noch etwas hinhalte."

„Wird er zurückkommen?", erkundigte sich Toni gespannt. Diese Information war für sie und ihren Partner von entscheidender Wichtigkeit.

„Er wird. Immerhin hat er noch seinen Vertrag zu erfüllen. Leider hat er jedoch nach seinen anfänglichen Erfolgen in seiner Leistung ein wenig nachgelassen. Doch da seinem Vater in den letzten Monaten selbst einige Arbeiter entlaufen sind, kann er die Wut der Plantagenbesitzer nachvollziehen, sodass er zumindest noch immer mit großer Motivation auf der Suche nach dem *Chevalier Mystérieux* ist."

Tonis Mundwinkel zuckten leicht, doch sie brachte ein unverbindliches Lächeln zustande. Erleichtert darüber, dass ihr Patenonkel sie nicht zu einer schnellen Entscheidung drängte, entschuldigte sie sich und verließ den Raum.

Als sie in ihrem eigenen Zimmer angelangte, saßen Fanny und Caro auf einer Holzbank vor einem der Fenster und beteten miteinander.

Um nicht zu stören, ging die junge Frau leise zu ihrem Sekretär, klappte diesen auf und schrieb eine kurze verschlüsselte Nachricht an Sylvain Merlin. Dann verließ sie das Zimmer wieder, eilte die Treppen hinunter und aus dem Haus hinaus, um in den hauseigenen Stallungen nach Claude zu suchen.

„Caro hat mir erzählt, was geschehen ist", begann sie ohne Umschweife, als sie ihn gefunden hatte.

Claude zog wütend die buschigen, schwarzen Augenbrauen zusammen.

„Bring das hier zu Monsieur Merlin, Claude."

„Ja, Mamselle", erwiderte der junge Mann folgsam.

„Und haltet euch heute Nacht bereit."

Claude hob den Kopf.

„Ich werde euch von hier fortbringen."

„Mamselle, Caro ist schwanger."

„Ich weiß, doch sie ist gesund und kräftig. Aber es ist eure Entscheidung." Toni musterte Claude unsicher. Wie auch immer er sich entscheiden würde, die Folgen würden dramatisch sein.

„Maria war auch schwanger, als sie nach Bethlehem musste", dachte er laut nach. „Und ihr Kind kam in einem armseligen Stall zur Welt. Er war der Retter dieser Welt, unser Kind wird nur ein gewöhnlicher Sklave sein."

„Nein, Claude. Dann nicht mehr", erwiderte Toni leise.

Die dunklen Augen des Kutschers begannen zu strahlen. Er nickte ihr zu, steckte den Brief in seine Jackentasche und schritt die Stallgasse entlang.

Jetzt erst bemerkte Toni, dass sie noch immer nicht fertig angekleidet war, sondern nur ihren Morgenrock trug. Mit einer feinen Röte im Gesicht verließ sie den Stall, huschte durch den Garten und betrat das Haus durch eine der kleinen Verandatüren, die unmittelbar an die Nebengebäude grenzten.

Jetzt musste sie Caro und Fanny informieren und sich dann eilig umziehen, denn sie wollte nicht zu spät zum Weihnachtsessen kommen.

Unzählige Kerzen in großen Kandelabern erhellten den Speiseraum, der üppig mit Tannengrün, Efeu und rotem Tüll geschmückt worden war. Die schweren Tischdecken waren ebenfalls rot und goldene Organzaschleifen prangten vor jedem Teller, zwischen den Blumengestecken sowie an den mit rotem Samtstoff eingehüllten, hochlehnigen Stühlen.

Mirabelle hatte eine traumhafte Tafel herrichten lassen und Antoinette lächelte ihr bewundernd zu. Doch dann fiel ihr Blick auf Dominique und sie erschrak zutiefst. Die ohnehin schlanke Frau wirkte dürr, und ihre Gesichtsfarbe schien sich kaum mehr von der weißen Spitze abzuheben, die den Kragen ihres blauen Kleides schmückte. Obwohl sie die Unterarme auf der Lehne ihres Stuhles liegen hatte, konnte Toni ihre Hände unkontrolliert zittern sehen.

Als die junge Mutter Toni erblickte, begannen ihre Augen tränenfeucht zu schimmern. Dominique ging es augenscheinlich sehr schlecht, dennoch war sie zu diesem traditionellen Weihnachtsessen gekommen und hielt sich würdevoll und korrekt aufrecht.

Die kleine Minou konnte inzwischen laufen und stellte dies mit unsicheren, tapsenden Schritten unter Beweis, um die begeisterten Ausrufe ihrer Großmutter entgegenzunehmen. Die zweijährige Annette saß unruhig auf ihrem Stuhl und spielte heimlich mit einem Löffel, während Olivia, das Älteste der Kinder, ebenfalls bleich und ausgesprochen ruhig auf ihrem Stuhl saß und starr in die Flamme einer vor ihr stehenden Kerze blickte.

Dominiques Ehemann Louis war – ebenso wie Raphael – noch nicht im Raum und auch der Sohn des Ehepaares war nirgends zu sehen.

Toni ging zu Dominique hinüber und hockte sich vor sie, wobei sich ihr dunkelrotes Kleid fächerförmig um sie ausbreitete. „Geht es dir nicht gut, Dominique? Kann ich dir helfen?"

„Niemand kann mir helfen, liebe Antoinette. Nichts und niemand."

„Die Männer sind noch nicht hier. Hast du Lust auf einen kleinen Spaziergang im Garten?"

Dominique warf einen prüfenden Blick in Richtung ihrer Mutter, doch diese war mit Minou beschäftigt. Sie erhob sich, bat Olivia, lieb zu sein und bei ihrer Großmutter zu bleiben, und führte die unruhige Zweijährige an der Hand mit hinaus.

Eine angenehme Wärme schlug den beiden Frauen entgegen, und während Toni ihr Gesicht einen Moment lang hob, um die Sonnenstrahlen zu genießen, die ihre Haut liebkosten, hielt Dominique ihren Blick fest auf den Boden gerichtet, und ihre Hände, von welchen das kleine Mädchen sich inzwischen befreit hatte, klammerten sich in den Stoff ihres Kleides.

Schweigend gingen die beiden jungen Frauen weiter in den Park hinein. Als sie bei dem kleinen Springbrunnen anlangten, fuhr Dominique auf einmal herum und wilder Zorn funkelte Toni aus ihren Augen entgegen. „Ich hasse ihn! Mein Gott, wie ich ihn hasse!"

„Von wem sprichst du?", fragte Toni erschrocken.

„Von Louis natürlich. Und von dieser Hure mit ihren beiden Söhnen und von Louis' Eltern und von meinem Vater und –"

Toni machte einen Schritt nach vorne und nahm die vor Wut zitternde Dominique in ihre Arme. Diese erwiderte die Umarmung nicht, wehrte sich jedoch auch nicht dagegen.

„Was ist nur geschehen?", murmelte Toni leise und trat wieder zurück, ohne jedoch ihre Hände von Dominiques Oberarmen zu nehmen.

„Er behandelt mich wie einen seiner Sklaven. Ich habe nicht die Möglichkeit, hinzugehen, wohin ich möchte, ich darf nicht selbstständig entscheiden, wen ich besuchen und wen ich einladen will, er sucht meine Kleider für mich aus, und er bestimmt, wo und von wem unsere Kinder betreut und unterrichtet werden. Er liebt mich nicht. Er liebt diese *Plaçée*, die ihm zwei gesunde Söhne geschenkt hat. Es ist eine Genugtuung für mich, dass er die beiden nicht stolz herumzeigen kann! Wenn er betrunken oder wütend ist, dann schlägt er mich und er tut mir auch im Bett Gewalt an. Aber das kann ich alles aushalten. Doch jetzt hat er mir Louis weggenommen! Er will diesen Schandfleck nicht sehen müssen, und vor allem will er nicht, dass seine Besucher und Geschäftspartner das Kind sehen. Er hat meinen kleinen Liebling zu den Ursulinern ins Kloster bringen lassen, wo er jetzt von den Schwestern aufgezogen wird. Ich hasse ihn dafür. Und ich hasse meinen Vater, weil er mich mit diesem Ekel verheiratet hat. Vater wusste sicher, dass er schon seit Jahren eine dieser Farbigen hat. Er kennt ihn schon lange, und er musste wissen, wie grob er sein kann …"

Toni zog Dominique in den Schatten eines großen Rosenbusches und hoffte, dass man sie vom Speisezimmer und Salon aus nicht mehr sehen konnte. Sie war erschrocken über diesen Zorn und Hass, der in der jungen Frau tobte, und obwohl sie die Gründe dafür nachvollziehen konnte, wusste sie, dass er ihrer Stiefschwester nicht gut tat. „Dominique, bitte tue dir das nicht an. Lass diesem Hass keinen Raum in dir. Er zerstört dich nur selbst."

„Ich hasse sie aber!", rief Dominique laut. „Sieh mich doch an!" Sie schob die lockeren Ärmel des dunklen Kleides nach oben und entblößte ihre dünnen, von Blutergüssen und Schrammen übersäten Arme.

Toni schloss gequält die Augen. Was nur sollte sie tun? Wie konnte sie Dominique beistehen? Zitternd flehte sie im Stillen ihren Gott an, ihr doch zu helfen. Es musste doch eine Möglichkeit geben, Dominique aus ihrem Elend zu befreien, einem Elend, in das sie sich durch ihren Hass nur noch immer weiter hineintrieb. „Verzeih mir, Dominique", flüsterte sie schließlich.

„Dir?" Dominique bekam große Augen und trat einen Schritt zurück.

„Ich wusste, dass es dir in deiner Ehe nicht gut geht, doch ich habe nichts dagegen unternommen."

„Du hattest dich um zu viele andere Dinge zu kümmern", sagte Dominique, doch es klang nicht vorwurfsvoll. „Du bist ein Engel in dieser Stadt. Jedem, der Hilfe benötigt, stehst du zur Seite."

„Aber dir habe ich nicht geholfen, Dominique."

„Wie solltest du das auch, du dummes Mädchen?", erwiderte Dominique leise. Sie hatte sich ein wenig beruhigt.

Das Lachen von Männerstimmen drang zu ihnen in den Garten. Offenbar waren Louis und Raphael Leroux eingetroffen. Toni bemerkte, wie sich die Frau vor ihr erneut verkrampfte und sich ihre Gesichtszüge veränderten.

„Wie ich ihn hasse, Antoinette", wiederholte Dominique flüsternd, offenbar unfähig, einen anderen Gedanken zu fassen.

„Dominique, bitte, lass sie dir das nicht antun."

Dominique lachte bitter auf.

„Dieser Hass zerfrisst dich", wiederholte Toni. „Ich sehe es doch. Und die Menschen, denen du diesen Hass entgegenbringst, bemerken ihn nicht einmal. Oder er ist ihnen gleichgültig. Du bist diejenige, der er schadet, denn du leidest unter diesem Hass."

„So habe ich das noch nie gesehen", murmelte Dominique und setzte sich auf den Rand des Springbrunnens.

„Du wirst durch deinen Hass nichts ändern, außer dass du und deine Kinder darunter zu leiden haben werden."

„Aber was soll ich tun, Antoinette? Ich kann nichts anderes mehr, als zu hassen. Sogar dich habe ich schon gehasst, weil du intelligent genug warst, nicht zu heiraten. Doch dann hast du mir nach jeder Geburt geholfen und ich konnte dich nicht mehr hassen."

„Es ist in Ordnung, Dominique", flüsterte Toni, als die gedemütigte Frau ihr flehentlich die Hände entgegenstreckte, als fürchtete sie, ihre Offenheit würde Antoinette vertreiben.

Die beiden jungen Frauen schwiegen, und als Toni bemerkte, dass Dominique leise weinte, setzte sie sich neben sie auf den Brunnenrand und legte einen Arm um deren zitternden, ausgemergelten Körper.

Dominique ließ es geschehen und legte schließlich ihren Kopf auf Tonis Schulter. „Ich bin so unglücklich, Antoinette. Immer wenn Louis mir erneut Vorschriften macht oder mir mit irgendwelchen Argumenten zu erklären versucht, dass das Leben nun einmal nicht einfach sei und ich mich eben ein wenig besser fügen solle, brodelt dieser Hass in mir auf." Dominique schluchzte laut auf und begann zu erzählen.

Toni hielt sie im Arm und hörte schweigend zu, erschüttert von den Qualen, die ihre Stiefschwester hatte erdulden müssen, seit sie verheiratet war. Dominique hatte schon sehr bald von der *Plaçée* ihres Mannes und von deren Sohn erfahren. Als Annette geboren worden war, hatte ihr Mann begonnen, ihr Vorwürfe zu machen, sie schließlich zu schlagen und zu misshandeln. Von ihren Schwiegereltern, die ihre Schmerzensschreie und Auseinandersetzungen gehört haben mussten, da sie im selben Haus lebten, konnte sie keine Hilfe erwarten. Vielmehr wiesen sie Dominique fortwährend zurecht, sich doch ein wenig mehr zu bemühen. Die junge Frau fühlte sich auf der Plantage, fern von ihren Freundinnen und ihrer Familie, oft einsam, und doch untersagte ihr Ehemann es ihr, auch einmal alleine in die Stadt oder auf eine benachbarte Plantage zu fahren. Zudem litt Dominique darunter, wie ihr Mann ihre Töchter ignorierte. Sie hatte herausgefunden, dass Olivia, seit Louis fortgebracht worden war, panische Angst hegte, dass auch sie weggeschickt werden würde.

„Was soll ich denn jetzt tun, Antoinette?“, fragte Dominique schließlich verzweifelt.

„Kannst du dich nicht Gott anvertrauen?“, fragte Toni vorsichtig. Dominique hatte sich nie sehr für den Glauben interessiert, obwohl sie, wie die meisten Kreolinnen in New Orleans, streng katholisch erzogen worden war.

„Gott? Was weiß Gott denn schon von meinem Leben?“

„Alles“, antwortete Toni.

Mit tränennassen, geröteten Augen blickte Dominique auf und schüttelte langsam den Kopf. „Ich verstehe davon nicht viel.“

„Aber er versteht *dich*, Dominique. Er weiß, was es heißt, gedemütigt, geschlagen und misshandelt zu werden. Ich glaube, er versteht dich sehr gut, besser noch als ich oder ein anderer Mensch es jemals könnte.“

„Vielleicht ...“, murmelte Dominique.

Toni fuhr fort: „Gott kennt dich besser als du selbst. Er hat dich erschaffen, und er kann dir helfen, diesen Hass zu bekämpfen.“

„Kann er mir auch helfen, diesem Elend zu entkommen?“

Toni musterte die junge Frau. Dann lächelte sie ein wenig hilflos. „Ich weiß es nicht, Dominique. Ich weiß nicht, was geschieht, wenn wir Gott um seine Hilfe für dich bitten. Er kann auf verschiedene Weise eingreifen, doch ich weiß nicht, was und wie schnell sich etwas ändern wird. Aber ich weiß und ich glaube, dass du ihm wichtig bist und er dich nicht im Stich lassen wird, wenn du ihm vertraust. Er wird handeln, in welcher Weise auch immer.“

„Das ist so wenig greifbar, Antoinette. So theoretisch“, klagte Dominique, die sich eine sichere, schnelle Lösung ihrer Ängste, Leiden und Probleme herbeisehnte.

„Das scheint nur so. Wenn wir in der Bibel lesen, werden seine Versprechen an uns greifbar. Wir können darauf bauen, dass er sich an das hält, was er uns verspricht. Wenn wir unsere Schuld bereuen und beginnen, ihn in unser Leben mit einzubeziehen, wird aus der Theorie Praxis.“

„Bei dir hört sich das alles so einfach an, Antoinette. Aber mein Leben ist nicht wie deins.“

„Sicher nicht. Und Gott so zu vertrauen, dass man ihm sein ganzes

Leben bedingungslos zu Verfügung stellt, ist auch nicht immer einfach. Es gibt immer wieder Situationen, in denen man zweifelt und das Gefühl hat, nicht vorwärts zu kommen. Aber zu beten und ihn zu bitten, uns wieder voranzutreiben und in Zweifeln beizustehen, das ist nicht schwer."

Dominique beugte sich weit nach vorne und vergrub ihr Gesicht in ihren Händen. Wieder schluchzte sie leise auf und ihr ganzer Körper wurde vor Angst und Verzweiflung heftig geschüttelt.

Toni suchte Dominiques Blick. „Ich habe erlebt, was für ein Trost mein Herr für mich sein kann. Ich und viele andere Menschen. Und du kannst das auch, Dominique."

„Ich kann nicht einmal beten."

„Du kannst mit Gott so sprechen, wie du mit mir sprichst."

Dominique warf den Kopf zurück und lachte bitter auf. Dann funkelte sie Toni fast böse an. „Das ist doch nicht wahr, Antoinette! Wie sollte ich in einem Gebet an Gott meinen Hass gestehen können, meine Wut und meine Verzweiflung?"

„Gott ist es gewohnt, angeschrien, angebettelt und mit Vorwürfen überhäuft zu werden. Du kannst in seiner Gegenwart so sein, wie du bist. Du bist sein Kind. Er hat dich niemals aus den Augen verloren, seit du auf diese Welt gekommen bist. Er weiß ohnehin, wie es in dir aussieht, Dominique. Du kannst ihm nichts vormachen, und das bedeutet auch, dass du zu ihm kommen kannst, wie du bist – egal, wie dir gerade zumute ist."

„Wenn er sowieso alles weiß, warum sollte ich ihm dann alles nochmals erzählen?"

„Weil er möchte, dass du mit deinen Ängsten und mit deiner Verzweiflung zu ihm kommst. Wenn du in der Bibel liest, wirst du feststellen, dass Gott immer schon im Dialog mit seinen Menschen war. Er sucht das Gespräch und möchte, dass du dich an ihn wendest, wie ein Kind sich Hilfe suchend an seinen Vater wendet."

„Vater!", schnaubte Dominique böse und erhob sich.

Toni blieb sitzen und beobachtete, wie die junge Frau erst ihren Rock glatt strich, um sich dann mehrmals mit beiden Händen über das Gesicht zu fahren. Dann ging die junge Mutter, ohne sich noch einmal nach Toni umzudrehen in Richtung Veranda zurück.

Toni seufzte leise auf und senkte den Kopf. Sie betete lange und inbrünstig für Dominique und schreckte erst auf, als ihr Patenonkel ein wenig ungehalten ihren Namen in den Garten hinausrief.

Mathieu Bouchardon öffnete die Tür und begrüßte Antoinette höflich, während er ihr den Sonnenschirm und das Schultertuch abnahm. Dann begrüßte er auch Fanny, die hinter ihrer Herrin eintrat. „Wie geht es Caro?“, erkundigte sich Mathieu bei ihr.

„Gut“, antwortete Fanny knapp und Mathieu nickte verstehend. Er hatte bereits gehört, dass Claude nach South Carolina verkauft worden war. Maximilian Wiese hatte ihn und einige andere Männer aus dem Haus Leroux gekauft. Nicht nur, dass Maximilian Wiese Antoinette immer ungenierter den Hof machte, sodass in der Stadt bereits darüber geredet wurde, welch ein Segen es sei, dass die unseligen Gerüchte bezüglich einer Erbkrankheit nicht bis nach South Carolina vorgedrungen waren, nun trennte er auch noch Claude von seiner Ehefrau.

Mathieu blickte die junge Sklavin freundlich an und deutete den Flur entlang. „In der Küche wartet eine fröhliche Gesellschaft auf dich, Fanny. Du kennst doch den Weg?“

„Danke.“ Sie nickte und eilte in Richtung Küche, in welcher Nathalie Bouchardons Köchin bereits Tee vorbereitet hatte.

Mathieu wandte sich Antoinette zu, die noch immer abwartend vor der Tür zum Salon stand.

„Sie kennen doch auch den Weg?“, fragte er sie herausfordernd. Er konnte das schmerzliche Ziehen in seinem Inneren nicht ignorieren, als er in die leuchtenden, braunen Augen blickte, die ihn, obwohl er wieder einmal eine seiner Frechheiten ihr gegenüber angebracht hatte, freundlich anschauten.

„Werden Sie uns heute Abend auch Gesellschaft leisten, Monsieur Bouchardon?“, erkundigte sie sich.

Mathieu biss die Zähne zusammen. Wollte sie, dass er blieb? Bisher hatte er nicht das Gefühl gehabt, als sei ihr seine Gegenwart besonders wichtig oder gar angenehm. Warum nur konnte er seine Gefühle ihr gegenüber nicht einfach unterdrücken? Er wusste doch, dass sie keine Zukunft hatten. „Meine Großmutter hat darauf bestanden, Mademoiselle de la Rivière.“

„Schön“, entgegnete Antoinette ruhig, bevor sie den Raum betrat.

Mathieu fuhr sich nachdenklich mit der Hand über das Kinn. Diese Frau brachte es fertig, mit einem freundlichen, fröhlichen Lächeln seinen Unverschämtheiten die Spitzen zu nehmen, denn immerhin war es wenig schmeichelhaft für die Gäste seiner Großmutter, wenn diese ihren Enkel dazu zwingen musste, ebenfalls anwesend zu sein.

Vom Salon her drangen die ersten sanften Töne eines am Klavier intonierten Weihnachtsliedes bis in den Flur, und gerade als Mathieu eintreten wollte, klang die schwere, tiefe Türglocke erneut durch das Haus. Da er noch immer an der Tür stand, wandte er sich um und öffnete diese erneut. Vor ihm stand Maximilian Wiese, eine kleine Schachtel Konfekt für die Gastgeberin in den Händen und perfekt gekleidet.

„Bouchardon!", grüßte dieser knapp. Er trat ein, legte seinen Zylinder auf die Hutablage und reichte Mathieu das Jackett.

Mit grimmigem Gesicht hängte dieser das Kleidungsstück auf und wies auf die geöffnete Tür. Doch das war nicht nötig, denn der selbstbewusste junge Mann hatte das Klavierspiel vernommen und ging bereits in Richtung Salon. Mathieu blickte ihm mit zusammengezogenen Augenbrauen hinterher. Wie hatte er so lange tatenlos zusehen können, dass dieser Mann Antoinette den Hof machte? Er hatte sie nicht verdient, und selbst wenn seine Vernunft ihm bislang gesagt hatte, dass die junge Frau endlich einen Mann brauchte und sicherer war, wenn sie New Orleans verließ, und dass er selbst dann auch wieder ungestörter und ruhiger würde leben und arbeiten können, so behagte ihm diese Lösung immer weniger.

Das Klavierspiel hatte geendet. Mathieu hörte die beiden Frauen und Maximilian fröhlich auflachen, und als er in den Salon trat, fragte er sich, wie er diesen Abend überstehen sollte. Das Ehepaar Fourier verspätete sich wieder einmal, und so blieb ihm nichts anders übrig, als sich neben den Deutschen zu setzen, während die beiden Frauen ein vierhändiges Stück zum Besten gaben.

Maximilian lehnte sich zu ihm herüber. „Ich habe vor kurzem einen Flügel in Frankreich bestellt. Er wird in den nächsten Wochen in Charleston eintreffen, und ich hoffe, dass ihn bald jemand mit Begeisterung spielen wird."

Mathieu begegnete dieser Dreistigkeit mit einem zynischen Grinsen und erwiderte: „Wie ich hörte, haben Sie noch jüngere Geschwister. Sie werden begeistert sein, auf einem exquisiten Flügel Klavierspielen lernen zu können." Ohne auf eine Antwort seines Gegenübers zu warten, fragte er: „Möchten Sie etwas trinken, solange wir auf die Fouriers warten, Mister Wiese?"

Maximilian bat, Antoinette endlich aus den Augen lassend, um einen New-Orleans-Rum und Mathieu machte sich an den bereitgestellten Getränken zu schaffen. Als er sich wieder umdrehte, hatte Maximilian sich hinter die Klavierbank gestellt und blickte, leicht gebeugt, sein Gesicht nahe an dem von Antoinette, über deren Schulter hinweg auf die Partitur.

Tief einatmend trat Mathieu ebenfalls hinter die beiden Damen und überlegte sich einen Moment lang, ob er dem Charlestoner das Getränk in den Kragen kippen sollte. Doch er beherrschte sich und räusperte sich nur, was Antoinette mehr zu erschrecken schien als den, den er eigentlich gemeint hatte. Die junge Frau wandte sich schnell um und musterte ihn verwirrt.

„Ich wollte Sie nicht erschrecken, Mademoiselle de la Rivière“, entschuldigte sich Mathieu auf Französisch und reichte Maximilian das Glas.

„Ich war nur sehr vertieft, Monsieur Bouchardon“, erwiderte Toni ebenfalls auf Französisch.

„Lasst uns bitte versuchen, in der Anwesenheit von Mister Wiese Englisch zu sprechen, Kinder. Es ist nicht sehr höflich, ihn aus unseren Gesprächen auszuschließen“, rügte Nathalie.

Antoinette nickte ihr lächelnd zu und wandte sich an Maximilian. „Entschuldige bitte, Max. Wir sind es nicht gewohnt, uns auf Englisch zu unterhalten.“

„Mach dir keine Gedanken, Toni“, erwiderte der junge Mann mit einem verärgerten Seitenblick auf Mathieu.

Dieser murmelte verstimmt, dass er einmal nachsehen wolle, ob die Fouriers nicht bereits in der Straße seien. Mit großen Schritten verließ er das Zimmer und ging durch das Foyer in Richtung Haustür.

Als er die Tür geöffnet hatte und ihm die kühle Abendluft entgegenschlug, donnerte er mit der Faust gegen den hölzernen Türrahmen und machte seinem Unmut, aber auch seiner Verzweiflung Luft. „Was macht diese Frau mit mir?“, fragte er, den Blick in den tiefblauen Himmel gerichtet. „In ihrer Gegenwart benehme ich mich wie ein kleines Kind.“ Er ließ sich auf der obersten Stufe der Treppe nieder und stützte die Ellbogen auf die Knie. Dann faltete er die Hände und bat seinen Gott verzweifelt um einen Ausweg aus dieser so verfahrenen Situation.

Als Sophie und André Fourier wenige Minuten später eintrafen, saß er immer noch in derselben Position.

„Hat Nathalie dich aus dem Haus geworfen, alter Freund?“, spottete André gut gelaunt.

Mathieu sprang erschrocken auf.

Sophie, deren Schwangerschaft sich inzwischen nicht mehr verheimlichen ließ, lächelte den Freund ihres Mannes ebenfalls belustigt an und kicherte: „Vielleicht hat er es auch gewagt, Antoinettes und Nathalies Klavierspiel zu kritisieren. Die beiden verstehen da keinen Spaß und könnten ihn gemeinsam vor die Tür gesetzt haben.“

„Dir bekommt die Ehe mit diesem Mann nicht, Sophie“, erwiderte Mathieu und reichte ihr die Hand, um ihr die restlichen Stufen hinaufzuhelfen.

„Es ist die Schwangerschaft, Mathieu“, flüsterte André ihm ins Ohr. „Seitdem ist sie mir gegenüber immer recht frech, wobei sie es natürlich niemals böse meint. Und sie lacht ständig, so viel, dass ich gelegentlich Angst habe, sie kann gar nicht mehr aufhören.“

Mathieu grinste den müde aussehenden Arzt belustigt an.

Sophie ignorierte die Worte ihres Mannes und fragte: „Ist unser Überraschungsgast bereits eingetroffen?“

Sie reichte Mathieu ihren Umhang, der ihn sogleich an die Garderobe hängte. „Das ist er“, erwiderte er knapp.

Während Sophie den Salon betrat, wurde Mathieu von André prüfend gemustert. „Ich verstehe dich nicht, Mathieu“, raunte er ihm zu, während auch er seinen Mantel an einen Haken hängte.

„Das tue ich selbst gelegentlich nicht“, gab der Anwalt zu und deutete einladend mit der Hand in den hell erleuchteten Salon.

„Willst du, dass uns dieser Mann aus South Carolina Antoinette fortnimmt? Du legst es darauf an, Matt. Leroux würde dich bestimmt nicht abweisen und Antoinette vermutlich auch nicht. Wobei ...“ André zuckte leicht mit den Schultern und blickte auf den Rücken der noch immer am Klavier sitzenden jungen Frau. „Ihr Patenonkel würde sie sicher gerne verheiratet sehen.“

„Dann hätte er längst dem Werben Maximilans nachgegeben.“

„Ich nehme an, das wird er bald tun. Ich habe gehört, Wiese nimmt in den nächsten Tagen das Schiff und reist für einige Zeit zurück nach Charleston. Ob er nicht inzwischen Raphael Leroux darauf angesprochen hat, Antoinette mitnehmen zu dürfen?“

Ein kaltes, heftig schmerzendes Ziehen durchzog Mathieus Inneres und erneut machte sich Verzweiflung in ihm breit. Er konnte Antoinette nicht heiraten. Genauso wenig konnte er jedoch zulassen, dass sie mit diesem Sklavenbaron mitging.

„Ich weiß nicht, was dich davon abhält, bei Leroux vorzusprechen, Matt“, begann André erneut und musterte seinen Freund, „doch wenn du sie tatsächlich liebst – und erzähle mir nicht, dass es nicht so ist –, solltest du diese Angelegenheit schnell klären, damit dir dieser Max dein Mädchen nicht vor der Nase wegschnappt.“ André drehte sich um und ließ ihn im Flur stehen.

Mathieu zog seine Taschenuhr aus der Weste. Er hatte eine Nachricht von seinem Mittelsmann erhalten, in der er darum gebeten worden war, eine Gruppe flüchtiger Sklaven zu übernehmen. Er hatte im

Moment nicht die Zeit, sich weitere Gedanken über Antoinette zu machen, obwohl ihm der Gedanke, die Runde dort drinnen bald verlassen und somit Maximilian das Feld überlassen zu müssen, ganz und gar nicht behagte.

Er schüttelte den Kopf. War er nicht zu dem Schluss gekommen, dass Antoinette für ihn nicht infrage kam? Andererseits konnte es sein, dass seine nächtlichen Ritte auf Grund der anhaltenden Unruhen zwischen Süd und Nord in dieser letzten Woche vor Beginn des Wahljahres nicht mehr sehr lange in Anspruch genommen werden würden. Sei es, weil der Süden einlenken musste und die Sklaven nach und nach freigelassen werden würden – oder weil es zu einem Krieg kam, was nicht mehr so ganz ausgeschlossen werden konnte.

Doch hatte er noch genug Zeit, auf weitere politische und gesellschaftliche Veränderungen zu warten? Vielleicht entschieden sich Antoinette und Raphael Leroux schon zuvor für Maximilian Wiese. Oder würde Carl Schurz Recht behalten und sich herausstellen, dass Antoinette de la Rivière noch immer gesucht wurde und somit in Gefahr schwebte?

Kapitel 23

Die Straßen außerhalb des *Vieux Carré* waren nur schwach beleuchtet, und Caro, die diese Strecke in den vergangenen Jahren unzählige Male an Tonis Seite in einer Kutsche gefahren war, drückte ängstlich die Hand ihrer Mamselle, und wie Toni sehen konnte, auch die Hand ihres Mannes.

Toni konnte sie gut verstehen. Bisher hatte Caro sie immer nur bis zum Gasthaus begleitet und dort in dem kleinen Raum unter dem Dach auf ihre Rückkehr gewartet. Caro wusste um die Gefahren, die im Wald auf Toni und die flüchtigen Sklaven lauerten, während sie selbst in dem kleinen Zimmer immer sehr sicher gewesen war. Doch in dieser Nacht war alles anders. Nun war sie einer der Flüchtlinge und würde sich gemeinsam mit Claude in den Wald begeben, um sich dort von Toni durch verschlungene und sicher nicht ungefährliche Pfade aus der unmittelbaren Nähe von New Orleans bringen zu lassen. Sie würde von einer geheimen Station bis zur nächsten geschleust werden, immer in der Angst, entdeckt zu werden.

Toni beugte sich ein wenig nach vorne, um Claudes Aufmerksamkeit zu erlangen.

Der junge Mann blickte zu ihr hinüber.

„Wenn wir am Gasthaus sind, zeige ich euch den Weg, der durch die Felder führt. Sie liegen jetzt brach, deshalb besteht die Gefahr, dass ihr gesehen werdet. Verhaltet euch also möglichst unauffällig. Geht langsam, eng umschlungen, als wärt ihr ein frisch verliebtes Paar, das einen Spaziergang macht. Sobald ich euch mit dem Pferd eingeholt habe, kann Caro in den Sattel."

„Ich kann nicht reiten, Mamselle. Das wissen Sie doch!"

„Ich werde das Pferd führen, Caro. Dann kannst du zumindest auf dieser kleinen Wegstrecke noch ein wenig Kräfte sparen. Die wirst du brauchen auf der langen Reise, die vor euch liegt."

Caro nickte wenig begeistert.

Claude blickte seine Frau sorgenvoll an, dann flüsterte er ihr zu: „Du musst das nicht tun, Caro. Denke an das Kind."

„Ich werde es tun, Claude. Ich will dich nicht verlieren. Und was soll das Kind ohne einen Vater? Ich habe genug Kraft. Ich kann weit und schnell gehen, also verlange nicht von mir, dich allein gehen zu lassen."

Claude legte einen Arm um seine Frau und diese rutschte ein wenig näher an ihn heran. Die beiden schwiegen, die Köpfe gegeneinander gelehnt.

Toni empfand eine bittersüße Freude über das Glück der beiden. Wie gerne hätte auch sie jemanden an ihrer Seite gehabt, der sie bedingungslos liebte und an den sie sich anlehnen konnte. Mit geschlossenen Augen drückte sie ihre Stirn gegen die Scheibe und dankte ihrem Herrn im Stillen dafür, dass sie in ihm jemanden hatte, der sie mehr liebte, als es jemals ein Mensch konnte. Zwar hatte sie keine breite Schulter, an die sie sich Trost, Schutz und Hilfe suchend anlehnen konnte, doch sie wusste, dass sie dies im übertragenen Sinne auch bei Gott tun konnte – durch ihre Gebete.

Wenig später hielt das Fahrzeug vor dem Gasthaus, in dem es zu dieser späten Abendstunde laut und fröhlich zuging. Johlen und Gelächter drang auf die Straße hinaus, begleitet von den Klängen eines schrecklich verstimmten Klaviers.

Toni, Caro, Claude und Fanny stiegen aus und huschten schnell und vorsichtig an dem Gasthaus vorbei in Richtung Stall. Dort angekommen, deutete Toni mit der Hand in Richtung Wald und erklärte Claude und Caro, wie sie den richtigen Pfad finden würden.

Caro nickte ihr zu. Sie hatte Toni oftmals hinterhergesehen, wenn sie auf dem schwarzen Hengst in Richtung Wald verschwunden war, und fühlte sich sicher genug, den Weg zwischen den abgeernteten Feldern zu finden.

Toni und die leise weinende Fanny sahen den beiden nach, wie sie sich von ihnen entfernten und sehr schnell von der Dunkelheit verschluckt wurden.

Das Rascheln der Blätter, das beständig an Intensität zuzunehmen schien, deutete darauf hin, dass von der Küste her ein Sturm den Fluss hinaufzog. Vogelstimmen waren kaum noch wahrzunehmen, und selbst die ansonsten immerfort fröhlich zirpenden Grillen wagten nur zaghaft, sich gegen das brausende Rauschen der aufgeregten Blätter hoch oben an den Baumgiganten durchzusetzen.

Mathieu Bouchardon wandte sich im Sattel um, doch er konnte die vier Männer hinter sich nicht erkennen. Er hörte nur gelegentlich ein Rascheln oder das Brechen eines Astes unter den nackten Füßen seiner Schützlinge. Er war froh, sich inzwischen ausgesprochen gut auf sein Pferd verlassen zu können, und selbst wenn es hin und wieder noch Zeichen von Unruhe zeigte, wenn sich andere Pferde in der Nähe befanden, so fand es sich mittlerweile doch bestens in diesen undurchdringlichen Wäldern zurecht.

Mathieu hatte bei den schlechten Lichtverhältnissen Mühe, die als Markierungen angepflanzten Sträucher zu erkennen, die kennzeichneten, wo ein nächster Pfad weiterführte, und so musste er das Pferd wenden, als ihm klar wurde, dass er an der richtigen Abzweigung inzwischen vorbeigeritten war. Einer der Flüchtlinge stöhnte leise auf. Offenbar fürchtete er sich vor dem herankommenden Sturm und nun zeigte sein Führer auch noch Schwächen. Doch Mathieu konnte sich nicht um das Wohlbefinden des Einzelnen kümmern. Er hatte einen weiten Umweg einzuschlagen und wollte diese Wegstrecke zügig hinter sich bringen, da er es sich nicht leisten konnte, am Morgen vollkommen verschmutzt, verschwitzt und womöglich auch noch vom Regen durchnässt in der Anwaltspraxis zu erscheinen, bei der er erst vor wenigen Wochen als Partner angefangen hatte.

Nachdem sie den neuen Pfad eingeschlagen hatten, waren sie etwa eine halbe Stunde unterwegs gewesen, als es galt, eine der offiziellen Landstraßen zu überqueren. Mathieu stieg ab, hockte sich kurz nieder, was für seinen dunklen Hengst das Zeichen dafür war, dass er sich still verhalten sollte, und gebot auch den vier Männern, sich leise niederzukauern.

Schließlich ging er bis zu dem Gesträuch, das den geheimen Pfad von der Straße trennte, und blieb dort lauschend stehen. Der Wind nahm beständig zu und dem Brausen der Blätter mischte sich ein gewaltiges Schaben und Knacken der Äste bei. Mathieu schüttelte den Kopf. Es war unmöglich zu hören, ob sich dort draußen womöglich ein Reiter, eine Kutsche oder gar eine ganze Patrouille befand. Ihm würde wohl nichts anderes übrig bleiben, als sich vorsichtig durch die zwei Schichten Sträucher zu zwängen, um nachzusehen.

Vorsichtig und mehr tastend als etwas sehend, drückte er sich zuerst zwischen den Weiden und schließlich durch die Dornen hindurch. Er streckte den Kopf durch die Blätterwand und musste sich gewaltsam daran hindern, nicht erschrocken zurückzuschrecken. Direkt vor ihm urinierte ein Mann in den Wassergraben. Unendlich vorsichtig zog Mathieu seinen Kopf wieder zwischen den unangenehm stechenden Dornen und den rauen Blättern zurück.

„Hey, Max. Bei diesem Sturm wird es hier ungemütlich. Gehen wir zurück?“, rief der Mann jenseits des Busches in gebrochenem, schwer verständlichem Englisch.

„Darauf spekuliert er doch nur“, kam die etwas leisere Antwort Maximilian Wieses.

Mathieu verzog das Gesicht. Er verharrte einige Minuten, bis er die gedämpften Hufschläge einiger Pferde vernahm und sich leise an den Rückzug machen konnte. Sogar diese Landstraße eignete sich in dieser Nacht nicht für eine Überquerung. Das hieß, dass sie tatsächlich den Weg durch den nahe gelegenen Bayou nehmen mussten. Die Gefahren, die dort lauerten, waren nur schwer einzuschätzen, selbst wenn er annehmen musste, dass die Krokodile inzwischen ihre Winterstarre eingenommen hatten. Zudem bereitete ihm der herannahende Sturm Kopfzerbrechen, denn der ansonsten flache Bayou konnte bei heftigem Regen innerhalb von Minuten zu einem reißenden, wilden Fluss werden.

Der laut pfeifende Wind bog die hohen Baumkronen zur Seite und die Luft war erfüllt vom Brechen und Knacken unzähliger kleinerer Äste. Das Rascheln der Blätter war inzwischen zu einem wütenden Brausen geworden. Panikartig huschten zwei Kaninchen über den Pfad, und Caro quiekte leise auf, während der Hengst, der sie auf seinem Rücken trug, nur kurz mit den Ohren zuckte und leise schnaubte. Toni lächelte und fuhr dem Tier mit der behandschuhten Hand über den kräftigen Hals.

„Entschuldigung", murmelte Caro.

Toni blickte über die Schulter zurück und nickte ihr lächelnd zu.

„Ist es noch weit?", flüsterte Caro leise.

Toni wandte sich erneut nach hinten um, die Zügel nicht aus der Hand lassend. „Ich nehme den kürzesten Weg. Wir haben ihn lange nicht mehr benutzt, weil die Gefahr durch die Patrouillen dort viel zu groß war. Ich denke, sie werden nicht damit rechnen, dass wir wieder einmal hier auftauchen. Dennoch benötigen wir noch ungefähr zwei Stunden bis zum nächsten Treffpunkt. Dort könnt ihr euch dann ausruhen, bis der Führer kommt, der euch durch den nächsten Distrikt bringen wird."

„Ich habe schreckliche Angst, Mamselle", flüsterte Caro erneut.

Toni lächelte ihr beruhigend zu. „Das ist verständlich."

„Wir sind auf dem Weg nach Kanada, Caro. Wir werden nicht nur zusammenbleiben, wir werden auch frei sein", mischte sich nun der ansonsten äußerst schweigsame Claude in die leise Unterhaltung mit ein und Toni konnte die Begeisterung in seiner Stimme deutlich hören.

„Wir nähern uns der Landstraße, die zu den Poiriers führt. Jetzt seid bitte ganz leise." Toni schritt weiterhin neben Noir her. Schließlich entdeckte sie einen auf dem Boden liegenden Stamm, der bereits vor sich hin faulte, und hielt das Tier an. „Steig bitte ab, Caro. Setzt euch auf den Stamm hier, ich gehe alleine bis an den Rand der Landstraße." Sie hockte sich kurz nieder und ging dann langsam, Schritt für Schritt auf das abgrenzende Gebüsch zu. Dort verharrte sie lange mit geschlossenen Augen, und obwohl sie nichts von der anderen Seite hören konnte, war sie sich nicht sicher, ob der aufziehende Sturm nicht einfach zu viele der Geräusche außerhalb ihres sicheren Pfades verschluckte. So blieb ihr nichts anderes übrig, als sich vorsichtig durch das Gebüsch zu kämpfen.

Auf der anderen Seite angekommen, huschte sie, leicht gebeugt, erst in die eine, dann in die entgegengesetzte Richtung, um schließlich zufrieden wieder zu ihren beiden Schützlingen und dem Pferd zurückzukehren.

„Kommt", flüsterte sie leise und strich Noir kurz über den Hals. Sie nahm den Hengst erneut am Zügel, und gehorsam ging das Tier hinter Toni her, gefolgt von Claude und Caro.

Sowohl Toni als auch ihre beiden Schützlinge atmeten erleichtert auf, als sie den nächsten geheimen Pfad erreicht hatten. Den schwierigsten und gefährlichsten Teil ihres Weges hatten sie hinter sich gelassen, nun galt es nur noch, den nächsten Treffpunkt zu erreichen.

Mathieu verabschiedete sich mit einem Kopfnicken von den vier Männern, bevor diese in den provisorischen Unterstand krochen. Hier würden sie noch einige Stunden warten müssen, bis sich ein weiterer Fluchthelfer ihrer annahm.

Er trieb das große Pferd an, zügelte es jedoch sofort wieder. Hatte er da ein Geräusch jenseits des Unterstandes gehört? Hitze schoss ihm durch den Körper und mit angespannter Muskulatur verharrte er regungslos. Er versuchte, die Geräusche des Sturmes, des Waldes und der nachtaktiven Tiere von denen zu unterscheiden, die hier fremd waren und unweigerlich Gefahr bedeuteten!

Doch es war nichts mehr zu hören. Hatte er sich getäuscht? Wahrscheinlich hatte einer der Flüchtlinge das Geräusch verursacht.

Mathieu schüttelte erleichtert den Kopf. Hier gab es nichts Ungewöhnliches. In der Hoffnung, noch vor dem Regen das Haus seiner Großmutter zu erreichen, trieb er sein Pferd wieder an.

Er war gerade einige Minuten unterwegs, als plötzlich vor ihm eine dunkle Gestalt auftauchte. Das Grau und Schwarz um ihn her ließ es kaum zu, irgendwelche Umrisse oder gar Details zu erkennen, doch vor ihm befand sich unverkennbar ein Reiter auf einem Pferd.

Gerald Meier betrachtete die drohenden Wolkengebilde, die der Wind vor sich hertrieb, und runzelte leicht die Stirn. Er hatte begonnen, die Unwetter in der Küstenregion South Carolinas zu fürchten, und musste daher annehmen, dass New Orleans nicht unbedingt mit harmloseren Stürmen und Gewittern aufwarten konnte.

Er verließ die *Rue de Royale* und bog auf die *Rue St. Anne* ein, um diese an der *Rue Bourbon* wieder zu verlassen. Neugierig betrachtete er die herrschaftlichen Häuser mit ihren gusseisernen Balkonen, doch wieder zog der immer dunkler werdende Himmel seine Aufmerksamkeit auf sich.

Eine heftige Windböe brachte ein paar der schlanken Ziersträucher in einem der Vorgärten zum Rascheln einige Blätter wirbelten auf und trudelten, begleitet vom Schmutz der Straße, gegen seine Stiefel.

Leise fluchend drehte er schließlich um und ging die *Rue Bourbon* wieder zurück. Es hatte keinen Sinn, zu so später Stunde weitere Nachforschungen anzustellen, zumal dieser Sturm aufzog. Zudem waren die Menschen im *Vieux Carré* Fremden gegenüber nicht aufgeschlossener als die Menschen in Paris. Das Einzige, was gegen die allgemeine Stummheit half, waren die Geldscheine, die er heimlich einigen Schwarzen zusteckte, doch diese Männer und Frauen wussten nichts von einer Antoinette Eichenheim.

Scheinbar verliefen auch die Nachforschungen in dieser Stadt wieder im Sande und eine enttäuschte Müdigkeit legte sich auf ihn. Er war es leid, sich wieder monatelang durch die Straßen einer fremden Stadt zu bewegen, um irgendwelche Informationen über den Verbleib der Eichenheim-Tochter zu erlangen, die schließlich dazu führten, dass er ein weiteres Mal aufgeben musste. Hatte er nicht lange genug nach ihr gesucht? War er nicht unzählige Male einer Spur nachgegangen, die sich dann jedes Mal als die falsche erwiesen hatte?

Der Deutsche schlug den Kragen seiner Jacke hoch und zog den Kopf ein, wobei die Narbe über dem rechten Auge deutlich zu sehen blieb. Wütend schritt er weit aus und stellte dabei fest, dass doch noch immer ein gewaltiger Wille in ihm brannte, diese junge Frau zu finden.

„Wer ist da?“ Die flüsternde Stimme gehörte nicht dem Reiter, sondern einer Person, der neben dem Pferd stand.

Mathieu atmete erleichtert auf. Es war nur sein junger Partner, der offensichtlich eine andere Gruppe zu führen hatte.

„Ein Reiter, der ein Pferd benötigt“, antwortete er, ebenfalls gewohnt flüsternd.

„Für wie lange?“

„Bis zum Ende.“

„Ich dachte, Sie sind schon längst durch, Mister Matt“, rügte die andere Stimme augenblicklich.

Ein Lächeln legte sich auf Mathieus Gesicht. Dieser Bursche schien tatsächlich keine Gelegenheit auslassen zu wollen, ihn in seine Schranken zu verweisen.

„Wer ist das?“, erkundigte sich eine weitere Stimme, diesmal auf Französisch.

„Ein anderer Fluchthelfer. Wir lassen ihn passieren und sind dann sofort am Treffpunkt“, flüsterte der Bursche zu der verängstigten Person, die er offensichtlich entgegen seiner sonstigen Einstellung hatte reiten lassen.

„Warum sind Sie so spät, Mister Matt?“

„Wir mussten durch den Bayou.“

„Trotz des Sturmes?“

„Es gibt da einen sehr hartnäckigen Jäger, Mister Tom.“ Der Bursche vor ihm schwieg, und Mathieu konnte nicht erkennen, ob dieser zustimmend genickt hatte.

„Der direkte Weg über die Landstraße war frei. Aber seien Sie vorsichtig. Die Patrouillen könnten auf dem Heimweg sein.“

Diesmal nickte er und dirigierte sein Tier an den Rand des ohnehin engen Pfades. Ohne ein weiteres Wort mit ihm zu wechseln, führte der Junge sein Pferd an ihm vorbei, gefolgt von einer weiteren, für ihn nicht erkennbaren Gestalt.

Sein Pferd schnaubte ungehalten über die Anwesenheit des anderen Hengstes, und Mathieu zog eine Grimasse, als er das ärgerliche Zischen Toms darüber vernahm.

Der Anwalt lenkte sein Tier in die Mitte des Waldtunnels zurück und trieb es wieder an. Er und Tom trafen sich nicht mehr so häufig wie zu Beginn seines Einsatzes für die Organisation und manchmal bedauerte er dies sogar. Der Junge war intelligent und schlagfertig, und wenn er nicht gerade beinahe grimmig darauf bedacht war, ihm den bösen Buben vorzuspielen, sogar ein guter Gesprächspartner.

Ein lauter Knall hallte durch die Nacht und Mathieu fuhr in die Höhe. Sein Tier stand sofort still und er wandte sich im Sattel um. Ein heller Lichtblitz leuchtete zwischen den Baumreihen hindurch und nahezu zeitgleich war erneut das Knallen von Zündkapseln zu hören.

Irgendjemand schoss auf den Jungen und die Flüchtlinge.

Der Himmel über Washington spannte sich sternenklar über die Stadt, die wie keine andere ein Schmelztiegel politischer Ansichten, wirtschaftlicher Interessen und korrupter Machenschaften war. Zudem lag sie genau zwischen dem sklavenfreien Norden und dem sklavenhaltenden Süden des Landes, und obwohl sie vor allem in der Hand pronördlich gesinnter Einwohner war, gehörte der Staat, in dem sie lag, geografisch doch eigentlich dem Süden an.

Carl Schurz saß an seinem gewaltigen Schreibtisch, halb versteckt hinter unzähligen Büchern, Akten und Schriften, und betrachtete das Papier, das vor ihm lag.

Abraham Lincoln, der Mann, den er im nächsten Frühjahr beim Nationalkonvent der Republikaner gerne zum Präsidentschaftskandidaten machen wollte, hatte vor einer Stunde sein Haus verlassen. Seitdem brütete er über diesem Papier und wusste nicht, was er schreiben sollte, wie er es schreiben sollte und vor allem ob er überhaupt schreiben sollte.

Er schüttelte über sich selbst den Kopf und legte den aus Glas geblasenen Griffel vorsichtig beiseite. Mister Lincoln bestätigte ihm, dass er eine ausgezeichnete Arbeit verrichte und er die Chancen, dass er tatsächlich von einem unbekannten Juristen zum nächsten Präsidentschaftskandidaten und unter Umständen sogar zum nächsten Präsidenten werden konnte, immer weiter steigen sah. Wie konnte er, der er diesen Mann förderte und ihn in seiner politischen Karriere immer weiter voran- und immer höher hinaufzubringen fähig war, seit mehr als einer Stunde vor einem weißen Papier sitzen und nicht wissen, was er schreiben sollte?

Schurz betrachtete die Anrede und las sie leise vor, als hoffte er, dies würde ihm ein wenig Inspiration verschaffen: „Sehr geehrte Antoinette Theresa Eichenheim."

Es half nichts. Er musste sich Gedanken darüber machen, was er wollte und inwieweit er sich überhaupt in diese alte Geschichte einbringen sollte. Doch es waren erneut Erkundigungen nach der Eichenheim-Tochter angestellt worden. Derjenige, der sie noch immer suchte, war ihr offensichtlich schon gefährlich nahe gekommen.

Warum nur meldete sich Antoinette nicht bei ihm? Sein junger Freund Mathieu hatte ihm doch bestätigt, dass sie sehr wohl Interesse daran hatte zu erfahren, was damals mit ihren Eltern geschehen war. Zu telegrafieren wagte er nicht. Vielleicht wurde auch er beobachtet. Vielleicht würden telegrafische Nachrichten abgefangen werden und im schlimmsten Falle sogar ihren Aufenthaltsort verraten. Doch war es sicherer, ihr zu schreiben? Carl Schurz schloss das Tintenfass und lehnte sich weit in seinem Stuhl zurück. Es war schwer, die Chancen gegen die Gefahren abzuwägen, und sein Kopf schmerzte ihn ohnehin schon den ganzen Tag.

Er erhob sich langsam, rieb sich mit beiden Fäusten mehrmals über seine Stirn und entschloss sich schließlich, doch zu Bett zu gehen. Vielleicht würde er am nächsten Tag zu einer Entscheidung kommen, selbst wenn dies hieß, dass er doch an Mathieu Bouchardon telegrafierte, obwohl dieser vermutlich von den heißspornigen, politisch involvierten Männern dort unten auf Grund seines Kontaktes mit ihm einige Unannehmlichkeiten über sich würde ergehen lassen müssen. Aber wenn er Bouchardon richtig verstanden hatte, waren ihm diese Unannehmlichkeiten gleichgültiger als die Gefahr, die für Antoinette beständig zuzunehmen schien.

Mathieu wendete sein Tier in dem engen Pfad und trieb es eilig in Richtung des unruhigen Kampfplatzes. Er wusste, dass er den Flüchtlingen nicht würde helfen können, doch er musste zumindest versuchen, diesen Jungen dort herauszuholen.

Ein weiterer Schuss hallte durch die stürmische Nacht und aufgeregte Rufe erfüllten die Luft. Kalte Furcht durchflutete den jungen Mann, als er sein Pferd anhielt und versuchte, sich ein Bild von dem Geschehen zu machen.

Der schwarze Hengst stand herrenlos und nervös mitten auf dem Weg. Von seinem Reiter war nichts zu sehen. In diesem Augenblick riss die dicke Wolkendecke auf und für einige Sekunden brachte der Mond ein wenig Licht in das Dunkel des Waldes. Mathieu konnte die schmale Gestalt in dem dunklen Cape ausmachen, die sich verzweifelt gegen die Umklammerung eines ihrer Jäger zur Wehr setzte. Wo waren die vier Männer, die er selbst hierher geführt hatte? Und wo die Frau und ihr männlicher Begleiter, die bei Tom gewesen waren? Waren die Jäger ausschließlich darauf aus, den *Chevalier Mystérieux* zu fassen?

Der Junge wehrte sich heftig, und plötzlich schrie der Mann, der ihn im Griff gehabt hatte, auf. Mathieu glaubte, die Stimme von Jaques Breillat zu erkennen, doch dies interessierte ihn nicht weiter. Der Bursche hatte es geschafft, sich aus dem festen Griff des Mannes zu befreien, und rollte sich nun geschickt über den Waldboden in Richtung seines Pferdes.

Die Dunkelheit machte es nahezu unmöglich, den schmalen Burschen auf dem Waldboden zu erkennen, und somit hatte er tatsächlich eine gute Chance zu entkommen. Wenn er allerdings erst einmal auf seinem Pferd saß, würde er vermutlich rücksichtslos aus dem Sattel geschossen werden.

Mathieu trieb sein Pferd an und jagte damit auf den Mann zu, den er für Jacques Breillat hielt. Dieser war damit beschäftigt, die Verletzung an seinem Arm zu untersuchen, die Tom ihm offensichtlich zugefügt hatte, um sich zu befreien, und taumelte erschrocken zur Seite, als der Reiter direkt auf ihn zukam. Mathieu zog den dunklen Hengst herum, der daraufhin auf die Hinterbeine stieg und sich um seine eigene Achse drehte.

Sein Vorhaben gelang. Er hatte die Aufmerksamkeit der Männer auf sich gezogen und der Junge konnte sich unentdeckt in den Sattel schwingen.

Nun galt es für ihn und seinen Partner, so schnell wie möglich eine große Entfernung zwischen sich und ihre Verfolger zu bringen, damit sie an einer anderen Stelle in einen noch nicht entdeckten Pfad eindringen und verschwinden konnten.

Der schwarze Hengst vor ihm wirbelte Schmutz und Moosreste auf, die ihm und seinem Pferd entgegengeschleudert wurden. Prüfend warf Mathieu einen Blick zurück, doch die Dunkelheit war wieder vollkommen, da sich neue Wolkengiganten vor den Mond geschoben hatten. Er konnte nicht erkennen, wie viele Verfolger hinter ihm und wie nahe sie waren, allerdings tröstete ihn das Wissen, dass sie ihn wahrscheinlich ebenso wenig sehen konnten.

Plötzlich hörte er den Knall einer abgefeuerten Pistole und fast zeitgleich durchfuhr ihn ein heißer Schmerz an der linken Schulter. Der Reiter vor ihm wurde langsamer, doch Mathieu feuerte ihn mit einem knappen Ruf an, das Tempo beizubehalten. Er hörte die Verfolger hinter sich, und es galt, die hohe Laufgeschwindigkeit, zu der ihre beiden Pferde fähig waren, noch mehr auszuspielen.

Leicht benommen und unter heftigen Schmerzen trieb er sein Pferd in einen gefährlich schnellen Galopp und das Tier jagte gehorsam den dunklen Weg entlang. Immer wieder schlugen dem Reiter tief hängende Äste ins Gesicht, doch diese Peitschenhiebe waren nicht vergleichbar mit den Schmerzen, die seine Schulter, seinen Arm und langsam seine ganze linke Seite zu lähmen drohten.

Plötzlich lenkte der Reiter vor ihm sein Pferd nach links ins Unterholz, und sein Hengst folgte ihm, ohne dass Mathieu ihn beeinflussen konnte. Er hielt sich zwar auf seinem Pferd, doch er war kaum noch in der Lage, es in irgendeiner Weise zu lenken. Deshalb war es ihm auch nicht möglich, sein Tier zu stoppen, als der Schwarze vor ihm auf einmal stehen blieb. Sein Hengst rannte in den anderen hinein und der Zusammenstoß ließ beide Tiere aufwiehern und Mathieu laut aufstöhnen.

„Verletzt?“, fragte sein junger Partner. Ein Flüstern war bei dem lauten Tosen des Sturmes kaum noch möglich, und so erschien die Stimme des Jungen erstaunlich hoch, doch Mathieu stand nicht der

Sinn danach zu fragen, ob er noch nicht einmal im Stimmbruch gewesen war.

„Die Schulter“, gab er mit gepresster Stimme zurück.

Der Junge stieg ab, nahm sein Tier und das von Mathieu am Zügel und führte die Hengste durch einige eng stehende Bäume hindurch in den Wald hinein. Mathieu war hier kein Weg bekannt. Vermutlich kannte der Bursche noch weitaus mehr Pfade und Verstecke, als er ihm gezeigt hatte. Nach einem kurzen Wegstück erreichten sie eine kleine Lichtung, durch die ein schmaler Bachlauf hindurchplätscherte.

„Runter“, zischte der Junge und verschwand mit seinem schwarzen Hengst einfach wieder im Wald. Mathieu gehorchte widerstandslos und ließ sich auf den weichen, bemoosten Waldboden fallen. Hilflos und mit dem unbehaglichen Gefühl tiefer Einsamkeit und Angst schloss er die Augen. Er sah Jean-Luc Ardant, seinen dunkelhäutigen Vorgänger, vor sich, wie er mit zerschossenem, blutigem Körper im weichen Sand lag. Schnell riss er die Augen wieder auf. Er war nicht gewillt, hier und jetzt zu sterben. Seine Schussverletzung blutete zwar heftig, war jedoch sicherlich nicht lebensbedrohlich.

Mathieu legte den Kopf zurück in das weiche, hoch stehende Gras und versuchte, die einzelnen Bäume, die direkt um die Lichtung herum wuchsen, voneinander und vom dunklen Himmel zu unterscheiden, doch es gelang ihm nicht. Er schloss die Augen wieder und flehte seinen Gott inständig um Hilfe für ihn, seinen Partner und die schwarzen Flüchtlinge an, ehe er in einen von Schmerzen gepeinigten Schlaf fiel.

Toni trieb das Tier unbarmherzig durch die Dornensträucher auf die Landstraße und lauschte einen Moment lang in die Dunkelheit hinein. Ihre Verfolger, die sie bis hierher gelockt hatte, um sie von ihrem Partner abzulenken, zügelten vor der dichten Wand aus kleinen Bäumen und dornigem Gestrüpp ihre Pferde. Vermutlich würden die Männer einige Zeit benötigen, bis sie einen Weg durch diese hindurchgefunden hatten.

Die junge Frau trieb ihren schwarzen Hengst an. Ihr Cape blähte sich unter dem Wind, der immer noch kräftig durch die Bäume hindurchwehte, und der Schweif des Tieres richtete sich zu einer wehenden Fahne auf. Sie galoppierte die Landstraße entlang und ließ eine große Wegstrecke hinter sich. Schließlich beendete Toni den wilden Ritt. Ihr Atem ging ebenso stoßweise wie der ihres Pferdes.

Sie lauschte mit geschlossenen Augen in den Wald hinein, doch der heftige Sturm, der wild an ihrem Cape riss und die Bäume gewaltig durchschüttelte, übertönte jedes Geräusch. Ein wenig unsicher dirigierte sie das Tier auf einige Dornensträucher am Wegrand zu und trieb es durch sie hindurch auf einen dahinter liegenden versteckten Pfad. Dann lauschte sie erneut in die Nacht hinein. Erleichtert atmete sie aus. Sie schien ihre Verfolger tatsächlich abgeschüttelt zu haben.

Erst jetzt wurde ihr bewusst, was geschehen war: Sie hatte Caro und Claude verloren. Zitternd vor Angst und Verzweiflung überließ sie es lange Zeit dem Pferd, in welcher Geschwindigkeit es den Pfad entlangging. Dann raffte sie sich auf und lenkte Noir in einen abzweigenden Pfad und trieb den Hengst wieder in eine zügigere Gangart. Sie musste einfach Gewissheit darüber haben, was mit Claude und Caro geschehen war. Danach würde sie wieder zu ihrem verletzten Partner zurückkehren müssen.

Wenig später näherte sich Toni langsam und leise dem Punkt, an dem vor nicht einmal einer Stunde ihr Kampf gegen die Sklavenverfolger stattgefunden hatte. Sie ließ Noir stehen und verharrte ein paar Minuten in absoluter Stille. Sie wusste nicht, ob die Patrouille einen Wächter zurückgelassen hatte. Doch alles blieb ruhig.

Vorsichtig und so leise wie möglich ging Toni weiter. Die junge Frau wusste, dass es Irrsinn war, hierher zurückzukehren. Der Pfad und der Treffpunkt waren entdeckt worden, und selbst wenn hier niemand mehr auf sie wartete, so war es verrückt zu glauben, dass Claude oder Caro noch hier sein konnten.

Ein greller Blitz zuckte über den schwarzen Himmel und tauchte den Wald in ein gleißendes, grünes Licht. In diesem Moment sah Toni einige Schritte von sich entfernt eine bewegungslose Gestalt auf dem Boden liegen. Sie stöhnte gequält auf. Langsam und vorsichtig ging sie auf die leblose Person zu. Sie bückte sich und griff nach der Hand, die schlaff neben dem Körper lag und in der offensichtlich kein Leben mehr war.

Ein weiterer Blitz, dem unmittelbar ein heftiger Donnerschlag folgte, erleuchtete erneut den Pfad und Toni stieß einen Schrei aus.

Vor ihr lag Caro.

Unwillkürlich legte Toni ihre Hand auf den gewölbten Bauch ihrer Freundin, der über und über mit Blut bedeckt war. Das Ungeborene war mit seiner Mutter gestorben.

Das Knacken eines Astes hinter ihr ließ Toni herumfahren. Sie wusste nicht, wie lange sie hier neben Caro gelegen hatte, doch jetzt war sie hellwach.

„Wer ist da?", fragte eine keuchende Stimme.

Toni blieb regungslos liegen. „Ein Reiter, der ein Pferd benötigt", zischte sie, so laut es ihr möglich war, gegen das Tosen des Sturmes an.

„Für wie lange?"

„Bis zum Ende. Und das hier ist das Ende!", hauchte sie und richtete sich ein wenig auf.

Wieder erhellte ein greller Blitz die grünliche Szenerie, sodass sie vor sich den leicht gebeugt dastehenden Mann sehen konnte.

Dieser kniete sich nun neben Toni und betastete ebenfalls den Körper der im Moos liegenden Gestalt.

„Du kennst doch die Regeln, Tom. Warum bist du hier? Warum hast du die beiden nicht sich selbst überlassen und stattdessen versucht, ihnen zu helfen?"

„Ich kenne sie", verteidigte sich Toni.

„Eine Verwandte?"

Toni presste die Lippen aufeinander. Tränen rollten ihr die Wangen hinunter und sie spürte einen heftigen Schmerz in ihrem Inneren. Caro war mit ihr aufgewachsen, seit sie zehn gewesen waren. War sie ihr nicht viel mehr eine Schwester gewesen als Eulalie, Dominique und Audrey? „Fast eine Schwester", flüsterte sie zurück, doch der Mann schien sie trotz des immer noch tosenden Sturmes verstanden zu haben.

„Das tut mir sehr Leid. Doch wir müssen hier verschwinden. Sie werden zurückkommen."

„Wie konnten sie nur den Pfad finden?"

„Vielleicht haben sie den Reiter oberhalb von New Orleans erwischt."

„Der Pfad ist nicht mehr sicher. Wir brauchen einen neuen Übergabepunkt."

„Ich dachte, dies sei das Ende?"

„Ich werde nicht aufhören", erwiderte Toni entschlossen, und doch spürte sie eine unbändige Angst in sich, wenn sie daran dachte, wie nahe sie heute einer Enttarnung und einer Verhaftung gewesen war. Langsam stand sie auf. Wo nur war Claude? War er von der Patrouille mitgenommen worden? Oder lag er ebenfalls irgendwo hier in diesem Waldstück? Wusste er, dass seine geliebte Caro und sein ungeborenes Kind tot waren?

„Sie war schwanger“, flüsterte Toni und sah auf Caro hinab.

„Es hilft nichts, Tom. Wir müssen hier verschwinden.“

„Ich möchte sie wenigstens begraben.“

„Das geht nicht, und das weißt du genau!“

„Ich lasse sie nicht einfach hier liegen“, entschied Toni und drehte sich zu ihrem Partner um. „Die Lichtung ist nicht weit. Dort werde ich sie begraben.“ Sie ignorierte das Stöhnen des Mannes, obwohl sie ahnte, dass er große Schmerzen hatte, und sie ihn eigentlich zu einem Arzt bringen musste. Doch Caro war ihr zu wichtig, als dass sie sie hier einfach den Tieren überlassen konnte.

Sie ging zu Noir, der die ganze Zeit über ruhig dagestanden hatte, und führte ihn zu dem leblosen Körper. Wortlos half ihr der Mann, wenn auch mit vernehmlichem Stöhnen, das Mädchen über den Sattel zu legen, um sich dann mit ihr auf den Weg zur Lichtung zu machen.

„Woher kennst du diesen Platz?“, erkundigte sich ihr Partner, als sie zurück auf die Lichtung kamen.

„Ich musste einmal einen ganzen Tag hier verbringen. Auf der Landstraße gab es einen Unfall mit zwei Kutschen“, erwiderte Toni leise. Sie dachte an jenen Tag, den sie an dieser wunderbaren Lichtung verbracht hatte, immer mit der Angst im Nacken, dass irgendjemand sie vermissen und Fragen stellen würde. Doch wie so oft war im Haus der Leroux’ niemandem aufgefallen, wie lang sie weg war.

Es war mühsam, nur mit einem Messer, einem scharfkantigen Stein und den bloßen Händen ein Grab zu schaufeln. In der Zwischenzeit hatte es angefangen zu regnen, und wenig begeistert griff Toni ein weiteres Mal in die Mulde, die sich zunehmend mit Wasser füllte und in welche sie Caros toten Körper würde legen müssen.

Sie seufzte und fuhr sich mit der Hand über das Gesicht. Schnell zog sie das Cape wieder nach vorn, denn die schnelle Abfolge von Blitzen würde es ihrem Partner, der erschöpft und zitternd in der Nähe saß, ermöglichen können, ihr Gesicht zu sehen.

„Diese Lichtung ist viel eher für ein Liebespaar geschaffen als für ein Grab“, hörte sie ihn sagen. Erschrocken blickte Toni in seine Richtung. Sollte dies eine Anspielung sein? Ahnte er, dass sie kein junger Bursche, sondern eine Frau war? Doch er nannte sie noch immer Tom, wenn auch inzwischen ohne das spöttische „Mister“.

Nein. Der Mann hatte keine Ahnung, wer sie war. Er versuchte lediglich, sich durch diese Überlegungen von seinen Schmerzen abzulenken. Es wurde Zeit, zu gehen und vor allem den heftig blutenden Mann zu einem Arzt zu bringen. Toni musste sich mit einem sehr flachen Grab zufrieden geben. Sie nahm sich vor, in der nächsten Nacht zurückzukommen, um noch mehr Erde und ein paar große Kiesel aus dem Bachbett darauf zu legen.

Ihr Partner rutschte ein wenig näher und half ihr, Caro vorsichtig in ihr feuchtes Grab zu legen. Als habe er ihre Gedanken erraten, wies er sie an: „Du wirst die nächsten Nächte nicht hierher kommen. Sie werden hier im Wald auf dich warten und dich aufspüren."

„Sie werden nicht annehmen, dass ich mich hier wieder herwage", gab Toni zurück.

„Die Bürgerwehr wird nach dem Leichnam sehen und entdecken, dass er geholt wurde. Zumindest ein paar Nächte lang werden sie in dieser Gegend sehr wachsam sein", brummte Matt unter der Kapuze des Capes hervor und schaufelte mit einer Hand Erde auf Caros Beine.

Toni half ihm, dankbar, dass die Blitze die Lichtung und somit auch das Gesicht der Freundin nicht beleuchteten, als sie die Erde über dieses schütten musste.

Als der Körper schließlich ganz bedeckt war, unterdrückte sie jegliche Gefühlsregung und zischte: „Gehen wir!" Sie wollte nicht an Claude denken, nicht an Caro und das ungeborene Kind, und sprang schnell auf die Beine.

Matt stand ebenfalls auf, und erschrocken beobachtete Toni, wie ihr Partner sich an seinem Hengst festhalten musste, um nicht zu stürzen. Vielleicht wäre es sinnvoller gewesen, sich um den Lebenden als um die Tote zu kümmern …

Toni trat an seine Seite und hielt ihm den Steigbügel, doch der Mann war inzwischen zu geschwächt, um sich nach oben ziehen zu können.

„Stützen Sie sich auf mich, Mister Matt. Ich helfe Ihnen."

„Du kleine Gestalt?", murmelte der Mann, befolgte jedoch ihre Anweisung, und gemeinsam gelang es ihnen, ihn in den Sattel zu hieven.

„Ich bringe Sie zu einem Arzt, den ich kenne. Er wird sicher den Mund halten."

„Im *French Quarter*?"

„Außerhalb", entgegnete Toni und entnahm dem lauten Ausatmen eine gewisse Erleichterung.

Sie stieg ebenfalls auf, und bevor sie Noir zum Gehen bewegte, schaute sie noch einmal zurück. Ein erneuter Blitz ließ sie das unschöne, flache Grab sehen und gepeinigt schloss sie die Augen.

Sie würde später trauern und beten.

Mathieu Bouchardon hing mehr im Sattel, als dass er saß. Er beugte sich ein wenig weiter vor, um den tief hängenden Zweigen auszuweichen, und stellte fest, dass diese Haltung auch seinen Schmerz ein wenig zu lindern schien.

Er fragte sich besorgt, ob er tatsächlich zu einem Arzt oder etwa zu einem der schwarzen Wunderheiler mit ihrem Voodoo-Zauber gebracht werden würde. Der Bursche schien tatsächlich ein Schwarzer zu sein, bezeichnete er die tote Sklavin doch als seine Schwester. Was ihn jedoch deutlich irritiert hatte, war der Hauch eines Parfüms, das den Burschen umspielte.

Hatte der junge Kerl vor kurzem ein Mädchen in den Armen gehalten? Es verwunderte ihn nicht, dass er sich selbst während dieser ausgesprochen misslichen Situation die Nähe Antoinette de la Rivières herbeisehnte.

Mathieu schüttelte über sich selbst den Kopf. Wie kam er dazu, nach dem Tod dieser schwangeren Frau und nach den Strapazen und Gefahren dieser Nacht an Antoinette zu denken, nur weil der Bursche vor ihm den Duft eines Parfüms oder einer parfümierten Seife mit sich trug? Es war einfach absurd. Zumal sie bei weitem noch nicht in Sicherheit waren. Solange sie sich auf diesem nun entdeckten Pfad befanden, mussten sie jederzeit damit rechnen, wieder einer Patrouille zu begegnen.

Mathieu versuchte, die Gedanken an Antoinette und die damit verbundene Sehnsucht zu verdrängen, und malte sich aus, dass der junge Führer vor ihm vermutlich nur von seiner Mutter umarmt worden war.

Kapitel 24

„Ja, ja, ist doch schon gut“, brummte André Fourier und streifte sich die Hosenträger über das Nachthemd, das er in die Beinkleider gestopft hatte. Dann betrat er die Küche und öffnete die kleine

Hintertür. Die Nacht war stürmisch, nass und ausgesprochen dunkel. Dennoch glaubte er, eine schmale Gestalt in einem wehenden Umhang auf der Straße zu sehen, die gerade um die nächste Häuserecke verschwand.

Doch seine Aufmerksamkeit wurde sofort abgelenkt, da vor seinen Füßen eine vor Schmerzen leise aufstöhnende Gestalt kauerte. André hob die Lampe ein wenig an und zuckte erschrocken zusammen, als er in das schmerzverzerrte, blutverschmierte Gesicht von Mathieu Bouchardon blickte. „Mathieu!“, entfuhr es ihm. Er stellte die Lampe auf den Boden und kniete sich neben seinen Freund. „Was ist geschehen?“

„Ich wurde angeschossen. Die linke Schulter.“

„Von dieser Gestalt im dunklen Cape, die dich hergebracht hat? Sah mir aus wie der Kerl, den die Pflanzer den *Chevalier Mystérieux* nennen, nur ohne Pferd.“

Mathieu knurrte etwas Unverständliches und zog sich, mit beiden Händen den schmalen Türrahmen umfassend, in die Höhe.

André griff ihm unter die gesunde Schulter und gemeinsam gingen sie bis in die kleine Praxis.

Mathieu legte sich auf die Untersuchungspritsche und wartete, bis André die Küchentür geschlossen und die Lampe hereingebracht hatte.

Der junge Arzt entzündete schweigend vier weitere Lampen, ehe er sich wieder zu Mathieu umwandte und ihm – noch immer schweigend – half, aus dem Umhang und dem blutverkrusteten und zerfetzten Hemd zu schlüpfen. Eilig zerschnitt er das Unterhemd, um die Schulter freilegen zu können, und begann, diese erst einmal mit viel Wasser zu reinigen. „Wer auch immer dir ans Leben wollte, Matt, war ein lausiger Schütze.“

„Danke, das hört sich gut an.“

„Das *ist* gut. Die Kugel ist durch, hat jedoch, wie mir scheint, ein großes Blutgefäß getroffen. Du hast eine Menge Blut verloren. Vermutlich von dem langen Ritt bis in die Zivilisation zurück.“

„Ich hatte kein Duell, falls du das meinst.“

„Keineswegs, mein Freund. Die Duelle werden noch immer hinter dem Bayou St. John auf der Lichtung unter den alten Eichen ausgetragen. Du kommst jedoch offensichtlich aus den sumpfigen Wäldern.“ André deutete auf Mathieus mit dunkler Erde, Moos- und Rindenfetzen verschmutzten Schuhe und widmete sich dann wieder der Verletzung. „Ich wusste immer, dass du etwas mit diesen Sklavenschmugglern zu tun hast ... dass du einer der Reiter bist.“

Mathieu hielt den Atem an und er musterte den Freund eindringlich. „Du wusstest es die ganze Zeit?"

„Ich war mir nie ganz sicher, Matt. Aber der Norden hatte dich verändert und dein Verhalten den Schwarzen und Farbigen gegenüber spricht für sich. Verstärkt wurde mein Verdacht, als dieser Max aus South Carolina hier auftauchte und du noch immer nichts wegen Antoinette unternahmst. Du kannst es dir einfach nicht leisten, eine Frau zu Hause zu haben, weil sie es sofort bemerken würde, wenn du nächtelang unterwegs wärst."

„Das bist du doch auch, André", lachte eine weibliche Stimme aus dem Hintergrund.

Die beiden Männer blickten zur Tür, unter welcher Sophie erschienen war. Schließlich zog der Arzt entschuldigend die Schultern in die Höhe und meinte: „Von uns hast du nichts zu befürchten, Mathieu. Wir beide sind keine Freunde der Sklaverei. Allerdings darfst du auch keine aktive Hilfe von uns erwarten."

„Aber du wirst ihn doch zusammenflicken, oder?" Sophies Frage klang halb scherzend, halb ernst. Die junge Frau verschwand in die Küche und machte sich dort zu schaffen.

Mathieu wandte sich wieder an seinen Freund. „Woher weißt du, dass es mehrere Reiter gibt, André?"

„Das Gebiet von der Küste bis oberhalb von New Orleans kann kaum von einem einzigen Mann abgedeckt werden, es sei denn, er hat sich vollständig aus dem normalen Leben zurückgezogen und lebt irgendwo in den Wäldern. Das ist bei dir jedoch nicht der Fall. Demnach muss mindestens ein weiterer Reiter in diesem Distrikt arbeiten, und ich vermute einmal, dass diese Gestalt, die vorhin so schnell verschwunden ist, dieser andere Reiter war."

Mathieu nickte und biss die Zähne aufeinander, als André begann, seine Verletzung zu versorgen.

„Der Tote am Strand, Matt ... war er ebenfalls ein Reiter?"

„Du hast damals schon etwas geahnt?"

„Dein Verhalten war seltsam. Warum sollte sich der Verletzte in den Wald schleppen? Immerhin hatte Antoinette ihn ebenfalls gesehen und ihrer Beschreibung nach und nach der Menge des Blutes im Sand zu schließen, konnte dieser Mann keinen Meter weitergekommen sein. Außerdem hattest du diesen Blutfleck auf dem Hemd. Ich nehme an, du hast den Mann damals vom Strand weggeschafft, oder?" André erwartete keine Antwort. „Weißt du, wer er war?"

„Wir kennen keine Namen und keine Gesichter. Eine Unterhaltung wird ausschließlich flüsternd geführt, damit unsere Stimmen uns nicht verraten können."

„Ihr seid gut durchorganisiert, das muss man euch lassen. Doch für euch wird es eng. Ich habe schon lange erwartet, von einem Fang oder einem Toten zu hören, und ich bete jeden Abend dafür, dass es nicht du sein wirst."

Mathieu lächelte dankbar und lehnte sich wieder zurück. Er spürte unendliche Erleichterung darüber, dass André ihm nicht grollte, denn immerhin war auch er in das System und die Regeln dieser Stadt verwachsen. Doch sowohl er als auch Sophie nahmen die Tatsache, dass er zu den Sklavenschmugglern gehörte, ausgesprochen ruhig hin. Es war klar, dass er von ihnen keinerlei Unterstützung oder Rückendeckung erwarten konnte, doch sie würden schweigen.

Mathieu schloss die Augen, presste die Zähne aufeinander und ließ den Mann neben sich seine Arbeit tun. Als dieser begann, einen festen Verband anzulegen, öffnete er die Augen wieder und blickte seinen Freund ein weiteres Mal prüfend an. „Ihr dürft Mademoiselle de la Rivière nicht verraten, was ich tue, André. Selbst wenn sie Sophies beste Freundin ist und du dich für sie wie für eine jüngere Schwester verantwortlich fühlst. Sie würde es nicht verstehen."

„Das ist Unsinn, Mathieu." Sophie trat wieder in den Behandlungsraum und stellte zwei dampfende Kaffeetassen auf den Schreibtisch. Dann setzte sie sich auf eine Bank und umfasste ihre Tasse mit beiden Händen. „Toni ist ein unkomplizierter, feiner Mensch. Sie würde bestimmt nicht –"

Mathieu unterbrach sie, indem er seine rechte Hand hob. „Das ist sie, Sophie. Ich weiß um ihre liebenswerte Art und –"

Diesmal wurde Mathieu von Sophie unterbrochen, die leise vor sich hin lachte. Irritiert runzelte er die Stirn und fuhr dann fort: „Obwohl ihr Vater in seiner Heimat für die Freiheit der Menschen kämpfte, scheint Antoinette davon nicht viel zu halten. Sie geht nicht unbedingt unfreundlich, aber auch nicht sehr gnädig mit den Sklaven im Hause Leroux um. Ich musste schon mehrmals beobachten, wie sie ihre tollpatschige Caro derb mit sich aus einem Raum zerrte, vermutlich um sie für eine ihrer Ungeschicklichkeiten zu bestrafen, und –" Wieder war es Sophie, die ihn unterbrach, doch dieses Mal lachte sie herzhaft und laut.

„Mathieu. Das ist doch nicht wahr. Sie spielt diese Rolle, da sie Caro vor einer Strafe schützen möchte. Ich habe es mehr als einmal miterlebt. In der Öffentlichkeit tut sie so, als würde sie auf das Mädchen einschimpfen, dann zieht sie Caro hinter sich her aus dem

Raum, um den Eindruck zu erwecken, dass sie sie in ihren Räumlichkeiten bestraft. Doch in Wirklichkeit nimmt sie das arme Mädchen dann erst einmal in den Arm. Sie will verhindern, dass Caro von einem ihrer Brüder oder ihrem Patenonkel tatsächlich bestraft wird. Sie liebt Caro wie eine Schwester, ebenso wie ihre Fanny."

Mathieu hatte Sophie schweigend und fasziniert zugehört. Nun schwang er die Beine vom Tisch, und ignorierte erst einmal den heftigen Schwindel, der ihn unmittelbar überfiel. Als dieser nicht mehr enden wollte und er das Gefühl hatte, demnächst in ein dunkles Loch zu fallen, legte er sich schnell wieder hin.

„So schnell kommst du nicht wieder auf die Beine, Matt. Du wirst dich schon noch ein wenig gedulden müssen, bevor du Raphael Leroux endlich einen Besuch abstattest", spottete André und begann aufzuräumen.

Mathieu ignorierte ihn und wandte sich der ruhig dasitzenden Sophie zu. „Du meinst, sie könnte meine Tätigkeit akzeptieren?"

„Das weiß ich nicht, Mathieu", Sophie zog die Schultern ein wenig in die Höhe. „Ich vermute, sie könnte gut ohne die Institution der Sklaverei leben, doch ob sie deine Arbeit befürworten würde – vor allem, wenn ihr verheiratet wärt und sie nächtelang Angst um dich haben müsste …?"

Mathieu schluckte hörbar. Daran hatte er noch niemals einen Gedanken verschwendet.

Sophie sah ihn an, dann schüttelte sie lachend den Kopf, erhob sich ein wenig schwerfällig und brachte ihm seine Tasse Kaffee. „Sprich mit ihr, Mathieu. Toni mag es ohnehin nicht, wenn über ihren Kopf hinweg irgendwelche Eheabkommen mit Raphael getätigt werden. Sie hat das Gerücht um diese mysteriöse Erbkrankheit niemals zu widerlegen versucht, weil sie den Mann heiraten möchte, den sie liebt und der sie liebt – dem Gerücht zum Trotz. Sie hat ihre Freiheit genossen, doch ich weiß, dass sie sich dennoch nach einer eigenen Familie sehnt. Also sprich mit ihr und warte ab, wie sie reagiert."

Mathieu lächelte Sophie an. Was sie über Antoinette erzählt hatte, machte ihm Hoffnung. Vielleicht war der Gedanke, dieses Mädchen eines Tages als Ehefrau an seiner Seite haben zu können, doch nicht so abwegig.

André griff nun ebenfalls nach seiner Tasse mit dem nicht mehr ganz heißen Kaffee und setzte sich neben seine Frau auf die Bank. „Du wirst morgen versuchen müssen, zur Arbeit zu gehen, Mathieu. Dein Fehlen könnte Fragen aufwerfen."

„Ich hoffe nur, ich kann mich dann schon ein wenig besser auf den Beinen halten als vorhin."

„Ich gebe dir etwas gegen die Schmerzen. Und was deine nächtlichen Aktivitäten angeht: Du solltest die nächsten Touren diesem anderen Kerl überlassen."

„Er hat heute Nacht eine Verwandte verloren. Wir mussten sie im Wald beerdigen." Mathieu verschwieg, dass er wusste, wer die tote Frau war. Er hatte im Licht eines Blitzes das Gesicht von Antoinettes Mädchen erkannt. Es war Caro gewesen. Dessen war er sich sicher.

Sophie schüttelte mitleidig den Kopf.

„Erzählst du uns ein wenig mehr über deine Arbeit als Sklavenbefreier?", fragte André und nahm einen Schluck Kaffee.

„Wir würden ein Nein deinerseits akzeptieren, Mathieu. Andererseits weiß ich, dass es manchmal gut tut, über bestimmte Dinge zu reden", ermunterte Sophie ihn.

Mathieu lächelte. „Ich erzähle euch ein wenig über mein zweites Leben, wenn ihr mir versprecht, Antoinette gegenüber Stillschweigen zu bewahren. Ich möchte zuerst mit ihr sprechen."

„Das ist doch selbstverständlich, Mathieu", erwiderte Sophie.

Schmerzen jagten wie feurige Blitze durch seinen Körper, und obwohl er sich langsam erhoben hatte, spürte er eine schwere Leere in seinem Kopf, die ihn zwang, sich noch einmal hinzusetzen.

Minuten zerrannen, bis er sich gut genug fühlte, wieder aufzustehen, und dieses Mal gelang es ihm, obwohl die Schmerzen in seiner Schulter unerträglich zu werden schienen.

Er warf einen Blick auf die kleine, dunkle Flasche, die neben der Waschschüssel auf der Kommode stand. Er würde das Medikament, das André ihm gegeben hatte, mit in die Anwaltspraxis nehmen. Ohne dieses Mittel würde es ihm wahrscheinlich schwer fallen vorzugeben, gesund und wohlauf zu sein.

Sicherlich hatte sich die beinahe geglückte Ergreifung des *Chevalier Mystérieux* und die Verletzung, die diesem zugefügt worden sein musste, in der Stadt bereits herumgesprochen. Er durfte sich keine Blöße geben, um nicht in den durchaus begründeten Verdacht zu gelangen, dieser geheimnisumwogene Reiter zu sein.

Es dauerte lange, bis er sich angezogen hatte, und das Hemd spannte sich eng über den dicken Schulterverband. Mit einem Seufzen zog Mathieu sich das dunkle Jackett über und stellte sich vor den Spiegel, um sich prüfend darin zu mustern. Er würde den Arm möglichst wenig bewegen, doch zumindest vom Ansehen her konnte niemand vermuten, dass er verletzt war.

Beim Frühstück konnte er an seiner Großmutter testen, ob sein kleines Versteckspiel gelingen würde, also machte er sich auf den Weg ins Speisezimmer.

Nathalie Bouchardon war mit der Zeitung beschäftigt und begrüßte ihn nur unkonzentriert. So fiel ihr nicht auf, in welcher Schonhaltung ihr Enkel sich sein Frühstück von dem kleinen Beistelltisch nahm. Mathieu dankte Gott dafür, dass es seine linke, nicht die rechte Schulter getroffen hatte, denn so konnte er zumindest schreiben, ohne unsägliche Schmerzen erleiden zu müssen.

Eine Stunde später saß er in seinem großen Büro und griff nach einem Stapel Unterlagen, um sich diese durchzusehen. In diesem Moment klopfte es an die Tür, und einer der vielen farbigen Jungen, die in der Post und auf der Bank als Boten und Helfer arbeiteten, trat herein. „Ein Telegramm für Sie, Monsieur Bouchardon. Ich habe es erst zu Ihrem Haus gebracht, doch dort sagte man mir, wo ich Sie finden würde, Monsieur."

Mathieu lächelte. Offenbar wollte der Junge das Trinkgeld für zwei Wegstrecken einkassieren und er gab es ihm gerne.

Die Nachricht kam aus Washington. Unwillkürlich zog der junge Mann die Stirn kraus. Vermutlich hatte die Absenderadresse im Postamt für einige Aufregung gesorgt. Es kam selten vor, dass ein Mann aus New Orleans ein Telegramm von einem Politiker aus Washington erhielt, der zudem ins Lager der Republikaner gehörte.

Mathieu wartete, bis der Junge sein Büro verlassen hatte, dann begann er zu lesen:

Nach wie vor Suche nach Miss A. E. – Information aus Baden: Nutznießer Testament für A. E. gefährlich – Angebot gilt – C. Schurz

Mathieu stützte den Kopf auf die Hand des gesunden Armes und betrachtete mit zusammengezogenen Augenbrauen die wenigen Satzfragmente. Offenbar war die Suche nach Antoinette weitergeführt worden. Bedeutete dies, dass bald schon jemand in New Orleans auftauchen und nach der jungen Frau forschen würde? Was trieb diesen Menschen nach all den Jahren an, und was würde er tun, wenn er Antoinette fand?

Aber das Telegram enthielt noch mehr Informationen. Offenbar waren die Nachforschungen über den rätselhaften und grausamen

Tod der Eichenheims so weit vorangetrieben worden, dass der Verdacht von Carl Schurz bestätigt wurde: Der Mörder hatte keine politischen Ziele verfolgt, sondern sich aus privaten Gründen zu dieser Tat hinreißen lassen. Dabei musste es sich um einen oder mehrere Nutznieder des von Heinrich Eichenheim angefertigten Testamentes handeln. Darin lag höchstwahrscheinlich die Gefahr für Antoinette. Vermutlich stand sie dem oder den Mördern noch im Wege, um an das laut Carl Schurz beträchtliche Vermögen der Eichenheims zu gelangen. Doch wer war der nächste Erbe nach Antoinette? Gab es weitere, entfernte Verwandte in Deutschland? Frühere Bedienstete und Vertraute oder den Rechtsbeistand, Arzt oder Verwalter der Eichenheims? Kam auch Raphael Leroux infrage? Immerhin sollte er die Vormundschaft des Kindes übernehmen, wenn den Eichenheims etwas zustieß. Wie sollte er Klarheit in Bezug auf diese Fragen bekommen? Und vor allem: Wie konnte er Antoinette warnen und schützen?

Wieder klopfte es an der Tür und ein anderer Junge in einer viel zu großen Livree stürmte herein. Er reichte ihm keuchend eine versiegelte Nachricht über den großen Schreibtisch.

Mathieu zerbrach das Siegel, um auf die unordentliche und weit ausladende Schrift seines älteren Partners zu blicken:

Mathieu, habe die Unterlagen der Leroux' vergessen. Bitte gib sie dem Boten mit. Sie liegen auf meinem Tisch bereit. Bitte sieh nach, ob die Seiten vier und fünf da sind, und fertige eine Kopie von Seite neun. Danke.

Kopfschüttelnd erhob sich der junge Anwalt. Dies war das zweite Mal innerhalb kürzester Zeit, dass der erfahrene Anwalt die Unterlagen seiner Mandanten liegen ließ. Es schien tatsächlich an der Zeit zu sein, dass dieser Mann nach Neujahr ein paar Tage zu Hause bei seiner Familie blieb, um sich ein wenig auszuruhen.

„Warte bitte im Foyer“, bat er den Hausburschen seines Partners und ging durch die Verbindungstür ins Büro seines Kollegen hinüber. Dort setzte er sich auf den bequemen, gepolsterten Stuhl und zog den gesamten Stapel Mappen, der in der Mitte des Schreibtisches lag, näher zu sich heran, damit er ihn nach der richtigen durchsehen konnte.

Bereits die zweite war diejenige, nach der er suchte. Er legte die restlichen Mappen beiseite, zog ein weißes Papier aus einer Schublade und nahm einen Griffel zur Hand. Er begann, wie gewünscht, eine Kopie der neunten Seite anzufertigen, doch nach einigen Zeilen runzelte er die Stirn und las weiter, ohne dabei abzuschreiben. Schließlich schlug er die Mappe weiter vorne auf und begann die Eintragungen konzentriert zu prüfen. Mehrmals blätterte er um und fragte sich, wie sein sonst so erfahrener, korrekter Kollege diese Akte hatte anfertigen können, ohne ein paar kritische Fragen an Raphael Leroux zu richten.

Mathieu hob den Kopf und blickte zum Fenster hinaus auf die Straße. Vermutlich war der ältere Anwalt arglos mit den hohen Verlustzahlen der Familie Leroux in den Jahren 1847, 1848 und 1849 umgegangen und hatte auch nicht hinterfragt, woher plötzlich das Geld gekommen war, das zu Raphaels beruflicher Existenzrettung beigetragen hatte, obwohl dieser nur unbedeutende Grundstücke und ein Stadthaus verkauft hatte.

Mathieu Bouchardon brannte das zusammengelegte Telegramm von Carl Schurz förmlich in seiner Hemdtasche. Er holte es hervor, strich es glatt und legte es auf die aufgeschlagene Mappe.

„Baden: Nutznießer Testament für A. E. gefährlich", las er mehrmals und seine Augenbrauen zogen sich über der Nasenwurzel zusammen. Hatte Antoinettes Vater bestimmt, dass das Kind zu seinem Patenonkel ins weit entfernte New Orleans gebracht werden sollte, für den Fall, dass ihm und seiner Frau etwas zustieß? Warum New Orleans? Vermutlich gab es doch noch einen weiteren Paten in der näheren Umgebung der Eichenheims. War die Gefahr eines politischen Mordes in den Revolutionstagen zu groß und diese schnelle Abreise des Mädchens ein Versuch gewesen, sein Leben zu schützen? War es wirklich der Wille von Antoinettes Vater gewesen, dass das Mädchen hergebracht wurde, oder der von Raphael Leroux? War er womöglich der nächste Nutznießer des Testaments nach Antoinette? War er der Verwalter des Eichenheim-Vermögens und hatte dieses Geld dazu verwendet, seine eigene Existenz zu retten? Wer aber suchte in diesem Falle nach Antoinette? Freund oder Feind?

Tausende von Fragen schienen auf den jungen Mann einzustürzen, und sein liebendes Herz half nicht gerade dabei, ihre Lösung sachlich und nüchtern anzugehen.

„Michie Bouchardon?", klang die leise, vorsichtige Frage des Burschen in das Büro hinein.

Mathieu erwachte aus seinen düsteren Überlegungen. Er beendete die Anfertigung der Kopie, unterzeichnete sie und legte sie vorne in die Mappe. Schließlich erhob er sich, betrachtete den braunen Umschlag und reichte ihn dem Jungen hinaus, der es eilig hatte, wieder zurück zum Haus seines Herrn zu gelangen.

Mathieu blieb einige Minuten reglos stehen und tastete mit der rechten Hand nach seiner schmerzenden Schulter. Schließlich holte er seinen Hut und verließ die Kanzlei.

Kapitel 25

„Ich werde Leroux einen Besuch abstatten und du wirst mich begleiten – Antoinette zuliebe."

„Du bist vollkommen verrückt, Matt! Dieses Haus ist voller Bediensteter. Selbst wenn alle Mitglieder der Familie den Abend bei den Charmandes verbringen, könntest du dennoch erwischt werden."

„*Wir*, lieber Freund. *Wir*!", verbesserte Mathieu ihn unbarmherzig.

André erhob sich unruhig.

„Was hoffst du zu finden?", fragte Sophie leise. Ihr gefiel die Idee ebenso wenig wie ihrem Mann.

„Das Testament?"

„Das wird in der Kanzlei liegen", brummte André.

Doch Mathieu schüttelte entschieden den Kopf. „Ich habe alle Unterlagen der Leroux' durchgesehen. Außerdem: Sollte mein Verdacht stimmen, wäre Raphael ein Idiot, wenn er das Testament der Eichenheims einem Anwalt überlassen hätte. Solange niemand danach fragt, ist es in seinem Arbeitszimmer sicher aufgehoben."

„Aber wann wird jemand danach fragen?", hakte Sophie erneut nach.

„Das ist eine der Fragen, die ich beantwortet haben möchte. Nur dann kann ich abschätzen, in welcher Gefahr Antoinette tatsächlich schwebt."

„Du meinst, an dem Tag, an dem das Testament unweigerlich von Monsieur Leroux zur Eröffnung hervorgeholt werden muss, könnte für Antoinette Lebensgefahr bestehen?"

„Das ist die nächste Frage, Sophie. Und die Antwort darauf hängt vom Inhalt des Testaments ab. Aber um diesen zu erfahren –"

„... musst du in das Haus eines der bekanntesten Bürger dieser Stadt einbrechen", vervollständigte André den Satz mit einem höhnischen Lachen.

„*Wir*, André. *Wir*."

„Ich werde dich nicht begleiten, Matt. Meine Freundschaft zu dir wird allmählich zu gefährlich für mich, für meine Frau und für unseren Nachwuchs."

„Wie soll Mathieu das allein bewerkstelligen, André? Vor allem mit dem verletzten Arm!"

„Fällst du mir jetzt in den Rücken, Sophie?"

„Das würde ich niemals tun, André, das weißt du. Aber ich möchte nicht, dass Antoinette etwas zustößt. Wir dürfen die Warnung von diesem Monsieur Schurz nicht ignorieren. Ebenso wenig wie die Möglichkeit, dass der plötzliche Geldsegen der Leroux' um 1849 mit Antoinette und ihren Eltern zu tun hat."

André Fourier fuhr sich durch die Haare, sodass sie nach allen Seiten abstanden. „Du liebst sie, Matt?"

Mathieu sah in die wachsamen, fragenden Augen seines Freundes, dann nickte er, räusperte sich und sagte: „Ich liebe sie, André."

„Und ich liebe sie ebenfalls, André", flüsterte Sophie mit Tränen in den Augen. „So wie du auch. Also lasst bitte nicht zu, dass ihr etwas zustößt. Bitte."

„Wie sollte ich diesen Tränen widerstehen können?", murmelte André wenig begeistert und nickte schließlich Mathieu zu, der ihm ein dankbares Lächeln schenkte.

Mathieu wusste, dass er wider alle Regeln dieser Gesellschaft und dieses Landes handelte, wenn er sich heimlich in das Arbeitszimmer von Raphael Leroux schlich, doch er sah keine Möglichkeit, was er sonst tun konnte – außer Antoinette sofort zu heiraten und mit nach Washington zu nehmen. Die Frage, ob sie dort tatsächlich sicherer war als hier in New Orleans, konnte er jedoch nicht beantworten.

Es läutete an der Tür, und Sophie stand auf, um zu öffnen. Sie kam sehr schnell zurück und reichte Mathieu ein weiteres Telegramm.

„Hast du nach Washington telegrafiert?"

„Ja. Ich hatte eine dringende Frage an Schurz", erwiderte Mathieu, erfreut, dass sein Telegramm innerhalb von weniger als einer Stunde beantwortet worden war.

„Segen oder Fluch der modernen Technik?", fragte André halblaut und beobachtete mit grimmiger Miene, wie Mathieu das Schriftstück öffnete.

Mathieu las die wenigen Worte, zerknüllte das Papier und steckte es in seine Hemdtasche, die sich dadurch unförmig ausbeulte. Er sah seinen Freund an. Sein Vorhaben, in dieser Nacht bei Raphael Leroux einzubrechen und das Testament der Eichenheims zu suchen, verfestigte sich bei jeder weiteren Überlegung.

„Was ist?“, flüsterte Sophie und blickte ihn aus großen Augen ängstlich an.

„Ich hatte mich erkundigt, ob Antoinette weitere Paten hat, da ich nicht ganz verstand, warum sie als Kind so schnell und heimlich außer Landes geschafft werden musste, wenn ihre Eltern nicht aus politischen Gründen ermordet wurden.“

„Mathieu, vermutlich war erst viel später klar, dass keine politischen Verstrickungen für den Tod von Antoinettes Eltern herhalten konnten.“

„Ich vermute vielmehr, Antoinettes schnelle Abreise liegt darin begründet, dass jemand großes Interesse daran hatte, Antoinette und ihr Erbe in die Finger zu bekommen, ohne dass irgendwelche Personen aus dem früheren Umfeld der Eichenheims herausfinden konnten, wo sie sich aufhielt.“

„Matt! Ihr direktes Umfeld wusste sicherlich, wer ihre Paten waren, konnten demnach auch die Leroux’ benennen.“

„Falls ihnen nicht mit einer abenteuerlichen Geschichte so viel Angst um das arme, hilflose Kind gemacht wurde, dass sie Stillschweigen bewahrten“, brummte Mathieu.

„Zumal eine Antoinette Eichenheim in New Orleans niemals angekommen ist“, fügte Sophie leise hinzu. „Hier gibt es nur eine Antoinette Therese de la Rivière. Und diesen Nachnamen haben ihr die Leroux’ gegeben – angeblich deshalb, weil für uns Kreolen Antoinettes korrekter Nachname nur schwer auszusprechen ist.“

„Vielleicht aber auch aus einem anderen Grund“, mutmaßte Mathieu. „Antoinette sollte nicht auffindbar sein. Aber zu wessen Schutz? Zu ihrem oder zu dem von Raphael Leroux?“

„Ich sehe schon, ihr versteht euch“, murmelte André. „Vielleicht solltest *du* Matt bei dieser Angelegenheit helfen, Sophie.“ Die junge Frau lachte leise, was ihren Ehemann zu einem Verdrehen der Augen veranlasste. „Was steht nun eigentlich in dem Telegramm?“ André deutete mit dem Zeigefinger auf Mathieus Hemdtasche.

„Eichenheim hatte eine Cousine, die ebenfalls Patin seiner Tochter war. Diese starb jedoch wenige Wochen vor dem tragischen Unfall von Antoinettes Eltern bei einem Reitunfall.“

Sophie holte erschrocken Luft. „Ein Komplott! Wer auch immer Tonis Eltern getötet hat, um sich durch ihr Testament zu bereichern, hat wahrscheinlich auch dafür gesorgt, dass andere Erben ausgeschaltet wurden!“, stieß sie hervor und griff Halt suchend nach der Hand ihres Mannes.

André sah seinen Freund an. „Und Antoinette ist noch immer am Leben. Sie ist die Haupterbin."

„Und sollte Raphael der Mörder sein, wäre sie in allerhöchster Gefahr", fügte Mathieu hinzu.

„Aber wer ist es dann, der nach Antoinette sucht?"

Mathieu zog ein wenig verunsichert die Schultern nach oben. Auch er hatte sich auf dem Weg zu den Fouriers diese Frage gestellt und keine befriedigende Antwort darauf gefunden. Er konnte nur eine Vermutung vorbringen. „Könnte es nicht sein, dass von dieser Person keine Gefahr, sondern vielmehr Hilfe ausgeht? Vielleicht weiß der Unbekannte mehr über die Hintergründe, als Raphael lieb ist – wenn dieser tatsächlich der Drahtzieher dieses Komplottes ist?"

„Das kann ich nicht glauben, Matt."

„Ich verstehe deine Zweifel, André. Mich plagen sie ebenfalls. Aber hast du eine Ahnung, welche Angst ich um Antoinette habe? Und verstehst du, dass ich endlich Gewissheit haben muss?"

„Ja, mein Freund. Das verstehe ich. Allerdings solltest du dir, was Antoinette angeht, auch in einer anderen Beziehung Gewissheit verschaffen!"

Mathieu blickte in das Gesicht seines Freundes, dann in die leuchtenden Augen Sophies und zeigte den beiden ein schiefes Grinsen.

Betreten betrachtete Toni ihr Spiegelbild. Ihr Gesicht war gerötet, die Augen verquollen und das Haar wirkte strähnig und ungepflegt, obwohl sie am frühen Morgen ein ausgiebiges Bad genommen hatte.

„Versuche, dein Gesicht abzukühlen, und ich frage eine der anderen Zofen, ob sie dir deine Haare richten kann. Ich kann das einfach nicht", murmelte Fanny. Sie schluchzte leise auf und wandte sich der Zimmertür zu.

„Wir müssen uns beherrschen, Fanny. Niemand darf uns anmerken, dass wir mehr über Caro und Claude wissen, als dass sie in der letzten Nacht verschwunden sind", beschwor Toni ihr Mädchen, obwohl ihr bewusst war, wie unendlich schwer es ihr selbst fallen würde, ihre Trauer zu verstecken.

Fanny, die nach den gemeinsam durchlebten Stunden der Trauer um Caro und den Gebeten für Claude Tonis Bitte nachgekommen war und diese nun nicht mehr mit dem respektvollen Mamselle ansprach, nickte und verließ das Zimmer.

Toni griff nach einem weichen Tuch, tauchte es in das kühle Wasser in der Waschschüssel und legte es sich über das Gesicht. Als sie die Tür hinter sich hörte, nahm sie das Tuch ab und blinzelte mit nassem Gesicht Mirabelle Leroux entgegen, die sie kurz musterte und dann die Tür hinter sich schloss.

„Du hast schon erfahren, dass diese undankbare Caro und ihr Mann geflohen sind?"

„Undankbar, *Marraine*? Caro war über zehn Jahre lang immer für mich da. Jetzt sollten sie und ihr Kind von ihrem Mann getrennt werden. Ich verstehe nicht ..."

Mirabelle seufzte leise und ließ sich auf einem Stuhl nieder. „Ich verstehe es auch nicht, Antoinette. Nur ungern würde ich mich von einem meiner Mädchen trennen. Ich habe mich so sehr an sie gewöhnt, und sie wissen immer sofort, was ich benötige. Allerdings mische ich mich nicht in die geschäftlichen Angelegenheiten meines Mannes ein. Ich habe davon ohnehin keine Ahnung."

Toni dachte an Sophie, die sehr großen Einblick in die Arbeit ihres Mannes hatte und ihm sogar dabei half. Sollte sie doch jemals heiraten, würde sie darauf bestehen, auch an diesem Teil des Lebens ihres Mannes teilhaben zu dürfen.

„Wir werden ein anderes Mädchen für dich finden, Antoinette. Vielleicht eins von Audreys. Dein *Parrain* ist nicht sehr begeistert davon, dass unsere Kleine vier Zofen um sich schart."

Toni nickte und senkte den Kopf, damit die Frau ihr gegenüber nicht die Tränen sehen konnte, die ihr in die Augen schossen. Sie würde Caro unendlich vermissen.

„Du bist spät dran, meine Liebe. Wo steckt denn diese Fanny?"

„Sie sucht ein Mädchen, das mir meine Frisur richten kann, *Marraine*."

Mirabelle nickte, erhob sich und wandte sich noch einmal nach Toni um. „Zeige Raphael bitte nicht, dass du geweint hast. Die Männer verstehen nicht, dass wir ein wenig an unseren Mädchen hängen, und er könnte nur noch wütender werden, Antoinette."

„Sicher, *Marraine*", murmelte Toni, nickte und wartete, bis die Frau ihre gewaltige, dunkelviolett schimmernde Stofffülle, die ihre unsichtbaren Beine umwogte, durch den Türrahmen geschoben hatte. Dann sah sie wieder in den Spiegel. Ihr Gesicht sah nicht mehr ganz so geschwollen aus, wenn ihre Augen auch immer noch deutliche Spuren ihrer Tränenflut zeigten. Doch dies würde sicherlich nachlassen, bis sie bei den Charmandes eingetroffen waren. Allerdings nur, wenn sie bis dahin nicht erneut in Tränen ausbrach.

Toni betrachtete ihr eng geschnittenes, mit Goldfaden besticktes, weinrotes Oberteil und legte sich eine goldene, zierliche Kette mit einem kleinen Kreuz aus Elfenbein um den Hals. In diesem Moment erschien Fanny wieder und mit ihr eines der Mädchen Audreys. Die junge Frau warf einen prüfenden Blick auf Tonis wirre Haare und griff tatkräftig nach einer weichen Bürste.

Während ihre langen Haare mit langsamen, angenehmen Bürstenstrichen behandelt wurden, schloss Toni die Augen und bat ihren Gott um Hilfe, diesen Abend im Kreise der höheren Gesellschaft von New Orleans, der sie – nur weil ihr Mädchen verschwunden war – nicht fernbleiben konnte, gut überstehen zu können.

Es war nicht einfach, ein fröhliches Stück auf dem weißen Flügel der Charmandes zu spielen, wenn ihr doch viel mehr nach einem schwermütigen zumute war.

Dennoch wurde sie wie üblich mit begeistertem Beifall bedacht, und nur wenigen Gästen war wohl aufgefallen, dass dem Spiel die nötige Begeisterung gefehlt haben mochte. Nathalie Bouchardon war eine von diesen, und kaum dass Toni den Flügel verlassen hatte, kam sie zu ihrer jungen Freundin hinüber und nahm sie erst einmal in den Arm. „Was ist mir dir?“, erkundigte sie sich leise.

„Mir steht der Sinn nicht nach allgemeiner Unterhaltung, Nathalie. Meine Caro und ihr Claude sind fort.“

„Das kann ich ihnen nicht verübeln“, konterte Nathalie unbarmherzig und wenig Rücksicht darauf nehmend, wer ihr Gespräch mit anhören konnte.

Toni beneidete sie ein wenig um ihre Direktheit und unverfälschte Offenheit, trug sie selbst doch in ihrem Herzen immerfort ein Geheimnis mit sich herum, das es ihr oftmals schwierig machte, ihre wahren Gedanken und Ansichten zu äußern, ohne sich oder andere in Gefahr zu bringen.

„Caro und Claude?“, fragte eine tiefe Stimme hinter ihr.

Nathalie lächelte an der Pianistin vorbei ihrem Enkel zu.

Toni wandte sich um und musterte den groß gewachsenen Mann. „Guten Abend, Monsieur Bouchardon“, begrüßte sie ihn leise, denn in diesem Moment drohten ihr erneut die Tränen in die Augen zu schießen. Sie versuchte, diese wegzuzwinkern, doch ihr Gegenüber schien sie dennoch bemerkt zu haben, denn er schenkte ihr ein bedauerndes Lächeln, dem überraschenderweise ebenfalls tiefe Traurigkeit anzusehen war. Wusste er über das Verschwinden von Caro und Claude Bescheid? Toni hatte in den letzten Monaten schon öfter bemerkt, dass sich Mathieu Bouchardon in ruhiger, aber bestimmter Art auch für die Belange der versklavten Menschen in dieser Stadt einzusetzen wusste, und obwohl ihn dies in ihrer Gesellschaftsschicht ein wenig unbeliebt machte, ließ er sich davon nicht beeindrucken. In dieser Hinsicht war er seiner Großmutter sehr ähnlich.

„Ich gehe Chantal begrüßen“, erklärte Nathalie und verschwand in der Menge lachender und sich laut unterhaltender Gäste.

„Guten Abend, Mademoiselle de la Rivière. Sie sehen bezaubernd aus“, erwiderte Mathieu endlich ihren Gruß, und Toni, die sich an diesem Abend alles andere als gut aussehend fühlte, schenkte ihm ein höfliches Lächeln.

„Sie hingegen wirken ein wenig blass, Monsieur Bouchardon. Geht es Ihnen nicht gut?“

„Ich fühle mich nicht ganz wohl, das stimmt“

Toni gewann den Eindruck, dass er am liebsten die Flucht vor ihr ergreifen wollte. Da sie sich in seiner Gegenwart und vor allem in einem direkten Gespräch mit ihm immer ausgesprochen aufgeregt und sogar ein wenig unsicher fühlte, hätte sie ihn sicherlich nicht aufgehalten. Doch er blieb eisern vor ihr stehen, obwohl er offenbar nicht wusste, über welche Themen er sich weiter mit ihr unterhalten sollte.

Dies entlockte Toni ein belustigtes Lächeln.

Mathieu Bouchardon schien ihr Lächeln noch ein wenig mehr aus dem Konzept gebracht zu haben, denn er fuhr sich mit der rechten Hand durch seine frech in die Stirn fallenden Haare.

„Würden Sie mir gestatten …?“, begann er und zögerte dann, sich ein wenig ungelenkig in Richtung der kleinen Terrasse drehend.

Toni presste die Lippen aufeinander und fühlte eine aufgeregte Hitze durch ihren Körper schießen. Ihr Herzschlag schien sich zu beschleunigen und sie fühlte ein aufgeregtes Kribbeln in ihrem Bauch. Wollte Mathieu Bouchardon mit ihr auf der Terrasse draußen ein Gespräch führen? Alleine? Was hatte er vor? Waren seine von Zurückhaltung gelenkten Aufmerksamkeiten der letzten Zeit doch ein Zeichen dafür gewesen, dass er mehr für sie empfand?

In diesem Moment kamen Isabelle Breillat und Yolande Macine auf sie zu. Isabelle begann bereits zu sprechen, bevor sie ganz bei Toni angelangt war. „Ist es wirklich wahr, Antoinette? Deine tollpatschige Caro ist mit ihrem Mann durchgegangen? Beinahe wirst du froh sein, dieses ungeschickte Mädchen endlich los zu sein, nicht wahr?“

Toni warf Mathieu einen hilflosen Blick zu. Erstaunt stellte sie fest, dass er sie mitfühlend ansah, leicht den Kopf schüttelte und sich schließlich abwandte und ging. Verstand er ihren Schmerz über Caros Verlust, obwohl er nicht einmal wusste, dass sie die erste Nacht ihrer Flucht nicht überlebt hatte? War er mitfühlender und sensibler, als sie es jemals angenommen hatte? Ihr Herz schlug eine neue, weiche und zauberhaft schöne, wenn auch etwas verwirrende und aufregende Melodie an, und sie blickte dem jungen Mann nach, bis er in der Menschenmenge verschwunden war.

„Hast du schon gehört, dass sie gestern beinahe den *Chevalier Mystérieux* erwischt hätten?“, fragte Isabelle. „Mein Mann hatte ihn fast sicher, da hat dieser unverschämte Kerl ihn in den Arm gebissen. Jacques blutete so heftig, dass er zu einem Arzt musste.“

„Wie schrecklich“, murmelte Toni wenig aufmerksam. Ein fragender Blick von Yolande, die in einigen Wochen Pierre heiraten würde, zwang sie in die Gegenwart zurück.

„Was ist schrecklich?“, erkundigte sich Yolande und auch Isabelle betrachtete Toni mit leicht angehobenen Augenbrauen.

„Dass dein Ehemann verletzt wurde, Isabelle“, beeilte sie sich zu sagen. Sie durfte es sich nicht leisten, weiterhin so unaufmerksam zu sein. Sie konnte sich um Kopf und Kragen reden, wenn auch niemand vermutete, dass sie mehr als Sympathien für diese Organisation aufbringen konnte. Gleichzeitig wurde ihr auch klar, dass sie es unterlassen musste, sich näher mit Mathieu und ihren zunehmenden Gefühlen ihm gegenüber zu beschäftigen.

„Lass deine Finger von meinem Mann“, zischte Isabelle sie plötzlich ungehalten an.

Toni richtete sich erschrocken auf. „Ich bitte dich, Isabelle. Wie soll ich das verstehen?“

„Wie du das verstehen sollst? Ich weiß nicht, was du getan hast oder zu tun gedenkst, doch ich möchte, dass Jacques endlich aufhört, immerfort von der wunderbaren Pianistin und der ach so freundlichen und aufmerksamen Antoinette de la Rivière zu schwärmen.“

Toni öffnete den Mund und schloss ihn wieder. Jetzt verstand sie den Unwillen, den Isabelle ihr in den letzten Monaten entgegengebracht hatte, wusste, welcher Tratsch hinter vorgehaltener Hand auf so manchen Nachmittagskaffees über sie verbreitet worden war, und sie spürte eine unbändige Wut in ihrem Inneren, die ihre dunklen Augen zu schmalen Schlitzen werden ließen. „Isabelle Breillat, ich weise entschieden von mir, was du hier anzudeuten versuchst. Ich bin vielleicht nicht verheiratet, doch ich bin keine dieser Dirnen, die sich durch ihre Gefälligkeiten ein leichtes Leben in dieser Stadt erkaufen. Ich habe keinen Einfluss darauf, was dein Mann sagt, aber es sollte dir vielleicht ein Hinweis darauf sein, dass –"

„Versuche du nur nicht, mir irgendwelche Ratschläge bezüglich meiner Ehe zu geben, du alte Jungfer", fauchte Isabelle, wandte sich ab und schwebte, eingehüllt in blassrosa Satin, davon.

„Meine Güte, Antoinette", hauchte Yolande und blickte ihrer Freundin irritiert hinterher.

„Ich verstehe das nicht. Ich habe nie etwas getan, was diesen oder einen ähnlichen Verdacht rechtfertigen würde", murmelte Toni zutiefst schockiert.

Yolande legte ihre Hand auf Tonis Arm. „Isabelle hat schon lange versucht, dich im *Carré* schlecht zu machen, doch mit wenig Erfolg. Du bist ein lieber Mensch und niemand würde dir so etwas zutrauen", flüsterte die junge Frau und blickte Toni tröstend an.

„Sie offenbar schon."

„Das glaube ich nicht, Antoinette. Sie ist nur, aus welchen Gründen auch immer, sehr unglücklich."

Toni nickte langsam. Ob auch Isabelle inzwischen bemerkt hatte, dass sich Jacques Breillat – wie so viele der Ehemänner in dieser Stadt – sein Vergnügen bei einer anderen Frau suchte?

„Isabelle wird sicherlich bald erkennen, wie unnötig, falsch und vor allem ungerecht ihre Beschuldigungen waren, Antoinette."

Wieder nickte Toni wortlos und betrachtete die hübsche Sechzehnjährige. Sie hatte nie viel mit Clothildes jüngerer Schwester zu tun gehabt, doch sie schien ein aufrichtiges, freundliches und intelligentes Mädchen zu sein, und der etwas ruhige Pierre würde sich glücklich schätzen können, sie heiraten zu dürfen.

„Danke, Yolande."

„Isabelle hat es nicht leicht, Antoinette. Statt uns über sie zu ärgern, sollten wir für sie beten."

Toni lächelte und drückte nun ihrerseits die Hand der jüngeren Frau. „Das werde ich, Yolande. Das ist wirklich das Beste, was wir für sie und ihren Mann tun können."

Die Regenwolken hatten sich am frühen Nachmittag verzogen und die erstaunlich warme Wintersonne war zum Vorschein gekommen und verwandelte die Stadt nun in einen dampfenden Kessel. Am Abend war es drückend schwül, und obwohl eine leichte Brise vom

Mississippi heranwehte, brachte diese kaum Abkühlung, sondern trug vielmehr den brackigen, unangenehmen Geruch des Wassers mit sich.

Eine schmale Mondsichel zeigte sich, und die ersten Sterne begannen vorwitzig an dem dunklen, samtenen Himmel zu blinken, als André und Mathieu das Stadthaus der Leroux' erreichten.

„Warum hast du nicht mit ihr gesprochen?"

„Was hätte ich sagen sollen? Dass ich sie liebe und nachher im Haus ihres Patenonkels einbrechen werde?"

„Was willst du ihr morgen sagen? Dass du sie liebst und vergangene Nacht im Haus ihres Patenonkels eingebrochen bist? Wo ist der Unterschied?"

„Der Unterschied liegt in der Gewissheit über ihre Situation."

„Für Antoinette würde eine Welt zusammenbrechen, wenn du ihren Patenonkel mit dem Tod ihrer Eltern in Zusammenhang bringen würdest."

„Vermutlich. Andererseits wüsste ich dann, woher ihr Gefahr droht."

„Das hilft vielleicht dir, ihr nicht. Und ich weiß nicht, wie du ihr jemals beibringen willst, dass ... Lassen wir das, Matt. Noch wissen wir nichts." André blickte zu dem großen, quadratischen Haus hinüber. Nur wenige Zimmer – die meisten unter dem Dach gelegen – waren erleuchtet – ein deutliches Zeichen dafür, dass die Bewohner des Hauses nicht da waren und die Hausbediensteten sich bereits zurückgezogen hatten, soweit sie nicht als Begleiter zu der Feierlichkeit mitgenommen worden waren.

Mathieu blickte zwischen den dunklen Zaunstangen hindurch. Es war ihm sehr unangenehm, in dieser Art und Weise das Haus von Raphael Leroux betreten zu müssen, und er wagte nicht, sich auszumalen, was er empfinden würde, wenn er erst einmal in dessen Arbeitszimmer stand. Würde er es tatsächlich wagen, sein Vorhaben zu vollenden? Augenblicklich ergriff ihn erneut diese innere Unruhe. Die Angst um Antoinette, die Carl Schurz in seinem knappen Telegramm wiederum in ihm geschürt hatte, bemächtigte sich seiner in nahezu schmerzhafter Panik.

Plötzlich entschlossen, ergriff André zwei der gusseisernen Verstrebungen, zog sich hinauf und schwang sich geschickt über den mit scharfen Spitzen verzierten Zaun.

In der Zwischenzeit hatte Mathieu die Klinke des großen, halbrunden Gatters gedrückt, es einen Spalt geöffnet und war eingetreten.

André schüttelte über sich selbst den Kopf, und gemeinsam huschten sie über das kurze Wegstück und zu einem der kleinen Nebeneingänge, von dem sie wussten, dass er erst spät in der Nacht abgeschlossen wurde. Er diente den jüngeren Männern und wohl auch dem Vorstand der Familie als heimlicher Eingang, wenn sie wieder einmal spät von einem Fest, einer Wettveranstaltung oder von einem anderen Ort zurückkamen, von welchem die Frauen der Familie nichts wissen sollten.

„Bist du dir sicher?“, flüsterte André. Aus seiner Stimme waren deutlich Zweifel und Furcht herauszuhören.

„Ja und nein. Aber du kannst hier draußen im Garten bleiben und mich warnen, falls jemand von den Leroux’ früher zurückkommt.“

André zögerte lange und Mathieu wartete geduldig auf eine Reaktion des Freundes. Er würde es verstehen, wenn André sich aus dieser nicht ganz ungefährlichen Unternehmung so weit wie möglich heraushalten wollte. Er hatte eine Frau und würde bald Vater sein und er trug die Verantwortung für Sophie und das Kind. Bei Mathieu sah es anders aus. Er war nur sich selbst und in geringem Maße auch Nathalie gegenüber verantwortlich. Doch er wollte auch für Antoinette Verantwortung übernehmen und war von einem früheren, engen Freund ihres Vaters sogar gebeten worden, dies zu tun. „Lass uns gehen, Matt“, flüsterte André schließlich.

Mathieu drückte die Klinke hinunter und die Tür sprang auf. Wie zwei Schatten drückten sich die beiden in den engen Eingangsbereich und tasteten sich im Dunklen die Stufen hinauf, bis sie durch eine edel verkleidete Tür in das Foyer des Wohntraktes gelangten.

Lauschend und mit heftig schlagendem Herzen blieb Mathieu stehen. Am Treppenaufgang brannten zwei Lampen, deren ruhiger, gleichmäßiger Schein ihnen den Weg leuchtete. Die Stufen knarrten leise unter den schweren Männerschritten, und beide hielten erschrocken inne und lauschten, ob sich irgendwo eine Tür öffnete oder sich ihnen Schritte näherten. Doch das Haus wirkte ruhig und verlassen.

„Kennst du dich hier aus?“, fragte André und blickte den langen Flur entlang, von dem unzählig viele Türen abzugehen schienen.

„Ich war einmal hier, als Leroux irgendwelche Unterlagen aus der Anwaltskanzlei angefordert hatte“, flüsterte er leise zurück. „Die Privaträume liegen auf der anderen Seite des Hauses. Hier befinden sich ausschließlich Wirtschaftsräume, Besprechungszimmer, Gästezimmer und das Arbeitszimmer des Hausherrn. Die drittletzte Tür …“ Er hoffte, dass sein Erinnerungsvermögen ihn nicht im Stich ließ.

Sekunden später standen sie vor einer rustikalen Eichentür, und im Licht einer einzelnen, weiter entfernt hängenden Wandlampe blickten die beiden Freunde sich prüfend an. Noch war es ein Leichtes, den Rückweg anzutreten und zu vergessen, dass sie bereits uneingeladen in das Haus eingedrungen waren.

„Wir tun es für Antoinette", ermunterte Mathieu sich selbst.

André nickte und öffnete schließlich die Tür. Die beiden huschten eilig hinein, um die Tür schnell wieder hinter sich zu schließen.

In dem großen Raum, der von ein paar Mondstrahlen, die durch die Vorhänge fielen, erhellt wurde, hing noch ein leichter Hauch von Tabak und Pfefferminze, vermutlich von einem Whiskey stammend, und wollte den Eindruck erwecken, der Hausherr sei noch vor wenigen Minuten anwesend gewesen.

André schien plötzlich von Tatendrang erfüllt zu sein. Er tastete sich zu den drei Fenstern vor, zog die dichten, samtenen Vorhänge sorgfältig zu und forderte Mathieu leise auf, die Lampe über dem großen Arbeitstisch zu entzünden. Mathieu löste sich aus seiner Erstarrung und gehorchte.

Das Geräusch des Zündholzes schien wie ein Paukenschlag durch den Raum zu dröhnen und die hervorzüngelnde Flamme erhellte gleich einem Blitz den rotbraun glänzenden Schreibtisch. Nachdem Mathieu den Docht ein Stück herausgedreht hatte, hängte er die Lampe wieder an ihren Platz zurück. Prüfend blickte er sich um, und da André sich in der Zwischenzeit in dem lederbezogenen Sessel Raphael Leroux' niedergelassen hatte, ging er zu dem großen, ebenfalls aus Mahagoni gearbeiteten Schrank an der linken Wand hinüber, um diesen näher zu inspizieren.

„Was suchen wir also?", fragte André und zog mit spitzen Fingern die oberste Schreibtischschublade auf.

„Ein amtliches Schriftstück. Eine Verfügung. Ein Testament. Dazu irgendwelche Unterlagen über größere Geldtransaktionen, die von Deutschland nach Louisiana getätigt wurden, und möglichst einen Nachweis darüber, wo dieses Geld angelegt oder ausgegeben wurde."

„Hätten wir nicht vielleicht einen Handkarren mitnehmen sollen?", spottete André, obwohl auch ihm klar war, dass sie keines dieser Beweisstücke würden mitnehmen können – falls sie sie überhaupt fanden.

Die Minuten verstrichen, während die beiden Unterlagen, Bücher und Kisten mit Papieren herausholten, durchblätterten und sorgfältig wieder an ihre angestammten Plätze zurücklegten.

Mathieu nahm eine mit Bindfaden zugebundene Pappkiste aus

einem der untersten Regalfächer und öffnete sie. Zwei Stapel Briefe lagen darin, ebenfalls mit Faden sorgfältig zusammengebunden. Gerade wollte er die Kiste beiseite legen, als ihm etwas Ungewöhnliches auffiel. Er stockte und nahm einen Stapel Briefe heraus. Von einer sehr weiblichen, leicht verschnörkelten Schrift war auf dem obersten Umschlag die Washingtoner Adresse von Carl Schurz notiert worden. Mathieu zog den Brief aus dem Bündel heraus und wendete ihn. Als Absender stand dort der Name Antoinettes.

Mit gerunzelter Stirn zog er das Band auf und nahm einen Brief nach dem anderen in die Hand. Seine Aufregung nahm zu – ebenso wie seine Wut –, und mit einer hastigen Bewegung nahm er den zweiten Stapel Briefe und begann auch diesen durchzusehen, wobei er lange mit sich kämpfte, bis er es sich gestattete, einen dieser nicht versiegelten Umschläge zu öffnen und zumindest die ersten paar Zeilen dieses Briefes zu lesen. „André!“, flüsterte er aufgeregt seinem Freund zu, der die Papiere, die er gerade in den Händen hielt, fallen ließ, um zu ihm hinüberzuhasten.

„Was hast du da?“

„Diese Briefe hier ...“, Mathieu hob den ersten Stapel hoch und betrachtete mit einer Mischung aus Verzweiflung, Angst, aber auch Triumph die Handschrift Antoinettes. „Diese Briefe hat Antoinette geschrieben. Einige sind fast zehn Jahre alt und an ihre früheren Freunde in Deutschland gerichtet. Andere sind jüngeren Datums und scheinen ebenfalls an Bekannte in ihrem früheren Heimatort gerichtet zu sein. Zwei Briefe sind an Carl Schurz adressiert.“

„Du meinst ...?“ André hockte sich neben seinem Freund auf den Boden und nahm die geöffneten Briefumschläge in die Hand.

Grimmig nickte Mathieu vor sich hin. „Vermutlich hat Antoinette die Briefe Raphael gegeben, um sie von ihm bei der Post aufgeben zu lassen. Doch sie haben dieses Haus niemals verlassen. All ihre drängenden Fragen, ihre Versuche, Kontakt mit der Heimat zu halten oder sich Gewissheit über den Tod ihrer Eltern zu verschaffen, sind im Keim erstickt worden.“

„Langsam bekomme ich Angst vor dem, was wir hier sonst noch finden könnten, Mathieu“, murmelte André und gab die Briefe zurück. Dann tippte er wortlos auf den zweiten Stapel.

„Diese Briefe sind von Leroux selbst. Aus irgendeinem Grund haben auch sie dieses Haus nie verlassen. Ich habe nur die ersten Zeilen eines der Briefe gelesen, der an Angelique de la Rivière Eichenheim gerichtet war.“ Mathieu sah seinen Freund an. „André, Raphael muss diese Frau geliebt haben. Das hier sind Liebesbriefe.“

„Leroux hat Antoinettes Mutter geliebt? Wusste sie es nicht? Wusste Eichenheim es nicht? Wie sonst hatte Leroux Patenonkel seiner einzigen Tochter werden können?“, überlegte André. Er erhob sich langsam und schwerfällig, als lähme ihn die Angst vor dem, was sie vielleicht in dieser Nacht noch alles erfahren würden. „Mord aus Eifersucht, Mathieu?“

„Warum aber hatte auch Angelique sterben müssen?“

„Vielleicht war es ein Unfall. Vielleicht sollte nur Antoinettes Vater, nicht aber die Mutter getötet werden?“

„Leroux war zu diesem Zeitpunkt bereits seit einigen Jahren verheiratet, André.“

„Vielleicht nagte es zu sehr an ihm, dass er Madame Eichenheim nicht für sich gewinnen konnte, und deshalb gönnte er sie auch keinem anderen als Ehefrau.“

„Weshalb aber musste dann die andere Patin sterben? Und warum diese Geheimniskrämerei um den Verbleib von Antoinette?“

„Mathieu. Hier tun sich Abgründe auf, über die ich lieber nicht mehr erfahren möchte.“

„Lass uns weitersuchen, André. Leroux scheint ein Mann zu sein, der sich nicht von seinen Unterlagen trennen kann – und seien sie noch so brisant. Ich glaube nicht an einen Liebesmord. Vielleicht mag ihm diese verschmähte Liebe geholfen haben, seinen Plan tatsächlich auszuführen. Für mich stellt sich aber noch immer die Frage, wo Antoinettes Vermögen ist.“

„Beeilen wir uns. Ich möchte hier wirklich nicht erwischt werden“, brummte André vor sich hin. Er drehte den Docht der Lampe ein wenig herunter, da die schweren Vorhänge nicht ganz blickdicht waren, und widmete sich wieder dem Inhalt des Schreibtisches. Es dauerte nicht lange, bis er einen leisen Pfiff ausstieß.

Sofort sprang Mathieu auf und eilte zu ihm hinüber.

„Sieh dir das an. Leroux war tatsächlich so verschuldet, dass er vermutlich nicht einmal dieses Haus, geschweige denn die Plantage hätte halten können. Doch dann kam eine beträchtliche Summe aus dem Ausland und floss ...“ André blätterte um und deutete auf verschiedene Konten in der Bilanz. „... über verschiedene Kanäle ruckzuck wieder davon. Und das ist noch nicht alles. Er konnte zwar kurzfristig seinen Kopf aus der Schlinge ziehen, aber 1854 hatte er, was den Verkauf der Anbaugüter der Plantage betraf, kaum etwas verdient, zudem scheint er sich in diesem Jahr auf ein sehr dubioses Geschäft eingelassen zu haben. Du wirst das besser durchschauen als ich.“

Mathieu nahm die Unterlagen entgegen. Es dauerte nicht lange, dann nickte er André zu. „Du hast Recht. Er muss 1854 entweder einem Betrüger aufgesessen sein oder in ein sehr verlustreiches Geschäft investiert haben. Dabei sind offensichtlich Geldsummen, die er offiziell gar nicht hatte und wohl niemals angegeben hat, verloren gegangen. Da hätte sich mancher Geschäftsmann eine Kugel durch den Kopf gejagt. So, wie es aussieht, hat Leroux sich niemals richtig von diesem finanziellen Verlust erholt."

„Und was bedeutet das?", hakte André nach und schlug eine in wertvolles Leder gebundene Mappe auf.

„Er konnte Antoinettes verlorenes Geld nicht mehr hereinarbeiten. Wenn sie volljährig wird und es beanspruchen will, wird nichts oder nur noch ein Bruchteil davon vorhanden sein."

André schien nicht zugehört zu haben. Er hatte den Kopf leicht schief gelegt und schüttelte schließlich den Kopf. „Kannst du Deutsch?"

„Du hast das Testament?"

„Ich vermute. Zumindest ist das hier ein sehr amtlich aussehendes Dokument. Es ist mit Siegeln und mehreren Unterschriften versehen. Allerdings ist es leider in deutscher Sprache verfasst."

Mathieu stand bereits neben ihm. Hitzewellen jagten durch seinen Körper. Das Dokument schien tatsächlich sehr offiziell zu sein.

„Kann Leroux Deutsch?"

„Vermutlich bruchstückhaft. Immerhin ist er Antoinettes Patenonkel und wird gelegentlich in Deutschland gewesen sein, um die Eichenheims zu besuchen", vermutete Mathieu und legte seinen Finger auf die Ecke eines Blattes Papier, das unter dem offiziellen Schreiben aus der Mappe herausragte. Er zog das Papier heraus und nahm es in die Hand. Darauf war dieselbe unordentliche Schrift des Mannes zu sehen, der auch die Bücher geführt hatte.

„Danke", murmelte er leise und begann, die lückenhafte Übersetzung des Testamentes zu entziffern. „Mein Gott", murmelte er schließlich. Alle Vorsicht, alle Angst, entdeckt zu werden, und jeder zweifelnde Gedanke über die Richtigkeit ihres Tuns war vergessen. Mathieu sah nur, dass sich das Puzzle allmählich zusammenfügte, und er erkannte die Gefahr, in der Antoinette lebte, seit ihre Eltern umgekommen waren.

„Matt?" André legte das Testament in die Mappe zurück und griff nach dem gesunden Arm seines Freundes. „Du bist kalkweiß. Hast du Schmerzen? Was machen wir hier eigentlich? Du gehörst in ein Bett."

„Nein!", stieß Mathieu ungehalten aus und warf das Papier auf den Tisch.

„Lass uns hier verschwinden, Matt“, beschloss André und begann sofort mit dem Aufräumen. Doch Mathieu regte sich nicht. Er saß einfach nur auf der Kante des Arbeitstisches und war mit seinen Gedanken sehr weit fort. Wie nur konnte er Antoinette berichten, was er in dieser Nacht erfahren hatte? Würde sie ihm denn überhaupt glauben? Das alles war einfach zu grausam und ohne die Unterlagen, die André soeben wieder zurücklegte, auch nicht beweisbar.

„Matt?“ André ergriff seinen Freund erneut am Arm, woraufhin dieser erschrocken in die Höhe fuhr. Ohne ein weiteres Wort zu wechseln, löschten sie die Lampe, zogen die Vorhänge wieder zurück und gelangten ungesehen aus dem Haus.

Gerade als sie auf die andere Straßenseite gewechselt hatten, ratterte eine Kutsche über das Kopfsteinpflaster heran, die über die Einfahrt bis direkt vor das Haus fuhr. Als Mathieu sich umwandte, glaubte er, Antoinette de la Rivière zu erkennen, der gerade aus dem Gefährt geholfen wurde.

Sofort blieb er stehen. Konnte er es zulassen, dass die junge Frau weiterhin mit dem Mörder ihrer Eltern unter einem Dach lebte? Wer konnte ihm versprechen, dass sie nicht eines Morgens tot in ihrem Bett aufgefunden werden würde?

„Matt?“, zischte André.

Mechanisch setzte sich Mathieu wieder in Bewegung. Dann blieb er stehen, sah seinen Freund an und sagte: „Ich kann sie nicht heiraten, André. Es würde ihr Todesurteil bedeuten.“

Kapitel 26

Antoinette de la Rivière verließ das kleine Zimmer in der Gastwirtschaft und ließ eine besorgt dreinblickende Fanny zurück. Wieder einmal hatte die schwarze Frau darum gebeten, Toni begleiten zu dürfen, doch sie hatten kein geeignetes, zweites Pferd zur Verfügung.

Toni, die jahrelang alleine in den Wäldern unterwegs gewesen war, spürte ein schmerzliches Ziehen in ihrer Brust. Wie gerne hätte sie Fanny, die ihr inzwischen eine gute Freundin geworden war, mitgenommen. Doch diesen Luxus konnten sie sich nicht leisten, nicht nur, weil es kein angemessenes Reittier für die junge Frau gab, es war einfach zu gefährlich – für sie wie auch für Fanny.

Sie betrat den Stall und gab sich durch die inzwischen vertraute

Parole zu erkennen, um kurz darauf die Zügel des schwarzen Pferdes in die Hände gedrückt zu bekommen.

Außerhalb des kleinen, heruntergekommenen Stalles blickte sie sich vorsichtig um, dann stieg sie auf und lenkte das Tier in schnellem Galopp durch die abgeernteten, vom Mond beschienenen Felder in Richtung Wald. Sie musste über eine Stunde einplanen, bis sie in den nun nicht mehr geheimen Pfad eindringen konnte, der sie zu Caros Grab bringen würde.

Der Hengst schlug nervös mit dem Schwanz und zuckte ununterbrochen mit seinen dunklen Ohren. Doch seine Unruhe war nicht verwunderlich, da die Reiterin auf seinem Rücken ebenfalls ausgesprochen angespannt war. Toni hatte ihre Augen zu schmalen Schlitzen zusammengezogen. Unter dem dunklen Cape sammelte sich die Hitze wie selten um diese Jahreszeit. Ihre Haare waren nass und unaufhörlich lief ihr der Schweiß über das gerötete Gesicht. Ihre Hände und selbst die Beine, die das Tier eigentlich ruhig und sicher dirigieren sollten, zitterten.

In Gedanken formte sie ununterbrochen ein um Hilfe schreiendes Gebet. Sie wusste, dass allein Gott ihr Schutz geben konnte, denn sie fühlte sich klein, hilflos und allein gelassen wie niemals zuvor in den vergangenen viereinhalb Jahren, in denen sie in diesen Wäldern unterwegs gewesen war. Doch sie war auch niemals zuvor so knapp einer Ergreifung entgangen wie bei ihrem letzten Ritt auf diesen Pfaden, und sie wusste, dass die Pflanzer, nun, da sie beinahe einen Erfolg hatten verzeichnen können, weitaus intensiver auf die Jagd nach dem *Chevalier Mystérieux* gehen würden. Inzwischen musste diesen auch klar sein, dass es sich um mehr als nur einen Reiter handelte.

Eine Eule stieß ihren fragenden, lauten Ruf aus, und Toni zuckte erschrocken zusammen, dabei den Kopf des Tieres zurücknehmend. Der Hengst blieb sofort bewegungslos stehen, schnaubte jedoch ungehalten – ein deutliches Zeichen seiner Nervosität.

Toni strich Noir mehrmals über den Hals, ehe sie sich wieder aufrecht in den Sattel setzte und ihn erneut antrieb.

Langsam ritt sie weiter in den zunehmenden Dunst hinein, der vom Mond matt beschienen diesen seltsam schönen, grünlichen Farbton annahm.

Zweige knackten im Unterholz und das Reiben der Äste hoch oben in den Baumgipfeln mischte sich mit dem leisen Flüstern der vom Wind bewegten Blätter und das Zirpen der Grillen wuchs zu einem nahezu ohrenbetäubenden Lärm an.

Tonis Schulter strich an einigen trockenen Moosbehängen

entlang. Sie ließ das Tier weiter im langsamen, vorsichtigen Schritt gehen, denn nur so würde sie eventuelle Reiter, die ihr folgten oder ihr entgegenkamen, rechtzeitig hören können.

Die Zeit verging und Toni wurde immer unruhiger. Es drängte sie, schneller zu reiten, denn sie fühlte die Angst wie eine eisige Hand in ihrem Nacken. Wenn sie nur endlich die Lichtung erreichte, denn dort würde sie sich ein wenig sicherer fühlen.

Toni stoppte das Pferd. Hatte sie da gerade Stimmen gehört? Mit geschlossenen Augen saß sie da, lauschte und versuchte, die Geräusche der Nacht von denen zu trennen, die für sie Gefahr bedeuteten. Doch alles war wie gewohnt, und schließlich, wenn auch unter heftigem Zittern und mit einem bohrenden Schmerz in der Magengegend, trieb sie Noir wieder an.

Nach einigen unendlich langen, angstvollen Minuten erreichte sie die Stelle, an welcher sie diesen Pfad verlassen und in Richtung der versteckt im Wald liegenden Lichtung einbiegen konnte. Erleichtert trieb sie das Pferd zwischen das Unterholz und durch das dichte Buschwerk hindurch.

Bald schon konnte sie das leise Murmeln des Bachlaufes hören, und nach wenigen Schritten lag die wunderschöne, von hohen moosbehangenen Bäumen eingesäumte Lichtung, beleuchtet von dem fahlen Licht des hoch am Himmel stehenden Mondes, vor ihr.

Minutenlang verharrte Toni auf der Stelle und ließ die friedliche, schöne Stimmung auf sich wirken. Sie dankte Gott für diesen wunderbaren Ort und dafür, dass er sie ein weiteres Mal unbeschadet hierher gebracht hatte. Dann erst blickte sie auf den niederen Hügel inmitten der Lichtung und sofort stiegen ihr die Tränen in die Augen. „Caro!“, flüsterte sie und fühlte den heftigen Schmerz des Verlustes wie ein heiß wütendes Feuer in sich auflodern. Langsam stieg sie ab und gab dem Pferd die Zügel frei, worauf dieses sofort das saftige Gras entlang des Baches zu fressen begann.

Toni fiel vor dem Grabhügel auf die Knie. Sie legte beide Hände auf die noch feuchte Erde, senkte den Kopf und weinte. Sie trauerte um die Freundin, die sie zehn Jahre lang überallhin begleitet, sie umsorgt und getröstet und oft genug auch zum Lachen gebracht hatte. Und sie fragte sich, was wohl aus Claude geworden war. Sie strich mit beiden Händen über den Erdwall, und ihre Tränen tropften auf ihn hernieder, als sie an das ungeborene Kind dachte, das mit seiner Mutter hatte sterben müssen, als diese versucht hatte, das zu erlangen, was eigentlich jedem Menschen von Geburt an zustehen sollte: Freiheit und Selbstbestimmung.

Toni schob sich die Kapuze des Capes vom Kopf. Dann trat sie zu dem weidenden Pferd, holte den kleinen Handspaten aus der Satteltasche und fing an, Erde auszuheben und sie mitsamt der Grasnarbe rund um den Grabhügel und darauf zu legen.

„Willst du mich nicht endlich einweihen?", fragte André fordernd und beugte sich weit nach vorne.

Mathieu sah seinen Freund ernst an. „Antoinettes Erbe ist zum größten Teil verloren, so viel weißt du bereits." Mathieu sah André ungeduldig nicken. „Das Testament besagt, dass Antoinette das Erbe erst am Tage ihrer Hochzeit antreten darf. Doch 1855, als sie in die Gesellschaft eingeführt wurde und sich die ersten Interessenten anmeldeten, war dieses Erbe nicht verfügbar, obwohl Leroux vermutlich gehofft hatte, es bis dahin wieder erwirtschaftet zu haben. Deshalb hat er wohl diese zweifelhafte, risikoreiche Investition getätigt, die dann tatsächlich ein Desaster für ihn gewesen sein muss. Ich vermute einmal, dass Raphael aus diesen Gründen das Gerücht über eine Erbkrankheit verbreitet hat. Auf diese Weise hat er sich alle potenziellen Bewerber vom Hals geschafft und bekam einen zeitlichen Aufschub."

„Bis Max aus South Carolina auftauchte."

„Richtig. Doch dessen Werben konnte er zum einen Antoinettes Desinteresse entgegensetzen und zum anderen natürlich die hinter seiner Fürsorglichkeit getarnten Gründe wie die weite Entfernung und die Tatsache, dass er ihn überhaupt nicht kannte."

„Und weiter?", forderte André.

„Das Testament besagt, dass Antoinette, sollte sie bis zu ihrem einundzwanzigsten Geburtstag nicht verheiratet sein, an eben diesem Tag das Erbe antreten kann."

„Matt! Ihr Geburtstag ist in zwei Monaten."

„Richtig. Raphael Leroux wird sich also eine Lösung seines Problems einfallen lassen müssen."

Mathieu sah voller Verzweiflung und Schmerz hinüber zu dem Klavier seiner Großmutter, auf dem Antoinette bereits so viele Male gespielt hatte.

„Du meinst ..." Andrés Stimme war tief und die Worte kamen ihm nur langsam und zögernd über die Lippen.

„Das Geld ist nicht da, André. Selbst wenn Antoinette bis jetzt niemals nach einem Erbe gefragt hat, wird sie dies vielleicht tun, wenn sie volljährig geworden ist. Antoinette ist eine intelligente und aufgeweckte junge Frau. Sie wird einige Fragen zu stellen haben und ihren Patenonkel in gewaltige Erklärungsnöte bringen. Muss er nicht befürchten, dass sie beginnen wird, die Zusammenhänge zu verstehen? Immerhin hat er die Briefe gelesen, die sie nach Deutschland und an Monsieur Schurz nach Washington schicken wollte. Er weiß, dass sie nicht so unbedarft ist, wie er es gerne gehabt hätte. André, welche Möglichkeit hat er noch, um sich zu retten?"

Die beiden jungen Männer schwiegen und hingen ihren eigenen, schweren Gedanken nach. Obwohl Mathieu darum bemüht war, sich eine andere Möglichkeit zu erdenken, und er sich noch einmal einzureden versuchte, dass dies alles nur Spekulationen waren, steigerte sich seine Besorgnis in zunehmendem Maße. Übertrieb er in seiner Angst? Doch so schwer es ihm auch fallen mochte, Mathieu musste sich eingestehen, wie logisch, einfach und grausam zugleich die Tatsachen aussahen.

„Jetzt verstehe ich, warum Leroux Max mit Leichtigkeit ablehnen konnte, obwohl er die einzige Möglichkeit zu sein schien, Antoinette unter die Haube zu bringen", murmelte André. „Jetzt begreife ich erst, warum Antoinette so ungewöhnliche Freiheiten genossen hat. Wie oft war sie nur in Caros Begleitung unterwegs, und das sogar spätabends oder nachts? Und was ist mit ihren heimlichen Ritten am Strand und über die Plantage? Über die Jahre konnten diese Leroux doch nicht entgangen sein! Er hat die Gefahr in diesen Unternehmungen Antoinettes einfach ignoriert, da diese ihm sehr gelegen kam."

„Denn wenn Antoinette unverheiratet stirbt, wird der Pate, der sie aufgenommen und versorgt hat, das gesamte Erbe erhalten", beendete Mathieu die Überlegungen seines Freundes.

„Wir müssen etwas unternehmen, mein Freund!"

Mathieu, der die Frau, die er liebte, in tödlicher Gefahr wusste, fuhr sich mit beiden Händen verzweifelt durch die Haare. „Nur was?"

Zufrieden betrachtete Toni ihr Werk und begann unter heftiger Anstrengung, große Steine aus dem Bachbett zu sammeln. Um dem Grab einen zusätzlichen Schutz vor großen Tieren zu gewähren, drückte sie die Gesteinsbrocken auf diesem fest. Sie griff nach einem weiteren schweren Stein, als der Hengst ruckartig den Kopf hob und ihn in Richtung Pfad drehte.

Sofort sprang die junge Frau auf und lief zu ihrem Tier. Sie stellte den linken Fuß in den Steigbügel und schwang sich in den Sattel. Dann schob sie sich die Kapuze über den Kopf und zwang Noir bis an den Waldrand, um sich dort im Schatten der Bäume zu verstecken.

Das laute Brechen eines morschen Astes hallte durch die Nacht und das Rascheln im Unterholz nahm beständig zu. Toni biss sich ängstlich auf die Unterlippe.

Ein Pferd brach sich den Weg durch das Gestrüpp und trat auf die Lichtung. Wie ein Schausteller, der auf eine Bühne trat, leuchtete der helle Mond den Reiter in seinem schwarzen Cape an, und Toni atmete erleichtert auf. Ihr Pferd bewegte auf Grund der Anwesenheit des zweiten Hengstes missmutig den Kopf auf und nieder und auch sie ärgerte sich über das Erscheinen ihres Partners. Kontrollierte er sie neuerdings? Fühlte er sich für den Jungen, für den er sie offenbar hielt, verantwortlich?

Der dunkelbraune Hengst stieß ein ungehaltenes Schnauben aus, und Toni bemerkte Matts Zusammenzucken, als sie Noir aus dem geschützten Dunkel des Waldes in die Lichtung hineintrieb.

Am Bachlauf, jeweils auf der gegenüberliegenden Uferseite stehend, trafen sie aufeinander, und Toni versuchte neugierig, einen Blick auf das Gesicht ihres Partners zu erhaschen, da dieses vom Mond beschienen wurde. Doch der Mann hatte seine Kapuze bis weit über die Stirn gezogen, sodass sie nur ein mit Bartstoppeln versehenes, leicht kantiges Kinn erkennen konnte.

„Bist du verrückt, Tom? Was tust du hier? Es ist viel zu gefährlich."

„Ich musste das Grab fertig machen, Mister Matt. Sie wissen selbst, welche Tiere hier unterwegs sind und den Leichnam ausgraben könnten."

„Du bist bodenlos leichtsinnig geworden. Dieser Pfad ist für uns verloren."

„Für die Jäger ebenso. Sie wissen doch, dass wir hier nicht mehr herkommen werden."

„Das sehen wir ja gerade", brummte Matt. „Bist du fertig?"

„Nein", erwiderte Toni, warf das Cape leicht zurück, damit es beim Absteigen nicht am Sattel hängen blieb, und glitt von ihrem Tier. Erneut schichtete sie Steine auf Caros Grab, und nach kurzem Zögern stieg auch ihr Partner ab und half ihr, soweit ihm dies mit seinem verletzten Arm möglich war, das Grab abzusichern.

„Verabschiede dich. Wir müssen gehen. Du wirst nicht mehr hierher zurückkehren."

Toni blieb zögernd vor dem Grab stehen. Wie gerne hätte sie noch ein Kreuz angebracht, als Zeichen dafür, dass Caro nicht ohne die vergebende Liebe ihres Herrn gestorben war, doch sie untersagte sich diesen Wunsch. Es war ein äußerliches Zeichen, dessen Caro nicht bedurfte, und vermutlich hatte ihr Partner Recht: Weder sie noch irgendjemand sonst würde wohl in der nächsten Zeit diese Lichtung betreten und das Kreuz sehen können.

Toni strich ein letztes Mal über einen der vom Wasser glatt gewaschenen Steine, und während ihr erneut Tränen über die Wangen rollten, folgte sie dem Beispiel des Mannes und schwang sich behände auf den Rücken ihres Pferdes. Hintereinander verließen sie die Lichtung und bemerkten den dunklen Schatten nicht, der sich tief in eine kleine Senke am Waldrand drückte und wartete, bis die beiden Reiter ihn passiert hatten.

Kapitel 27

Sophie Fourier öffnete Toni die Küchentür und die beiden jungen Frauen fielen sich in die Arme.

„Es tut mir so schrecklich Leid, dass deine Caro fort ist. Ich weiß, wie sehr du sie gemocht hast. Ich hoffe nur, dass die beiden ihren Weg in die Freiheit finden werden."

Toni nickte unter Tränen und wünschte sich, die Freundin einweihen zu können. Doch es war ihr einfach nicht möglich, und immer stärker fühlte sie, wie ihr Geheimnis gleich einer schweren Last auf ihre Schultern drückte. Gleichzeitig stellte sie fest, dass nicht nur die Geheimniskrämerei, sondern auch die beständig zunehmende Gefahr und die Einsamkeit, in die ihre Tätigkeit sie trieb, immer unerträglicher für sie wurde. Vermutlich lag dies vor allem daran, dass sie mehr für Mathieu Bouchardon empfand, als sie bislang angenommen hatte, und daran, dass dieser ihr in letzter Zeit sogar seine Zuneigung zeigte. Sie würde wohl irgendwann vor der Frage stehen, ob sie die von ihr übernommene Aufgabe noch weiter ausführen oder ein Leben an der Seite des Mannes führen wollte, den sie liebte.

„Geht es dir nicht gut, Toni?", erkundigte sich Sophie. Ihre Augen musterten die Freundin besorgt und neugierig zugleich.

„Ich habe einige Entscheidungen zu treffen, Sophie. Entscheidungen, die mir nicht gerade sehr leicht fallen."

Ein Lächeln huschte über Sophies Gesicht, und Toni fragte sich, was diese wusste, ahnte oder einfach nur vermutete.

Sophie umarmte sie noch einmal und flüsterte ihr dann zu: „Du weißt doch, was du mir beigebracht hast, Toni. Triff deine Entscheidungen nie, ohne zuvor darüber gebetet zu haben."

„Du hast Recht, Sophie. Wie so oft."

„Komm herein. Ich habe uns eine kleine Mahlzeit zubereitet und die beiden Männer werden auch gleich kommen."

„Die *beiden* Männer?" Toni wandte aufgeregt den Kopf nach Sophie um, die ein Tablett vom Küchentisch nahm.

„Mathieu und André. Habe ich dir nicht gesagt, dass Mathieu auch kommt?", fragte Sophie und schüttelte leicht den Kopf, als müsse sie sich selbst tadeln.

„Das hast du nicht, liebe Sophie, und ich vermute einmal, du bist dir dieser Tatsache durchaus bewusst."

„Bist du mir jetzt böse?"

„Wie könnte ich dir böse sein, Sophie?", lachte Toni, nahm ihr das Tablett aus der Hand und ging in den kleinen Salon hinüber, um aus der Kommode vier Teller zu holen. Sie wollte gerade zum Tisch gehen, als eine zweite Tür geöffnet wurde und Mathieu hereinstürmte. Nur Tonis schneller Reaktion war es zu verdanken, dass sie nicht zusammenprallten und die Teller heil blieben.

„Entschuldigen Sie bitte, Mademoiselle de la Rivière", murmelte Mathieu und nahm ihr mit einer verlegenen Geste die Teller aus den Händen, wobei ihre Finger sich für einen kurzen Augenblick berührten.

Toni presste die Lippen aufeinander, als sie die Hitze fühlte, die von ihren Fingern aus durch ihren ganzen Körper zu rieseln begann. Sie hob den Kopf und blickte in die leuchtend blauen Augen ihres Gegenübers.

„Entschuldigen Sie bitte", wiederholte er.

„Es ist ja nichts geschehen, Monsieur Bouchardon", erwiderte Toni schließlich und schenkte dem Mann ein strahlendes Lächeln.

Da dieser bewegungslos stehen blieb und ihr weiterhin in die Augen sah, senkte Toni, inzwischen am ganzen Körper vor Aufregung und Unsicherheit zitternd, den Blick und nahm ihm die Teller wieder aus der Hand, jedoch peinlich darauf bedacht, ihn nicht noch einmal zu berühren.

Sie begann, den kleinen Tisch zu decken, den Sophie bereits mit einer bestickten weißen Tischdecke und einem fröhlichen Blumenarrangement versehen hatte. Als sie aufblickte, stand Mathieu noch immer vor der offenen Tür und beobachtete sie. „Sie dürfen sich gerne schon setzen, Monsieur Bouchardon", lud Toni fröhlich lachend ein, nicht wissend, dass ihr Lachen den jungen Mann noch mehr durcheinander brachte.

„Kann ich Ihnen nicht helfen?", fragte er schließlich und deutete mit einer leichten Kopfbewegung in Richtung Geschirrkommode.

„Gerne. Wir brauchen noch Besteck und Gläser. Sie finden beides links von den Tellern." Toni sah zu, wie der Mann mit seinen großen Händen den feinen, goldenen Schlüssel drehte und behutsam die Tür öffnete, als befürchte er, den ganzen Schrank umzuwerfen. Toni presste die Lippen zusammen, um ein belustigtes Lächeln zu verstecken. Dabei bemerkte sie, wie ihr Herz erneut begann, einen scheinbar wilden, unkontrollierten Tanz aufzuführen.

Der junge Anwalt streckte ihr über den Tisch hinweg Messer und Gabeln entgegen. Mit ihren gewohnt schnellen Bewegungen nahm sie ihm das Besteck aus seinen Händen. Täuschte sie sich, oder hatte er die Hand absichtlich ein wenig gedreht, als sie die Gabeln aufnahm, sodass sich ihre Hände berührten? Wieder sah sie auf und blickte in seine ungewohnt ernst blickenden Augen. Doch er wandte sich schnell ab und griff nach den Gläsern.

Toni atmete tief ein und wieder aus und bemühte sich vergebens, das Zittern ihrer Hände zu unterdrücken, als sie das Besteck neben die Teller legte. Wo nur blieben Sophie und André? Es konnte doch nicht so lange dauern, bis Sophie die Mahlzeit aus den Töpfen in Schalen arrangiert hatte. Warum schickte André Mathieu zu den Frauen herüber, wenn er selbst nicht unverzüglich nachzukommen gedachte?

Mathieu kam um den Tisch herum und stellte die Gläser hin, bevor er dicht vor sie trat und sie so intensiv musterte, dass sie unwillkürlich einen Schritt zurückwich. „Mademoiselle de la Rivière, ich würde gerne –"

In diesem Moment ging die Küchentür auf und Sophie trat, gefolgt von einer ihrer Bediensteten, in das Esszimmer.

Toni konnte sehen, wie Sophie zögerte und sie beide interessiert musterte. Dann lächelte sie ihr zu und stellte eine Flasche Rotwein auf den Tisch, während das Mädchen dampfende Schüsseln von einem Tablett herunternahm.

Als habe er den Duft der Kartoffeln und des Gemüses wahrgenommen, trat André ein und begrüßte Toni, indem er sie wie so oft brüderlich in die Arme zog. „Na, meine Kleine. Geht es dir gut? Schön, dass du unserer Einladung gefolgt bist."

„Wie hätte ich sie ablehnen können, André?"

„Indem du dem Boten eine Nachricht mitgegeben hättest, auf der einfach nur ‚Nein' gestanden hätte, meine Liebe", neckte der junge Mann und ließ sich auf seinem Platz nieder.

„Setz dich, Mathieu. Du stehst da, als wolltest du gleich die Flucht ergreifen."

Toni hob die Augenbrauen, als der Anwalt der neckenden Aufforderung Folge leistete, ohne seinerseits seinem Freund eine spöttische Antwort zu geben. Das war ungewöhnlich für ihn, und wieder musterte Toni den jungen Mann, während sie neben ihm Platz nahm. Sein Blick wanderte von André zu ihr, und sie glaubte, Verwirrung und Schmerz in seinen hellen Augen erkennen zu können. Verwundert, aber auch besorgt hob sie leicht die Augenbrauen, doch der Mann wich ihrem Blick schnell aus.

Claude strich mit beiden Händen über das Kreuz, das er aus zwei gerade gewachsenen Ästen angefertigt hatte. Seit der letzten Nacht, als er Tonis Partner heimlich zur Lichtung gefolgt war, beseelt von der Hoffnung, Caro zu finden, saß er nun schon am Grab seiner Frau und seines ungeborenen Kindes. Er hatte geweint, geklagt, sich Vorwürfe gemacht und Gott angefleht, ihn doch auch sterben zu lassen. Doch schließlich war ihm klar geworden, dass Gott ihn nicht loslassen würde, gleichgültig, wie sehr er klagte. Von Caro hatte er gelernt, dass Gott ihn liebte, selbst wenn er sich von ihm lossagte. Und diese Liebe hatte es verdient, nicht verschmäht und mit Füßen getreten zu werden. Er hatte aufgehört, Gott anzuklagen, und schließlich hemmungslos geweint und Gott gebeten, ihm zu helfen, mit diesem Verlust umzugehen.

Ruhiger, wenn auch von unendlichem Schmerz erfüllt, hatte er schließlich begonnen, das Kreuz als ein Zeichen seines Vertrauens und seiner Hoffnung zu fertigen, und befestigte dies nun am Grab.

„Ich liebe euch", flüsterte er. „Ich danke Gott für die Zeit mit euch. Ich bitte Gott um Hilfe für die Zeit ohne euch. Und ich freue mich auf eine andere Zeit mit euch." Claude ließ seinen Tränen freien Lauf. Schließlich zog er ein paar gestrickte Babyschuhe aus einem Beutel, hängte sie über das Kreuz und stand auf. Er wusste, dass Toni eines Tages hierher zurückkehren würde, und dann würden ihr die Babyschuhe und das Kreuz sagen, dass er lebte, dass er Abschied genommen hatte und keinen Hass in seinem Herzen trug. Das würde ihr Trost sein.

Claude drehte sich um und verließ die grüne, vom Sonnenlicht freundlich beschienene Lichtung, um sich auf den weiten, beschwerlichen und nicht ungefährlichen Weg in Richtung Norden zu machen.

Nach der Mahlzeit erhob sich das Ehepaar und die Gäste folgten dem Beispiel. André führte Antoinette und Mathieu zur Terrassentür, öffnete sie und bedeutete den beiden mit einer einladenden Geste, hinauszutreten. „Bring es hinter dich, Mathieu", murmelte er seinem Freund zu.

Antoinette drehte sich fragend nach Sophie um, doch diese zuckte nur ahnungslos mit den Achseln.

Täuschte Mathieu sich oder blitzte in den Augen der jungen Frau Furcht auf?

André schloss hinter ihm die Tür. Er nickte dem Freund aufmunternd zu, drehte sich um und verließ mit seiner Frau den Salon. Der Arzt wollte nicht, dass Sophie eingeweiht wurde, denn offenbar hatte sie bereits einmal leichte Wehen gehabt und für eine Geburt war es viel zu früh. So wollte er jeglichen Kummer, Schmerz und vor allem Ängste bezüglich ihrer Freundin von ihr fern halten.

Der junge Mann wandte sich um. Antoinette stand an der gusseisernen Brüstung und blickte zwischen den Bäumen hindurch auf die Straße hinunter. Sie hatte ihm den Rücken zugewandt, doch Mathieu glaubte, ihre Schultern beben zu sehen.

Entmutigt drehte er sich der Tür zu, doch von André und Sophie war nichts mehr zu sehen. Er war vollkommen auf sich alleine gestellt, dabei fühlte er sich maßlos überfordert und seltsam kraftlos.

Mathieu sah wieder zu der schlanken, jungen Frau hinüber. Dann trat er ebenfalls an das Gitter heran und legte seine Hände auf die oberste Verstrebung. Seine Knöchel traten weiß hervor, und er fühlte die Verkrampfung, die seinen ganzen Körper befallen hatte, vor allem an der ohnehin heftig schmerzenden Schulter, die den Ritt in der vergangenen Nacht nicht allzu gut verkraftet hatte.

Mathieu zuckte zusammen, als Antoinette zu sprechen begann.

„Ich weiß nicht recht, was André, Sophie und Sie geplant haben, Monsieur Bouchardon, und auf die Gefahr hin, dass ich mich lächerlich mache, weil ich mich täusche, möchte ich Ihnen sagen, dass ich im Moment an einer Ehe nicht interessiert bin."

Mathieu blickte sie überrascht an. Dass sie als Frau dieses Thema ansprach, war mehr als unüblich, und er bewunderte ihren Mut, konnte sie doch nicht mit Sicherheit wissen, warum sie beide sich hier draußen befanden. Was ihn jedoch am meisten verwirrte, war die Klarheit ihrer Absage an ihn, noch bevor er ein Wort an sie gerichtet hatte. Bislang war er davon ausgegangen, dass Antoinette de la Rivière einen Heiratsantrag seinerseits nicht ablehnen würde. Nicht weil er meinte, sie müsse froh sein, überhaupt einen Mann heiraten zu können, sondern weil er das Gefühl gehabt hatte, ihr nicht gleichgültig zu sein. Hatte er sich so sehr getäuscht? War sie nur freundlich zu ihm gewesen wie auch zu allen anderen Menschen in ihrem Umfeld und er hatte einfach zu viel in ihre Freundlichkeit hineininterpretiert? War es doch Maximilian, der ihr Herz gewonnen hatte?

„Ich möchte Sie nicht verletzen, Monsieur Bouchardon", sprach Antoinette weiter und ging einen Schritt auf ihn zu. „Es liegt nicht an Ihnen ..." Sie senkte errötend den Kopf.

Mathieu zwang sich, stehen zu bleiben. Er fühlte den unbändigen Drang in sich, sie fest in die Arme zu schließen und niemals wieder loszulassen. Er liebte sie und wollte sie beschützen, sogar vor ihrer eigenen Unsicherheit.

Antoinette hob den Kopf, blickte ihn wieder direkt an und straffte dabei die Schultern.

Mathieu blinzelte. Diese Bewegung kam ihm bekannt vor, doch er hatte nicht die Zeit, weiter darüber nachzudenken.

„Es liegt nicht an Ihnen, Monsieur Bouchardon, vielmehr an verschiedenen Umständen ..."

„An den Umständen, Mademoiselle de la Rivière? Die Geschichte mit ihrer Erbkrankheit können Sie getrost ins Reich der Fabeln abtun, und das dürften Sie selbst besser wissen als ich. Was also sollte Sie davon abhalten zu heiraten?"

„Ich denke nicht, dass ich Ihnen meine Gründe darlegen muss, Monsieur Bouchardon", erwiderte sie direkt, jedoch in gewohnt freundlicher Art.

„Natürlich nicht, Mademoiselle de la Rivière", erwiderte Mathieu, der sich fühlte, als habe ihm jemand einen heftigen Schlag in den Magen verpasst.

Antoinette lächelte ihn schüchtern an, wandte sich um und ging auf die Terrassentür zu. Mit wenigen Schritten hatte er sie eingeholt und ergriff sie am Handgelenk. Erschrocken fuhr sie herum. Ihre blitzenden Augen veranlassten ihn, sie sofort loszulassen, und er verschränkte die Arme hinter seinem Rücken, als habe er sich an ihr verbrannt.

„Monsieur Bouchardon?“ Ihre Stimme war leise und ihre Augen unter den langen Wimpern kaum zu sehen.

„Ich muss Sie bitten, noch zu bleiben, Mademoiselle de la Rivière. André und ich haben etwas herausgefunden, und wir sind überzeugt, dass Sie davon wissen sollten.“

Antoinette errötete und beschämt senkte sie den Kopf.

Mathieu atmete tief ein, so sehr schmerzte ihn diese Geste. Vorsichtig legte er seine rechte Hand unter ihr Kinn und hob es an, bis sie ihn wieder anblickte. „Ich bedauere, dass Sie mich nicht heiraten wollen, Mademoiselle de la Rivière, denn ich habe in der Tat darüber nachgedacht, um Ihre Hand anzuhalten. Doch Sie waren eben schmerzlich deutlich, und das, was ich Ihnen zu sagen habe, würde mich ohnehin daran hindern, mit Monsieur Leroux zu sprechen, da es Sie in beträchtliche Gefahr bringen würde.“

„Ich verstehe Sie nicht, Monsieur Bouchardon“, flüsterte Antoinette und er konnte Unsicherheit und Angst in ihren dunklen Augen erkennen.

„Setzen Sie sich bitte“, bat er und wies auf einen Gruppe von Korbsesseln auf der Terrasse.

Sie folgte seiner Aufforderung und nahm Platz, während er sich gegen die geschlossene Terrassentür lehnte.

„Was haben Sie mir zu sagen, dass ich mich setzen muss, Monsieur Bouchardon? Haben Sie Nachrichten von Monsieur Schurz aus Washington?“

Mathieu ging auf sie zu und setzte sich in den Korbsessel neben ihrem. Dann begann er, ihr in ruhigen, sachlichen Worten zu erklären, was er im Arbeitszimmer Raphael Leroux’ gefunden hatte.

Irgendwo zwitscherte munter ein Vogel, während der laue Abendwind die Blätter der im Garten stehenden Bäume zum Flüstern brachte. Antoinette schwieg und die Stille schien von Minute zu Minute schwerer auf seinen Schultern zu lasten.

„Wissen Sie, was Sie gerade getan haben, Monsieur Bouchardon?“, fragte die junge Frau ihn schließlich.

Mathieu hob den Kopf. Der Schmerz, der in ihren Augen stand, tat ihm weh.

„Sie haben gerade versucht, mich der einzigen Angehörigen zu berauben, die mir noch geblieben sind.“

Mathieu wartete schweigend ab, bis sie mühsam beherrscht weitersprach.

„Sind Sie sich eigentlich bewusst, was Sie meinem Patenonkel vorwerfen? Wie kommen Sie dazu, solche schrecklichen Dinge zu behaupten? Habe ich vorhin Ihren Stolz so sehr verletzt, als ich Sie abgewiesen habe, dass Sie zu diesen Mitteln greifen?" Wutentbrannt stand sie auf und trat wieder an das Gitter, welches die Terrasse umgab.

Mathieu erhob sich ebenfalls und ging in Richtung Terrassentür. Dort drehte er sich um und sagte: „Gehen Sie bitte nicht fort, Mademoiselle de la Rivière."

„Wo sollte ich auch hingehen?", lachte Antoinette auf.

Der bittere Ton in ihrer Stimme traf den jungen Mann schmerzlich ins Herz. Am liebsten hätte er sie in die Arme gezogen, ihr erklärt, dass sie bei ihm sicher sein konnte und dass *er* ihr Familie sein wollte, ihr ganzes Leben lang, doch er durfte es nicht tun. Ihre Worte waren abweisend genug gewesen.

Er öffnete die Tür, trat ins Haus und eilte mit schnellen Schritten in die Arztpraxis hinüber. André, der gerade dabei war, seinen Medikamentenschrank zu sortieren, stellte die Glasflaschen, die er gerade in den Händen hielt, zurück und ging auf ihn zu. „Wie ist es gelaufen, mein Freund?"

„Ich brauche deine Hilfe, André."

„So schlimm?"

„Sie fordert mich zumindest noch nicht zu einem Duell", versuchte Mathieu zu scherzen, doch keiner der beiden lachte.

Gemeinsam gingen sie durch den Salon auf die Terrasse hinaus. Die junge Frau saß zusammengekrümmt, als erleide sie körperliche Schmerzen, in einem der Sessel.

„Antoinette?" André setzte sich neben sie und legte einen Arm um ihre Schulter.

„Was wird hier gespielt, André? Willst du mir vielleicht sagen, dass all dieser Irrsinn, den dein Freund mir gerade erzählt hat, wahr sein soll?"

„Ich fürchte ja, meine Kleine. Ich weiß, wie sehr dich das verwirren und schmerzen muss."

„Verwirren und schmerzen? André! Es macht mich zu einer Gejagten, zu einer Heimatlosen und nimmt mir jegliche menschliche Würde, jede Sicherheit, jeden Glauben an die Großherzigkeit Raphaels, und es bedeutet, dass ich jahrelang belogen, betrogen und hintergangen wurde. Ihr wollt mir weismachen, dass der Mann, der mir seit zehn Jahren ein Zuhause bietet, mich versorgt, mir einen guten Unterricht und viele weitere Annehmlichkeiten zugute kommen ließ, meine Eltern getötet haben soll? Wegen finanzieller Sorgen? Ihr wollt mir sagen, dass –"

André unterbrach Antoinettes verzweifelten Redefluss, indem er sie fest in den Arm nahm.

Mathieu wandte sich ab, da er diesen Anblick nicht ertrug. Wie gerne wäre er jetzt an der Stelle seines Freundes. Eine heftige Bewegung ließ ihn herumfahren. Antoinette hatte sich offenbar gegen die Umarmung gewehrt und war aufgesprungen. Sie blieb jedoch mit einem Schuh in der Stofffülle ihres Kleides hängen und taumelte nach vorne, sodass Mathieu schnell hinzusprang und sie auffing.

Sie war noch leichter, als er angenommen hatte, und einen kleinen Moment lang wünschte er sich, sie noch ein wenig näher an sich heranziehen zu können. Ein Blick in die funkelnden, wütenden Augen rief ihn jedoch zur Vernunft und schnell half er der jungen Frau wieder auf die Beine.

Sofort wand sie sich aus seinem Griff und eilte auf die Tür in Richtung Salon zu. „Ich glaube nicht ein Wort von dem, was Sie erzählt haben, Mathieu Bouchardon. Nicht eins! Denn sollten Sie Ihre Worte zu Anfang des Gespräches ernst gemeint haben, hätten Sie den Rest niemals ausgesprochen!"

„Antoinette!", rief André und sprang auf, doch sie war bereits im Salon und eilte auf die offen stehende Küchentür zu.

„Was habe ich getan?", murmelte Mathieu. Prüfend sah er seinen Freund an. „Sie wird doch nicht zu Raphael gehen und ihn in dieser Angelegenheit befragen?"

„Matt, Antoinette mag aufgewühlt und auch ärgerlich sein, aber dumm ist sie nicht. Sie wird sich die Zeit nehmen müssen, über das, was sie gehört hat, nachzudenken und zu beten. Dann erst wird sie eine Entscheidung treffen."

„Und welche?"

„Wenn ich das wüsste, wäre mir auch wohler."

„Du musst ihr nachlaufen und ihr klar machen, dass sie Raphael keinesfalls zur Rede stellen darf."

„Wenn sie mich anhören und diese Aufforderung akzeptieren würde, würde sie eingestehen, dass wir Recht haben, Matt. Und das kann sie im Moment noch nicht."

„Das heißt, ich bin nicht weiter als zuvor. Sie ist diesem Mann und seinen Machenschaften schutzlos ausgeliefert."

„Sie ist sicher, solange niemand sie ernsthaft zu heiraten gedenkt, sicher, bis sie einundzwanzig wird und jemand nach ihrem Erbe fragt."

„Eine trügerische Sicherheit, André. Ich möchte nicht, dass ihr etwas zustößt."

„Wir können nicht ununterbrochen auf sie aufpassen, Matt. Sie ist gewarnt. Wir können nur Acht geben, was um sie herum geschieht."

„Und wir können für ihren Schutz beten, André. Beten wir, dass Gott unzählige Engel um sie stellt, die sie beschützen."

Kapitel 28

Die Wochen vergingen und *Mardi Gras** stand vor der Tür. Die Vorbereitungen für die diversen Maskenbälle erreichten ihren hektischen Höhepunkt und schienen das ganze Leben des *Vieux Carré* zu beherrschen. Die Schneider waren bestens beschäftigt, und dies lag vor allem daran, dass viele der jungen Frauen mehrmals ihre Kostümwünsche änderten, da sie gehört zu haben glaubten, dass eine Bekannte ein gleiches oder ähnliches Thema wie sie selbst gewählt hatte.

Antoinette de la Rivière, die dem bunten, wilden Treiben des Karnevals noch nie viel hatte abgewinnen können, war in diesem Jahr noch weniger bei der Sache als in den Jahren zuvor. Sie war in den vergangenen Wochen auffällig still gewesen, spielte nur noch selten Klavier und wenn doch, dann nur traurige, schwerfällige Melodien. Sie war blass geworden und hatte abgenommen, was von vielen auf ihre vermeintliche Krankheit zurückgeführt wurde. Andere vermuteten Liebeskummer oder die Panik vor der Einsamkeit, denn immerhin stand ihr einundzwanzigster Geburtstag kurz bevor.

Einige Damen der Gesellschaft reagierten mit Unverständnis auf das Gerücht, dass Antoinette Maximilian Wiese einen Korb gegeben haben sollte, wagten dies jedoch nicht laut zu äußern, da sogar Raphael Leroux Erleichterung über diese Entscheidung zeigte. Andere verstanden sowohl Tonis wie auch Monsieur Leroux' ablehnende Haltung, handelte es sich bei dem Mann doch um einen Kaintuk.

Sophie, der es in diesen letzten Wochen der Schwangerschaft nicht gut ging und die sich sehr schonen musste, bekam die eklatanten Veränderungen an Toni nur am Rande mit, zumal sich die junge Frau

* „Fetter Dienstag" – Höhepunkt der mehre Tage andauernden Karnevalsfeiern in New Orleans

in ihrer Gegenwart entspannte und sogar fröhlich lächeln konnte. Sophie fragte nie nach, was während des Gespräches zwischen Toni und Mathieu geschehen war, denn sie hoffte, Toni würde es ihr eines Tages von sich aus erzählen. Von ihrem Mann hatte sie lediglich erfahren, dass das Gespräch nicht gut gelaufen war und sie abwarten mussten, was weiter geschah.

André behielt Toni aufmerksam im Auge, konnte jedoch keine Veränderungen an ihr feststellen, die sich nicht mit dem Schrecken und der Ungewissheit, die sie umtreiben mussten, erklären ließen. Er hielt ihr Verhalten für verständlich und hoffte nur, dass sie sich die Zeit nahm, intensiv um die Führung Gottes zu beten.

Mathieu hatte sich in seine Arbeit vergraben. Er übernahm immer mehr der anstehenden Vertragsverhandlungen, Erbangelegenheiten, Rechtsstreitigkeiten und anderer anfallender Arbeiten, sodass sein älterer Partner sich ein wenig Ruhe gönnen konnte. Für die Organisation war er fast jede Nacht unterwegs, da er seinem Mittelsmann angeboten hatte, noch mehr Gruppen zu übernehmen, um seinen jungen Partner für einige Zeit ein wenig zu entlasten. Nach dem Verlust seiner Verwandten würde es ihm gut tun, etwas Ruhe zu haben.

Er traf Antoinette häufig bei den jetzt im Winter zahlreich stattfindenden Matinées, Bällen und sonstigen Veranstaltungen und verhielt sich ihr gegenüber immer höflich und zuvorkommend. Vergeblich suchte er den Augenkontakt mit ihr, wollte er ihr doch deutlich machen, dass er sich um sie sorgte und für sie da war, sollte sie ein weiteres Gespräch mit ihm suchen.

Beinahe grob hingegen hatte er sich der jungen Audrey Leroux gegenüber verhalten, als diese sich immer mehr um seine Aufmerksamkeit bemüht hatte. Schließlich hatte André ihn darauf hingewiesen, dass es nicht gern gesehen war, wenn er sich einer jungen Dame gegenüber derart unhöflich benahm, selbst wenn er für diese keinerlei Interesse aufbrachte.

Diese deutliche Warnung hatte er sich zu Herzen genommen, und von da an war er der aufdringlichen Vierzehnjährigen ausgewichen, wann immer er nur konnte.

Auch er hatte an Gewicht verloren, und seine Großmutter, die sich anschickte, Mathieus Schwester über einen längeren Zeitraum hinweg zu besuchen, wollte den geplanten Besuch bereits abbrechen, als sie bemerkte, dass ihr Enkel kaum noch aß, wenig schlief und zudem unglücklich und verwirrt wirkte. Doch Sophie hatte ihr klargemacht, dass er sich die Ursache seines Zustandes vermutlich selbst zuzuschreiben hatte und sie ihm dabei nicht würde helfen können, also beließ sie es bei ihren Reiseplänen. Am Abend vor ihrer Abreise lud sie jedoch noch einmal Antoinette und die Fouriers zu sich ein.

Toni freute sich auf den Abend mit Nathalie, André und Sophie, doch sie befürchtete, dass auch Mathieu anwesend sein würde. Es war schon schwer genug, seine für sie so verwirrende Gegenwart zu ertragen, wenn sich mindestens zwanzig weitere Personen im Raum befanden, wie jedoch sollte es ihr gelingen, wenn sich nur der kleine, vertraute Kreis traf?

An diesem Abend saß Toni lange vor ihrem Frisiertisch und überlegte, wie sie diesen Abend möglichst gut hinter sich bringen konnte. Fanny trat ein, um ihr mitzuteilen, dass die Kutsche vor dem Haus wartete. Seufzend stand die junge Frau auf und ließ sich das leichte Schultertuch umlegen. Ihr Mädchen musterte sie und schüttelte leicht den Kopf.

„Vielleicht solltest du mit ihm reden. Mit ihm und mit Monsieur Fourier. Lass dir noch einmal alles erzählen."

„Du glaubst ihnen also?"

„Ob ich ihnen glaube? Ich habe Angst um dich, wenn ich mir vorstelle, dass alles stimmen sollte, was sie vermuten ..."

„Es ist so verrückt."

„Aber muss es deswegen unwahr sein?"

Toni seufzte und setzte sich wieder auf den hochlehnigen Stuhl. Erneut ging sie in Gedanken das Gespräch durch, das sie wochenlang in Ängste, wilde Albträume und schmerzliche Erinnerungen gestürzt hatte. „Ich kann mir einfach nicht vorstellen, dass ihre Verdächtigungen zutreffen, Fanny."

„Die beiden haben die Unterlagen gesehen, Toni. Warum sollten sie dir ohne Grund Angst machen wollen?"

„Diese Frage hast du mir schon oft gestellt. Und ich weiß noch immer nicht, was ich tun soll."

„Entweder du suchst selbst die Unterlagen und liest sie durch, oder du telegrafierst diesem Monsieur Schurz."

„Beides habe ich mir viele Male überlegt und doch nie getan."

„Warum schreckst du davor zurück? Es geht um dein Leben. Oder hast du Angst vor der Gewissheit, dass die beiden Männer Recht haben?"

„Fanny, wenn André und Monsieur Bouchardon Recht haben sollten – wo soll ich hin?"

„Dorthin, wohin du gehörst – in die Arme von Monsieur Bouchardon!"

„Ach, Fanny. Ich kann doch nicht –“

„Du kannst deine nächtlichen Ritte aufgeben. Niemand verlangt von dir, dass du sie fortsetzt. Immerhin gibt es noch einen zweiten Reiter für diesen Distrikt. Hast du dich noch nie gefragt, warum er beinahe zeitgleich mit Monsieur Bouchardon in der Stadt aufgetaucht ist? Vielleicht hat Gott dir mit ihm einen Nachfolger bereitgestellt, damit du frei bist?“

Toni seufzte ein weiteres Mal, öffnete die Tür und trat in den Flur, gefolgt von Fanny, die, wie es sich für eine Sklavin gehörte, nun schweigsam und demütig einige Schritte hinter ihr herging.

Die beiden Frauen verließen das Haus und gingen ein Stück die Auffahrt hinunter. Bevor sie in die Equipage stieg, bat Toni den älteren Kutscher, auf dem Weg zu Madame Bouchardon beim Postamt zu halten.

Fanny half ihr beim Einsteigen und setzte sich ihr gegenüber. „Du willst auf dem Postamt ein Telegramm aufgeben?“

„Damit kann ich nicht viel falsch machen.“

„Du wirst vermutlich Aufsehen erregen. Immerhin ist es ungewöhnlich, wenn eine Frau aus deinen Kreisen ein Telegramm aufgibt, und dann noch an einen bekannten Politiker in Washington, der hier wenig Sympathien besitzt.“

Toni sah ihr Mädchen an und ließ dann den Kutscher, der gerade erst angefahren war, sofort wieder anhalten. Sie verließ ohne eine Erklärung das Fahrzeug und lief zurück ins Haus. Nach wenigen Minuten kam sie mit einem Bündel im Arm wieder zurück.

„Was hast du vor, Toni?“

„Hiermit wird mich niemand erkennen“, murmelte die Angesprochene und begann, ihr Kleid aufzuknöpfen.

„Was –?“

„Ich werde mich als junger Mann verkleiden, das Telegramm aufgeben und mich dann wieder in Antoinette de la Rivière verwandeln.“

„Das ist zu gefährlich. Wenn dich jemand auf der Straße sieht –“

„Niemand wird mich weiter beachten.“

„Ich werde deine Haare nicht wieder richten können.“

„Dann werde ich sie heute Abend eben ein wenig lockerer und unkonventioneller tragen“, bestimmte Toni, die es drängte, endlich etwas zu unternehmen, um eine Entscheidung treffen zu können.

Sie zog sich mit Hilfe der leise murrenden Fanny das Kleid über den Kopf, entledigte sich der Krinoline und der Unterröcke und schlüpfte in das frisch gewaschene Paar Männerhosen und das Hemd, das sie mit einem kleinen Kissen leicht ausstopfte. Während sie die Männerstiefel anzog, flocht Fanny eilig ihre Haare und steckte sie nach oben, damit Toni den großen, breitrandigen Hut darauf setzen konnte.

„Wie sehe ich aus?"

„Wie Mademoiselle de la Rivière in Männerkleidung", brummte Fanny und versuchte vergeblich, das Kleid einigermaßen glatt auf ihren Schoß zu legen.

„Ich bin schon mehr als einmal als junger Mann durchgekommen, Fanny."

„Ja, auf einem Pferd sitzend, mit Dreck im Gesicht und in der Dunkelheit eines Waldes bei Nacht."

„Du machst mir nicht gerade Mut."

„Ich versuche nur, dich von diesem Irrsinn abzubringen."

„Du selbst hast mir doch den Vorschlag gemacht, ein Telegramm aufzugeben."

„Aber nicht in diesem Aufzug."

„Aber auch nicht als Antoinette."

Fanny winkte mit einer Hand ab, lehnte sich vor und strich mit einer liebevollen Bewegung eine gelöste Haarsträhne hinter Tonis Ohr. „Verschaffe dir und mir Klarheit, Toni. Ich möchte endlich einmal wieder eine Nacht schlafen können, ohne mir Sorgen um dich machen zu müssen."

Toni blickte Fanny verwundert an, bevor ein liebevolles Lächeln über ihr bleich wirkendes Gesicht huschte. Fanny gab auf sie Acht. Würde sie tatsächlich so einsam und hilflos sein, wenn sie Raphael Leroux und seine Familie verlassen musste? Sie hatte Fanny, die Raphael ihr geschenkt hatte, die sie also mitnehmen und somit auch freilassen konnte. Dann waren da Sophie und André und auch Nathalie Bouchardon, die sie liebten und bei denen sie Hilfe erwarten konnte. Und Mathieu ...

Plötzlich erschienen ihr die dunklen Schatten, die Mathieu und André an diesem Tag zwischen Weihnachten und Neujahr in ihr Leben gerufen hatten, nicht mehr so übermächtig und Furcht einflößend. Sie hatte gute Freunde, die ihr helfen würden. Fanny konnte sie begleiten, wohin auch immer sie ging. Und hatte sie nicht schon vor Jahren überlegt, dass sie vielleicht eines Tages ihren Lebensunterhalt durch ihr Klavierspiel würde bestreiten können – durch Konzerte oder Klavierunterricht?

Mathieu Bouchardon schlich sich in ihre Gedanken und ein Lächeln legte sich auf ihre Gesichtszüge, doch es verblasste schnell wieder. Sie hatte ihn schrecklich verprellt, und obwohl er sich ihr gegenüber nach wie vor sehr freundlich verhielt, wusste sie nicht, ob er es tatsächlich noch wagen würde, sie auf eine Heirat anzusprechen – zumal er befürchtete, dass in diesem Falle ihr Leben noch mehr in Gefahr geraten würde. Doch sie hatte in drei Tagen Geburtstag und bisher war nichts geschehen. Raphael Leroux war höflich und freundlich wie immer und viel zu sehr mit den unzähligen Festen, Bällen und Umzügen beschäftigt, als dass er ihr besondere Aufmerksamkeit schenken würde.

Wieder stiegen Zweifel in Toni auf, und sie war beinahe erleichtert, als die Equipage stoppte und sie aussteigen musste, um das Telegramm aufgeben zu können. Mit den Händen in den Hosentaschen, den leicht schwankenden Gang eines sich wichtig machenden Jugendlichen nachahmend, ging sie die Stufen hinauf.

Ein Mann verließ das Postamt und hielt ihr die Tür auf. Ganz bewusst hob sie den Kopf, um ihre Wirkung auf den Fremden zu testen. Der Mann hatte eine Narbe über dem rechten Auge und wirkte ausgesprochen grimmig. Er grüßte nickend, runzelte dann leicht die Stirn und betrachtete sie intensiver.

Toni setzte ein schiefes, jungenhaftes Grinsen auf und huschte eilig an ihm vorbei in das abgedunkelte Innere des Raumes.

Toni zog an der Klingel und nur wenige Sekunden später wurde die große, schwere Tür geöffnet. Mathieu stand vor ihr, in einer rotbraunen Wildlederhose und einem gestärkten Hemd, an dessen Kragen lose eine Krawatte baumelte.

„Oh, Mademoiselle de la Rivière. Wir haben Sie erst ein wenig später erwartet."

„Ich dachte, ich sei bereits spät dran, Monsieur Bouchardon. Ich war noch auf dem Postamt. Ich habe ein Telegramm an Monsieur Schurz aufgegeben. War denn nicht 19:00 Uhr ausgemacht?"

„Ist es schon so spät?"

Toni musterte den Mann und neigte dann lächelnd den Kopf ein wenig zur Seite. Beinahe machte es den Eindruck, als sei er soeben erst aufgestanden.

Fanny huschte hinein und verschwand in Richtung Küche, während Mathieu sich endlich besann und der Besucherin das

Schultertuch abnahm. „Sie haben ein Telegramm an Carl Schurz aufgegeben?“

„Ein sehr langes und ausgesprochen teures sogar. Aber Raphael gibt so viele Telegramme auf, dass er über ein weiteres auf seiner Rechnung sicherlich nicht nachdenken wird.“ Toni sah den zweifelnden Blick des jungen Mannes und erinnerte sich an die Schilderung von seinem und Andrés Einbruch. Offenbar war Raphael ein Mann, der alles aufhob und sich über jede Ausgabe Notizen machte. Doch sie zuckte nur mit den Schultern. Jetzt war es zu spät, sich etwas anderes zu überlegen, und Bargeld besaß sie ohnehin keines.

„Haben Sie eine Adresse für eine Rückantwort angegeben?“

„Die von Marie und Sylvain Merlin.“

„Gut“, antwortete er schlicht und deutete mit der ausgestreckten Hand in Richtung Salon.

Toni drehte sich um, wurde jedoch von seiner Hand an ihrem Arm zurückgehalten.

„Sie haben das Telegramm selbst aufgegeben?“ Sorge, aber auch die Spur eines Vorwurfes lagen in seiner Stimme.

„Ein junger Mann“, erwiderte sie knapp in der Hoffnung, keine weiteren Fragen gestellt zu bekommen.

„Gott sei Dank“, brummte er und ließ ihren Arm wieder los.

Toni lächelte ihn an und wandte sich erneut um, doch Mathieu hielt sie auch dieses Mal zurück. „Schön, Sie einmal wieder lächeln zu sehen, Mademoiselle de la Rivière“, sagte er leise. „Ich möchte mich noch bei Ihnen entschuldigen.“

„Wofür, Monsieur Bouchardon?“

„Für den Kummer, den ich Ihnen bereitet habe. Mir wäre es lieber gewesen, das Gespräch mit Ihnen auf der Terrasse der Fouriers wäre anders verlaufen.“

„Mir ebenfalls, Monsieur Bouchardon“, erwiderte sie leise und mit gesenktem Blick. Dann jedoch hob sie die Augen wieder und lächelte den Mann beruhigend an. „Ich bin Ihnen nicht mehr böse. Sie haben getan, was Sie für richtig hielten. Ich war – und bin es heute noch – sehr durcheinander und weiß einfach nicht, was ich denken, sagen oder gar tun soll.“

„Das verstehe ich, Mademoiselle de la Rivière. Doch mit jedem Tag, der verstreicht, wächst meine Angst um Sie.“

„Mir geht es gut. In den letzten Wochen hat sich nichts verändert.“

Toni sah, dass Mathieu etwas einwenden wollte, doch er unterließ es, wofür sie sehr dankbar war. Sie wollte nicht schon wieder mit

Ängsten überschüttet werden und vor allem nicht das friedliche und freundliche Einvernehmen zerstören, das sie soeben zwischen sich aufgebaut hatten.

„Geben Sie auf sich Acht. Ich bitte Sie inständig darum, Mademoiselle de la Rivière. Ich möchte nicht …" Mathieu unterbrach sich selbst und blickte ihr so intensiv in die Augen, dass Tonis Knie zu zittern begannen, während ihr Magen sich aufgeregt zusammenzog.

„Gehen Sie bitte vor", murmelte er schließlich. „Meine Großmutter wird schon am Klavier auf Sie warten." Er strich sich verwirrt durch die Haare, die ihm daraufhin frech in die Stirn fielen, und wandte sich ruckartig ab.

Toni lächelte. Mit großen, beschwingten Schritten ging sie zum Salon und begrüßte die ungeduldig wartende Nathalie.

„Dies ist mein letzter Abend in New Orleans und meine Gäste verspäten sich. Und dann hat mein Enkel nichts Besseres zu tun, als meine Lieblingspianistin in ein Gespräch zu verwickeln. Ich hoffe, er hat dir wenigstens endlich einen Heiratsantrag gemacht."

Toni kniff die Augen zusammen und schob sich eilig auf den Klavierhocker neben die ältere Dame.

„Nein."

„Feigling", lachte Nathalie bewusst laut und stieß Toni wenig damenhaft mit dem Ellbogen in die Seite. „Du machst heute Abend einen fröhlicheren Eindruck. Also möchte ich heute mal wieder etwas anderes von dir hören als diese ganzen todtraurigen Musikstücke. Wie wär's mal wieder mit einem ungarischen Tanzlied, einer fröhlichen italienischen Sonate oder etwas anderem in dieser Art, bevor ich in den kalten Norden reise?"

Toni lachte leise auf und legte ihre Hände sachte auf die Tastatur. Dann begann sie, ein schwungvolles, rhythmisches Lied zu spielen. Mathieu, dem die Unterhaltung der beiden Frauen nicht entgangen war, lächelte vor sich hin. Er freute sich auf einen unterhaltsamen Abend mit seinen Freunden und vor allem auf das Beisammensein mit Antoinette.

Die Nacht war sternenklar und kühl. Die grauen, borstig gewordenen Moosbehänge der Bäume wirkten wie undurchdringliche Nebelschleier und bewegten sich im heftigen Wind, der von der Küste her in Richtung New Orleans wehte. Das Brodeln des Mississippi drang gedämpft zwischen den Bäumen hindurch und wurde beinahe vollständig vom Rascheln der Blätter und dem Rauschen und Knacken der größeren und kleineren Äste überdeckt, welche hoch oben in den Baumkronen ungeschützt dem Wind ausgesetzt waren.

Das heisere Fauchen eines Jaguars jagte Toni einen kalten Schauer über den Rücken und der sonst so ruhige Hengst erhöhte sein Tempo. Auch er wollte fort aus diesem unwegsamen, sumpfigen Gebiet, in das er von seiner Reiterin in dieser Nacht geführt worden war.

Toni schob sich die große Kapuze ihres Capes ein wenig aus der Stirn, um sich neu orientieren zu können. Wo nur waren die Schwarzen, die sie vom Treffpunkt aus weiterführen sollte? Sie hatte über eine Stunde an dem Unterstand gewartet und sich schließlich aufgemacht, der Gruppe entgegenzureiten. Doch obwohl sie bis weit hinab in Richtung Meer geritten war, war sie weder den Flüchtlingen noch dem Reiter aus diesem Distrikt begegnet. Hatte Sylvain sich geirrt? Sollten die entflohenen Sklaven nicht in dieser, sondern erst in der nächsten Nacht weggebracht werden? Oder waren diese bereits in der Nähe der Küste aufgegriffen worden?

Wieder konnte sie das wilde Fauchen der Raubkatze vernehmen. Toni presste die Lippen aufeinander. Folgte das Tier ihr? Hatte es sie oder das Pferd als potenzielle Beute ausgesucht?

Der Hengst schlug mit dem Schwanz und drehte fortwährend die Ohren. Ein leises Schnauben zeigte seine Furcht. Toni tastete mit der Hand nach der Satteltasche und zog eine Pistole heraus. Sie wusste, dass sie das Raubtier höchstens erschrecken, nicht jedoch würde erschießen können. Sie hatte niemals gelernt, mit einer Schusswaffe zu zielen.

Im Licht des Mondes und der funkelnden, klaren Sterne lud sie die Waffe, steckte das Pulversäckchen schließlich wieder ein und ritt, mit nur einer Hand die Zügel führend, weiter.

Sie fürchtete weder die fieberverseuchten Sümpfe, da sie das Gelbfieber der Epidemie 1853 überlebt hatte, noch die scheinbar schlecht sehenden, jedoch gut hörenden Alligatoren, denn sie konnte deren Verhalten inzwischen gut einschätzen und wusste, wo sie sich gerne aufhielten und welches Gelände sie mieden. Doch dieser Jaguar bereitete ihr Angst.

Sie konzentrierte sich ausschließlich auf die Geräusche hinter sich, sodass ihr der leise Hufschlag von vorne entging. Plötzlich sah sie sich einem Reiter gegenüber, und dieser trug weder ein Cape noch ritt er auf dem dunklen Pferd ihrer Organisation.

Unruhig drehte Mathieu Bouchardon sich auf die andere Seite und schlug die Augen auf. Er konnte einfach nicht in den Schlaf finden, obwohl er müde war und sich wie erschlagen fühlte. Mehrere Nächte hintereinander hatte er in den Wäldern verbracht, und vielleicht war dies der Grund, weshalb er in dieser Nacht nicht zur Ruhe kam. Sein Körper hatte sich bereits an den ungewöhnlichen Tag-Nacht-Rhythmus gewöhnt.

Der Mond schien durch einen Spalt der zugezogenen Vorhänge und malte seltsam geformte Kringel auf den dunklen Holzfußboden. Sie erinnerten ihn an Antoinettes Locken, die sich an diesem Abend frech aus ihrem Haarnetz gelöst und ihr Gesicht weich umspielt hatten.

Mathieu seufzte leise und drehte sich ein weiteres Mal herum. Er bekam Antoinette einfach nicht aus seinen Gedanken, und diese wurden immer unruhiger. Wann würde er ihr sagen dürfen – oder müssen –, dass Caro und ihr Kind nicht mehr am Leben waren und dass Claude in den wilden, sumpfigen Wäldern verschwunden war?

Der junge Mann setzte sich auf und fuhr sich mit der Hand über die müden Augen.

Langsam erhob er sich und zog sich an. Es hatte keinen Sinn, sich mit seinem unruhigen Herzen im Bett hin und her zu wälzen. Er würde, wie so viele Male in den letzten Wochen, zum Haus der Leroux' reiten und lange Zeit auf der Straße davor verharren, in der Hoffnung, dass alles ruhig und sicher blieb – für Antoinette. Vielleicht würde er anschließend auch in den Wald hinausreiten. Bestand die Möglichkeit, den mutigen, kleinen Burschen zu treffen? Er konnte in jedem Fall bei Caros Grab vorbeireiten und dort nach dem Rechten sehen.

Leise verließ er das Haus seiner Großmutter, die er am nächsten Morgen auf den Bahnhof bringen musste.

Der Mann hob seine Pistole. In panischer Angst wendete Toni das Pferd, um das sich heftig sträubende Tier dazu zu bewegen, wieder in Richtung Meer zu reiten. Doch kaum hatte sie sich gedreht, funkelten ihr ein paar grüne Augen entgegen. Ein erstaunlich großer Jaguar setzte mit weit aufgerissenem Maul zum Sprung an.

In diesem Moment hallte ein Schuss durch die Nacht.

Die Raubkatze wurde förmlich zur Seite geschleudert und Toni unterdrückte nur mühsam einen Schrei. Der schwarze Hengst stieg mit den Vorderhufen weit in die Höhe, sodass die junge Frau sich kaum im Sattel halten konnte. Erleichtert atmete sie laut aus, als das Tier wieder mit allen Vieren den Boden berührte.

Sie war sich sicher, dass der Reiter nicht ihretwegen, sondern um sich selbst zu schützen, den Jaguar erschossen hatte, und gab deshalb Noir den Kopf frei und trieb ihn heftig an.

In gefährlich hoher Geschwindigkeit jagten Pferd und Reiterin durch den nächtlichen Wald den Weg in Richtung Meer zurück, den sie gerade erst heraufgekommen waren. Der Unbekannte folgte ihr. Toni biss die Zähne zusammen. Wer war dieser Mann? Einer der Jäger, die es sich zur Aufgabe gemacht hatten, den *Chevalier Mystérieux* endlich zu erwischen?

Einen kleinen Moment lang überlegte Toni, ob sie den Verfolger in das sumpfige Gebiet leiten sollte, in dem es von Alligatoren nur so wimmelte, doch sie unterließ es. Dies barg auch für sie zu viele Gefahren, und noch sah sie sich nicht so gefährdet, dass sie zu diesem Mittel greifen musste. Ihr Pferd war eindeutig das schnellere, zudem kannte sie sich in den Wäldern besser aus, wenngleich sie sich im Moment nicht in ihrem Distrikt befand.

Der Hufschlag hinter ihr wurde immer leiser. Dennoch wagte sie nicht, den wilden Ritt zu verlangsamen, und sie feuerte Noir weiter an.

Plötzlich strauchelte ihr Pferd und knickte in den Knien ein. Toni wurde aus dem Sattel und gegen Hals des Pferdes geschleudert. Dem Tier gelang es, sich auf den Beinen zu halten, und mit ungleichen, stolpernden Schritten taumelte es weiter. Noch ehe es wieder festen Tritt fassen konnte, fühlte Toni sich um die Hüfte gepackt und an einen breiten Männerkörper herangezogen.

Sofort begann sie sich zu winden. Sie musste sich befreien und zwischen den Bäumen untertauchen. Doch der Griff des Mannes wurde unbarmherzig fest, und der Sattel drückte Toni so derb in die Magengegend, dass sie glaubte, erbrechen zu müssen. Es gab für sie kein Entkommen!

Endlich wurde das Pferd gestoppt und sie von diesem heruntergestoßen. Ruckartig warf sie sich herum und begann zu rennen, doch ihr Verfolger hatte ihr Cape offensichtlich gar nicht aus der Hand gelassen, denn mit einem heftigen Ruck, der ihr für einen kurzen Moment den Atem raubte, wurde sie nach hinten gerissen, sodass sie auf dem weichen Moosboden landete.

Sofort setzte sich der Fremde auf ihren Rücken und sie stöhnte gequält auf. Ihre Rippen drohten zu brechen, und sie sah keine Chance mehr, einer Enttarnung zu entkommen.

Der Mann riss ihr grob die Kapuze vom Kopf und wie eine hereinbrechende Flut flossen ihre langen schwarzen Haare über ihre Schultern.

Toni hörte trotz der Panik, die sie erfasst hatte, wie der Mann erschrocken Luft holte. Er sprang auf, zog sie an ihrem linken Arm mit sich in die Höhe und wirbelte sie herum. „Toni!"

Die kratzige Stimme war ihr vertraut, und so hob sie den Kopf. „Max", erwiderte sie leise. Sie sah den Schrecken in den Augen des jungen Mannes. Es tat ihr fast Leid, dass ausgerechnet er sie erwischt hatte, denn seine Gefühle ihr gegenüber würden ihn in große Gewissensnöte stürzen. Andererseits sah sie eine kleine Chance, unbehelligt davonkommen zu können. Doch um welchen Preis?

„Das kann doch nicht wahr sein ... Was tust du hier? In dieser Aufmachung?"

„Kannst du meinen Arm bitte loslassen, Max? Du tust mir weh."

Der junge Mann folgte ihrer Bitte sofort und trat einen Schritt zurück.

„Du bist dieser *Chevalier Mystérieux*?"

„Ja, Max. Schon seit mehr als vier Jahren."

„Aber warum?"

„Max, es ist nicht richtig, dass sich einige Menschen über andere stellen. Es ist ein tiefes Unrecht, dass die Schwarzen nicht für ihr eigenes Leben verantwortlich sein dürfen." Toni bemerkte, dass sich ihre Augen mit Tränen füllten. Wieder sah sie die Gesichter von Caro und Claude vor sich.

Maximilian streckte seine Hand aus und wischte ihr sachte mit dem Daumen eine Träne weg, die langsam über ihre Wange kullerte. „Da sind wir vollkommen unterschiedlicher Auffassung, Toni."

„Ich weiß, und deshalb könnte ich dich auch niemals heiraten. Ich kann nicht auf einer Plantage leben, die durch die Arbeit von Sklaven am Leben erhalten wird."

„Wir sind nicht schlecht zu ihnen, Toni."

„Das nehme ich an. Auch die meisten der Menschen hier in der Stadt sind sehr gut zu ihren Sklaven. Und doch bleibt es Unrecht."

Maximilian winkte ab und wandte sich seinem heftig atmenden, schweißbedeckten Pferd zu. „Ich habe den Zugang zu diesem Pfad mehr zufällig entdeckt. Doch jetzt wirst du mich wohl aus diesem wieder herausführen müssen. Es ist mir ein Rätsel, wie du dich hier zurechtfinden kannst."

„Das glaube ich dir. Hörst du den Mississippi? Wir sind nicht sehr weit von seiner Einmündung in den Golf von Mexiko entfernt."

Maximilian starrte sie einen Augenblick lang verwundert an, dann wandte er sich um und griff nach dem Zügel des Hengstes, der jedoch unwillig zurückwich. „Ein wunderschönes Pferd. Gehört es dir?"

„Nein", erwiderte Toni schlicht und hoffte, dass er nicht noch mehr Fragen stellen würde. Wie sollte sie auf diese reagieren? Durfte sie ihn mit einem Schweigen ihrerseits verärgern? Was nur hatte er jetzt mit ihr vor? Beunruhigt presste sie die Lippen aufeinander, als sie sich von Maximilian in den Sattel helfen ließ.

„Warum ist nie jemandem aufgefallen, wie zart du bist?"

„Das Cape täuscht über vieles hinweg."

„Aber Jacques Breillat hatte dich ergriffen. Er muss einfach bemerkt haben, wie klein und zierlich du bist."

„Vermutlich war er viel zu aufgeregt."

„Und du hast ihn ordentlich gebissen", murmelte Maximilian und lachte plötzlich auf.

Toni zuckte erschrocken zusammen. Sie war es gewohnt, leise und vorsichtig in den Wäldern zu agieren.

Maximilian, der ihr erschrockenes Gesicht sah, hob entschuldigend die Hände, und forderte sie dann auf, neben ihr herzureiten. Bei der nächsten Abzweigung hielt er sein Tier an. „Wohin führt dieser Weg?"

„Direkt in ein Sumpfgebiet, das reichlich von Alligatoren besiedelt ist."

„Ich muss schon sagen: ein ausgeklügeltes System von Pfaden. Ein wenig bewundere ich euch Sklavenbefreier ja, wenn ich eure Beweggründe auch nicht verstehen kann. Vor allem kann ich nicht verstehen, wie sie eine junge Frau für ihre Zwecke einspannen können."

„Sie wissen es nicht, Max. Wir kennen einander nicht."

„Das habe ich mir beinahe gedacht", murmelte er, und die beiden setzten, jeder in seine eigenen Gedanken versunken, den Weg schweigend fort.

Toni führte ihren Begleiter weiter diesen Pfad entlang, obwohl sie damit einen großen Umweg in Kauf nahm. Doch sie wollte nicht, dass Maximilian noch mehr der geheimen Pfade zu sehen bekam. Schließlich, nach mehreren Stunden inmitten des feuchten dichten Waldes, erreichten sie das Ende des Weges. Nur noch eine dornige, hohe Hecke trennte sie von der Landstraße, die zwischen einigen Plantagen und der Stadt verlief. Toni stieg ab und Max tat es ihr gleich.

„Dort draußen wird niemand sein, Toni. Sie sind alle auf dem Karnevalsball bei den Macines. Ich bin heute Nacht allein Patrouille geritten."

Toni drehte sich langsam nach ihm um und blickte ihn traurig an. „Es tut mir Leid, Max, dass ich dich in diese Situation gebracht habe.“

„Lass es gut sein, Toni. Mich gehen diese Pflanzer und ihre Sklaven nichts an. Ich habe mich nur bereit erklärt, mich an der Suche nach dem *Chevalier Mystérieux* zu beteiligen, weil ich Leroux um eines seiner Argumente bringen wollte. Ich hatte gehofft, mir sein Einverständnis für eine Heirat mit dir erarbeiten zu können.“

„Ach, Max. Das würde doch nicht gut gehen.“

„Du hättest eine wunderbare Herrin über meine Plantage abgegeben. Aber du hast Recht, ich kann dich nicht mehr heiraten. Nicht nach dem, was ich heute Nacht erlebt habe. Er hielt einen Moment inne. Dann sah er sie an. „Toni, sieh nach, ob wir hinauskönnen und dann reite schnell nach Hause.“

„Und du? Was wirst du tun?“

„Ich werde morgen nach Hause reisen.“

Maximilian streckte Toni seine Rechte entgegen und sie legte ihre Hand hinein. Der junge Mann führte sie zu seinem Mund, doch dann hielt er inne und sah Toni an. Ein Grinsen legte sich auf sein Gesicht und er schüttelte der jungen Frau fest die Hand. „Das scheint mir dem *Chevalier Mystérieux* gegenüber angebrachter zu sein, Toni“, lachte er leise und tippte sich zum Abschied an den Hut.

Toni lächelte, stellte sich auf die Zehenspitzen und drückte ihrem Jugendfreund einen flüchtigen Kuss auf die Wange, ehe sie, den schwarzen Hengst hinter sich herführend, in das Gesträuch huschte.

Maximilian folgte ihr langsamer, da sein Pferd auf die Dornen sehr widerwillig reagierte. „Danke, dass du mich aus dieser Wildnis heil herausgeführt hast.“

„Ich danke dir, Max. Für alles.“

„Ich bewundere dich“, flüsterte der junge Mann, schwang sich in den Sattel und ritt, ohne sich noch einmal umzusehen, davon.

Erleichtert atmete Toni auf und sah ihm nach, bis er von der Dunkelheit verschluckt wurde. Sie wusste nicht, wo die Sklaven sich befanden, die sie in dieser Nacht hätte führen sollen, hoffte jedoch, dass diesen nichts zugestoßen war und sie in einer der nächsten Nächte eintreffen würden. Geschickt schwang sie sich in den Sattel und auf ihrem einsamen Heimritt dankte sie Gott für die Bewahrung vor dem Raubtier – und für einen großartigen Freund.

Mathieu Bouchardon ritt gemächlich durch den laut rauschenden, in vollkommener Dunkelheit liegenden Wald. Er kam von seinem Besuch bei Caros Grab zurück, ein paar fein gestrickte Babyschuhe in der Tasche. Den jungen Burschen hatte er nicht getroffen, doch er war sich sicher, dass weder das liebevoll gearbeitete Kreuz noch die Babyschuhe von ihm stammen konnten. Vermutlich hatte das Ehepaar die Babyschuhe während der Flucht im Gepäck getragen, und nun war der Ehemann der Toten zurückgekommen, um sich von seiner Frau und dem ungeborenen Kind zu verabschieden.

Es würde dem Jungen ein Trost sein zu erfahren, dass Claude unentdeckt entkommen konnte.

Mathieu wechselte auf einen anderen Pfad und strebte schließlich einer der Landstraßen entgegen, die zwischen der Stadt und einer hinter dem *Bayou St. John* liegenden Plantage angelegt worden war.

Gewohnt vorsichtig sicherte er sich ab, ob sich jemand in der Nähe befand. Da er weder etwas sehen noch hören konnte, verließ er schließlich den schützenden Pfad und bog auf die Straße ein.

Der Mond schien hell und klar in sein Gesicht und mit einer langsamen Bewegung schob er sich die Kapuze ein wenig weiter in die Stirn. Allerdings zu spät.

Der heimliche Beobachter, der im Wassergraben am Straßenrand lag, hatte die Gesichtszüge des Reiters bereits erkannt.

Kapitel 29

Bereits am frühen Morgen waren die schachbrettartig angelegten Straßen des *Vieux Carré* mit ausgelassen feiernden und fröhlich singenden Menschen überfüllt. Von den weit außerhalb der Stadt liegenden Plantagen im Landesinneren, ebenso wie vom *Lake Pontchartrain* und dem Küstengebiet her, kamen vornehme Equipagen und verstopften die Straßen, Plätze und Gassen.

Währenddessen ging es in den neuen Vororten weiter den Fluss hinauf, in denen hauptsächlich Amerikaner ihre großen Steinhäuser gebaut hatten, ein wenig ruhiger zu.

Mathieu Bouchardon eilte mit großen, wütend anmutenden Schritten die *Rue St. Anne* entlang und betrachtete das *Théatre d'Orleans*, in welchem gerade der Kinderball stattfinden musste.

Er hatte den Vormittag bei dem Rabbi verbracht, der ihn vor Jahren aus dem Rinnstein gezogen hatte, und dieser Besuch hatte ihm unendlich gut getan. Der alte Rabbi hatte sich seine Geschichte schweigend und immerfort nickend angehört. Schließlich hatte er ihn angesehen und den Kopf leicht zur Seite geneigt. „Hörst du das, Mathieu?"

Mathieu hatte genickt. Das unentwegte Rollen der Kutschen, das Lachen, Rufen und Brüllen vom Karneval in den Straßen war bis in die beschauliche Wohnung des Mannes mit dem langen, weißen Bart gedrungen.

„Du weißt, wie es an dem Tag und in der Nacht zugeht, bevor die Kreolen zu fasten beginnen, um ihre in diesen Karnevalstagen begangenen Sünden zu sühnen?"

Wiederum hatte Mathieu nur genickt. Er wusste nur zu gut um die Ausschweifungen, die Wildheit und den beinahe verrückten Taumel, in welchen dieser letzte Tag die Menschen versetzen konnte.

„Dann weißt du genug." Der Mann hatte Mathieu aus seinen braunen, unter buschigen Augenbrauen intelligent hervorleuchtenden Augen angeschaut und wieder hatte Mathieu nur genickt. Er wusste, was der Rabbi andeuten wollte. Am nächsten Tag war der einundzwanzigste Geburtstag von Antoinette de la Rivière und sie sollte diesen vermutlich nicht erleben. Gab es eine bessere Möglichkeit, als diesen Tag und die darauf folgende Nacht, um ihr unbemerkt etwas anzutun? Wer mochte schon sagen, welche Personen hinter welcher der meisterhaft gefertigten Masken steckten? Wer kam von welchem Ball und war zu einem anderen unterwegs? Wann und wo verschwand eine Gestalt heimlich und ungesehen durch irgendeine Hintertür, um sich woanders noch ein wenig mehr zu vergnügen? Niemand würde das Verschwinden einer hinter ihrer Maske verborgenen jungen Frau bemerken, und niemand würde darauf achten, wenn diese Frau um Hilfe schrie. Das Lachen und die laute Tanzmusik würden das ihrige dazu beitragen, unschöne Geschehnisse jeglicher Art zu vertuschen und zu verheimlichen.

„Was soll ich nur tun?", hatte Mathieu schließlich seinen väterlichen Freund gefragt.

„Geht sie zu einem dieser Bälle?"

„Ich weiß es nicht."

„Dann finde es heraus und rede mit ihr."

Mathieu hatte geseufzt und in das ernste Gesicht des älteren Mannes geblickt.

Dieser hatte daraufhin seine Hand ergriffen, sie kurz gedrückt und sich wieder bequem in seinen Stuhl zurückgelehnt. „Das ist nicht so schwer, wie es scheint, Mathieu."

Mathieu wurde in die Gegenwart zurückgerufen, als er einem Betrunkenen ausweichen musste, der die ganze Straße für sich beanspruchte und dessen geschminktes Pierrot-Gesicht bereits mehr wie das leidende Antlitz eines zum Tode verurteilten wirkte. Er musterte drei Frauen, die rote Perücken und weiß schimmernde Masken trugen und deren weit ausfallende, mit Gold und Brokat ausstaffierten Kleider in der Sonne herausfordernd aufleuchteten. Wer konnte ihm schon sagen, ob er eine oder gar alle drei dieser Frauen nicht sogar kannte?

Der junge Mann bog eilig in die *Rue des Ramparts* ein und machte sich von dort aus auf den Weg zu André und Sophie Fourier.

Sein Freund war sehr beschäftigt, da es in diesen Tagen viele Schlägereien gab, ständig irgendwelche Betrunkene kamen, die unglücklich gestürzt waren, und die eigentlich verbotenen Duelle vehement zuzunehmen schienen.

Doch Sophie empfing ihn wie immer herzlich und führte ihn in den Salon. „Es ist viel los auf den Straßen, nicht wahr? Alle sind unterwegs zu irgendwelchen Bällen. Wirst du auch einen besuchen?“, erkundigte sie sich mit aufgeregt glänzenden Augen.

„Ich weiß es noch nicht, Sophie. Irgendwie widerstrebt es mir, mich diesem ganzen Trubel auszusetzen.“

„André und ich hatten in den letzten Jahren an *Mardi Gras* fast immer Besuch von Toni. Seit die beiden mich für ihren Gott begeistert haben, kann ich die Protestanten verstehen, die sich von diesen Karnevalsfeierlichkeiten distanzieren.“

Mathieu sah Sophie aufmerksam an und rutschte auf dem Sessel ein wenig weiter nach vorne. „Habt ihr Mademoiselle de la Rivière dieses Jahr wieder eingeladen?“

„Ja, das haben wir.“ Sophie lächelte und legte ihre Hand auf den runden Bauch.

„Dann wird sie heute Abend hier bei euch sein?“, fragte er weiter.

„Leider nicht, Mathieu. Die Leroux’ haben sie gebeten, sich in diesem Jahr wieder einmal bei dem Ball im *Théatre d’Orleans* sehen zu lassen, damit sie sich nicht zu sehr von der Gesellschaft ausgrenzt. Toni war zwar nicht sehr begeistert, doch sie hat zugesagt.“

Mathieu betrachtete seine zu Fäusten geballten Hände und erhob sich langsam.

„Was ist eigentlich los, Mathieu? Was habt ihr für ein Geheimnis, André und du?“

Der junge Mann fuhr sich mit der Hand durch die Haare und

blickte in Richtung Tür, als wolle er augenblicklich die Flucht ergreifen. „Ich muss wieder los, Sophie. Lass dir alles von André erklären." Der junge Mann wandte sich der Tür zu.

„Euer Verhalten macht mir Angst, Mathieu", flüsterte Sophie.

Mathieu blieb beinahe ruckartig stehen und drehte sich dann langsam wieder zu ihr um. „Weißt du, als was Antoinette heute Abend gehen wird?"

„Nein. Du wirst sie schon unter all den Hofdamen, Marie Antoinettes, Indianerinnen und griechischen Göttinnen heraussuchen müssen", lachte Sophie, doch ihr Lachen klang nicht fröhlich. Dann sah sie ihn bittend an. „Ist sie in Gefahr, Mathieu?"

„Ich möchte dich nicht aufregen, Sophie", murmelte Mathieu. Er verstand, dass die junge Frau sich Sorgen um ihre Freundin machte und sie ihre drängenden Fragen beantwortet haben mochte, und doch waren er und Sophies Ehemann übereingekommen, die werdende Mutter nicht mit ihrem Wissen zu belasten.

„Bitte, Mathieu. Was ist mit Toni? Euer Schweigen macht es mir doch auch nicht leichter. Vielleicht kann ich helfen."

„Warte bitte", brummte Mathieu und ging in die Untersuchungsräume hinüber, obwohl er André eigentlich nicht hatte stören wollen, nachdem er das übervolle Wartezimmer gesehen hatte. André ließ einen seiner Patienten warten und folgte Mathieu in den Flur hinaus.

„Sophie hat Angst, André. Sie kennt unsere Vermutungen, doch wir haben ihr wichtige Details verschwiegen. Sie muss eingeweiht werden, damit die unbeantworteten Fragen sie nicht noch mehr quälen als die Wirklichkeit. Wie viel und was sie erfahren soll, wollte ich jedoch dir überlassen."

„Mach dir keine Gedanken, Mathieu. Ich werde mit ihr reden. Kannst du sie noch etwa eine Stunde vertrösten?"

„Sie schon, mich nicht. Ich fürchte um Antoinette. Ich muss sie unbedingt suchen."

André nickte seinem Freund ernst zu. Dann warf er einen Blick in Richtung Wartezimmer, in dem die betrunkenen Männer lautstark zu pöbeln anfingen, und zog die Schultern nach oben. „Vertröste mir meine Sophie noch ein wenig, und dann sieh zu, dass du wegkommst und Antoinette findest."

„Monsieur Bouchardon ist hier und möchte mit dir sprechen", flüsterte Fanny und Toni hob erschrocken den Kopf.

„Monsieur Bouchardon möchte mich sprechen?"

Fanny nickte. „Ich habe ihn in den Garten geschickt. Dort kannst du dich ungestört mit ihm unterhalten."

„Was er nur möchte?", überlegte Toni laut und erntete einen mahnenden Blick ihrer schwarzen Freundin.

„Denke an das, was Monsieur Bouchardon und Monsieur Fourier dir vor einigen Wochen mitgeteilt haben! Morgen wirst du volljährig sein. Sie vermuten, dass dir Gefahr droht. Dabei wissen sie noch gar nichts von der Gefahr, die dir durch die Enttarnung durch diesen Max droht."

„Er wird schweigen und heute noch abreisen, Fanny. Das hat er mir versichert."

„Und wenn seine Loyalität und Liebe dir gegenüber doch nicht so weit geht? Vielleicht möchte er nur nicht miterleben, wie du verhaftet wirst, gibt den Pflanzern jedoch einen Tipp."

„Ich vertraue Max, Fanny."

„Ihm, der Sklaven hält und den du nur wenige Male seit deiner Kindheit gesehen hast, vertraust du, nicht aber dem Mann deiner Freundin Sophie und dem Mann, der dich verzweifelt liebt?"

Toni seufzte und erhob sich langsam. Sie wusste nicht mehr, was sie denken und fühlen sollte. Die Eindrücke und Gedanken zerrten an ihren Nerven, und es fiel ihr immer schwerer, Freund und Feind, Gefahr und Nebensächliches auseinander zu halten.

Fanny strich ein paar Falten in Tonis einfachem Tageskleid glatt und öffnete ihr die Tür. Auffordernd nickte sie ihr zu und geleitete sie dann hinunter in den Garten. Sie selbst wartete am Fuße der Veranda, während Toni auf den nervös auf und ab gehenden Mathieu zuging.

„Mademoiselle de la Rivière. Ich bin froh, Sie wohlauf zu sehen", begrüßte Mathieu sie und ein erleichtertes Lächeln huschte über seine angespannten Gesichtszüge.

Antoinette gab ihm die Hand und er hauchte den obligatorischen Handkuss auf ihren Handrücken. Dabei hielt er ihre Finger länger in seiner Hand, als es nötig gewesen wäre.

Ein Kribbeln stieg in Antoinette auf, und sie setzte sich eilig auf einen weißen Gartenstuhl, da sie ihren Beinen nicht so recht trauen mochte. Warum nur brachte dieser Mann ihre Gefühlswelt so durcheinander? Sie war wegen seiner Anspielungen bezüglich ihres Onkels sehr wütend auf ihn gewesen, aber das hatte offensichtlich nichts an ihren Gefühlen zu ihm geändert.

Mathieu riss sie aus ihren Gedanken. „Sophie sagte mir, Sie wollen heute Abend ins *Théatre d'Orleans*?"

„Weshalb fragen Sie, Monsieur Bouchardon? Soll ich Ihnen einen Tanz reservieren?", fragte sie leichthin, um ihre Aufgeregtheit zu überspielen.

„Danach steht mir nicht der Sinn, Mademoiselle de la Rivière. Sie wissen, welche Befürchtungen ich hege, und die Umstände der kommenden Nacht lassen mich vehement um Ihr Leben fürchten."

Toni zog die Augenbrauen hoch, und ihre schmal werdenden Augen musterten den jungen Mann vor sich, der jedoch ihrem Blick auswich und zu den Fenstern des Wohntraktes hinüberblickte.

„Als was werden Sie gehen, Mademoiselle de la Rivière?", erkundigte er sich, ohne sie anzusehen.

„Als *Chevalier Mystérieux*?", scherzte sie, doch sein Blick ließ sie ihr Lächeln vergessen.

„Was sollte es zu befürchten geben, Monsieur Bouchardon? Ich werde mit Mirabelle und Audrey bis in die *Rue St. Anne* fahren und während des Balles das *Théatre* nicht ein einziges Mal verlassen. Wie sollte mir dort drinnen zwischen Hunderten von feiernden und tanzenden Menschen etwas zustoßen, zumal die meisten von ihnen Bekannte von mir sind?"

„Es gibt Tausende von Möglichkeiten, vor allem, wenn die Gefahr von jemandem ausgeht, der Ihnen sehr nahe steht, Mademoiselle de la Rivière."

Toni fühlte wieder diese unterschwellige Furcht, die sie seit Wochen nicht mehr losgelassen hatte, in sich aufsteigen. Sie blickte Mathieu ärgerlich an und sagte: „Ich kann Ihre Bedenken noch immer nicht teilen, selbst wenn sie Ihnen einleuchtend erscheinen mögen."

Mathieu trat einen Schritt näher, zog sich einen Stuhl heran, legte seinen Hut auf den Boden und setzte sich ihr gegenüber, wobei seine Knie beinahe die ihren berührten. „Ich akzeptiere, dass es Ihnen schwer fällt, Mademoiselle de la Rivière", sagte er mit leiser Stimme. Er wandte seinen Blick von ihr ab und schaute in Richtung Haus. Dann beugte er sich ein wenig vor und nahm ihre beiden zitternden Hände in die seinen.

Antoinette spürte, wie ihr Herz schneller schlug, und ihre Hände begannen vor Aufregung zu kribbeln. Sie betrachtete seine muskulösen, braun gebrannten Hände, die für einen Mann, der als Anwalt arbeitete, ungewöhnlich schwielig waren, und stellte mit einem wunderbaren Gefühl der Geborgenheit fest, wie ihre zarten, weißen Hände in den seinen beinahe versanken.

„Er hat Ihnen eine Heimat und eine Familie gegeben und vermutlich würden Sie das Erbe nicht einmal einfordern. Für mich jedoch steht fest, dass er Ihnen viel mehr genommen als gegeben hat – und damit meine ich nicht die finanziellen Mittel –, und ich befürchte, dass er noch nicht am Ende angelangt ist und er auch mir jemand sehr Wertvolles nehmen wird, wenn ich nicht versuche, Sie zu beschützen und von hier fortzubringen."

„Bitte …", Tonis Stimme klang leise und zitterte und ihre Augen füllten sich mit Tränen. Seine Worte schmerzten sie, denn sie fühlte sich einem lange Zeit heimlich gehegten Wunsch so nah und gleichzeitig doch so fern. Sie hatte einen jungen Mann gefunden, der sie liebte und der sie heiraten würde – und das wohl auch dann noch, wenn sie ihm von ihrem ungewöhnlichen Geheimnis berichtet hatte. Und doch war an eine Heirat nicht zu denken. Denn entweder stimmte sein Verdacht – und das würde bedeuten, dass sie eventuell diese Nacht vor ihrem Geburtstag nicht überleben würde –, oder er hatte sich in etwas verrannt, was sie nicht akzeptieren konnte und wollte, und damit würde eine hohe Mauer zwischen ihnen stehen, die zu überwinden sehr schwer sein würde.

Der Druck um ihre Hände wurde noch ein wenig fester und Toni schloss gequält die Augen. Wie sehnte sie sich danach, diese Hände immer und immer wieder halten zu dürfen. Wie drängte sich in ihr alles danach, endlich einmal von Mathieu umarmt und geküsst zu werden.

Sie zuckte leicht zusammen, als Mathieus leise Stimme nahe an ihrem Ohr flüsterte: „Ich liebe dich, Antoinette. Ich wollte dich schon vor Wochen bitten, meine Frau zu werden und dein ganzes Leben mit mir zu verbringen. Doch wie konnte ich das tun, wenn ich dich damit in tödliche Gefahr gebracht hätte? Wie kann ich hier wieder fortgehen, ohne befürchten zu müssen, morgen dein Lächeln und deine wunderschönen Augen nicht mehr sehen, dein verzauberndes Klavierspiel nicht mehr hören und deine warmen, zarten Hände nicht mehr spüren zu können? Kannst du mir nicht vertrauen?"

Toni blickte in die hellen Augen, die nur wenige Zentimeter von ihren entfernt waren. Sie fühlte sich glücklich, gleichzeitig jedoch verunsichert, ängstlich und verwirrt. „Was soll ich nur tun, Mathieu?", fragte sie leise.

„Monsieur Bouchardon!" Die Stimme Raphael Leroux' ließ die beiden auseinander fahren.

„Ich dachte bislang, Ihnen seien die Regeln dieser Stadt vertraut. Offenbar haben Sie sich zu lange bei den Kaintuks im Norden aufgehalten, um noch Manieren und Anstand zu besitzen. Ich werde nicht zulassen, dass Sie mein Patenkind weiter so kompromittieren, wie Sie es soeben tun. Verlassen Sie sofort mein Haus!"

Widerstand und Zorn spiegelten sich in Mathieus blauen Augen, als er sich erhob und zu dem Fenster hinaufblickte, aus dem Raphael Leroux seine Worte zu ihm hinunterschleuderte.

Toni wurde von wilder Angst gepackt. Was würde geschehen, wenn Mathieu sich dazu hinreißen ließ, ihrem Patenonkel Widerworte zu geben? War Raphael wütend und gereizt genug, um den jungen Anwalt zu einem Duell aufzufordern? Sachte berührte sie seine geballte Faust und Mathieu schaute von Monsieur Leroux weg und in ihr Gesicht. Sein Blick wurde sanfter, und Toni glaubte, eine Mischung aus Zuneigung und Angst in seinen Augen zu entdecken.

„Vertraue mir", flüsterte er und griff nach seinem Hut. Dann ging er, ohne ein weiteres Wort an Raphael Leroux zu richten, mit großen Schritten durch den Garten, nickte Fanny, die noch immer am Fuße der Veranda stand, zum Abschied zu und verschwand aus Tonis Blickwinkel.

Langsam erhob sie sich, glättete ihren Rock und sah dann zu dem Arbeitszimmer ihres Patenonkels hinauf.

„Was sollte das werden, Antoinette?", fragte der ältere Mann. Seine Stimme klang nun ein wenig ruhiger als zuvor.

„Entschuldige bitte, *Parrain*. Ich wollte dich nicht verärgern."

„Hier geht es nicht um mich, Antoinette, sondern um dich. Wie konntest du erlauben, dass ein Mann sich dir so nähert, ohne dass er zuvor mit mir gesprochen hat? Oder hat er dir vorgegaukelt, dass ich ihm bereits mein Einverständnis gegeben hätte, dich zu besuchen?"

„Nein, *Parrain*. Das hat er nicht", erwiderte Toni. Beschwichtigend hob sie ihre Hände in die Höhe. Wie nur konnte sie Mathieu helfen, nicht vollkommen den Zorn dieses Mannes, der nach den Regeln der Gesellschaft zwischen ihnen beiden stand, auf sich zu ziehen? „Er wollte dich nicht übergehen, sondern lediglich zuvor mit mir sprechen. Ich halte das sogar für einen sehr aufmerksamen Zug."

Toni beobachtete, wie ihr Patenonkel sich nachdenklich mit der Hand über seinen frisch gestutzten Bart fuhr. Dann schüttelte er leicht den Kopf. „Das mag sein, Antoinette. Dennoch hätte er ein wenig mehr auf Abstand bedacht sein können. Zumindest warst du vorsichtig genug, dein Mädchen mit hinauszunehmen." Raphael nickte ihr zu und zog sich vom Fenster zurück.

Toni atmete tief ein und aus und ging mit langsamen Schritten in Richtung Veranda. Sie lächelte ihr Mädchen unsicher an, ging die Stufen zur Veranda hinauf und betrat, gefolgt von Fanny, den Salon, in dem eine aufgebrachte, als Flamenco-Tänzerin kostümierte Audrey auf der Chaiselongue saß und nervös mit den Fingern ihrer rechten Hand auf das Polster der Armlehne trommelte. „War das Mathieu?", fragte sie mit spitzer Stimme.

„Das war Monsieur Bouchardon, Audrey", erwiderte Toni leise und runzelte auf Grund der unberechtigt zur Schau getragenen Vertrautheit, in der Audrey den Namen des jungen Mannes aussprach, die Stirn.

„Was wollte er denn von dir?"

„Er wollte sich mit mir über etwas unterhalten."

Audrey fuhr in die Höhe. Ihre Augen funkelten Toni herausfordernd und wütend an. In diesem Moment betrat Mirabelle, ebenfalls fertig kostümiert, den Salon und bedachte Antoinette mit einem erschrockenen Blick. „Du bist noch nicht umgekleidet, Antoinette? Wir wollten in den nächsten Minuten fahren."

„Ich kann nachkommen, *Marraine*. Ich wurde aufgehalten, aber ich möchte nicht, dass ihr meinetwegen warten müsst."

„Das wäre auch vollkommen unangebracht", mischte sich Audrey ein und griff mit der linken Hand nach ihrer Maske, die sie auf den kleinen Tisch neben der Chaiselongue gelegt hatte.

„Meinetwegen", erwiderte Mirabelle, einen weiteren vorwurfsvollen Blick in Richtung Toni werfend. Dann wandte sie sich an ihre jüngste Tochter. „Du wirst dich auf dem Ball der Nolot-Verwandtschaft angemessen benehmen, Audrey."

„Warum darf ich nicht mit euch in das *Théatre*?"

„Du weißt genau, weshalb. Warte noch zwei Jahre und du wirst ebenfalls so weit sein."

Toni beschloss, die beiden sich selbst zu überlassen, und verließ eilig den Salon. Sie hastete die Stufen hinauf und betrat ihr Zimmer. Dort setzte sie sich auf ihr Bett und wartete, bis Fanny ebenfalls eingetreten war und die Tür sorgsam hinter sich geschlossen hatte.

„Hab ich mich vielleicht erschrocken, als Monsieur Leroux am Fenster erschienen ist", murmelte das Mädchen und setzte sich unaufgefordert auf den Schreibtischstuhl.

„Und ich erst."

„Das kann ich verstehen", kicherte Fanny.

Toni senkte schnell den Kopf, da ihr die Röte spürbar ins Gesicht stieg. „Jetzt bin ich noch mehr durcheinander als zuvor, Fanny. Soll ich zum Ball gehen oder lieber eine Ausrede suchen und hier bleiben? Soll ich vielleicht lieber zu Sophie fahren? Was kann ich glauben, was muss ich befürchten?“ Toni schüttelte den Kopf, stützte die Ellbogen auf ihre Oberschenkel und vergrub das Gesicht in ihren Händen. Sie betete, flehte um eine weise Entscheidung und fühlte sich doch vollkommen hilflos und verwirrt. Wer konnte ihr jetzt helfen, die richtige Entscheidung zu treffen?

„Toni?“

Sie hob langsam den Kopf und blickte zu Fanny hinüber. Vielleicht konnte sie von ihr Hilfe erwarten?

„Ich weiß, es geht mich nichts an“, begann das Mädchen zögerlich, „aber vielleicht liegt der Schlüssel zu deinen Fragen in dem, was Monsieur Bouchardon mit dir besprochen hat?“

Toni nickte nachdenklich, stand auf und trat an das Fenster. Der Garten lag verlassen vor ihr, und sie suchte mit den Augen die Stelle, an der sie und der junge Mann gesessen hatten. Noch immer standen sich die beiden Stühle sehr nahe gegenüber und ein aufgeregtes Flattern breitete sich in ihrem Inneren aus. „Bevor er gegangen ist, hat er mich gebeten, ihm zu vertrauen“, murmelte sie und legte ihre flache Hand gegen die Scheibe.

„Das gehört sich so, wenn man sich liebt, Toni. In allen Beziehungen.“

„Das würde bedeuten, dass ich ihm glauben muss – egal, was mein Verstand mir einreden will.“

Es klopfte an der Tür. Fanny öffnete und Marie Merlin trat eilig ein. „Was hat das zu bedeuten, Toni?“, fragte sie, ohne eine der beiden Frauen zu begrüßen. Sie streckte der jüngeren Freundin ein geöffnetes Telegramm entgegen. „Das wurde soeben bei uns abgegeben. Es ist aus Washington und offenbar ist es für dich bestimmt.“

Toni blinzelte, faltete das Telegramm hastig auseinander und las:

Antoinette, höre auf M. C. – Gefahr!

Marie stand in der Mitte des Zimmers, die Hände aufgebracht in ihre inzwischen etwas rundlich gewordenen Hüften gestemmt, und ließ ihre Freundin nicht aus den Augen. „Was hat das zu bedeuten? Wer ist M. C. und in welcher Gefahr bist du? Warum kam dieses Telegramm bei uns an?“

„Das ist eine lange Geschichte.“

„Dann fang schnell an, sie zu erzählen.“

Toni war noch nicht weit gekommen, als es wiederum an ihre Zimmertür klopfte. Diesmal stand einer der Hausburschen davor und überbrachte eine weitere schriftliche Nachricht.

Wieder faltete die junge Frau sie mit hastigen Bewegungen auseinander und las die mit weiblicher Handschrift geschriebenen Zeilen. Stöhnend ließ sie die Hand, in der sie das Papier hielt, sinken und schüttelte den Kopf. Was sollte heute noch alles auf sie einstürmen? Wann würde sie endlich eine Entscheidung treffen können, ohne zusätzlich verwirrt, geängstigt und beeinflusst zu werden?

„Was ist das jetzt?“, fragte Marie beinahe harsch und auch Fanny blickte Toni mit gerunzelter Stirn prüfend an.

„Eine Nachricht von Valérie Ardant.“

„Von Jean-Luc Ardants Schwester, der *Plaçée* Jacques Breillats?“

„Richtig. Wusste sie von der nächtlichen Tätigkeit ihres Bruders, Marie?“

„Valérie? Valérie weiß viel und doch nichts. Ich denke nicht, dass Jean-Luc seine Familie in sein Geheimnis eingeweiht hat. Für ihn wäre das zu gefährlich gewesen. Immerhin waren seine beiden Schwestern schon damals mit bedeutenden Plantagenbesitzern liiert.“

„Warum möchte sie mich dann sprechen, möglichst sofort? Was kann sie wissen?“

„Vermutlich nichts, was deine Tätigkeit als Reiter betrifft.“ Marie nahm Toni das Briefpapier aus der Hand und überflog die Nachricht. „Du sollst sie im *Salle d'Orleans* treffen? Was stellt diese Frau sich vor? Du kannst doch nicht einfach auf den Ball der Farbigen gehen, zu den *Plaçées*, wo sicherlich auch der eine oder andere Aristokratenherr auftauchen wird.“

„Ich soll nicht in den Ballsaal hinauf. Sie will mich an einem der Nebeneingänge treffen. Sie hat mir genau beschrieben, wie ich vom *Théatre d'Orleans* aus ungesehen zum *Salle d'Orleans* gelangen kann.“

„Toni! Du kannst unmöglich alleine das *Théatre* verlassen.“

„Keine Sorge, Marie, ich begebe mich ja nicht an das Flussufer, in die *Rue du Levee* oder zum *Irish Channel*. Zudem werde ich maskiert sein.“

„Du willst wirklich gehen?“ Fanny ergriff Toni an beiden Ellbogen. „Ich dachte, du würdest auf Mathieu Bouchardon hören? Du wolltest ihm vertrauen und dich nicht in Gefahr begeben.“

„Er hat mich nicht gebeten, nicht auf den Ball zu gehen, Fanny.“

„Aber vermutlich nur, weil er nicht mehr dazu kam. Madame Merlin, bitte helfen Sie mir, sie von dieser aberwitzigen Idee abzubringen.“

„Ich weiß noch immer nicht, um was es hier überhaupt geht“, wandte Marie ein.

Während Fanny sich bemühte, die junge Frau zu informieren, hängte Toni ihr aufwändiges Kostüm beiseite und zog ein weiteres Mal die Männerkleidung aus dem hintersten Winkel ihres Kleiderschrankes hervor. „Ich werde weder als Antoinette de la Rivière noch als engelsgleiche Fee, sondern als junger Bursche dort erscheinen, und jeder wird denken, ich habe eine Nachricht zu übermitteln."

Fanny und Marie sahen die entschlossene, junge Frau schweigend an. Während das schwarze Mädchen noch immer zweifelnd den Kopf schüttelte, hob Marie nachdenklich die Augenbrauen und trat dann näher an sie heran. „Was Fanny mir erzählt hat, klingt sehr verwirrend. Vielleicht bringt dir das Gespräch mit Valérie Ardant ja Gewissheit, denn ich bin mir sehr sicher, dass sie nichts über unsere Organisation wissen kann. Was also sollte sie so Wichtiges mit dir zu besprechen haben, dass sie eigens einen Boten hierher schickt? Vielleicht weiß sie etwas über Leroux und seine Machenschaften. Er könnte sich in betrunkenem Zustand einem Freund anvertraut haben und dieser seiner *Placée*. Ich werde mich jetzt nach Hause bringen lassen und Sylvain schicken, damit er auf dich Acht gibt."

„Danke, Marie."

„Ich mag dich nicht in Gefahr sehen, Toni, obwohl ich weiß, dass du dich jahrelang freiwillig einer solchen ausgesetzt hast. Aber wenn du schon darauf bestehst zu gehen, dann ist mir lieber, dass jemand ein Auge auf dich hat und in deiner Nähe ist, damit du nicht ganz schutzlos bist."

Toni streifte sich das Nachmittagskleid von den Schultern und stieg in die weit geschnittene Hose, während Fanny die Nadeln aus ihren aufgesteckten Haaren zog, um sie in einen schlaksigen Burschen zu verwandeln, der ohne aufzufallen bis zu dieser *Plaçée* vordringen konnte. Sie hoffte nur, dass es sich bei dieser Frau nicht um die Handlangerin eines Mannes handelte, der Böses im Sinn hatte.

Die Musiker spielten eine Quadrille, als sich Mathieu Bouchardon, der sich in seinem Römerkostüm ausgesprochen unwohl fühlte, der Tanzfläche näherte. Ein nicht mehr ganz nüchterner Heinrich VIII. rempelte ihn an, ohne sich für seine Unachtsamkeit zu entschuldigen, und die sehr friedlich wirkende Hexe an seinem Arm kicherte albern. Während der Mann mit Sicherheit der kreolischen Oberschicht dieser Stadt angehörte, war sie vermutlich eine der unzähligen Verkäuferinnen, Kunstgewerblerinnen oder Straßenmädchen, die an diesem letzten Karnevals-Tag in das *Théatre d'Orleans* strömten, da der Ball dort für die breite Öffentlichkeit zugänglich war.

Der junge Mann stellte sich neben eine der Säulen, die weit hinauf unter die hohe Decke ragten, und beobachtete die tanzenden Ballgäste.

Doch er konnte zwischen den schimmernden, glitzernden Kostümen der Männer und Frauen keine Gestalt ausmachen, die Antoinette de la Rivière glich. Also wandte er sich um und schlenderte zum Buffet hinüber. Er beachtete die Austern, Torten, Baisers und Pasteten ebenso wenig wie das verlockend duftende *Jambalaya**.

An den Wänden der Halle entlang standen Stühle und Tische, die von einigen älteren und jüngeren Frauen belagert wurden, und so manch eine von ihnen blickte sich beunruhigt um. Mathieu zog unter seiner hakennasigen Maske eine Grimasse. Ob die Frauen wussten, wohin ihre Männer, Brüder, Söhne und Cousins immer wieder verschwanden? Ahnten oder wussten sie sogar von dem geheimen Durchgang hinter der mit einem Vorhang verdeckten Tür, der in den *Salle d'Orleans* nebenan führte, und dass die ehrenhaften weißen Männer sich dort mit den schönen, hellhäutigen Farbigen vergnügten?

Auf der Suche nach Antoinette kam er an einer etwas aufgeregt wirkenden Indianerin vorbei, deren traurig klingende Stimme sie sofort als Dominique Poirier verriet. Und die schlanke Frau mit der ausgesprochen steifen Haltung, die sich hinter einer Kleopatra-Maskerade versteckte, musste Mirabelle Leroux sein.

Mathieu umrundete eine Gruppe diskutierender Frauen und musterte auch diese. Er erkannte Yolande und Clothilde Macine, die irgendwelche undefinierbaren Damen darstellten und unter der engen Schnürung und den unzähligen Volants an den Kleidern vermutlich nicht einmal würden tanzen können.

Mathieu ging weiter. Wenn Mirabelle bereits anwesend war, hätte Antoinette ebenfalls schon hier sein müssen. Da er sie hier jedoch nicht entdecken konnte, ging er davon aus, dass sie so vernünftig und vorsichtig gewesen war, sich von diesem wilden, unüberschaubaren Trubel des Karnevals fern zu halten. Dieser Gedanke beruhigte ihn ein wenig.

Ein Kellner im weißen Jackett bot ihm ein Glas Champagner an und Mathieu nahm es von dem emaillierten Tablett. Er stand nun beinahe vor dem diskret verhüllten Durchgang zum *Salle d'Orleans*,

* Spezialität aus New Orleans

und als die Musiker auf diesem Ball ihr Stück beendeten, konnte er die Musik aus dem angrenzenden Gebäude vernehmen, ebenso wie das Lachen und Johlen aus den unterhalb gelegenen Spielsalons.

Langsam schritt er die Tanzfläche ab. Als er glaubte, eine ausgesprochen zierliche Gestalt auf der Tanzfläche entdeckt zu haben, blieb er stehen und beobachtete intensiv die Tanzenden.

„Suchen Sie jemand Bestimmten, Römer?“, flüsterte eine weiche, lockende Stimme in sein Ohr, und als er den Kopf wandte, blitzten ihn unter einer weißen, mit Gold eingerahmten Frauenmaske ein paar freche, grüne Augen herausfordernd an. Er trat einen Schritt zurück, da sich die nicht gerade schlanke Person aufdringlich gegen ihn drückte, und runzelte die Stirn. Konnte es sein, dass Mirabelle Leroux ihre jüngste Tochter mit auf diesen Ball gebracht hatte? Oder hatte Audrey – denn er war sich recht sicher, dass es sich bei der leicht pummeligen Königin Ginevra um diese handelte – den Ball für die jüngeren Damen bei den Nolots verlassen und sich – wahrscheinlich in einem anderen Kostüm – heimlich hierher begeben?

„Tanzen Sie mit mir, Römer“, bat die süßliche Stimme. Hatte sie ihn gesucht oder verteilte sie ihre ungestüme Begeisterung auch an andere Männer seiner Statur?

Mathieu nahm sich vor, das Mädchen zu ignorieren, und ließ seinen Blick wieder über die Tanzfläche wandern. Hatte er zuvor Antoinette gesehen? Er musste es einfach wissen, denn sollte sie so unvorsichtig gewesen sein, sich dem Wunsch der Leroux' zu fügen, und an diesem Ball teilnehmen, würde er sie nicht mehr aus den Augen lassen dürfen.

„Die, die Sie suchen, werden Sie hier nicht finden. Vermutlich sitzt sie zu Hause und heult sich die Augen aus dem Kopf, weil kein Mann sie haben will.“

Mathieu musterte das pummelige Mädchen von oben herab und ging davon, bevor er sich nicht mehr beherrschen konnte und Audrey packen und einmal kräftig durchschütteln würde. Wie hatte Antoinette, umgeben von diesen kalten, eigensüchtigen und falschen Menschen wie den Leroux zu einer so hilfsbereiten und liebenswürdigen Frau heranwachsen können?

In der Nähe des Treppenaufgangs blieb er stehen und lehnte sich an die Wand. Er beobachtete einen Mann, der in dunklen Hosen, in ein langes Cape gehüllt und mit einer schwarzen Maske den Saal betrat und sich breitbeinig hinstellte, um die Menschen um ihn herum zu mustern. „Großartig“, murmelte der Unbekannte dann in breitem Amerikanisch.

Mathieu konnte ein leises Auflachen nicht unterdrücken. Offenbar war dieser Amerikaner, der sich als *Chevalier Mystérieux* verkleidet hatte, zum ersten Mal auf dem öffentlichen Maskenball in dieser Stadt.

Er begann sich zu entspannen. Zwar war er sich noch immer nicht ganz sicher, ob Antoinette nicht doch noch gekommen war, doch er würde es in den nächsten Minuten sicherlich herausfinden, und dann konnte er das *Théatre d'Orleans* endlich wieder verlassen können.

Im *Salle d'Orleans* wurde ein neues Stück aufgespielt, und die angesehenen weißen Herren der Stadt tanzten mit ihren *Plaçées*, die sich alle Mühe gaben, sich noch geheimnisvoller und verführerischer zu geben als sonst. Entlang den Wänden saßen ihre Mütter und beobachteten wachsam das Treiben, zumal sich unter den Tanzenden einige noch unvergebene junge Mädchen befanden. Diese hellen, fast weißen Schönheiten sollten von ihren Müttern noch an angesehene und reiche Beschützer vermittelt werden.

Raphael Leroux löste sich von seiner jungen Tanzpartnerin und folgte dem dunkelhäutigen Boten zur Treppe. Unten angekommen betrat er den Innenhof und ignorierte den herumliegenden Müll und die hässliche gelbe und grüne Fassade des *Salle d'Orleans*. Misstrauisch musterte er den schlaksigen, fast schwarzen Farbigen, der hier auf ihn gewartet hatte. „Was willst du?", knurrte er ihn schließlich an. Seine Zeit war kostbar. Er hatte sich ohnehin schon ein wenig zu lang bei seiner *Plaçée* aufgehalten und sollte sich dringend einmal wieder bei Mirabelle sehen lassen.

„Sie suchen den *Chevalier Mystérieux*, Monsieur Leroux?"

Raphael hob den Kopf.

„Ich habe ihn gesehen, Monsieur Leroux. Letzte Nacht. Und nicht nur das. Ich habe ihn sogar erkannt."

„Du hast ihn erkannt?", entfuhr es Raphael Leroux. Erschrocken warf er einen Blick zurück, als sich eine laut singende Menschenmenge aus dem Ausgang in den Hof ergoss. Er packte den Mann bei seinem schäbigen Jackett und zog ihn in die kleine Gasse, die vom Innenhof zur *Rue St. Anne* führte. Dort roch es zwar Ekel erregend nach Erbrochenem, doch zumindest wurde er hier nicht mit dieser windigen Gestalt gesehen und konnte sich einige Minuten in Ruhe mit ihm unterhalten.

„Ich weiß, wer er ist, Monsieur Leroux."

„Warum kommst du damit erst jetzt zu mir?“

„Ich war bei Ihrem Haus, wurde jedoch nicht zu Ihnen vorgelassen. Außerdem habe ich es bei den Charmandes und bei den Macines versucht. Morgen wäre ich zu Poirier oder Breillat hinausgeritten, wenn Sie sich nicht die Zeit für mich genommen hätten.“

Raphael Leroux nickte verstehend. Diesem Mann ging es einzig und allein um eine angebrachte Entlohnung für seine Information. Mit einem grimmigen Lächeln griff er in die Innentasche seines Kostüms und zog seine Geldbörse heraus. Sehr viel würde diese heruntergekommene Gestalt nicht fordern. Monsieur Leroux streckte dem Farbigen einige Geldscheine entgegen.

Obwohl der Mann in der Dunkelheit wohl kaum abschätzen konnte, um wie viel Geld es sich handelte, schüttelte er sofort verneinend den Kopf. „Das wird nicht ausreichen, Monsieur Leroux. Ich habe sieben Kinder und eine kranke Frau. Ich brauche mehr Geld.“

„Es gibt nicht mehr Geld, Mann. Wir sind dem Kerl ohnehin dicht auf den Fersen.“

„Aber Sie werden ihn in den nächsten Minuten schnappen können. Er ist hier. Auf dem Ball.“

Raphael durchfuhr eine heiße Aufgeregtheit und ein beinahe gieriges Lächeln umspielte seine Lippen. „Wer ist es?“

„Ich möchte Ihr Wort als Ehrenmann, dass ich von Ihnen und den anderen edlen Herren eine große Geldsumme bekomme. Sie sind alle geschädigt worden und können froh über meine Auskunft sein.“

Raphael Leroux zögerte. Seine finanzielle Lage war seit Jahren ein Desaster, und er fragte sich ohnehin, wie er sich so lange über Wasser hatte halten können. Doch er wollte endlich diesen Reiter in die Finger bekommen. „Du hast mein Ehrenwort“, schnappte er in Richtung des unruhig wartenden Informanten und grinste. Er würde seine Freunde sicherlich davon überzeugen können, wie wertvoll diese Nachricht gewesen war, und sie zu einer großzügigen Zahlung bewegen. Der Mann vor ihm würde dieses Geld jedoch niemals in die Finger bekommen. Das Geld würde er selbst gut gebrauchen können.

„Danke, Monsieur Leroux. Sie sind ein Ehrenmann“, freute sich der Farbige und trat einen Schritt näher. „Es ist Mathieu Bouchardon, Monsieur Leroux.“ Er wich wieder zurück und wartete auf eine Reaktion.

Wut machte sich in Raphael breit. Er erinnerte sich an die Begebenheit wenige Stunden zuvor, als er Monsieur Bouchardon mit Antoinette im Garten gesehen hatte. Und er dachte an die vertrauten Gesten, die er seinem Patenkind entgegengebracht hatte, und an

Audreys naive Schwärmerei für Bouchardon. Er hatte vorgehabt, seine Tochter in zwei Jahren mit diesem viel versprechenden, jungen Mann zu verheiraten, falls sich nicht ein anderer Mann für das dickliche, faule Kind interessieren würde, was er ein wenig bezweifelte. Eindringlich musterte er den heruntergekommenen Mann vor sich. „Bist du dir sicher?“

„Ganz sicher. Er hatte die Kapuze nicht richtig auf und der Mond schien hell in sein Gesicht. Es war der Anwalt.“

Raphael nickte. Es verwunderte ihn, dass Mathieu der *Chevalier Mystérieux* sein sollte. Immerhin hatte dieser viele Jahre außerhalb von Louisiana verbracht. Allerdings mochte eben dieser lange Aufenthalt bei den Sklavenfreunden im Norden ein deutlicher Fingerzeig sein. Zudem – wer wusste schon mit Sicherheit, ob sich Bouchardon tatsächlich in den letzten vier Jahren in New York und nicht irgendwo hier in der Nähe aufgehalten hatte? „Gut. Du wirst deine Belohung erhalten“, erwiderte er schließlich und wandte sich grußlos ab.

„Danke, Monsieur, danke“, stammelte der Mann hinter ihm her.

Selten einmal bedankte sich wohl ein Mann für sein Todesurteil. Vor ihm mussten jedoch noch zwei andere Menschen sterben.

Antoinette de la Rivière würde als vermeintliches Opfer eines furchtbaren Verbrechens zu Tode kommen. Raphael fuhr sich mit seiner kräftigen Hand über die Stirn. Es fiel ihm nicht leicht, diesen Schritt zu gehen. Es war doch etwas anderes, ein im fernen Deutschland lebendes Ehepaar durch einen bezahlten Mörder beseitigen zu lassen, zumal die Frau, die er damals verzweifelt geliebt hatte, niemals verstanden hatte, weshalb er sich ihr gegenüber so fürsorglich gezeigt hatte. Doch Antoinette war ihm, da sie bereits seit mehreren Jahren in seinem Haushalt lebte, inzwischen ein wenig ans Herz gewachsen. Es war ihm vor Jahren unmöglich gewesen, ein Kind zu töten, und auch jetzt zwang ihn nur die Angst, alles zu verlieren und zudem als Mörder entlarvt zu werden, zu diesem Schritt.

Mathieu Bouchardons Tod hingegen würde ihn nicht weiter belasten. Dieser war von ihm und seinen Freunden wegen Missachtung eines Bundesgesetzes und wegen Diebstahls, denn immerhin waren die Sklaven ein wertvolles Gut der Pflanzeraristokratie, verurteilt worden.

Kapitel 30

„Ich bleibe in deiner Nähe“, flüsterte Fanny und huschte ihr nach, als Toni von der Equipage aus mit weit ausholenden, festen Schritten auf das große Gebäude zuging.

Eine kleine Menschentraube tanzte ausgelassen an ihnen vorbei. Dahinter glaubte Toni, Sylvain Merlin zu entdecken. Er stand im Schatten eines blattlosen Baumes und wollte offenbar nicht gesehen werden. Also nickte sie nur knapp in seine Richtung und ging weiter.

Aufregung und Angst schnürten ihr die Kehle zu. Sie verspürte den unbändigen Wunsch zu fliehen, und doch war ihr dies nicht möglich. Den Warnungen Andrés und Mathieus und dem Telegramm von Carl Schurz zum Trotz, empfand sie noch immer eine kleine Spur Unsicherheit und Unglauben in Bezug auf die Vorwürfe gegenüber Raphael Leroux in sich, und wenn Valérie Ardant ihr würde helfen können, endgültige Klarheit zu erlangen, musste sie dieses Risiko auf sich nehmen.

Toni ging an der Vorderseite des *Salle d'Orleans* vorbei und schritt, die Hände tief in die Hosentaschen gesteckt, in eine kleine, schmale Gasse, die sie in den Innenhof des Ballhauses führen sollte. Eine schmächtige, dunkle Gestalt kam ihr aus dieser entgegen, und Toni senkte den Kopf, ohne jedoch den älteren Mann aus den Augen zu lassen. Dieser lächelte etwas einfältig vor sich hin und blickte nicht einmal auf, als sie ihn passierte.

Erleichtert ging sie weiter und lauschte auf das Lachen und Singen, das ihr aus dem Hinterhof entgegenschlug. Dort, wo die Gasse auf den Hof traf, hielt sie inne. Sie glaubte, einen breiten, dunklen Schatten gesehen zu haben, der sich bemühte, ungesehen in einer geöffneten Nebentür zu verschwinden. Offensichtlich gab es hier noch mehr Menschen, die ein Geheimnis zu hüten hatten.

Aufregung und Angst erfasste sie und schnürten ihr die Kehle zu. Das Horn eines Dampfschiffes dröhnte durch die engen, kleinen Straßen des *Vieux Carré* und unwillkürlich erschauderte die junge Frau. Zögernd blieb sie stehen und warf einen prüfenden Blick zurück. Sollte sie nicht lieber wieder gehen? Was hatte diese Frau ihr schon zu sagen? Lief sie womöglich geradewegs in eine Falle?

Toni biss sich auf die Unterlippe. Noch einmal blickte sie zurück. Waren Sylvain und Fanny da? Konnten sie ihr helfen, wenn sie sich nicht mehr zu helfen wusste? Sie schloss die Augen und betete. Dann trat sie in den Hof.

Valérie Ardant blickte verunsichert auf den nervösen Mann, der sich ein weiteres Mal gegen das Fenster drückte und einen prüfenden Blick in den bunt erleuchteten Hof hinunterwarf. Die Narbe über seinem Auge stach im fahlen Licht des Mondes und der bunten Lampions, die durch das trübe Fenster in die kleine Garderobe schienen, hervor und seine wütend zusammengezogenen Augenbrauen taten ein Weiteres dazu, dass sie sich vor diesem Mann zu fürchten begann. Hatte sie einen Fehler begangen? Valérie mochte Antoinette, wenn sie diese auch nicht persönlich, sondern nur vom Sehen und durch Erzählungen Sophie Fouriers kannte. Sophie hatte sie bei ihren Besuchen in der Praxis ihres Mannes kennen und schätzen gelernt. Sie hatte ihr in der Vergangenheit immer wieder in liebevoller Art aufgezeigt, dass Gott ihr eine andere Art zu leben anbot als die, die sie, geführt durch ihre Mutter, die vor Jahren ebenfalls eine *Plaçée* gewesen war, eingeschlagen hatte.

Sie hatte Sophie und Antoinette zuliebe gerne helfen wollen und aus diesem Grund dem drängenden Bitten dieses seltsamen Mannes aus Deutschland nachgegeben. Doch je länger sie nun hier mit diesem Mann warten und seinen unterdrückten Zorn, der wohl auf seine Ungeduld zurückzuführen war, aushalten musste, desto mehr begann sie, an der Geschichte, die er ihr erzählt hatte, an seinem guten Willen und an ihrem Handeln zu zweifeln. Zudem sollte sie so schnell wie möglich wieder in den Ballsaal zurückkehren, denn Jacques würde nicht lange bei seiner Ehefrau bleiben, und sie konnte es nicht wagen, seinen Unmut auf sich zu ziehen, so kurz bevor sie die Stadt heimlich verlassen wollte, um woanders ein besseres, gottgefälligeres Leben zu führen.

„Sie muss kommen, verdammt“, schimpfte der Mann am Fenster ungehalten und wandte sich zu ihr um. „Gehen Sie hinunter. Ich werde sie nach all den Jahren nicht erkennen können – zumal sie wahrscheinlich verkleidet ist. Bringen Sie sie hier herauf“, befahl er unwirsch.

Wortlos verließ sie den Raum. Sie würde nach unten gehen und auf Antoinette warten. Vielleicht war es besser, sie zu bitten, schnell wieder zu gehen. Doch noch ehe sie sich zu einer solchen Entscheidung durchringen konnte, bemerkte sie, dass der Mann ihr leise folgte. Offenbar misstraute er ihr. Mit zitternden Händen hob sie die

Stofffülle ihres Rockes an und ging die Hintertreppe hinunter bis in den Hof.

Valérie Ardant trug wie alle freien Farbigen und Schwarzen in New Orleans ihren vorschriftsmäßigen *Tignon**, der farblich perfekt zu ihrem Königinnenkleid passte. Sie hatte ihre Maske abgenommen, wohl damit sie besser sehen, aber auch damit sie erkannt werden konnte, denn Toni hatte die junge, hübsche Octoroon noch niemals aus der Nähe gesehen. Doch sie erkannte diese sofort, da sie eine nicht von der Hand zu weisende Ähnlichkeit mit ihrem langjährigen Klavierlehrer aufwies.

Erleichtert, tatsächlich von einer Frau erwartet zu werden, huschte Toni zu ihr hinüber und hob so weit den Kopf, dass Valérie ihr ins Gesicht sehen konnte.

„Ich hätte Sie fast nicht erkannt", flüsterte die junge Frau und ihre dunklen Augen blickten verwundert auf die jungenhafte Erscheinung vor sich.

„Das ist nicht gerade der Ort, um als Antoinette de la Rivière zu erscheinen, Mademoiselle Ardant."

„Mademoiselle de la Rivière, lassen Sie mich Ihnen zuallererst erklären –" Valérie kam nicht mehr dazu weiterzusprechen, denn aus dem Dunkel der halb geschlossenen Tür erschien ein männlicher Schatten.

„Ich hätte Sie eher als großartige Dame verkleidet erwartet, Antoinette Eichenheim", sagte der Mann auf Deutsch. Nur diese vertrauten, lange nicht mehr gehörten Worte hinderten sie daran, unverzüglich die Flucht zu ergreifen. Doch die Angst, die sie überrollte, ließ sie heftig erzittern, und mit zwei schnellen Schritten wich sie nach hinten aus.

Wo waren Fanny und Sylvain? Sahen sie den Mann nicht, der Valérie beinahe achtlos zur Seite schob?

„Was wollen Sie von mir?", entfuhr es ihr halblaut und wieder wich sie einen Schritt zurück.

* kunstvoll um den Kopf geschlungenes Tuch

Die Klänge eines schnellen, schwungvollen Walzers erfüllten den Saal, und das *Théatre d'Orleans* schien unter den taktsicheren, schwungvollen Schritten der Tanzpaare förmlich zu erbeben.

Mathieu Bouchardon verließ seinen Beobachtungsposten, an dem er nun seit mehr als einer halben Stunde gestanden hatte. Er nickte grüßend einem zweiten *Chevalier Mystérieux* zu, als fühlte er sich ihm besonders verbunden, ohne dass er wissen konnte, wer sich unter der Maskerade seines eigenen Schutzanzuges befand. Dann wandte er sich dem Ausgang zu und betrat die große Treppe, die hinunter zu den Spielsalons und zum Ausgang führte.

Er war erleichtert, Antoinette hier nicht angetroffen zu haben, und lobte innerlich ihre Umsicht, trotz ihrer Zweifel zu Hause geblieben oder vielleicht zu den Fouriers gegangen zu sein. Er würde sowohl bei den Leroux' als auch bei den Fouriers vorbeireiten, um ein weiteres Gespräch mit der jungen Frau zu suchen – und sie endlich das erste Mal in die Arme zu schließen.

Ein roter Ritter, ein Seeräuber, Napoleon und ein einsamer Musketier – unverkennbar Raphael Leroux – kamen ihm entgegen. Die vier Männer beachteten ihn nicht, da sie in eine aufgeregte Diskussion vertieft waren, bei der jedoch Mathieus Name fiel.

Der junge Mann ließ die Männer passieren und blickte ihnen nachdenklich hinterher. Regte sich Monsieur Leroux noch immer über seinen Besuch bei seinem Patenkind auf und sprach darüber mit seinen Freunden? Vermisste er Antoinette auf dem Ball oder war sie inzwischen doch eingetroffen und er hatte sie übersehen?

Entschlossen drehte Mathieu sich um und stieg die weit ausladenden Stufen wieder hinauf.

„Bleiben Sie bitte, Antoinette. Ich bin seit über zehn Jahren auf der Suche nach Ihnen! Ich habe etwas Dringendes mit Ihnen zu besprechen. Sie sind in Gefahr."

Toni blieb regungslos stehen, scheu wie ein aufgeschrecktes Reh und bereit, jederzeit die Flucht zu ergreifen. Ihre Hände kneteten wie ein nervöses Kind den derben Stoff des Hemdes und ihre schmalen Augen taxierten den Fremden mit der auffälligen Narbe im Gesicht. „Ich habe Sie schon einmal gesehen. Vor dem Telegrafenamt", flüsterte sie schließlich mit zitternder Stimme.

Der Mann musterte sie noch einmal genauer und nickte dann. Eine weitere Bemerkung bezüglich dieser Feststellung unterließ er, als sei es für ihn nicht ungewöhnlich, dass eine junge Frau nicht nur an Karneval als junger Mann verkleidet in den Straßen der Stadt unterwegs war. „Können wir hineingehen, Fräulein Eichenheim?“, fragte er und deutete mit dem Daumen über seine Schulter.

Misstrauisch beäugte Toni den im Dunklen liegenden Seiteneingang des *Salle d'Orleans* und warf einen fragenden Blick auf Valérie Ardant, die jedoch nervös von einem Bein auf das andere trat und offenbar nicht recht wusste, was sie nun tun sollte.

„Ich weiß nicht …“, zögerte Toni und warf einen hastigen Blick über ihre Schulter zurück. Doch sie konnte weder Sylvain noch Fanny entdecken.

„Haben Sie eine Begleiterin dabei? Sie dürfen sie gerne holen.“

Nachdenklich presste Toni die Lippen aufeinander. Sein Äußeres erweckte nicht gerade ihr Vertrauen. Doch offenbar hatte er ihr etwas Wichtiges zu sagen. Vielleicht sollte sie es sich anhören. „Können wir nicht hier draußen sprechen?“

„Wie Sie meinen, Fräulein Eichenheim.“ Der Mann zuckte mit den Schultern und deutete dann auf einen der kahlen Bäume im Hof, der etwas abseits von den zahlreichen Menschen stand und ihnen Sichtschutz bieten würde.

„Ich muss wieder hinauf“, flüsterte Valérie und warf Toni einen fragenden Blick zu.

Fühlte die junge Frau sich für sie verantwortlich? Wusste sie selbst nicht, ob dem Mann, in dessen Auftrag sie sie offensichtlich hergelockt hatte, zu trauen war? Toni trat neben die junge Frau und ergriff sie am Arm. „Sie haben das Richtige getan, Mademoiselle Ardant.“

„Danke, Mademoiselle de la Rivière.“

„Ich hatte bei Ihrem Bruder Klavierunterricht.“

„Ich weiß“, flüsterte die Frau traurig. Dann erhellte sich ihr Gesicht. „Wissen Sie etwas von ihm?“, fragte sie hoffnungsvoll.

Toni nickte und legte ihre Hand auf Valéries Oberarm. „Er ist tot, Mademoiselle Ardant. Er starb im Sommer '55, als er einige Flüchtlinge von der Küste an New Orleans vorbeischleusen wollte. Ich fand ihn sterbend am Strand.“

Tränen schimmerten in den Augen der Octoroon. Sie nahm Tonis Hände in ihre. „Danke. Danke, dass Sie uns endlich Klarheit verschaffen, Mademoiselle de la Rivière.“

„Ich hätte es viel früher tun sollen, doch ich wusste nicht, ob die Männer, die ihn verfolgten, ihn erkannt hatten und versuchen würden, seine Familie unter Druck zu setzen. Später ergab sich nie mehr die Gelegenheit.“

Valérie blickte Toni nachdenklich an, dann huschte ein Lächeln über ihr Gesicht und sie drückte die Hände der Frau fest, bevor sie sie wieder losließ. Sie lächelte Toni noch einmal an, wandte sich um und verschwand schließlich durch den Nebeneingang im Haus.

„Es geht auf Mitternacht zu, Fräulein Eichenheim. Ich muss dringend mit Ihnen sprechen."

„Geht es um meinen einundzwanzigsten Geburtstag und um das Erbe, das ich an diesem Tag antreten sollte?"

Der Mann musterte sie und nickte schließlich schwach. „Sie wissen mehr, als ich angenommen hatte", brummte er dann und deutete ein weiteres Mal in Richtung Baum.

Nun, da Toni annehmen musste, dass dieser grimmig dreinblickende Mann mit der entstellenden Narbe sie zehn lange Jahre gesucht hatte, um sie vor einer schleichend zunehmenden Gefahr zu warnen, wagte sie es, mit ihm in den Schatten dieses Baumes zu treten.

Sie trafen dort auf Sylvain und Fanny, die sich ebenfalls in den Schutz dieses Baumes begeben hatten, um sie ungesehen beobachten zu können.

Der Fremde begann sein Anliegen vorzubringen. Im Wesentlichen erzählte er nichts anderes, als Mathieu und André ihr bereits vor Wochen anvertraut hatten – wenngleich er ein wenig konkreter wurde.

Toni schwieg, als der Mann geendet hatte, und lehnte ihren Kopf gegen die raue Rinde des Baumes. Tränen der Verzweiflung rollten über ihre Wangen und erneut kroch das unangenehme Gefühl der Einsamkeit und der bitteren Enttäuschung in ihr auf. Sie ließ sich auf die Knie sinken, barg ihr Gesicht in ihren Händen und flehte Gott an, dass die in ihr aufkeimende Wut keinen Hass nach sich ziehen würde. Sie wollte Raphael Leroux nicht hassen für das, was er ihren Eltern und ihr angetan hatte, denn dieser Hass würde nur sie selbst zerstören – das hatte sie Dominique gesagt und das wollte sie sich auch selbst zu Herzen nehmen. Unter heftigem Beben ihrer Schultern begann sie schließlich zu weinen, und als Fanny sich neben sie kauerte, warf sie sich Trost und Halt suchend in deren Arme.

„Wir müssen dich hier fortbringen", flüsterte Sylvain, sich weit zu ihr hinunterbeugend. Seine Stimme klang besorgt, aber auch drängend, und zum ersten Mal wurde Toni bewusst, dass sie tatsächlich in Lebensgefahr schwebte. Raphael Leroux hatte nicht nur ihre Eltern und ihre Patentante ermordet, er war vermutlich auch gewillt, ihrem Leben ein Ende zu setzen, bevor sie das Erbe ihrer Eltern einfordern würde.

Gewohnt eilig erhob sie sich und wandte sich dem Deutschen zu. „Wer sind Sie eigentlich?“, fragte sie ihn.

„Gerald Meier, Mademoiselle Eichenheim. Vor zehn Jahren war ich Polizist und mitverantwortlich für die Aufklärung des Todesfalles Eichenheim.“

„Warum haben Sie mich gesucht und weshalb haben Sie mich erst jetzt gefunden?“

„Lange Zeit wurde angenommen, der Tod Ihrer Eltern sei auf einen Unfall zurückzuführen, bis es einigen Freunden Ihrer Eltern gelang, meinen Vorgesetzten davon zu überzeugen, dass es sich um einen politisch motivierten Mord handeln konnte. In diese Richtung wurde weitergeforscht, jedoch nichts gefunden. Erst viel später wurde der Tod einer Cousine Ihres Vaters mit dem Tod Ihrer Eltern in Zusammenhang gebracht. Zu diesem Zeitpunkt war das gesamte Anwesen der Eichenheims bereits verkauft und das Geld nach Frankreich transferiert worden. In der Annahme, dass Sie sich bei Ihren Großeltern aufhielten, wurde ich nach Paris geschickt, doch Sie waren nicht aufzufinden und Ihre Großeltern hüllten sich in Schweigen und nahmen ihr Wissen mit ins Grab. Irgendwann fand ich heraus, dass man Sie zu Ihrem Patenonkel gebracht hatte und dass er Leroux heißen soll. In Paris gab es einige Leroux, doch der Richtige war nicht dabei, sodass ich Monate damit zugebracht habe, die richtige Familie Leroux zu finden, was mir jedoch nicht gelang.

Zurück in Deutschland fanden wir eine Abschrift des Testamentes Ihres Vaters, und zum ersten Mal kam uns der Gedanke, dass Geldgier das Mordmotiv sein konnte. Doch damit würden Sie an Ihrem Hochzeitstag, spätestens jedoch an Ihrem einundzwanzigsten Geburtstag in großer Lebensgefahr schweben. Mein Vorgesetzter und vor allem ich selbst machten uns Vorwürfe, weil wir zu lang in die falsche Richtung ermittelt hatten, und ich entschloss mich, Sie nicht sich selbst zu überlassen. Ich reiste zurück nach Paris, um meine Suche erneut im Umfeld Ihrer Großeltern fortzusetzen. Ein Informant verwies mich schließlich an eine ältere Dame, die offenbar einige Zeit in den Vereinigten Staaten zugebracht hatte und von der es hieß, sie habe 1849 ein zehnjähriges Waisenkind zu seinem Patenonkel gebracht. Von ihr erfuhr ich, dass sie gemeinsam mit einer jungen Zofe und Antoinette Eichenheim über Le Havre nach Amerika gereist war. Dieser Spur folgend kam ich schließlich nach Charleston. Dort meinte ich schnell eine Spur zu haben, die sich jedoch als falsch erwies. Desillusioniert gab ich meine Suche auf, suchte mir in Charleston Arbeit und heiratete.

Vor einigen Wochen jedoch hörte ich, wie sich zwei Männer über einen ihrer Söhne unterhielten, der in New Orleans war, um eine bestimmte junge Frau für sich zu gewinnen. Die Beschreibung ließ keinen Zweifel zu. Es musste sich um Sie handeln. Ich nahm das nächste Schiff hierher und habe seitdem meine Tage und Nächte in dieser Stadt damit verbracht, Sie zu suchen. Erst Valérie Ardant, die ich mehr zufällig traf und ebenfalls vorsichtig nach Ihnen befragte, brachte auf Grund Ihres Alters und der ungefähren Daten Ihrer Ankunft in New Orleans Mademoiselle Eichenheim mit Mademoiselle de la Rivière in Zusammenhang."

„Lass uns gehen, Antoinette. Wir werden dich irgendwohin schaffen, fort von Raphael Leroux", drängte Sylvain. Sein Blick wanderte nervös zwischen dem *Salle d'Orleans* und dem *Théatre d'Orleans* hin und her.

Toni sah sich mit Panik im Blick um. Ihr Patenonkel war in ihrer unmittelbaren Nähe, während sie die schreckliche Wahrheit über ihn erfuhr und sie nur wenige Minuten von ihrem entscheidenden Geburtstag trennten. Zudem hatte er am Nachmittag Mathieu Bouchardon mit ihr im Garten gesehen, und mit einem Mal wurde Toni klar, dass sie inzwischen beide Kriterien erfüllte, die zu ihrem Tode führen konnten. „Ich muss mit Mathieu sprechen", murmelte sie und wandte sich Fanny zu.

„Das wird nicht gehen, Antoinette", widersprach Sylvain. „Du darfst weder zurück zu den Leroux' noch zu den Fouriers und schon gar nicht zu Mathieu Bouchardon." Er wandte sich an Meier. „Wissen Sie, wo Valérie Ardant wohnt?"

„In der *Rue de Ursulines*", antwortete der Mann. Er schien sofort zu verstehen, auf was Sylvain hinauswollte. „Ich werde sie suchen. Sie soll mir eine Empfehlung ausstellen, damit ihre Hausmädchen uns einlassen." Meier drehte sich um, lief zurück zu dem Nebeneingang und verschwand dort schnell in der Dunkelheit des Treppenhauses.

„Kann ich euch einen Moment hier alleine lassen?", fragte Sylvain die beiden jungen Frauen. „Ich werde meine Kutsche bis an diese Gasse fahren lassen, damit wir nicht zu weit gehen müssen und Antoinette womöglich erkannt wird."

Toni warf einen Blick in den sich langsam wieder leerenden Hof. Die Fastenzeit würde um Mitternacht beginnen, und die Menschen wollten sich noch einmal an dem noch reichlich vorhandenen Wein und den guten Speisen gütlich tun, ehe sie für Wochen darauf verzichten mussten. Schließlich nickte sie.

Sylvain Merlin eilte davon, während die beiden Freundinnen sich weiter in den Schatten des breiten Baumstammes zurückzogen, um nicht von irgendjemandem gesehen und gar erkannt zu werden.

Eine neue Angst beschlich Toni. Die beiden Männer und Fanny würden sie jetzt in Valéries Wohnung bringen, doch wohin sollte sie dann gehen? Würde sie die Gelegenheit haben, sich von Dominique und ihren Kindern, von Marie, von Sophie und André zu verabschieden? Und was war mit Mathieu?

Unruhig trat sie einen Schritt vor, wurde jedoch beinahe grob von Fanny wieder zurückgezogen. Fünf Männergestalten, alle in irgendwelchen Verkleidungen, traten aus dem *Salle d'Orleans* und blickten sich kurz in dem inzwischen menschenleeren Hof um.

„Was sollen wir jetzt machen, Raphael?", fragte einer der Männer, dessen Stimme unverkennbar Monsieur Macine, dem Vater von Clothilde und Yolande, gehörte.

Toni spürte siedendheiße Angst durch ihren ganzen Körper fließen, als sie die Stimme ihres Patenonkels vernahm: „Wir werden ihn mit den Tatsachen konfrontieren."

„Und dann? Wollt ihr ihn vor ein ordentliches Gericht stellen? Vergesst nicht, dass er Anwalt ist. Er kann sich verteidigen oder eine Verhandlung vielleicht so lange hinauszögern, bis im November die Wahlen stattfinden. Was, wenn einer dieser verdammten Sklavenfreunde der neue Präsident wird und das Sklavenfluchtgesetz abschafft?"

Die Männergruppe blieb nur wenige Meter neben dem Baum stehen, und Toni presste die Augen fest zu, als hoffte sie, dadurch für die Männer unsichtbar zu werden. Sie betete, dass weder Monsieur Meier noch Sylvain ausgerechnet jetzt kommen und sie womöglich bei ihrem Namen rufen würden.

„Ich vermute, Bouchardon ist auf dem Ball", hörte sie nun wieder Monsieur Macine sagen. „Soweit ich informiert bin, unterhält er keine *Plaçée*, demnach wird er sich im *Théatre* aufhalten. Er ist sehr groß, dürfte also relativ leicht zu erkennen sein."

„Wir bereiten ihm also eine private Gerichtsverhandlung und erledigen das Problem auf unsere Art?"

Toni riss erschrocken die Augen auf. Ihre Freundin verstärkte den Druck um ihren Arm, als fürchtete sie, Toni würde im nächsten Moment ihr Versteck verlassen und die Männer zur Rede stellen.

„Es sind zwei Männer im *Théatre*, die als *Chevalier Mystérieux* verkleidet sind. Ob er sich unter einer dieser Masken versteckt?"

Ein Lachen war zu vernehmen, das unverkennbar Monsieur Deux gehörte. „So dumm wird er ja nicht sein und in seiner nächtlichen Tarnung auf dem Ball erscheinen!“

Toni öffnete erschrocken den Mund. Mathieu Bouchardon gehörte ebenfalls ihrer Organisation an, und das nicht nur als Informant oder Mittelsmann. Er war der zweite Reiter – und er war enttarnt worden!

„Ich muss ihn warnen“, flüsterte sie Fanny zu. Sie schob alle Ängste um ihre eigene Sicherheit von sich, zog sich den Hut weit ins Gesicht und riss sich von ihrem Mädchen los. Sie umrundete den Baum, damit es so aussah, als käme sie direkt aus der Gasse und sei den Männern bislang nur nicht aufgefallen, und eilte auf den Nebeneingang zu.

Die Männer hoben kurz die Köpfe und wichen dem vermeintlichen Fremden ein wenig weiter in den Hof aus. Toni hörte dennoch, wie Jacques Breillat fragte: „Wie bekommen wir ihn aus dem Ballsaal, ohne großes Aufsehen zu erregen?“

Toni betrat das Treppenhaus und in Gedanken schrie sie: *Ihr werdet ihn niemals bekommen!* Sie würde das schon zu verhindern wissen – irgendwie.

Sie jagte die Stufen hinauf, lief an mehreren erschrockenen Frauen und an einem livrierten Angestellten vorbei, ehe sie durch einen Boteneingang die Halle betrat, in die auch die Haupttreppe mündete.

Stimmengewirr, vereinzelte Wortfetzen und Tanzmusik schlugen ihr entgegen wie ein heftig aufkommender, kalter Sturmwind. Erschrocken blieb sie stehen und machte sich bewusst, dass sie neben den Musikern und Angestellten die einzig nicht kostümierte Person war, zumindest in den Augen der Ballgäste. Da sie dennoch verkleidet war und nicht erkannt werden wollte, senkte sie schnell den Kopf und suchte mit heimlichen Blicken unter der Hutkrempe hervor den Vorhang, hinter welchem laut Sophie und Nathalie der geheime Gang zwischen *Théatre* und *Salle d’Orleans* sein musste.

Sie wusste nicht, auf welcher Seite des Saales sie danach suchen sollte, und so ging sie schließlich auf eine Gruppe farbiger Frauen zu, die am Rand der Tanzfläche saßen und sie mit misstrauischen Blicken bedachten. „Entschuldigen Sie, Mesdames“, murmelte sie scheinbar verschüchtert, „meine Tante schickt mich, meine Eltern zu holen. Meine kleine Schwester …“ Toni schniefte und fuhr sich mit dem Hemdsärmel unter der Nase her. Die andere Hand schob sie in die Hosentasche.

„Sie sind nicht hier, Junge“, murmelte eine der Frauen und wandte sich angewidert ab. Eine andere deutete mit einer großmütigen Geste auf einen schweren Vorhang. Toni bedankte sich leise und strebte auf diesen zu.

Bevor sie sich seitlich durch den Vorhang schob, warf sie einen Blick auf die geöffnete Tür zur Vorhalle und stellte erleichtert fest, dass keiner der fünf Männer dort erschien.

Mit kaum auszuhaltender Furcht im Herzen und dem festen Willen, Mathieu zu warnen, betrat sie den geheimen Verbindungsgang und hastete zu dem anderen Tanzsaal hinüber.

Kapitel 31

Die Musik wurde schneller und lauter, obwohl es bereits auf Mitternacht zuging. Doch der Tanz würde ungehindert bis in die frühen Morgenstunden weitergehen, und Mathieu entschied sich, das *Théatre* zu verlassen, da er die vier Männer aus den Augen verloren hatte und nicht gewillt war, den Ball nebenan aufzusuchen, denn dort würde Antoinette auf keinen Fall anzutreffen sein. Es wurde Zeit, die junge Frau zu suchen, um ihr erneut bewusst zu machen, wie gefährlich ihre Situation war und dass sie nicht länger in der Nähe der Leroux' bleiben konnte.

Ein weiteres Mal schlenderte er an der Tanzfläche entlang, und erneut glaubte er, eine zierliche Gestalt auf dieser entdeckt zu haben.

Der Saal war überfüllt, und die jungen und älteren Frauen verschwanden fortwährend, um ein wenig frische Luft zu schnappen oder ihre Kleidung und ihre Frisuren wieder in Ordnung zu bringen. Wie konnte er sich sicher sein, Antoinette nicht doch übersehen zu haben?

Angestrengt bemühte er sich, die einzelnen Gestalten auf der Tanzfläche voneinander zu unterscheiden.

„Der arme Bursche. Sucht vermutlich seinen Vater. Vielleicht sollte ihm jemand sagen, dass er hier auf der falschen Veranstaltung ist?“, lachte ein angetrunkener Pirat mit einer schwarzen Augenklappe, die ihm mehr auf der Nase denn über dem Auge hing.

Mathieu folgte seinem Blick. Eine schmächtige Gestalt in abgewetzten Beinkleidern, den breitrandigen Hut tief im Gesicht, arbeitete sich durch die Menschenmenge. Immer wieder blieb der Junge stehen, um einzelne Ballgäste eingehend zu betrachten, ehe er weiterging. Offenbar suchte er einen groß gewachsenen, schlanken Mann und wusste nicht, welche Maskerade dieser trug. Der junge Anwalt grinste. Vermutlich würde auch er zu den Opfern des Burschen gehören.

Für einen kurzen Moment ließ er seine Augen erneut über die Tanzfläche gleiten, doch dann blickte er irritiert zu dem suchenden, offensichtlich sehr jungen Mann zurück. Etwas an ihm erinnerte ihn an Tom, und er fragte sich, ob der Bursche gerade versuchte, auf diesem Ball seinen Partner zu finden. War etwas geschehen?

Dieser Junge war jedoch eindeutig weißer Hautfarbe, und er war bislang davon ausgegangen, dass Tom ein Schwarzer oder ein Farbiger war.

Eine Nixe sprach den Jungen an, doch dieser winkte hastig ab und drehte sich um. Diese Handbewegung erinnerte ihn nun mehr an Antoinette de la Rivière. In diesem Moment beobachtete er, wie der Bursche erschrocken vor einem in ein schwarzes Cape gehüllten Mann zurückwich. Mathieu griff sich mit einer Hand an seine Maske, die lediglich einen Teil seiner Stirn und einen kleinen Teil seines Kinns freiließ. War dies tatsächlich Tom? Wie sollte der Bursche ihn finden, wenn er sich nicht zu erkennen gab?

Noch immer musterte der Junge den als *Chevalier Mystérieux* verkleideten Mann. Dann richtete er sich zu seiner wenig imposanten vollen Größe auf und straffte die Schultern. Mathieu hätte beinahe laut aufgestöhnt. Er kannte diese Bewegung. Er kannte sie von Tom und sie erinnerte ihn stark an Antoinette.

Verwirrung breitete sich in ihm aus. Passte nicht auch diese Statur sowohl zu Tom als auch zu Antoinette? Wie konnte das möglich sein? Eine Ahnung begann in ihm aufzukeimen. Er war nächtelang mit Tom unterwegs gewesen und hatte ihn für seinen Mut und seine innere Stärke bewundert. Und doch war da immer wieder dieser leichte Duft von Parfüm an ihm gewesen. Der Junge hatte ihn zu André gebracht, als er verletzt worden war – offenbar wohl wissend, dass dieser kein Freund der Sklaverei war. Und Tom hatte um Caro getrauert wie um eine Schwester.

Mathieus Aufmerksamkeit wurde plötzlich abgelenkt. Eine Gruppe von fünf Männern kam durch den Vorhang. Vier von ihnen hatte er zuvor auf der Treppe gesehen, und er wusste, dass einer von ihnen Raphael Leroux war.

Erneut suchte er die zierliche Gestalt in der Menschenmenge.

Er dachte an Antoinettes wunderschöne dunkle Augen und an ihr strahlendes Lächeln. Deutlich hatte er das Bild vor Augen, wie sie damals bei dem Fest der Breillats am Flügel gesessen und gespielt hatte. Sie war eine wohlerzogene Kreolin und im ganzen *Vieux Carré* angesehen. Aber sie war auch eine junge Frau, die ab und an die Regeln der hohen Gesellschaft von New Orleans brach, um heimliche Ausritte zu unternehmen – im Männersattel.

Mathieu konnte sich nicht länger gegen die Fakten wehren und ein spitzbübisches Grinsen legte sich auf sein Gesicht. Doch er wurde sehr schnell wieder ernst und ging mit großen Schritten auf Antoinette zu.

Warum war sie hier? Warum suchte sie ihn hier, wo doch Raphael Leroux in unmittelbarer Nähe war? Und weshalb in dieser Verkleidung? In diesem Raum würde sie sich in einem überschwänglich gefertigten Kleid und mit einer Maske wesentlich freier und sicherer bewegen können.

Der junge Mann schob sich in Antoinettes Weg, sodass die jungenhaft wirkende Gestalt zu ihm aufblicken musste. Sofort erkannte er ihr Gesicht. „Suchst du mich, Tom?“, fragte er leise und in der unter den Reitern der Organisation üblichen englischen Sprache.

Ein erleichtertes Lächeln legte sich auf die deutlich weiblichen Züge unter dem breitrandigen Hut.

Nur mit Mühe konnte Mathieu sich zurückhalten, die junge Frau nicht in seine Arme zu ziehen.

Antoinette blickte sich unruhig um und senkte ihren Kopf, um ihre Tarnung nicht zu gefährden. „Ich suche Mister Matt“, flüsterte sie.

Mathieu ging, als unterhielte er sich mit einem Kind, ein wenig in die Knie und legte eine Hand auf die schmale, heftig zitternde Schulter von Antoinette.

Panik überkam ihn. Irgendetwas hatte Antoinette so sehr erschreckt und in Angst versetzt, dass sie es gewagt hatte, als junger Mann verkleidet mitten durch die Menschen zu gehen, die sie als Antoinette de la Rivière kannten.

„Du musst hier raus, Mathieu!“, zischte sie nun. „Du wurdest enttarnt. Mein Patenonkel und seine Freunde wollen dich töten!“

„Enttarnt?“

„Irgendjemand muss dich gesehen haben. Du musst fliehen. Ich bin bei Valérie Ardant in der *Rue de Ursulines*.“

„Ich gehe nicht ohne dich, Antoinette.“

Ohne ein weiteres Wort an ihn zu richten, nahm sie ihn einfach an der Hand und strebte mit ihm – wie ein Junge mit seinem endlich gefundenen Vater – in Richtung Hauptausgang.

Vor der Tür stand die wohlgenährte Königin Ginevra, unter deren Maske ihnen misstrauische Augen entgegenfunkelten. Mathieu, der nicht annahm, dass Antoinette diese Gestalt mit Audrey Leroux in Verbindung bringen würde, legte mit einer besorgten, väterlichen Geste einen Arm um ihre schmalen Schultern und drückte den vermeintlichen Jungen so an sich, dass dieser sein Gesicht in seinem Ärmel verstecken konnte, als schäme er sich seiner Tränen der Erleichterung.

Audrey wandte beleidigt ihren Blick ab und schnell erreichten Mathieu und Antoinette die abwärts führende Treppe. Die beiden ergriffen sich erneut an den Händen und flogen förmlich die Stufen hinunter, dem Ausgang entgegen.

„He, Römer. Warten Sie einen Moment!“, hörten sie Monsieur Deux hinter ihnen herrufen.

Mathieu riss die Tür auf und schob Antoinette hindurch.

„In die Seitengasse“, zischte sie atemlos. „Dort wartet Sylvain mit der Kutsche.“

„Sylvain Merlin?“ Mathieu begann zu laufen und zog die junge Frau förmlich hinter sich her.

„Er ist unser Mittelsmann.“

Mathieu schloss für einen Augenblick gequält die Augen. Es stimmte demnach. Antoinette de la Rivière, die Frau, die er liebte und die er beschützen wollte, war seit mehr als vier Jahren der *Chevalier Mystérieux* in den undurchdringlichen, gefährlichen Wäldern rund um New Orleans.

Ihm blieb keine Zeit, sich über die weiteren Zusammenhänge Gedanken zu machen. Direkt vor der Gasse stand eine Mietkutsche. Davor kauerten zwei Männer, die sie beobachteten und sie schließlich mit heftigen Bewegungen herbeiwinkten. Einen von ihnen erkannte Mathieu als Sylvain Merlin.

„Schnell rein mit Ihnen, Mademoiselle Eichenheim“, rief der andere Mann verhalten und drückte Antoinette ein Papier in die Hand. „Ich lenke Ihre Verfolger ab“, raunte er und verschwand in die Richtung, aus der sie soeben gekommen waren.

Gewandt sprang erst Antoinette, dann Sylvain und schließlich Mathieu in die Kutsche, wobei der junge Anwalt gerade noch das Trittbrett erwischte, als das Fahrzeug bereits anrollte. Mathieu glaubte, aus dem Augenwinkel den unbekannten Deutschen, der Antoinette mit Mademoiselle Eichenheim angesprochen hatte, sowie Leroux und die anderen Männer auf der Straße erkennen zu können, als es plötzlich einen lauten Knall gab. Das feurig rote Auge, das für einen kurzen Augenblick aufblitzte, ließ keinen Zweifel daran, dass geschossen worden war.

Rumpelnd bog die Mietkutsche von der *Rue St. Anne* in Richtung *Rue Burgundy* ein.

„Was hat das zu bedeuten, Antoinette?", fuhr Sylvain seine ehemalige Schülerin ungehalten an, während Fanny, die die ganze Zeit über bereits in der Kutsche gesessen hatte, misstrauisch den Römer musterte.

Mathieu nahm die Maske und den albernen Lorbeerkranz ab und sowohl das schwarze Mädchen als auch der Lehrer atmeten auf. „Das frage ich mich auch, Monsieur Merlin. Wie konnten Sie Antoinette als Reiter in die Wälder schicken?"

„Antoinette?", brummte Sylvain und schoss förmlich in die Höhe.

„Beruhige dich bitte, Sylvain. Er ist der zweite Reiter, wenngleich ich dies auch erst heute Nacht erfahren habe", fuhr Antoinette aufgeregt dazwischen.

„Sie?" Maries Mann blinzelte hinter seiner runden Brille hervor. Schließlich schüttelte er den Kopf. „Wer hätte das gedacht?"

„Sie haben meine Frage nicht beantwortet, Monsieur Merlin."

Mathieu wollte die beruhigende Hand auf seinem Arm ignorieren, doch es gelang ihm nicht. Er blickte die Frau an, die er von ganzem Herzen liebte und die nun endlich den breitrandigen Hut abnahm.

„Sylvain hat mich nicht in die Wälder geschickt, Mathieu. Ich habe damals Jean-Luc Ardant, meinen Klavierlehrer, am Strand gefunden und dieser –"

„Der Tote war dein Klavierlehrer?"

Antoinette nickte ihm lächelnd zu.

Dieses Lächeln tat seinem aufgewühlten Inneren unendlich gut, und er wusste, dass er sich an diesem niemals würde satt sehen können.

„Wir sind gleich in der *Rue de Ursulines*", sagte Fanny leise. „Im Haus von Valérie Ardant sind wir sicher und können die ganze Geschichte zu entwirren versuchen."

Die drei anderen Passagiere schwiegen, während Mathieu mit noch nicht ganz besänftigtem Gemüt den Mann ihm gegenüber musterte. Dann fühlte er wieder eine schmale Hand auf seiner. Er griff nach dieser und ein Lächeln legte sich auf sein Gesicht.

Vernehmlich läuteten die Glocken der St.-Louis-Kathedrale den neuen Tag ein.

Toni saß in einem von Valérie Ardant geliehenen Kleid auf der edlen, mit dunklem Samt überzogenen Chaiselongue und beobachtete Mathieu Bouchardon und Sylvain Merlin, die sich leise unterhielten.

Die beiden hatten, nachdem sie in der Wohnung von Valérie Ardant angekommen waren, eine heftige Diskussion geführt. Mathieu zeigte wenig Verständnis dafür, dass Sylvain und Marie es zugelassen hatten, dass Toni vier Jahre lang als *Chevalier Mystérieux* durch die gefährlichen Wälder um New Orleans geritten war.

Schließlich hatte Toni dieser Diskussion ein Ende bereitet, indem sie Mathieu beteuert hatte, dass sie diese Aufgabe aus freien Stücken übernommen und – wie er sicherlich zugeben musste – auch gut ausgeführt hatte. Der junge Mann hatte sie lange Zeit schweigend und intensiv betrachtet. Schließlich war seinem Blick ein liebevolles Lächeln gefolgt und er hatte dem Lehrer in einer versöhnlichen Geste seine Hand entgegengestreckt. Dieser hatte eingeschlagen und mit einem leichten Nicken seines Kopfes auf Toni gedeutet. „Sie möchten dieses Mädchen tatsächlich heiraten?"

Mathieu hatte kurz aufgelacht und Toni erneut lange und intensiv gemustert. Daraufhin hatte er entgegnet: „Bis vor einer Stunde habe ich angenommen, die Frau, die ich liebe, sei eine wohlerzogene, hilflose junge Dame. Und jetzt entpuppt sie sich plötzlich als frecher, respektloser junger Bursche, und ich frage mich, ob diese Person tatsächlich unseres Schutzes bedurfte. Mir scheint, sie weiß sich sehr gut selbst zu helfen."

Toni lächelte bei der Erinnerung an seine Worte und sah erneut zu ihm hinüber. Er hatte sich mit dem Rücken gegen eine der schlanken Zimmersäulen gelehnt und sprach mit ihrem früheren Lehrer, doch sein Blick war auf sie gerichtet.

Ihr Lächeln schien ihn durcheinander gebracht zu haben, denn er unterbrach mitten im Satz, fuhr sich irritiert durch die Haare und wandte den Blick von ihr ab.

Die junge Frau schüttelte schmunzelnd den Kopf, erhob sich und trat an eins der hohen Fenster, um in die dunkle Nacht hinauszublicken. Unruhe machte sich in ihr breit, und der kurze Moment der Ruhe mit dem angenehmen Gefühl der Sicherheit verflog ebenso schnell, wie der leichte Wind vom Fluss her einen dünnen Wolkenschleier vor sich herschob.

Mit erneutem Schrecken erinnerte sie sich an den Schuss, den sie gehört hatte, und die Erinnerungen an die letzten Stunden brachen wie eine meterhohe, kalte Welle der Meeresbrandung über sie herein. Hatte Raphael Leroux tatsächlich ihre Eltern und ihre Patentante ermorden lassen? Wollte er mit aller Macht verhindern, dass sie heiratete, und sollte sie ihren einundzwanzigsten Geburtstag nicht erleben?

Toni strich mit der linken Hand über den marmornen Fenstersims, mit dem Zeigefinger der rechten tippte sie sich nachdenklich gegen ihre Lippen. André und Mathieu hatten sie zu warnen versucht, doch erst Gerald Meier – ein ihr völlig unbekannter Mann – konnte sie aus ihrer abwehrenden, verdrängenden und ungläubigen Haltung reißen. Welch eine Fügung Gottes, dass er sie genau einen Tag vor ihrem Geburtstag gefunden hatte.

Und wie wunderbar gebrauchte Gott auch unschöne, ja tragische Ereignisse. Durch den Tod ihrer Eltern war sie nach New Orleans gekommen und hatte wunderbare Menschen kennen lernen dürfen – unter ihnen Mathieu Bouchardon. Und selbst das Gerücht über eine Erbkrankheit, das ihr Patenonkel zu seinem Schutz gestreut hatte, hatte dazu beigetragen, dass sie nicht als Sechzehnjährige verheiratet wurde, sondern warten durfte, bis sie den Mann gefunden hatte, den sie liebte.

Toni spürte einen festen Griff um ihr Handgelenk, und sie wurde sanft, aber bestimmt vom Fenster weggezogen. „Du bist im Wald tatsächlich vorsichtiger und geschickter, Tom“, flüsterte Mathieu in ihr Ohr, ohne sie wieder loszulassen.

Toni schloss erschrocken die Augen. Sie hatte nicht daran gedacht, dass sie von außen in dem erleuchteten Zimmer ausgesprochen gut zu erkennen sein würde. Wieder überflutete sie eine Woge der Angst, und sie drückte ihr Gesicht gegen die Brust des Mannes, den sie seit Jahren liebte, obwohl sie sich dies nicht hatte eingestehen wollen und dürfen. Bereitwillig ließ sie sich von ihm umarmen, während er sie weiter in das Zimmer hineinschob.

„Entschuldigt bitte“, murmelte sie, den Kopf ein wenig von der breiten Brust abhebend. Sie sah erst Mathieu, dann Sylvain an. „All die Jahre ging es niemals um mich. Es waren immer die anderen, die in Gefahr und auf der Flucht waren. Das alles nimmt mich sehr mit.“

„Es ging nicht um dich?“ Sylvain schüttelte in geübter, lehrmeisterlicher Art den Kopf. „In jeder dieser Nächte, in denen du unterwegs warst, ging es auch um dich, Antoinette. Du warst es, die gesucht wurde. Die Entflohenen, die von der Bürgerwehr gelegentlich eingefangen wurden, waren nur Beiwerk. In jeder Nacht, in der Marie und ich dich dort in diesen schrecklichen Wäldern wussten, haben wir stundenlang auf den Knien zugebracht und Gott angefleht, dich zu bewahren.“

„Danke“, murmelte Toni überwältigt und sah erneut zu Mathieu auf.

„Es ging immer auch um dich“, raunte Mathieu ihr zu, „da gebe ich Monsieur Merlin Recht. Als ich diesen Burschen, einen Tag nachdem wir die arme Caro notdürftig beerdigt hatten, bei ihrem Grab auf der Lichtung antraf, hätte ich ihn beinahe übers Knie gelegt. Diese Frechheit und dieser Leichtsinn waren einfach gefährlich. Ich hatte Angst um meinen kleinen Freund.“

Toni konnte ein leises Lachen nicht unterdrücken. Dann blickte sie etwas betreten wieder in Mathieus ernst dreinblickende, blaue Augen.

Er beugte sich ein wenig zu ihr hinunter, noch immer ihren schmalen Oberkörper mit seinen kräftigen Armen umfassend, und flüsterte: „Aber es stört mich nicht, dass du nun ein wenig Angst hast.“

Toni sah den Schalk in seinen Augen aufblitzen und schenkte ihm ihr strahlendes Lächeln, woraufhin er sie noch ein wenig kräftiger an sich zog.

Eilige Schritte, die vor der Eingangstür verhielten, ließen die drei herumfahren. Während eines der schwarzen Mädchen in Richtung Tür ging, trat Sylvain neben Mathieu, und dieser schob Toni ein wenig hinter sich.

Toni fühlte sich von einer geballten menschlichen Mauer aus entschlossenem Widerstand beschützt. Erleichtert atmete sie auf, als Gerald Meier eintrat und die Tür eilig wieder hinter sich verschloss.

Nachdem er sich Mathieu vorgestellt hatte, wandte sich der Mann an Toni und sah sie ernst an. „Ihr Onkel ist tot, Mademoiselle Eichenheim.“

„Tot?“ Toni schlug beide Hände vor ihren Mund und drückte sich zwischen den beiden Männern hindurch. „Aber weshalb? Haben Sie –?“

„Nein. Ich bin nicht einmal bewaffnet. Irgendeiner seiner Freunde hat auf die Kutsche geschossen und er stand plötzlich in der Schusslinie. Möglicherweise hat er Sie erkannt und wollte Ihnen hinterherlaufen.“ Er legte ihr eine Hand auf die Schulter. „Sie können somit in die Familie Leroux zurückkehren, Mademoiselle Eichenheim.“

„Das kann ich nicht“, flüsterte Toni, und zum ersten Mal wurde ihr bewusst, dass sie New Orleans und damit auch alle ihre Freunde würde verlassen müssen. Wie könnte sie zu den Leroux’ zurück? Konnte sie wissen, ob nicht Mirabelle oder eins der Kinder in die ganze entsetzliche Geschichte eingeweiht war?

Meier runzelte die Stirn und warf einen fragenden Blick in Mathieus Richtung, der nachdenklich die Augenbrauen zusammenzog. „Monsieur Merlin, würden Sie bitte mit in die Küche kommen? Während wir ein wenig Proviant einpacken, können Sie mir helfen, die nächsten Schritte für Mademoiselle Eichenheim – und ich vermute, auch für Monsieur Bouchardon – zu planen. Vielleicht können Sie mir ein paar Personen in New Orleans nennen, denen wir vertrauen können, und zudem ...“ Die beiden entfernten sich und eine sich laut schließende Tür sperrte die restlichen Worte Meiers von Mathieu und Toni aus.

Toni stand einfach nur da und wagte nicht aufzusehen. Die verwirrenden Eindrücke der letzten Stunden beschäftigten sie ebenso wie die Frage, was wohl die nächsten bringen mochten.

Eine Zeit lang herrschte Schweigen in dem großen, stilvoll eingerichteten Salon. Dann kam Mathieu mit weit ausholenden Schritten zu Antoinette hinüber und stellte sich direkt vor sie. „Antoinette?“

Toni hob langsam den Kopf und blickte in das kantige Gesicht hinauf, in dessen Stirn einige freche, dunkle Haarsträhnen fielen. Sie begann erneut zu zittern.

„Antoinette, du hast gehört, was Monsieur Meier gesagt hat. Raphael ist tot. Damit ist die Gefahr für dich vorüber. Im Grunde gehören dir jetzt das Stadthaus, das Strandhaus und die Plantage, doch ich rate dir davon ab, sie für dich zu beanspruchen. Sie sind hoffnungslos mit Hypotheken belastet und die Politik lässt nicht gerade auf ruhige Jahre hoffen. Aber du könntest hier in New Orleans bleiben und –“

„Ich möchte aber nicht“, unterbrach sie ihn augenblicklich, und die Art, wie sie dies getan hatte, erinnerte an Tom, den direkten, frechen und wilden Burschen aus den Wäldern.

„Und weshalb möchtest du das nicht, Tom?“ fragte der junge Mann prompt und das an ihm gewohnte freche Lächeln veränderte sein Gesicht.

„Weißt du das nicht, Matt?“

Mathieus Lächeln verstärkte sich, und er trat noch ein wenig näher, sodass seine graue Hose die äußerste Lage ihres weiten Rockes berührte. Augenblicklich wurde er ernst und nahm ihre Schultern zwischen seine beiden Hände. „Ich sehe nur eine Möglichkeit, die dir erlauben würde, New Orleans mit mir zu verlassen. Du müsstest Madame Bouchardon werden.

Toni schluckte, noch immer fasziniert in seine hellen Augen blickend. Sie fühlte keinerlei Angst, keine Unsicherheit mehr. „Das hört sich nach einem guten Plan an, Matt“, flüsterte sie.

„Der einer schnellen Ausführung bedarf. Oder du musst nachkommen."

„Nachkommen? Ich war schon immer schneller als du und kannte die besseren Wege."

„Das stimmt", lachte Mathieu und der Griff um ihre Schultern wurde ein wenig fester. „Antoinette, ich bin ein Flüchtling und werde dir nichts bieten können außer meine Bewunderung, meinen Schutz, meine Nähe, meinen Glauben an einen gütigen Gott und meine Liebe. Doch diese Liebe zu dir ist so groß, dass ich mir wünsche, mein ganzes Leben lang an deiner Seite verbringen zu dürfen."

Toni straffte ihre Schultern und erwiderte: „Mehr brauche ich nicht, Mathieu Bouchardon."

Der junge Mann nickte. „Dann möchte ich dich bitten, meine Frau zu werden, Antoinette. Möchtest du mich heiraten?"

„Ja, das möchte ich sehr gerne."

„Endlich", lachte Mathieu auf und zog sie so heftig an sich, dass sie den Boden unter den Füßen verlor. Doch sie wurde von den kräftigen Armen dieses großen Mannes gehalten, während er sie vorsichtig und zart küsste.

„Fügen Sie Ihrer Liste noch den Pastor bei, der diese kleine Methodisten-Gemeinde leitet", lachte Sylvain Merlin, der gerade gemeinsam mit Gerald Meier das Zimmer betreten hatte.

Der Deutsche zeigte ein missmutiges Gesicht. „Ich dachte, wir sollten die beiden schnellstens aus der Stadt fortschaffen."

„Unverheiratet werden sie ohnehin nicht gemeinsam reisen", erklärte Sylvain bestimmt. „Ich mache mich gleich auf den Weg zum Pastor und zu den Fouriers." Toni und Mathieu nickten, und als die Haustür sich hinter den beiden Männern schloss, strichen die ersten Sonnenstrahlen über die Ziegeldächer der umstehenden Gebäude und fanden ihren Weg in die Zimmer von Valérie Ardants Wohnung.

Drei Stunden später küsste sich das frisch verheiratete Ehepaar ein wenig unbeholfen, und die beiden Trauzeuginnen Marie Merlin und Sophie Fourier lachten leise amüsiert vor sich hin, während André, Mathieus Trauzeuge, mit einem deutlich spöttischen Aufseufzen den Kopf schüttelte.

Fanny und Valérie reichten Champagner herum, während Gerald Meier den Pastor ungesehen aus dem Haus der *Plaçée* brachte.

Toni hörte noch, wie die Männer darüber berieten, wie sie und Mathieu am schnellsten und möglichst ungesehen die Stadt verlassen konnten, als sie von Sophie in eines der Nebenzimmer gezogen wurde, weil sie sich noch alleine von ihrer Freundin verabschieden wollte.

Sylvain bot Mathieu die beiden dunklen Hengste an, da diese in absehbarer Zeit wohl kaum für die Organisation genutzt werden konnten. Die Lage wurde hier, ähnlich der allgemeinen politischen Lage im Lande, immer verworrener und zudem gefährlicher.

Jacques Breillat kniff die Augen zusammen und musterte den verängstigten Kutscher mit ungläubigem Blick. Nicht nur, dass er erfahren musste, dass sich Antoinette de la Rivière, die er bislang so bewundert hatte, offenbar mit Mathieu Bouchardon, dem seit langem gesuchten *Chevalier Mystérieux*, eingelassen hatte, jetzt stellte sich auch noch heraus, dass seine Valérie den beiden Unterschlupf gewährt haben musste. Dass er in absehbarer Zeit eine Untersuchung wegen des Todes von Raphael Leroux zu erwarten hatte, bedrückte ihn im Moment nicht weiter. So grausam die Kreolen mit den Menschen umgingen, die aus ihren Reihen ausgestoßen wurden, so wenig genau nahmen sie doch die Gesetze, die in den Augen mancher Männer dieser Gesellschaftsschicht ausschließlich für die Farbigen und Schwarzen gemacht worden waren. Und einige Beamte waren nur zu gern bereit, für ein ausgezeichnetes Rennpferd, ein kleines Strandhaus oder auch nur einen Anteil an der Baumwoll- oder Reisernte mehr als ein Auge zuzudrücken.

„Was hat Valérie mit Bouchardon zu tun?“, brummte Macine in seine Richtung, und Jacques beeilte sich zu zeigen, wie empört und ahnungslos er selbst war. Er wollte nicht in den Verdacht geraten, Valéries Bekanntschaft mit Bouchardon oder Antoinette de la Rivière billigend in Kauf genommen zu haben.

„Dann wissen wir ja, wo wir den Reiter und womöglich auch einige seiner Verbündeten finden können“, bemerkte Louis Poirier.

Die Männer schwangen sich nacheinander in die Sättel, wendeten die Tiere und trieben sie in einen schnellen Galopp.

Antoinette liefen die Tränen über die Wangen, als sie die Tasche mit den wenigen Dingen, die Sophie heimlich aus ihrem Zimmer bei den Leroux' geholt hatte, über die Schulter nahm.

„Ich werde dich so sehr vermissen, Sophie. Und ich wollte doch bei dir sein, wenn das Baby kommt und ..."

„Ich werde dir schreiben, sobald es da ist, Toni. Und wir werden dich und Mathieu besuchen kommen."

„Aber wohin wirst du schreiben?"

„Zuerst einmal nach New York zu Mathieus Schwester. Sie wird wissen, wo ihr euch aufhaltet, und unsere Briefe weitersenden."

Ein wenig getröstet nickte Toni. Die beiden Freundinnen umarmten sich heftig und rissen sich nur schweren Herzens voneinander los.

Ihre frühere Zofe trat an sie heran. „Meine liebe kleine Toni. Ich freue mich, dass du jetzt endlich dein Glück gefunden hast, und ich wünsche euch beiden Gottes Segen für eure Ehe. Wir werden uns wiedersehen, denn sollte tatsächlich einer dieser Republikaner Präsident werden und ein Krieg drohen, werden wir nicht hier in New Orleans bleiben, sondern in den Norden ziehen."

Toni nickte unter Tränen und umarmte Marie, die ihre kleine Tochter auf dem Arm trug. „Ich liebe dich, Marie. Danke für alles."

Das Kind begann zu quengeln und die beiden lösten sich voneinander.

Als Nächstes nahm sie Fanny in den Arm. Ihr Mädchen schluchzte leise. Toni nahm sie an den Armen und schob sie ein Stück von sich weg. Dann griff sie in ihre Tasche und holte ein zusammengerolltes Papier heraus. „Das hier ist eine Freilassungsurkunde. Am besten, du kehrst ebenfalls nicht in das Haus Leroux zurück."

Eine dicke Träne rollte über Fannys Wange, aber die junge Frau nickte und lächelte Toni dankbar an.

Toni ging gerade auf André zu, der sich mit einer herzlichen Umarmung von seinem Freund verabschiedet hatte, als ein entsetzter Warnruf vom Fenster her alle herumfahren ließ.

„Jacques, Charmande, Macine, Poirier und Rivette kommen die Straße herunter. Sie kommen hierher!" Alle Farbe war aus Valéries Gesicht gewichen, und sie musste sich an ihrem Sekretär festhalten, so sehr schwankte sie.

Mit wenigen Sätzen war Gerald Meier am Fenster. Er ergriff die *Plaçée* derb an den Schultern. „Gibt es einen Ausgang in den Hof?"

„Nein, Monsieur. Aber man kann über den Balkon ins Nachbarhaus gelangen."

„Zeigen Sie mir den Weg."

„Sie müssen mich mitnehmen. Ich kann nicht länger hier bleiben“, jammerte Valérie und sank in die Knie.

„Ich nehme dich mit mir mit, Valérie“, stieß Fanny heiser hervor und zog die junge Frau wenig sanft in die Höhe.

Valérie sah sich in dem Zimmer um. Nein, sie brauchte all die schönen Dinge, die Jaques Breillat ihr finanziert hatte, nicht. Hatte sie nicht ohnehin vorgehabt, ein neues Leben anzufangen? Jetzt war es an der Zeit, dies zu tun, denn sie wollte sich nicht ausmalen, was unweigerlich auf sie warten würde, sollten die Männer sie hier noch antreffen.

Eilig und gewandt wie eine Katze huschte sie, gefolgt von Fanny, durch das Zimmer, öffnete eine Seitentür und verschwand in dem daneben liegenden Raum, dessen Balkon direkt an den des Nachbarhauses grenzte. Sylvain nahm Marie das kleine Mädchen aus dem Arm und schob seine Frau entschlossen hinter den beiden her.

„Ich kann in meinem Zustand nicht klettern“, wandte Sophie ein, und Toni, die gerade auf die Tür zugehen wollte, drehte sich nach ihr um. „Ich bleibe bei dir. Was können sie schon wissen und von wem? Vielleicht hat mich jemand am Fenster gesehen oder der Kutscher hat uns verraten. Doch wenn wir Frauen bleiben, können wir vorgeben, uns zum Kaffee getroffen zu haben.“

„Du glaubst doch nicht, dass ich dich diesen Männern überlassen werde“, begehrte Mathieu auf.

„Gehen Sie“, forderte Gerald Meier das frisch vermählte Paar auf.

„Was haben Sie vor?“, fragte Mathieu und ergriff Tonis Hand, als befürchte er, sie würde ihm, nun, da er sie gerade erst für sich gewonnen hatte, wieder fortgerissen werden.

„Ich verlasse das Haus ganz normal durch die Tür und lenke sie ab. Sie, Monsieur Fourier, und Ihre Frau werden nur wenige Minuten Zeit haben, das Haus ungesehen zu verlassen.“

„Das reicht uns“, erwiderte Sophie zuversichtlich, strich Toni, die nicht zulassen wollte, dass Sophie und André etwas zustieß, zum Abschied mit dem Handrücken über die Wange und wandte sich ab.

Mathieu nickte dem Deutschen zu. „Meier.“

„Bouchardon.“

Die beiden ungleichen Männer schienen sich ohne Worte zu verstehen.

Toni blickte André nach, der ihr in den letzten Jahren fast so etwas wie ein Bruder gewesen war und von dem sie sich nicht einmal hatte verabschieden können.

„Komm schnell, Tom“, forderte Mathieu sie auf und zog sie förmlich hinter sich her in das angrenzende Zimmer und von dort auf einen Balkon, der tatsächlich sehr nahe an den des angrenzenden Hauses heranreichte. Meier schloss hinter ihnen die Balkontür und lief mit donnernden Schritten die Treppe hinunter und auf die Haustür zu.

Mathieu klopfte an die Tür des Stalles.

„Wer ist da?“

„Ein Reiter, der ein Pferd benötigt.“

„Für wie lange?“

„Bis zum Ende.“

Die Tür wurde von innen geöffnet. „Gott sei Dank, Monsieur. Mir ist zu Ohren gekommen, dass der *Chevalier Mystérieux* enttarnt worden sein soll“, knurrte der Alte verhalten und führte ein sauber geputztes und gesatteltes Pferd aus dem Stall. Er reichte die Zügel dem jungen Burschen, der sich mit einem liebevollen Lächeln bedankte. Er musterte den Jungen, schüttelte irritiert den Kopf und verschwand wieder in der dunklen Sicherheit seines kleinen, windschiefen Stalles.

Antoinette schwang sich geschickt in den Sattel. Mathieu betrachtete sie einen Moment lang. Gerade aufgerichtet, den Hut tief in die Stirn gezogen und in derben, alten Männerkleidern steckend, wirkte sie keineswegs wie das liebreizende Mädchen, das der oberen Gesellschaftsschicht angehörte, doch ihre Haltung und die Behändigkeit, mit welcher sie den Hengst wendete, zeigten deutlich ihre Weiblichkeit. Wie hatte er sie nur monatelang für einen übermütigen, frechen jungen Burschen halten können?

„Was ist?“, fragte Toni und schob mit dem Zeigefinger, lässig wie ein leichtlebiger Schönling, den Hut ein wenig aus der Stirn, damit sie ihn besser mustern konnte.

„Du verwirrst mich, Tom.“

„Das haben wir Frauen so an uns, Matt“, erwiderte Antoinette mit einem spöttischen Lächeln und trieb Noir auf den nahen Wald zu.

Mathieu grinste, wendete sein Tier und in fliegendem Galopp strebte er hinter ihr her.

Antoinette ritt voran und nach einigen hundert Metern drang sie in den ihm bekannten Pfad ein. Sie verließ diesen jedoch schnell wieder und nutzte einen flachen Flusslauf als weiteren Fluchtweg.

Mathieu sah sich unruhig um, bis er sich bewusst machte, dass die Krokodile und Schlangen inzwischen ihre Winterstarre hielten und der Ritt durch das Bachbett Spuren verhindern würde, falls die Männer tatsächlich ihre Hunde auf sie ansetzen würden.

„Warum haben sie dem *Chevalier Mystérieux* eigentlich nie mit Hunden aufgelauert?“ fragte er sie, so leise es ihm gegen die Geräusche des Waldes und das Aufspritzen des Wassers möglich war.

„Vielleicht weil sie fürchteten, die Tiere würden in der Gegenwart der Alligatoren nicht stillhalten. Außerdem haben sie wahrscheinlich angenommen, dass unsere Pferde beim Geruch der Hunde so nervös werden würden, dass sie sich damit verraten hätten.“

„Das klingt einleuchtend, Tom.“

„Ich habe dir in diesen Wäldern einiges voraus, Matt.“

Mathieu lächelte.

Bis spät in die Nacht hinein führte Antoinette ihren Ehemann durch die Sumpfgebiete, und immer wieder schüttelte dieser den Kopf, erstaunt darüber, wie weit die junge Frau oft geritten sein musste.

Schließlich führte sie ihn zu einem kleinen, sehr versteckt liegenden Badehaus oberhalb des *Lake Pontchartrain*. Antoinette stieg ab, ergriff Noir an den Zügeln und betrachtete den sich auf der ruhigen Wasseroberfläche spiegelnden Mond.

„Wo sind wir hier?“

„Auf dem Grundstück von Raphaels Plantage. Von hier aus habe ich in den langen Sommerwochen ausgedehnte Reitausflüge unternommen, sonst würde ich mich auch schon lange nicht mehr auskennen.“

„Ich wundere mich ohnehin, mit welcher Leichtigkeit du dich in dieser Wildnis zurechtfindest.“

„Eine Gabe Gottes.“

„Gibt es eigentlich irgendetwas, das du von mir lernen kannst?“ Er folgte Antoinettes Beispiel, nahm dem erschöpften Pferd den Sattel ab und band es in gebührendem Abstand von dem anderen Hengst fest. Prüfend betrachtete er den dichten Wald, der von zwei Seiten bis dicht an das Badehaus heranreichte, und den Birken- und Weidenhain, der sie von der dritten, dem See abgewandten Seite vor neugierigen Blicken schützen würde.

Der vom See kommende leichte Wind brachte die kleinen Blätter der Bäume zum Rascheln und die aufgeregt wirkenden Wellen des Salzwassersees rollten mit einem angenehm monotonen, leise sprudelnden Geräusch an das flach auslaufende Ufer.

„Es gibt da etwas", kam Antoinettes leise Stimme zu ihm hinüber, obwohl er schon nicht mehr mit einer Antwort gerechnet hatte, und eilig drehte er sich nach ihr um.

Antoinette stand, nur als Silhouette erkennbar, bis zu den Knien im Wasser und streckte ihm beide Hände entgegen. „Ich kann nicht schwimmen."

Fasziniert betrachtete Mathieu die dunkle Gestalt, die von Millionen glitzernder kleiner Sterne, die der Mond auf das bewegte Wasser zauberte, umgeben war.

„Da kann ich helfen", murmelte er und begann sein Hemd aufzuknöpfen.

Teil 4

1862

Der Herr ist meine Stärke und mein Schild;
auf ihn hofft mein Herz und mir ist geholfen.
Nun ist mein Herz fröhlich,
und ich will ihm danken mit meinem Lied.

Psalm 28,7

Kapitel 32

Der Wind brachte das Klangspiel, das aus verschieden großen Meeresmuscheln gefertigt worden war, leise zum Klirren und ließ es sich aufgeregt um sich selbst drehen. Die frischen grünen Blätter der Obstbäume raschelten vor sich hin, während sich die schlanken Weiden entlang des Bachlaufes hin und her wiegten. Das hoch gewachsene Gras, noch frisch und leuchtend grün und mit unzähligen weißen, blauen und violetten Farbtupfern geschmückt, drückte sich ein wenig weiter der dunklen Erde entgegen, und die große, weißstämmige Birke inmitten des kleinen Nutzgartens zeigte die von der wärmenden Aprilsonne beschienenen, silbrigen Rückseiten ihrer Blätter.

Toni schob die hölzerne Wäscheklammer auf das strahlend weiße Laken und fuhr mit einer schnellen Bewegung der Hände darüber hinweg, um es glatt zu streichen. Wieder drehte sich das Muschelklangspiel um sich selbst und die junge Frau schloss für einige Augenblicke die Augen. Sie fühlte sich um einige Jahre zurückversetzt an den weißen, herrlichen Strand am Golf von Mexiko, und glaubte das Donnern der Brandung, das leise Rauschen der auslaufenden Wellen und das verhaltene Flüstern des weichen Sandes zu vernehmen, wenn er vom Wind über die hölzernen Verandabretter des Strandhauses geweht wurde. Wie lange war es schon her, seit sie zuletzt dort gewesen war – unbekümmert, fröhlich und von lieben Freunden umgeben, aber auch von einem Feind, der sich wie ein Wolf in einem Schafspelz versteckt hielt? Eine einzelne Träne rollte über ihre gerötete Wange und tropfte schließlich auf die Baumwollbluse. Wie lange war es her, seit sie mit Mathieu von New Orleans hierher in die Nähe von Washington geflüchtet war?

Toni lächelte. Sie fühlte eine innige, stetig wachsende Liebe zu diesem Mann in sich, der sie auch heute noch in eine wunderschöne Aufgeregtheit versetzten konnte, wenn er vor ihr stand und sie mit seinen hellen, leuchtenden Augen ansah.

Sie blickte zu dem dunklen Wald hinüber, der direkt hinter

dem Bach begann. Sie waren im Frühsommer 1860 bei Mathieus Schwester und deren Familie eingetroffen und auch Nathalie war zu dieser Zeit noch dort gewesen. Einige Zeit waren sie dort geblieben und hatten schon wenig später Nachrichten von ihren Freunden erhalten – aus New Orleans, Charleston, Massachusetts und sogar aus Seattle.

Gerald Meier war nach Charleston zurückgekehrt, nachdem er das Ehepaar Fourier sicher aus der Wohnung Valérie Ardants hatte bringen können. Sophie hatte inzwischen eine gesunde, muntere Tochter zur Welt gebracht und ihr den Namen Antoinette gegeben.

Marie und Sylvain hatten in ihrem Brief mitgeteilt, dass es ihnen gut gehe und sie niemals mit dem *Chevalier Mystérieux* in Zusammenhang gebracht worden waren, die Arbeit der Organisation jedoch vollkommen zum Erliegen gekommen war. Sie erwarteten in einigen Monaten ein zweites Kind und bestätigten noch einmal ihren Willen, den Süden zu verlassen, für den Fall, dass ein Republikaner zum Präsidenten gewählt werden sollte. Inzwischen, nachdem Abraham Lincoln Präsident geworden war, lebte die Familie tatsächlich in der Nähe von Seattle im Bundesstaat Washington, während Fanny, in Begleitung von Valérie, ihren Bruder in Northampton in Massachusetts gefunden hatte.

Ein weiterer Brief aus New Orleans hatte die Gewissheit gebracht, dass niemand mehr Interesse daran zeigte, Mathieu Bouchardon zu verfolgen und zur Rechenschaft zu ziehen, besonders jetzt, da im Süden – unter der neuen Regierung – andere, weitaus schwerwiegendere Probleme anstanden.

Sophie hatte ein Telegramm von Maximilian Wiese beigelegt, welches an die Fouriers adressiert worden war mit der Bitte, es an Toni, wie immer sie nun auch heißen mochte, weiterzuleiten. Er hatte geheiratet und Toni freute sich darüber sehr.

Sie war froh, seinem Werben nicht nachgegeben und auch die beinahe heimtückisch zu nennenden Fragen von Raphael Leroux bezüglich Maximilian nicht als Anlass genommen zu haben, sich eine Ehe mit diesem auszumalen. Es war richtig gewesen, nicht überstürzt zu heiraten, und auch dem verlorenen Erbe trauerte sie nicht nach. Sie hatte in Mathieu etwas weitaus Wertvolleres gefunden.

Abschließend berichtete Sophie, dass Louis Poirier bei einem Reitunfall so schwer verletzt worden war, dass er dauerhaft das Bett hüten müsse, woraufhin Dominique ihren kleinen Jungen von den Ursulinerinnen zurückgefordert hatte, mit erstaunlicher Energie die Plantage führte, für ihre Kinder sorgte und ihren Mann pflegte.

Sophie gegenüber hatte sie erklärt, dass sie die Kraft und Liebe, die sie für all das benötigte, von ihrem Herrn Jesus Christus bekomme.

Ihre Freundin bat sie darum, einer sehr um sie besorgten Dominique mitteilen zu dürfen, dass sie Mathieu Bouchardon geheiratet hatte und mit ihm im Norden lebte.

Doch dann war vor ungefähr zwei Jahren der erste Schuss dieses unsäglichen Krieges vor den Toren von Charleston in South Carolina gefallen, dem Staat, der sich als erster von der Union gelöst hatte. Dies hatte zur Folge, dass Toni und Mathieu seit mehr als einem Jahr keinerlei Nachrichten mehr von ihren Bekannten und Verwandten aus dem abgespaltenen Süden erhielten.

Toni bückte sich und nahm ein weiteres frisch gewaschenes Laken aus dem Korb, um es ebenfalls an die Leine zu hängen. Die warme Sonne und der kräftige Wind trockneten gut, und sie wollte dieses Wetter ausnutzen, denn wer konnte wissen, was dieser April für Wetterkapriolen mit sich brachte?

Wieder ertönte das leise, zarte Klirren der Muscheln, und die junge Frau ging zu der hölzernen Wiege hinüber, die unter dem überhängenden Dach der Veranda direkt unter dem Klangspiel stand, und betrachtete glücklich ihren kleinen, schlafenden Andrew. Schritte auf der Veranda ließen sie aufsehen, und verwundert, aber erfreut entdeckte sie dort Mathieu. Er trug einen seiner guten Anzüge und hatte einen Stapel Papiere unter dem Arm.

„Ich dachte, du wärst schon fort“, sagte Toni verwundert.

„Ich bin schon wieder zurück. Es gibt aufregende Neuigkeiten.“

„Jemand hatte ein Einsehen und hat diesen Krieg endlich für beendet erklärt?“

Mathieu legte seine Unterlagen auf den Verandatisch, sprang mit einem Satz über die vier Stufen ins Gras hinunter und warf einen kurzen Blick auf seinen schlafenden Sohn, ehe er seine Frau in seine Arme zog. „Nein, tut mir Leid, meine Kleine. Aber für New Orleans ist der Krieg vorbei.“

„Vorbei? Farragut und Butler haben New Orleans eingenommen?“

„Vor einigen Tagen. Es gab vor allem Seegefechte entlang des Flusses, doch die Stadt selbst scheint ungeschoren davongekommen zu sein. Jetzt wird es an den Menschen dort liegen, wie sie auf die Besatzung reagieren.“

„Du kennst sie doch, diese Leroux’, Charmandes, Macines, Breillats, Poiriers und Rivettes. Wie werden sie schon reagieren? Mit

Hochmut, abweisend und überheblich und sie werden sich dadurch in reichlich Schwierigkeiten bringen."

„Das ist ihr Stolz, Tom. Sie sind Kreolen. Sie haben diese Stadt aus dem Sumpf errichtet, den Engländern, manchem Hochwasser, einer Feuersbrunst und einigen Hurrikans getrotzt. Sie werden auch den Yankees trotzen, egal, was es sie kosten wird."

„Und André und Sophie?"

„Sie werden sich darum bemühen, den Schaden bei den stolzen, alten kreolischen Familien so gering wie möglich zu halten, indem sie die unangenehme Aufgabe übernehmen, ihren Bekannten zu erklären, welche Schwierigkeiten sie durch weiteren Widerstand bekommen können. Und sie werden uns vielleicht bald schreiben können."

„Oh, Matt! Das wäre einfach wunderbar. Wir können endlich erfahren, wie es ihnen allen geht, und wir können André und Sophie von unserem kleinen Andrew berichten und ..." Toni stellte sich auf die Zehenspitzen, legte ihre Arme um Mathieus Hals und küsste ihn.

„Gibt es etwas zu feiern?", ertönte eine leicht spöttische Stimme vom oberen Balkon herunter.

Die beiden blinzelten gegen die Sonne zu Nathalie Bouchardon hinauf. Sie war zu lange bei ihrem neuen Urenkel in New York geblieben und hatte auf Grund des Krieges nicht mehr nach New Orleans zurückkehren können, wobei Toni das Gefühl hatte, dass die alte Dame gar nicht so unglücklich darüber war. Sie genoss es, zwischen ihrer Familie in New York und der in Washington D. C. hin- und herzupendeln und Einfluss auf ihre Urenkel auszuüben.

Andrew begann sich zu regen, und Toni wandte sich ihrem Sohn zu, während Mathieu, den Kopf weit in den Nacken gelegt und seine Augen mit einer Hand beschattend, seiner Großmutter die neuesten Nachrichten mitteilte.

„New Orleans wird das überstehen, Kinder. Die Stadt hat schon lange viele Nationalitäten recht friedlich in sich vereint, und es würde mich sehr wundern, wenn Louisiana nicht der Staat sein sollte, der als einer der ersten die Sklaverei abschaffen und gerechte Gesetze für die Schwarzen erlassen wird."

Mathieu zuckte mit den Schultern und wandte sich wieder seiner Frau zu. „Ich muss los, Tom. Vielleicht solltest du mit dem Abendessen besser nicht auf mich warten."

„Schade", murmelte Toni, doch es klang nicht bitter. Ihr Mann arbeitete hart und viel, und dennoch versuchte er immer, auch ausreichend Zeit mit seiner Frau und seinem Sohn zu verbringen.

„Grüße Carl von mir, sollte er wieder einmal seine Armee verlassen und Washington einen Besuch abstatten, und richte auch Mister Lincoln Grüße aus."

„Gerne", erwiderte Mathieu und ging die Stufen zur Veranda hinauf. Dort überlegte er es sich jedoch anders, sprang erneut über alle Stufen hinweg und nahm seine Frau und seinen Sohn noch einmal fest in die Arme. „Ich liebe euch", flüsterte er, bevor er sich wieder umdrehte und über die Veranda das weiß gekalkte Haus umrundete.

Fünf Monate später zeigten sich die ersten Vorboten des Herbstes, der in Washington deutlich kühler Einzug hielt als in New Orleans.

Andrew saß mollig eingepackt auf einer Decke, vom hölzernen Geländer der Veranda ein wenig geschützt, und spielte mit den von seinem Vater liebevoll geschnitzten Holzfiguren, die so manchen Besucher etwas irritiert die Stirn runzeln ließen, denn die beiden Männchen schienen lange Capes mit Kapuzen zu tragen.

Ein heftiger Wind rüttelte an den knorrigen Zweigen der Obstbäume, und Toni war darum bemüht, die reifen Äpfel zu pflücken, bevor der Sturm sie mit so viel Kraft zu Boden schleuderte, dass sie alle schnell faulende Macken bekommen würden.

Da der Wind kräftig um die schlanke Gestalt wehte und der nahe Wald laut rauschte, während die Zweige der Weiden scheinbar wütend auf das aufgewirbelte Wasser im Bach einschlugen, entgingen der jungen Mutter die Geräusche im Inneren ihres Hauses. Als sie einen Korb gefüllt hatte und sich mit diesem in den Armen aufrichtete, stand Mathieu auf der Veranda, einen fröhlich glucksenden Andrew auf den Armen. Ihr Mann winkte sie aufgeregt heran, sodass sie den Korb wieder ins Gras stellte, den Rock weit in die Höhe raffte und auf die Veranda zueilte.

„Ich habe gleich mehrere Überraschungen für dich."

„Gute, hoffe ich", lachte Toni und ihre kindliche Vorfreude brachte Mathieu zum Schmunzeln.

„Ich habe ein Geschenk für dich."

„Ein Geschenk?"

„Ich habe dir doch im Februar gesagt, dass du auf dein Geburtstagsgeschenk noch ein wenig warten musst."

„Das ist schon eine Weile her", spottete Toni und tippte sich aufgeregt und nachdenklich zugleich mit dem Zeigefinger gegen ihre Lippen.

„Komm herein“, forderte Mathieu sie auf und das begeisterte Glitzern in den Augen ihres Mannes ließ auch die ihren hell erstrahlen.

Sie betrat durch die Verandatür ihren großzügig gebauten Speiseraum und blieb mit offenem Mund stehen. Das dunkelbraune Klavier, das an der gegenüberliegenden Wand gestanden hatte, war verschwunden und an seiner Stelle prangte jetzt ein dunkler Flügel. „Mathieu ...“, flüsterte sie.

„Gefällt er dir?“

„Er ist wunderschön!“

„Er ist nicht ganz neu, aber sorgfältig gepflegt worden.“ Mathieu zog entschuldigend die Schultern hoch.

„Wo hast du ihn her?“

„Er stammt aus einer Versteigerung, und ich habe den Verdacht, dass Lydia McClellan ihn gerne gehabt hätte.“

Toni ignorierte den letzten Satz. Sie eilte auf das Instrument zu und wollte den Deckel über der Tastatur anheben, als sie ihre schmutzigen Finger bemerkte. Also lief sie erst in die Küche, wusch sich die Hände und kam dann zurück.

Mathieu hatte sich inzwischen einen Stuhl herangezogen und saß mit Andrew auf dem Schoß abwartend da.

Langsam ging Toni um das warm schimmernde Schmuckstück herum. Ein wenig erinnerte sie dieser Flügel an das Instrument Isabelle Breillats, auf welchem sie als Erste hatte spielen dürfen. Vorsichtig setzte sie sich auf den abgewetzten Klavierhocker, öffnete den Tastaturdeckel und blickte mit leicht schief gelegtem Kopf auf die Elfenbeintasten.

„Stimmt etwas nicht?“, fragte Mathieu.

„Woher ist er?“

„Er kam mit einer Lieferung wertvoller Möbel und allerlei anderem Tand aus dem Süden. Warum fragst du?“

Tonis Finger glitten über die Tasten zu den tiefen Tönen hinunter und vorsichtig strich sie mit dem kleinen Finger über das Holz neben den Tasten. Deutlich war dort eine kleine, jedoch tiefe Kerbe zu spüren und traurig zog sie die Finger zurück.

Mathieu, der ihr Tun aufmerksam beobachtete, setzte Andrew auf den Boden. Eilig ging er zu ihr hinüber, drehte sie auf dem Hocker so, dass er sich vor sie knien konnte, und nahm ihr Gesicht zwischen seine beiden Hände. „Was ist, Antoinette? Gefällt er dir nicht?“

„Oh doch, Matt, das tut er. Dieser Flügel ist ein Traum. Es ist nur … Er stand einmal in Isabelles Salon. Erinnerst du dich an die Gartenparty bei den Breillats im Herbst '59?"

„Möchtest du ihn nicht haben?"

„Ich möchte wissen, warum er hier ist, Matt", murmelte Toni bedrückt.

„Vielleicht wird dir das dieser dicke, schwere Brief aus New Orleans beantworten. Dies ist meine nächste Überraschung."

Mathieu zog aus der Innentasche seines Jacketts einen Briefumschlag, der unverkennbar Sophies Handschrift trug.

„Sophie!", jubelte Toni und ließ sich vornüber in die Arme ihres Mannes fallen. Dieser konnte sein Gleichgewicht nicht halten und so fielen die beiden miteinander auf den Fußboden.

„Man sollte nicht meinen, dass ihr beide erwachsene Menschen seid", rügte eine weibliche Stimme vom Salon her.

Toni kicherte leise los. Nathalie Bouchardon besaß die ausgezeichnete Fähigkeit, immer in den unmöglichsten Momenten aufzutauchen.

„Bist du nicht auch neugierig auf den ersten ausführlichen Bericht von Sophie?", fragte Toni und blinzelte ihrem Mann verschwörerisch zu, der sie nur widerwillig losließ.

„Was denkst du, warum ich mich hier bemerkbar gemacht habe?", lachte Nathalie und kam langsam herüber.

Mathieu stellte einen zweiten Stuhl neben den seinen, und gemeinsam lasen sie den Brief, der ihnen endlich die Möglichkeit gab zu erfahren, was in den vergangenen zweieinhalb Jahren in New Orleans geschehen war.

„Den Fouriers geht es gut!", seufzte Toni erleichtert auf und nahm ihrem Mann einen der Briefbögen aus der Hand, um diesen nochmals zu überfliegen. „Ich dachte mir schon, dass es für die stolzen Kreolen im *Vieux Carré* nicht einfach sein wird, mit den amerikanischen Besatzern zurechtzukommen. Offenbar gehen sie doch recht rücksichtslos mit den Familien um, die sich nicht ihren Verordnungen fügen. Die Breillats wurden sogar aus ihrem Haus vertrieben und sind jetzt bei den Charmandes untergekommen." Traurig schüttelte Toni den Kopf und warf einen Blick auf den wunderschönen Flügel, der einmal Isabelle gehört hatte.

„Noch irgendwelche Neuigkeiten?", fragte Nathalie schließlich.

Mathieu nickte. „Präsident Lincoln hat heute eine Sklavenproklamation erlassen."

Toni sprang von ihrem Klavierhocker auf und griff sich mit beiden Händen an ihren schlanken Hals. „Sie sind frei?"

„Sie sind frei. Ab dem ersten Januar 1863 werden alle Sklaven in den Gebieten, die sich noch in der Revolution gegen die Vereinigten Staaten befinden, für frei erklärt."

Toni sog hörbar Luft ein. „Das wird ihnen wenig nutzen, solange dieser Krieg noch anhält. Sie sind so lange nur auf dem Papier frei, bis der Norden den Krieg gewonnen hat. Gewinnt der Süden, wird diese Proklamation vermutlich hinfällig. Und was ist mit den Sklaven in den nicht abgefallenen Staaten, wie zum Beispiel hier in Maryland? Ich hoffe, Mathieu Bouchardon, dass nicht du der juristische Berater warst, der Präsident Lincoln diese Formulierung vorgeschlagen hat."

„Ich würde mich hüten", brummte Mathieu, der sich um eine weitere frohe Überraschung betrogen sah, zumal auch er die Tücken dieser Formulierung bemängelt hatte.

Doch Toni lächelte ihn versöhnlich an, nahm ihren Sohn vom Boden auf und setzte ihn auf Mathieus Schoß. „Es ist ein Anfang, Matt. Ein guter Anfang, findest du nicht auch?"

Er nickte erleichtert, woraufhin Toni ihm spielerisch durch die sorgfältig frisierten Haare fuhr. Sie setzte sich wieder auf den Klavierhocker und fragte: „Was wollt ihr hören?"

„Dieses wunderschöne, schwungvolle ungarische Lied, das du vor Großmutters Abreise gespielt hast. Damals konnten wir einige unschöne Missstände zwischen uns aus dem Weg räumen. Erinnerst du dich?"

„Wie könnte ich das je vergessen", lachte Toni, drehte sich mit dem Hocker um und ließ ihre Finger über die Tasten gleiten.

Gott hätte sicherlich so ein Wesen wie den Menschen nicht nur für einen Tag geschaffen. Nein, der Mensch ist für die Unsterblichkeit geschaffen.

Abraham Lincoln